闽南师范大学"文化诗学理论与实践"重点项目成果

本丛书得到闽南师范大学出版基金资助

文化诗学视域下的闽南方言文学研究

闽南师范大学文化诗学研究丛书

张嘉星 著

中国社会科学出版社

图书在版编目（CIP）数据

文化诗学视域下的闽南方言文学研究／张嘉星著．—北京：
中国社会科学出版社，2017.4
ISBN 978-7-5161-8880-4

Ⅰ.①文…　Ⅱ.①张…　Ⅲ.①闽语—文学研究—中国
Ⅳ.①I206

中国版本图书馆 CIP 数据核字（2016）第 213338 号

出　版　人	赵剑英
责任编辑	冯春凤
责任校对	张爱华
责任印制	张雪娇

出　　　版	中国社会科学出版社
社　　　址	北京鼓楼西大街甲 158 号
邮　　　编	100720
网　　　址	http：//www.csspw.cn
发　行　部	010-84083685
门　市　部	010-84029450
经　　　销	新华书店及其他书店

印　　　刷	北京君升印刷有限公司
装　　　订	廊坊市广阳区广增装订厂
版　　　次	2017 年 4 月第 1 版
印　　　次	2017 年 4 月第 1 次印刷

开　　　本	710×1000　1/16
印　　　张	34.75
插　　　页	2
字　　　数	568 千字
定　　　价	126.00 元

闽南师范大学文化诗学研究丛书

主　编：林继中

副主编：祖国颂（执行）　李春青

编　委：沈金耀　吕贤平　张嘉星　张则桐

　　　　张文涛　黄金明　孟　泽

目　录

上　编

丛书总序

　　"文化热"已多次被宣判"过时了"，但它总是在更多的领域顽强地冒出头来！它渗入各学科研究，且未有穷期。究其原因，就在于文化本是人类自身的影子，甩也甩不掉。无论是物质的，还是精神的，只要涉及人们的行为方式，都可归入"大文化"。这种海纳百川式的品格正是它的生命力之所在。也因为它的深、广、大，所以不可能被一次性地认识，因此它总是潮汐般时起时落，永不停息。潮汐过后，沙滩上似乎平白如故。然而，从长远看，它却不断地改变着大海与陆地的疆域。

　　自20世纪70年代末改革开放以来，西方各种文学思潮也相继涌入中国，可谓"你唱罢来我登场"，只是"各领风骚若干年"。不过即使在西方，各种思潮此起彼伏变动不居，也是常态。人们认识事物总要从具体、个别到整体，通过不断分析、归纳、综合，站上新高度俯瞰整体。从"分野中峰变，阴晴众壑殊"始，至"会当凌绝顶，一览众山小"终。是的，各种理论思潮激烈地碰撞、化合，需要一个更大的"力场"。文化，作为中介与互动、互构的攸关方，成为理想的力场。文化诗学高唱于形式主义、结构主义、解构主义、西方马克思主义、女权主义、后殖民主义、现代主义、后现代主义等五花十色的思潮交错横流时代的后期，并非偶然，它至少反映了学术界需要进行一次从外部研究到内部研究、微观研究到宏观研究的大整合的需求。文化诗学大有可为。居于这一认识，漳州师范学院（现已改名闽南师范大学）比较文学研究所决定改名为文化诗学研究所，并于2000年11月由《文艺理论研究》编辑部、山东大学《文史哲》编辑部和福建省漳州师范学院联合发起，漳州师范学院文化诗学研究所承办，在漳州召开了我国第一次文化诗学学术研讨会。此后，我所成员在《文学评论》、《文艺理论研究》、《文史哲》、《文艺报》、《福州大学学报》及本校学报发表了一系列论文。会后十五年来，人员或有变动，但队伍不散，目前仍有十来位研究员坚持本项研究工作。由于我们内部经常就某些主题切磋，并与兄弟院校多次进行交流，所以虽然尚未形成总体相对固定的理论框架，各种不同的专业话语也让人难免有"杂"的观感，合而未融，但已有了核心的共识。诚如首任所长刘庆璋教授所指出："我们认为，'文化诗学'在'诗学'前冠之以'文化'，首先在于突出这一理论的人文内核，或者说，在于表明：人文精神是文化诗学之魂。""同时，尽管'文化诗学'这一理论术语是美国学人最先提出来的，但它对于我们中国学人来说，倾心于此论，可以说是我们民族长期文化积淀形成的文化基因使然。因为，自'诗三百'起始的中国古代文化，就充满了诗性精神，诗与文化的联系之紧密达到了整个文化被诗化的境界。"[1] 我们进而又认识到：文学与文化系统之间是一种双向建构的关系，所建构的归根到底是人文，是人性。现在我们以丛书的形式发表我们初步的研究成果，以求教、就正于同道学人，以期推进本学科建设，诚盼读者诸君不吝赐教。是为序。

林继中

于闽南师大文化诗学研究所

---

[1]　刘庆璋《文化诗学学理特色初探——兼及我国第一次文化诗学学术研讨会》，《文史哲》2001 年第 3 期。

弁　言

一

　　学术界总是说，语言是一种资源，是一种财富。比如闽南方言，是汉语各方言中变化最小的地方语种，保留了很多的古代汉语成分和历史文化演变的信息。闽南方言与文化自明代中叶以来便备受中外关注。随着我国改革开放的深入、拓展和两岸文化交流的日益正常化，闽南民系和"闽商"的国际影响力日益加强，中华语言文化之闽南方言文化分支的研究，很自然地成为一门"吸人眼球"的"显学"。

　　那么，在人类的文化体系中，所谓的"方言"又是什么？我们说，汉语方言不仅仅是一种地方性的语言，它是中国各个区域文化的载体，是中华文明赖以生存与成长的沃土。文化的多样性以及不同的区域文化之间的互动、激励和竞争，是人类文明长盛不衰的内在机制，因此说，语言—方言的背后是蕴含着文化的多样性的精髓的，因而保护方言就是保护文化，捍卫人类文明。在这里，每一个民族和民系的语言文化都有其独创性和充分的存在价值，每一种语言文化都是一个不可重复的独立自在的体系，也都具有表现于特殊价值体系中的特殊文化传统。这就是所谓的文化中的"小传统"（little tradition），也就是一般说的民间文化，是把"民俗学"（folk lore）包括在内的（Finnegan），其核心是民间传说、神话、谚语、歌谣等"民俗文学"（folk literature）素材，或者称为民间语言文学。

　　对于闽南语的老家而言，耳熟能详的母语方言文学与文化就是"一个不可重复的独立自在的体系，具有表现于特殊价值体系中的特殊文化传统"，是一种跨地区、跨省界、跨国界的国际性文化资源和精神财富。它是中华大文化最重要的区域性分支之一，因"对外输出"的移民数量最多，发生年代最早，而成为国际性中华文化之代表，在东南亚语言文化交流中的表现也最为突出：

> "（闽南人）分布地域辽远。宋元之后，中国经济中心自西北向东南转移，福建也是如此。泉州港兴起后，这片人多地狭的丘陵地上开始了人口外流，先是沿着大陆海岸向粤东进发，而后又登上海南、台湾两个大岛，包括北上浙南沿海，中国的海岸线约有三分之一被闽南话所占据。后来又远渡重洋到了菲律宾、泰国、缅甸、新加坡、马来西亚、印尼诸国，东南亚华裔中说闽语的后裔应在半数以上，估计有 1600 万。广州港比泉州港兴起更早，粤语区的先民也走得更远（直到东非、美洲），但粤语分布的地域和人口都没有闽语多。在内陆省份，除了邻省浙、赣、粤之外，闽语在苏南、桂东、川中都有自己的方言岛。"①

闽南人是汉人迁入非汉民居住的福建南部地区之后与土著民族发生文化互动所形成的既有别于其他地区的汉人，又不同于土著民族的新的人群共同体。和客家人一样，他们也聚居于共同的地域，说着共同的语言（汉语方言），有着共同的经济生活和共同的文化特征，是汉民族共同体内部的一个相对独立的支脉②。闽南方言作为闽南民系最主要的文化认同标志，自然而然地成为跨越行政区划和政体疆界的一种特殊文化载体，连接着闽南、台湾、东南亚华人社区、粤东、海陆丰、雷州、海南岛、浙赣部分地区等，因此而兼具国际性。甚至在明、清、民国年间，闽南文化乃是东南亚地区中华文化的代表，无论是东南亚民众还是西方人，最早深入接触的中国底层社会平头老百姓，都始于东南沿海闽南人和东南亚闽南人聚居区。这就是我们所说的闽南文化既是区域性中华文化的分支，又是国际性中华语言文化和曾经在数百年间代表着中华文化的依据。闽南方言文化的这一特点看似矛盾，实则非也。在南方，几乎每一个方言语种及其方

---

① 李如龙：〈序〉，张嘉星：《闽方言研究专题文献辑目索引》，北京：中国社会科学文献出版社 2004 年版。
② 参见蒋炳钊：《关于深入客家研究的思考》，《客家源》创刊号，1993 年版；王东：《客家学导论》，上海：上海人民出版社 1996 年版。

言文化都是这一对矛盾物的统一体，如闽南话及闽南方言文学，如客家话及其客方言文学，如广府话及其岭南方言文学，三者无不跨越省、地流播东南亚，甚至远达欧美，只不过广东话和客家话走出国门的时间比闽南话晚一些罢了。

我们说闽南方言文化在明、清、民国时代的东南亚是中华文化的代表，主要表现在以下几方面：

第一，东南亚的闽南籍华人华侨不但出洋最早，移民人口最多，而且在当地融合成一个庞大的混血后裔群体——"峇峇（男）娘惹（女）"。在 20 世纪 70 年代以前的数百年时间里，"峇峇娘惹"们口说夹杂马来语的闽南语，身穿明朝的服装，穿街过巷，吃着闽马口味混合的地方性饮食"娘惹食品"，严格地按照闽南老家的规矩办理婚事和丧事。"峇峇娘惹"过的最重要的节日是富有闽南特色的中华传统年节，节日名词"新正"（春节）、"十五暝"（元宵节）、"扒船"（端午节）、"冬节"（冬至）等，全部采用闽南方言词汇闽南音，用闽南音说新年祝福语"恭贺"、"恭贺新春"，用闽南话称说节令食品和节日风俗词语，如过年吃年糕"粿"，"弄龙"、"搏狮"、"妆棚"、"迎厾"等民俗游艺活动，元宵节"搓圆"（做汤圆）和"迎灯"踩街，端午的"裹粽、食薄饼"小吃和"扒船"赛龙舟，等等。这些闽南方言口语和民俗事项用文学语言来表述，有如先民随身带到南洋的《一条手巾》（民歌歌名）一样已然唱了好"几个朝代"①。这便是闽南人在马来语区创造出的一种有着鲜明地方特色的中华"峇峇（男）娘惹（女）"文化。

第二，在通行现代马来语的马来西亚、印度尼西亚、文莱、新加坡等国家，闽南话被其称为 Hokkian，这是直接用"福建"的闽南方音来指称"福建话"——闽南话。从"Hokkian"这个词语的表述特点可知，地名词"闽南"被指代了全省"福建"，而"福建"又翻转过来指闽南方言，而成为语言学名词，成为福建省及其方言的"代名词"。

第三，在马来语文里，Hokkian（闽南话）向来是当地的第二语言，连同其派生物"峇峇娘惹语"（学术界称作"中华马来语"或"华人马

① ［马六甲］张月莉：《〈一条手巾〉唱几个朝代》，新加坡：《星洲日报》，1999 年 2 月 8 日。

来语"），共同影响着马来语区多个国家的社会文化生活，在华—马（指马来西亚、印尼和新加坡等通行马来语的国家）文化长期的相互交流和交融接触中，双方交互影响、双向接纳对方的语言文化，其中闽南语言文化对马来语语言文化的影响起着主导的作用，而马来文化对闽南文化的影响相对较小。这只要考察一下双方接受对方的外来语词汇量便一目了然：据多位专家的调查与统计，在马来语接收的外来语借词中，汉语借词占约90%；而在近千个汉语借词中，闽南话借词占了大约90%的比重①，令人瞩目。马来语也输送给闽南方言约200个马来语借词，又经由马来语而输入数十个西方语言借词。

从闽南方言借词语汇对东南亚语言文化的深层影响可以看到，马来语凡涉及"中华"、"中国"等字眼的词语，都是采用闽南方音表述的，例如【中国】之于tiongkok，【中华】写为tionghoa也，都采用闽南方音来记写，其缩写形式分别是闽南音的T. K和T. H，而不是普通话的拼音缩写ZH. G、ZH. H。无独有偶。【中国人】的马来文为warga – negara – tiong-kok；【中国籍】的马来语借词作 Warga – tiongkok 或 warga – negara tiong-kok，【中华会馆】及其缩写为tionghwa hweegoan与T. H. H. K，【中华基础教会】作tionghwa – kietokkauhwee，【中文】作 Huruf Tionghoa，【华人】为 bangsa – tionghoa，【华籍】为 Orang – Tionghoa，【华文】为 bahasa – Tionghoa 等。这显然是闽南民系延续数百年的漫长移民史和华（闽）马文化交流史经过日酝月酿，而逐步形成的。

值得注意的是，以马来语闽南方言借词为代表的汉语借词几乎没有政治性词语，比例最高的是生活化的日常词语，它表明闽南民系所代表的中华民族是一个热爱和平厌恶争斗的民族。这也成为了马来西亚前总理马哈蒂尔反驳西方恣意调拨华马关系，大肆煽动"中国威胁论"的最根本也是最切合历史事实的"注脚"。

"我不认为中国是一个威胁；我们和其他大国打交道、受到它们

---

① 参见孔远志：《马来语、印尼语中汉语借词研究》，荷兰莱顿大学《语言、地理和人类学皇家学院学报》，1987年；拙作《论马来语闽南方言借词的地方性特征》，《第二届海外汉语方言研讨会论文集》，云南大学出版社2012年版。

的威胁，但几百年来中国从没威胁过我们"①。

至若闽南话是马来语国家的第二语言，连该地马来人、印度人等也多多少少会说一点儿闽南话。比如马哈蒂尔的继任者——马来西亚前总理巴达维2003年回故乡槟城过春节，在大年初二出席槟州新春团拜会现场向到会者致辞时，曾突然用闽南话大声说：

"kionghi – huattsai，gua ma si pinsia – lang ma！"
（恭喜—发财，我也是槟城人嘛！）

巴达维前总理地道的闽南话新春贺辞，当场赢得"热烈的掌声"，团拜大厅"喜气洋洋"②。

至于闽南话乃是台湾省的主流方言和最通行语言，更是众所周知、无须赘述的事实。可以推想，无论是大陆成片的闽南方言区，还是海外闽南方言片、方言岛，凡是闽南人族群聚居之处，都分布着"随身携带"的母语文学，那充满人生经验与睿智的精练、哲理的熟语，声情并茂的歌谣，风趣动人的民间故事与传说。

语言—方言，在国家认同和民族皈依方面几乎起着决定性的作用，只

---

①　摘自2015年7月16日马哈蒂尔（全名达图·马哈蒂尔·宾·穆罕默德，Datuk Seri Mahathir Bin Mohamad）接受凤凰卫视记者蒋晓峰独家专访的回答。笔者按：马哈蒂尔自1981年7月16日起，担任马来西亚总理22年，是马国历史上在位时间最长的政府首脑，也是最早站出来驳斥"中国崛起威胁论"的亚洲国家领袖，1985年以来曾以总理身份多次访问中国，2003年10月辞职退休后，仍然在国家政坛发挥重要影响力。在最近的2015年11月15日北京举行的第九届CEO年会上，他表示中国作为世界的"一极"对美国的超级大国地位起到了良好的平衡作用，这让邻国感到更安全："我们只有一个超级大国（美国），我们和这个超级大国之间发生了很多问题。也许中国会是另外一极，不是很大，但是也足够平衡一下，如果这样的话，世界会安全一些"，又说"中国距离马来西亚只有2100多公里，而葡萄牙人跑了8000多公里来征服我们，我们和中国人在一起很安全，而和葡萄牙人没有这种感觉。所以我认为中国应该变成一个强国，并不是说军事上的强国，而是能够平衡其他国家的强国。"参见北京：《中国青年报》，2005年11月16日。

②　佚名：《马来西亚总理巴达维闽南话给华人拜年》，原载北京：《北京青年报》，2004年1月26日，转引自《人民网》，网址：http://www.people.com.cn/GB/guoji/14553/2309177.html，查询日期：2016年1月7日。

要是说着同样口音的方言，念着大同小异的民间歌谣，讲着完全相同或同中有异的"古早"传说和故事，交际着的双方便相互认为兄弟、"咱厝人"（自家人），心理上亲密无间。即便是台湾地区持"台独"政治立场的"绿营"政客们，也从不否认自己是闽南人或客家人。这就是东南沿海方言文学在维系海外汉族各民系之国家认同、精神皈依所能发挥的无以取代的重要作用。

不过，有关闽南方言及其文学在当前中国政治社会所能发挥的重要作用，并非本书唯一的写作主旨。我们还感兴趣的是：

闽南方言如何处置、运用汉语主流方言系统——官话，后者在本地发挥着怎样的作用；闽南方言文学与主流汉文学即文人文学、北方民间文学之间，呈现着怎样的关系，前者受到后者哪些启迪、影响和制约，又怎样影响着别的汉语方言文学，等等。

<h1 style="text-align:center">二</h1>

民间文学是各民族文学的源头，也是各民族文学创作的最佳素材和范本。可是，我国封建时期历朝历代，对民间世代口头创作、口头传承的民间文学，大多不够重视，用今天的标准看，即便是古之"采风"（古代的田野文学调查）制度及其采风效率，无论从调查的力度和周遍性，还是收集作品的数量来说，都很不够，被记录保留下来的十不及一①。情况的改观在明代，思想的禁锢在某种程度上被打破，泉州人李贽的"童心说"唤起社会对儿童天真本性的重视，社会上出现了《小儿语》、《女小儿语》、《续小儿语》、《演小儿语》等一系列童谣集，冯梦龙辑录的民间《山歌》俗曲和《水浒传》、《西游记》、《三国演义》、《金瓶梅》四大奇书等的发行，都一呼隆出现，填补了我国儿童文学、市井民歌、长篇小说发行史上的空白，然而在作品的收集量方面，仍旧很不理想。毛敲晖先生因此评价说，是"晚清学人在接受西方文化的同时，结合中国传统的重

---

① 钟敬文：《钟敬文民间文学论集》上，第 3 页，认为光是"梅县等处的山歌，在质量和数量上都是超越了那些古典俗歌（《子夜》、《读曲》）的"，上海：上海文艺出版社 1982 年版，第 327 页。

民思想，形成了民间思潮，……在文学领域引起了对民间文学的关注和研究，为 20 世纪 10 年代民俗学的形成奠定了基础。"①

　　和作家文学、文人文学相比，民间文学向来没有得到应有的重视。一方面，民众们全然不解什么民俗学、语言学、文学，只知道"以我口"述说、吟唱、讴歌绚丽多姿的民间作品。绚丽多姿的民间作品的内容，都是民众们熟悉的身边事物，他们只是把自己看到的、听到的、做着的、想着的事物用自己的方言母语那"嘴口话"（闽南话，指口语）"说出来"而已，这种在"集体无意识"状态下创造出来的文学与文化内容丰富，处处是学问，以至需要知识界动用种种"学"的本事方能"解读"。另一方面，这类在民众间以口头方式流传至少数千年的作品，年年代代既有述说、吟唱、讴歌者，也有传承改编者，其受众代不乏人，是作家作品的无数倍，可是却因为没有进入文人学士的"法眼"，而得不到反映，而得不到更好的流传。地处我国版图东南边鄙的闽南地区也是如此，至少在明代就出现了闽南民间文学的雏形——早期戏文刻本，如闽西建阳麻沙书坊余氏新安堂嘉靖四十五年（1566）刻本《荔镜记》、万历刊本（1573）《金花女》、漳州明刊本（1614）《钰妍丽锦》和《满天春》，等等。可是，闽南人对此却不甚重视，以致剧本在国内失传。令人感动的是荷兰学者龙彼得教授发现它们分别被收藏在英国牛津和日本天理大学图书馆、德国萨克森州立图书馆、英国剑桥大学图书馆等，于是一本一本地复制下来，携归中国，以《明刊闽南戏曲弦管选本三种》为名先后在海峡两岸分别出版（台北：南天图书局 1992；北京：中国戏剧出版社 1995）。而对于明清两代究竟产生过多少闽南方言文学作品印本？目前没人能说清楚，只知现存纸本作品大约只有《平闽十八洞》小说和 1826 年以后的不署名落魄文人所创一系列七言民歌"歌仔册"②，其余都在海峡两岸和东南亚闽南籍聚居地了无声息地湮灭！

　　闽南人为什么如此轻视、无视祖先世代相传的口头文学遗产呢？这大概和"万般皆下品，唯有读书高"的思想观念与民系"集体无意识"的

---

① 毛敬晖：《晚清民间思潮》，《社会科学家》，2007 年第 2 期。

② 关于这类落魄文人由传奇故事改写的闽南语故事歌。参见张秀蓉：《牛津大学所藏有关台湾的七首歌谣》，《台湾风物》，1993 年第 3 期。

"母语低贱观"有关。从两岸闽南人都称自己的母语为"白话"、"本地话"、"粗俗话"、"土话"、"土俗话"、"番薯人的'番薯话'"看，都和贬义的粗、俗、土、贱挂着钩，却和高雅优美绝缘。即便漳籍学者连雅堂先生被日本"皇民化"高压教育激起"爱国保种"社会历史责任感，为向台湾民众宣传母语之"高尚典雅"而作《台湾语典》①，指出台湾闽南话"传之漳、泉，而漳泉之语传自中土"，是"中土正音"②，其俗语"无端且出赵简子"乃用典以明义（第二十九条），台湾闽南歌谣颇有"'（《诗经》）溱洧'之风"（第十一条）等，既是日后台湾文坛"乡土文学论争"运动的先声，也直接提供了语言学上的支持，也仍旧无济于事。可悲的是，两岸闽南乡亲大多只认可类似于"全猪全羊"和"将羊移过来，将猪移过来"（谐泉猪泉羊，漳羊漳猪移过来，见页13）那令人捧腹的低层次风趣、诙谐的语汇，难以改变民众对母语"低俗、拿不上台面"，多有"丑感"少有美感（普通民众一般不会将"丑感"归入美感范畴）的偏见。

闽南人对于母语和母语文学的"觉醒"，得之于民国初期"新文化运动"的推助：

1918 年 2 月，北京大学发起了全国性的"歌谣学运动"，于 1920 年12 月成立歌谣研究会，1922 年 12 月创立《歌谣》周刊，"不登大雅之堂"的各地山沟旮旯地儿挖掘出来的歌谣、谚语、谜语等"下里巴人"，得见天日，学术界得识见其"民间美"，从而催生顾颉刚《吴歌甲集》、钟敬文《重编粤风》、魏应麒（一作麟）《福州歌谣甲集》、谢云声编《闽歌甲集》等民间文学集子。

最早参与"歌谣学运动"的闽南人是厦门谢云声，他"仗着自己的气力和血汗"③，搜集整理民间文学作品和词汇，从 1928 年开始，正式出版了《闽歌甲集》250 首、《台湾情歌集》200 首、《闽南谜语集》、《福建故事》四集、《南洋民间故事》、《闽南唱本提要》等重要著作。继而有

---

① 语见连横：《台湾语典·序一》。《台湾语典》为 4 卷本，1929—1933 年完稿，台湾：海东山房刊行，卷一为单音词，卷二三四为双音词，共收语汇 1182 条。

② 连横：《雅言》第二十条。下引本书，咸括注词目编码。

③ 见李熙泰：《厦门民俗学研究先驱——谢云声》，载谢云声：《闽歌甲集》，厦门闽南文化研究所 1997 年重印本，第 222 页。

1933 年王智章《漳州歌谣集》、吴藻汀《泉州民间传说》等著作问世。同一时期台湾彼岸搜集整理民间文学的，既有日本学者，也有本土学人，于 1930 年出版宫尾进《台湾童谣杰作选集》，1937 年吴守礼搜集并装订《台湾歌谣》歌仔册合订本，1943 年出版稻田尹汇集的《台湾歌谣集》，等等。在 30 世纪 50 年代以后的一段时间里，大陆地区由于各种原因，闽南方言文学汇集工作式微，台湾地区则因为主权回归中华，国民政府执政，而重视民族文化建设，出版发行了许多闽南故事集、方言歌谣集和"歌仔册"单行本等。可是由于交通隔断，两岸同胞彼此都不知道对方在"乡土民粹"方面做了哪些有益的工作。一直到 20 世纪 70 年代末，大陆"文革"结束，先于台胞回乡探亲的港胞所携"新生事物"——录音机——飘出娓娓动听的闽南民歌《天乌乌》、《做人的新妇要识道理》等母语老歌谣，这才第一次闯入大陆闽南人的视野（哦，应该是"听野"！）。闽南人第一次感受到母语乡音的亲切、优美、风趣，沁人心脾，也第一次惊异地发现：原来耳熟能详的本地话歌谣，还可以这样地唱！

如果说，当代闽南地区普通民众对母语文学的觉醒和喜爱始于 20 世纪七八十年代，是由台湾文艺界带动起来的，那么，台湾地区母语文学的觉醒与创作要比老家闽南自觉得多，丰富得多。然其发蒙，一如台湾"中国统一联盟"副主席蓝博洲先生所指出，台湾"新文学运动"是对内地"白话文运动"的"以我手，写我口"文化主张的紧密回应：

> "台湾新文学的发轫、成长以至成熟的历程，始终和祖国新文学有着密切的联系，在祖国五四新文化与新文学运动的思潮影响下，台湾人民反抗日本殖民统治的斗争，也从武装斗争转入以文化斗争为主要形式的新阶段。20 世纪 20 年代初，以新民会、台湾文化协会的成立和《台湾青年》、《台湾》、《台湾民报》等的创刊为标志，台湾的新文化运动蓬勃展开。《台湾民报》不但发表了一系列台湾知识分子介绍中国新文学的理论主张及创作实况的文章，而且陆续刊载了鲁迅、胡适、冰心、郭沫若……著名新文学作家的作品或译文，作为创作的范本。这样，通过以语文革新、文学叙述革新为宗旨而展开的新旧文学论争，和以赖和为代表的创作实践，台湾新文学确立了在民众中具有广泛影响的主流地位。

"（日本）殖民政府以'同化'为目的的限制汉文学习与日语的强制推广，以漳泉闽语为主的'台湾话'（河洛话），遭到可能被日语取代的危机；在文字方面也面临了比白话文书写台湾母语更为'言文不一致'的挑战。……为了保存汉文化的命脉，一部分台湾文学工作者不得不在这样的困境下，提出以汉文建构台湾话文，从而将台湾人民的生活语付诸书面语的主张。

"1930 年，新文协中常委黄石辉表明：为了方便普罗大众阅读及使用，台湾话与文字有合一的必要性；从而主张用台湾话作文、作诗、作小说、作歌谣来'描写台湾的事物'。他认为：台湾话……和中国全国是有连带关系的……写成文字，他省人是不会不懂的。"①

黄石辉中常委对台湾话"他省人是不会不懂"的判断，显示了黄先生对"台湾话文"别省人也能看懂的超前语言观，在今天北方人广泛喜爱台湾闽南语歌曲的民众文化接受能力方面也得到了充分的印证。可见历史上，台湾的"新文学运动"和"新旧文学论争"的目的，并不是要自立于中华语言文化之外，而是为了抵制日本殖民政府企图以日语为台湾"国语"和日本殖民统治者强力推行"皇民化"教育和日语教育的政策之反弹与抗争，连横等有识之士面对"母语日渐泯灭"之文化颓势，奋起而作《台湾语典》，自觉担当起保存汉文化命脉的责任之举，至今令人感佩！为了兼顾一般庶民易写、易读，启迪民智，振兴民族，面对闽南话有些字难写难读，而建议部分地采用西洋罗马字拼音，这都符合大陆新文化旗手们"以我手，写我口"、言文一致的学术主张，并且以此作为最主要的目的。

实际上，言文一致的主张和拼音文字"罗马字"、"白话字"、"话文"的出现，并不始于新文化运动，而是发端于西方传教士对中国民众传教工具的选择。

众所周知，汉字主于表义，而西方文字主于表音，在初学发蒙阶段，只有 26 个字母的拼音文字在易学性方面显然占着优势。为此中外知识界

---

① 蓝博洲（台湾中国统一联盟副主席）：《河洛话与台湾地区的文学》，北京：《台声》，2011 年第 1 期。

曾普遍认为，中国文盲之所以多，是因为汉字难记难写造成的。这就是当时盛行的"汉字落后论"。而外国传教士想要在中国普通民众之中直接传教，其教会书籍显然不能采用难记难写的汉字系统来表达，于是便选择了为汉语的各地方言创造拼音文字之路，既有利于传教士们学习方言，也方便教会人士与底层百姓交流。

传教士们这一文化选择的发生时间，在明中叶。

明代中叶以前在中国，传教士大多走上层路线，通过与朝廷、皇族、士大夫的亲密接触来传播"上帝的福音"，打开局面。后来才发现"此路不通"。于是，西班牙奥古斯汀会和多明我会尝试着走底层路线，将天主教义直接向普通民众宣讲。而闽南语地区得风气之先，早在 16 世纪 50 年代就有西班牙修士编写闽南语辞书等十多部罗马字语言学著作①。19 世纪英美传教士大量前来中华传教时，碰上闭关海禁：嘉庆年间禁国人教洋人汉语，禁向洋人提供汉字活字、赠送中国史书，违者处死，"入教者发极边"（1812）；"西人传教，查出论死"，"洋人秘密印刷中文书籍及传教惑众，或满汉人等受洋人委派传教或受洗礼入教，为首者斩。"（1814）② 在此境况下，传教士不可能直接进入中国，便把目光投向靠近侨民众多、海上交通方便、可以自由传教的南洋。这才发现南洋的华侨主要是闽南底层人，会说官话的不到 1/500③，马尼拉闽南移民"一千人中（只）有十个认识不多的字。"④ 不得已，学会官话的传教士们，毅然改学闽南话，一边布道一边培养闽南教徒，一边俟华开禁，以保证能在第一时间奔赴中国传教。1840 年爆发鸦片战争，迫我"五口通商"，清帝国进一步丧失主权，留居南洋的英美传教士凭借地利之便，捷足登闽，1842 年入厦传教，把南洋、闽南、台湾划为一个教区，普及闽南话罗马字教学，用闽南语大力传经授道，并且用闽南方言罗马字"厦门话文"编印数百种圣经资料、

---

① 马西尼（Federico Masini）：《罗马所藏 1602 年手稿本闽南话西班牙语词典——中国与西方早期语言接触一例》，游汝杰、邹嘉彦译：《语言接触论集》，上海教育出版社 2004 年版。按，马氏为意大利罗马大学东方学院教授、院长。

② 陈玉申：《晚清报业史》，济南：山东画报出版社 2003 年版，第 2 页。

③ 麦都思：《汉语福建话字典·序言》，澳门英国东印度公司 1837 年版。

④ 见 Antonio de Remesal, Historia de la Provincia de S. Vicente de Chyapa y Guatemala de la Orden de nuestro glorioso padre Sancto Domingo, 1619 年马德里，第 686 页。

闽南话教材、《大学》、《中庸》中华典籍等书籍。就学、入教的学员既有知识分子、青少年，也有妇女、老人、文盲等，从而将这个"闽南话大三角区"锻造成中华语言文字现代化的"实验田"。在"闽南话大三角区"总共培养出 20 万众能够熟练运用"闽南教会罗马字"来诵经唱诗、阅书读报与通信的闽南人，为我国语文现代化提供了一个可操作性强的"范本"，也为汉语拼音方案的诞生提供了良可助益的借鉴①。由此可见，即便有一小部分人企图利用闽南话、"台湾话文"等议题引经据典来说事，其所举例子和历史依据，都不足以证明其语言可以"台独"、能够"台独"；相反，反而证明了台湾的新文学运动、新旧文学论争、"白话文运动"，都和大陆文化运动息息相关。

还是蓝博洲先生说得好：

> 上世纪 80 年代以来，随着"台独"论述自由化及主张分离主义的政权掌权，"文学台独"也夺取了论述霸权，一部分倾向"台独"的台湾文学论者公然"以今律古"，在有关日据时代台湾新文学运动发展史的论述中，刻意把当年有关"台湾话文"的论争曲解为"台湾文学在中国文学之外追求'自主性'的开始"；从而荒谬地"把闽南话说成是独立的和中国话、日本话对等的'台湾话'，妄图从语言上割断台湾和大陆的血脉。"（同上引）

这些错误的言论，无论从文学角度还是从语言—方言学角度看，都是站不住脚的，它实际上只是政治人物操弄"两岸议题"的工具和结果，是对台湾文化最大的歪曲和最恶意的误导，在台岛受到文化各界的严肃批判。即便在民间，台湾民众绝大多数都知道自己的血缘之根、文化之源在哪里，他们所喜所爱的台湾文化，和内地闽南文化同出一辙。就拿台湾"解严"后剧坛的一段小事来说吧：

1995 年，漳州芗剧团应邀赴台湾巡演，抵达宜兰，和宜兰歌剧团按照事先的约定，以两岸芗剧（歌仔戏）共同的一代宗师邵江海先生的遗

---

① 参见李熙泰等：《厦门话文》，厦门：鹭江出版社 1994 年版，第 96 页；拙作：《欧洲人汉语辞书编纂始于闽南方言说》，《福州大学学报》（社会科学版），2013 年第 3 期。

作《李妙惠》之原版、原声腔设计来演出，女主角李旦由漳州芗剧团郑秀琴扮演，男主角卢生由宜兰戏剧团杨馥菱扮演；上半场漳州团担纲，下半场由宜兰团"接棒"。就这样，两个剧团未经合排便径直同台共演《李妙惠》。这台分离两地的两个剧团的默契合演，纹丝不乱、丝丝入扣，说的同为闽南话，唱的同是"七字仔调"、"杂嘴仔歌"（台湾称"都马调"），台湾无数"歌仔戏迷"为之倾倒，一点儿也不觉得这是隔绝了四十六年的同一剧种、同一剧目由两岸两个剧团在"破冰"合作，引得戏曲评论家频频赞叹！漳州芗剧团到台岛各地巡演，台湾戏迷无不奔走相告，盛况空前。台湾《民生报》评论道，"大陆漳州芗剧团开口与台湾歌仔戏几乎一模一样，令人吃惊不已。团员们个个一口标准的闽南话，真是不亲也不行。"为两岸剧坛留下了一段佳话。

1995 年漳州芗剧团应邀与宜兰歌剧团合演共同宗师
邵江海芗剧（歌仔戏）遗作《李妙惠》谢幕剧照

　　无独有偶，2009 年，厦门歌仔戏研习中心（原厦门歌仔戏剧团）和台湾唐美云歌仔戏剧团共同打造现代戏《蝴蝶之恋》，演绎了一对 20 世纪 40 年代歌仔戏明星跨越海峡，38 年忠诚相守的凄美爱情故事，给现场观众留下了深刻的印象。担纲女一号云中青的是厦门著名小旦庄海蓉，扮演男一号的为台湾金钟奖获得者、歌仔戏名伶唐美云，男二号阿宗是台湾宝冢艺霞歌舞团台柱小咪，同年在厦门和台湾演出，同样盛况如云，闽台戏曲界无不赞其"默契有如《李妙惠》"①！这就是台湾和内地闽南戏曲文化这一综合艺术内地同一性的最高表现，也是闽南民间文学独具的广阔研究空间。

厦、台合作大型芗剧（歌仔戏）《蝴蝶之恋》谢幕剧照

此外，从 20 世纪 80 年代末 90 年代初，大陆在各级文化领导部门的统筹规划下，都大面积、大幅度收集、整理、发行各省、市、县、镇（部分）、区（部分）民间文学之故事、歌谣、谚语作品（大陆地区简称"民间文学三集成"）并结集，其作品总量直逼"天文数字"。比较遗憾的是，闽南地区"三集成"没有注音，很少释义，编纂体例和方言字的运用也不统一。台湾地区则在大陆各级文化部门收集整理全国民间文学大举措的感召下，开启全岛民间文学调查工作，也结集出版，既注音、又释义，方言字也不很统一；同时，两岸的这类作品集大多没有正式的发行流通渠道，这些都影响了它们的利用率。而由出版社正式出版的闽南方言文学集子，大多出自语言文学学者之手，例如厦门大学周长楫教授《厦门方言熟语歌谣》、《闽南童谣一百首》、《台湾闽南谚语》，张嘉星《漳州

---

① 刘国峰、林娟、李向娟、雷光美、刘深魁采写：《根生闽台萦绕两岸歌仔戏吟唱的海峡情》，《福建日报》，2012 年 10 月 6 日 "福建省人民政府网"，网址：http：//www.fujian.gov.cn/fjyw/fjyw/201210/t20121006_ 526293.htm，访问日期：2014 年 11 月 3 日。

方言童谣选释》，杨秀明《漳州方言熟语歌谣》，华侨大学王建设教授《泉州谚语》，林宝卿教授《闽南方言熟语集释》等；台湾则有胡万川教授主编的台湾彰化县、宜兰县民间文学集，台南县、苗栗县、云林县、桃园市、沙鹿镇、大甲镇、外埔乡、大安乡、芦竹乡、大园乡等闽南语歌谣集，苗栗县、云林县、台南县、凤山市、清水镇、梧栖镇、东势镇、新社乡、芦竹乡闽南语故事集，等等，因主编为同一个人，行文较规范，体例较统一，质量有保障，然而毕竟作品和词例有限，既难满足学术界深化研究和横向比较的需要，也难满足本土方言文学教育的需要。不过，这两类民间文学成果大体都处于基础的调查、收集、整理的初级阶段，真正的整体性研究，仍有待于来哲。

三

文化诗学是当代的一种文学批评方法论，是一种阐释文学文本历史内涵的独特方法，又名"新历史主义"。文化诗学诞生于 20 世纪 80 年代英美文化界和文学界，其术语最早见之于格林布莱特 1982 年刊登在《文类》杂志"文艺复兴研究专号"的导言，在 70 年代末的文艺复兴研究领域中，逐渐形成了一种新的文艺批评方法，得到西方文论界的认可而推广。

历史主义，主要指过去文学研究中侧重于文学背景、文学环境、历史沿革等文学外因的研究法，是一种解释文学"之所以然"的"因果式"研究，也是简化了的马克思—历史主义。韦勒克认为，"因果式"研究只是诗学研究的开端，文学研究应以此为前提而"回归文本"，即对文本内部的结构、材料、语言等进行研究。新历史主义文化诗学则是将"文本的历史性"与"历史的文本性"看作文学研究与批评的基点，强调文学与文化之间的双向建构关系，认为文学是社会诸多意识形态作用的结果，并同时参与意识形态的塑造。"文化诗学"既关心文学的历史性，也关怀文学的现实存在状态，紧扣当前社会市场化、全球化背景折射在文学艺术中所出现的问题，义不容辞地对加以揭露，带有一种"美其美，丑其丑"的批判精神而引人向善，是一种向传统回归的审美道德导向。这正和中国社会科学研究"文史哲不分家"的方法和特点相贴合，也从另一个角度证明"现象早于概念的产生而存在"的真理和东西方"人同此心、心同此理"的道理。

中国文化的特点之一,是与文学有着特别紧密的关联,双向互动,十分自觉。早在先秦,我国便诗、书、礼、乐并称。诗者,《诗经》也,同《尚书》、《周礼》、《乐记》一起代表着文学、艺术、史学、典章制度等中国文化的核心门类,而"诗"居其首,表明文学在华夏文明中占有重要的位置。

早在先秦,文学艺术就是"教化"的重要手段。孔子"兴、观、群、怨"说,已将诗学功能表露无遗,以《诗经》为代表的民歌乡谣更是统治者"观天文、察人心"的重要窗口。同理,民间文学也是伦理学、语言学、文学学、历史学、民俗学研究的重要载体、研究"富矿"。不过,这座矿产资源的开采,不能以简单的收集整理工作为终点,相反,调查、收集、整理工作只是科学研究的起点。打一个比方,起点工作有如地表层露天矿产的开采,而蓄矿最丰富的,当在地下矿层。因此,民间文学应该加深挖掘,横向拓展。而我国传统文艺批评的特色是跨越学科的整体性、综合性研究,从当代文学批评新方法的角度看,既是西方文化诗学理论与我国传统文学批评方法的嫁接,不,是糅合;也可以说,是对我国传统文艺学方法论的复归。毫无疑问,从历史和文化两个角度切入民间文学研究,比单一的学科研究和与另一学科门类相结合的双学科研究法具有更广泛的合理性和现实性,它将简化的、机械的文学"外部"研究转至人类学、政治学、社会学、历史学、经济学等之广阔领域,以揭示文艺与政治、哲学、伦理、道德、语言、神话、宗教、艺术、教育、历史、民俗等诸多文化形态的互动关系和文艺在其间所发挥的特殊作用,阐释文学文本多角度的文化内涵,拓宽了诗学视域,让诗学重现光辉。

然而在我国,对民间文学作整体性、综合性研究者,尚不多见。以闽南方言文学为例,其"研究"多处于初级阶段的收集整理,故而尚可"论"者多多。就像我国第一部民歌总集《诗经》最适合做文化人类学研究①一样,民间文学也最适合作文化人类学研究。方言文学记录在地方史

---

① 西方对《诗经》的考察多采用文化人类学视角。我国最早采用此视角研究《诗经》者当推闻一多教授。20 世纪 80 年代的代表性著作则为赵霈林《兴的源起》(中国社会科学出版社 1987 年),认为"兴"是《诗经》学的核心概念之一,其例证贯串全书。参见周生杰:《用文化人类学观点解读〈诗经〉》,北京:《博览群书》,2011 年第 7 期。

料中的作品，并不很多。它属于代表着地方的、非主流的，从侧面反映了倾向于弱势群体之立场的"小传统"。它是民间的群体性记忆，记录着区域发展史进程的点点滴滴，尽管连不成片，却也能够部分地弥补、完善代表着"大传统"的正史文献资料的不足和空白，可从不同于正史的视域、视角来反映某区域的民生，因而记录着某些历史之真实，可以为正史提供某些线索和真实可感的细节。

可是，在我国的南方汉族居住区，方言文学赖以生存的语言文化生态环境比过去发生了很大的变化，语言应用存在着共同语与方言的对立和方言的多样性问题，方言日渐萎缩而让位于共同语的问题，强势方言日益衰弱的问题等，都影响着方言文学的传承与发展。虽然这些问题已引起学术界以及各级领导、社会大众越来越多的关注，然而迄今为止尚未形成共识①和合理的措施，连优势方言如闽南话、粤语和吴语，也出现了传承的危机而需要特别的保护，甚至因为政府在特殊时间段发出不甚合理的建议而触发当地民众的争议，引发"母语保卫战"②。由此看来，当前我国的语言应用现状不很和谐，南方方言不同程度地受到了抑制。"皮之不存，毛将焉附"，没有方言作为南方民间文学的"生长环境"，是不可能良性

---

① 曹志耘：《汉语方言：一体化还是多样性？》，北京：《语言教学与研究》，2006 年第 1 期；另见曹志耘：《关于濒危汉语方言问题》，北京：《语言教学与研究》，2001 年第 1 期；杨光：《人类文明的目标与状态：语言文化的平等与多样化》，中国语言文字网，2004 年 7 月 26 日发布，网址：，查询日期：2016 年 1 月 30 日；于跟元、施春宏：《主体化和多样化相结合》，北京：《语文建设》，1998 年第 6 期。

② "吴语保卫战"发生于上海筹办"世博会"（2010）。"粤语保卫战"，2010 年 7 月 19 日《人民日报》作了关于《推广普通话必灭粤语？广州激辩"粤语保卫战"》的报道。"粤语保卫战"由广州市政协《关于进一步加强亚运会软环境建设的建议》35 条之一而引起，后市政协委员韩志鹏于 7 月 5 日阐述事情并发微博，在短短几个小时便有唱着粤语歌、热爱粤文化长大的"80 后"、"90 后"发出"母语告急！岭南文化垂危！！粤语何去何从或许今天见分晓！！！"的上千条微博评论和数千条转载；"80 后"、"90 后"到市中心人民公园以"快闪"方式唱粤语歌以让更多人关注粤语和广州文化，并质疑"粤语是普通话的'敌人'"吗？"，后广州市政府新闻发言人以"从未在任何时候、任何场合有过'推普废粤'的说法"而平息。又，新加坡《联合早报》2010 年于 7 月 15 日也发表《广州人"粤语保卫战"的背后》，指出今天广州的粤语已渐渐被普通话取代，又因广州市政协近日建议广州电视台两个主频道改用普通话播音或在主时段用普通话播出，以应 11 月来广州参加亚运会和旅游的国内外宾客语言环境的需要，而引起民众抵制，有关"广州电视台主频道改用普通话为基本播音用语"的建议遂止。参见中国新闻网，网址：http://www.chinanews.com/hb/2010/07—15/2404913.shtml，查询日期：2016 年 1 月 30 日。

传承的。就以闽南语区为例，其方言语种从明清以来就受到海内外语言学界的热切关注（参见第二章）。这得感谢我们的先人老早就把母语带到了南洋，吸引了几百年前的"老外"在明清王朝实行海禁的时间段到那里学汉语，而领略了当时的闽南话在与南中国海"接壤"的马来语国家的重要地位，以及在南中国滨海地区和各海岛的通行性和重要性。然而，方言研究毕竟属于非常"小众"的"象牙之塔"，而难以向民众普及。

方言文学则不同，只要听得懂，会说该方言，就会欣赏、会传承、会创作方言文学，其作品仍旧可作为现时"社会教化"的好工具，仍可以发挥其"兴、观、群、怨"的社会职能。尤其是闽南方言及其文学语汇和文学作品，关系到海外闽南民系游子的文化心理皈依和国家认同的大问题①，理应受到政府有关部门和专家学者的重视。

四

笔者研究闽南方言有年，从事闽南方言文学研究亦已十余年②。从研

---

①　关于闽南方言及其文学关系到海外闽南民系游子的语言化心理皈依和国家认同问题，一方面，这是显而易，实例则有笔者的多次经历：一是 2008 年 8 月间，笔者参加漳州市政协组织的"台湾文化考察团"访问台湾，当访问团成员之间用闽南语交谈有时被台湾人听到时，他们会惬意地微笑着，好奇地倾听，并告诉我们：没想到福建人说话真的和我们完全一样，听起来非常亲切，真正是"咱厝人"自家人）！二是在一次"闽方言国际学术研讨会"结束后，有第一次"登陆"的台湾学者顺道前往闽南各地调查方言，来到笔者就职的漳州师范学院（现更名闽南师范大学）时，请笔者帮忙请来全校芗城籍的师生座谈。座谈伊始，该学者兜头便问：你的方言"吃干饭配鸭蛋"怎么说？在座的芗籍师生不由一笑，脱口道："啊，就是食粒饭［puɪ］配鸭卵［nuɪ6］啦。"只见那位学者激动得站了起来，说："我终于找到老家了！"——原来，这句话在台湾，大多数人都说"食粒饭［pn6］配鸭卵［ŋŋ6］"，该学者不明白为什么自己的说法会跟周边不一样，再加上自己出身贫寒，只知祖先渡台已经十几代，却没有留下家族史料和"祖厝何方"的口传信息，因而一听到亲友说自己的祖籍在哪里，便黯然神伤，更因为自己是大家族十几代以来唯一的知识分子，便暗下决心，担起"家族寻根"的重任。当他听到漳州人说的话和自己的口音完全一样时，作为方言学人的他，坚信这就是"确证"自己"家族之根"的"文化遗传密码"，面对"饭、卵"的韵母说［uĩ］不说［ŋ］这一解密的"密钥"，怎能不激动万分，热泪盈眶？自此他确信自己就是漳州人。无独有偶，即便是南台湾"深绿"者，也从不否认自己是闽南人或者客家人。这就是方言文化在民众心理皈依和国家认同方面所起的重要作用。

②　笔者之研究闽南方言文学，是偶然读到台湾一本闽南方言"囝仔歌"（童谣）而"唤醒"儿时的记忆，才转移学术注意力，三年后出版《漳州方言童谣选释》305 篇（北京：语文出版社 2006 年版）。

究地方语言文学起，便阅读地方史志资料，深入到民间文化与习俗等内容，正可谓语、文、史等不分家也。也许因为这个原因，前些年，漳州市政协"漳州与台湾关系丛书"组委会特邀笔者撰写《漳台闽南方言童谣》分册①，书中收入童谣400篇和笔者的闽南方言童谣源流考、年代考等论文近十万字，算是突破传统的"调查、收集、音形义加工"之"老三段"研究法的尝试，得到恩师李如龙教授"'童谣专论'是至今不为多见的关于闽南方言童谣的研究报告，对童谣的艺术性、学术性及其社会功用作了相当深入的分析，'年代考'也言之有据"的首肯（见李如龙关于本书出版意见的评议）。现以皓首之年加入闽南师范大学文化诗学研究所的写作团队，再掘民间文学之"富矿"。这无疑是笔者之前调查、收集、整理漳、台童谣工作的继续，是以原起点为基础，较明确地采用我国传统文艺批评的"大整体、大综合"式研究方法的尝试。从研究方法上说，这既是西方文化诗学理论与我国传统文学批评方法的嫁接和对我国传统文艺学方法论的复归，也是笔者将闽南方言文学研究引进文化诗学研究方向，继续前一阶段研究工作及其扩展和深化，期望能在闽南方言文学研究方面得到一定的拓展和提升。

本书拟运用文化诗学的理论构架，走我国诗学文史不分家的多学科交叉渗透的路子，着重在区域历史和民间文化语境中审视闽南方言口传文学现象，为读者展现闽南语区乡土文化之图景和方言文学之精髓。采用共时和历时研究相结合的方法，尤着意于追溯闽南乡土文本和历史语境互动之探索，比较闽南方言文学原乡祖地作品和移入地作品之异同，以揭示其发生、发展的历程，通过方言俗语来考察闽、台民众文化心理之异同，探讨台湾东南部极力推行"台独"的"绿营"人也从未否认自己是闽南人的心里皈依特点及其所以然。

语言是人类区分于动物界的最重要的特征之一，既是思维的工具和人类交际的最主要工具，也是人类认知自然与社会的最主要工具，同时又是知识与文化的重要载体，本质上具有社会、文化、文学等多重属性。因此，本书不拟对闽南方言及方言文学作系统性的探讨，而是采用分主题论释的形式，针对闽南方言文学语汇和不同的闽南方言文学作品及其值得关

---

① 拙著：《漳台闽南方言童谣》400首，厦门：厦门大学出版社2011年版。

注的一些问题，展开个案讨论与诠释。

本书分为上下两编，各三章。上编第一章《闽南历史文化概说》，主要介绍闽南的区域地理、历史和闽南文化形成的大貌；第二章《闽南话综论》主要介绍闽南方言的特点、音系、地方腔词汇、词法的差异，兼与普通话作比较，同时概述闽南话方言字的特点，以及明清以来西方传教士如何创制闽南话罗马字，这种外来的非传统文字如何在闽南语区得到普及，以及对我国语文现代化所发生的重要影响；第三章《闽南语区语言文化接触》从语言文化现象入手，讨论闽南方言形成历程之"年轮"那无意间留下的"成长印记"，以发掘、观察人们平时容易忽略的语言文化接触现象之故事点点，比如闽南话的两性/夫妇称谓的特异处，比如闽南话同马来语的双向借词现象等，同时介绍明清时期西方传教士在南洋闽南语区研习闽南方言的原因、成就及其令人瞩目的著述成果。下编集中深入讨论闽南方言口传文学诸现象，如第四章《正始篇》一方面探讨闽南语民间文学的始祖文学遗存和原住民族图腾传说与演变，且以陈元光系列故事介绍"圣王古"历史传说之源头和闽歌索源工作，展示"圣王古"、"圣王歌"在漳州、漳泉的遗存，且聚焦于开闽歌谣第一篇漳州《排甲子》背后的开漳故事，展示其在泉州组歌的流传与嬗变；第五章《述论篇》首先界说闽南方言文学的命名与特征及其基本类型，其次，简介闽南方言文学语汇、韵文、散文的方言与文学之特点及保存现状等；第六章为韵文的专题讨论，研究闽南方言歌谣的文学性、音乐性，方言音系和歌谣韵部，以及闽南与台湾芗剧—歌仔戏的一代宗师邵江海经典剧目《李妙惠》的押韵规律等。

由于本书的内容多涉及方言学，而方言学必不可少的将涉及方言特殊写法即方言字问题和国际音标及其它拼音文字等内容，这就不能不说说本书的体例：

一、本书的方言字，兼顾科学性、规范性和通用性。凡常用的方言字中有本字和俗写两种字体的，多采用本字；凡缺少相应简体字的，径用繁体字；有民间常用同音训读字的，酌用训读字。对于无字可写的"有音无字"现象，用"□"表示。

二、书中凡普通话字音，直接使用汉语拼音方案注音，闽南方音凡带"[ ]"的字母，为国际音标，其余为别的拼音系统，具体参见上下文的有关说明。涉及马来语闽南方言借词的部分,凡"〔〕"里面的字母为记录闽南音的国际音标,无"〔〕"的字母则为马来文。

因笔者的学识、能力有限,心有余,而力难足,写出来的东西未必能够如愿。不足之处,敬请不吝指正!

作者

2016 年 1 月

上　编

第一章 闽南历史文化概说

中华文化立于世界文化之林，向以历史悠久未间断，地域文化五方斑斓而著称，里面便包含了东南海隅的闽南文化。值得注意的是，"闽南"一词指义明确，指福建省南部的漳州、泉州、厦门三个地区的总和。然而"闽南文化"的含义却超越了地理名词的内涵，它的广义还包括了广东省沿海的潮汕文化、海陆丰文化、雷州文化和海南文化，等等。本书主要用其狭义，其核心区域涵盖了闽、台、东南亚华人社区等的闽南民系文化，地域之广仍然大大超越了地理名词的内涵。

闽南方言文学区域延绵海内外。那么，如此广袤的闽南文化区域是怎么形成的？这和上古时代的百越民族的分支——闽越族既分不开，又有很大的区别。简言之，闽南方言区域文化的底层隐约闪现着百越文化的殊光异彩，其中上层文化，则是汉文化的区域性表现，总体上是在百越底层文化之上覆盖、叠加了汉文化。这便涉及区域文化和地域文学的载体——闽南方言的形成，以及闽南方言的"载体"——闽南民系的迁移繁衍情况。

让我们先从闽南民系的形成和汉族政权的建立谈起。

第一节 闽台地理环境与上古百越文化遗存

福建省位于中国东南沿海，背山面海。东北与浙江省毗邻，西面和西北面与江西省接界，西南与广东省相连，东面隔着海峡与台湾相望。西北部武夷山脉黄岗山海拔 2158 米，是全省最高峰，附近有 1000 米以上的高峰近 10 座。延绵的山脉推延了汉民南下的步履，使福建比周边的浙江、江西、广东的开发晚数百年，成为非少数民族自治省中汉文化开发较迟的省份。

如地图显示，福建省的地形近似于西南角支立、东北角朝天、东西角

为翼的长方形，中间有一条不规则的斜线将版图划分为右上的西北与左下的东南两大片，从而界分出闽北—闽中—闽西南的山区型文化区块和闽东—闽南沿海文化区块。闽南文化区的泉州、厦门、漳州三地因区域经济较发达而有"闽南金三角"之美称，同时包括了现由台湾省管辖的金门岛、澎湖列岛，台湾则是这一地域区块的延伸。

一　闽南与台湾

闽南地区有陆地面积25453平方公里，其中泉州地区总面积11015平方公里，漳州地区总面积12873平方公里，厦门地区总面积1565平方公里。闽南沿海地区岛屿众多，海岸线曲折绵长，面向东海，隔海峡而与澎湖列岛、台湾、琉球相望，隔南海而与南洋群岛相望，历来是我国东南海疆之要津，海上入闽和北上内陆之门户。

　　福建全省大部属中亚热带，闽东南部分地区属南亚热带，森林覆盖率高达 65.95%，其中厦门森林覆盖率为 42.6%，泉州为 58.7%，漳州为 62.4%，雄列全国之首。地形在大地构造上属于台地，地势西北高、东南低，从西而东，由武夷山带、闽中大谷底、鹫峰山—戴云山—博平岭渐至沿海丘陵和平原，略呈马鞍形。山地丘陵约占全省土地总面积的 90%，主要河流有闽东北的闽江，闽南的晋江、九龙江，闽西的汀江等，历来有"八山一水一分田"之称。漳州平原土地肥沃，光热资源丰富，加上雨量充沛，堪称"闽南大温床"，是发展大农业的理想基地。

　　闽南地区海域面积宽阔，其中泉州 11360 平方公里，漳州 12607 平方公里，厦门 300 多平方公里。拥有泉州港、漳州港、厦门港等多个天然良港，被誉为"海上丝绸之路"的起点，海路可到南亚、西亚、东非等地区。泉州港又名"刺桐港"，宋哲宗元祐二年（1087）正式设立市舶司，是宋元时期的国际性商港，与埃及亚力山大港齐名，也是我国有名的"皇家港"。南宋后期至元代，刺桐港淤塞渐废，代之而起的是漳州月港，成为明清时期东南洋海最重要的走私港口，闽南海商和明清移民前往东西洋，多从月港出发，从而开辟了从月港经马尼拉到美洲墨西哥的"大三角贸易"，也称"大帆船贸易"。闽南海上武装集团也因此被欧洲国家赞誉为勇于闯荡海洋的"海上马车夫"。后因封建官吏强取豪夺，西方殖民者和海外私人武装的海上侵扰，明清之际，明郑与清军近 40 年的拉锯战，以及清廷为扼郑氏水师而实行沿海"迁界"等诸多原因，导致月港由盛转衰，渐渐让位于地处九龙江口的厦门港。厦门因港兴市，在东南沿海有着很高的战略地位，如今已发展成为"闽南金三角"的政治经济文化中心。

　　据不完全统计，泉州地区 2013 年有常住人口 812 万，漳州地区 2012 年常住人口 484 万，厦门地区 2013 年常住人口 353 万，合计三地常住人口总约 1650 万，大多数是闽南人，少数为客家人、畲族、20 世纪四五十年代陆续入闽的"南下干部"及其子女等。这些非闽南民系后裔中的畲族说闽南话，绝大部分客家人和大多数"南下干部"子女也会说闽南话。

　　台湾是我国第一大岛，位于祖国东南沿海的大陆架上，四面环海，东临太平洋，西宽 144 公里，南北长 394 公里，总面积约 3.6 万平方公里。台湾岛东北与琉球群岛相望，南界的巴士海峡与菲律宾相隔约 300 公里，西北与福建隔海峡而相望，最窄处仅 125 公里，平均宽度 230 公里。台湾

省包括台湾本岛、澎湖列岛、赤尾屿、彭佳屿、兰屿、绿岛、钓鱼岛等岛屿。台湾本岛面积为35873平方公里。目前所称的台湾地区，通常包括了福建省的金门、马祖等岛屿，总面积合计为36006平方公里。

台湾岛多山。台湾山系斜卧于岛的中部，形成本岛东部多山脉、中部多丘陵、西部多平原的地形地貌，高山和丘陵占全岛面积的2/3以上。中央山脉纵贯南北，玉山高达3997米，是我国东部的最高峰；拥有横贯南北的中央山脉和雪山山脉、玉山山脉、阿里山山脉、台东山脉五大山脉，宜兰平原、嘉南平原、屏东平原、台东纵谷平原之四大平原，台北盆地、台中盆地和埔里盆地三大盆地。北回归线穿过台湾岛中部，自然形成了南北不同的气候带，其北部为亚热带气候，南部属热带气候，全岛年平均气温（高山地区除外）22℃。夏秋两季多台风暴雨，雨量充沛，年降水量在2000毫米以上。

台湾的森林面积约占全境面积52%，台北太平山、台中八仙山、嘉义阿里山，是著名的三大林区，树木种类近 4000 种，木材储量高达 3.26 亿立方米，尤以台湾杉、红桧、樟、楠等名贵木材闻名于世，樟树提取物更居世界之冠，樟脑和樟油产量约占世界总量的 70%。农耕面积约占台湾土地总面积 1/4，盛产稻米，一年二熟至三熟，米质好、产量高。主要经济作物有蔗糖和茶，蔬菜品种超过 90 种，栽种面积仅次于稻谷。台湾素有"水果王国"美称，优质水果种类繁多，花卉产值也相当可观。充沛的雨量为河流的发育创造了良好的条件，直流入海的大小河川达 608 条，长度 150 公里以上的河流有 186.4 公里的浊水溪，170.9 公里长的高屏溪，158.7 公里长的淡水河。河流水势湍急多瀑布，水力资源、渔业资源丰富，东部沿海渔期终年不绝，西部海底为大陆架的延伸，鱼类、贝类丰富，近海渔业、养殖业、远洋渔业较为发达。

　　古地质学界和考古学界均认为，台湾本与大陆连成一体，在第三纪喜马拉雅造山运动形成台湾岛，而在四次冰期和间冰期的作用下，台湾海峡的海平面曾有大幅度的升降，与大陆也随之四次连接、四次分离。地球最近一个冰河期的结束发生在距今一万八千年至一万年之前，当时气温逐渐上升，海平面也跟着上升，到距今六七千年左右时，横亘在台湾海峡中南部的浅滩带形成了连接内陆与台湾的"东山陆桥"，而台湾最早的人类，就是顺着这条"东山陆桥"，从闽南—粤东顺顺当当迁徙台湾的[①]。也就是说，台湾和闽南早在史前便具有人种和文化的一致性了。

　　台湾海岸线总长达 1600 公里。台湾海峡呈东北向西南走向，北通东海，南接南海，长约 200 海里，宽约 70 海里至 221 海里，平均宽度约 108 海里，扼西太平洋南北航道的要冲，既是太平洋地区国家的海上重要交通枢纽，也是国际海上交通要道。大凡在我国东海和南海之间往返的船只，从欧洲、非洲、南亚和大洋洲到中国东部沿海的船只，大西洋、地中海、波斯湾、印度洋到日本海的船只，都从这里通过。韩国和日本从海外进口各类资源和货物从马六甲海峡经台湾海峡驶达日本海，比绕道巴士海峡更近更安全。不但韩、日两国 99% 的原油等战略物资都经由这条航路，我国 95% 的进口原油也从这条航路运输。因此，这一海域在和平时代影响

---

　　① 引自蔡保全：《"东山陆桥"与台湾最早人类》，《漳州师范学院学报》（社会科学版），1997 年第 3 期。

着东亚各国经济的繁荣和发展，战时将关系到这些国家的胜败和存亡。优异的国际战略地位，使台湾自 17 世纪以来成为兵家必争之地。

台湾地区居民依其居台先后，共有原住民、闽南人、客家人、外省人四大族群。据台湾有关方面 2011 年 6 月的统计，目前台湾总人口约 2318 万人，其中原住民族人口只占总人口的 2% 左右，闽南籍人口高达 1800 万，其余为客家人和说北方话的 1945—1949 年前后跟随国民政府迁台的军政人员外省人及其后代。由于闽南话是台湾地区的主要方言，非闽南裔台湾人大多兼说闽南话或改用以闽南语为母语（比如改用闽南话的客家人有了一个名词："河洛客"，其"河洛客"的人数和闽南语的熟练程度，要高于闽南地区兼说闽南话的客家人），这一语言文化特点已经成为不同于闽南内地的一个重要特色。

闽南既是港、澳、台三胞最主要的祖居地，也是东南亚侨胞最主要的祖居地，著名的侨乡。背山面水、海陆兼具的地理环境与特点，养成了闽南文化既备农耕特征，又有海洋文化的特点。然而值得注意的是，台湾地区的 1800 万闽南人比闽南本土的 1600 万闽南人还要多。这也就难怪台湾文化从某个角度说，要比闽南文化还要"闽南"。

二 闽南上古史及其百越文化遗存

我国最主要的文化分野是以长江为界的南北文化分野。东南地区早在新石器时代，便创造出了著名的"龙山文化"、"河姆渡文化"、"浮滨文化"，已能用木桨划着独木舟和木筏航行在海岸和岛屿之间，从事海洋捕捞工作，甚至已能捕猎鲸、鲨类大型海洋生物，其贝冢遗存分布在千里海疆，其稻作文化不同于北方。他们的文化后来分别为东夷和百越所继承，后者在春秋时期建立了沿海的吴越两国。

上古时代的福建地区是越人的居住地之一，在旧石器时代已有先民生息，20 世纪多次发现史前旧石器时期、新石器时期及其过渡期的文化遗址。自南而北，有漳州旧石器时代遗址群莲花池山等，新石器时期如诏安县腊洲山遗址、东山县白塘澳、大帽山遗址、龙海市万宝山遗址和许林头遗址、漳州北郊甘棠东山遗址、覆船山遗址、墓林山遗址、虎林山遗址、长泰县后厝山遗址、南靖县鸟尾仑遗址，原属漳州的漳平（讲闽南话）奇和洞遗址等 360 处。泉州地区则有晋江市深沪湾旧石器时代遗址，晋江

漳州华安县仙字潭原始人文字画摩崖石刻①

庵山遗址和音楼山遗址，南安大盈寨遗址、惠安县蚁山、小蚱遗址等，年代距今约80万年—2800年不等，其青铜文化遗存相当于中原地区的殷商中期。从各个考古遗址所呈现的状况看，当时的闽南地区物产丰富，原始人类近水而居，社会生活主要呈渔猎、采集、农业三相结合的多形态经济结构，能够提供较为丰富的物质资料，有利于促进人类体格成长发育。此外，原始闽人还从事一定的制陶、纺织、造船等手工业劳动，虽然都不是很发达，然而已经有了初步的社会分化，社会进步缓慢。

三 说"闽"析"蛮"探"越"

我国早在先秦便已注意了"五方"居民的不同文化习俗。《礼记·王制第五》称："中国戎夷，五方之民，皆有性也，不可推移。东方曰夷，被发文皮，有不火食者矣。南方曰蛮，雕题交趾，有不火食者矣。……中国、夷、蛮、戎、狄，皆有安居、和味、宜服、利用、备器，五方之民，言语不通，嗜欲不同。"认为对华夏族以外的四方"夷、蛮、戎、狄"民族，应"修其教，不易其俗；齐其政，不易其宜。"而"闽"是福建省的代称，居于南方，《山海经》以"闽在海中，其西北有山。一曰闽中山在海中"称其地理位置，又说"海内东南陬以西者，瓯居海中。"然而上古

①　漳州至今留有不少体现畲民先祖生活的遗迹：华安汰内仙字潭石刻被认为是畲族先民的杰作。

"闽"的本义却是族名，即南方少数民族的祖先。据史料记载，福建在唐、虞、夏、商代属扬州，周代为七闽地，春秋战国时期属于越、百越的一支。"闽"进入华夏族的视野，见于《周礼·夏官·职方氏》的记载："职方氏掌天下之图，以掌天下之地，辨其邦国、都鄙、四夷、八蛮、七闽、九貉、五戎、六狄之人民。"郑玄注："闽，蛮之别也……四、八、七、九、五、六，周之所服国数也。"〔唐〕贾公彦《周礼疏》云："叔熊居濮如蛮，后子从分为七种，故谓之七闽也。"看来，闽和楚国也有一定的渊源关系。《说文》注曰："闽，东南越。"又释："蛮，南蛮，蛇种，从虫"；虫，一名蝮，甲骨文像蛇形，北方至今仍称蛇为长虫。段玉裁注云："说从虫之所由，以其蛇种也。蛇者，虫也。蛮与闽，皆人也"，说明两者都是以蛇为图腾的原始部族。在闽方言里，"闽""蛮"音同义相通①，差别仅在于"闽"是具体的族别，而"蛮"是南方各种族的泛称，意义范围大于"闽"。

闽族同华夏素有交往，《周礼·秋官·司寇》即称："闽隶，百二十人"，该官职的职责是"掌役畜养鸟，而阜蕃教扰之。"杜子春云："王立世子置臣，使掌其家事，而以闽隶役之。"这就是说，闽部族每于秋季派出 120 个专业役隶前往周王朝参与其家政活动，同中原人进行直接交流，估计华夏必有兼通闽越语的人，而在闽族的酋长或其身边的人，应有能够兼通华夏语者。

上古"闽""蛮"所在的区域，往往和"越"复叠，《说文》即说"闽"属"东南越"，《释名》也称"越夷，闽之国也。"《越绝书》释曰："越之先君无馀，乃禹之世，别封于越，以守禹冢"，这表明"越"是个古老的民族，史料记载其崇尚蛇，住"栏干"，跣足驰行，长于种植水稻，

---

① 此处说"闽""蛮"义相通，是就"蛮"的狭义专称而言的。史学界或称，"夷蛮族类的概念，在夏代以前，是指没有完全加入华夏联盟的周围各松散部落，他们有些与华夏族是同源或同族，后因发生部落内部的矛盾和纷争，才逐渐从华夏族内分离出去，另与其他族类结合成了蛮族"，用的是"蛮"的广义。参见何光岳：《南蛮源流史》，江西教育出版社 1988 年版，第 3 页。

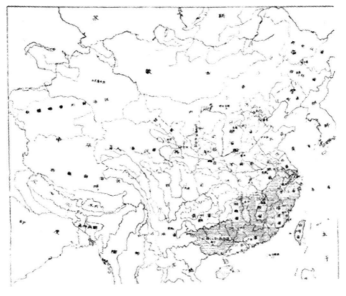

百越分布图①

习于驶舟用楫的水上生活，擅长铜器冶炼，擅用刀斧，行洗骨葬（又称捡骨葬），是南方中国人的祖先。《尚书·禹贡》称越族主要分布在今江浙及江浙以南、皖北、山东南部，在春秋战国时期先后建立了越国和吴国。《史记·越王句践世家》载，"越王句践，其先禹之苗裔，而夏后帝康之庶子也。封于会稽，以奉守禹之祀。"《史记·吴太伯世家》称吴国的立国之君太伯是商朝末年西周部落首领古公亶父长子、周文王姬昌的伯父，因知古公有意传位给三弟，"于是太伯、仲雍二人乃奔荆蛮，文身断发，示不同用，以避季历……；太伯奔荆蛮，自号勾吴。荆蛮义之，从而归之者千余家，立为吴太伯。"这就是说，越族是有着禹夏血统的南方民族，吴王室也有华夏周族的血统，然而拥戴其立国的江南千余家"荆蛮"却为越族的百姓。因而［宋］洪迈《容斋随笔》卷五总结称："吴、越、楚、蜀、闽，皆为蛮。"意思是古代吴、越、楚、闽、蜀等诸侯国和部落都属于南方民族"蛮"，而闽、越同是蛮的一种，闽又是越的分支。若从字形看，"越"字"从走戉声"，"戉，斧也"；"走"，象形字，人振臂疾

---

①　百越分布图，引自翁独健〈序〉，陈国强等合著：《百越民族史》，中国社会科学出版社1988年版。

走的样子，与"戈"结合，其初始义便是执刀斧而擅奔走的人。而上古越地以剑器铸造闻名，传说春秋时期欧冶子铸剑的地方就在东冶，又说古冶子在庐山铸剑等。这表明闽、蛮、越俱以刀剑冶铁术和武技而著称。如果用类似于《辞源》的现代学科概念和语义来解释【越】，则如义项（十五）所注：民族名，古时江浙粤闽之地越族所居，谓之百越。《辞源》【百越】条注为民族名、地名，又作百粤，古南方之国，以越为大，自勾践六世孙无疆为楚所败，诸子散处海上，其著者，东越无诸为闽越；东海王摇为瓯越……，因江浙闽粤之地，皆为越族所居，故称百越；义项（十四）又注：古国名。这就是说，"越"本是世居长江中下游到西南和南海之滨的民族名，有着发达的文化，后来借指方国名和地名，成为三者的总称。

第二节　闽越简史及其文化遗存

一　闽越简史

越民族因支系繁茂而统称百越。自勾践王传位至第六代孙无疆王，国土最大时接近齐鲁地。周显王三十五年（公元前334年），"越兴师北伐齐，……齐威王使人说越王，……越遂释齐而伐楚。楚威王兴兵而伐之，大败越，杀王无疆，尽取故吴地至浙江（今钱塘江），北破齐于徐州。而越以此散，诸族子争立，或为王，或为君，滨于江南海上，服朝于楚。后七世至闽君摇。"（《史记·越王勾践世家》）越王室和贵族有率众撤离吴地而南下入闽者，与闽人融合成闽越人。到了战国晚期至公元前192年，闽越首领无诸统一了"七闽"地，始称闽越王，辖区以今福建为中心，覆盖台湾、浙江南部温、台、处三州、赣东地区和广东的潮、梅、惠等地区①。

---

①　参见北宋欧阳忞《舆地广记·广南东路》，潮州春秋为七闽地，战国为越人所居，另《十道志》和《寰宇志》也说潮州古为闽越地；梅州春秋为七闽所居，战国时属越。又，清李树藩等纂《广信府志》卷一○一〈地理沿革〉称：铅山县，春秋时属闽越，秦属闽中郡。又《福建省志·总概述》第二章第一节之一"古代闽越族"等，北京：方志出版社2002年版。《永乐大典·风俗形胜》因此称："潮州府隶于广，实闽越地，其语言嗜欲，与福建之下四府颇类。广、惠、梅、循操土音以与语，则大半不能译，惟惠之海丰与潮为近，语音不殊。"

公元前 221 年，秦灭六国，南下平百越，进逼闽粤期间遭到顽强抵抗，《淮南子·人间训》称其"三年不解甲弛弩"，枕戈待旦，后败于秦军，"皆入丛薄中，与禽兽处，莫肯为秦虏"。然而百越的顽抗抵挡不了历史前进的车轮，付出了惨重的代价。天下一统后，"闽越王无诸及越东海王摇者，……秦并天下，皆废为君长。"（《史记·东越列传》）这就是说，闽越国无诸、摇和南越王的王号先后被废，成为君长即部落首领，仍留居在原地统领原有民众，领地则在名义上纳入了中央版图，东西两部分别划入南海郡（治在今广州市，今漳州西南部属之）和闽中郡（治在今福州市）。秦始皇以任嚣为南海尉，从秦廷管理，然而对于闽中郡却未派遣一守、一尉、一令前来治理，而是采用宽松的"以越治越、以闽治闽"的羁縻政策遥控之。因此汉武帝的朝臣田蚡说，越"自秦时弗属。"（《史记·东越列传》）意思是，秦王朝未把闽越当属国，闽越也未真正臣服于秦。

到了汉初，闽越见"诸侯畔（叛）秦，无诸、摇率越归鄱阳令吴芮……从诸侯灭秦。当是之时，项籍主命，弗王，以故不附楚；汉击项籍，无诸、摇率越人佐汉。"（《史记·东越列传》）因助汉王灭秦击楚有功，汉高祖先后在闽中故郡封立三个王国，一是闽越国，无诸为王，都东冶（公元前 202 年，治在今福州），既是秦汉时期闽越国的第一位国王，也是福建历史上有文字记载的第一位统治者。二因闽君驺摇佐汉功高，特封为东海国王，都东瓯（今温州，又称东瓯王）；《史记·高祖功臣侯年表》又称封摇为"海阳齐信侯"，"侯千八百户"（海阳是南海郡属县，今广东潮安县，漳南属之）。三是南海国，以织为王，辖地在福建西南部的漳汀、广东东部的潮梅和江西南部的赣州交界地带。

闽越国是这三国中的强国，无诸王兴城邦、安人民，人口渐增。适逢汉文帝初年（公元前 179 年）南海王反，汉淮南王刘长派楼船将军讨伐，南海"以其军降"，举国被迁于江西上淦（今江西省新干县，或说为清江县，见《汉书·严助传》），南海之地遂归闽越王所有。闽越国在武帝建元年间（公元前 140—135 年）进入全盛期①，曾多次举兵侵犯邻国，与汉廷不断发生冲突；数代之后，适逢"七国之乱"，为首的吴王刘濞于景

---

① 《福建省志·人口志》第一章第一节之二：〈秦至宋时期〉，北京：方志出版社 1998 年版。

帝三年（公元前154年）谋反，拉闽越王下水一起反叛而未果，东瓯王（原东海国）却跟风造反，后来见吴王战败，便接受汉朝重金，反戈一击杀吴王，换得保全自己的王位和地盘。吴王子子驹、子华"亡走闽越，怨东瓯杀其父，常劝闽越击东瓯"。（《史记·东越列传》）闽越王便摇旗出兵为吴王报仇，于武帝建元三年（公元前138年）围打东瓯。东瓯粮尽，向汉天子告急。武帝遣严助持符节发会稽水师，海上救东瓯。闽越王听说汉廷出兵，"引兵而去"，汉军不战而胜，班师回朝。东瓯王担心被闽越报复，便请求迁往江淮一带定居并获准（同上引）。这个东瓯王国从此消失，其地也悉入闽越，闽越国于是势力大增。建元六年（公元前135年）八月，拥有"甲卒数十万"（《汉书·严助传》淮南王刘安上书所称）的闽越王郢出兵，从冶南（今漳州地区）进犯南越边邑。南越国未予回击，而是直接禀报天子。武帝派大行王恢为将出豫章，大农韩安国为将出会稽，分两路征伐闽越。郢王一心据险顽抗，未料祸起萧墙，其弟余善私下和丞相及族人商量说：国王不经请示就擅自发兵打南越，惹得天子派强兵讨伐，即便侥幸获胜，天子还会派来更多的军队，直到消灭我们王国为止；如果杀国王以谢罪，就能制止战争，保全国家；要是天子不理睬我们，我们再奋起作战也不迟，即便不能取胜，也还可以逃到海上求生。于是众人合杀郢王，将其头颅呈献大行王恢，闽越国就此灭亡。汉廷因繇君丑没有参与作乱，便立丑为越繇王，奉祀闽越王室。闽越王叔余善没有得到封赏，却因为谋杀郢王以退汉军有功，在部族中的威望倍增，便私下里自立为王。汉廷见"国民多属"余善，连有正式名号的繇王丑也奈何不了他，便顺水推舟，立为东越王，"与越繇王并处"（《史记·东越列传》），让他们两相猜忌，起到分化闽越势力的作用。

再说南越，在秦朝南海尉任嚣的任期之时，正值秦亡汉兴。任嚣临去世前委任赵佗代己职，嘱咐其"绝道，聚兵自守"，佗乃"击并桂林、湘郡，自立为南越武王"（《史记·南越尉佗列传》）。天下初定的汉高祖"承秦制"，"诏立秦南海尉赵佗为南粤（越）王，使陆贾即授玺绶"（同上），保留赵佗原有的官职和自立的王位，传至其孙赵胡，王权式微。元鼎五年（公元前120年），南越权相吕嘉叛，汉室派兵讨伐，东越王余善趁机率八千兵马出冶南（今漳州地区）赴粤，以助汉攻打南越为借口到揭阳，却托词海上风浪大而驻足骑墙，私下里却与南越联系，直到汉军攻陷南越国都番禺（今广州）仍不见东越军前来会合；元封元年（公元前110年），武帝兴兵灭南越。汉楼船将军杨仆有鉴于此，"请诛之"，乘势教训东越余善，未获朝廷批准。汉武帝的顾虑在于：

> "……越非有城郭邑里也，处溪谷间篁竹之中，习于水斗，便于用舟，地深昧而多水险，中国之人不知其势阻而入其地，虽百不当其一；得其地，不可郡县也；攻之，不可暴取也。以地图察其山川要塞，相去不过数寸，而间独数百千里，阻险林丛，弗能尽著；视之若易，行之甚难。……臣闻越甲卒不下数十万，所以入之，五倍乃足。……虽举远国而虏之，不足以尝所亡。"（《汉书·严助传》）

据《史记·东越列传》记载，元鼎六年（前111年）秋，余善以闻说汉楼船将军曾"请诛"自己，又听说"汉兵临境"，便前往边境"遂反"，"发兵拒汉，号将军驺力等为'吞汉将军'"，又"杀汉三校尉"，见汉军"皆坐畏懦诛"，竟私刻"'武帝'玺自立，诈其民，为妄言"。汉廷一方面于次年冬发海陆四路大军南下征伐；一方面派驻京的越衍侯吴阳返闽劝说、制止余善，然而未果。当横海将军韩说的水军先锋部队到达东越时，吴阳便率领七百名邑人，建成侯敖也率兵，一起反戈攻余善，并对被余善推至前线的繇王居股说：余善作乱惹了祸，却裹挟着我们受牵连；如今汉军兵多势又强，我们还是想办法杀了余善归顺吧，或能侥幸躲过一劫。于是合谋杀了余善，率兵投降汉军。汉军占有闽越旧地，焚毁城池宫殿，取消闽越王室封号，诸越首领得以封侯：繇王居股封东成侯，建成侯敖改封开陵侯，改封越衍侯吴阳为北石侯，又因东越将多军也"弃其军降，封为无锡侯"。同时，汉武帝以"东越狭多阻，闽越悍，数反复"、"终为后世患"为由，下令将闽越民众全部迁往江淮间安置，剪灭了诸越动乱的根源。历经五任国王、存世93年的闽越国及其余诸东越王等，由是灭亡。然而种种迹象显示，汉代闽中郡仍和秦时一样是虚设，同样没有成为行政实体①。只是由于"东越地遂虚"，而采用移民的办法来代替应有的行政管理，造成闽越

---

① 蒋炳钊：《对闽中郡治及冶都治县地望的一些看法》，《厦门大学学报》（文科版），1981年第3期。

故地近百年间人烟稀少，一片萧条，文化发展进入了相对的低迷期。其文化也潜入底层，被后来的汉文化所覆盖。难怪分子人类学学者称，汉武帝的强制移民使得闽越族在历史上"失踪"了①。

值得注意的是从地理位置看，楚国的核心区域在两湖，属于"楚头汉尾"的文化地理过渡带；吴越和楚国长期为邻，越国在公元前330年代的国土扩张期曾一度接近齐鲁；楚、吴、越三国先后称霸，在称霸之前和以后，都不同程度地接受华夏文化。尤其在公元前154年，东瓯曾自请并获准迁徙"江淮间"；汉武帝元封元年（公元前110年）又将反抗汉廷的闽越"其民徙处江淮间"。这等于闽越族的两个王国在秦、汉之际一先

东冶越王城遗址

一后回到了老祖宗数百年前生活过的"楚头汉尾"老地方。这个幅员广阔的南北文化过渡带之"江淮间"，既是上古越文化最发达的地区，又是最早汉化的"前沿阵地"，同时也是后来唐五代两批北方汉民迁闽的原籍地。那么，唐初的江淮文化什么样？对于闽南文化的形成有着怎样的影响？同时历史学界又认为，秦汉闽越人两次迁往"江淮间"时，都有相当一部分百姓藏匿于深山而未同往，迁移江淮的闽越族也并非全部定居下来，而是有一些民众又自行"潜回"了闽南和粤东，有的演变成为三国时代的"山越"。闽越人也有一些向西、向南迁入了江西、广西等地。

---

① 李辉：《分子人类学所见历史上闽越族群的消失》，广西民族大学学报（哲学社会科学版），2007年第2期。

正如考古学者普遍认为我国南方船棺遗存以武夷山船棺年代最早，同广西壮族地区的悬棺很相近，而悬棺葬分布路线图很可能就是闽越人的西迁图，史籍也有"闽濮"和"闽越濮人"的记载。现今福建人的身上应该还有古代闽越人的血统，比如民国《福建通志·方言志》就认为闽方言称妇女为"诸娘"，乃是"无诸国的娘子"[①]。关于这些问题，目前还没有引起学界充分的关注。

二　闽地百越文化遗存

（一）人类遗传信息

闽南人遗传学上有哪些特征？这需要了解生物遗传基因的构成。生物遗传基因由染色体和线粒体携带。人的细胞核内共有 23 对染色体，其中 Y 染色体只能由父亲传给儿子，并且在遗传过程中不会出现重组，因此能稳定地记录父系方面的遗传信息；线粒体 DNA 只能由母亲传给女儿，因此，通过分析线粒体 DNA 基因，科学家就可以根据遗传学的这个特点计算南、北汉族在线粒体 DNA 上的"相同率"，从而重建母系血缘方面的联系；同理，用 Y 染色体遗传基因，也可以重建父系血缘的联系，以此来判断南方汉族是更接近于北方汉族的后裔，还是更接近于南方少数民族的后裔。而我国古代对民族的鉴定采用的是"文化皈依"标准法，孔子的名言叫作"夷狄入中国，则中国之；中国入夷狄，则夷狄之"，意思是少数民族到中原，习用了华夏文化习俗，我们就把它当成华夏族；中原华夏族去了民族地区，习用了民族文化习俗，我们就把它看成是少数民族。这表明中国人的"华夷之辨"不是针对生物型的血统的，而是着眼于文化。

复旦大学文波、李辉等《遗传学证据支持汉文化的人口扩张模式》称，现已知史前北方汉族与南方少数民族双方的 Y 染色体与线粒体 DNA 存在差异，两者之间缺少血缘上的联系。汉文化的扩散，的确伴随着大规模人口迁徙，而在这场由北向南的人口迁徙中，占主导地位的是男性。现代南北方汉族代表父系遗传标记的 Y 染色体，其基因序列之间差异微小，

---

① 　民国版《福建通志·方言志》认为，闽方言称妇女为"诸娘"，乃是"无诸国的娘子"，参见《福建省方言志·概述》之一，北京：方志出版社 1998 年版。

类型及频率分布非常相近，这表明：现代南方汉族的父系与北方汉族父系非常相似，受到南方原住居民的影响很小，而且呈现出由北向南递减的梯度地理格局；而代表母系遗传标记的变异线粒体 DNA 序列却存在巨大差异，表明现代南方汉族女性受到南方原住民的影响较大。这就是说，现在南方的汉族多半是古代北方汉族男性同南方少数民族女性通婚留下的后代，融到南方汉族中的南方原住民族女性远远多于男性。而福建人的父系跟北方汉族 80% 接近，母系只有 22.4% 和北方汉族相似①。

有段石锛（stepped adze）**分布图**

（二）考古学的百越文化遗存

　　能够证明百越文化遗存的，是江南地区新石器时代的考古学发现，并且同上述有关南方汉族遗传基因特征的结论之间存在着一定的关联，一是上端呈脊状或阶状，用以扎绳固定手柄的有段石锛（stepped adze），仅分布在亚洲东南文化区等，而不像一般石锛那样主要分布在两湖、安徽、江

① 文波、李辉：《遗传学证据支持汉文化的人口扩张模式》，英国：《自然》科学杂志，2004 年 9 月 16 日，转引自铁血网，网址：http：//wenku.baidu.com/link? url＝QYzxsY9d4spDbsI1 QNqauwGaTw-fmrwUUX12blyr8VpYn0Vjwbm9bsgxQ4fN9－_ ucPEWYu9dNbZ060QrV－U_ 0Z1p4wgl30q2MEJ5uNf1w3，核对日期：2016 年 8 月 23 日。

苏、浙①。二是表面印有各种方格、筐篮、曲尺、直线、绳形、菱形、波浪形等纹饰的几何印纹陶器，其中心地区分布于江西、福建、台湾、两广等地的古百越地区。而闽地土著越族文化后来逐渐融合于南下汉族文化，经过漫长的汇聚和吸纳形成自己的文化特征。南来的中原文化带来先进的生产工具、生产技术和生产方式，在早期古文化中，已分化出闽西北"面向内陆的文化圈"和闽东南地区"面向海洋的文化圈"两大体系②，其中包括了台湾岛和海南岛。

几何印纹陶（geometric – stamping pottery）分布图③

（三）百越语言遗存

古代百越民族的居地包括了从江南到西南的广袤地区和境外的中南半岛，是语言—方言最复杂的地区。《吴越春秋·越王无余外传》载："禹以下六世，而得帝少康，少康恐禹祭之绝祀，乃封其庶子于越，号曰无

---

① 参见林惠祥：《中国东南区新石器文化特征之一：有段石锛》，《考古学报》，1958年第3期；图文引自潘悟云：《汉语南方方言的特征及其人文背景》，《语言研究》，2004年第4期。

② 吕荣芳：《中国东南新石器文化特征之一：印纹陶》，《厦门大学学报》（哲学社会科学版），1959年第2期。

③ 潘悟云：《汉语南方方言的特征及其人文背景》，《语言研究》，2004年第4期。

余。"无余后来成为越族越国的始祖。由于吴、越"数相并兼,故民俗略同"①,语言上也"同音共律"②。不过,民族学家则称:

> "古越人本身从未形成一个强大而持久的政治、经济、文化中心,在外来的具有强大政治力量、发达经济、较高文化而数量众多的人群的不断冲击下,部分越人所操的语言为新的语言所替代,仍在语音和词汇方面给予统治语言巨大的影响,在它身上打下自己祖传语言的烙印,使之成为与统治语言的母语有很大差异的新方言。大家所熟知的汉语吴方言、闽方言、粤方言、宾阳方言等,即为这方面显著的例子。"③

百越之浙南东瓯和福建的闽越之地,是现代汉族最晚汉化的地方,在东越国、闽越国被翦灭以后,长期归会稽郡"军管"而民族自治④,其语言保留了不少古吴楚语。南来的中原语言覆盖在当地百越语、吴楚语上面,从而造成了上古南方民族语言的断层。然而原住民语言保留下来的"胎记",有着一批和南方少数民族语言相同的方言词,语言学界认为这是南方汉族文化继承了其原住民祖先的文化基因的结果,从而形成了南方汉语方言的种种共有特征,同南方少数民族语言存在着高度的一致性,其地域分布几乎是上举有段石锛和几何印纹陶分布图的"等语线"⑤,两者有着明显的正相关。

1. 百越底层词语遗存

《玉篇·人部》注:"侬,吴人称'我'是也。"用为第一人称,嘉

---

① 班固:《汉书》卷28下《地理志》有云:"本吴粤(越)与楚接比,数相并兼,故民俗略同。"

② 《吴越春秋》卷5《夫差内传》。

③ 白耀天:《〈榜枻越人歌〉的译读及其有关问题》,《广西民族研究》,1985年第1期。

④ 《三国志·蜀书·许靖传》许靖致曹操书称从会稽"南至交州,经历东瓯、闽越之国,行经万里,不见汉地",可见当时的福建在行政上属于"非汉地"的民族自治,语言文化尚未汉化。

⑤ 等语线(isogloss),又叫同言线或等言线,指在地图上画出某一语言特征分布范围的边界线。这里用来表示考古闽南方言与吴越语言相似成分的分布线,同新石器时代的段石锛、几何印纹陶的分布线相当一致。

"侬"字分布图

庆二十二年《松江府志》:"称'我'曰'侬'。"也可在人称代词后面加
"侬",民国二十二年《吴县志》曰:"相谓曰侬,自称我侬,称人你侬、
渠侬,隔户问人曰谁侬。"现浙江处、衢、严三州还保留着"我侬、你
侬、渠侬"的说法,当代吴语则发展为第二人称。实际上,"侬"和复数
人称代词"我侬、你侬、伊侬、渠侬"等,也分布在闽、粤、客、赣方
言区以及安徽的黟话区、广西的藤方言区等①。而闽语【侬】既指自己,
也泛指别人,闽南方言童谣屡见。看来,"侬"应是上古吴越民族的常用
语汇,只不过早期汉语著作没有留下记载罢了。而闽方言之所以保留了这
一语言"活化石",是因为闽族原本就是百越大家庭的一个重要分支。

2. 百越称数语法遗存

百越称数语法遗存表现在闽南话称数法与当代南方少数民族语言一样
有着特殊的省略方式。例如瑶、壮、傣等民族语言称说"十"以上数目,
凡量词和十、百、千、万、亿的位数前面的系数为"一",而下一级位数
为整数时,可以径称第一个位数词及下一个系数词而省略级数最大的系数

---

① 潘悟云:《汉语南方方言的特征及其人文背景》,《语言研究》,2004 年第 4 期。

数词的特殊省略方式

的"一"和下一级位数的量词和位数词，这一语法特点不同于北方汉语，却和南方少数民族语言一致的方言有处、温方言，粤语、客语、闽语、广西平话、湖南湘乡话和汝城话等，都把一万三千、一百五十、一丈九寸说成"万三"、"百五"、"丈九"，而从浙江台州到苏南和西南官话的数词系统，却缺少这类称数省略方式。这种不同于北方汉语却和南方少数民族语言相同的特征，虽然和地理因素密切相关，然而更重要的是南方少数民族的祖先在上古时期亦属百越，和古闽族的族源非常接近。因此，作为汉语的地方分支的闽南话，其称数法的特殊省略式之所以异于北方话而同于当代南方民族语言，正是保留了南方上古共同的、然而又是残破的民族记忆，有必要同古代异民族与异文化的交互渗透和交融联系起来考虑。

第三节　汉人入闽和闽南民系的形成

我国北方历来战火频仍，而南方社会相对稳定。因而，北方一旦硝烟骤起，中原人便流离南下。

北方人入闽主要有两个通道，山路由赣南翻越武夷山，进入并聚居于闽北地区；海路从浙南乘舟到现在的福鼎，落脚于闽东地区。而闽南地处福建南方，不在这两条入闽通道上，因而开发最晚，一直到南朝梁才开始设县。西南处的漳州南部则较特殊些，它地处闽粤边鄙地带，同粤东潮州地区山川相连，自古至唐代建州之前，其西南境是以梁山山脉的盘陀岭（在今漳浦县境）为界而分属闽、粤（指粤东，今广东潮汕）两省的。粤境的岭南地区早在赵佗南越国时代的汉太祖十一年（公元前196年）便设立了揭阳县，县令史定于元鼎六年（公元前111年）降汉，比闽境东汉建安十二年（207）最早建置的东安县早了403年，一直到唐代建置漳州（686）后不久，漳州才结束"一境跨两省"的分治局面。从这个角度看，漳州的西南部是目前福建地区最早纳入国家版图的地区，而其东北部却是闽省开化最晚的地方。

一　北方多地汉民零星入闽

现代闽人的形成，突出地表现在由人口增多而拉动的区域建制历史沿革上：汉朝初立伊始，便郡县制与分封制兼用，元封元年（公元前110年）灭闽越的同时，设立了冶县（在今福州），成为福建最古老的县份。然而当时管辖全闽的冶县，汉族人口尚不满万户，不足以立县，因此汉廷并没有委派县令前来就职，而只设了个东部都尉驻守，管理散居的汉民[①]。

闽省地方行政建制的设置，同中原汉人成批迁入有着直接的关系。两汉之前，汉民来闽都是零星从闽北山路迁入的，只有极少数人走海路。因而，东汉建安十二年（207）首先在闽北立建安郡（在今建瓯市），辖建安（同在建瓯市）、南平、将乐、建平（在今建阳）、东平（在今松溪）、邵武六个县，闽东只设吴兴（在今浦城）、后侯官（今福州地区）两个县，而闽南地区只有一个东安县（在今南安），不久又因人口稀少而撤县。可见汉魏时期迁入福建的汉民，主要留居在闽北山区，鲜少到达闽东南沿海。

汉民成批徙闽主要发生在三国时期，"大量北方人口渡江南流，仅213年一次，淮南人渡江南下的就有10余万户"[②]。40年后，孙吴政权在建兴至太平年间（252—257）五次发兵征讨福建历经15年，战争中和战后都有军政人员留驻闽地，在今福州地区驻军迁官，设置典船校尉，"主

---

① 引自《福建省志·总概述》第一篇第一章第四节，北京：方志出版社2002年版。

② 江立华、孙洪涛：《中国流民史》古代卷，安徽人民出版社2001年版，第26页。

谪徙造船于此"①，将汉化了的吴文化传入闽地。北方的持续战争，促使福建成为接纳流民最集中的地区之一，陆续开发了闽北、闽东和木兰溪流域与晋江流域，遂于永安三年（260）在闽北重置建州郡（在今建瓯县），析侯官县地复置东安县（今南安县丰州镇），辖今泉州所属各市县和莆田市全境、厦门市全境、漳州市盘陀岭以东以北地区，晋太康三年（282）又从建安郡析出晋安郡（在今福州），其时福建人口总数约为56760人②。西晋元康年间（291—299）"八王之乱"，匈奴于永嘉五年（311）攻陷晋都洛阳，俘怀帝，战祸连绵，南下难民约占中原人口的1/6③。这一次"中原板荡，江左衣冠右族林、陈、黄、郑、詹、邱、何、胡八姓迁入闽中"，"无复北向"④；"一般平民则多成群奔窜……，旋复沿太湖流域徙于近日浙江及福建的北部"⑤，并且延伸到闽东南沿海地区。

　　早期难民迁入闽南，以留居泉州者为多，当地出土的晋墓和晋江的命名就是这段历史最直接的"物证"；移民居漳者显然很少，只留下为数不多的墓葬。为了加强新到移民的管理，南朝各代政权于相对集中的时间段，在福建地区增设政府机构（详见后文），由于人口流动不稳定，其郡、县屡有立、撤、分、并、改。较稳定的行政建制发生在梁天监年间（502—519），改建州郡为建安郡，析出闽南地置南安郡（在今南安丰州镇），增置并管辖龙溪、兰水二县，治理闽南和龙岩两地区。唐武德年间（618—627）改建安郡为建州（治在闽县，今福州），增置丰州（治在今南安）；武德六年（623）分置泉州（治在闽县，今福州）⑥，贞观元年（627）辖闽东南共闽县、长乐、连江、长溪、南安、莆田、龙溪七县。到了五代时期，先后为闽国和南

---

① 引自《福建省志·船舶工业志·概述》第一章第二节，北京：方志出版社2002年版。

② 见《福建省志·大事记·元古至五代》，北京：方志出版社2002年版。

③ 转引自谭邦君、李熙泰：《厦门方言志》，北京：北京语言学院出版社1996年版，第4页。

④ 《福州市志》第一篇第二章第一节，方志出版社2002年版。

⑤ 参见罗香林：《客家研究导论》，台北：古亭书屋1975年版，第46页，转引自李如龙：《福建方言》，福州：福建人民出版社1997年版，第26页。

⑥ 笔者按：历史上，今福州和泉州屡屡重名、共名，应充分注意和辨别：陈元光请在"泉潮之间"增设漳州时的泉州，即后来的福州，其地理范围指的是今泉州至潮州之间，"泉州"至唐景云二年（711）才作为今泉州的定名。

唐等割据治理。

漳州的西南境则隶属揭阳（今广东省潮汕地区），其地早在秦始皇三十三年（公元前 214 年）便有秦兵于今广东东境戍揭岭（后称揭阳）、置南海郡，设揭阳戍守区。元封元年（公元前 110 年），汉武帝平定闽越和南越，设立交趾郡，后改名交州，治在今广西梧州市，辖越南北部、两广大部，今福建省漳州南部和龙岩及江西省南部地区属之，汉元鼎六年（前 111 年）增设揭阳县，属南海郡，揭阳县包括了现在的潮汕、梅州地区与漳州地区盘陀岭西南部。晋咸和六年（331）从南海郡分出东官郡，析揭阳为海阳（在今潮安县）、海宁（在今普宁县）、潮阳、绥安四县，其中的绥安县治在今云霄县（史称古绥安，以区别于东晋义熙年间的绥安县治今漳浦县），辖今漳州盘陀岭以西以南的漳浦县西南部、云霄县全境、东山县全境、诏安县全境、平和县全境或大部（以下简称漳南）。这是漳州地区最早的地方建制，比南朝梁天监年间（502—519）设立的龙溪县、兰水县早近三百年。东晋咸和元年（326）析南海郡东部置东官郡。东晋义熙九年（413）改置义安郡，领海阳、海宁、潮阳、绥安四县，绥安县治在今漳浦县，辖今盘陀岭以西以南的漳南地区和潮州的东部地；隋开皇十一年（591）设潮州，仍辖今广东省海陆丰、潮汕和漳南。

二 一地汉民的整批入闽

源源不断的入闽汉民一方面不断地挤占原住民的生存空间，分享其固有的自然资源；另一方面，在汉族人的惯性思维中，"漳在七闽之外，山蛮海寇、豺狼鲸鳄之所盘踞"[①]，而且不役不税，不受管辖，双方的看法大相径庭。福建地区沉寂了七八个世纪的民族矛盾和一次次摩擦，终于使尚未建立汉族政权，管理上最为薄弱的闽、粤接合部成为积聚各种矛盾的"火山"，爆发了一场民族反抗的"啸乱"。唐廷为了镇压闽西南地区的"蛮獠啸乱"，于总章二年（669）"诏陈政"入闽"平乱"，领副将许天正以下 123 员将校和 3600 士卒"镇故绥安县地"，部分家属随行；仪凤二年（677）；唐廷又派陈政的兄长陈敷、陈敏再领中原固始 58 姓 7000 余

---

① 童华：《重修威惠庙碑记》，黄惠主修：《龙溪县志·艺文志》，清乾隆二十一年。

军士及家属入闽增援，陈政子元光及其母魏氏举家同行①，当年即收复潮阳，于永隆二年（681）率军潜入潮州突袭敌营，"俘获万计，岭表率平"②。其间陈政病故，陈元光继任父职。经过"陈家军"30年征、抚，还闽粤地以安定，对此历代《固始县志》都有相关记载。

陈元光认为，泉、潮一带发生"啸乱"的根源在于生产落后，民性剽悍，政府缺乏强有力的管理，仅凭武力镇压是不行的，要长治久安，必须创州县、施教育，便奏请朝廷在"泉（今福州）潮之间"增设一个州级建制，于垂拱二年（686）获准。朝廷任命陈元光为漳州首任刺史，并析泉州南部地（今福州之南，即闽南）置漳州（州治在今云霄县），领新置的漳浦县和原属潮州绥安的怀恩二县（县治在今云霄县），推行开发与治理相结合、汉闽通婚、民族交融的政策，社会安定繁荣，很得人心。陈元光的政绩得到泉籍进士欧阳詹（约756—800）的首肯和盛赞：

> "（陈元光）立行台于四境：一在泉之游仙乡松州堡，上游直抵苦草镇；一在漳之安仁乡南诏堡，下游直抵揭阳；一在常乐里佛潭桥，直抵沙澳里大母山；一在新安里大峰山，回入清宁里庐溪堡，上游直抵太平镇。或命参佐戍守，或时躬行巡察。由是东距泉、建，西距潮、广，南接岛屿，北抵虔抚，方数千里，威望凛然，间无桴鼓之惊，号称治平。"③

陈元光建漳伊始的管辖范围和现在的漳州相比，互有参差，多出了通

---

① 陈支平、林晓峰主编：《闽南文化概论》，福州：福建人民出版社2013年版，第14页。笔者按：关于陈政陈元光的祖籍，目前学术界的主流看法是他们来自河南省固始县。非主流观点见于肖林发掘各地方志和史料后综合为四说，即称颖川（同在河南）说、河东（今山西）说、揭阳（今潮州说）、弋阳（同在河南）说，最终总称说："可以较明确地说，陈元光的籍贯则在豫东南政治、经济和文化中心，也是自古南北兵争重地的今日'潢川'县。"见肖林：《陈元光籍贯窥探》，福州：《福建史志》，1990年第6期。笔者基本同意肖先生的观点。

② 何乔远：《闽书》卷四一，《君长志》，福州：福建人民出版社1994年版，第1012页。

③ 欧阳詹：《忠毅文惠公行状》，《开漳史参考资料》，云霄县开漳历史文化研究会编印，第81页。注：泉之游仙乡松州堡，即今芗城区浦南镇，苦草镇在今属龙岩市；安仁乡南诏堡即今诏安县南诏镇，揭阳县在广东省；常乐里佛潭桥即今漳浦县佛昙镇，沙澳里大母山在今龙海市港尾镇；新安里大峰山在今平和县大溪镇；清宁里庐溪堡即今平和县卢溪镇，太平岭在今诏安县太平镇。

行闽南话的龙岩市苦草镇和现在的广东省潮汕地区东部地区，少了龙溪、长泰二县，分别于唐开元二十九年（741）、北宋太平兴国五年（980）从泉州割属漳州。而当时"陈家军"的势力影响，诚如欧阳詹所言，乃"东距泉、建，西距潮、广，南接岛屿，北抵虔抚，方数千里"，稳定了闽西南地区的局势①。总陈元光一生55个年头，驻闽42年，任岭南行军总管27年，任漳州刺史25年。连陈政之母即陈元光的祖母魏氏算起，陈氏家族历经政、元光、珦（元光子）、酆（元光子）、谟（元光孙）共四代五任治漳，时间达150年之久，使原本社会经济落后荒芜的漳州逐步赶上了泉州。由于陈元光推行民族融合政策，人口迅速繁衍，文化习俗交融，闽南民系由是初步形成。

　　"陈家军"入闽的200多年后，又值唐末农民大起义，再一次造成北方的战乱和向南移民："安史之乱"（755—763）"奔闽之僧尼士庶"约5000人②；唐僖宗乾符二年（875）黄巢起事，率10万余众掠扫浙、闽、粤地，留下若干中原士兵与难民等。最重要的是安徽寿州王绪与河南光州（今潢川，与固始同属河南信阳地区）王潮、王审知兄弟为主的5000义军30000余众挥师南下，光、寿二州吏民扶老携幼纷纷随行，仅固始县就有18姓（又说34姓）一起南下。因秦宗权残暴至极，《十国春秋·卷第九十·王潮传》载"宗权发兵攻绪，绪率众南奔，略浔阳、赣水，取汀州，陷漳浦"，在潮、漳、泉间辗转征战数年，其间在南安遇王绪滥杀无辜而政变，王潮弑王绪而代之，后北上永春、德化、大田到沙县，"会泉州人张延鲁等以刺史廖彦若贪暴，闻潮治军有法，帅耆老奉牛酒迎潮，留为州将，潮乃引兵围泉州，时光启元年（885）八月也。明年（886）八月拔泉州，杀彦若，遂有其地。"（同上引《王潮传》）王潮军于893年攻入福州，历时十年的"三王"入闽大迁移告一段落，随迁军民便逶迤入籍，定居于八闽各地，其中有相当一部分落籍闽南，都与当地人联姻融合。而王权式微的唐王朝先后封王潮、王审知兄弟为福建观察使、威武军节度使；梁开平三年（909），王审知被封为闽王，定都福州，使福建地

---

① 陈支平、林晓峰主编：《闽南文化概论》，福州：福建人民出版社2013年版，第15页。
② 《福州市志》第一册第四篇第二章〈人口变动〉引《九州志》，北京：方志出版社2002年版。

区维持了 30 多年的安定。就这样，岁月流逝和长期的汉民"掺沙子"，使得闽越族渐渐演变为汉民，而淡出历史。因王氏军事集团的原乡也和陈家军一样，同在河南省南部的淮河流域，便为初步形成的潮州与"泉南"——福州之南的闽南地区的闽南民系与文化抹上了"固色剂"，固定了下来。

三　汉民闽南文化的形成

闽南文化形成于何时，史料缺乏准确的记载，但学术界存在着两种主张：

第一种是魏晋说，主要来自民间。然而，从《三国志·蜀书·许靖传》关于许靖在公元 195 年前后从会稽"南至交州，经历东瓯、闽、越三国，行经万里，不见汉地"的记载看，在秦汉到三国时期，零星陆续南下的汉民对浙南、福建、两广地区的文化几乎没有影响。尽管吴越地区在"西汉中期基本实现民族'大换班'，主要居民与主导民族已由汉族取代越族，汉文化取代了越文化"[1]，而此时福建地区的汉人还不是很多，闽南的北迁汉民则更少，因而尚未发生民族的"大换班"，不可能实现原住民的全盘汉化。由此可见，闽南民系形成于魏晋之说不攻自破，是不可取的。

第二种是八闽学者与台湾学者普遍采用的初唐说。比如厦门大学已故老教授黄典诚，曾多次在不同场合说过"闽南话属于'唐音'"的话，并且生动地比拟说，"假如李白、杜甫在世，可以和闽南人通话"；又说"李白、杜甫在世的话，未必会同厦门人交谈，倒可以同龙岩人通话。"[2]黄老的这一观点一直被福建省文史学科的教授们所沿用，民间甚至认为闽南话就是唐代的"普通话"共同语。而"唐音"、"中古音"之代名词也表明，闽南话的主要时代特征保持了唐代、中古的语言面貌。由于区域语言是区域文化的最重要载体和区域文化的核心成分，民系的文化皈依之认同也主要取决其所操方言，因而，方言的形成期也就代表了民系与民系文化的形成期，其时段当是中古——唐代。

---

① 董楚平：《汉代的吴越文化》，《杭州师范学院学报》，2001 年第 1 期。
② 参见丁仕达：〈序〉，郭启熹：《龙岩方言研究》，香港：纵横出版社 1996 年版；宋智明记者采访李如龙教授的报道：《方言专家细说闽南话的"前世今生"》，《厦门日报》……。

　　如果说，上引黄教授回答了闽南区域语言"是什么"的问题的话，那么，李如龙教授则是通过地方汉人移民史及移民方式来判断闽南方言闽文化的形成过程的。李著首先引朱维幹教授、谭其骧教授的研究成果，指出对福建地区影响最大的"西晋永嘉入闽说"乃无根之萍，因其采自乾隆版《福州府志·外纪》卷七五引《九州志》，而《九州志》并无此文，可见此说之伪；其次，李教授指出，南迁汉人大多止于苏南，达湘赣者已少，并无入闽的记载，由此可见即使闽人有自西晋永嘉南迁者，怕也是先到苏南再入闽的，并通过地方行政建制及人口数量的变化来探索闽文化的形成期，李教授认为：

　　"当时（指晋代，笔者注）门阀制度盛行，名门贵族南迁之后携着家奴乡民聚集在一起，往往要建立侨置州郡，而闽中并无侨置州郡之设。当时的福建还是一片荒凉。据《晋书·地理志》所载，自建安郡分立晋安郡时建安郡统县七，晋安郡统县八，才各有4300户，全闽8600户，人口数当仅有数万。……那期间辗转入闽的平民百姓也许有，但为数不可能太多……族谱不足为凭。"

　　"……北人入闽于正史资料最早记载为《陈书·世祖纪》所云：'天嘉六年（565）三月乙未诏：侯景以来，遭乱移在建安、晋安、义安郡者，并许还本土，其被略为奴婢者，释为良民。'可见侯景之乱（548—552）后，过江北人有继续南下入闽的。关于永嘉乱后的这次移民，罗香林研究的结论也与此相近，他说：'仕宦的人家，多避难大江南北，当时号曰渡江，又曰衣冠避难，而一般平民则多成群奔窜……多集于今日江苏南部，旋复沿太湖流域徙于今日浙江及福建的北部。'"

　　"这次迁徙是长时间、小批量的，主要定居地应是闽北，也有辗转到了闽江下游、木兰溪和晋江流域。"①

---

① 李如龙：《福建方言·第一章第二节：中原汉人入闽和闽方言的形成》，福州：福建人民出版社1997年版，第24—26页。书中所引罗香林语，见《客家研究导论》，台北：古亭书屋1975年版，第41页。

从上引不难看出，李教授主要根据晋代"闽中并无侨置州郡之设"、"晋安郡统县八，有 4300 户，全闽 8600 户，人口数当仅有数万"，晋代汉人入闽的"主要定居地应是闽北"，而认为这一时期为闽北方言形成期，同时因为晋代汉人入闽的"迁徙是长时间、小批量的"，是"辗转"到闽南的，根据［唐］李林甫《元和郡县图志》有关开元年间（713—741 年，是陈家军"平乱"开漳后的四五十年间）漳、泉二州七县共有 5 万多户人，约占全闽五州二十四县总户数的一半以上的记载和陈政的属下司马丁儒的《归闲诗二十韵》中"土音今听惯"的句子，认为"到了中唐，看来不管是老泉州还是新漳州，不论是久居的土著还是新来的移民，……彼此听惯的土音，也就是定型了的闽南方言了。"而对于曾经与闽南地区同属晋安郡的闽东地区的方言（在早期闽方言内部分类中，曾一度将闽东闽南方言合称"闽海方言"，以区别于闽北的"闽山方言"），李教授认为应当形成于唐末五代"三王"入闽之后（同上引，页 27—30）。这也从另一角度旁证了成批的"大批量"的北人入闽对福建区域汉文化的形成起着决定性的作用。

台湾老一辈语言学家吴守礼教授则从另一视角论述了对闽南文化形成期的看法：永嘉兵乱、东晋渡江、增置晋安郡等，都证明了汉民在闽南的一系列活动，然而一直到 300 年后的唐朝仍有"蛮獠"在顽抗，说明此期只是汉族入闽的"先声"和闽南方言的"滥觞期"，而非形成期；"最显著而且和闽南方言的形成有联关关系的历史事实是在唐高宗二年（669）河南光州固始人陈政父子受了朝廷之命，率领了由五十八姓人民组成的军民——可能大多是河南中州人——到福建去平定蛮獠啸乱"，而"曾是'漳州府治'的'龙溪'虽然早在六朝时期的梁代已建置在先，但漳州人却奉祀陈元光，尊为'开漳圣王'"；吴教授也同样以地方建制的增加来旁证闽南文化之形成，指出与漳州齐名的另一闽南方言中心地之"泉州"，虽然在晋代已称为晋安郡，但它是在唐朝开元十三年（725）把"闽东的泉州"改称为"福州"以后才有的①。意思是说：晋代汉民虽已进入闽南，却没有与"闽南方言的形成有关联关系"；晋代泉州与以福州

---

① 吴守礼：《闽南方言过台湾》，《综合闽南方言基本字典·代序》，台北：文史哲出版社 1986 年版。

为代表的闽东紧密联系在一起，言外之意是两地在文化上仍为一个整体，难分彼此，表明闽南文化区尚未从闽东南的文化整体中独立出来。

四 闽南文化形成的历史进程与分期

对于闽南汉文化形成期看法歧义的关键，还有另外三方面原因，一是没有将其视为一个从"起源→酝酿发展→形成"的渐进式动态的进程，而以为闽南汉文化的形成是一蹴而成的，这种过于简单化的观点是违反科学研究最起码的常识的；二是"魏晋说"片面扩大了汉民零星地进入闽省各地在闽文化建设方面所起的作用；三是未采用历史眼光来看待陈元光的尊称"开漳圣王"之"漳"所指的地域范围。

所谓滥觞、起源，指事物开始发生。酝、酿、酝酿，《辞源》均释"积渐而成"，《现代汉语词典》释为"比喻做准备工作"；发展，指事物由小到大、由简单到复杂、由低级到高级、由量到质的递进式变化；形成，指事物通过质变而定型。由此看来，这四个词代表的是事物发展的四个历史阶段，其中起源、酝酿和发展的历史进程都不等同于形成，只有通过量变渐次积累为质变，才标志着事物产生了质的飞跃和该事物的形成。以此来观照闽南文化的阶段性"积渐而成"的发展，我们大致可以根据闽南地区的人口变化所推动的地方行政建制的增加，而确定闽南文化形成历史的几个主要分期的标志性事物的出现及其所发生的时间：

（一）闽南文化起源期

闽南地区的汉文化始于闽越族同华夏族有较大交往的先秦和汉初。然其什么时候进入酝酿期？可谓众说纷纭。然而根据地方志记载，东汉建安十二年（207）设立建安郡，闽南地区才有了第一个县级建制东安县。据此我们说，从先秦到东汉建安十二年（207）创设建安郡和东安县之前的建安十一年（206），福建地区还没有建立真正意义上的汉族政权。虽然零散入闽的汉民不绝于途，可是历时几百年的零星移民们的主要定居点在闽北，闽东尚且少有分布，而闽南地区设县初始也仅此东安一县建制耳，应视为闽南文化起源期的标志性事件较为合理。

（二）闽南文化酝酿期

据地方志记载，东汉建安十二年（207）设立建安郡，辖闽北建安、南平、将乐、建平、东平、昭武六县和闽东吴兴、后侯官两县，而闽南地区只有一个东安县，治在今泉州南安，辖今莆、泉、漳（漳北）、厦、龙。西晋太康三年（282），分建安郡东南地置晋安郡、改东安县为晋安县，其时晋安郡领闽东6县、闽西新罗县（治在今长汀县境）和闽南2个县，其中的晋安县辖今泉州地区和莆仙地区，同安县辖今同安、厦门和漳州大部分地区。

东安县的设置既是闽南人渐增的历史见证，也是闽南地区进入汉廷行政管理的标志之一，应视为闽南正式进入了区域文化酝酿期。然而，在建安十二年（207）到西晋太康三年（282）分置晋安郡的七八十年间，入闽汉民虽然由闽北渐进闽东南，可是当时的郡县时有置、废、撤、并、改，表明南下汉民的留居人口并不稳定，时有回迁者。因而于南朝宋泰始四年（468）改晋安郡为晋平郡，南朝梁天监年间（502—519）析晋平郡地置南安郡，领晋安、龙溪、兰水三县（一说在梁代天监六年），辖今莆田、泉州、漳州、龙岩地区。可见闽南语区汉民在最初设县的公元207—468年的260多年间，汉族人口的居留和增长仍是较不稳定和迟缓的，以致郡、县建制屡设屡废，一直到了梁天监年间（502—519）才勉强达到3个县的建制，又因人口来源于不同的年代和不同的原籍地，其语言和文化应是比较多元而无序的。因此笔者认为，将207年至梁天监年之前的6世纪初的近300年间看成闽南文化的酝酿期，为闽南语言文化的最终形成奠定了良好基础，应是比较客观公允的。至若地名历史文化"活化石"晋安郡、晋安县和晋江，一方面，它们都是汉晋文化渐染闽东南的重要标志，显示了闽南与闽东的亲密关系；另一方面又充分表明，此时的闽南尚未从闽东南的文化板块中剥离出来，尚不是一个文化的独立体。

（三）闽南文化发展期

南朝梁天监年间（502—519）或梁代天监六年（507），析晋安郡（在今福州）东南地置南安郡，下领晋安县（今泉州）、兰水县（今南靖县大部）和新增的龙溪县（今漳州东北部、漳浦县西北部，漳浦西南部和平和县东北部及云霄县、东山县、诏安县除外），隋开皇九年（589）改晋安县为南安县。可能如南朝陈世祖天嘉六年（565）三月乙未诏曾许诺"遭乱移在建安、晋安、义安郡者，并许还本土"，因而入闽汉人既有返迁江南的，也有逃匿深山的，以致在闽汉族人口并不稳定。比如在南朝陈光大二年（568）和唐武德初年的五六十年间里，莆田人口屡有增减，县级建制也屡建屡撤，直至唐武德五年（622）才析南安县增设莆田县[①]、南安撤县而升级丰州，县的建制一增一减，仍持3县之地；然而5年后即贞观元年（627）即废丰州，径以南安、莆田、龙溪三县并入泉州（治在今福州）。由此可见这一时期的闽南地区汉民人口呈现的是持衡性的缓步增长，而不是某然一时期的骤增。并且，这一时期的汉民仍旧来源于不同的原籍地，语言和文化较多元而无序，闽南也未能从"闽"和"闽东南"的整体中"裂变"出来，仍属于闽南汉文化的量的渐变性积累时期。因此我们称，从六世纪初年到唐高宗时期"蛮獠啸乱"爆发前的668年为闽南汉语言文化渐变发展期，同蒋炳钊教授将这一时期断为"汉人入闽的第二个时期"的观点暗合[②]。

（四）闽南文化形成期

唐总章二年（669），陈政奉诏入闽征伐"蛮獠之乱"，所率将校士卒3600多名及家属无算；仪凤二年（677），唐廷派其两兄率兵增援，也就是其母、两兄、一子举家再领固始89姓7000余军士及家属入闽增援，"蛮乱"遂平。在总章二年（669）到垂拱二年（686）漳州设立之前的近20年时间，应为闽南语言文化发展期和文化基因裂变形成的过渡段。

1. 人口"种族大换班"

人是文化的最主要"载体"。中原"陈家军"的一整批军事移民的到来，打破了秦汉以来北下汉民原籍地不同、入闽时间不同的零散移民局面，从而实现了对闽南地区人口结构及其文化属性的"置换"。这正如董楚平教授所述吴越文化的质变和"种族大换班"，闽南地区的"主要居民与主导民族已由汉族取代越族，该地区的文化面貌也就为之大变，即汉文化取代了越文化。"[③] 由原住民文化一跃而为以汉文化为主体的新文化。

---

① 笔者之所以把莆田县纳为闽南语地区的理由有三，一是莆田原属泉州；二是宋代以前，莆田方言与闽南话并无二致；三是即便是现在，莆仙方言是否可以作为闽语的5个分支之一，目前学界仍有争议，从语言面貌看，莆仙方言的语音、词汇很接近闽南话，只是语法带有闽东方言的某些特点。

② 蒋炳钊：《对闽中郡治及冶都治县地望的一些看法》，《厦门大学学报》（文科版），1981年第3期。

③ 参见董楚平：《汉代的吴越文化》，《杭州师范学院学报》，2001年第1期。

值得特别提醒的是，"陈家军"定居的落脚点并不限于漳州地区，而是漳州以东、以西、以北的"泉潮"之间——今福州与广东潮汕地区之间。对此吴幼雄教授有着清醒的认识：

"唐朝前期，今福建省有两个泉州。唐武德六年（623）改建安郡为泉州（州治今福州），久视元年（700—701）析南安县东北置武荣州（今泉州）。景云二年（711）改泉州（今福州）为闽州，改武荣州为泉州（今泉州）。开元十三年（725），又改闽州为福州（《元和郡县图志》卷二十九年·江南道五）。则知唐初泉州（治在今福州）的地域几乎包括今福州、莆田、泉州和漳州等福建的沿海地区。陈元光戍守的'泉潮'间，唐初陈元光入闽戍守的安仁（即绥安，今漳浦、云霄一带），系泉州（今福州）之南，绥安地属唐初泉州南部（即今福州之南），故亦称泉南。唐初沿用习惯叫法，把泉州（今福州）南部地区称泉南，所以丁儒《归闲二十韵》亦作'泉南'。景云二年（711），闽南的泉州设置，……泉南遂移名为闽南泉州的别称。由此则知陈元光《喜雨次曹泉州二首》时，闽南泉州的地名尚未出现。"①

正因为"陈元光戍守的'泉潮'间，是今福建南部与广东潮州交界的漳州地区"，因而在漳州以外的唐代"泉南"地方志，大多留有关于其军事活动及其后裔定居与地点分布的记载：

"陈政仕唐副诸卫上将，武后朝戍闽，遂家于温陵之北，……今枫亭二庙，旧传乃其故居。"（［南宋］宝祐三年（1254）黄岩孙《仙溪志》，仙溪即今仙游县）②

---

① 吴幼雄：《泉南民俗文化一隅——泉州的陈元光崇拜》，《泉州师专学报》（社会科学版），1992年第2期；《泉州人祀奉陈元光考》，《陈元光国际学术讨论会论文集》，厦门：厦门大学出版社1993年版。下引吴文，咸注作者姓名及论文发表年度。

② ［南宋］黄岩孙：宝祐三年（1254），《仙溪志》，为福建省现存三种宋本方志之一，仙游县文史学会点校，福州：福建人民出版社1989年版。

"陈政、陈元光父子率兵入闽征剿泉、漳之间的"蛮獠",军事行动结束后,一部分唐军在仙游入籍。"①

"何氏,祖何嗣韩,河南光州固始人,唐初随陈政、陈元光入闽,分镇泉州,食采螺阳,家于惠安。"②

"陈政、陈元光……部将许天正领兵驻守泉州,南下士兵与本地共同开发,相当一部分将士留居晋江。"③

"唐初,陈政部将潘节领兵驻守泉州,将士们与当地百姓共同开发,后来相当一部分将士散居驻地。"④

"陈政、陈元光父子……其部将许天正、潘节驻守南安一带,后来居留南安。"⑤

南宋本《仙溪志》是目前所见有关陈政、陈元光开漳的最早期和最重要的史料,记录了一些历史学界向少关注的内容。是书称,陈氏的"故居"枫亭,即今仙游县枫亭驿,在泉州以北五十多公里处,在宋太宗建兴化军之前属"温陵"今泉州。这就是说,陈政当年"平乱"流动作战的前线在漳州,而以现在的泉州地区作为安顿家眷的"后方根据地",其故居之一便在枫亭驿陈庐园。陈庐园的地名自唐代沿用至今,在莆田、仙游、惠安三县交界处的枫亭镇学士社区,是福州通往闽南的交通要道,唐五代泉州(今福州)驻军武官往往家枫亭,陈家军如此,五代时期的留从愿亦安家枫亭赤湖留宅村⑥。另外,〔清〕道光版林有融《枫亭志》

① 《仙游县志》第三篇第二章《人口变动》,北京:方志出版社 1995 年版。
② 《惠安县志》第三篇第一章《人口演变》第一节,北京:方志出版社 1998 年版。
③ 《晋江市志》卷三第一章《人口演变》第二节,上海:三联书店上海分店 1994 年版。
④ 《泉州市志》卷三《人口》第一章第一节〈机械变动〉,北京:中国社会科学出版社 2000 年版。
⑤ 《南安县志》卷三第一章《人口演变与分布》第二节,南昌:江西人民出版社 1993 年版。
⑥ 何清平:《陈政陈元光父子寓枫亭》,《福建陈氏网》,网址:http://www.fjchens.cn/lc-ms_ content.asp? cid = 42,又《仙游新闻网》,网址:http://www.xyxww.com/wtpd/wh/20140113/428400007.aspx,查询日期:2014 年 12 月 15 日。

也多有漳州史志未见的有关陈政、陈元光的资料信息，比如〈例言〉记录了元光"灵著王"之称的来历，卷三〈列传〉收陈政、陈元光、陈珦三传等陈氏家族史料，记"子孙之留于枫者，八世至邕，由枫之陈庐园迁侯览（村名），三世而生宋南康王洪进。"（一说洪进属陈邕"太傅派"，陈邕与陈政"将军派"同宗；或说洪进的先祖世系与"将军派"、"太傅派"均无关，这里聊用枫亭说）

陈洪进（914—985）自乾德元年（963）起主政泉漳，修建泉州城，历任清源军节度使、泉南等州观察使，平海军、泉漳观察使、检校太傅等地方要职，任其子陈文显为节度副使，陈文颢为漳州刺史，人称显族"五侯陈"，所住村庄因称"侯揽村"①。陈洪进改革田赋、兴修水利，于今晋江市陈埭镇修筑海堤和天水淮，以围垦、灌溉农田，排洪泄水，后来定居于此，其居地便以堤"陈埭"为地名至今②。由此可见，陈氏家族不但曾经"故居"于泉，也有子嗣后裔留居泉州南安、惠安、晋江和仙游，其中第十一世孙陈洪进、第十二世孙陈文显、陈文颢均掌泉、漳地方要职。而其他一些泉州大姓也大多是唐代迁入的。"陈元光戍守的'泉潮'间，是今福建南部与广东潮州交界的漳州地区"，"地域几乎包括今福州、莆田、泉州和漳州等福建的沿海地区（前引吴幼雄，1992，1993），这些地方史料足以证明"陈家军"及所率汉民入闽的军事力量和影响。这种来源于同一原籍地、同一批次、同一时间的全面覆盖式中州军事移民，在今福建地区是第一次，而与自秦汉以来入闽北方移民之长时间、多原籍地的间断性、零杂性非军事移民方式的渐侵式入闽决然不同，判然有别。因而史学界多有将福建地区汉族政权的确立期定为"陈家军"入闽者，就是这个道理。从此，比土著民族先进的中原文化取代了福建沿海一带原"泉南"地区的刀耕火种土著文化。未久又值唐末五代与"陈家军"同籍地的"三王"所率军民入闽，有相当一些军民落籍闽南。这一同源性、同质性文化无疑强化了"陈家军"文化的影响。现在的漳、泉两地经历过这两次同籍地、一体化的大规模军事移民文化的洗礼，其区域文化由是定型。

---

① 参见上注及《鲤城区志》卷三十六第一章〈人物〉，北京：中国社会科学出版社 1999 年版。

② 参见佚名：《陈洪进与"陈埭"》，"梅雨先生的博客"，网址：http://blog.sina.com.cn/s/blog_ 79537b9101012ybf.html，查询日期：2015 年 1 月 22 日。

2. 文化区域格局的形成

闽南文化区域的形成期在垂拱二年（686）至开元二十九年（741）的 55 年间，其形成有三个最重要的显性标志，一是增置漳州，二是今泉州的定名，三是漳、泉两个中心城市基本格局的形成。

闽南文化区域形成的三个显性标志中的核心标志，是增置漳州，它触发了闽东南地区政治文化的一系列质变，唐廷开始合理分割闽东南的行政区划与布局，在建漳的嗣圣初年到圣历二年（686—699）的 16 年间，唐廷先后三次分泉州（今福州）置武荣州（今泉州的前身，治在今南安丰州），都未久即废、废而又置，一直到久视元年（700）才确立了武荣州，景云二年（711）定名为泉州至今，而将原来的泉州即今福州改名为闽州，从而将闽南地区彻底从闽东的管辖之下独立出来。与此同时，增置的漳州又促进了闽南地区两个最重要的中心城市的基本格局之形成，一是泉州州治无县，而于开元六年（718）析置晋江县，二是新泉州的老属县龙溪因距离州署遥远，于开元二十九年（741）划隶漳州，大历十二年（777）又析汀州龙岩县来属漳州；新泉州则于久视元年（700）增设清源县（今仙游），漳泉两州共领漳州的漳浦、龙溪、龙岩和泉州的晋江、南安、莆田、清源七县。泉、漳两州又互为犄角圈发展，大大增强了政府的行政管理能力，为人民的安定生活提供保障。加上陈氏家族数代任职漳州最高行政长官，其部下也多兼任"泉（今福州）潮（共东的潮汕）团练使"而执掌泉、漳、潮三地军政，使当时的"泉南"的闽南及粤东文化区域形成了一个大整体，彻底改变了原有的文化—语言面貌。到了唐末五代，泉、漳两地先由清源军节度使留从效节制，其后继者陈洪进于后汉乾祐二年（949）至北宋初建隆四年间（960—963）知泉南（泉州与南州，南州是历史上漳州的曾用名）军府事、泉南州观察使、检校太傅、清源军节度使等职，大大加强了闽南政治、军事、经济、语言、文化的一致性。

（五）闽南人口的发展与地方行政建制

人口的繁殖和地方建制的增设，是民系的发展和区域文化确立的另一个重要条件和标志。

五代至元代（907—1368）的 460 年时间里，泉州毫无疑问是引领闽南文化兴旺发展的"领头羊"，人口和经济文化的发展比漳州快，清源军、平海军管理机构的建立，加强了泉、漳两地的政治文化交流；泉州在元代曾一度设立"行省"级行政机构,奠定了后来的泉属辖区局面。漳州在唐大历十二年(777)便领闽西龙岩县,至清雍正十二年(1734)析割龙岩县为福建直隶州近千年,表明闽西一直是漳州的"势力范围",到明代迎来了大发展,漳州人口和辖地大幅度提升,后于清雍正年间析出管辖近千年的老属县闽西龙岩地,大致形成目前漳属辖区的格局。厦门则在明清交替之际的南明永历九年(1655)由郑成功设立思明州,后其子郑经于康熙十九年(1680)弃岛奔台湾而废州县、复归同安管辖;民国元年(1912)析同安县嘉禾里(即厦门岛)、金门等岛屿复置思明县,同年9月改思明县为思明府,翌年撤府复为思明县,民国三年(1914)改名厦门道,民国二十四年(1935)改设厦门市,"文革"期间于1973年从泉州划出同安县归隶厦门市至今,形成今天的"闽南金三角"鼎立之势。而闽南文化区域的扩展便是从"金三角"文化区的形成开始的。现简介闽南文化区域形成后的唐五代以降闽南地区各州、府、县、市各重要历史时期的人口增长及地方行政建制完善情况于下:

  1. 泉州地区①

年代	人口	地名及辖地	备注
吴永安三年 (260)	无考	东安县	以会稽南部都尉辖地为建安郡,析侯官县地置东安县,治在今南安县丰州镇,辖今闽南地区
晋太康三年 (282)	无考	改东安县为晋安县	八王肇乱,北方少数民族乘机入侵,晋朝部分南逃官民来泉沿江而居,东晋数千义军战败后散居闽南沿海一带
南北朝 梁天监年间 (502—519)	无考	晋安、龙溪、兰水,后兰水并入龙溪	侯景之乱,汉民为避战祸大批入泉州定居与原住民融合,成为泉州主要人口;梁天监年间析置南安郡,领三县

① 以下资料,引自《泉州市志》卷一《建置》、卷三《人口》第一章,北京:中国社会科学出版社2000年版。

续表

年代	人口	地名及辖地	备注
隋开皇元年　（581）	无考		陈后主之子镜台率族逃至今永春县定居
唐代开元末年（741） 天宝元年　　（742） 元和年间 　　（806—820）	249500 160000 238400	开元二十九年（741）划龙溪归漳州，领南安、晋江、莆田、清源四县	总章二年（669）陈氏家族及陈元光部将许天正领兵驻南安、莆田、晋江等地，落居繁衍后代；光启二年（886）河南固始"三王"率农民起义军入泉州
后唐天成元年（926） 后汉乾祐二年（949）	无考	晋江、南安、永春、德化、莆田、仙游、惠安、同安、安溪、长泰；兼领漳州及其属县龙溪、漳浦、龙岩	后唐长兴四年（933）置桃源（后改名永春）、德化二县，后晋天福四年（939）复置同安县，后周显德二年（955）添置清溪县（后改名安溪）、长泰县；后汉乾祐二年（949）升泉州为清源军兼领南州（漳州）及其属县
宋太平兴国年间 　　（979—981） 崇宁年间 　　（1102—1106） 淳祐年间 　　（1241—1252）	1067400 1329900	晋江、南安、永春、同安、安溪、惠安、德化	太平兴国年间划仙游、莆田归太平（兴化）军，长泰归漳州，析置惠安县。熙宁十年（1077）廖恩农民起义，被镇压后一部分逃入泉州，人口大增；在刺桐港兴旺期于澎湖设巡检司，辖澎、台
元至元八年　（1271） 至正年间 　　（1341—1368）	810000 455500	同上	宋末元初，因战乱和自然灾害，人口骤减；元代泉州曾建立行省，屡建屡废

年代	人口	地名及辖地	备注
明洪武十四年 （1381） 嘉靖四十一年 （1562） 万历三十六年 （1608）	351100 169900 190000	同上	洪武年间（1368—1398）形成第二次人口高峰；后因海禁，海外贸易衰落，造成历史上人口增长的低谷；嘉靖四十二年（1563）重设澎湖巡检司，遥控台湾岛
清顺治元年 （1644） 康熙五十年 （1711） 雍正十二年 （1734） 乾隆廿六年 （1761）	1826003 334000 495600 2521600	晋江、南安、惠安、同安、安溪	顺治年间（1644—1661）人口又降；乾隆二十六年（1761）人口比康熙五十年（1711）增长48%；雍正十二年（1734）升永春县为直隶州，划德化县属之；道光九年（1829）形成历史上第二次人口高峰
民国期间 （1935—1937） （1945） （1949）	2226400 2088100 2062300	晋江、南安、永春、同安、安溪、惠安、德化、厦门、金门	因战乱、社会不安定、灾害、疫病等原因，人口负增长；民国二年（1912）析同安县厦门岛置思明县，次年从思明县析出金门县
新中国 （1950） （1990）	2341200 5823300		1958 年析同安县改隶厦门市

泉州在后唐天成元年（926）进入"大闽国"时代，闽南归之，后唐长兴四年（933）置桃源县、德化县，后晋天福三年（938）桃源县改名永春县，次年复置同安县，后周显德二年（955）添置清溪（后改名安溪县）、长泰二县（于宋太平兴国五年划给漳州），太平兴国六年（981）析晋江县东北部置惠安县，至此泉州辖有晋江、南安、永春、同安、清溪、惠安、莆田、仙游、德化 9 县。至元二十七年（1290）前后，泉州在澎湖增设巡检司、隶于同安县，管辖澎湖、台湾等岛屿；大德元年（1297）为图琉求（今台湾），改福建行省为福建平海行中书省，从福州徙治于泉州；至正十八年（1358）又设立泉州分省，是当时闽南文化区域的"领头羊"。然而在元末 1357 年至 1366 年间，泉、莆、福发生了一次长达近十年的以波斯色目人为主的"亦思巴奚伊斯兰军"军阀

叛乱①，重创了泉州社会经济和人口发展，加上南宋末年以来泉州港的淤废，导致泉州港盛极一时的海外贸易大幅衰落，促使泉、莆人南下漳州。明初泉州仍领晋江、南安、同安、安溪、惠安、永春、德化七县，嘉靖四十二年（1563）重设澎湖巡检司、派兵长期驻防，遥控台湾岛，清代"承明制"基本不变。民国二年（1913）析同安县地厦门岛置思明县，次年从思明县析出金门县。新中国成立初期，莆田、仙游二县复归泉州，共辖晋江、南安、同安、金门（待统一）、安溪、永春、德化、惠安十县。1958年析出同安县，改隶厦门市、1970年复归晋江地区，并划出莆田、仙游二县归闽侯地区，1973年同安县再度划归厦门市至今。1985年在泉州市区成立鲤城区人民政府，后来又从晋江县地析设县级石狮市、晋江县升级为县级市等，至此，泉州市计领丰泽、鲤城、洛江、泉港四区和石狮、晋江、南安三个县级市及惠安、安溪、永春、德化、金门五县（金门现为台湾辖管）。由于后汉乾祐二年（949）曾经升泉州为清源军、兼领南州（漳州）及其属县，元至元十七年（1280）曾将福建行省并入泉州行省、徙于隆兴等，这都充分表明这一时期的泉州话是闽南方言的代表语，也是漳泉两地以外闽南方言次方言的最主要源头之一，具有很强的向心力。

2. 漳州地区②

年代	人口	地名及辖地	备注
梁天监年间（502—519）	无考	龙溪、兰水、绥安	秦至晋代,汉人自赣南、浙南入闽西,辗转徙漳州。隋至唐初原住民"蛮獠"渐向九龙江沿岸迁移,汉人稀少。龙溪、兰水二县属南安郡,西南部绥安县属潮州

① "亦思巴奚战乱"，指元末1357年至1366年间福建发生的一场长达近十年的以波斯色目人军队"亦思巴奚伊斯兰军"为主的一次军阀叛乱，因"亦思巴奚"是泉州波斯人的武装，也称"波斯戍兵之乱"。在兵乱期间，亦思巴奚伊斯兰军割据泉州、插手福建政治，北上占领福州，参与兴化乡族内战等，引发福建沿海多个派别参加的大规模混战，后又与元朝福建行省政府直接对抗，最后被元将陈友定平定，"西域人尽歼之"，蕃商遭到大清洗。这场兵乱引发宗教和民族仇杀，造成大量平民死亡，重创了泉州的社会经济发展。明成化八年（1472），福建市舶司从泉州迁往福州，漳州月港兴起，标志着泉州港的衰落和盛极一时的泉州伊斯兰教走向式微。

② 以下资料，引自《漳州市志》卷一《建置》、卷三《人口》，北京：中国社会科学出版社1999年版。

续表

年代	人口	地名及辖地	备注
唐总章二年 （669） 垂拱二年 （686） 开元二十九年（741） 天宝十年 （751） 大历十二年 （777）	17940	怀恩、漳浦 漳浦、龙溪 析汀州龙岩县来属 漳浦、龙溪、龙岩	陈家军入漳平乱，近万人就地落籍安家；垂拱二年（686）置漳州；开元二十九年（741）废怀恩入漳浦县，龙溪县划归漳州；光启元年（885）"三王"入闽，漳州较安定，九龙江下游一带进一步开发，"三王"部属落籍；大历十二年（777）析汀州龙岩县来属
宋元丰年间 （1078—1085） 淳祐年间 （1241—1252）	无考 160566	龙溪、漳浦、长泰、龙岩	元丰年间（1078—1085）有主户35920，客户64549；南宋时期容纳王室难民、大量中原仕宦和北方避难人口，今芗城区浦南镇、华安县丰山乡、漳浦县湖西乡和龙海县港尾镇等地仍有赵氏皇室后裔
元代末年 （1368）	101306	龙溪、漳浦、长泰、龙岩、南靖	至治二年（1322）析龙溪、龙岩、漳浦交界地置南胜县（后改名南靖）；实行民族压迫政策，掳掠人丁为奴，地主官僚横征暴敛，百姓四处逃亡，农民起义、连年战乱，人口大降
明弘治十五年 （1502） 嘉靖三十一年 （1552） 隆庆五年 （1571）	266561 324334 240878	隆庆（1567—1572）后，共领龙溪、漳浦、龙岩、南靖、平和、诏安、海澄、长泰、漳平、宁洋十县	社会稳定繁荣，人口比元末增长1倍多，正德十四年（1519）析置平和县，嘉靖年间（1530—1566）析置诏安、海澄二县，隆庆五年（1571）增置漳平、宁洋二县

年代	人口	地名及辖地	备注
清乾隆四十一年 （1776） 道光九年　（1829） 清雍正十二年 （1734）	148311 1496138	龙溪、海澄、漳浦、诏安、平和、南靖、长泰	明清更替的大规模"拉锯战"近40年，清廷两次"迁界"破坏生产，人口锐减。康熙二十二年（1683）收复台湾，"复界"恢复生产、鼓励生育，人口比清初增长9倍多；割龙岩建直隶州、划漳平、宁洋属之
民国期间　（1936） （1938） （1945）	1502752 1300000 1400000	龙溪、海澄、漳浦、云霄、东山、诏安、平和、南靖、长泰、华安	战争频仍，政局动荡，人口递减；民国二年（1912）增建云霄县，五年（1916）析设东山县，十七年（1928）析置华安县，共领十县
新中国 （1950年代初） （1990）	1580000 4167000	龙海、漳浦、云霄、东山、诏安、平和、南靖、长泰、华安	龙溪、海澄合并为龙海县，共领九县； 1990年比1950年年底净增348万多，每年净增8万多人口

漳州以军事置州，北来汉民属军事移民，建州初期在全闽发生着重要的影响。然而从初唐至元末，由于人口比泉州少，长期只领龙溪、漳浦二县，在建州后的大历十二年（777）始增领龙岩，再历二百多年，于宋太平兴国五年（980）从泉州划来长泰县，元至治二年（1322）析置南胜县（至正十六年即1356年改名南靖县）而领五县。元初以降，泉州港日渐淤塞；元末泉州发生了长达近十年的波斯色目人"亦思巴奚伊斯兰军"大叛乱，促使泉、莆人南下漳州，盛极一时的泉州港海外贸易渐被漳州月港所取代。月港的兴起和对外贸易经济的发展，促使政府加强管理，于明中叶先后增置五个县：成化七年（1471）析龙岩县地增置漳平县，正德十二年（1517）因南靖县边区爆发横跨"闽粤赣"三省的大规模农民暴动，被明廷镇压后，于正德十四年（1519）析置平和县；为加强政府对海外贸易和内地社会的管理，嘉靖九年（1530）析漳浦地立诏安县，四

十五年（1567）析龙溪、漳浦二县地增置海澄县，隆庆元年（1567）析闽西龙岩、大田、永安三县地立宁洋县，至此漳州府辖长泰、龙溪、海澄、漳浦、诏安、平和、南靖、龙岩、漳平、宁洋十县，是历史上辖地最广的时代。明末清初，明郑水师在九龙江下游的漳州和厦门、金门、铜山（今东山）、南澳诸岛坚持抗清约40年，与月港的兴起合力推助漳州话取代泉州话，成为闽南方言代表语和当今闽南话的基础腔，至清末"五口通商"后，其代表语的地位渐被厦门话取代。清雍正十二年（1734），划出漳州北部地区龙岩县为直隶州，割漳平、宁洋两县属之，漳州只领龙溪、海澄、漳浦、诏安、平和、南靖、长泰七县，其辖区基本延续到当代。民国二年（1913）、五年（1916）分别划诏安地增置云霄县、东山县，十七年（1928）从龙溪县析置华安县，共领十县；新中国时期于1960年将龙溪、海澄合并为龙海县。改革开放以后，在漳州市区设立芗城区，在漳州市郊与龙海县西北部的交界地设龙文区，成为目前漳州行政建制的一市、二区、九县的局面。

　　3. 厦门地区①

年代	人口	备注
宋太平兴国年间（976—983）	6000 余	渔村，渔、农居民点，地名嘉禾
元代（1206—1368）		渔农居民点，军港，设军事机构"嘉禾千户所"
明初　　　　（1394） 万历五年　（1577） 明中叶　　（1516）	16000 20000 余 16000	渔、农居民点；建中左守御千户所海防要塞，筑城防御倭寇；万历五年（1577）来厦西班牙商人估计岛上有居民 4000 余家。南明永历九年（1655，清顺治十三年）明郑置思明州，十七年（1663）改为思明县。明末清初（1664—1680）为郑成功的"抗清复明"武装根据地，南明永历九年即清顺治十三年（1655）明郑置思明州，十七年（1663）改为思明县。

---

　　①　以下资料，参见陈嘉平、张聪慧、方文图：《厦门地志》，福州：鹭江出版社1995年版，前言面的附页及1—5页；《厦门市志》卷一《建置》、卷三《人口》，北京：方志出版社2004年版。

年代		人口	备注
明末清初	（1664—1680）	约240000	康熙十九年（1680），清军取厦、金二岛，废思明，厦门岛重师泉州同安县管辖
清乾隆三十四年	（1769）	8000余	
道光十二年	（1832）	144900	
宣统年间	（1909—1911）	89500	
民国	（1969）	181100	民国二年（1912）从泉州同安县析厦、金二岛置思明县，三年（1914）从思明县析设金门县
	（1949）	206000	
新中国	（1950）	454000	轻工业城市，人民生活水平逐渐提高，卫生条件得到改善
	（1990）	1118600	

　　厦门原是悬于九龙江口的一座荒岛，晋、隋、唐代属南安县，最早的居民为唐代迁入的陈、薛两姓，五代后唐长兴四年（933）属泉州同安县，明洪武二十年（1387）始筑海防机构"厦门城"。明清之际，民族英雄郑成功以厦门岛为抗清根据地，于南明永历九年（1655）即清顺治十二年设思明州，永历十七（1663）一月改思明州为思明县；康熙十九年（1680）清郑交战，郑成功之子郑经大败于清军，撤离厦门。清军占领厦门、金门两岛，遂废思明县，厦门岛重新归属同安县，康熙二十三年（1667）改设台厦兵备道，道尹驻台湾府，雍正五年（1727）从泉州迁兴泉道（后改名兴泉永道）来驻厦门。民国元年（1912）析同安县嘉禾里（厦门岛）和翔风里的金门等岛屿置思明县，民国三年（1914）增设厦门道，辖思明、同安二县，十四年（1915）废道，改用省、县两级地方建制，思明县属福建省，二十二年（1933）设厦门特别市、后废，二十四年（1935）撤思明州设厦门市。新中国初期厦门为省辖市，1958年析漳州龙海县东北地的海沧乡、新坡乡来属，同年从泉州划同安县来属，1970年复归泉州晋江地区，1973年再归厦门市至今。改革开放后，于1981年设立厦门经济特区，成为我国五大经济特区之一。现市区设思明、湖里二区，西郊设海沧区，北郊原同安县地置集美、同安、翔安三区，厦门市形成了今天一市带六区的局面。由于厦门岛地处九龙江入海口，原本是月港的外港，与漳、泉隔水相望，后

来替代了月港的外贸经济地位，一跃而为闽南地区的经济文化中心，其语言是漳、泉合流的"漳泉滥"。

4. 龙岩闽南语区①

年代	人口	地名及辖地	备注
清雍正十二年　（1734） 道光十四年　（1834）	无考 137100	漳平、宁洋 漳平	从漳州析出升龙岩县为直隶州，领漳平、宁洋
民国　　　（1911） （1949 年年底）	187700 76000	漳平县	龙岩地区
新中国（1956） （1996）	258700 410000	漳平县	宁洋撤县，并入漳平、龙岩、永安三县；1990 年比 1949 年年底净增 182700 人

闽西龙岩市现在是个以客家人为主的客、闽杂居地区，然而历史上，闽南民系先于客家定居此地：闽西在唐宋间只有两县，早在晋太康三年（282）闽地析建安郡置晋安郡（今福州）、辖新罗县（治在今长汀县境），南朝宋泰始四年（468）撤县、属晋平郡（今福州）；梁天监年间（502—519）析晋平郡地置南安郡，大同六年（540）增置龙溪县，今龙岩属之；唐武德元年（618）析置汀州，开元二十四年（736）置长汀县。从大历十二年（777）析置龙岩县起，龙岩隶于漳州的时间长达 957 年，至清雍正十二年（1734）才从漳州"独立"出去。现在的龙岩地区除了漳平县以外，其他各县已成为后到的汉民客家的居所，是为客话区。

第四节　闽南民系的外徙及其母语文化的传播

在闽南语言文化区形成初期至五代，闽南人基本上都在本地居住和生活。宋代以降，北方汉民继续南下，加上来闽人口的自然增长，闽南地区

---

① 以下资料，参见《龙岩地区志》卷一《建置》、卷三《人口》等，上海：上海人民出版社 1992 年版；《漳平县志》卷三《人口》，上海：上海三联书店 1995 年版。按：宁洋撤县，土地和人口分别并入漳平、龙岩、永安三县，人口数据缺失；1996 年的人口数据引自郭启熹：《龙岩方言研究》，香港：纵横出版社 1996 年版，第 2 页。

土地资源与人口增长的矛盾日增。从上述人口数据看,泉州在宋代淳祐年间的人口已达 133 万,而漳州只有 16 万多,两地人口差距大。泉州人不得已而开始了向外迁徙发展的历程;明代嘉靖年间的漳州人口升至 324 万,泉州约为 170 万,都须向外发展"讨生活",有着移民传统的闽南人便负载着母语走出家门越过省界,跨过国界,逶迤迁徙,陆续前往粤东粤西、海南、东南亚各国、台湾和沿海其他省谋生,久之"遂把他乡作故乡",从而将自己的母语文化推向省外和海外,扩大了闽南民系文化区域。闽南话就这样成为东南沿海数省的通行语言和东南亚多个国家的第二语言和国际通行的汉语方言。目前在我国的 13 亿人口中,闽南民系的总人口所占比例为 4% 左右,然而相对人口却相当可观。据有关资料显示,当前使用闽南语的人口中,福建有 1600 万,台湾约 1800 万,广东约 1600 万,海南有 500 多万,大陆"闽南方言岛"人口 38 万以上,东南亚总约 1200 万,全球使用闽南方言的人口合约 7000 万,堪与欧洲多个发达国家的人口数媲美。

　　"(闽南人)分布地域辽远。宋元之后,中国经济中心自西北向东南转移,福建也是如此。泉州港兴起后,这片人多地狭的丘陵地上开始了人口外流,先是沿着大陆海岸向粤东进发,而后又登上海南、台湾两个大岛,包括北上浙南沿海,中国的海岸线约有三分之一被闽南话所占据。后来又远渡重洋到了菲律宾、泰国、缅甸、新加坡、马来西亚、印尼诸国,东南亚华裔中说闽语的后裔应在半数以上,估计有 1600 万。广州港比泉州港兴起更早,粤语区的先民也走得更远(直到东非、美洲),但粤语分布的地域和人口都没有闽语多。在内陆省份,除了邻省浙、赣、粤之外,闽语在苏南、桂东、川中都有自己的方言岛。"①

---

① 李如龙〈序〉,拙著:《闽方言研究专题文献辑目索引》,北京:社会科学文献出版社 2004 年版。又据福建省侨办主任杨辉 2014 年 5 月底接受福建省政府网专访提供的资料和人口数据,东南亚闽南籍华人华侨为 1200 万,参见《福建海外华侨华人达 1512 万呈五方面特点》,《中国新闻网》,网址:http://www.chinanews.com/zgqj/2014/05—28/6219672.shtml,查询日期:2016 年 1 月 29 日。

一 迁徙省外

从闽南的对外移民时间看，有宋一代，先民大体先从莆仙地区（旧属泉州）、泉州地区迁往尚未开发、人口较疏的漳南地区留居，或暂住一段时间，再继行西迁，在潮汕地区、雷州半岛和海南岛主要从事农耕生产、渔业、小手工业活动；泉州又同时兼辖澎湖列岛，这便将泉、漳语言文化带到了上述沿海地区和海岛，并且留下一些奇妙的语言文化景观，要者如：

在漳州与潮州交界的诏安县，形成了一种漳、泉、潮、诏四种"腔口"合一的闽南方言地方腔面貌，其近邻广东省潮州地区的饶平县，凡与漳州地区接壤的几个乡镇都说着比诏安话还要接近漳州话的"潮州话"。而在潮州南澳海岛县，自首任总兵白翰纪在明万历三年（1575）设置漳潮副总兵府伊始，便将部伍分为福、广两个营来管理，而且划隆、深二澳属潮州府饶平县，分云、青二澳属漳州府诏安县。这种一岛属两省的地方管理局面，长达340年，一直到民国三年（1914）南澳县才合归广东省管辖。所以，现在的南澳闽南话就以其总兵府为界，形成两个地方腔，靠东的云澳和青澳为漳州腔，靠西的深澳、隆澳为潮州腔。

潮汕的方言语音、词汇、熟语、歌谣及民间故事等，也表现了闽南籍移民文化的延续，留下漳、泉方言及其口传文学的深深烙印。例如闽粤地区著名的地方戏文《荔镜记》，记录了明中叶的闽南话，研究者多多，因剧中男主人公是泉州人，女主人公是潮州人，其对白语言便采用泉、潮方言夹用的手法，生角用泉州话，旦角说潮州话，来表现角色的地域身份。保存在对闽南老家的"集体记忆"尤以谚语"潮汕福建祖"为确，体现了子子孙孙不忘祖文化的心理和情结。

明清两代，闽南先民除了继续向西涌入粤东、粤西、海南以外，又集中在广东的海陆丰一带落居。罗志海先生认为，现今汕尾市及其属县海陆丰等的80多万闽南人的祖先大部分是明末清初从福建莆田、漳州一带迁入的，海陆丰民众也自认为自己的语言是"漳州腔"，实则语音、词汇、歌谣、民间故事等，都既有闽南方言与文学的烙印，歌谣则是闽味、潮味、海（海陆丰）味"三合一"的产物。至若隔着闽东话区的浙江南部的温州地区，其苍南县、玉环县、乐清（县级）市、洞头县等地闽南话，由于迁离闽南的时间主要在清初，而且地连闽东地区也讲闽南话的福鼎，因而 300 年来虽受到强势方言温州话和普通话的影响较大，但浙南闽南人都竭力护守自己的"精神家园"，无论是语音、词汇、语法还是口传文学，都同祖地母语有着更高的相似性。相仿的是江西旅游胜地三清山一带、说闽南语的兴国、赣县等乡村，既有郑成功水师余部降清后被安置此地屯田，也有一部分是太平军入闽吸收闽南籍兵源后，部分将士撤往江西留在当地所形成的"方言岛"，其方言和闽南祖地仍有很高的一致性。较特殊的是雷州话和海南话，因离开闽南祖地时间长，地理上又相隔辽远，当地以黎族为主的少数民族人口比重高，其闽语便受到民族语的不少影响，和祖地方言口语差别比较大，然而仍不难看出同漳泉方音的渊源关系。

二 迁徙南洋群岛

[明]嘉靖年间的福建巡抚谭纶深谙闽民"以海为田"，海兴民兴、海禁民饥的道理，于 1564 年吁请朝廷因势利导、略开海禁、与外通商云：

> "闽人滨海而居者，不知其凡几也，大抵非为生于海则不得食。海上之国方千里者，不知其凡几也，无中国续绵丝帛之物，则不可以为国。御之怠严，则其值愈厚，而趋之愈众。私通不得，即掇夺随之。昔人谓：弊源如鼠穴，也须留一个，若还都塞了，处处俱穿破。意正如此。"①

谭纶的继任者许孚远也奏疏称："市通则寇转而为商，市禁则商转而为寇。"又指出：

> "东南滨海之地，以贩海为生，其来已久，而闽为甚。闽之福、兴、泉、漳，襟山带海，田不足耕，非市舶无以助衣食其民恬波涛而

---

① [明]谭纶：《条陈善后未尽事宜以备远略以图治安疏》，收入《谭襄敏公奏议》，《影印文渊阁四库全书·史部》第 429 册，台北：台湾商务印书馆 1983 年版，第 629—633 页，转引自李扬帆：《涌动的天下：中国世界观变迁史论 1500—1911》，北京：知识产权出版社 2012 年版，第 457 页。

轻生死，亦其习使然，而漳为甚。……然民情趋利，如水赴壑，决之甚易、塞之甚难。"①

许氏一语道出滨海人贩海之重要性和闽南人"恬波涛而轻生死"的人文性格。无论先民或从商，或为盗，或为生计而移民，其迁徙海外的特点是时间长，批量大，落居地主要是南洋群岛的马来亚，即今通行马来语的马来西亚、新加坡、印度尼西亚、斐济、文莱、菲律宾等国家和台湾省，少数落居于东南半岛的泰国南部、越南南部、老挝、柬埔寨、缅甸等国家的部分地区。在南洋群岛和中南半岛地区的国家，都把闽南话称为 hook - kien 或 hookkian，是用闽南所在省"福建"来代表方言语种的。由于中南半岛的闽南人群体人数较少，本书从略。

马来民族千百年来与我国有着友好的邦交关系，有的在历史上就是我国的附属国，中华—闽南文化对其有着深巨的影响。早在唐末，巴林邦，即现在的印度尼西亚巨港，已经有许多中国人耕植，据说是因黄巢之乱而避居海外的；宋代辟泉州为国际商港，有更多的闽南人落居南洋；元朝曾在北婆罗洲（在今印尼）建立"中国河"行省，因爪哇（在今印尼）杜马班王室未亲来朝贡，世祖忽必烈命右丞孟淇持诏往问，被辱黥面遣归，世祖怒诏福建省平章史弼南等率兵 2 万（多属闽南籍）发舟千艘讨伐之，途中一百多名士兵因病滞留婆罗洲，后来战船遇风沉毁，将士"落居爪哇者颇多，繁殖也盛"②。明代闽南海商"走洋如适市"③，"杜马班（又作杜板、赌班）夷长主之，多广东、漳州流户"④，等等。虽然东南亚的华人华侨族谱和墓碑资料显示，泉州人先于漳州人到达南洋，可是南洋"福建话"更接近漳州话。这是因为闽南人口真正大量外迁的年代始于明代漳州月港的兴盛期，马六甲在万历年间（1573—1619）形成了闽南人

① 许孚远：《疏通海禁疏》，收入：陈子龙辑：《明经世文编》卷四〇〇：许孚远《敬和堂集》。
② 王会昌：《中国文化地理学》，武汉：华中师范大学出版社 1992 年版，第 338 页。
③ ［明］张燮：《东西洋考》卷七；邓廷祚等：《海澄县志》卷一五《风土志》。
④ ［明］黄省曾：《西洋朝贡典录》。

村落"漳州门"、"中国溪"①，甚至婆罗洲"为王者，闽人也"②。

闽南海商主掌东南海上贸易 600 年，其底层民众大多先经营零售业，后来落居当地，娶番妇、生子女，混血儿、女分别称为"峇峇"和"娘惹"，成为南洋群岛的一个的特殊群体——自认为是华人，穿明朝服装，大多说着马来语和闽南话混合的语言，却不会汉语北方话、不认得汉字的一个特殊闽南人群体。正是"峇峇娘惹"零售业的经营和混血家庭的组建与繁衍，同当地原住民有着频繁而又近距离的文化交流，从而将闽南母语文化深植于马来土著文化。

三 迁徙台湾岛

闽南和澎、台隔海相望，而澎、台的原住民原为百越分支，两岸自古就有交往：早在公元 230 年，东吴政权曾派近万人的军队航抵台湾，隋代隋炀帝三次派人到台湾"慰抚"当地居民，唐宋以来的海上贸易、渔猎和垦殖，促使闽南人往返于闽台间，渐至有少数移居者，宋代正式设置了官方机构澎湖巡检司，隶于泉州同安县，以管辖澎、台等岛屿。南宋孝宗乾道七年（1171），泉州知州汪大猷在澎湖派驻舟船水师，警戒台、澎地区，是我国中央政府首次在台、澎驻军，后来渐废。元世祖于至元二十七年（1290）再度设巡检司于澎湖，行使赋税等财政权。到了明初行海禁，军事上只布防海岸，遗弃海岛，澎湖巡检司也一并撤除，以致倭寇乘虚而入，利用台湾、澎湖等岛屿为中转站，频频袭扰侵犯江、浙、闽、粤沿海，抗倭成了明代的军政大事。明万历二十九年（1601），倭寇大举烧杀抢劫福建沿海，遭明军水师围歼的漏网倭寇逃向台湾，被福建都司沈有容率明军（主要是闽南兵士）追讨，扬帆乘胜登陆大员（台湾），张榜安民，追剿残倭，并于万历三十年（1602）春节前夕将倭寇逐出台岛。这是中国军队第一次从外国侵略者手中收复台湾。此役的"副产品"则是沈有容的随行游击将军陈第所著《东番记》，内容直接取材于台湾的历史、地理、民族、社会、风物人情。

---

① 地名"漳州门"、"中国溪"，见〔葡萄牙〕埃雷迪亚（G. de Eredia）1613 年绘制的马六甲地图，转引自林远辉、张应龙：《新加坡马来西亚华侨史》，广州：广东高等教育出版社 2008 年版，第 45 页。

② 《明史·外国传·婆罗传》。

闽南人成批"过台湾"的时间比先民"落南洋"的年代晚,主要集中在明末和清初以降,先后形成了三次迁台高潮:

第一次高潮发生于明末,漳州海沧人(1958年起改属厦门)"开台王"颜思齐和泉州南安人郑芝龙(郑成功之父)等武装海商集团于1621年率领漳泉老乡开辟台湾岛,成为闽南人成批渡台的先声,台湾有了一二万汉人的大村落。1628年,郑芝龙接受明朝招抚。后来遇到福建地区连年饥荒,郑芝龙便建议福建巡抚熊文灿组织灾民赴台垦荒,芝龙"乃招饥民数万人,人给银三两,三人给牛一头,用船舶载至台湾,令其芟舍开垦荒土为田"①,闽南文化由此传播台湾。这是我国政府第一次有计划有组织的对台大规模移民,带去了大陆先进的强壮劳力和农耕技术,开垦沃土,建窑烧制砖瓦盖房子、建村落、设集市,施行租税制,数年便将台湾从刀耕火种的原始社会一下子提升到封建社会,大大促进了台湾的发展,也使台湾成为我国无可辩驳的领土②。

第二次高潮是在顺治十八年(1661)郑成功驱荷收复台湾,所带部伍眷属37000人留居台湾,发展农业生产和经济。在成功及其子孙执政的明郑时期20年间(1662—1683),台湾人口发展到约20万,为闽南文化在台湾宝岛的传承及其进一步开发打下了良好的基础。

第三次高潮在康熙二十二年至嘉庆十六年(1683—1835),清廷以施琅为帅再次收复台湾岛。康熙帝起先认为,台湾"得其地不足以耕,得其人不足以臣";"得之无所加,不得无所损"(《清圣祖实录》卷一百十二),便迁"郑家军"和部分漳泉籍百姓回内地或北上,台湾汉民人口骤降。后来采纳施琅等闽籍官员的意见,于次年设台湾府和台湾、凤山、诸罗3县,隶福建,后来正式建台湾省,结束了隶属福建二百年的行政关系。清初的台湾人口为24万人,至嘉庆十六年(1835)已增至208.6万人,152年间增长了8.7倍,其中闽南人占了80%左右,强有力地推动了以闽南语言文化为代表的汉文化之传播。由于第一代赴台的垦民绝大多数是男性,后来与台湾原住民女性通婚,成为当今台

① 黄宗羲:《赐姓始末》,《黄宗羲全集》第二册卷十一,杭州:杭州古籍出版社1986年版。

② 林再复:《闽南人》,台北:三民书局1985年版,第107页。

湾大多数闽南人的祖先，在当地谚语里留下了"有唐山公（祖父），无唐山嬷（祖母）"的说法。

不幸的是，闽南人在国内、国际舞台大展身手的时代，也正是西方殖民扩张之时，享有"海上马车夫"盛誉的荷兰人先后于1602年和1622年两次侵占澎湖，被我击退，1624年又侵占台湾南部。老道的荷兰侵略者又行屡蒙屡得的"牛皮圈地"骗术①，"借地于土番，不可，给之曰：'愿得地如牛皮，多金不惜。'许之，乃剪皮为缕，周围里许，筑热兰遮城以居，驻兵二千八百人。"② 仅隔数年（1626），西班牙人也登陆鸡笼（今基隆），修建圣萨尔瓦多城，1629年又在淡水建筑圣多明哥城（即淡水城，当地居民称其为红毛城），台湾岛两个天然良港落入列强手中。1642年，荷兰北上驱逐西班牙人，终于将觊觎已久的北台湾的重要港口据为囊中物。

就在荷、西两国入侵台、澎地区的明代天启年间（1621），以漳泉海商首领颜思齐为首的闽南海商率众登陆台湾岛，未久颜思齐病故，郑芝龙被推为海商首领，组织成批闽南人渡台开垦，估计其间的海商集团内部已经有了漳泉两地方言的混合了。不过，到崇祯元年（1628）郑芝龙归顺明廷，担任闽粤总督时，海商集团内部的泉州人应该会比漳州人多，其混合腔的闽南话应偏向于泉州腔。后来郑芝龙降清，其子郑成功高举义旗反清复明，继而于南明永历九年（1655）在厦门岛设立思明州，坚持抗清斗争。在清兵基本统一大陆的情况下，郑成功以厦门为据点孤军难守，便决心收复故土，驱逐荷兰殖民者。顺治十八年（1611），郑成功率军37000人，战船数百艘，挥师渡海东征台湾岛，于5月初4日攻克荷军重要战略据点赤嵌城。郑成功致荷军总督揆一招降书写道：

> "台湾者，中国之土地也。久为贵国所踞，今余既来索，则地当归我，珍瑶不急之物，悉听而归。若执事不听，可揭红旗请战，余也立马以观，毋游移而不决也。生死之权，在余掌中。见机而作，不俟终日。唯执事图之。"（连横：《台湾通志·开辟纪》）

---

① 张燮《东西洋考》卷五【吕宋】条："有佛郎机者……上黄金为吕宋王寿，乞地如牛皮大盖屋。王信而许之。佛郎机乃取牛皮剪而相续之，以为四围乞地称是。王难之，然重失信远夷，竟予地，月征税如所部法。"

② 见连横：《台湾通志》卷一，据此记载，台湾原住民酋长受骗失地，与吕宋王如出一辙。

永历十五年十二月十三日（公元 1662 年 2 月 1 日），荷兰殖民者降，结束其 38 年的窃地统治，台湾回归祖国。然而清朝晚期国力式微，列强环视中国，中国时时地地挨打赔款。台湾刚建省十年（1885—1895）即遭遇"甲午"剧变，改变了亚洲的势力格局。《马关条约》的签订使中国沦为半殖民地半封建国家，中华民族面临着生死存亡。日本却凭借着从中国勒索来的巨额赔款和利益扩大地盘，扩张军事实力，一跃跻身世界强国。台湾的割让，使中日实力对比的天平向日方倾斜，已成不争的事实，其丧权、辱国、失地之痛，深深埋于中华民族的文化记忆之中。

第五节 "陈家军"后裔与"开漳圣王"民俗信仰圈

在上古的七闽和秦汉时期的闽越国时代，闽南与粤东本是一个文化整体，后来才有了各自的汉民族政权之地方建制。在漳州尚未开发时，东南部区域与现在的泉州同属一个行政辖区，或者归属其管辖，西南区域长期与潮州同属一个行政辖区，也曾短期管辖潮州的部分地区，三地共同经历了大致相同的历史演变进程。不过，由于漳州的地方政权建制比泉州和潮州晚，漳州和潮州接壤的漳浦西南部、云霄、东山、诏安、平和四县和现在的潮州接壤的"三不管"地带有如历史文化"连体儿"，其文化遗传中的闽越族"野味"要浓于两端的泉州和潮州。而促使闽南文化区域"二分"向"三分"过渡的，是唐代中宗武后年间（684—701）"陈家军"在泉（今福州）、潮之间的政治经济文化之卓著贡献，并且得到历朝历代皇廷的诸多封号。只是因为南宋的封号"开漳州主圣王"及清代封号"开漳圣王"都带一个"漳"字，致使其重大影响力被当代人误以为只限于漳州。不过，我们今天仍可以通过地方史志、族谱、奉祀陈元光及其重要将领的庙宇及民间的祭祀活动，窥视其在漳州以外影响力之一二。

一 "陈家军"后裔的主要居住地

（一）陈姓

陈姓是闽、粤、台三省大姓，其中一半以上开基于陈政、陈元光家族。陈氏家族落籍漳州后，后裔分布在漳州的人数最多，同时也有落籍泉州和迁徙外地者。"陈家军"拓闽开漳影响着后世闽、粤、台三省人民的民间信仰文化，学术界称之为"开漳圣王"民俗信仰圈。

台湾"开漳庙团"信众到云霄县将军庙、
威惠庙朝拜陈政与"开漳圣王"陈元光①

（二）许姓——许天正支系

《漳州姓氏》第1400页、《安溪姓氏志·许》和汤漳平教授《从族谱资料看唐初中原移民对闽南的开发》②介绍，福建许氏来自中原，入闽支系甚多，其中一支是宣威将军许陶，战殁葬于闽清，其墓今尤存；陈元光的副将许天正（649—718），中外许姓都以其父子为入闽一二世祖。许天正后定居泉州，后裔一衍泉州入安溪、南安，二衍龙溪传南靖，三开潮州揭阳，四衍诏安。

（三）李姓——李伯瑶支系

李伯瑶系唐代开国元勋李靖之子，《漳州姓氏》第610页载，李伯瑶随陈氏家族入闽平乱，历任营将、漳州司马，漳州李姓多认其为"开漳

---

① 王一雄、林榕庆摄影：《闽台牵手 共祈平安》，《福建日报》，2010年5月5日。

② 漳州市政协主编：《漳州姓氏》，中国文史出版社2007年版。以下引自本书，咸注书名和页码。又见"大业诚争"的博客，网址：http://blog.sina.com.cn/s/blog_4a1228850100w2v8.html，查询日期：2014年12月24日；又，汤漳平：《从族谱资料看唐初中原移民对闽南的开发》，《闽台文化研究》，2013年第2期。下引姓氏分衍资料，参见汤教授论文。

祖"，传子十三人，皆以军功授职团练使而分守福建今长乐、南平、罗源、建宁、武平、浦城、长汀、永泰、建瓯等地，其中七子莳汝镇守清溪（今安溪县），十二子苍汝镇守龙岩。

（四）瓯姓——瓯哲、瓯真支系

《漳州姓氏》第915页载，瓯氏总章二年（669）随陈元光入闽分任营将、校尉，后裔留守兴化，陈政军中也有府兵队长欧阳传惠安。

（五）黄姓——黄世纪支系

《漳州姓氏》第425页称，黄世纪原为高宗礼部侍郎兼祭酒，后被发配随陈政戍闽平乱，驻李伯瑶营，专司监造战船兼浯州牧马事，有三子，子孙遍布闽、台和粤东。

（六）郑姓——郑时中、郑平仲等支系

《漳州姓氏》第1692页称，陈政军中有固始人军咨祭酒郑时中，府兵校尉郑平仲，府兵队正郑正、郑业、郑惠、郑牛容等，建漳后奉命驻守闽东南同安、长汀、龙溪等"四境"和潮安，后来大多留居该地繁衍后代。

（七）施姓——施光缵支系

《漳州姓氏》第1048页载，施姓肇闽始祖为陈政手下府兵校尉施光缵，平乱以后家漳州，今闽台施姓多为其后裔。

（八）杨姓——杨统、杨细秀等支系

《漳州姓氏》第1456页称，进入闽南的杨姓主要是随陈政入闽的府兵校尉杨统、杨细秀支系（后者见于族谱），以及队正杨永、杨珍支系，后裔有传莆田仙游者。

（九）潘姓

《漳州姓氏》第933页称，随陈政入闽有河南固始人府兵队正潘节，平乱后驻南安丰州，其后裔或居漳，或居泉。

（十）谢姓

《漳州姓氏》第1359页载，陈政戍闽，有固始人谢逸字征德随同开漳，后定居兴化石井（今莆田），为谢氏入闽开基祖。

（十一）薛姓——薛使支系

《漳州姓氏》第1427页载，随陈政入闽开漳的河南固始人薛使，曾任"行军统管使"，奉命镇守长泰山重，为漳州薛姓始祖。山重村位于长泰县东鄙、漳州与厦门的界山"仙人碁"西北（今讹作"仙人旗"或"仙灵旗"），传数代至薛一平，有前往漳浦开基者，并繁衍闽南各地，顺治年间（1644—1661）有一支迁台湾，在台南高雄市茄萣安居，并开辟台北市三重；另有后裔翻过界山，落脚灌口越尾山和深青村，即现在的厦门集美区灌口镇双岭村。

此外，《漳州姓氏》还记载了跟随陈家军平乱后的其他将领后裔落居处，比如：方氏迁本省宁德、霞浦和浙江苍南、金华、义乌等地（页238）；罗氏后裔落脚龙岩，后定居连城，也有族人迁徙广东（页862）；石氏（页1061）、郭氏（页311）迁播闽南各地；曹氏因镇守苦草镇而留居漳平（页57），等等。由上可见，"开漳"将士们戍守、落籍闽南的地点不仅仅在漳州，而是包括漳州地区以外的潮汕地区、泉州地区、龙岩地区、闽东闽北地区、浙江南部地区、台湾、东南亚地区。

二 从陈元光庙宇看"开漳圣王"民俗信仰圈

闽南地区的祖先崇拜一般分为四种，一为氏族始祖神崇拜，二是闽越先王崇拜，三是汉族移民祖先崇拜，四是无后代的先人包括未成年的夭逝者崇拜。这里拟讨论的是第三种，即以河南固始县军事移民祖先为主的陈政、陈元光神系神明，如"王爹王妈"陈政及其夫人和"开漳圣王"陈元光及其妻，以及元光的主要部将辅顺将军马仁、武德尊侯沈世纪、辅胜将军李伯瑶等神明及其庙宇的分布与祭祀情况。这些原本"实有其人的神明"崇拜的主要活动地在闽南地区，其后裔也主要落籍在闽南和向外迁播的东南亚、台湾等闽南语区。虽然大陆地区在20世纪50年代以来的历次"破四旧"活动和"文化大革命"，大部分神庙寺观被毁被砸，然而纪念陈元光的祠、庙却大多得到当地人民群众的保护并重建。

无须讳言，闽台地区的陈元光崇拜主要通行于漳州和台湾，但这并不意味着漳州和台湾以外的地区就没有其寺庙"威惠庙"。据不完全统计，泉州、厦门、金门、台湾、浙江南部地区、潮汕地区和东南亚地区都有陈元光庙，有的还奉祀陈元光的重要将领李伯瑶、许天正等神明。不过，为了突出这些以"陈家军"将帅为主的祖先神明的在外影响，这里对各地陈元光及其将领寺庙的存废情况作一简单介绍。

（一）陈元光庙在漳州

据段凌平《开漳圣王信仰及其海外传播的特点初探》①介绍：漳属各县、市、区共有奉祀陈元光的寺庙 224 座，以保存 67 座的漳浦县最多，以下次第为龙海 51 座，云霄 34 座，东山 23 座，芗城区 16 座，南靖 11 座，诏安 9 座，平和 7 座，龙文区 3 座，华安 2 座，长泰 1 座。其中影响最大的要数始建于唐中宗嗣圣元年（684）的云霄威惠庙，宋徽宗政和三年（1113）始称此系列庙宇为威惠庙，明代成化年间（1465—1487）在今址重建，弘治四年（1491）重修，祭奉陈政、陈元光父子及其部将。庙宇宏伟，大门石刻联文曰："威震漳州南国兵戈化礼乐，惠流云水西门宫阙亘河山"；庙内 20 多根石柱上刻有 10 多对楹联，概括了"开漳圣王"陈元光的主要功绩，因而被海内外尊为威惠祖庙，香火分赴闽台各地和东南亚，是漳州市与台湾等海外文化交流的主要窗口。每年"开漳圣王"的生日（农历二月十五）、忌日（农历十一月初五）和元宵节，云霄威惠庙都举办"走王"活动，在庙前搭台唱潮剧、游神像，十分热闹，海内外游客络绎不绝。

（二）陈元光庙在泉州

泉州是否也有"开漳圣王"庙宇？有的泉州学者持否认态度，也有学者告诉笔者，泉州的漳州人后裔中有一部分是跟随陈元光南下的陈氏及其将领来泉的，史料多有记载陈元光家族及其手下将校曾分驻泉州，这些人的后裔也敬奉陈元光。例如《福建省志·民俗志·一、神灵》记载称：旧时泉州一带也有不少威惠庙，每年二月十五日举行祭奠。泉州西郊的潘安村，是日举行迎神赛会，俗称"进香"，8 人抬着开漳圣王的神辇浩浩荡荡，巡视本境，……至今仍尊称陈元光为"境主公"，奉为本境护境神，每逢正月初四和二月十五日，家家户户设香案，摆供品祭祀。

陈元光的一些亲属和随从入漳的有功将领也被当地群众奉为神明，单独立庙祭祀。例如陈元光的主要将领，垂拱四年（688）受武则天诏敕漳州别驾、宣威将军的许天正领泉（今福州）、潮（潮州）团练使兼翊府记室，曾领兵驻守泉州，部分将士留居晋江等。吴幼雄先生更从"泉州"

---

① 段凌平：《开漳圣王信仰及其海外传播的特点初探》，《漳州师范学院学报》（哲社版），2012 年第 3 期。

地名的变迁而条分缕析称，陈元光的影响并非囿于漳州一地：

> "泉州亦有人建庙崇奉陈元光，如今，虽然庙宇早毁，但人们仍于节日定时虔祭，这表明纪念、崇仰陈元光的地域范围超出漳州、潮州二地。"①

吴文称，泉州祭祀陈元光的神祇一般称"威惠庙"和"王公宫"，20世纪90年代尚知有3座：第一座为朋山岭格的朋山庙，《泉州府志》卷十六〈坛庙寺观〉引《闽书抄》称该庙"神名世传前朝敕封灵感威惠尊王"，明嘉靖年间毁而又建，今已无存；第二座引《泉州府志》卷十六〈坛庙寺观·安溪县·威惠庙〉记载，在安溪"县北眉上乡，祀唐豹韬卫大将军陈元光"；第三座庙在旧南安，另可参见张兆基《闽南"陈元光神系"庙宇及崇祀习俗考》②引《泉州府志》："威武陈王庙，在县治东潘山市，祀唐豹韬卫大将军陈元光。"有了地方志提供的线索，吴幼雄先生曾于1990年两次赴泉州西郊北峰乡招贤村潘山实地调查，亲见威惠王庙尚存庙址和部分建筑及已作他用的后殿，并且听当地父老说：潘山威惠庙俗称"王公宫"，为潘山最大的宫庙，祀唐朝开漳圣王陈元光；陈元光神像足下另陪祀一小孩，乃其子陈珦；宫庙建造者为明清时期陈元光后裔，而在20世纪90年代，大小两潘山"威惠王报神赛会"都在夏历正月初四隆重举行，二月十五则是"王公生"进香，热闹非凡，陈元光至今仍是潘山的护境主"境主公"；当地仍流传着史学界公认为模仿陈元光开闽事迹写成的历史小说《平闽十八洞》故事，并且附会当地××山洞即小说中的××洞等传说，也流传着"王公"为民除害的神话等故事传说。

经笔者多方搜索，又发现泉州地区的多座陈元光庙：一如晋江陪祀陈元光的深沪"夫人妈庙"，其神龛眉书"陈圣主"，乃当地祈求生育男孩的神祇。二如现泉州城区东街新府口原中华铺的道教玄妙观里，后随玄妙观一同湮没，然而附近居民至今仍有祭祀陈元光神祇的民俗，尊称为

---

① 吴幼雄：《泉南民俗文化一隅——泉州的陈元光崇拜》，《泉州师专学报》（社会科学版）1992年第2期。

② 参见张兆基：《闽南"陈元光神系"庙宇及崇祀习俗考》，《陈元光国际学术研讨会论文集》，厦门：厦门大学出版社1993年版。

"陈圣王"、"陈将军"、"威灵惠王"等，其《泉州城厢民间祀神诞辰表》记其诞辰是农历二月十六日。三是泉州市丰泽区城东街道西福小区的西福宫，据传始建于五代，后来主祀"开漳圣王"陈元光，信众以农历八月十五日为"圣王生"等。四如南安县石井镇仙景村，在明代有商人到漳州芗城区石亭镇南山村做生意发达，便将南山陈元光庙宇朝兴宫的香火带回家乡，成为仙景村主祀陈元光的安保宫，现每年正月仍有信徒来南山村祭拜，人数几百上千不定，此庙在谢云声《福建故事》① 中亦有记载。至若泉属惠安县枫亭镇的威惠庙，现行政区划已归属莆仙地区（详见下文）。由此可见，陈家军开漳时的"泉潮之间"即今福州和潮州之间是其军事势力范围和活动范围。

（三）陈元光庙在莆仙

莆仙地区是泉州的"老地盘"，与漳州地区之间隔着泉州地区，却也存在过陈元光庙，原因是：陈政陈元光曾经"故居"于该地，其事实与经过载于［南宋］宝祐地方志《仙溪志》②：

> "威惠灵著王庙二，在枫亭市之南、北。按漳浦《威惠庙集》云：'陈政仕唐副诸卫上将，武后朝戍闽，遂家于温陵之北，……今枫亭二庙，旧传乃其故居。'"

《仙溪志》是目前所见有关陈政陈元光开漳的最早期和最重要的史料之一，记录了一些历史学界向少关注的事实。其他地方史料有关陈氏家族及其将士定居仙游的记载也颇多，如［清］道光版林有融《枫亭志》也云：

> "元光随父戍闽，家枫亭，及创漳州，遂刺漳事，又死事于漳，故漳人为之立庙，称开漳大将军，庙号'威惠'，漳诸县多有之。而枫亭陈庐园，亦立'威惠灵著王庙'南北二座，子孙世祀，乡人奉以

---

① 克罗尔曼：《石井乡附近一村落供奉圣王公像》，收入谢云声：《福建故事》上，台湾：东方文化书局 1973 年版。

② 黄岩孙：［南宋］宝祐本《仙溪志》点校本卷三《祠庙》，福州：福建人民出版社 1989年版。

为神。"（笔者按："灵著王"是南宋绍兴十六年追封陈元光的封号）

以下资料亦见诸《枫亭志》，例如卷一〈地理〉

"威惠灵著王庙，祀唐将军陈政之子元光。庙在陈庐园，古岳陇之王庙，明末庙貌犹存，因迁界始废。……今岳陇王庙为东岳行宫，庙内并塑一像称仁惠尊王，相传即唐威惠灵著王也。郑志按《漳浦威惠庙集》称：'陈政仕唐副诸卫上将，武后朝戍闽，遂家于温陵之北曰枫亭。灵著王乃其子也。今枫亭之庙，即其故居。'又一条称：'岳陇古有灵著王庙，明末封翁徐先登每过，必祷求贵嗣。'又考《福建通志》漳浦威惠庙祀唐开漳大将军陈元光。……今将军父子戍闽，开族肇祀，则为枫之里人矣。《通志》政及元光二传，皆不言居枫事，殆略之也。然元光本传只载追封颍川侯、谥昭烈，未言封王。其庙号'威惠'系当时赐名，亦未称'灵著'，至福清所祀则称'灵著王'，而未加以'威惠'，唯郑志所载'威惠灵著王庙在陈庐园'，最为完备。今岳庙所祀之仁惠尊王为古之灵著王，而仁惠之称起何时，想唐宋叠有洊加封号焉，志乘失载，而仍沿旧称。今未得《威惠庙集》，谨于此地特立专庙，恭迎岳庙所并祀之。今称仁惠尊王，定祀庙食，题曰：'唐威惠灵著王之庙'。仍题其主于庙内曰：'唐威惠灵著仁惠尊王开枫大将军陈公之神。'"

卷三〈列传〉《陈元光传》载：

"枫亭陈庐园，亦立威惠灵著王庙，子孙世祀，乡人奉以为神。"

（四）陈元光庙在厦门

厦门陈元光庙，其一是位于思明区洪本部的涉台文物昭惠宫，始建于明末，清顺治十三年（1656）同安丙洲九世孙陈士朝率家族迁入，后号称"丙洲陈"庙，1696 年由十五世孙福建水师提督陈化成捐资扩修，2006 年再重修。其二是厦门思明区美仁后社圆海宫，又称陈元光纪念堂，也建于明末，因水患冲毁漳州新桥威惠庙，圣王神像沿着九龙江漂至厦门被发现，当地陈氏族人特迎请上岸建宫奉祀，现为厦门市陈元光学术研究会所在地。其三在老泉州属县、今划归厦门管辖的同安之小西门车站葫芦山附近的"南院陈太傅祠",因当地人认为闽南陈氏最主要的两个支派陈家军之"将军陈"和"太傅陈"入闽始祖陈邕,本是曾祖父为亲兄弟的同宗,因此该祠堂的正中神主是陈太傅,右侧同祀陈元光①。其四为翔安区大宅社区陈氏宗祠,等等。

（五）陈元光庙在龙岩

《龙岩州志》卷八〈古迹志·庙祠·威惠祠〉载:"在州城西门外,祀唐开建漳州、漳浦将军陈元光",百姓敬称为"西宫唐王"②。漳平也

龙岩地区文史界学者郭启熙教授（左一）一行参观漳平县陈元光遗迹
——漳平新桥镇坂尾村"开漳圣王"陈元光威惠庙

奉祀跟随陈元光入闽开发闽西的将士。据闽西职业技术学院郭启熙教授2010年调查称③,漳平前往新桥镇的沿途有多处陈元光庙寺踪迹:第一

---

① 林良材:《寻找前年古银城》,《厦门文艺》,2014年第4期。

② 佚名:《古宁洋县——隶属于漳州府龙岩直隶州》,引自"一个村"网站,网址:ht-tp://www.yigecun.com/cityfild/showart.aspx? id=59181BAB314C5B11,查询日期:2014年12月22日。笔者按:"州城西门外"在今市区西宫巷。

③ 郭启熙:《陈元光与龙岩开发几个研究问题的考证》,《闽西职业技术学院学报》,2011年第2期,转引自"中华文本库",网址:http://www.chinadmd.com/file/3vapiiieusixpwovtrvct6er_8.html,查询日期:2014年12月22日。

座是离漳平城区不远的厚福村威惠庙，占地1333平方米，供"开漳圣王"神像；第二座据说在和平镇卓宅村，原有一威惠庙，内供陈公圣王像，1958年修铁路拆后在邻村另建别庙，然其经文中仍有陈公圣王，道士还经常念及此经文；第三座为新桥镇坂尾村安仁自然村威惠庙，正堂供陈元光与种夫人坐像，旁祀辅德将军马仁、辅信将军李伯瑶，每年正月初，邻近村庄便轮流抬出神像到村里巡迎，仪式与闽南圣王"上刀梯"、"过刀桥"祭俗一致①；第四座是新桥镇党口村路边的圣王庙，里边挂着割火来的圣王公符文，上写"宣封陈公圣王、王宫王后种氏夫人"的字样；第五座在新桥镇珍坂村"开漳王庙"，又称"灵著庙"，是村中最古老的庙宇，占地约260平方米，正厅供奉年代久远的"陈氏尊王"及夫人樟木雕像一左一右并列而坐，又称唐王公唐王妈，神像上写着"开漳陈公尊王"，庙联云："报国传家忠孝一生今事 开疆拓土闽漳万古功勋"。每年正月初六灵著公生日和正月十五灵著妈金氏生日都要祭祀，并到漳州祖庙"割火"，三年举行一次较大的"割火"活动；左侧另有刘氏"三公"像并坐②。《漳州府志》卷四十八〈纪遗〉称九龙乡有"刘氏兄弟三人，从唐将军开漳。旧时岩、平、宁水道舟楫不通，刘氏疏而达之北溪之上。"《漳平县志》卷十〈交通〉载刘姓珠华、珠成、珠福，九龙乡居仁里人，传说是陈元光的部将，奉命率部疏浚河道通舟楫，经县城、华口、大杞入漳州，既是方便戍守征战、促进山区与沿海的商品流通的功臣，也是地方保护神，后人感念之，沿江修建"三公庙"（又称嘉应庙）纪其功③；《漳平县志》卷二十九〈风俗宗教·生产习俗·捕鱼〉又记：当地"每月农历初二、十六日渔民在

① 另参见郭鹰：《在漳平寻找开漳圣王》，"玉湖陈氏宗祠"网，网址：http://blog.sina.com.cn/s/blog_ a5417e680101f883.html，查询日期：2014年12月19日。

② 另参见"爱畲出福建漳平"的博客之佚名《福建省漳平市新桥镇灵著庙和嘉应庙都是代表漳平市闽南文化的佐证》，网址：http://blog.sina.com.cn/s/blog_ 790ca42d0100x8mq.html，查询日期：2015年1月17日；又，黄瀚：《漳平"九龙三公"民间信仰与九龙江文明的开发》，《闽西日报》，2005年7月19日，转引自"虚而不华"博客，网址：http://blog.sina.com.cn/s/blog_ 48fc39ed0100090g.html，查询日期：2014年12月22日。

③ 张惟：《龙岩与闽南文化同源及其表征》，"豆丁网"，网址：http://www.docin.com/p—41662449.html，查询日期：2014年12月21日。

渔船上备三牲供祀'开漳圣王'陈元光。"①

龙岩漳平市新桥镇珍坂村"开漳陈公尊王宫"所祀陈元光及"金氏夫人"

（六）陈元光庙在浙南

陈剑秋《藻溪陈府庙"摆殿"》②称，苍南藻溪有"陈府庙"，正殿供奉"陈府上圣"，俗称"陈老爷"，即闽南"开漳圣"陈元光，其神像为红脸膛，与闽南老家的陈元光神像酷似，每年元宵节前后都举行"摆殿"活动。因当地人是明清之际从闽南迁来的陈、章、黄、林、周、郑等姓氏移民，大多讲闽南话，而陈姓是其中最有影响的望族之一，便把"陈元光信仰"带到了浙南，目前香火旺盛。有关人士认为，"陈府爷"信仰在温州地区的流行说明了一个人口迁徙的问题。唐时朝廷开发闽越地区，由中原向福建移民，后来福建人口多了，又向台湾、浙江、海外移民，就把陈府爷信仰带到各地。"③相传早在清初，这里就有正月十三到

---

①　《漳平县志》，上海：三联书店1995年版。

②　陈剑秋：　《藻溪陈府庙"摆殿"》，厦门市陈元光学术研究会，网址：http：//blog. sina. com. cn/s/blog_ ad6be90c01016sau. html，查询日期：2014年12月22日；又见"光明人家"：《浙南（鳌江流域）的"陈府爷"信仰——苍南藻溪陈府庙的祭祀活动》，厦门市陈元光学术研究会，网址：http：//blog. sina. com. cn/s/blog_ ad6be90c01016sb0. html，查询日期：2014年12月22日。

③　佚名：《从拦垟谈到杨府爷、陈府爷和陈十四娘等》，瑞安论坛，网址：http：//bbs. ruian. com/thread—7021993—1—1. html，查询日期：2014年12月22日。

十五晚的"元宵吃福"民俗活动,十分热闹。

苍南藻溪陈府庙陈元光神像

温州陈先满介绍称,温州"陈府庙"、"陈府殿"、"陈老爷殿"都祭祀陈元光,陈元光后人甚至在苍南钱库镇修建了"开漳圣王文化主题公园",苍南、平阳两县也建了"陈元光纪念堂"等纪念场所①。

洞头县东屏镇东岙村的"七夕陈府庙会"常吸引游客节日同乐,小门岛等地也有祭祀陈元光的"陈府庙"。

此外,浙江省乐清市"乐邑汤川"也建有陈府庙②。据《重建陈府庙碑志》记载,此庙的兴建是缘于清康熙三十八年(1699)的一艘闽南商船经过瓯江口,忽遇"箕伯"(上古传说的风神),所幸商人无恙,抱着开漳圣王的香炉上岸,后来在此立庙,成为地方的保护神。

---

① 陈先满:《你知道陈府爷是谁吗?》,《温州日报》,2015 年 1 月 7 日第 15 版,《文化周刊·风土》,网址:http://wzrb.66wz.com/html/2015—01/07/content_1758162.htm,查询日期:2015 年 11 月 20 日。

② "小门岛志"博客,网址:http://xiaomendao99.blog.sohu.com/37360333.html,查询日期:2015 年 11 月 20 日。

浙江省乐清市"乐邑汤川"《重建陈府庙碑志》

2011 年 9 月 17 日饶平隆重举行
"开漳圣王"陈元光祠威惠庙
重建落成庆典

（七）陈元光庙在潮汕

清代以前的潮州地区建有许多纪念陈元光的威惠庙。因为历史上潮州与漳州西南部都属广东"义安郡"，漳州有一部分地区是从潮州划分出来的。如今漳、潮两地虽分属不同省，但在语言、民俗、民系等多方面仍是一个大整体，正所谓"地有闽广之异，俗无漳潮之分"。漳、潮地区的渊源关系离不开最关键的历史人物——陈政、陈元光父子。可以说，没有陈政、陈元光就没有今天的漳州和"闽南—潮汕文化"。

潮汕饶平一带现存的陈元光庙通常叫威惠庙、将军庙和圣王祠。据说《海阳县志》（今潮州市）记载，潮州西湖山的北岩有一座纪念陈元光的威惠庙，年远失修而湮没于杂草中；始建于南宋乾道六年（1170）

南澳县圣王祠

的潮州湘子桥原名"昭烈广济桥",有可能也是纪念曾经保护、开发了潮州的陈元光[1]。粤东地区曾经有过不少"开漳圣王"庙,保存至今的只有几座,大多是陈姓家庙,其中最负盛名的当数饶平"圣王祠"和南澳"圣王庙"。例如饶平县陈氏宗亲理事会曾于 2011 年 9 月 27 日隆重举行陈元光祠重建落成庆典仪式,海内外陈氏宗亲社团代表如泰国饶平同乡会与陈氏同乡会,台北饶平同乡会及会长陈美生一行,福建省诏安县、云霄县宗亲,潮安、澄海、揭阳宗亲及饶平县城各大姓氏乡亲与文史界人士等嘉宾 1000多人应邀出席,盛况空前,《羊城晚报》当天作了专题报道。

（八）陈元光庙在闽东

以上陈元光及其将领的庙宇都分布在大陆的闽南话区,其后裔祀奉祖先是理所当然的事。然而闽东福州地区的福清和闽北的南平地区等地也留下陈元光民间信仰和民俗活动场所[2],则知之者不多,也特别引人遐思。

---

① 我们说潮州湘子桥即"昭烈广济桥"可能也纪念陈元光,根据是宋廷是于该桥建桥之前二年的宋乾道四年（1168）追封陈元光为"广济王"的,而旁证即明万历初年,漳州举人陈华任河南光州太守,为纪念其先祖陈元光,也在光州造了"广济王祠",台北县中和市另有纪念陈元光的庙宇广济宫。

② 沈元坤:《漳州民间信仰》,惜未注明庙宇的地址,福州:海风出版社 2005 年版,第 105页。

如前引宋代《枫亭志》卷一〈地理〉：

> "又福清灵著王庙，旧名威惠，在福清县治西隅后王山，祀唐陈元光。永隆初，元光以鹰扬卫将军随父政戍闽征蛮，镇抚漳州，以讨贼战殁，封王立庙漳浦。宋时邑人于漳浦请神香火，祀于县前王巷，英灵显赫，自迁于后王山立庙。"

明万历《福州府志》① 亦载：

> "灵著王庙，旧名威惠，在福清县治西隅后王山。神姓陈名元光，唐永隆初，以鹰扬卫将军随父陈政戍闽征蛮，镇抚漳州讨贼，战没，封王，立庙漳浦县，春秋有司致祭。宋时，县人于漳浦请伸（神）香火祠于县前黄巷，英灵显赫，自迁于后王山立庙，因名北溪。"

对此 ［清］乾隆版《福州市志·坛庙二》也有相应的记载，可见其影响之广。尤为难得是近期新发现的从沙堆中挖出的宫庙——福州地区开漳圣王庙长乐"显应宫"②，该庙的存在说明唐初陈政陈元光父子拓闽的范围包括"泉潮之间"唐初之"泉州"——的福州，长乐漳港也是陈元光部将移民到闽东留下的历史遗迹（地名"活化石"）。闽南师范大学汤漳平教授考察后认为，显应宫地宫后殿正中供奉的神像应是陈元光，地宫后殿左侧供奉的是开漳圣王陈元光的祖母，即"携家带口"的魏妈，魏妈两侧是身着戎装的儿媳妇和孙媳妇，旁边两尊侍女怀抱婴儿。专家们说，长乐显应宫的发现，对研究闽南开漳文化与福州闽都文化的交融提供

---

① 明万历《福州府志》卷十八〈祀典志·祠庙·下〉，参见《福州地情网》，网址：http://www.fzdqw.com/ShowText.asp? ToBook = 1410&index = 68&，查询日期：2015 年 11 月 20 日。

② 据 2015 年 6 月 27 日《长乐显应宫可能是开漳圣王庙》报道，长乐漳港显应宫召开的一次学术研讨会，内容主要是鉴定并发布长乐新发现的显应宫实为奉祀陈元光的庙宇，见《海峡都市报》，2015 年 7 月 4 日，参见《凤凰资讯》网页，网址：http://news.ifeng.com/a/20150704/44102373_0.shtml，查询日期：2016 年 2 月 14 日。

了新的实证和思路。

地宫后殿左侧陈元光祖母魏妈行军途中携家带口群塑

（九）台湾地区

闽南先民迁台后，很自然地将自己的"祖先崇拜"和本乡土"保护神"陈元光神像带到台湾。目前奉祀陈元光及其主要将领的庙宇遍布台湾省各地。根据"开漳圣王庙团联谊会"的统计，台湾目前有 300 多座开漳圣王庙，信众超过 500 万人。漳州市云霄县"云霄信息网"网站则公布了《国际开漳圣王庙团联谊会会员名录》①，收入其中的闽、台开漳圣王陈元光宫庙大多庄严堂皇，雕梁画栋，金碧辉煌，古色古香，香火不断。全台陈元光庙最多的县市是宜兰县，共有 23 座开漳圣王庙；全台陈元光庙最密集的县市乡镇为桃园县大溪镇，在总面积不到 105 平方公里的土地上共修建 10 座开漳圣王庙；全台最古老的陈元光庙是桃园仁和宫，建于康熙四十八年（1712）；全台最具代表性的四大陈元光庙分别是凤山开漳圣王庙、碧山岩碧山寺、芝山岩惠济宫、桃园景福宫。

台湾地区还同时奉祀陈元光的重要将领，如供奉开漳"辅胜将军"李伯瑶之辅胜王公庙有 28 座，尤以建于南明永历八年（1655）的澎湖望

① 《云霄信息网》网址：http：//www.yxdlt.com/bencandy.php? fid＝13&id＝1156，查询日期：2015 年 1 月 25 日。

闽台"辐胜王公过圣火"之踏火习俗

安乡李府将军庙为最早，以清咸丰四年（1854）创建的桃园大园乡竹园村福海宫分灵最多，奉祀神像100多尊①。台湾信众时不时跨过"乌水沟"（指台湾海峡）回访祖庙，而祖庙也不时前往台湾"巡香"。两岸神缘亲情笃深。

（十）东南亚地区

在东南亚约有奉祀"开漳圣王"寺庙30多间，这里就不一一列举了。

综上可以看到，以陈元光为代表的唐初军事集团从中原南下征服闽粤后，其军政部众和家眷落居本地，成为了闽粤交界的"泉（指福州）潮"地方的新主人。陈元光一方面推行民族融合政策，一方面教化人民，正如董楚平教授所述吴越文化的质变一样，"主要居民与主导民族已由汉族取代越族，该地区的文化面貌也就为之大变，即汉文化取代了越文化"②，闽南民系和闽南语言文化由是形成。至于后来的"三王入闽"以及宋元明清以后伴随着朝代更替的一批批北方汉民及语言文化，都是在初唐入闽的"陈家军"文化的基础上的"量"的改变和丰富化。

---

① 汤毓贤：《闽台习俗"辐胜王公"过圣火》，《闽南日报》，2012年5月11日。

② 董楚平：《汉代的吴越文化》，《杭州师范学院学报》，2001年第1期。

2008 年 8 月漳州市政协组织的"台湾文化考察团"
访问高雄"陈圣王公庙"合影，前排右一为笔者

附：

台湾省陈圣王公庙团联谊会"会员"庙宇名册

碧山岩开漳圣王庙	台北市内湖区	奠济宫	基隆市（庙口）
芝山岩惠济宫	台北市士林区	福兴宫	云林县斗六市
石牌汾阳宫	台北市北投区	新营同济宫	台南县新营市
财团法人广济宫	台北县中和市	善化西卫开元宫	台南县善化镇
财团法人新店太平宫	台北县新店市	归仁忠顺宫	台南县归仁乡
贡寮昭惠庙	台北县贡寮乡	台东建安宫	台东县池上乡
金山广安宫	台北县金山乡	兴龙宫	高雄县燕巢乡
保安宫	台北县万里乡	威圣庙	高雄县杉林乡
万里忠福宫	台北县万里乡	镇福殿	高雄县茄苳乡
保民宫	台北县万里乡	凤邑开漳圣王庙	高雄县凤山市
新庄圣王公会	台北县新庄市	中庄慈圣宫	高雄县大寮乡
旨云宫	台北县树林市	花莲武天宫	花莲市
圣安宫	台北县板桥市	花莲新城镇安宫	花莲县新城乡

顶双溪柑林威惠庙	台北县双溪乡	花莲开灵官	花莲市
财团法人埔顶仁和官	桃园县大溪镇	二城威惠庙	宜兰县头城镇
福仁官	桃园县大溪镇	头城福崇寺	宜兰县头城镇
东兴官	桃园县大溪镇	礁溪漳福庙	宜兰县礁溪乡
大溪百吉复兴官	桃园县大溪镇	礁溪永兴庙	宜兰县礁溪乡
瑞源官	桃园县大溪镇	礁溪集惠庙	宜兰县礁溪乡
福兴官	桃园县复兴乡	礁溪永护庙	宜兰县礁溪乡
五福官	桃园县大园乡	礁溪保安庙	宜兰县礁溪乡
福隆官	桃园县大园乡	壮围永镇庙	宜兰县壮围乡
复兴官	桃园县观音乡	壮六镇安庙	宜兰县壮围乡
石桥复兴官	桃园县观音乡	壮围永惠庙	宜兰县壮围乡
指严官	桃园县龙潭乡	壮围镇安官	宜兰县壮围乡
财团法人建安官	桃园县平镇市	后埤振安庙	宜兰县壮围乡
景福官	桃园市	新社镇安庙	宜兰县壮围乡
桃园外社圣王庙	桃园县芦竹乡	灵镇庙	宜兰市
茄投奉天官	台中县龙井乡	三清官	宜兰市
建兴官	台中县乌日乡	宜兰市灵惠庙	宜兰市
圣兴官	台中县乌日乡	宜兰市永镇庙	宜兰市
启兴官	台中市西屯区	员山玉云官	宜兰县员山乡
圣隆官	台中县大里市	三星昭灵官	宜兰县三星乡
护安官	台中县沙鹿镇	冬山圣福庙	宜兰县冬山乡
台中玄灵武圣堂	台中市西屯区	五结善永堂	宜兰县五结乡
草屯陈府将军庙	南投县草屯镇	福安官	宜兰县五结乡
武德官	南投县竹山镇	三吉灵惠庙	宜兰县五结乡
圣天官	南投县名间乡	斗六慈灵官	云林县斗六市
名间大庄大贤官	南投县名间乡	北港昭烈官	云林县北港镇
大林安霞官	嘉义县大林镇	启顺官	彰化市
嘉义岁化官	嘉义县布袋镇	竹田建安官	屏东县竹田乡
台湾开漳圣王功德会	嘉义县梅山乡	九如圣王庙	屏东县九如乡
		新竹圣王官新竹	
梅山威惠官	嘉义县鹿草乡		

参考文献

司马迁：《史记·东越列传》。

司马迁：《史记·越王勾践世家》。

陈国强等合著：《百越民族史》，北京：中国社会科学出版社 1988 年版。

黄惠主修：《龙溪县志·艺文志》，清乾隆二十一年。

《福建省志》，北京：方志出版社 2002 年版。

《漳州市志》，北京：社会科学出版社 1999 年版。

《潮州市志》，广州：广东人民出版社 1995 年版。

《泉州市志》，北京：中国社会科学出版社 2000 年。

［南宋］黄岩孙：《仙溪志》，仙游县文史学会点校，福州：福建人民出版社 1989 年版。

［清］林有融：《枫亭志》道光版。

《仙游县志》，北京：方志出版社 1995 年版。

《厦门市志》，北京：方志出版社 2004 年版。

《龙岩地区志》，上海：上海人民出版社 1992 年版。

《漳平县志》，上海：三联书店 1995 年版。

林再复：《闽南人》，台北：三民书局 1985 年版。

李如龙：《福建方言》，福州：福建人民出版社 1997 年版。

漳州市政协主编：《漳州姓氏》，中国文史出版社 2007 年版。

沈元坤：《漳州民间信仰》，福州：海风出版社 2005 年版。

陈支平、林晓峰主编：《闽南文化概论》，福州：福建人民出版社 2013 年版。

萧庆伟等主编：《闽南历史文化概说》，福州：福建人民出版社 2013 年版。

潘悟云：《汉语南方方言的特征及其人文背景》，《语言研究》，2004 年第 4 期。

董楚平：《汉代的吴越文化》，《杭州师范学院学报》，2001 年第 1 期。

文波、李辉：《遗传学证据支持汉文化的人口扩张模式》，英国：《自然》科学杂志，2004 年 9 月 16 日。

李辉：《分子人类学所见历史上闽越族群的消失》，广西民族大学学报（哲学社会科学版），2007 年第 2 期。

蒋炳钊：《对闽中郡治及冶都治县地望的一些看法》，《厦门大学学报》（文科版），1981 年第 3 期。

吴守礼：《综合闽南方言基本字典·代序：闽南方言过台湾》，台北：文史哲出版社 1986 年版。

《陈元光国际学术讨论会论文集》，厦门：厦门大学出版社 1993 年版。

吴幼雄：《泉南民俗文化一隅——泉州的陈元光崇拜》，《泉州师专学报》（社会科学版），1992 年第 2 期。

吴幼雄：《泉州人祀奉陈元光考》，《陈元光国际学术讨论会论文集》，厦门：厦门大学出版社 1993 年版。

段凌平：《开漳圣王信仰及其海外传播的特点初探》，《漳州师范学院学报》（哲社版），2012 年第 3 期。

第二章 闽南话综论——兼与普通话对照

对于非本专业的读者来说，本章对闽南话的介绍可能会稍显冗长乏味些。不过笔者仍然认为有必要，因为闽南话不是方外来物，而是和北方话有着共同的文化基因。因而，只要对非母语的包括闽南话在内的陌生方言多留意、细分析，就会发现它不是什么"鸠舌"的"鸟语"，而是和北方话有着很多相同相通的地方，只是因为古代北方话南迁已久，又掺入了一些南方土著语言的因素，而北方话本身发生了更多的变化，而使毫厘之差成了千里之隔。下面容我渐入主题。

汉语方言，指和现代汉语标准语普通话既有联系又有区别的地方性语言。用专业语言来说，方言是民族共同语的"地域性变体"或"地域性分支"[①]。须要注意的是，普通话既是汉民族的共同语，同时也是一种方言，其来源和各地方言一样，都由古代汉语发展演变形成，各方言与古代汉语有如父子关系或子孙关系，各方言之间又是兄弟或侄亲关系，相互有着同中有异、异中有同的广泛联系[②]。方言的形成，同该地区的历史和河流、山川等地理因素有着极大的关系，并因此而形成自己的种种特点。同时也应了解，"方言"并不像教科书和《现代汉语词典》的注释那样"只在一个地区使用"，而是东北话、山东话都越国过境流传到朝鲜半岛和日本，闽南方言、粤方言和客方言都既跨越了省界，又"飞"过国界传播到东南亚。

---

① 语言学界对当前的方言定义颇受诟病，说方言是共同语的"地域性变体"或"地域性分支"，是以共同语普通话为主体来观照各地方言的。然而汉民族各地方言的产生都比共同语——普通话要早得多；既然主体晚出，何来"变体"？既然无"体"可依，其变体将如何"变"？因学术界尚未统一其定义，这里聊用其说。

② 参见 A. 梅耶:《历史语言学中的比较方法》，科学出版社 1967 年版，汉译本第 44 页。

闽南方言的主要使用区域分为三大板块：第一个板块是福建省南部的厦门、漳州、泉州之闽南地区，使用人口约 1600 万；第二个板块在台湾岛，岛内约 80% 的人口计 1800 万人操漳腔、泉腔和"漳泉滥"闽南话（滥，闽南话指掺杂）；第三个大板块是东南亚地区的马来西亚、印度尼西亚、新加坡、文莱、斐济、菲律宾等国家总数超过 1200 万的华人华侨语言 Hokkian"福建话"，在当地是仅次于原住民语言马来语的第二通行语。而在地方文化研究界，通常把这个方言板块称为"大闽南金三角"区，所使用的语言即狭义闽南话。同时，东南沿海地区和中南半岛还存在中义闽南话和广义闽南话，其口语的相似度和区域性分布情况如下：

狭义闽南话区	—漳州话区：	漳州、龙海、漳浦、云霄、华安、长泰、平和、南靖、东山、南澳东部
	—泉州话区：	泉州、石狮、晋江、惠安、南安、永春、德化、安溪
	—"漳泉滥"区：	厦门、金门、台湾、澎湖；马来西亚、印度尼西亚、新加坡、菲律宾等马来语国家华人社区
	—或漳或泉区：	闽东、闽北、闽中地区部分乡镇，浙江南部、江西南部、广西钦州部分乡镇等，江苏宜兴县的部分村镇等
	—"漳潮泉滥"区：	漳州诏安县

中义闽南话区	—狭义闽南话区：闽南、台湾、东南亚华人社区等（详见上栏）
	—"漳客滥"区： 龙岩新罗区及漳平县小部分乡镇
	—多向混合区： 旧延平、漳州、泉州三府交界地带的三明市大田县①

广义闽南话区	—狭义闽南话区：闽南、台湾、东南亚华人社区等
	—汕尾（海陆丰）话区（从略）
	—潮汕话区（含新加坡及中南半岛国家泰国、越南、柬埔寨等地潮州话，从略）
	—雷州话区（从略）
	—海南话区（含马来西亚、印度尼西亚、新加坡等马来语国家海南话，从略）

---

① 大田县因地处闽南与闽东、闽中的交界处，历史上曾分属闽中话区的尤溪、永安和漳属漳平、泉属永春和德化管辖，方言口音多样化且复杂。

从上表可以看到，闽南话的地方口音有漳、泉二源，其余地方口音都由这两个源头发展而来。由于移民年代久远的关系，潮、雷、琼闽南话已和源头闽南话有了较大的差距，因而一般情况下，学术界在指称闽南话时大多不包含潮、雷、琼闽南话。同时，因地方行政的隶属关系使然，人们在说狭义闽南话时，习惯上暗含了中义闽南话之"漳潮泉滥"诏安话，虽然龙岩地区的"漳客滥"龙岩话、漳平话和漳州话很接近，三明地区的大田话同泉州地区永春话及德化话相类似，却因为行政区划属闽西和闽中，而往往被忽略。

北方地貌平坦，交通发达，人口的交流相对频繁。汉唐以来，朝代更迭，中原地区战争频仍，北方人口因此而大量南迁，文化上受北方少数民族的影响比较大。福建则偏安海隅，丘陵地貌使得陆路交通不方便，与周边的浙、赣、粤之间和北方没有成规模的文化交往，逐渐形成了区别于别地语言的闽方言。也因为闽南同闽中、闽东、闽北的民间交往不很多，内部语言的分化渐次定型，因而，闽方言及其闽南话分支与普通话相去较远①，也因此而比其他汉语方言保留了更多的古代汉语成分，是研究汉语形成发展史的重要"窗口"。

尤被海内外闽南人引为自豪的是，美国为了寻找地外人类、与之交流，于1997年征集能够代表地球上最重要的语言60种，用镀金唱片录制下来，由"旅行者号"宇宙飞船带到广漠的太空寻觅知音，所选中的汉语方言有两种，一种是代表现代汉语的北京话；另一种是代表古代汉语，保存了许多上古、中古汉语的语音、词汇、语法特点的闽南话。可见，闽南话蕴含着古远的语言文化信息，是研究汉语演变史的绝好材料。

第一节 闽南话语音

闽南话向被形容为"南蛮鴃舌"，意思是说话像鸟叫一样钩辀格磔，令人费解。这种"费解"首先集中在语音系统。由于绝大多数人

---

① 黄典诚语，见《闽南方音中的上古音残余》，《语言研究》1982年第2期，收入《黄典诚语言学论文集》，厦门大学出版社2003年版。

最熟悉的还是普通话语音，因此我们采用这两种方言对照介绍的方法来说明。

从这两种方言的声、韵、调数量对比看，普通话有 22 个声母，闽南话有 18 个声母；普通话有 39 个韵母，闽南话却有韵母 80 多；普通话有 4 个声调，闽南话一般为 7 个声母，两种方言语音的总体面貌差别大。

一　闽南话的语音特点

(一) 声母

闽南话声母的首要特点是古全浊声母清化，例如"病、条、直、钱、舅"等字，闽南话今读不送气清音 [p]、[t]、[k]，古"皮、柱、头"等字今读送气清音；闽南话声母的第二个特点是符合"轻唇"读"重唇"—双唇音的古音演变规律，凡普通话 f 声母字"飞、肥、分、峰、反、方、夫、否"等，闽南话读为唇音声母 [p]、[ph] 和喉音声母 [h]；闽南话声母的第三个特点是翘舌声母"舌上"字"茶、展、张、知、竹、陈、丑、瞻、重、昼、追"等多为舌尖音 [t]，"迟、坠、琛、超、宠、程、抽、撤"等字读 [th]，而不似普通话声母"舌上归舌头"。这些声母特点，在其他汉语方言罕见。

(二) 韵母

普通话有单元音、复元音、鼻音三种韵母类型，其主要特点是没有古汉语的 [－m] 鼻音韵尾，凡古咸深摄的谈 [am] 添 [iam] 侵 [im] 字，都并入山臻摄旱 [an] 仙 [ian] 缓 [uan]，且没有入声韵，其他南方方言也大多 [－p]、[－t]、[－k] 三套入声韵尾形式不齐全。闽南话韵母则鼻音韵尾 [－m]、[－n]、[－ŋ] 三套齐全，古咸深摄的谈 [am] 添 [iam] 侵 [im] 字与山臻摄旱 [an] 仙 [ian] 缓 [uan] 分立，并且有着完整的 [－p]、[－t]、[－k] 三套塞声韵尾形式。此外，闽南话只有开、齐、合三呼，缺少北方话的撮口呼 ü，凡是北方话带 ü 的韵母，闽南话大多归于合口呼 [u]。

(三) 声调

普通话声调为阴平、阳平、上声、去声之"现代四声"；闽南话声调则为平上去入的"古四声"，各分阴阳，大多为七八个声调。

二　闽南话的声、韵、调系统

下面以厦门话为主，简介闽南话语音①。因厦门腔、台湾腔和南洋腔的语音都属"漳泉滥"，下文凡涉及地方语音差异，都加注闽南地方腔及其异读，凡各地闽南语区读音完全一致的，称为"统读音"；各地读音大体一致的，称"通读音"或"通行腔"，与大多数地方读音不一致的称"方音"。

（一）声母系统

普通话声母共有 22 个：

b 巴步被	p 怕盘扑	m 妈门木	f 乏非俯
d 大刀度	t 他谈托	n 那能奴	l 拉老落
g 高跟古	k 卡可库	h 哈和混	
j 家节绝	q 且去穷	x 小讯新	
zh 扎真准	ch 查厂陈	sh 少设双	r 热容肉
z 砸怎咱	c 擦仓存	s 洒色孙	Ø 安恩英

闽南传统韵书记录的声母俗称"十五音"②，把 [m]、[n]、[ŋ] 当成 [b]、[l]、[g] 的音位变体。当代语言学家也有将鼻音声母 [m]、[n]、[ŋ] 单列为声母，而成为"十八音"如下：

P 巴碑斧	ph 啪披浮	b 麻味武	m 妈棉哶	
t 罩知厨	th 他透讨	l 拉离女	n 娜年奶	
k 胶居旧	kh 卡区丘	g 牙ₓ疑牛	ŋ 雅硬藕	h 哈喜夫
ts 早精慈	tsh 抄徐厝	dz 日而儒	s 傻丝输	Ø 阿移乌

说明：闽南话声母 [dz] 属于漳州腔，只保留在漳州人、台南人和漳州以外少数老年人口语里。在遗失声母 [dz] 的人群中，该声母对读为 [l]。

---

① 闽南话各代表点的音系，参见周长楫《闽南方言大词典·台湾闽南方言概述》，福建人民出版社 2006 年版；周长楫、周清海：《新加坡闽南话词典》，中国社会科学出版社 2002 年版；林连通：《泉州市方言志》，社会科学文献出版社 1993 年版；马重奇：《漳州方言研究》，香港：纵横出版社 1994 年版等。

② "十五音"的说法来源于清末漳州谢秀岚所著传统韵书《雅俗通十五音》。下面声母表的首个例字多取自该韵书。

（二）韵母系统

普通话韵母共有 39 个（例字从略），分别是单元音韵母 10 个：a、o、e、ê、i、u、ü，–i（前）、–i（后）、er，复元音韵母 13 个：ai、ei、ao、ou、ia、ie、iao、iu、ua、uai、uo、ui、üe，鼻音韵母 16 个：an、en、ian、in、uan、un、üan、ün，ang、eng、ong、iang、ing、iong、uang、ung。

闽南话的韵母个数是普通话的两倍多，既有和普通话类型一致的单元音韵母、复元音韵母和 –n 尾、–ng（[ŋ]）尾鼻音韵母，另有普通话消失了的 [–m] 尾合口鼻韵母和 [–p] 尾、[–t] 尾、[–k] 尾入声韵母，以及普通话没有、其他方言少见的其他韵母类型，两者差异大。由于形式的多样化，闽南话各地方腔韵母都在 80 个以上，如果连同泉州、漳州、厦门三个中心城市不同口音的特有韵母也计算在内，则韵母总数近百个。

单元音韵母（9 个）

a 阿疤柴　ɛ 家渣虾（漳）　　e 迷济帝（统）　　ə 锅炊货（泉）

ɔ 乌晡姑　o 窝保科　　　　i 伊比鱼　ɯ 除吕如（泉）　u 斧夫厨

说明：

①闽南话单元音韵母 [ɛ]、[ə]、[ɯ]、[ɔ] 为本方言所特有，但缺少普通话的 ê、–i（前）、–i（后）、ü。

②漳州腔 [ɛ]，在其他地方腔通读为 [e]；[e] 韵母字既有各地统读的"迷济帝"，也有厦腔"锅炊货"等属字，分别对读为漳腔 [ue]、泉腔 [ə]。

③泉腔 [ə]，大多对读为通行腔 [e]。

④泉州腔 [ɯ]，厦属同安腔读 [u]，通行腔大多文读为 [i]、白读为 [u]，少数对读为通行腔 [u]。

复元音韵母（10 个）

ai 哀摆界　　au 瓯沟投

ia 椰爹爷　　io 摇赵叫　iau 姚翘萧　iu 幼休抽

ua 破拖沙/瓜花（漳）　　uai 歪乖快　ue 鞋体疏（通）/瓜花（泉厦）

　　　　　　　　　　　　　　　　　ui 威椎开

说明：

①闽南话复元音韵母缺少普通话的 ei、ie、uo、üe 韵母。

②[ua] 韵母属字绝大多数为统读音，仅"瓜花"为漳州音，对读为泉、厦腔

的［ue］。

③通行腔［ue］属字"鞋体疏"等，对读为漳州腔［e］；漳腔［ue］"煤梅"，对读为泉州腔［uĩ］。

鼻音韵母（16个）

am 庵函坎　　　　an 安班旦　　　　aŋ 翁刚瓮

iam 阉咸占　　　ian 渊现战　　　iaŋ 双上唱（统）/央疆相（漳）

im 阴慎妗/箴欣（厦）　in 肾因任（统）/勤斤根（漳）　iŋ 英胜灯

un 温困圳（统）/勤斤根（泉）　　uan 弯全岚　　　uaŋ 风（泉）

əm 欣蓡箴（泉）

ɔm 蓡丼畓（漳）　ɔŋ 汪东贡/蓡畓（厦）　iɔŋ 用中雄（统）/央疆相（泉）

说明：

①闽南话鼻音韵母比普通话多了［–m］尾韵母［am、im、iam、ɔm、əm］。

②闽南话［ŋ］韵字既有统读属字"秧扛糠"，也有泉州腔特有韵母属字"黄软荒"等，全部对读为漳州腔韵母［uĩ］。

③［im］韵母既有统读属字，也有厦门腔"箴欣"，后者分别对读为漳州腔［ɔm］、泉州腔［əm］。

④［in］和［un］的属字既有各地一致的统读音，也包含了地方音，如"勤斤根"读［in］是漳州腔，对读为通行腔［un］。

⑤［iaŋ］既有统读属字等，也有漳腔属字"央疆相"，后者对读为泉州腔［iɔŋ］。

⑥［uang］是泉州腔特有韵母，属字少。

⑦［ɔŋ］属字绝大多数统读，仅"蓡松揞淞丼畓氉"为厦门音，分别对读为漳腔［ɔm］、泉腔［əm］。

⑧［ɔm］、［əm］为纯粹的漳、泉地方音，属字不多，两者为对读关系，台湾也有"贵蓡蓡"说法（参见董忠司主编：《"台湾闽南语概论"讲授资料汇编》第47页，台北：台湾语文学会出版，1996年），多数对读为厦门腔［ɔŋ］、少数对读为厦门腔［im］，四地对应关系详见下表：

例字	森	蓡	箴	松	揞	淞	丼	畓	氉	叫	欣	怎文
词义	树木多	人蓡	劝诫	土气	掩	随大流	石落水	烂泥田	长貌	虎啸声	欣喜	im
漳腔	ɔm	ɔm		ɔm	ɔm	ɔm	ɔm	ɔm	ŋ/ɔŋ	ɔm	im	im
台腔		ɔm/əm		əm	ɔm		ɔm	ɔm		ɔm	əm	
泉腔	əm	əm	əm	əm						əm	əm	
厦腔	im	ɔŋ	im	ɔŋ		ɔŋ	ɔŋ	ɔŋ	ɔŋ		im	im

鼻化韵母 （14 个）

ã 馅坩担　　　ãi 怎_白耐挃_{敲击}/歹（泉厦）/妹糜（漳）　　　ãu 藕貌闹

ɛ̃ 婴更青（漕）　　ẽ 婴骂（厦）青更（台南）　　ɔ̃ 努茅怒

ĩ 圆年绵/婴青更（泉）　　iã 营饼声　　iãu 猫蝼秒　　iɔ̃ 洋张姜（漳）

iũ 妞扭丑/洋张姜（泉）

uã 鞍单寡　　uãi 樣膇/横关（泉厦）　　uĩ 每煤梅（泉厦）/黄软荒

（漳）

说明：

① 鼻化韵母是闽南话特有的韵母类型，普通话没有这类韵母。

② ［ɛ̃］为漳腔特有韵母，对读为台南腔［ẽ］、厦门腔和泉州腔［ĩ］。

③ ［ẽ］为厦门腔和台南腔特有韵母，但厦腔属字少、台南腔属字多，全部对读为漳州腔［ɛ̃］、泉州腔［ĩ］。

④ ［ĩ］既有统读属字"圆年绵"等，也有泉腔属字"婴青更"，后者全部对读为漳州腔［ɛ̃］、台南腔［ẽ］。

⑤ ［iɔ̃］为漳腔特有韵母，全部对读为通行腔［iũ］。

⑥ ［iũ］有少数统读属字"妞扭丑"，大部分为泉州腔特有韵母"字洋张姜"等，后者对应为漳州腔［iɔ̃］。

⑦ ［uãi］既有统读属字"樣膇"，也有泉腔属字"横"等。

⑧ ［uĩ］有少数统读属字"每"（白读音）等，也有漳腔"黄软荒"等，后者全部对读为泉州腔［ŋ］；还有少数泉腔韵母属字"煤梅快"等，分别对读为漳腔［ue］"煤梅"和［uai］"快"。

塞尾韵母 （31 个）

ap 压答鸽　　ɔp□_{大口吃}　　ip 吸及集　　iap 页涩叠

at 杀踢值　　it 一日积　　iat 哲设别

ut 骨律滑　　uat 法越决

ak 沃角壳　　ɔk 恶督服　　ik 浴熟竹　　iak 略雀摔　　iɔk 欲菊俗

ah 鸭拍踏　　auh 呕沤毪　　ɔh 嗯　　oh 学粕桌（漳厦）

ɛh 白麦客（漳）　　eh 唰伯客（统）/八节雪（漳）　　əh 月绝雪（泉）

ih 铁裂鳖　　iah 页迹壁　　iauh 嫠撬　　ioh 着借药　　iuh 搐

uh 嘞托_白　　uah 抹跋阔　　ueh 截血袜（漳）/八月笠（泉厦）

uih 划刿（厦）/拔血（泉）

ɯh 蹙踞（泉）

说明：

①塞尾韵母是闽南话特有的韵母类型，普通话没有这类韵母。

②［ɛh］是漳腔特有韵母，属字全部对读为通行腔韵母［eh］。

③［eh］既有统读属字"咧伯雪"等，也有漳腔属字"八月笠"等，后者对读为通行腔韵母［ueh］。

④［ueh］既有统读属字"截"等，也有漳腔［ueh］属字"血淋"等，两者全部对读为泉腔［uih］；泉腔韵母［ueh］属字"八月笠拔"等，全部对读为漳腔［eh］。

⑤［uih］的通行腔属字"划刿拔"等，全部对读为漳州腔韵母［eh］。

塞尾鼻化韵母（13 个）

ãh 燃凹	ãih 嘻□（抽打）	ãuh 耄偶
ɛ̃h 噎脉夹（漳）	ẽh 脉噎夹（厦）	
ɔ̃h 膜唔漠	iɔ̃h 诺	
ĩh 物乜闪	iãh 挖（泉厦）	iãuh 蜷挠
uãih 足威（脚踝受伤）	uẽh 夹狭（泉厦）	uĩh 蜢（泉）

说明：

①塞尾鼻化韵母是闽南话特有的韵母类型，普通话没有这类韵母。

②［ɛ̃h］为漳腔特有韵母，分读为泉腔韵母［ẽh］、［uẽh］、［ĩh］。

③［ĩh］既有统读字"物乜闪"等，也有泉腔属字"蹑捏"，后者对读为漳腔特有韵母［ɛ̃h］。

声化韵母（3 个）

m 姆姆莓　　n 嗯　　ŋ 秧扛糠（统）/黄软荒（泉）

说明：

①［m］、［n］、［ŋ］是闽南语特有的声化韵母，可以不带元音而独立成为音节。普通话没有这类韵母。

②［ŋ］既有统读字"秧扛糠"，也有泉腔属字"黄软荒"，后者大部分对读为漳腔特有韵母［uĩ］，个别如"两"对应为漳州腔［ɔ̃］。从音韵来源看，［ŋ］的属字全部是阳声韵，可以视为是其主元音丢失后，直接将声母与韵尾结合在一起的结果。这种音韵现象在其他方言中少见。

声化塞尾韵母（3个）

mh 默□（摔打）　　　　nh □（叹词）　　　ŋh 呛怆（不言貌）

说明：声化塞尾韵母也是闽南话特有韵母类型。普通话没有这类韵母。

由上表可以看到，闽南话韵母系统比普通话韵母类型多、个数多，很是繁复，两者韵母面目差距大，是北方人学习闽南话的最大障碍。

（三）声调系统

汉语是有声调语言，声调包括了调类、调值、调号、调型多方面内容。

1. 调类

古代汉语有平声、上声、去声、入声四个声调，中古以后"平分阴阳，入派三声"，仍是四个调。闽南话声调完整保留了"古四声"，再各分阴阳，因其中的上声和去声在各个方言点多有分合，因而实际调类多为七八个，俗称"四声八音"①，分别用数目字 1、2、3、4、5、6、7、8 表示。

闽南话代表点调类比较表②

调类 方言代表点	阴平 1	阳平 2	阴上 3	阳上 4	阴去 5	阳去 6	阴入 7	阳入 8
泉　州	1	2	3	4	5、6(本调混同)		7	8
漳州/厦门/台湾	1	2	3	归阳去	5	6	7	8
新加坡	1	2	3	4	5	6	7	8

---

① "四声八音"指闽方言的声调大多为平上去入各分阴阳。闽方言的"七声"分布很广，包括福州话，故闽方言传统韵书多以"七声"命名，如郑宜光（郑一尘）：《简易识字七音字汇》（福安话），清末福建郑和堂藏本。

② 下表各闽南语代表点的声调及其下文连读变调，主要参考周长楫《闽南方言大词典·引论》第18页，王建设：《泉州谚语·附录：泉州话声韵调系统》，《漳州市志·方言》第2793页，周长楫：《厦门方言熟语歌谣·厦门方言音系及标音说明》，董忠司主编：《"台湾闽南语概论"讲授资料汇编》第57—59页"主流腔"举例，周长楫、周清海：《新加坡闽南话词典·引论》第6页。

说明：

①闽南话四声各分阴阳的"八音"只完整遗存在新加坡闽南话（南洋福建话的代表点），其他代表点声调多为七个。

②泉州话上声分阴阳，去声合一，表面看来是七个声调，然其连读变调中的去声仍区分阴阳，因而属于隐形八音调。参见下面连读变调表。

③漳州话声调阳上调归阳去调、去声分阴阳。后起的厦门话、台湾话均从漳，同样是阳上归阳去、去声分阴阳。

2. 调值与调型

汉语声调的调值采用音乐学简谱记音法来记录，先将声调的高低划分为五度音高，再将最高音定为5，次高音记为4，中音记为3，次低音为2，最低音定为1，以此来表示字调的高低和升降起伏变化，凡属于高音和次高音的声调，语音学称为高调，中音称中调，低音和次低音称低调。以此衡量普通话四声，共含有5度高调的调类有55阴平调、35阳平调和51去声三个调类，高调的比例大。相比而言，闽南话声调的高调类较少，以厦门话为例，仅阴平为44次高平调、阴上为52高降调、阳入为5高短调，其余四个类词均为中音调和低音调。

汉语声调的高低有着升调、平调、降调等种种调型的变化，例如升调有从低到高的低升15、25调，从中到高的34、35中升调，从次高到高的45高升调；平调有低音的11和次低音的22低平调，中音区的33中平调，次高音44平调和高音的55高平调；降调则有由高音向中音、低音下降的54、53、52、51、43、42、41高降调，由中音向低音周详的32、31中降调；曲折调则有535、515、313等中凹调型和131、151、353等中凸调型。对照普通话四声可以看到，其阴平调的调型属于55高平调，阳平调为中升式35调，上声是214中凹曲折调，去声是由高降低的51高降调。

闽南话的调型要复杂些，各地口音共有55、44高平调，52、42高降调，5、4高短调，34中升调、33中平调，32中降调，13、24低升调，22低平调，21低降调，121低折调10种声调调型。

闽南话代表点调型、调值比较表

调类	阴平	阳平	阴上	阳上	阴去	阳去	阴入	阳入
调号	1	2	3	4	5	6	7	8
泉州	33 中平	24 低升	55 高平	22 低平	31（合一）中降		4 高短	24 低升
漳州	34 中升	13 低升	52 高降	（归阳去）33 中平	21 低降	33 中平	32 中降	121 低折
厦门	44 高平	24 低升	52 高降		21 低降	33 中平	32 中降	5 高短
台湾	44 高平	24 低升	52 高降		21	33 中平	32 中降	44 高平
新加坡	44 高平 33 中平	24 低升	42 高降	22 低平	21	22 低平	32 中降	43 高降 4 高短

说明：

①语音之调值描述，主观性较强，其高低升降的 1 度之差，听觉上不易察觉和判断。因而有的专家建议尽量少用过渡性的次高音 4 和次低音 2，而直接用 5 度、3 度、1 度描述声调高低①。以此而言，上表漳、厦、台、新的阴上 52、42 调和阳去 33、22 调，厦、台、新之阳入 44、43、4 高短调的音高都只有 1 度之差，往往并非实际调值的差别，而是受到研究者主观判断的影响。

②漳、泉闽南话声调都对后起"漳泉滥"闽南话产生过影响，其中新加坡闽南话的调类既有泉州话的上声两分法，也有漳州话的去声两分法，是"漳泉滥"的具体表现。

③厦门话阴平调型似泉，音高类漳，也是漳泉兼似的结果，台湾闽南话和新加坡闽南话同此。

④厦门话、台湾话的阳平 24 调来自泉州话，其余声调不同于泉州话。

⑤漳州话阴上、阴去、阳去、阴入四个调类的调值和调型，被厦、台、新加坡闽南话全盘继承。

⑥台湾闽南话、新加坡闽南话大体接受了厦门话阳入调的 44（含 43 调、4 短调）的高平调型。

⑦新加坡闽南话阴平调、阳上调的调值来自泉州话。

3. 连读音变

汉语方言都有连读音变现象，其中最重要的是声调的连读音变，也称连读变调或变调，较早引起学界的注意。外国学者 Anne. O. Yue - Hashimoto 在 1987 年总结出汉语方言连读调的定调有三种类型，分别是以普通话

---

① 此法为台湾省张屏生教授与笔者闲谈时的建议，尽管笔者并不苟同，但并不影响其建议的部分合理性。

为代表的北方话之条件定调型，北部吴语的首字定调型，以及南部吴语和闽方言的末字定调型①。

以普通话上声字本调调值为曲折型 214 调的"导、北"为例，当上声首字与阴平、阳平、去声字组合成"导师、导读、导弹"和"北方、北平、北货"时，可省去声调后半部的翘势，而变读为"前半上"的低降 21 调，若"上上相连"成"导演、导引"和"北纬、北海"，则"导"、"北"两字读如阳平 35 中升调；三字组上上相连的变调则视其词语内部的结构式而改变，第一种情况如"好—礼品、老—土匪"的"1 + 2 结构"，首字读"前半上"21 调，第二字变阳平 35 调，末字读 214 本调不变；第二种情况是类似"海水澡、跑马场"的"2 + 1 结构"，前两字都变似阳平 35 调，末字仍是 214 本调；第三种三字组如"稳准狠"、"减免缓"的"1 + 1 + 1 并列结构"，读如 2 + 1 式的前两字变阳平、末字读本调，音译地名"索马里"同此；四字格、五字格的上上相连变调规律都在二字组和三字组连变调的基础上产生变化，这里就不一一列举了。

闽南话的连读变调如前引 Anne. O. Yue – Hashimoto 的总结，属于末字定调法，也以二字组的变调规律为基础，其规律是所有词语的末字都不变调，其余在前的字，除了主谓结构的主语成分和末字为轻声外，其余几乎都变调，且遍及每一个调类，并且前字的变调是根据原调类而整齐地变读成另一个调类的，请看：

闽南话代表点声调连读变调表②

调类		阴平	阳平	阴上	阳上	阴去	阳去	阴入		阳入
								7		8
		1	2	3	4	5	6	p、t、k 尾	h 尾	
泉州	调号	1	2→4	3→2	4	5→3	6→4	7→8		8→4
	调值	33	24→22	55→22	22	31→33	31→22	4→24		24→22

---

① 转引自刘俐李《20 世纪汉语连读变调研究回望》，《南京师范大学文学院学报》2002 年第 2 期。

② 据周长楫、周清海称，新加坡闽南人"已不完全遵从这个变调规律。他们对该变调的字不变调，变调后产生的调值也与上述规律不完全相同。"语见《新加坡闽南话词典》第 6 页。

续表

调类		阴平	阳平	阴上	阳上	阴去	阳去	阴入		阳入
		1	2	3	4	5	6	7		8
								p、t、k 尾	h 尾	
漳州	调号	1→6	2→6	3→1	归阳去	5→3	6→5	7→高短调	7→(去h)3	8→5
	调值	34→33	13→33	52→34		21→52	33→21	32→5	32→52	121→21
厦门	调号	1→6	2→6	3→1		5→3	6→5	7→8	7→8	8→5
	调值	44→33	24→33	52→44		21→52	33→21	32→高短调	32→高短调	高短调→21
台北	调号	1→6	2→6	3→1		5→3	6→5	7→8	7→8	8→5
	调值	44→33	24→33	52→44		21→52	33→21	32→高短调	32→高短调	高短调→21

说明：

①闽南话各代表点的声调连读变调中，只有泉州话代表点的阴平、阳上不变调，其余都变调。

②闽南话入声韵的变调会产生喉塞韵尾［-h］的脱落，阴入变成高短调，阳入［-h］尾字变成阴去调。

③漳州话七个声调中有六个调类的连读变调直接影响了厦门、台湾闽南话。

（四）闽南话的文白异读

闽南话区向来有方言与共同语同存并用的好传统，字音的文白异读中，白读是方言固有的说话音，文读则是多个历史时期遗留下来的读书音，文白并存，成为闽南话语音的一个很重要的特色。这是口语中成系统的字源相同、字义相关的不同语体之字音差异，其中用于诵读古诗文和书面语的叫"文读音"，又称读书音，俗称"孔子白"，是现代汉语诸方言中与唐代《切韵》音系最接近的语音，较好地保留了唐宋中古音；口头话的字音则叫"白读音"，又称白话、土音，这便形成复杂的一字多音现象，据《漳州市志·方言》的不完全统计，"在 3000 多常用字中约有三分之一存在文、白两种读音"①。然而林宝卿的研究资料称，文白异读在 2357 个闽南话常用特有词中只占 291 字/363 音。这表明，文白异读有着读音两可、因人而异，总体上趋于减少的特点。

---

① 参见《漳州市志·方言》，中国社会科学出版社 1999 年版，第 2796 页。

　　闽南话的文白异读字大多为一文一白两个读音（从略），但也不乏一字三、四、五音者，现以厦门音举例一字文白多音现象于下，其中带"＊"字号的是常用音。

文读	白读	
星—[siŋ1]星期	＊[tshĩ1]牛郎星、织女星	[san1]零星
精—[tsiŋ1]精神、风油精	＊[tsiã1]精肉、鬼精精（机灵）	[tsĩ1]妖精
影—[iŋ3]影响	＊[iã3]影像、电影、影射	[ŋ3]日影
两—[liaŋ3]两个(拳语)、不三似两(成语)	＊[niu3]斤两、半斤八两	＊[nŋ6]两人、两个
丈—[tiaŋ6]丈夫、方丈	＊[tŋ6]一丈（长度）	＊[tiũ6]丈人、姑丈
生—＊[siŋ1]生活、生产	＊[sĩ1]先生、生分	＊[tshĩ1]生的（与死相对）
含—＊[ham2]包含、含量	＊[kam2]含在嘴	[kã2]大含（夹带）小
缺—＊[khuat7]缺点、缺陷	＊[khih7]缺嘴、缺角	＊[khueh7]欠缺
节—＊[tsiat7]节约、节奏	＊[tsat7]竹节、环节	＊[tseh7]年节、节日
成—＊[siŋ2]成功、成果	[tsiã2]呣成（不像；舍不得）、姑成（劝诱）	
[siã2]分成、几成	[tshiã2]成尾（扫尾，收尾）	
老—＊[lau3]老手	＊[lau6]老经验	[lo3]老师
指—＊[tsi3]指示、指导	＊[tsai3]中指、尾指	[ki3]食指（动作）
＊[ki3]指准准		
落—＊[lɔk8]落实,落后 ＊[lak7]落价	＊[loh8]落雨、落衰、下落	[lɔ6]落尾（后来）
	＊[lau5]落漆、落色、落风、落空车（驾驶不载人、货的空车）	
平—＊[piŋ2] 平稳、平安、平时	＊[pĩ2] 平大、平平　[phĩ1] 平（摊平；占便宜）	
＊[phiŋ2] 公平	[piã2] 平仄	[phiã2] 平本（赢回本钱）
晚—[buan3] 晚明、晚清	[buĩ3] 晚稻	＊[uã5] 晚来、较晚
[uan3] 晚婚晚育		
松—＊[siɔŋ2] 青松；松树；尼克松	＊[tshiŋ2] 松柏、松仔枞（松树）	
	[siŋ2] 松州（漳州地名）	
[sɔŋ1] 蓬松	＊[saŋ1] 轻松、放松、肉松	
相—＊ [siɔŋ1] 相等、互相	＊[sio1] 相输、相斗阵（做伴）、相骂	
＊[siɔŋ5] 出将入相、相公、乞食相	＊[siũ1] 病相思	
＊[siɔŋ6] 相片、翕相	＊[siũ5] 生相（生肖）、样相、相命	

　　从上表可以看到文读音比较接近普通话，白读音反之，和普通话读音

差别比较大。语言学界多认为，南方方言白读音是秦汉中原汉人南迁时带来的汉语语音同当地土著语言结合后形成的一种独特的语音体系，而文读音则是以唐宋为主的中古语音，和科举文化、官场通话、文士朗诵诗文有着密切的关系。在多音项文白异读中，一文多白最为常见，比如上例"星、精、影、两、丈、生、含、缺、节"九个字均为一个文读、两个白读的三音字，"成"字则一文带三白，共四个读音。也有文多白少、文白相当的现象，其中二文带一白的有"老、指、晚"，是三音字；三文带一白的如"平、晚、松"，是四音字；二文带三白的是"落"字，为五音字。最复杂的则是"平"三文带四白，"相"字四文带三白，都是七音字。

　　闽南语区各方言点的文白异读大体一致，例如"飞［hui1］机"和"外［gua6］公、外［gua6］嬷（外婆）"中的"飞"和"外"，大多数地方都用文读音，而"飞［pe1］船"与"外［gue6］甥"基本统一用白读音。然而须要注意的是，在漳州所属的东山县、诏安县等地方言，由"飞"和"外"构成的词语都说口语音［pe1］和［gue6］，这表明文白读的取向带有一定的随意性。同时，由于中小学已经不教闽南话，甚至不准在校园说闽南话，青少年便无从学习母语古诗文诵读之乐，不可避免地引发文读音的衰落，而产生类似普通话方言轻声的"衰颓"现象，许多原本必须文读的词语都"文退白进"，转化为白读，其过渡现象是文白两可的说法，两音兼行现象十分普遍。例如"晚期、晚婚、晚育"的"晚"，老派（指老年人）多读［buan3］，新派（年轻人）则白读为［bŋ3］，甚至将普通话音改造成闽南音的声调而说成"晚［uan3］婚晚［uan3］育"；"电影明星"原本必用文读音［biŋ2 siŋ1］，现在的年轻人却代之以白读音［mia2 tshĩ1］，可见文退白进已演变为一种普遍的趋势，连以往必用文读的成语"鼎足而三［sam1→sã1］"、"四［su5→si5］面楚歌"、"五马［gɔ̃3 ma3→gɔ6 be3］分尸"、"三［sam1→sã1］心六［liɔk8→lak8］意"、"八［pak7→pueh7］拜之交"、"龙生九［siŋ1 kiu3→sĩ kau3］子"、"十［sip8→tsap8］全十［sip8→tsap8］美"、"百［pik7→peh7］发百［pik7→peh7］中"、"价值连城［siŋ2→siã2］"、"草［tsho3→tshau3］木皆兵"、"班门［bun2→mui2］弄斧"中的数字和名词"城、草、门"等，都正在经历着文退白进的演变历程，由文读音转为文白两可、部分字成为白读音。

文白异读词语的字面和词形完全一致，其差异一在读音，例见上表；二是个别文白读表达了不同的词义，例见下文文白异读构词法，这里从略。尽管如上所言，闽南话有些异读词语确实可文可白，但也有一些则不得随意文白，比如"文人"一词应该用其文读音［bun2 lin2］来表达，可是有些年轻人说成了白读音［bun2 laŋ2］，而与"媒人"同音，极容易引起误会；"大家"文读［tai6 ka1］或［tai6 ke1］都指具有文化成就和影响的名士，而白读音［ta6 ke1］却指称婆婆。这些词语如果任意文白，必定会引起表达上的歧义理解。从这个角度说，闽南话的文白异读不可太过随意，仍需要一定的规范。

第二节　闽南话词汇

闽南话词汇按照其来源的年代先后，可分为下面几种情况：第一种是古闽越语底层，数量极少，然而生命力顽强，并且在南方各汉语方言里具有一定的共通性，有的仍看得出与南方少数民族语言同源；第二种是区域性汉语特有词，既有别的方言少用、不用的古代汉语词汇，在闽南话里却是基本词和常用词，往往具有很强的构词能力，也有中原汉民进入闽南后，运用汉语根词创造出来的区域性词语，多与古汉语词难以"一刀切"；第三种主要是16世纪以来的外来语借词，大多是通过南洋群岛流入的马来语借词和西方语源的外来词；第四种是伴随着"五四"运动而来的"白话文运动"所产生的现代汉语口语词汇引入闽南话，其词形和词义基本不变，只将语音对译为闽南音，故称"对音词"。如果给这四个来源的词汇量排序，则现代汉语普通话对音词大约占闽南话词汇的2/3，且在当前呈现着日愈上升的趋势；其次是古汉语遗存词，而古闽越底层词和外来词则数量不多。

一　普通话共用语汇——方言对音词

闽南话区向来有方言与共同语同存并用的好传统，在词汇方面，表现为方言对共同语的共通共融性。显然，闽南话词汇的主体，是与所有汉语方言共同继承的古代汉语词汇和与普通话共用的现代汉语词汇，这一性质充分表明闽南话是现代汉语的区域性分支，而不是独立的语种或语系。方言和共同语普通话共用的词汇很多，有相当一些词共同直接继承于古代汉语，比如下面古今通用的基本词汇中的核心词，既是古今高频词，也是闽南话的高频词：

天文地理：天、地、日、月、山、石、土、风、雨、水、雷、火、草、木、花、果、人、牛、马、鸟、鸡、鸭

人体部位：头、身、手、足、耳、鼻、目、口、牙、心、肝、胆、胃、肺、腹

亲属称谓：祖、公、父、母、兄、弟、姊、妹、子、孙、叔、伯、舅、姨、娘

日用器具：饭、菜、锅、碗、桌、椅、床、门、窗、衣、被、针、线、布、刀、笔

动作行为：起、立、坐、卧、煮、食、饮、吹、谈、吐、生、死、来、去、上、下

性质状态：大、小、高、低、长、短、正、反、好、歹、冷、热、老、少、强、弱

从上面100个单音词可以看到，它们无论在古代汉语或是现代汉语普通话（台湾称"国语"）和闽南话等方言里，都是使用频率极高的核心词，古今词义基本无变化，表现了汉语基本词汇词义的稳定性。这充分说明古语词是现代汉语及方言的重要组成部分，它们中的相当一部分进入了当今口语，也有一些诸如"彷徨"、"徘徊"、"优哉游哉"、"百无聊赖"和包含了古代汉语语素的方位词语"之前、此后、其中"等等，都是现代汉语词汇的有机组成部分，也都成为了闽南话等现代方言的书面语和常用语。即便有些古语词在闽南内地已经陌生了，消失了，台湾话却还保留着，比如古代、近代、民国年间的【次长】、【里长】、【保正】等词语①，台湾至今仍在使用着。

然而，由于方言的最主要差异是方音差异，使得语音研究成为方言学

---

① 【次长】，北洋时期官名，凡中央政府各部部长称总长，副部长为次长，国民政府时期改称部长，台湾从1937年起改回总长、次长称谓。【里长】，相当于大陆的村长或村支部书记，城镇的街道居委会主任；【保正】，古代农村每十户为一保、设保长，每五十户设一大保，设大保长；每十大保五百户设都保，由都保正、副保正管辖，大约相当于现在的乡长。

的主攻方向，其次才研究方言词汇及语法的差异，方言辞书的编撰也大多集中于方言词汇的收集和比较上，这便不可避免地忽略了与共同语共用的对音词研究，又因为方言对音词及其与共同语的语源研究和共性研究之不足，以至于普通话词汇和古代汉语词汇在各地方言中占着多大的比重，至今不是很清楚。就闽南话词汇而言，其主体应是现代汉语词，这在汉语北方话闽南话双语词典已有所体现①，然而对于方言词汇和共同语词汇的共用性和互融性，仍是少人关注，更何况汉语高频字与核心词汇确实很难古今"一刀切"。那么，方言和共同语共用的词语属于何种性质？我们说，它应属于词形（主要指汉字的字形）和词义对等不变的对音词。这只要同外来语借词比较一下便不难理解。

外语词的转用，通常有意译、音译、音意结合三种方法，其中的音译属于别的语种对来源语的语音转写，和对音词有些相似，有的学者便把方言对音词等同为外来借词或音译词。对此笔者不敢苟同，主要理由有三：第一，音译词通常产生于不同的语种之间，而非产生于方言与共同语之间，后者属于同一种语种的不同区域的方言，而不是不同的语种或语言，因而，方言对共同语词汇的转写不属于音译，而是"对音"；第二，输入语对来源语的音译，要求读音相同或相似，音译字的转写只取其音、不取其义，例如外来音译词"沙发"和"迪斯尼"，同记音字"沙"和"发"无关，也不是什么"迪斯"的"尼"或者"迪"的"斯尼"或"迪"、"斯"、"尼"的组合，而仅仅是用汉字音来模拟来源语的读音罢了；方言对音词却非如此，它的词形、词义与共同语完全相同，差别仅在读音，因而不是音译词；第三，方言和共同语的字音有的完全相同，有的部分不同，有音差的字词之间有着整齐的语音对应规律，可以类推；而不同语种的字词之间却没有语音对应关系，也不能类推。因此我们说，方言和共同语共用的词语属于对音词，而不是音译词，两者不能混淆，更不能等同。

大陆闽南话对音词研究，主要见于厦门大学两位教授的成果。首先是

---

① 闽台地区的汉语北方话闽南话双语词典，如郭后觉：《闽粤语和国语对照集》，上海：上海儿童书局 1938 年版；詹镇卿：《白话注释国音小辞典》），台湾：嘉义兰记书局 1947 年版；李春霖等：《国台对照台湾话》，台南：经纬书局 1950 年版；台湾国语会：《国台通用词汇》，台北：国语日报社 1952 年版；蔡培火：《国语闽南语对照常用辞典》，台北：正中书局 1969 年版；黄典诚主编：《普通话闽南方言词典》，香港：三联书店 1981 年版；福州：福建人民出版社 1982 年等。

周长楫做过"对《普通话闽南话词典》所收的 58000 多个词条的粗略统计",发现闽南话"从普通话接受来的形同义同只是语音差异的所谓'音译词'(即笔者所称对音词)有 41000 多条,占 2/3 左右;方言特有词语 16000 多条,占 1/3 左右,在日常生活中的使用频率是 50% 以上"①。周教授又说:方言特有词"在日常生活中使用的频率和进入基本词汇范围的量比普通话进入方言的词语大"。周教授后来又比较了《现代汉语频率词典》的前 4000 频率词目,发现厦门闽南话实词只用方言特有词、不用普通话词语的,约占词汇总量的 29.8%,必用或只用普通话对音词的约占词汇总量的 41.9%,普通话对音词和方言特有词两用均可的则占词汇总量的 28.3%②。可以看到,周教授的统计结果是存在词频差异的,之所以存在词频差异,应是研究对象数据取材不一造成的,或者说,若不区分词频高低的话,方言特有词语"在日常生活中的使用频率是 50% 以上";如果以《现代汉语频率词典》的前 4000 频率词观照其在闽南话中的使用情况,则闽南话特有词"约占词汇总量的 29.8%"。林连通编审则认为《现代汉语词典》"有 90% 以上的词,只要换上闽南话的读音,就可以作为闽南话词汇使用。"③ 言外之意是:闽南话与共同语的共用词比例要比周教授的统计数据高得多。

此外,周教授的另一成果《普通话闽南话对音词部首检字表》④ 收录闽南话对音词 4313 个;厦门大学林宝卿教授《普通话闽南话对音词部首检字表》收闽南话对音词 3357 字⑤,另一著作《闽南话与古汉语同源词

① 周长楫:《略论闽南话词汇与普通话词汇的主要差异》,北京:《语言文字应用》,1992 年第 3 期;黄典诚主编:《普通话闽南方言词典》,香港:三联书店 1981 年版;福州:福建人民出版社 1982 年版。

② 笔者按:关于方言特有词在闽南话词汇系统的比例,周文后来说约在 30%。见周长楫、欧阳忆耘:《厦门方言研究》,福州:福建人民出版社 1997 年版,第 224 页。

③ 林连通:《加强闽南话研究 做好对台广播》,漳州师范学院:《闽台文化交流》,2008 年第 6 期。笔者按:林连通,原《中国语文》编审,闽南永春人。

④ 周长楫主编:《闽南方言大词典·普通话闽南方言对音词部首检字表》,福州:福建人民出版社 2006 年版。以下简称《对音字表》。

⑤ 林宝卿:《闽南方言常用小词典·普通话闽南方言对音词笔画检字表》,厦门:厦门大学出版社 2007 年版。以下简称《对音字表》。

典》① 则收录闽南话源自古代汉语的词语约 2000 条。周、林两教授的研究成果大致反映了闽南话与普通话共用字词之大致状况，即闽南话与古汉语同源的词汇在 2000 个以上。对读两教授的对音词研究数据，可以看出两者的收词范围不同，周表来自闽南话所有对音词，故其 41000 个对音词对应着能产性高的根词——汉字 4313 个；而林教授只收闽南话常用词，故其字量为 3357 个，比周表少了 957 字，它们很可能是次常用字的字数。总之，闽南话词汇约有 50%—70% 来自古今汉语共同语，方言特有词在闽南话总词汇量中不到 1/3。

作者	年度	著述名	总词量	对音词	对音字	内容
周长楫	1992	略论闽南话词汇与普通话词汇的主要差异	58000	41000	不详	古今汉语词
林宝卿	1999	闽南话与古汉语同源词典	2000 + －	2000 + －	不详	
周长楫	2006	普通话闽南话对音词部首检字表	不详	不详	4313	古今词根和语素
林宝卿	2007	普通话闽南话对音词笔画检字表	不详	不详	3357	常用词根和语素

二　方言特有词

闽南话特有词包括别的方言未见和少用的古汉语词、区域性汉语词，以及少数闽越族遗留的底层语汇和马来语借词、西语借词、日语借词等。

（一）古汉语常用词

闽南话向以"存古"著称，以单音词为主的词汇系统也显示其继承于古代汉语的词汇比别的方言多，上文有关天文地理、人体部位、亲属称谓、日用器具、动作行为、性质状态五个门类共 100 个单音词即其力证，为揭示词汇的历史层次提供了重要的佐证，具体的例证可谓不胜枚举，因篇幅关系，兹以历史时代为序略举词证于下：

1. 甲金文字词遗存

闽南话有些常用词或常用义保留了甲骨文时代的语义，在此基础上产生一定的词义演变和伸延。例如：

【面】是脸中有目的样子，人们熟悉的象形字，大致在中古时期被替换为

---

① 林宝卿：《闽南方言与古汉语同源词典》，厦门：厦门大学出版社 1999 年版。

"脸"。然而闽南话没有接受"脸",其"面"〔bin6〕仍是常用词,可构成很多和脸面有关的词语:"面模、面形、面框、面水("水"是名词后缀)"都指脸盘、脸形,"面肉"指面部肌肉和容貌,"面色"既指脸色、也指面部表情,"面昌"则指面部表情,"面神"指神情,"面巾、面布"指洗脸的毛巾,"面桶、面盆"指洗脸盆,"面皮、面体皮"原指脸面、后来引申为"面子","无面、无面体皮"则指没权没势四处失"面子","扳面"指翻脸,"沤屎面"比喻不高兴的面部表情,"小七仔面"指滑稽的表情,方言成语"笑头笑面"指笑脸迎人,"忧头苦面"形容满面忧愁;谚语"人面较好大印,薰支(烟卷)赢过介绍信",其"面"正是脸面、面子的意思。

【目】本义眼睛,也是人们耳熟能详的象形字,约在中古时期被替换为"眼睛",但闽南话仍沿用"目"字不变,构词能力强。例如"目蕊、乌目蕊"分别比喻眼睛、黑眼窝,"目白、白目"即眼白,"目仁"指眼珠或黑眼仁,"目色"既指颜色、也指眼界,"目沙"指沙眼,"目箍"指眼眶,"目尾"是眼角,"目毛"指睫毛,"目眉"指眼眉,"目蚶"比喻浮肿的下眼睑,"目油、目汁、目滓"喻指眼泪,"目屎"即眼屎,"刺目"即刺眼,"目涩"指眼睛疲劳,"目花、目醪"指眼花,"目翳"即白内障,"风目"、"目针"分别指遇风就流泪、"麦粒眼"等眼疾,"目镜"即眼镜,"目药水、目药膏"指分别眼药水、眼药膏,"倒吊目"形容吊眼梢,"红目、赤目、赤目呆"原指红眼病、后来比喻眼馋,"目色巧"夸赞观察力强,"无目"骂人缺少观察力,"大细目"指偏心眼,"好目神、好目色、目色巧"赞人察言观色很细致,"目头高"指眼界高,成语"嘴笑目笑"指喜笑颜开。"目"也引申为小窟窿和关节,前者如"网仔目"指网眼,"米筛目"原指筛子的小洞,后来用于指称民间用米筛礤制以大米为原料的副食品,是有名的地方小吃,而"甘蔗目、脚目、手目"等,都指事物的关节处。

【册】象形字,甲金文为竹简编串起来的样子,义典册,在秦汉以后渐渐被书面语"书"所替代,而在闽南话里既是高频常用词,又是区分闽语内部方言归属的"特征词"①,凡说"读册"

---

①　方言特征词,指方言语种词汇具有内部的一致性和对外排他性的区别性特征,参见刘晓梅、李如龙:《官话方言特征词研究》,李如龙主编:《汉语方言特征词研究》,厦门:厦门大学出版社 2001 年版。

的是闽南话，说"读书"的是闽东话和闽北话。闽南话的"册"
[tsheh7] 字构词能力强，可以构成"古册"（古书）、"尪仔册"（图画书）、"尪仔古册"（连环画小人书）、"册店、古册店"（书店、旧书店）、"册纸"（可以写书、印书的纸张）、"册皮"（书的封面）、"佮册"（给新书包书皮）、"册签"（书签）、"册包"（书包）、"教册、教册仔"（教书、教书匠）、"写册"（写书）、"印册"（印书）、"出册"（出版图书）、"印册馆"（印书馆）、"看册"（看书）、"读册"（读书）、"买册"（买书）、"借册"（借书）、"还册"（还书）、"新华册店"（新华书店）等词语，其中的"册"都是"书"的代名词。值得注意的是"读册"一词原指读书，后引申为上学，并出现了反义词"放册"——放学。

【走】闽南音 [tsau3]，象形兼会意字，金文上部原为双臂摆动的"大"，是人甩臂大步疾走的样子，后来用脚形的"止"来增加示动功能，表示快步疾奔，与三只脚的"奔"（下面的"卉"是三个"止"的变形）为同源字。现普通话"走"指两脚交互向前移动（《现代汉语词典》），闽南话则用其原始义快步走，又引申为离开、躲避，构成"走撞"（盲目奔波）、"走路"（逃跑、退路）、"走反"（逃难）、"走贼"（原指躲避盗贼，引申为躲藏）、"走命"（逃命）、"走闪"（躲避）、"走跳"（奔突、闯荡）、"走拽、走精"（走样）、"走腹肚"（拉肚子跑厕所）、"走关把关"（一种类似于捉迷藏的游戏）等，方言成语"行船走马"则描写了可快速行驶的代步工具船和马。

【行】闽南音 [kia2]，甲骨文像四通八达的路口，引申为通行、行。普通话指两脚交互向前移动的"走"的意思，闽南话用"行"表示，是一般的行走，比如"行路"指走路，"行动"即走动，"行徙"是行动、移动，"行踏"指亲友间的相互探访和往来，"行行"指随意走走，"行山"指探风水、扫墓，"行拳、行拳头"指练拳术，"行倒退、倒退行"则指反向行走，"行会振动"指走得动，"行好"即走好，"行会去、行袂去"，分别指走得动、走不动，"行短路"是寻短见"行运"指走运，"行气"指管用、有效果，"行棋"即下棋。

【经】象形字，原指织布机的纵线。《韩非子·外储说右上第三十四》："吴起……使其妻织组而幅狭于度。吴子使更之。其妻对曰：'诺。'及成复度之，果不中度，吴子大怒。'吾始经之，而不可更也。'"吴妻的意思是织机的经线一旦设置好，便无法中途改变，"经"用的是动词性引申义。闽南话"经"［kĩ1］多近引申为编织动作，例如谚语"娘着亲生，布着亲经"指亲娘最好，亲手织的布最佳，都强调亲力亲为的重要性；在"蜘蛛经丝"里则引申为缠绕义。

【古】《说文》："古，故也，从十口，识前言者也。"白话版《说文解字》释："古，故旧，字形采用'十、口'会义，表示能记忆先人圣语的人。"笔者认为"古"之所以从"十"会义，是因为"十"字代表着纵向的时间概念和横向的空间概念，用现代语言来说，即自古以来口耳相传的先人事迹和言谈。闽南话"古"保留的正是原始义、古义，引申为故事传说，而"古"的"故事"本义的即过往的"前人言"、"先人圣语"等流传于各地的历史事迹，既可单用表示故事传说，也可构成动宾词组【讲古】、【听古】，还可构成名词性词组，例如笑话义的【畅［thiong5］古】、【笑古】，吹牛夸张的故事【颟［ham5］古】和童话故事【囝仔古】等。

2. 先秦语汇遗存

闽南话的先秦语汇遗存丰富，例如：

【糜】闽南音［be2］，粥、稀饭。《礼记·问丧》："水浆不入口，三日不举火，故邻里为之糜粥以饮食之。"［隋唐］孔颖达疏云："糜厚而粥薄。"意思是粥比"糜"清稀，"糜"比稀粥浓稠。闽南人则用【糜】来指代北方话的粥、稀饭，是每日必用的常用口头语，如"菜糜、肉糜、鸡仔糜、鸭仔糜"分别指掺了菜、猪肉、鸡肉、鸭肉煮成的美味粥品，"龙眼干糜"是掺了桂圆干的甜食补品，"猫仔糜"则是米和肉、菜、各种海鲜合煮的著名地方小吃，味道鲜美。

【潘】、【米潘】闽南音［phun1］、［bi3 phun1］，都指淘米水。《礼记·内则》："其间面垢，燂潘请靧；足垢，燂汤请洗。"［汉］郑玄注："潘，米澜也。"澜即汤，米澜即米汤。［晋］吕忱《字林》亦称："淅米汁也，江南名'潘'。"唐代双音节化，成为"米潘"。《新唐书·南蛮传·南诏上》："岁中纽莎靡之，饮以米潘，七年可御，日驰数百里。"现闽南话既单说"潘"，也说"米潘"。闽南谚语"做猪着食潘，做嬷着惜孙"，意为祖母疼爱、管带孙子，就像猪喜欢吃淘米水一样出自天然，看来直接继承了《礼记》的说法。

【有身】闽南音［u6 sin1］，义怀孕，是闽南话常用口头语，语见《诗经·大雅·大明》："大钰有身，生此文王。"闽台地区贺新婚的"四句联"有云："现在有身三月日，包你会生莫嫌迟"，用法同《诗经》，可见历时久远。

3. 汉魏六朝口头语遗存

【姐】《说文》："蜀谓母曰姐。""姐"字从女从且，而"且"是男根的象形，引申为祖先，后来增添示义的偏旁"示"和"女"，分化为男、女始祖的"祖"和"姐"。[宋]叶绍翁《宪圣不妒忌之行》载："宋高宗与吴后语，称其母韦后为姐姐。"① 称母为"姐"的这一称谓在闽南地区一直保留到"文革"前，大部分中老年人和农村人都把母亲叫【阿姐】［a1 tsia3］，改称"阿妈"则是"文革"以来的事。另外，闽南民间信仰也把庇佑幼儿的神明床母娘娘叫作"床姐、姐母、姐婆祖"等，"姐"都用其白读音的初始义。

【大家】闽南音白读［tua6 ke1］，婆婆，丈夫的母亲。《晋书·列女传·孟昶妻周氏》曰："事之不成，当于奚官中奉养大家。"闽南话日常都管婆婆叫"大家"，民谚云："大家有嘴，新妇无嘴"，意思是婆媳产生矛盾时，媳妇应尊重、谦让婆婆，即便受了委屈，也不得言语顶撞。

【新妇】［sin1 po6］，闽南指儿媳，语见《后汉书·列女传》："郁父伟谓阿（人名，伟的儿媳）曰：'新妇贤者女，当以匡道夫。郁之不改新妇过。"［清］黄生《义府·新妇》注："汉以还，呼子妇为新妇。"现闽南话不但公婆唤儿媳为"新妇"，而且是泛指儿媳妇的当用词语。

【朒】指纹的一种形状。［晋］葛洪《西京杂记》卷四云："卫将军青生子，或有献骗马者，乃命其子曰朒，字叔马。"［宋］《广韵》注："指纹形也。"人类的指纹有多种形状，闽南人把手指肚儿的螺旋状手纹叫作"朒"［lue2］，把类似逗号状的手纹叫作"畚箕"，还流传着版本不一的《手朒歌》，以说明人的命运同十指的"朒"数息息相关②。

---

① ［宋］叶绍翁：《宪圣不妒忌之行》，见《四超闻见录·乙》。

② 漳浦县版《手朒歌》作：一朒一咧咧，二朒走脚鸡，三朒有米煮，四朒有饭炊，五朒五厌厌，六朒做乞食，七朒富，八朒富，九朒起楼仔起大厝，十朒十囷十新妇，十一朒卖某做大舅；十个拢畚箕，欠食又缺衣。长泰县版为：一螺走飞飞，二螺行相缀，三螺有轿坐，四螺有嫡缀，五螺五野野，六螺做乞食，七螺七富富，八螺起大厝，九螺九空空，十螺做手工。厦门版作：一朒坐低低，二朒走脚皮，三朒无米煮，四朒无饭炊，五朒五厌厌，六朒做乞食，七朒穷到底，八朒富上天，九朒九安安，十朒去做官。可见同样的手朒数，在闽南的不同地区"命运"不一样，足见其说不科学。

【雅】刘淇《助字辨略》释"犹云极也。"泉州话用作表示最高程度的副词，词义略有变化，例如"雅好、雅快、雅急心"分别表示很好、很快、很着急。

4. 唐宋口头语遗存

【青盲】闽南音［tshĩ 1 mi2］，指目盲、眼瞎。《诗·大雅·灵台》："矇瞍奏公。"［唐］孔颖达疏："有眸子而无见，曰矇，即今之青盲者也。"这是孔疏用唐时语注古书的例子，说明"青盲"通行唐代。闽南至今沿用这一说法，例如"青盲牛"指文盲，"青盲唔惊铳"意如眼不见为净，"掩青盲间"是蒙眼捉迷藏游戏。在闽南语俗谚里，"青盲"的动物是有福气的，比如"青盲鸡啄着虫"、"青盲鸡啄好米"说瞎眼鸡反而有啄到虫子享受好米的好福分。

【旧年】闽南话把新旧年之交的那段时间称为"新年头，旧年［ku6 ni2］尾"，表示去年的意思。［唐］张说《苏摩遮》诗云："惟愿圣君无限寿，长取新年续旧年"；［唐］王湾《次北固山下》曰："海日生残夜，江春入旧年"，两个"旧年"都指去年。闽南话沿用了唐代这一说法，是常用词。

【保庇】闽南音［po3 pi5］，意思是庇护、庇佑。《资治通鉴·唐肃宗至德二载》："安禄山所署河南尹张万顷，独以在贼中能保庇百姓不坐。"由于闽南人有着泛崇拜民俗文化心理，因而该词在闽南语区运用广泛，尤其在巡庙、进香和哺育婴幼儿阶段，家人和自己有了"身苦病痛"（指生病）时，"保庇"这个词便时时挂在嘴上。闽南人认为，"有点香，有保庇；有烧金，有香味"，只要敬奉神明，就会得到庇荫和回报。

（二）方言特有词

闽南话的根词大多古今汉语通用，有的用其新创词语，有的采用了同形异读异义词，有的用其稀用义项或转义来表达新的意义，只有少数为低词频稀用词。北方人对此可能听不懂，然而通过书面的交往，一般能够"见字"而知义，例如：

1. 用共同语常用根词创新词

闽南话【娘爸】、【娘礼】分别是父亲、母亲，【母舅】指舅舅，【母姨】是姨母，【叔爷】指叔叔，【鼻】则有鼻子、鼻涕、闻嗅三个基本义，【大头拇】指大拇指，【批】指书信，【煞神】、【白脚蹄】、【乌脚蹄】均指不吉利的人，【娘仔】称年轻姑娘，【莺哥】是鹦鹉，【挽】是摘取，【现世、泄败】义丢人现眼，【越头】指回头，【拍无去】意丢失，【心适】指风趣而又新奇，【有影】的意思是真实的，【无影】指假的，【拍折鼓柄】的字面义是折断鼓槌，因"鼓"与表示故事的"古"谐音，便成为打断别人话头的双关语。再如农耕词汇的【摔桶】是打谷桶，【桶梯】是放在【摔桶】里摔打稻草、为水稻脱粒的短梯形农具。动词【呵咾】指夸奖。常用虚字眼【局】表示必然、必定，【局不局】指不得已而又必须，只好；"姑"有姑且暂且义，构成【姑不将】、【姑不二将】，意指姑且、不得已、只好。不难看到，这些词语的构词成分大多都是古代汉语、现代汉语高频根词，却能组合成区域性很强的方言特有词语。更典型的如下面三例：

【细】位列现代汉语 6763 字频第 575 位，古籍用字（11522）字频表列为第 1093 位，义与"粗"相对，其"小"义普通话不常用。闽南话【细】[sue5] 几为"小"的代名词，可组成"大细"（大小）、"细个"（体积小）、"细位"（占地小）、"细班"（人数少的小班级）、"细空"（洞孔小）、"细力"（力气小）、"细姨"（小老婆）、"细姑"（小姑）、"细叔"（小叔子）、"细病"（骂人话，饭桶）等。由【细】构成的词语具有一定的能产性，一如"细汉"指个子小或年龄小，可以组成"细汉囝"（末子）、"细汉时"（小时候）等词语；二如"细只"指个体小，可构成"细只牛"、"细只马"、"细只田蛤仔"（小青蛙）等；三如"细尾"也指个体小和小的条状物，可用在一些名词前面组合成"细尾鱼"、"细尾鳗"、"细尾蛇"等词组；四如"细粒"指颗粒小，也可构成"细粒米"、"细粒子"（身材瘦小）、"细粒苹果"、"细粒龙眼"等词组；"细囝"即儿女、儿童，可以构成"细囝歌"（儿歌、童谣）、"细囝物"（儿童用品）等词组。

【拍】闽南音 [phah7]，是近古后起字，古籍不常见，现代汉语 6763 字频位列第 692 位。"拍"的现代义是用手掌拍打，所构词拍打、拍案而起、拍巴掌、拍板、拍电报、拍马屁的动作具有直观性。【拍】在闽南语里却相当于"打"。因而，方言把打架叫"相拍"，打手叫"拍手"，打人叫"拍人"，打字叫"拍字"，打针叫"拍针"，打仗称"拍战"，打翻在地叫"拍倒去"，东西掉落称"拍交落、拍交溜"，丢失称"拍无去、拍唔见"，转圈称"拍箍、拍邀、拍大环"，说白了称"拍白讲"，打招呼称

"拍招呼"等,是词义泛化的"万能动词"。《闽南话大词典》共收"拍"字头正式词条89条,可见其构词能力之强。

【食】位列6763个现代汉语字频第1015位,古籍用字(11522)字频表位列第1093,闽南文读[sit8]只用于"食物、食品、食堂"等书面语,白读音[tsiah8],既是普通话"吃"的替代语,同时也兼指吸、喝,例如"食薰"(抽烟)、"食水"(喝水),并且增加了"以某种技术、手段为生"的新义,构词能力强,除了《闽南话大词典》所收"食"字头75个词条外,尚有"食钱"、"食镭"(贪财;费钱)、"食会消"(吃得消)、"食𣍐消"(吃不消)等词语。"食"也可构成"乞食"(乞丐)、"趁食、赚食"(赚钱维生)、"大食"(食量大)、"细食"(饭量小)、"小食"(小吃;浅尝即止)、"好食"(好吃)、"歹食"(难吃)、"款款仔食"(慢慢吃)、"紧食"(赶快吃)等词语,在此基础上派生出"大食神"、"大食虎"(食量大的人、贪吃的人)、"食食叫"(整天把吃挂在嘴上)、"食钱仔老爹"(贪官)、"食便用现"(吃现成饭、花现成的钱)、"老食新"(欺生)、"食祖公业仔"(靠祖产生活)、"食爸母"(啃老族)、"食兄弟"(靠兄弟养活)、"食家己"(自己养活自己)、"食健"(靠才干安身立命)、"食命"(靠好运气过日子)等词群。

2. 启用共同语稀用词

闽南话也启用了一些古今汉语不常用的字词来充当自己的常用词,比如名词【晡】指半天,【埔】是平地,【脯】本指肉干,意义扩大后,可构成"菜脯"(萝卜干),"衫仔脯"指不成形的破衣烂衫,【秞】是稻子,【粿】指米糕,【粢】指糍粑,【鹞鸇、鹈鸇、鸪鷜】都指老鹰,【𥴊】指容器的盖子,【笧】指小鱼篓,【𥱼仔】、【篘篱】、【箬笒】是大小不一的竹编匾具,【笕仔】指秤盘,【谷笪】为竹编晒谷用的席子,【粟楻】为装稻谷的小仓房。动词如【箠】指小棍,【抔】指将细琐杂物归拢在一起;【搵】是蘸、沾,【搛】指扔,【搦】是捉捕,【摃】为击打,【𫝻】是可以,【匿】是在和躲藏的意思,【𧿪】也指躲藏;【跙】原义走走坐坐,后来引申为闲逛、拖拉延迟。形容词如【䠶】指身材高,【痟】、【悾】指疯癫,【癏】指身体干瘦,【冇】指空而不实,【瘷痀】形容驼背等。也有些闽南方言词表达的是古义,比如【筅】,《广韵》:"筅帚,饭具",原指锅刷,闽南话泛指小刷子,可构成"鼎筅"、"竹筅"、"尿桶筅"、"筅仔"等。再如【墘】

字，边缘的意思，《现代汉语词典》注："车路墘，地名，在台湾"，表明它是闽南话词语，可组成"碗墘"（碗沿）、"鼎墘"（锅边）、"砖墘"（屋檐下的台阶）、"溪墘"（河边）等词语。【塍】义水田，《现代汉语词典》标为方言，"塍"的异体字，闽南音〔tshan2〕，训读字"田"，可构成"山塍、水塍、塍地、塍底、塍园、塍岸、塍墘、瘦塍、好塍、歹塍、塍土"和"塍水、塍主、塍租、塍丘、买塍、卖塍、分塍、做塍、做塍人、做塍兄"等词语，"塍蜢"、"塍螟"是蜻蜓。三如【垟】，《现代汉语词典》标为方言用字，释"田地"，所举带"垟"字的地名均在浙江，闽南话或作"洋"〔iũ2〕，指大片平坦的田园，可构成"草坪"、"山坪"、"海坪"、"溪坪"、"沙坪"、"大小坪"等词语。【枋】闽南音〔paŋ1〕，《现代汉语词典》释"古书上说的一种树"，闽南话指平整的木板，可构成"柴枋、床枋、堵枋、壁枋、隔枋、镣枋（锯成木板）"等词语。四如形容味觉清淡无味的【饯】〔tsiã3〕，《广韵》注"子冉切，食薄味也"，《集韵》注"食无味也"，可谓音真义切。

3. 用共同语词汇构成异义词

闽南话利用共同语词汇读音和词义的变化，可创造出新的词义，从而构成不同的异义词。请看：

共同语原词原义	闽南话对音特有义
【麦穗】〔beh8 sui6〕麦子结的穗	玉米穗
【豆油】〔tau6 iu2〕黄豆压榨出来的油（闽南称豆仔油）	酱油
【手指】〔tshiu3 tsi3〕手指头	戒指
【大官】〔tua6kuã1〕级别高的官员	公公，丈夫的父亲
【后头】〔au6 tshau2〕后面	娘家
【得失】〔tik7 sit7〕所得和所失	得罪
【稳当】〔un3 taŋ5〕稳重妥当	副词，表示推测
【精神】〔tsiŋ1 sin2〕人的思维、意识和精神状态	醒，警觉
【雕琢】〔tiau1 tɔk7〕雕刻；修饰	管教、督促
【精光】〔tsiŋ1 kɔŋ1〕一无所有；光，光洁	精明；清醒；无睡意
【大气】〔tua6 khi5〕地球外围的气体	形容很生气
【冤家】〔uan1 ke1〕仇人；死对头	吵架
【冤枉】〔uan1ɔŋ3〕冤屈	不高兴

4. 方言异读异义词

如前所言，闽南话文白两读丰富，可以利用这一特点而创造出方言异读异义词，从而形成同形异音异义的一形二音多义词，下面聊举几例：

文读现代义	白读古义/方言义
【鼓吹】[kɔ3 tshui1] 宣传、倡导	[kɔ3 tshue1] 喇叭
【节目】[tsiat7 bɔk8] 戏曲目录；媒体的项目	[tsat7 bak8] 关节；事物的关键处
【老师】[lau6/lo3 su1] 传授知识文化的人	[lau6 sai1] 老师傅

上例的【鼓吹】白读音是名词性偏义词，指喇叭，而后起的书面义则用文读音表示，义为动词性的宣传与倡导，两义判然。【节目】的白读音保留了关节、关键处的古义，而文读音才承载现代义。略有不同的是【老师】一词，其文读音是后起义传授知识文化的人，白读音则表达方言义（详细内容可参见下文的文白异读构词法）。

5. 新创汉字词

闽南话有几个使用频率高，却没有相应汉字的单音节方言词，学术界和民间通常认为其中有一些是闽越语言底层词，也有一些因为古今音变关系而认不出其原本是哪个字。由于这类词语大多没有相应的汉字可记录，民众便用自造字的办法来书写。比如高频否定词［bue6］是"勿"与"会"的合音，便采用了会意的方法创造【袂】字；相似的是"勿"和"爱"［mai5］的合音字，用自造字【嫒】；和肩部、手部动作有关的［giah8］表示举高、扛起的意思，造出会意的【攑】字；爬高的［peh7］用会意的【跙】，眨眼睛的［nih7］用【瞁】，腮帮子的［phue3］用【顊】，声音响起和响亮用【嗔】［tan2］，舵手［tai］"□"公用【舤公】，复数第三人称代词"他们"之［in1］写为【individual】，女仆义的［kan3］用【嫺】，系绳子拴牛羊的小木桩用"杙"［khik8］，称赞别人能干的【勢】［gau2］，表示石落水中声音之"丼"［thɔm1］，都是闽南话新创汉字词。这些闽南地区的自创会意汉字，早在以《荔镜记》为代表的 1566 年以来的通俗剧本里，就已广泛运用。这些俗字、土字甚至进入了西班牙多明我会传教士 Juan Cobo（1541—1592）所编 Doctrina Christiana en letra y langua china，据称这本闽南语《汉语基督教教义书》的年代仅略晚于 1566 年建阳麻纱本闽南戏文《荔镜记》，"两者汉字的选用相当近似"①。

6. 百越底层词语遗存

闽南话常用语汇还包括了一些残存的百越底层词语，例如烂泥田【垱】［lam5］又音［lɔm5］，物体边沿【墘】［kĩ2］，青蛙【蛤】［kap7］等皆是，详情请看第三章第一节，这里就不一一列举了。

虽然闽越古词的遗留似乎在闽南方言里星罗棋布，然而方言学专家李如龙教授也曾坦言说："在数以万计的词语之中，真正经得起推敲的百越'底层'词恐怕很难上百。"②（详见第三章相关内容）数量上占绝对压倒优势的仍旧是古今汉语共用词。

第三节　闽南话特有词法

闽南话的语法构架和普通话大体相同，然而细部差异也有不少，有着本方言所特有的一些词法、句法现象，因词法差异兼具词汇与构词语法的差异，在口语交际中比句法差异更具可感性。限于篇幅的关系，这里只简要介绍闽南话与普通话的构词法、词尾词缀、量词、副词等主要词法差异，以及古代汉语虚词。

一　闽南话特有构词法

（一）语音屈折构词法

闽南话的语音屈折构词法主要表现在代词系统，通过词语内部的语音屈折变化来表示语法意义的关联性变化，主要表现在人称代词的单复数形式和近指远指指示代词。

闽南话复数人称代词不似普通话那样采用"我、你、他"添加词缀"们"的"我→我们"、"你→你们"、"他→他们"构词表义方式，来展现由单数人称向复数人称的语义转换，而是用单数人称代词缀加前鼻音韵

---

①　洪惟仁：《16、17世纪之间吕宋的漳州方言》，《历史地理》第三十辑，上海：上海人民出版社2014年版。

②　李如龙：《序》，林宝卿：《闽南方言与古汉语同源词典》，厦门：厦门大学出版社1999年版。

尾［-n］的语音构词法，构成新的复数人称代词。请看：

单数人称代词	缀加语音成分	复数人称代词
我［gua3］	［n］	【阮】［guan3/gun3］
你［li3］	［n］	【恁】［lin3］
伊［i1］	［n］	【個】［in1］

上面例词的第一纵列为闽南话的单数人称代词，其中第一人称代词【我】是和普通话共用的对音词，第二人称代词【你】的本字是古代汉语"汝"，【伊】是南方汉语的第三人称代词，三者各添加前鼻音韵尾［n］，便产生了新的复数人称代词【阮】、【恁】、【個】。这种利用语音的屈折变化来表达语义变化之构词法，其他方言少见。

闽南话的指示代词也很有特色，它是利用声母的异同来区分近指和远指的，近指、远指的声母和韵母整齐分布，互不干扰，比如：

近指词例：即［tsit7］　**【这】**［tsit7 ge2］→［tse3］　　**【遮】**［tsia1］
释义：这、这个　　即个的合音变化，这、这个、这些　　这里

远指词例：赫［hit7］　**【迄】**［hit7 ge2］→［he3］　　**【遐】**［hia1］
释义：那、那个　　赫个的合音变化，那、那个、那些　　那里

上面近指语素代词的声母都是［ts］，远指代词语素的声母都是［h］，近、远指词语的韵母和声调分布齐整，比如"即"和"赫"同组，韵母和声调同为阴入［it7］；"这"与"迄"一组，韵母声调同是［e3］；"遮"和"遐"一对，韵母与声调同为［ia1］。可见闽南话的指示代词在语义和语音方面有着整齐的关联性，是采用了声、韵、调的屈折变化来表示成对成组的意义关联的。

（二）文白异读构词法

一个字的文白异读，在闽南话里也成为构词手段，因异读而产生的新型叠词有着提示、强调语义的作用。例如【变变】［pian5 pĩ5］义改动、变换，【接接】［tsih7 tsiap7］指接待与应对，【担担】［tam1 tã1］义承担，【缺缺】［khih7 khuat7］指缺乏、欠缺，【痛痛】［thiã5 thaŋ5］义疼爱、爱惜，【跳跳跳跳】［tio2 tio2 thiau5 thiau5］义蹦蹦跳跳，【歇歇歇歇】［hẽh7 hẽh7 hioh7 hioh7］即停停歇歇，【哼哼哼哼】［hi1 hi1 hãi1 hãi1］指哼哼唧唧，【呲呲呲呲】［tshi1 tshi1 tshu5 tshu5］指小声说话或

背地里说坏话，【拾拾拾拾】［khioh7 khioh7 sip8 sip8］形容珍爱东西，颗粒归仓。这些词语无论是双音节词还是四音节词组，其语义同单音基本形变化不大，却因文白异读表达方式而突出语义，起着强化语气的作用。比较特别的是【盐盐】一词，有两个文白异读法，一是先文后白的名词性读法［iam2 sĩ6］，指物体表层结的盐碱和动物皮毛上的结汗碱，一是先白后文的动词性［sĩ6 iam2］，指用盐腌制。

文读音义	白读音义
【水水】［tsui3 tsui3］形容水分多	［sui3 sui3］比喻漂亮
【日食】［lit8 sik8］一种天象	［li7 tsiah8］一日三餐
【冰霜】［piŋ1 sɔŋ1］水到达冰点结成晶状体	［piŋ1 sŋ1］冰冻；冰
【破格】［pho5 keh7］破例录用	［phua5 keh7］不吉利
【欠缺】［khiam5 khuat7］短缺、不足	［khiam5 kheh7］反指不缺
【出山】［tshut3 san1］复职或重担重任	［tshut3 suā1］出殡
【行动】［hiŋ2 tɔŋ6］发起活动；举止行为	［kiã2 taŋ6］行走；往来
【厚重】［hɔ6 tioŋ6］敦厚持重	［kau6 taŋ6］比重大
【穿插】［tshuan1 tshah7］交叉	［tshi6 tshan7］穿戴

上面这些词例都一词二读，表达两个词义，其文读音都属于共同语的对音，而白读音要么是古义，要么是方言义，必须根据语意表达的需要来因义定音，因此不能随意地读，也不能读错。比如"欠缺"的"缺"，文读音［khiam5 khuat7］义短缺、不足，白读音［khiam5 kheh7］的常用义却是不缺；"出山"文读音［tshut3 san1］指复职或重担重任，白读［tshut3 suā1］则指出殡；"行动"文读［hiŋ2 tɔŋ6］指发起活动或某种举止行为，白读音［kiã2 taŋ6］的意思是原始义行走。如果不按照词义需要而乱用文白发音，就会引发表达错误或误解。

(三) 倒序构词法

在包括闽南在内的古百越和所谓"南蛮"地区，存在着一些词序颠倒的"倒序词"，形成与共同语的同词异序词形词。闽南方言名词性倒序词如客人叫【人客】，拖鞋叫【鞋拖】，纲纪称【纪纲】，日历称【历日】，台风称【风台】，蔬菜称【菜蔬】，季节之【节季】，产业为【业产】，命运为【运命】等。动词性倒序词如施舍称【舍施】，沉浮为【浮沉】，等候叫【候等】，醉酒称【酒醉】。形容词倒序词则有热闹叫【闹热】，健康称【康健】，便利称【利便】，长久为【久长】等等。成类的倒序词如动物的性别区分词全部后置，雄性区别词统称"公"，别称禽类"角"［kak7］，专称畜类"哥"［ko1］、"牮"［kaŋ3］等，从而构成【鸡公】、【鸡角】、【鸭雄】、【狗公】、【猪哥】（种猪）、【羊牮】、【牛牮】等，雌性动物名词则统一用"母"来表达，例如【鸡母】、【鸭母】、【狗母】、【猪母】、【羊母】、【牛母】等。

（四）方言特有量词

闽南话指称圆形、短矬型物体的"万能物量词"是"粒"，无论是粒米之微还是原子弹之硕大，都用"粒"来称其数量；另一个"万能物量词"是称说条状物的"支"，可用于一支鼻、一支针、一支竹篙等，可见量词同普通话原有较大区别。现比较闽南话和普通话不同的常用量词如下：

闽南话	普通话
一占钱	一分钱
一箍银	一圆/元钱
一张批	一封信
一枞竹仔	一棵竹子
一蕊花	一朵花
一蕊目睭	一只眼睛
一苞花	一串花串
一苞灯	一盏灯
一弓蕉	一串香蕉
一掼龙眼	一串龙眼
一领草席	一张草席
一身（仙）尫	一尊菩萨
一尾鱼	一条鱼
一齿后磳（恒齿）	一颗大牙
一刀纸	100 张纸
一条代志	一件事
一支嘴	一张嘴

上面闽南话量词词例与普通话对应性大概有三种情况，第一种是闽南话量词与普通话量词一对一的【占】与分、【箍】与圆（元）、【张】与封、

【枞】与棵、【领】与张、【身（仙）】与尊、【尾】与条、【齿】与颗等；第二种是闽南话的一个量词对应普通话多个量词的一对多关系，例如上举"万能量词"【粒】和【支】分别对应着普通话指称米的"粒"和指称原子弹的"颗"，【蕊】对应朵、盏、只；第三种如闽南话的量词【葩】、【弓】、【捵】对应普通话量词"串"，属于多对一关系。再看闽南话里量词的取义，大多带有形象性和直观性，比如【葩】的书面语义是花，用作名量词，强化了花之美的附加义；【弓】是弯的，用其比量香蕉串，直观可感；【捵】原是动词，用作龙眼果串的量词，带有动态感。至于闽南话把计量100张纸的量词称为【刀】，源于民间将原张的纸每百张作为一个切割单位，后来便把每切割一次的计量单位称为【刀】，类似于英语以500张纸为切割单位而称500张纸为 ream（令）一样。有的量词的来源较难理喻，比如事情、事件的概量，闽南话说【条】，不如普通话"件"合理；又如嘴的量词，普通话大概因其可以开合而用动量词"张"，闽南话则用"支"来计量，它用于计量猪嘴是形象合理的，而用来称说人类的嘴，便很难让人接受，却约定俗成而沿用至今。

二　方言特有词尾和词缀

闽南话词缀词尾发达，在词汇系统中充满活力，可以和许多方言单音词和双音词组合出成系列的和普通话不一样的方言特有词，下面主要以由方言名词词尾构成的反映地方文化的词语为例：

"头"［thau2］

由"头"组成的闽南方言词语，有的只凑足音节，基本不改变词根的词义和词性，比如【桌头】【椅头】仍指桌椅，【贼头】即小偷的头目，【路头】指路口，【树头】即树根，【碗头】泛指碗，【箸头】是筷子的前端，【灶头】即灶台，【顶头】即上面，【下头】即下面，【边头】指旁边，【日昼头】指日当午，【暗头】即傍晚，【春头】指开春，【年冬头】即年头等。有的"头"缀词语会扩展词义，例如【目头】指眉心，也指眼界高；【声头】指开头说的话，后来泛指声量和说话的口气；【外头】指社会事务，【内头】既指妻室、又指家庭事务，【房头】即家族的分支，【地头】指地方上，【标头】即商标或品牌，【票头】指票据，【土头】指建筑垃圾，等等。词尾"头"的附加义往往与度量单位有关，比如【尺头】指尺寸，【秤头】指重量，【力头】指力度。【头】放在动词形容词后面，便将词根名词化，比如动词"抽、挡、跷、嚇"和形容词"空"与"头"组合成词后，【抽头】指从别人的财物中抽取一定比例的份额，【挡头】指有耐力，【翘头】形容神气活现、趾高气扬的神情，【嚇头】指吓唬，【空头】则指名堂。

"尾"［be3］

闽南话词尾"尾"［be3］即尾巴，也用作计量条状物的量词，同时又是名词词尾。"尾"的词尾义主要引申为物体尾部和末端，可构成头顶义的【头壳尾】，发辫义的【头鬃（仔）尾】，眼角或目力所及的【目尾】，下腹部【肚尾】，指头、指尖的【手尾】、也指老人故去之前衣袋里留给儿孙的钱等遗物，【脚尾】即脚趾、脚尖，【屎尾】比喻不可收拾的烂摊子。和地形地貌有关的词语如【山（仔）尾】即山麓接近平地之处，【岭（仔）尾】、【崙仔尾】、【崎（仔）尾】都指山尖，【社尾】指村庄的边缘，【路尾】指道路接近尽头或将到交叉路口及拐弯的地方，【水尾】即小溪流接近大河流或近入海口的地方，也指水流尽头或流量较少的地方。词尾"尾"又用为方位语，例如【落尾】即后来；"完尾"既有后面义，也有后来、随后、最后的意思；【事尾】指某个事件的后续影响及留待处理的事务及隐患。"尾"也用来表达人类的某些活动、感官、情思的余绪等，比如【声尾】原指尾音，后来也指说话的语气和言外之意；偶然间听到称【耳空尾】；【气丝（仔）尾】指换气之间，因此际气息较弱，又引申为临将咽气；【嘴尾】指话尾或言外之意和口感，味觉的余味，【续嘴尾】既指接别人的话茬或按照别人的意思往下说，也指用最美味的食物留做餐饮活动的最后一口，以便保留味美的回甘和遗絮；【喉尾】也指回味、回甘。闽南地区带"尾"字的专有地名很多，后来大多雅化为"美"字，比如厦门地区的【集美】原名【浔尾】，漳州地名【角美】原名"角尾"，【石美】原名"石尾"，【埔美】原名【埔尾】等。另外，也有民间传说人类原本有尾巴，在中年以后会渐渐枯黄，因而闽南话【黄尾】意即将死的人，【无尾】则指没有好结局，进而用【无尾死囝仔】来骂人，【有尾】便是有好结局的老来福。

"水"［tsui3］

闽南话的词尾"水"用在名词和形容词后面，多表示某些事物的状态、额度及其含量等，也有的意义虚化表强调。例如【面水】指面貌，【嘴水】比喻良好的口才，【色水】泛指颜色，【钢水】指含钢量，【硬水】指艰巨，【膏水】指人的本事、学问或高回报率，【软水】既比喻柔软、也比喻轻而易举，【重水】即沉重、后比喻不易承担的工作。【呕水】的本义是吐酸水，后来比喻令人作呕。值得注意的是，闽南话相当一部分"水"尾词组里的"水"，与水流、水分义及其引申意义相关，比如【积水】指堵塞，【放水】即开闸，【收水】即风干，【食水】指吸水量大，【报水】原指报告汛期，后来引申为告密。河流是商运的基础，水系发达预示着商业兴旺，因而【好水】比喻好机会、好差事、好运气，反之则称【歹水】。【外水】指额外的收入，【番水】、【咸水】都指侨汇、外汇，【油水】指经济收入高，【走水】意指第二职业，【入水】、【进水】喻指发财等。水又是维持农作物正常生长的最基本物质，故农作物的收割次数称为"水"，进而把第一茬收获叫作【头水】，第二茬称【二水】，【后水】即下一茬、下一批。

"路" ［lɔ6］

词尾"路"在闽南话里具有表示事物的门类、来源、来历等语义功能，例如【头路】指工作、职业，【来路】指来源、来历，【断路】指断绝来往或来源等。词尾"路"也用于表示事物的某种性状或效果，比如【面路】指面容，【手路】即手艺、技法，【稿路】指方法与手艺，【脚路】指脚下可以挪动的地方，后来比喻回旋的余地，【礼路】指礼数，【巧路】即灵巧，【幼路】指精致，【雅路】指雅致。词尾"路"同动词"有"可构成"有×路"的固定格式，表示对于某种食物的特殊嗜好，比如【有粿路】、【有饭路】、【有麵路】、【有水饺仔路】分别指爱吃粿（年糕）、饭、面条和水饺。

"步" ［pɔ6］

闽南话词尾"步"指办法、手段、计策等，可以构成表示好办法、好策略的【好步】和【水步】，【撇步】、【有步】指有策略、有手段，【歹步】、【歪步】指不好的点子、方法和手段，已进入台湾"国语"的【奥（沤）步】则指卑劣的手段和招数，【无步】指无法可想，【暗步】指暗地里使用计策，【佬仔步】指取巧骗人的手段。

"声" ［siã1］

闽南话词尾"声"的常见用法是辅助表达某些事物的量,所构成的【重声】指重量;"镭"是钱,【镭声】、【钱声】都指金额;【点声】即时间、钟点,【岁声】指年岁,【级声】指等级、级次等。个别由"声"构成的词语其词尾意义较虚,例如【即声】指这次、这时候,【气〔khui5〕声】表示运气或气力;【款声】指种类、款式和样子;"范"的方言义是标准、样子,【范声】则指情势、样子。

"气"〔khi5〕文、〔khui5〕白

闽南话词尾"气"有文白两读,都可作词尾。文读音〔khi5〕可组成表示糟糕的【费气】,干净的【清气】,会带来坏运气的【煞气】,运气不好的【衰气】,【食气】即赌气。闽南话词尾"气"的说话音为〔khui5〕,所构成的词语一般与运气、事物的发展趋势等意义有关,比如【好气】指好运气、好时机,【歹气】即机遇不好,【起落气】指发展势态起起落落,而【起气】指发展势头好,【落气】即气势渐衰,【衰气】则指气势衰落,【慑气】指担心、势头低落,【紧气】形容迅速,【轻气】指省力、轻松,【重气】即费力气、沉重,也可合称【轻重气】;【硬气】即指语气刚硬,也指事情棘手不好办;【软气】则指容易完成的事情,【水气】则称道漂亮,【外气】即洋气。"气"也与人的神情面貌和感觉的义项有关,比如【戆气】指傻咧咧;【灿〔tshuã5〕气】指神气活现、张扬;【冲气】〔tshiŋ5 khui5〕既指发展势头强,也表示趾高气扬的神情;【大心气】即气短、憋气,【臭气】指好摆架子,【团仔气】指小孩子的脾性,【大人气】则称为人行事像大人,【番仔气】指为人行事像洋人那样不可理喻,【三八气】指女性乖戾又有些傻气的性格,【查某人气】用来讥讽男人的为人行事带有女性化倾向。

"相"〔sioŋ5〕

闽南话词尾"相"泛指人的某种神情和模样,比如【团仔相】指小孩子脾气,【臭老相】指容颜和衣着超过实际年龄;【查某人相】比喻男子像女性那样小心眼、爱计较;【歹命相】指过于勤俭的生活习性和精神面貌;【饫(饥饿)鬼】原比喻贪吃,【饫鬼相】则摹写贪吃的样子;【乞食】即乞丐,【乞食相】便比喻像乞丐那样随意、不讲究、过于节俭的生活习性;【歹相】即性情乖戾。

"仙"〔sian1〕

　　闽南话词尾"仙"用来称呼具有某种专业技艺的人，构成词组后，台湾话【汉文仙】指日据时期教中华文化的私塾先生；【戏仔仙】原指戏曲演员，后来也指票友；【乞食仙】原指乞丐，后来比况生活懒散、节俭、随性的人；【讲古仙】即说书先生，【看命仔仙】即算命先生，【风水仙】指阴阳先生，【搏爻仙】指赌徒，【鸦片仙】称鸦片鬼，【烧酒仙】指酒鬼，【茶仙】指茶客和嗜好喝茶的人，【数柜仙】为账房先生，【草药仙】、【青草仔仙】都指土医生。"仙"也能扩展词义范围，表示人的某种性格及神情，比如【跷仙】本指闲散的人，后来形容心神放松的样子；【坎仙】指不着边际的人，【散仙】指闲散不事进取的人，【畅仙】、【畅乐仙】都指通达乐观、无忧无虑的乐天派，【膨风仙】则称牛皮大王。

　　"师"〔sai1〕

　　闽南话"师"当词尾，大多指具有某种特殊技艺、手艺的人，例如【捶拳仔师】指按摩师，【拳头师】指武馆师傅，【做篾仔师】即篾匠，【土水师】指泥水匠，【剃头师】指理发匠，【厨子师】为厨师，【油漆师】即油漆匠，【钉铜师】指锁匠，【老师白】即指老师傅。闽南人说话也有在别人的名字后面加"师"的习惯，比如"建国师"、"阿民师"，则有表示尊重的意思。

　　"仔"〔a〕

　　闽南话最活跃的词尾词缀莫过于读为轻声的"仔"，通常附在名词后面，带有口语化的色彩，比如【猫仔】、【鸭仔】、【衫仔】等，有着表小、表亲昵的"小称"语法义，语法作用与普通话"儿化"词尾相当；【看仔】、【佀佗（玩）仔】中的"仔"则放在动词后面，表示动作行为的时间短暂，分别是略略看一下、轻松地玩一玩的意思；"仔"尾在叠音形容词后面有着表少表小表略微的作用，比如【一滴仔】指很少，【妞妞仔】则是极小；"仔"放在程度副词后面则和缓语气，如【匀匀仔】、【款款仔】都是慢慢儿的意思。"仔"词尾的运用以漳州话和台湾话为多，许多双音节名词都可以随意加上"仔"尾，比如学生之于【学生仔】，学校之于【学堂仔】，内山、城里之于【内山仔】和【城内仔】等，然而同样是这几个名词，在厦门和泉州却未必加"仔"缀，可见"仔尾词"在闽台地区的使用频率是因地而异的。而表示老年人的"仔"尾词"老伙仔"，又可以组成义为老年人群体的【老伙仔党】，唠叨话的【老伙仔话】，适合老年人从事的工作【老伙仔功课】，表示过时的看法之【老伙仔想法】，老方法、老技巧的【老伙仔步】等等。

"仔"不同于普通话的地方，还在于它同时可以当名词中缀，所构词语非常多，也带有口语化色彩。有的加中缀名词是在原来的双音节名词中间插入"仔"缀形成的，比如【翁某】，闽南话指夫妻，又称【翁姐（仔）】，组成【翁仔姐】、【翁仔某】、【翁仔姐仔】、【翁仔某仔】后，便增加了中缀带来的亲昵、和缓的语气。有的嵌"仔"缀词语原本便具有"×仔"的双音词原型，比如娶妻时男方送给妻弟、妻妹的红包【舅仔礼】、【姨仔礼】，挑着担子沿街叫卖的【蚵仔担】，用海蛎煮成的小吃【蚵仔羹】、【蚵仔兜】、【蚵仔煎】、【蚵仔面线】等，分别由原词"舅仔、姨仔、蚵仔"和中缀"仔"构成。"仔"中缀所构词语很多，有晚季稻米【占仔米】，表示贱骨头的【贼仔肉】，表示矬子的【矮仔鬼】，鸟类乌鹙之【鹨仔鸟】，称不谙世故、难以理喻小青年之【青仔枞】①，鹰钩鼻子【鹰仔鼻】等等，用机械绞扭而成的棉线【股仔线】（有别于过去用手工捻、纺车纺的棉线），缝纫机机针【车仔针】，缝纫机、纺织机专用的木制、纸板制线轴【车輦仔】所缠的线团【车仔线】，鼓形花灯【鼓仔灯】，小轿车【龟仔车】，用砂锅煮的饭、粥、菜【锅仔饭】、【锅仔糜】、【锅仔菜】，石磨的中轴【磨仔心】、后来比喻斡旋在婆媳矛盾中间的受夹板气的男子，油嘴滑舌爱骗人的【佬仔嘴】，还有小人书【尪仔册】，木偶头【尪仔头】，儿童纸牌【尪仔标】。最集中使用"仔"中缀的当推与孩子有关的【团仔×】和与北方文化有关的"北仔×"，与南洋文化有关的"番仔×"三个固定格式形成的词族，前者如【团仔婴】、【团仔囝】、【团仔人】、【团仔声】、【团仔党】、【团仔伴】、【团仔体】、【团仔王】、【团仔佗】、【团仔庀】、【团仔代】、【团仔心肝】、【团仔心适】等，"北仔×"系列词语和"番仔×"词群，详见第四章第三节《从熟语看闽台文化差异》，这里从略。

---

① 闽南话"青仔丛"即槟榔树。日本占领台湾时期曾发行面额相当于新台币 1.8 万余的台币 100 元大钞，其正反两面分别印着两棵、一棵槟榔树，以象征台湾。因这款纸币一般人难见，而喻称娱乐场中出手百元的阔少，也讽刺自不量力的追求者，例如"青仔丛呢？无见过是毋？"即谓自不量力者。

三　方言特有虚词

虚词包括了连词、助词、介词、叹词、语气词。闽南话特有虚词最具特色的，当数继承于古代汉语的古虚词和闽南话的特有副词和叹词。

（一）方言古虚词

闽南话古虚词大多数来源于先秦，是闽南话特有词中不可分割的重要组成部分，请看：

【敢】闽南文读［kam3］，现基本同化为白读音［kã3］，继承了古汉语助动词表疑问、反诘、推测的用法，比如常用词【敢是】意为是不是、难道是，【敢会】表示会不会、难道会，【敢袂】推测事情应该不会发生，【敢要】询问要不要，【敢有】询问有没有，【敢着】询问需不需要，【敢嗵】、【敢使】询问可不可以，【敢无】、【敢唔】、【敢唔是】则反诘难道不是，【敢有影】则反诘真有这回事吗、难道是真的吗。

【且】［tshiã3］，古代汉语主要作连词和副词，副词用法主要表示动作行为或某种情况将要出现及时间短暂等义项。闽南话主要承用其副词用法，譬如用闽南话直译《诗经·郑风·溱洧》"且往观乎"，便是"且来去看乎"，"且"为姑且义，"乎"表示祈望的语气，既"保真"了《郑风·溱洧》的诗意，语气也惟妙惟肖。闽南话【且】很活跃，可以同动词构成多个常用词语，其中【且看】、【且讲】、且慢】古代汉语常见，方言特有形式则有【且停】、【且等】、【且来去】等，仍有略略缓于做某事之意；【且慢则】、【且停则】、【且等则】、【且来去则】、【且慢来则】"和动词后面加"且"的【慢且是】、【暂且是】等，分别表示慢一点、晚一点等意义。

【然】［lian2］是先秦汉语已大量运用的形容词和副词词尾，起着助拟状态的作用，相当于现代汉语"……的样子"，闽南话可构成【应该然】、【合该然】、【未必然】等词组，词性和词义和"应该、合该、未必"基本一致，却因词尾的缀加而强调了语义，语感上显得斯文气十足。

【其】［ki2］，先秦汉语兼具人称代词、指示代词，副词等多种词性，闽南话保留多个由"其"构成的古色古香的词语，例如【突其然】表示猝然发生；【暴其然】也表示突然，但语义较强烈；【当其然】、【当其时】则是正值、正当的意思。

【乎】［hɔ］，古代汉语句末语气助词，具有表示疑问、感叹、舒缓语气等语法功能，例如《鸿门宴》："壮士能复饮乎？"即壮士可以再喝吧？译为闽南话即"壮士会佫再饮乎？"其"乎"读轻声。闽南话"乎"继承了古汉语多种语气，例如"你上车啊乎？"、"伊犹未注册乎？"即你上车了吧？他还没注册吧？"乎"表示推测的语气；也有表示祈使的，比如"阿婴乖乖乎"、"食较快的乎"，分别表示祈望孩子乖些、吃快点儿的语气。

【犹】［iau1］，副词，表示持续状，还、尚且、仍旧的意思，闽南白读音，＆构成【犹是】、【犹早】、【犹未】、【犹未是】等；【犹［iu1］原是】则用其白读音，意思也是仍旧。

【未】字例如《论语·季氏》："学诗乎？对曰：未也。"此处的"未"表示未然，也有的"未"字表示疑问，比如［唐］王维《杂诗》："君自故乡来，应知故乡事。来日绮窗前，寒梅著花未？"这里的"未"即用来询问。古代汉语"未"的这两种用法闽南话都常用，作询问用的"未"读轻声［be］，表示尚未的"未"，则读［be6］，两者可以集中出现在一问一答的句子里，比如"食饭未？未。"（吃饭了吗？没呢）；"上车未？犹未"（上车了吗？还没）；"好未？"未："去未？"犹未等，其询问句都读轻声，而答句的"未"都读阳去调。

【无】是否定副词，闽南音［bo2］，表示没有、不是、尚未，也可充当句末语气词，后者见于［唐］白居易《问刘十九》："绿蚁新醅酒，红泥小火炉。晚来天欲雪，能饮一杯无？"方言里读轻声，如"着无？"（对吗）、"有无？"（有吗）、"好无"（好吗）等。"无"有着有很高的能产性。据笔者的初步考察，《闽南话大词典》收录以"无"为首字的方言特有词语119条，《闽南话漳腔辞典》则收189条。而在1996年版《现代汉语词典》所收的"无"字头词语202条中，"无常、无耻、无法、无力、无名"等普通词语和"无缘无故、无精打采、无病呻吟、无关痛痒"等成语，以及"无理数、无性繁殖"等为专业术语，闽南话都可用对音形式来运用。闽南话还同时存在不少方言特有的"无"族词，例如【无着】指没中（zhòng）或不对，【无量】是没气度，【无算】指不计在内，【无碍着】即无影响，【无拄拄】指不一定，【无所不】意全部等等。闽南话的【无】还可构成【无×无×】四字格俗成语，例如【无大无细】指没礼貌，【无天无地】指不知天高地厚，【无讲无笑】表示不苟言笑或神情严肃，【无来无往】指不相往来，【无千无万】指成千上万等。

（二）方言特有副词

副词一般用于修饰和限制动词、形容词，是表示动作行为和性质状态、时间状态及事物的发展变化程度、范围、频率、然否或语气的词类。闽南话副词很有特色，大多不同于普通话副词①：

时间、频率副词	刚刚、刚才	头仔、头先、拄、拄拄、拄则、头拄（仔）、前拄仔、当、当当
	正在	拄、拄咧、当、当咧
	稍后	稍停、稍等
	经常	定定、捷、捷捷、佫、又佫、再佫、犹佫、不时仔、归日
	再、一再	过、过再、犹过再
	还、还是	犹白、犹白咧、犹白是、犹白过是、犹文原是
	偶尔	有若时（仔）、有叁时、一半过仔、一半摆仔、罕、罕得
	即将、将要	亿要、连边、随
程度副词	顶、最、极	甚、甚咧、上、盖、上盖、一、第一、上第一、一旦、无范、见死、极死
	太	甚、伤、伤过、设汝、设咧
	更加	过较
	很	真、正、诚、足、十足、嘢（雅）、崭然、崭然仔
	相当、颇为	不止
	略、稍	略仔、略略仔、无偌、少许（仔）、淡薄（仔）、无甚
	差点儿	差滴仔、险、险险
范围副词	全、都、一共	全全、拢、拢共、拢总、遭、遭遭、遭皆、无所不
	只、仅	干若、孤、孤孤
疑问副词	怎样	安怎、安怎样（仔）
	怎么是、怎么会	汰讨是、汰讨会、嗒会
	何时	底时、哪乜时辰
	哪、哪里	嗒、嗒啰、嗒一位、嗒一地、底地、底位

---

① 程度副词可参见李春晓：《闽台地区闽南话程度副词研究》，《福州大学学报》（哲学社会科学版），2001 年第 2 期。

反问副词	什么	啥、啥乜、哪乜、哪啰仔
	为什么	安怎、为着啥
	是否，是不是	敢、敢是
	难道（不是）	敢有、敢无、敢会、敢獪
肯定否定副词	可以、肯定、必定	会、会用、会使、嘀、的确、决定、决定会、定着、定着是、定会、稳当、稳定着
	不、不可、不必	毋、莫、嫒、汰、无用、獪使、獪用的、獪做的、毋嘀
	没有	无、犹未
语气助词	推测	稳当是、报定、准是、准定是、准亲像
	未必	无定着、无的确、无拄拄、无拄会
	幸亏	佳哉（该哉）、该唻哉（好佳哉、好该哉）、拄（仔）好
	才	则，拄则
	竟然、居然	煞
	反正，无论如何	反正、反正是、横直、颠倒、无管安怎

　　从上面闽南方言副词词例可以看到其词形和共同语副词很不一样，并且日常运用时，存在着地点差异。比如表示最高程度的"顶、极、非常"的副词，漳州人最爱用【甚】、【盖】、【见死】、【极死】、【设汰】、【上第一】，泉州人、厦门人和台湾人却大多用【上】、【上盖】，【一】、【第一】、【一旦】则是厦门的特有说法；程度稍次于顶级的"很"义，厦门人多用【真】、【诚】，泉州人最常用"嘟（雅）"和【崭然仔】，漳州人则首选【正】，台湾人则首选"足"。再如表示不可、不必的否定副词，泉州人多用【毋嘀】、【獪做的】，且忌讳说【獪使】，厦门人爱用【汰】，漳州人则说【嫒】、【獪使】。因此，虽说同是闽南人，口音差别也不是很大，然而只要听对方开口说话和所运用的副词语汇，便能很容易地判断出对方是哪里人。

第四节　闽南话方言字

　　闽南话属于汉语方言，当然可以采用汉字来记录和表述。不过，由于它是现代汉语方言中古代汉语成分保留最多的地方语种，同时又保留了一些南方少数民族语言的成分，因而在古语词历史音变和少数民族语言遗存的双重作用下，使得闽南话的一些常用词没有或者找不到合适的现代汉字来记录，人们称这一现象为"有音无字"，方言学界一般用"□"来表示。

方言的这种"有音无字"现象在南方方言中很是常见，早在 20 世纪 20 年代，北京大学《歌谣》编辑部在征集、编注民间资料时就已发现南方歌谣的许多俗语和方言字书写的困难，"即使勉强写出也不能正确"①，同时也带来阅读的障碍。笔者发现，南方方言影响书写和阅读的程度，往往要高于华中地区的少数民族语言，比如杨昌鑫搜集整理土家族《蛮儿歌》② 中的一首：

> "排排坐，吃果果；果果甜，好过年；年成荒，买老糠；老糠粗，买马豆；马豆苦，买枞菇；枞菇香，买辣姜；辣姜辣，买荞巴；荞巴软，买个碗；碗又深，买颗针；针无孔，跳下桶；桶无沿，跳上船；船无底，漏了水；水又清，鲤鱼成了精，佬佬骑在背上跳龙门，团鱼爬来报喜信。"

这首《排排坐》共 28 个自然句，多为常用字，童谣只解释了"佬佬"指男孩、"团鱼"指鳖，作者没有注释的"荞巴"见［清］李实《蜀语》："荞饼（yuē）曰荞巴"，即荞麦面饼子。对于这样语言浅显、通俗流利的文字，读者不用借助字典就可流利诵读，领略其诗意了。据笔者的粗略统计，《蛮儿歌》共收土家童谣117 首，平均每首 400 字出头，全书的字词注释仅 78 条，平均每首童谣的字词注释约 0.6 条。这表明，初等文化水平的读者阅读土家谣，基本没障碍。再看《论港澳台民间文学·歌谣研究》③ 中的香港粤语童谣：

> 摇大船，掌大橹，过海娶个威新抱。新抱有乜归？有条咸鱼同只大铁鸡。（掌：撑，摇。过海：过河。威：漂亮。新抱：儿媳妇。有乜归：带什么回来。只：一只。大铁鸡：阉过的公鸡）

---

① 周作人：《歌谣与方言调查》，《歌谣》第 31 号，1923 年 1 月刊。
② 杨昌鑫：《蛮儿谣》，北京：中国民间文学出版社1986 年版，第 7 页。
③ 谭达先：《论港澳台民间文学·歌谣研究》，哈尔滨：黑龙江人民出版社 2003 年版。

这篇香港儿歌 4 句 27 个字，却用了 7 条字词注释，否则将会严重影响对内容的理解和欣赏。为了考察粤语歌谣的语言通俗程度，笔者特地查阅了《论港澳台民间文学·歌谣研究》，共收录童谣 42 首，注释 200 余个字词，平均每首约 5 条注，是《蛮儿歌》的 8 倍多。由此可见阅读汉语粤方言歌谣的难度远远超过汉化的土家童谣。再如拙著《漳州方言童谣选释》① 收童谣 305 首，大部分采用句注、小部分采用上下句为一联的联注方式，总共出注 3783 处，平均每篇的注释在 10 句/联以上。由此可见阅读闽南话文学的语言障碍有多大！

方言字无疑是人们阅读与创作方言文学的"拦路虎"，许多人会说正宗、地道、"正港"的闽南话，却没办法阅读和规范地写作方言文学作品，这真是天大的遗憾！而闽南话文学运用这样"另类"的"原材料"来描写事物、表达思想，肯定会给作品镀上一层异样的光。不得已，先民们便想出种种变通的办法，比如以明嘉靖（1566）建阳麻纱本《荔镜记》剧本为代表的闽南乡土戏曲文学作品，或采用古字来书写，或自造新字而成为俗字，或者用同音字替代，或者用同义字来替代（训读）。这类方言文学用字，我们统称其为方言字。请看：

闽南话常用字表

例字	音标	性质	释义	备注
阮／	gun3	俗字	俺；我们	首见于明代地方戏文
咱	lan3	训读字	自己，咱们，俗作亻自	
你	li3	训读字	本字女、汝	
恁	lin3	俗字	你们，俗或作您	
伊	i1	方言字	他	见于明代地方戏文
佪	in1	俗字	他们	见于明代地方戏文
人	laŋ2	训读字	人、人家，本字农，后作侬	"人"的本字，方音为$[lin^2]$
姐	tsia3	古义	母亲	
姊	tsi3	本字	姐姐	
翁	aŋ1	方言字	丈夫	
某	bɔ3	俗字	老婆，本字姥	见于明代地方戏文
囝	kiã3	方言字	儿子；孩子	见于涉闽唐诗

---

① 拙著：《漳州方言童谣选释》，北京：语文出版社 2006 年版。

续表

例字	音标	性质	释义	备注
嫺	kan3	方言字	女仆	见于明代地方戏文
面	bin6	古词语	脸	
目	bak8	本义	眼睛	
嘴	tshui5	训读字	本字喙	
鬚	tshiu1	方言字	胡须	
尪	aŋ1	方言字	神明；神像	
田	tshan2	训读字	本字塍	
涂	thɔ2	方言字	泥土	
脚	kha1	训读字	本字骹	
墘	kĩ2	方言字	边沿	见于明代地方戏文
柴	tsha2	训读字	本字樵	
穑	sit7	古词语	庄家，方言引申为农活儿	
箬	hioh8	古词语	叶子	
蕊	lui3	方言义	量词，朵	
坯	te5	方言义	量词，块	
秫	tsut8	方言义	糯米	
秞	tiu6	方言字	水稻	
粟	tshik7	古词语	稻谷	
蠓	baŋ3	方言义	蚊子	
糜	me2	古词语	稀粥	
饮	am3	方言义	米汤	
粞	tsue5	方言义	大米磨成的半干粉状物	
粿	ke3	方言字	米糕	
粢	tsi2	方言字	糍粑	
潘	phun1	古词语	淘米水	
卵	nŋ6	古词语	蛋	
薰	hun1	方言义	烟叶；香烟	

例字	音标	性质	释义	备注
鼎	tiã3	古词语	炒菜的铁锅	
箸	ti6	古词语	筷子	
筮	Tshue5	方言字	拨火棍	
厝	tshu5	方言字	房子；家	见于明代地方戏文
壁	piah7	方言义	墙	
兜	tau1	方言义	家	
礐	hak8	方言义	粪坑；厕所；坑	
昼	tau5	古词语	中午	
晡	pɔ1	方言义	半天	
暝	mi2	方言义	夜晚	
食	tsiah8	本义	吃	
啉	lim1	方言义	喝	
曝	phak8	古词语	晒	
沃	ak7	方言义	浇	
唚	tsim1	方言义	亲吻	
歕	pun2	方言义	吹，俗作嗌	
舐	tsi6	本义	舔	
投	tau2	方言义	向人申诉	
瑱	tan2	方言义	响	
吼	hau3	方言义	哭	
啼	thi2	方言义	啼哭	
喝	huah7	本义	大喊	
拍	pah7	方言义	打	
行	kiã2	本义	走	
走	tsau3	本义	跑	
炰	tshua6	俗字	带领	
企	khia6	本义	站立	

续表

例字	音标	性质	释义	备注
转	tŋ3	方言义	回家；返回	
睏	khun5	方言义	睡觉	
搦/掠	liah8	方言义	捉	
捀	giah8	方言字	拿；举；提	
抾	khioh7	方言字	捡起	
摃	kɔŋ5	方言字	敲击	
提	the2	同音替代	拿	
刣	thai2	方言字	宰杀	
揣	tshe6	同音替代	寻找	
互	hɔ6	方言义	给	
店	tiam5	方言字	躲在；在	
伫	ti6	方言字	在	
炊	tshe1	本义	蒸	
搵	un5	方言义	蘸	
贮	tue3	方言义	盛放	
识	bat7	训读字	会；知晓；认识	
缚	pat8	本义	捆绑	
㧻	teh7	方言字	轧	
掣	tshuah7	方言义	颤抖；战栗	
蹈	peh7	方言字	爬高；爬起来	
囥	khŋ5	方言义	收藏	
崁	kham5	方言义	盖上	
宓	bih7	同音替代	躲藏	
惜	sioh7	方言义	疼爱	
惊	kiã1	方言义	害怕	
饲	tshi6	本义	养活；饲养	
落	lau5/loh	本义	掉下来	

续表

例字	音标	性质	释义	备注
欲	be5	训读字	俗作卜，或作训读字要	
卜	be5	俗字	或作训读字欲、要	见于明代地方戏文
扼	at7	本义	折断	
獪	bue6	方言字	不会；不能	
嬡	mai5	方言字	不要，别	
免	bian3	古词语	不用	
舍	gian5	古词语	喜爱；极想得到	
搭	kheh7	合音字	起来的合音	
峘	kuāi2	本字	高，或作悬	
细	sue5	方言义	小	
歹	phāi3	方言义	不好，孬	
肥	pui2	方言义	胖	
跛	pai3	本义	瘸腿	
饗	tsiā3	方言字	口味清淡，与咸相对	
寒	kuā2	本义	冷	
烧	sio1	方言义	热	
清	tshiŋ5	方言字	生冷	
躼	lo5	方言字	身材高	
欹	khi1	方言义	倾斜	
势	gau2	俗字	能干、擅长	
戆	gɔŋ6	方言义	呆傻	
乌	ɔ1	本义	黑色	
青	Tshĩ1	本义	绿色	
干	ta1	训读字	本字焦	
澹	tam2	方言义	湿	
芳	phaŋ1	方言义	香，芳香，俗或作香	
侪	tsue6	方言义	多	

续表

例字	音标	性质	释义	备注
无	bo2	本义	没有	
呣	m6	方言字	不	
乜	mih7	方言字	什么	
着	tioh8	本字	对，中了；必须	
遮	tsia1	同音替代	这，这里	
赫	hia1	同音替代	那，那里	
哩	li	方言义	在，正在	
唎	leh	方言义	在，正在	
嗒	tah7	同音替代	哪里	
哪	na2	同音替代	什么	
甲	kah7	方言义	结构助词，相当于"得"	
佮	kak7	方言义	连词，和，同"与"	
咯	loh8	方言义	连词，就	
佫	koh7	方言义	连词，又	

可以这样说，掌握了上面这些方言字方言词，我们便大体掌握了闽南话的"阅读器"——文字记录书写系统，便能够很方便地用来记录和阅读方言作品了。

第五节　闽南话教会罗马字

汉语教会"罗马字"简称罗马字，也称白话字、白话文、话文等，是明中叶以降陆续东来从事宗教活动的西方传教士为汉语各方言创制的拼音文字系统，也是早期外国人创造的汉语拼音方案，后来在为汉语方言圣经文献的命名上，多冠之以中心城市之名而称为"××土白"。

一　西方传教士早期汉语拼音方案

语言学界多认为，外国传教士为汉语编制的早期拼音方案"罗马字"，是英国传教士马礼逊1815年在马六甲"英华书院"为南洋闽南话发明的。实际上，此言若只针对讲英语的英美基督教传教士的传教活动和汉语学教育活动，或者说，针对传教士汉语拼音方案在我国的普及性、应用性，是正确的，然而若把马氏所制定的汉语拼音规则当成早期的拼音方案，则有失公允，因为只要把眼界扩大至传教士早期对华语言学研习活动，就会发现这一说法与东西方语言文化交流史实存在着很大的出入。从现存中外文化交流文献史料看，西班牙传教士早在 16 世纪下半叶就创制了"汉语拼音的西班牙方案"①，意大利汉学家马西尼（Federico Masini）《罗马所藏 1602 年手稿本闽南话西班牙语词典——中国与西方早期语言接触一例》② 甚至指出，16 世纪以来，西班牙人在菲律宾用这种系统性强的"西班牙方案"编纂了十多部班华—华班闽南方言词典，从中可以看出"西班牙传教士是如何记述与理解中国方言"，又是"如何援引欧洲的传统语法架构来分析与印欧语系完全不同之汉语方言"的，其中明万历三年（1575）西班牙奥古斯汀会修士马丁·德·拉达（M. D. de. Rada, 1533—1578）编纂于马尼拉的班华对照闽南方言词汇集 *Arte y Vocabulario de la lengue China*，是目前已知的西方人编纂的第一部汉语语言学著作。尽管拉达的班华对照闽南方言词汇集已经亡逸，但它仍然雄踞首部西语—汉语辞典之位，在它之后相继编成的"十多部班华—华班闽南方言词典"，目前大多收藏在西方国家的著名图书馆。可惜的是，首创汉语拼音系统的西班牙方案只用于为极少数教会传宣教人员学习汉语和讲经，极少用到教会文献的翻译，更没有普及到对华民众教学，而致昙花一现。在东方真正得到广泛运用的，有待于两个半世纪之后产生的另一个汉语拼音系统——以马礼逊为代表的英美基督教会汉语拼音方案，这个后起之秀的拼音系统同样创造于南洋，地点改在马六甲，而且从马礼逊在马六甲创办英华书院伊始，便采用了传教、办学、大量编译书籍为宣教特色。详况同见第三章第六节。

那么，西方传教士编写的第一部华班—班华语言学著作为什么会选择

---

① 参见何明星《汉语最难学？西方人学汉语的误区》，《中华读书报》2011 年 6 月 8 日。

② ［意］马西尼（Federico Masini）：《罗马所藏 1602 年手稿本闽南话西班牙语词典——中国与西方早期语言接触一例》，游汝杰、邹嘉彦译：《语言接触论集》，上海教育出版社 2004 年版。按，马氏，意大利罗马大学东方学院教授、院长。下引该文，咸注作者姓名和论文发表年度。

闽南话？成书地点为什么会在东南亚地区？这是因为闽南地处我国东南海疆，闽南民系又有着"漂海"、"过番"的传统，在南洋群岛拥有大量侨民；与此同时，明清两代经常禁海禁教，传教士们每每无法直接进入中国，于是便就近把拥有众多华侨的南洋地区当成了中国的"替代品"，在这里研习汉语并传教，跨洋越境的闽南语区无可避免地成为我国最早深层次接触西方文化的方言区。详况见第三章第六节。

下面简单介绍闽南话的教会罗马字。关于闽南厦门话罗马字，黄典诚教授介绍称：

> （英美基督教会）"教会罗马字产生于 1840 年鸦片战争之后。那时海运开放，外国传教士纷纷来华传教，为了使教徒很快能够阅读《圣经》，便把它译成方言，用罗马字拼写。教徒们学会这种言文一致的方言罗马字后，不但可以读《圣经》，也用来学文化①。"

西方人为了尽快与中国人文化交流，必须学习汉语各地方言。传教士们经常思考的问题是：

> "到底有什么途径能使这个民族变成阅读的民族，特别是通过它，信徒们能领悟上帝的话，并且可以自己聪明地阅读它。这个问题在这里的传教士们的脑海里占有重要的地位……一些人正在实验依靠罗马字系统。"②

于是乎，敏感的基督教传教士很快便发现"白话字很适合妇女、儿童及未受教育的人们使用"。传教士们的目标是让每一位信徒都能研读圣经，而这一目标的实现"使用汉字是达不到的，使用罗马拼音的白话字

---

① 黄典诚、李乐毅：《中国大百科全书·语言文字》【教会罗马字】条，北京：中国大百科全书出版社 1988 年版。笔者按：黄教授称教会罗马字产生于鸦片战争之后亦误，然其所述闽南话罗马字在内地的社会应用则符合史实。

② 美国归正教牧师打马字（Talmage John V. N.，1819—1892）语，见腓力普·威尔逊·毕：《厦门方志：一个中国首次开埠港口的历史与事实》，上海·福州：中国基督教卫理公会出版社 1912 年版，第 110 页。

可以达到这个目的"①。传教士们乐观地预见：

> "中国人像英国人或美国人那样普遍阅读《圣经》的时代必将到来！"②

为了能够有效地为闽南人传递"上帝的福音"，基督教传教士用闽南话罗马字编写了大量的教会圣经文献及普及教育教材和通俗读物，仅在闽南语区，便有养为霖、打马字、罗啻、巴礼克等新教传教士参与创制、修改闽南罗马字方案。为了普及该方案，英美基督教会甚至切合实际地把闽南—南洋—台湾之"闽南话大三角区"划作一个教区，在这里编撰的闽南话圣经书籍通行于整个教区（至今，闽、台、南洋仍被基督教会划为一个大教区，盛行同一版本的圣经、圣诗，对宣教人员培训等，内部联系频繁），从而把这一大教区锻造成中华语言文字现代化的"实验田"。由于闽南话罗马字记音准确，简单易学，"无论男女老幼，只须学习一二个月，就可读写纯熟，而聪颖者数天便能通晓"③。经过各地传教士的不懈努力，英美教会在"闽南话大教区"培养了20万众能够熟练运用"闽南教会罗马字"，可以独立诵经、唱诗、阅书读报与通信的闽南信众，即便80多岁的文盲老太太学罗马字，只需三五个月，便也能和"落南洋"、"过台湾"的儿女亲人通信。"闽南话大教区"为我国语文现代化提供了一个可操作性强的"范本"，提供了良可助益的借鉴，甚至催生了"汉语拼音文字之父"卢戆章，中国"速记之父"蔡锡勇，中国方言学"拓荒者"林语堂等闽南籍语言学家，为汉语拼音方案的诞生培养、储备了必要的人才。这不能不说是中西文化交流史上的一个文化教育奇迹！

二 闽南话罗马字的语音系统

传教士的"罗马字"实验系统无疑是成功的。从《中国大百科全

---

① 赖永祥长老史料库网站·教会史话，网址：http://www.laijohn.com/BOOK1/020.htm，核对日期：2012年5月25日。

② G. McIntosh, The Mission Press in China, 第3—4页，转引自龚缨晏：《西方文化的传入与宁波近代印刷出版业的产生》，《时代先锋网红色阅读网》，网址：http://nc.zjsdxf.cn/read/book-content.php? contentID=10000037103522&chapterID=18，核对日期：2012年5月3日。

③ 吴炳南：《百年来的闽南基督教会》，《厦门文史资料》第13辑，1988年版。

书·语言文字》【教会罗马字】词条①，可以大略了解到早期闽南—厦门话的白话文拼音方案共使用了 23 个字母，其中 17 个单字母记录一个音，另 5 个是用双字母记录一个音，还有 1 个音用 3 个字母记录，总共记录了 17 个声母和 41 个韵母，7 个声调则在韵腹上面加注符号表示。

下面是厦门话罗马字声韵表，表中方括号外面的字母代表教会罗马字拼音，罗马字后面的方括号里面的国际音标是现代语音学的标准写法，没有方括号的表示罗马字与国际音标一致，字母后面的斜线"／"则表示有两个写法，用顿号"、"隔开的两个国际音标表示罗马拼音的韵母合并了闽南话的两个韵母。

1. 声母表

P	ph	b	m
t	th	l	n
k	kh	g	ng［ŋ］ h
ch/ts	chh/tsh	j［dz］	s

2. 韵母表

i	u	o	o·［ɔ］
ai	au	am	ap
ang［aŋ］	ak	eng［eŋ］、［iŋ］	ek
a	e	iu	io［io］、［iɔ］
an	at	in	it
ong［ɔŋ］	ok［ɔk］	iang［iaŋ］	iak
ia	iau	im	ip
iam	iap	ian	iat
iong［iɔŋ］	iok［iɔk］		
ui	un	ut	
oe［ue］	oai［uai］	oan［uan］	oat［uat］

从上面传教士厦门话罗马字声韵的数量看，有声母 17 个，缺少 1 个

---

① 黄典诚、李乐毅：《中国大百科全书·语言文字》【教会罗马字】条，北京：中国大百科全书出版社 1988 年版。

零声母；韵母41个，比实际韵母少了一半（各地闽南腔韵母都在80个以上）。在拼音符号使用方面，声母写法与国际音标相类，其［dz］用 j 记录，［ts］、［tsh］各有 ch/ts 和 chh/tsh 两个写法。韵母写法差别较多，其中包括罗马字系统所归并的多组闽南音，比如 io 包括了［io］、［iɔ］两个韵母，eng 合并了［eŋ］和［iŋ］；也有罗马字写法的简约化，例如合口介音用 o 不用 u，以及 ong 和 ok 的元音相当于［ɔ］，ng 相当于［ŋ］。此外，厦门话罗马字的声韵系统主要反映厦门音，也不排除漳、泉地方腔，比如声母 j 为漳州腔独有的声母，对读为泉厦腔 l；韵母 ek 为泉州腔，漳州和厦门读为［ik］等。

3. 声调

闽南话罗马拼音系统的声调划分从漳不从泉，即平、上、去、入各分阴阳，阳上归阳去，简称上声。罗马字拼音系统的声调标示很特别，可以说是我国历史上第一次采用在韵腹上面标注简单符号的方法来反映调类，我们把这种简单的标调符号叫作调号。在闽南话罗马字的七个声调调号中，阴平和阴入两个声调不标声调，可以根据这两个调类是否带入声韵尾来判断它属于哪个调类；同理，上声和阳入用同一种调号，也是根据这两个调类是否带入声韵尾来判断它是哪个调类；而阳平、阴去、阳去三个声调则各用一个符号表示。

传教士闽南话罗马字调类标示法，以单韵母［i］为例标注如下：

阴平 i（无号）　　阳平 î　　上声 í　　阴去 ì　　阳去 ī

阴入 ip、it、ik、ih（无号）　　阳入 íp、ít、ík、íh

也就是说，虽然闽南话总共有七个声调，但需要标号的只有五个，并且只使用四个调号就能区别七声，这种方法不可谓不简单。我们在现代汉语拼音四声符号中仍可以看到闽南话罗马字调号的缩影。

如前所述，闽南话各地声腔的韵母数都在80个以上，何以厦门话白话字拼音方案只剩下41个韵母呢？主要原因在于，第一，传教士将韵母"简约化"，省略、归并了许多韵母，韵母个数便只有标准音系的一半。第二，在1820年，漳州人曾编出一部用韵母排列的闽南方言韵书《增补汇音》，它只收文读音、少有白读音，是之前几年各有80个左右韵母的泉州《汇音妙悟》、漳州《雅俗通十五音》韵书的节录本，而早期闽南话白话字圣经的翻译语言是半文半白的书面语，可能因为借鉴了简约版的《增补汇音》，便也缺少口语化的鼻化韵、喉塞尾韵 h〔-ʔ〕等韵母类型，因而在白话字韵母系统中，口语性的 14 个鼻化韵、3 个声化韵、3 个声化塞尾韵全部略而不录，并且喉塞韵尾 h〔-ʔ〕、塞尾韵和塞尾鼻化韵总共只剩下 10 多个，韵母个数自然要大大"缩水"。难能可贵的是，"缩水"了的罗马字拼音系统用来记录和表现闽南话书面语，似乎不太成问题，仍然具有一定的实用性。对于用惯了方块字的文化人来说，这种"豆生芽仔"（即豆芽菜，是民众对罗马字的戏谑说法）的表意性很差，却不能不承认它易写易记。便有一些好奇、好学的读书人也学习、掌握了闽南话罗马字，以便和不识汉字的老人、妇女、儿童通信及书面交流。

三 闽南话罗马字圣经的语体

为了迎合中国知识人的阅读兴趣和习惯，早期英美罗马字用 41 个韵母的拼音系统翻译圣经的语言是介于口语和文言之间的"中间文体"的，底层民众虽然看得懂、念得出，却因为不是纯口语而茫茫然听不懂。为了能让普通民众看懂、听懂，传教士们调整、修订了译文语言。我们感兴趣的是，基督教会圣经的厦门话翻译语体是如何选择和取舍的？早期闽南话圣经语言的半文言语体和纯口语风语体差别究竟有多大？这两个问题，恰好可以从 19 世纪腓力普·威尔逊·毕《厦门方志》①的有关记载管窥一二。据腓力普称，最早的《约翰福音书》圣经语言如下：

> "盖　上　帝　以　独生　　之　子　赐世，俾信之者　免
> kai siong‑te　i tok‑seng　chi chu　su se　pi sin chi chia bian
> 沉沦，而得　永生，其爱世如此。"
> tim lun, ji tek engseng, ki ai se ju chhu.

---

① 选自《约翰福音书》第 3 章第 16 节，见腓力普·威尔逊·毕：《厦门方志》，上海·福州：中国基督教卫理公会出版社 1912 年第二版，第 91—92 页。笔者按：原文第一段译文未标声调，合成词的两个音节之间用短横线"—"连接（沉沦、如此、永生，原文未标短横）；第二段的声调为笔者省略。

未久，传教士们就敏感地发现：

（这段文字）"在厦门的中国人可以整天读它，但没有一位听众对他所竭力祈祷的得到最模糊的理解。对此，我们取第一字 kai（盖），因为还有大量的同音的字，所以没人能确切地辨别这个特定的 kai 是什么，或这个 kai 的要旨。其他字亦将遇到同样的困难。它们会是晦涩难懂的。举个例子，要是我们运用这样一种词语，让它们译成口语，即厦门本地话，那么它就变得透彻易懂了。因此我们说：

　"因为　上帝　用　独生的　子　赏　赐　世间，给信
　in－ui siong－te eng tok－sĩ e kiã siŭ－su se－kan, ho sin

伊的　人　不　使　灭　没，就　得着　永远活，伊　疼
i　e lang m－sai biat－mo, chiu tit tioh eng－oan－uah, i　thiã

世　间　亲像　安馁。"
se－kan chin－chhiŭ an－ni。

对照同一段内容的不同语体译文，不难发现厦门民众是听不懂早先的文言体圣经的。而经过传教士们的语体调整后，选用了较为口头化的闽南语作为翻译语言，民众便听懂了，其韵母系统便也丰富了起来，文言体福音书所没有的鼻化韵，这时候便出现在了口语体闽南话白话字译文之中，比如"独生"［tok－sĩ］、"子（囝）"［kiã］、"赏"［siŭ］、"疼"［thiã］、"亲像"［chin－chhiŭ］等词语，同时也有了喉塞韵尾"活"［uah］和声化韵字"不"［m］（训读字）等口语化的韵母。

由此可见，早期基督教传教士设制的闽南话拼音方案主要针对文言文体，并不是专门为民众服务的口语，因此韵母个数少，而它所缺少的正是大量存在于口语的鼻化韵与入声韵的弱化型韵母。后来为了让底层民众能够亲聆、听懂"上帝的福音"，能够阅读和理解圣经，才将传教语言—翻译语言纠正为民众能够听懂和广泛接受的口头语体，其韵母系统便在原来41个的基础上，大大增加。

四　传教士闽南话白话字教会读物一瞥

综观我国1850年前后陆续出现的各地方言白话字，都推行了几十年，

"其中影响最大的是'厦门白话字'。据不完全统计，厦门教会白话字的出版物总数在 120 万册以上，出版物总数在 120 万册以上。……是我国通行量最大、使用时间最长的白话字拼音方案。"①

　　基督教会为了能让广大底层人民学习文化读圣经，大力推广方言拼音"罗马字"，编写了许多罗马字教科书、通俗文学读物、多学科教材，并且用闽南话罗马字来翻译中华典籍。对此厦门大学许长安教授《厦门话文》有专门介绍。游汝杰《〈圣经〉方言译本概述》② 也列举圣经的闽南话罗马字译本，而收入拙著《闽方言研究专题文献辑目索引》③ 的教材、圣经和通俗读物及中华典籍译本等作者留下姓名的，就多达 70 多人，这类图书种类达到 330 种以上，它们都共同流通于闽、台、南洋大教区，影响很大。现按照图书的内容，介绍闽南话罗马字各类教材和译本书目如下：

（一）罗马字闽南语文教科书

　　罗马字闽南语文教科书是传教士们教学闽南话罗马字的有力工具，现已知用于教学的课本资料有《罗马白话》、《白话字母》、《白话字母歌》、《白话字简写》、《字汇入门》、《字母课本》、《白话字简明课本》、《罗马字新读本》、《精选白话字》、《新式字母教学法》、《厦拉字汇》、《厦门本地话课程》、《厦门话拼写书》、《绘画字母》、漫画《罗马字的故事》等等小册子，其中打马字《唐话番字初学》曾在 1853 年、1867 年、1876 年多次再版，深受底层知识分子的欢迎。据黄典诚 1953 年发表的《从闽南白话字看出拼音文字的优点》④ 一文介绍：

　　　　"闽南圣教书局庄乃昌先生的母亲是老有经验的白话字教师，据她说，一个完全不识字的人，每天只需两小时，不要一个月，她就可教他会拼与会看；不要两个月，《圣经》会看，书信也会如口写出

---

　　①　《中国大百科全书·语言文字》【教会罗马字】条。

　　②　游汝杰：《西洋传教士汉语方言学著作概述·〈圣经〉方言译本概述》，哈尔滨：黑龙江教育出版社 2002 年版。

　　③　拙著：《闽方言研究专题文献辑目索引》（1403—2003），北京：社会科学文献出版社 2004 年版。

　　④　黄典诚：《从闽南白话字看出拼音文字的优点》，北京：《中国语文》，1953 年 7 月号。

了。……笔者在厦门亲眼看到许多老太太，每星期天都挟着厚厚的一本白话《圣经》到礼拜堂去做礼拜。她们不但会看，而且会写，会写信给远地的儿孙和亲友。……有个热心文字改革的老同志林安国先生告诉我，他13岁学了白话字，他的历史、地理、数学、生理、卫生的常识，都是从白话字得来的。……他说他的故乡漳浦有个农村，十家里面有七八家是侨眷。侨眷们为着便利和自己的丈夫或儿子通信，他们虽然不是教会里人，但也学会了白话字，从此母子夫妇之间便能时时无所不谈，快同见面了。"

16

tê-all

hé-lô·

ka-to

iô-na

só-sî

kiû

《绘图字母》（厦门，1934 年）一页

就这样，许多目不识丁且不信教的"世俗人"借助闽南白话字教材来学汉字、学文化而"脱盲"，从而推动了本地的文化教育，有助于我国语文拼音化和现代化。据说在闽南"白话字"应用兴盛期，闽南的邮局系统每天受理的三封信中就有一封是罗马字写的书信，即便"信封用白话字写，邮差也能送到"①。由此可见闽南"白话字"的社会影响之广之深入。前引黄典诚论文的统计资料表明，直到 20 世纪 50 年代初期，国内外能使用闽南"白话字"的传播地区和掌握闽南白话字的人数有：福建（闽南等地）3.4 万人，广东（潮汕等地）0.1 万人，台湾 3.2 万人，其他省市 0.8 万人，越南华侨 0.2 万人，缅甸华侨 0.15 万人，泰国华侨 0.7 万人，菲律宾华侨 0.7 万人，马来亚华侨 1 万人，印尼华侨 1 万人，其他国家和地区 0.3 万人，合计 11.55 万人。另据

---

① 游汝杰：《西洋传教士汉语方言学著作书目考述》，哈尔滨：黑龙江教育社 2003 年版，第 18 页。

许长安、李青梅 1987 年 10 月的调查称①：

"我们前往福建厦门、泉州、惠安、崇武等地调查闽南白话字。在调查中，我们亲眼看到了，这种已有 130 多年历史的汉语方言拼音文字——教会罗马字，至今还在闽南民间使用。

"在厦门的一个礼拜堂，我们看到了一些教徒捧着白话字《圣经》在做礼拜。在惠安，一位 80 岁的妇女信徒用流利的白话字写了她学习的经过。并拿出她妹妹当年用白话字写的信让我们看，她说她俩几十年来都是用这种白话字通信的。在崇武礼拜堂，平时有 500 多人做礼拜，其中有 30 多人使用白话字印的《圣经》。调查中一位 70 多岁的老大娘很流畅地为我们朗读了一篇白话字《圣经》。现在闽南各地都有礼拜堂，每个礼拜堂都有一些教徒使用白话字《圣经》，其中惠安县使用者较多，这个县共有 12 个礼拜堂，几乎全都使用白话字。农村 40 多岁的人普遍都会，因为有一些义务教员教授白话字。这种白话字，人们除了用于读《圣经》，还用于写信、记事。有的跟国内亲人写信，有的跟国外亲人写信。有的人同时会汉字，平时使用汉字，但跟不会汉字的亲人写信就用白话字。"（同上）

（二）罗马字教会文献资料

教会罗马字之所以能在闽南民众中得到推广，其原因很多，一是言文一致；二是简单易学；三是传教士们编译了一些普及性、实用性强的读物。推行闽南方言拼音文字读物的是伦敦圣教书局之闽南分会和厦门圣教书社与书会，后来合并为近代闽南最大的圣书出版机构闽南圣教书局（在厦门鼓浪屿），共出版了闽语土白圣经数近三百种、上千版次；仅闽南圣教书局 1851 年至 1920 年，便出版 14 万 7 千册，台湾、福建、南洋

---

① 许长安、李青梅：《还在民间使用的闽南白话字》，许长安、李乐毅：《闽南白话字》，北京：语文出版社 1992 年版。

在前 15 年间即售出 6 万本①。

汉语方言罗马字教会文献可分为圣诗、圣经、多学科教科书、普及读

物及一般教会文献。其中的"方言土白"圣经译本以闽方言最多，据游汝杰的不完全考察和统计②，南方五种方言土白圣经译本的数量比依次是：闽 235：吴 162：粤 150：客：51：赣（建宁）10。由于教会罗马字资料的不全，福建文史学界大多没有保留其罗马字书名。不过在其汉字书名中，有的仍带有方言的痕迹，比如书名中的"的"字往往作"个"，此即来自闽南话，比如《开团仔心花个册》意即"让孩子开心的书"。

《闽南圣诗》300 首

与民众普及文化教育具有深层关系的文献种类③则有：

1. 《圣诗》

《拿着〈闽南圣诗〉，他们认真唱圣歌》④

汉字、白话字、五线谱、简谱本
《闽南圣诗》，1982 年

英国长老会宣教士例如宾威廉（Burns，William.Chalmers）到厦门，

① 郑连明：《台湾基督长老会百年史》，台北：台湾基督长老会总会发行 1965 年版，第 130 页，转引自林金水：《台湾基督教史》，北京：九州出版社 2007 年版，第 222—223 页。

② 游汝杰：《著名中年语言学家自选集》，合肥：安徽教育出版社 2003 年版，第 271 页。

③ 参见张嘉星：《闽方言研究专题文献辑目索引·闽台海外闽南方言拼音文字读物》，北京：社会科学文献出版社 2004 年版。

④ 《拿着〈闽南圣诗〉，他们认真唱圣歌》，《海西晨报》第 T03 版〈鼓浪屿晨报〉，2014 年 9 月 30 日。

在 1853 年将当时英美信徒唱诵的圣诗翻译成汉语文言体厦腔 20 首《神诗合选》，现收藏在新加坡国立大学中文图书馆；作者 1862 年又在厦门出版了 20 首《厦腔神诗》，英国伦敦会牧师养为霖在 1854 年将圣诗改译成白话文《养心神诗》13 首出版；1857 年施敦力亚力山大（Alexander. Stronach）编选厦腔圣诗册 58 首《养心神诗新编》，1859 年打马字（J. V. N. Talmage）也推出厦腔圣诗册 *sing - si*（《圣诗》）、*Iong - sim sin - si*（《养心神诗》），1862 年杜嘉德闽南土白《漳泉神诗》在厦门发行，1871 年台湾印发厦腔 59 首《养心神诗》，1873 年厦门土白《诗篇》分别在厦门、上海大英国圣经会、横滨印刷发行，1912 年厦门闽南圣教书局印行《养心神诗》琴谱、《新圣诗》，还有 *Hai - Tong Seng - ko*（《孩童圣歌》）、《赞美诗》、《赞美圣诗》、《奋兴诗歌》、《福音诗歌》、《复兴短歌》、《基督福音诗歌》、《基督徒军歌》、《基督徒诗歌》、《培灵短歌》、《圣诗歌》、《统一新圣诗》和不同时期各种名类的 20 首本、40 首本、100 首本、150 首本、200 首本《圣诗》等。统编大部头圣诗的工作则始于 1923 年 3 月，闽南大会经杨怀德牧师提议，指派多名本土牧师、姑娘（未婚的女宣教上）配合西方教士组成"增订诗歌委办"，负责圣诗的修订与增编，于 1928 年汇编了 106 首赞美诗，后来编印为《培灵诗歌》，再将《培灵诗歌》与《养心神诗》合编成《闽南圣诗》300 首正式出版。《闽南圣诗》从此在闽南、台湾、南泽各大教会作为礼拜、团契、灵修的歌本，沿用至今。1980 年，菲律宾基督教圣乐促进会陈纯华、叶志明两位同工更在 300 首《闽南圣诗》的基础上扩增了 200 首赞美诗，增订成《闽南圣诗》500 首，成为目前大陆、台湾、东南亚等地闽南教会最流行的圣试版本。（参见百度词条【闽南圣诗】）

据笔者 2013 年的不完全调查，厦门、漳州和泉州仍然有一些七八十岁的老人家在使用闽南话白话字圣经和圣诗；漳州有的基督教堂还可以要到、借到、买到白话字本或者用闽南话翻译的汉字本《闽南圣诗》；厦门某教会甚至还在印发、出售多种版本的《闽南圣诗》。

2. 圣经

闽南语罗马字圣经是全国所有方言罗马字圣经译本和印刷册数最多、传播区域最广、流传时间最长、影响最大的方言种类，也是传教士们最着力编印的教会文献，编译者既有闻名中外的传教圣经士，也有不见经传的文姑娘、朱姑娘等作者。基督教会很重视儿童教育，在目前所见最早版本的教会罗马字文献中，就有传教士专门为孩子们选编闽南土白圣书，如养为霖 1853 年在厦门编的 *khui gin – a sim – hoe e chheh*（《开囝仔心花个册》），数量更多的自是成人圣经读本，如全本闽南土白《新约》、《旧约》、《新旧约全书》，以及各类单行本等。圣经闽南土白译本的最早版本是 1852 年怀德（M. C. White）翻译的厦腔《马太》，以及同年罗帝（Doti Elihu）的《约翰传福音书》，次年打马字（Talmage. John. Van. Nest）*lo – tek e chheh*（《路德个册》）及后来的厦门土白《歌罗西书》、《加拉太书—歌罗西书》、《约翰书》三册逐迤发行。

（三）通俗文学读物

由于信奉洋教的民众日多，英美基督教会在其协助下，编写了不少闽南土白通俗文学读物，比如《救主受审佮钉死的事》、《女界名人》、《十个故事》、《吴德雷女士》、《厦语短篇小说》、《银冰鞋》、《低智个钮仔》、《底买的故事》、《东方个故事》等等，一律采用罗马字编写，受到普通读者的欢迎。

（四）多学科教材

传教士在厦门和台湾用闽南土白编写了多学科教材课本。例如普及教育教学及幼儿教育的《训蒙浅说》、《益智录》、《幼稚课本》一二册、《幼稚园圣诗和唱游歌谱》、《教学法》等。数学类图书就有《国民部算术》第一级、*Pit – Soan e Chho – hak*（《笔算个初学》）、*Tai – So e Chho – hak*（《代数个初学》）、《笔算》、《分数笔算》、《代数》等；普及历史文化知识的 *Ko – su liok*（《古史录》）、《列王记录》上下卷、《历代志录》上下卷、《中国纲鉴撮要：太古至秦代》、《旧历、年历纪要》等；用闽南土白来普及中外地理知识的课本则有《地理个头绪》、*Te – se Liok – kai*（《地势略解》）、《正地理》、《外国地理》、《中国地理》、《亚细亚洲志》、《亚非利加洲志》、《埃及纲鉴》、多卷本《澳大利亚洲志》及《地理教科书》等。也有针对"妇学"的妇女教育书籍，比如《妇女课本》、《理家要录》、《父母学》、《锻炼婴仔好的习惯》、《儿童良好习惯养成法》、《育婴良法》等还有医学普及读物《厦语卫生讲话》等等。

（五）中华典籍译本

尤应一提的是教会闽南土白中华典籍译著，目前知道残留的书目有荷兰传教士德吉利于 19 世纪末在巴达维亚（今印尼雅加达）翻译的宋慈《洗冤录》，有 1902 年发行于厦门鼓浪屿的 *tai - hak*、*tiong - yong ji - im - koe - she*（《大学、中庸字音解说》）和《大学字音解说》，1903 年印发的 *Lun - gu ji - im koe - she*（《论语字音解说》），1927 年本《大学中庸》，1928 年厦门萃经堂印刷的 *Lun7 - Gu2 Siong7*（《论语诵》）和《四书》，以及《四书集注》、《四书译注》、《大学精详》、《孟子》、《孝经》等等。这表明传教士闽南话译著的内容已探触中华文化精髓。

　　传教士到华的传教目的是为了"传递上帝的福音"，乍看似乎同中华古籍文献的翻译没有直接的关系，何以要下这么大的功夫来惠我民众？实际上是构想复杂。据厦门大学许长安教授揭示①：传教士"用闽南白话字翻译中国古代著作的目的主要有两个：一个是为了帮助教徒们学习汉字和中国文化，一个是为了用基督教的教义来'纠正'儒家学说"，因为"中国古籍的内容（主要是儒家学说）多与基督教教义相抵牾……用基督教教义'批判'儒家学说，也成了教会的一种需要"，并引维饶理的话说："中国的书所议论的事情有许多都不合上帝的真理，所以教会如不谨慎分别除去这个不正确的教示，就会使人迷惑，……就应该改正它的不合。"②对于饱受西方文化侵略的东方人而言，教会为帮助民众学汉字、习文化是好的，而它却把基督教义批判儒家学说这一中华民族核心价值观的深层目的"捆绑"在普及文化上，一起灌输给不具备文化批判能力的底层民众。由此可见其心良苦且居心叵测。为了达到这个目的，教会在翻译中国典籍时采用了三个做法，一是在汉字上面注文读音；二是用口语白读音翻译、解说古文，闽南话叫作"白话解说"，这就是前引书名《大学字音解说》、《大学、中庸字音解说》、《论语字音解说》中"解说"的意思；三是评述经典名著译本，对不合西方教会教义的儒家学说进行"批判"，再阐述教会的教义。

---

① 以下内容，既引自许长安：《语文耕耘集·闽南白话字翻译古籍的实践》，厦门：厦门大学出版社 2011 年版，第 88—92 页，又掺有笔者的看法，请参考许长安著，恕不一一标明。下引许长安著，咸注页码。

② 维饶理：《三字经注解·论三字经本文的体统和三字经新撰白话注解》，转引自许长安《厦门话文》第 86 页。

五 方言罗马字的有益启迪与局限性

就像隋炀帝修建劳民伤财的大运河的目的是加紧对江南财富的攫取，且满足自己巡游江南的愿望，而不是为了子孙后代方便南北交通运输那样，尽管传教士翻译中华典籍的主要目的是深层次辨析批判中华民族的核心价值观，然其翻译语言、翻译手法及其实践经验仍是值得借鉴的。首先，充分展示了用罗马字给汉字注音乃学习汉字的好办法，有很多文盲就是通过白话字学会汉字的，并且对于初学文化的儿童尤其有效果，"学这种字只要一两个月，以后就不要老师常常来教，不论什么书只要是用白话字写的都能自己读。"（许著引维饶理文）毋庸讳言，现在小学生识字课本在汉字上面注拼音的方法就是从传教士那里学来的。其次，罗马字翻译古籍的实践说明拼音文字有利于古代文化遗产的继承，使对不懂汉字的人也能了解、普及古代文化。美国传教师 Rov. M. Hubber 曾这样说："为向一切人有效地打开知识的大门，无疑地罗马字拼音是一把钥匙!"[1] 用现代口语翻译古籍显然是普及古代文化的重要途径，当代许多典籍的"白话读本"之编印，例如上海广益书局出版的民国版《白话注译——唐诗三百首读本》、《白话论语读本》、《白话孟子读本》等，应与受其启发有关，近些年来海峡两岸也已开始对古籍进行系统的白话文翻译的工作，这些都有西方传教士们的一份功劳在。Rov. M. Hubber 同时也说："彻底精通旧文字的学者，在将来的一个长时期中必须继续用方块字作古典学问的研究。"这表明西方学者也知道中国汉字应用的强大传统，从来没有用罗马字取代汉字的想法，这也表明传教士们在一定意义上是尊重中华传统的。

汉语方言罗马字也有一定的局限性，许长安教授指出，教会闽南话罗马字对我国的汉语拼音运动、语文现代化工作和普及文化方面，都作出重要的历史的贡献。不过，汉语方言罗马字的产生和传播是带有列强的文化侵略性质的，西方教会凭借船坚炮利，掠夺东方。而有的传教士"一手拿着圣经，一手拿着屠刀"为其搜集军事、经济情报，笼络收买人心

---

[1] 转引自倪海曙：《中尉拼音文字运动史简编》，第18页，转引自许长安《厦门话文》第88页。

（也有个别纯粹地为"上帝传播福音"者，年纪轻轻便命丧异乡），而为
"上帝传播福音"本身也是教会文化侵略的一个重要组成部分。因此，研
制闽南话罗马字和向民众普及的本质就是为了传教之文化侵略，它既在教
会及其周边传播，又受到广大人民的抵制，而没有发展到全社会。到了民
国初期，"国语运动"、"注音字母运动"的兴起，带来了中国人自己的拼
音方案，就更加冷落教会罗马字了。而抵制、冷落教会罗马字的最根本原
因，则在于中国的汉字文化有着强大的向心力和传统影响，随着人们汉字
文化水平的提高和认识白话字的老一代教民的逝去，使用白话字的人也就
越来越少了。目前闽南地区只剩下极少数 80 岁以上的老人在读白话文圣
经，即便仍有闽南方言白话字圣诗的一版、再版，然其"明日黄花"的
命运已经"定格"，风光不再。也正是因为如此，厦门市鼓浪屿管委会为
厦门白话字申请了"世界文化遗产名录"项目，让人们有机会了解伴生
于琴岛、欧洲建筑博物馆、闽南圣教书局等等"文化名片"的鼓浪屿之
地方话罗马字曾经的面貌。

附：

能用闽南白话字读写，93 岁文盲老太太成央视节目焦点人物①

记者　龚小莞（文/图）　　《厦门晚报》2010 年 7 月 23 日

本报讯，厦门市委宣传部与中央电视台四套《国宝档案》栏目联合
摄制的《厦门文物文化瑰宝》系列节目，将于 7 月 26 日起在中央电视台
中文国际频道（CCTV—4）播出。此前央视来厦拍摄《鼓浪屿寻珍》时，
居住在鼓浪屿的苏金英老太太成了焦点人物。

苏金英老太太已有 93 岁高龄，基本不识字，却能抱着圣诗和圣经天
天用闽南白话字诵读。她不仅会看会念，还写得一手漂亮的闽南白话字。

---

①　龚小莞：《能用闽南白话字读写，93 岁文盲老太太成央视节目焦点人物》，《厦门晚报》，
2010 年 7 月 23 日，网址：http：//www.xmnn.cn/dzbk/xmwb/20100723/201007/t20100723_
1506006.htm；又见厦门小鱼网 www.xmdsw.com，查询日期：2014 年 11 月 27 日；又见郭心如、
何丙仲：《白话字从厦门传到台湾》，《厦门日报》，2015 年 1 月 9 日，福建新闻，网址：http：//
fujian.hexun.com/2015—01—09/172211750.html，查询日期：2016 年 1 月 23 日。

苏金英老人在写闽南话罗马字

记者到她家中时，她拿出纸笔，工工整整地写上自己的名字，下笔潇洒有力，令人称叹。是鼓浪屿老人中"硕果仅存"的，也是申遗的"活材料"。

上图手写体文字是苏老太太的亲笔迹，内容是：

So kim eng，goa kin lian kao chap sa se

苏金英，我今年九十三岁

　　老太太告诉记者，她出生于漳州平和县，小时候曾在教会学校上学，学过中文，但后来全忘光了。闽南白话文却记得牢牢的，中文和闽南白话文对照的圣经拿在手中，她可以用闽南话非常流利地从头念到尾。她十几岁来到鼓浪屿居住，闽南白话字是在教堂里学的，"当时牧师读一段，我们写一段，很快就学会了"，她说，老鼓浪屿人都会写闽南白话字，许多到了海外的老先生老太太现在还在用，她前几年还用闽南白话字和菲律宾的亲戚通信。

　　据了解，目前鼓浪屿上懂得闽南白话字的老人基本都已去世了，苏金英老太太算是"硕果仅存"的，之后的厦门人完全不懂闽南白话字，这一文化现象在厦门已失传了。鼓浪屿申遗办有关负责人表示，苏金英老太太是鼓浪屿申遗非常重要的"活材料"，闽南白话字是鼓浪屿历史文化的活化石，曾经让原本不识字的老一辈鼓浪屿人在很短时间内就能看懂圣经，参加一些社会活动。现在对闽南白话字的挖掘也是"申遗"的一项重要内容，希望让世人了解到，原来在一百年前的鼓浪屿居然有这么先进的一种文字教育，而且直到今天世界各地特别是东南亚地区都还有人在使用。这种文字教育是外国人和中国人共同缔造的，一个不识字能讲闽南话的人只需 10 天左右就能看懂圣经圣诗。

参考文献

黄典诚主编：《普通话闽南方言词典》，福州：福建人民出版社 1982 年版。

林连通、陈章太：《泉州市方言志》，北京：社会科学文献社 1993 年版。

李熙泰、詹龙标、纪亚木：《厦门方言志》，北京：语言文化学院出版社 1996 年版。

《泉州市方言志》，《泉州市志·第五册·卷一》，北京：社会科学出版社 1993 年版。

《漳州市方言志》，《漳州市志·第五卷》，北京：社会科学出版社 1999 年版。

黄典诚：《黄典诚语言学论文集》，厦门：厦门大学出版社 2003 年版。

周长楫：《闽南方言大词典》，福州：福建人民出版社 2006 年版。

周长楫、周清海：《新加坡闽南话词典》，北京：中国社会科学出版社 2002 年版。

郭后觉：《闽粤语和国语对照集》，上海：上海儿童书局 1938 年版。

詹镇卿：《白话注释国台音小辞典》），台湾：嘉义兰记书局 1947 年版。

李春霖等：《国台对照台湾话》，台南：经纬书局 1950 年版。

台湾国语会：《国台通用词汇》，台北：国语日报社 1952 年版。

蔡培火：《国语闽南语对照常用辞典》，台北：正中书局 1969 年版。

周长楫、欧阳忆耘：《厦门方言研究》，福州：福建人民出版社 1997 年版。

林宝卿：《闽南方言与古汉语同源词典》，厦门：厦门大学出版社 1999 年版。

林宝卿：《闽南方言常用小词典》，厦门：厦门大学出版社 2007 年版。

张嘉星：《闽方言研究专题文献辑目索引》（1403—2003），北京：社会科学文献出版社 2004 年版。

游汝杰：《西洋传教士汉语方言学著作书目考述》，哈尔滨：黑龙江教育社 2003 年版。

许长安、李乐毅：《闽南白话字》，北京：语文出版社 1992 年版。

李熙泰、许长安：《厦门话文》，厦门：鹭江出版社 1994 年版。

李如龙：《闽方言的特征词》，《汉语方言特征词研究》，厦门：厦门大学出版社 2001 年版。

周长楫：《略论闽南话词汇与普通话词汇的主要差异》，北京：《语言文字应用》，1992 年第 3 期。

洪惟仁：《16、17 世纪之间吕宋的漳州方言》，《历史地理》第三十辑，上海：上海人民出版社 2014 年版。

［意］马西尼（FedericoMasini）：《罗马所藏 1602 年手稿本闽南话西班牙语词典——中国与西方早期语言接触一例》，游汝杰、邹嘉彦译：《语言接触论集》，上海：上海教育出版社 2004 年版。

黄典诚：《从闽南白话字看出拼音文字的优点》，北京：《中国语文》，1953 年 7 月号。

第三章　闽南语区语言文化接触

　　社会语言学和文化人类学理论认为，语言文化的接触发生在不同的语言文化系统之间的互动和双向影响，当不同语言文化群体发生密切接触时，会引起双方的语音、语义、句法、民间文学、民间习俗、民间信仰等一系列语言文化的演变和融合。在我国漫长的语言文化演变过程中，南北方民族的战争和移民、民族杂居、文化交流、贸易往来等人种和语言文化形态的接触，可谓频繁，自然而然会产生双向、多向的接触、互动和影响，引起多族群、多民族、多民系语言文化的变化。

　　古代汉语主要由华夏语发展而来，是一字一音的孤立语。夹在汉、越之间的楚语也属于一字一音的华夏语系，是带有浓重南方口音的汉语方言，有着自己特殊的发语词"羌"、句末语气词"分"、"些"、"只"等重要特征。古越语则属于独立的侗台语语言系统，是一字数音的胶着语，与中原及楚国的华夏一语一音的孤立语语种不同，语言面貌有着根本的差异，因而被华夏族称为"鸟声禽呼"、"鴃舌鸟语"，"蛮夷反舌"（即词序相反），不仅不能与中原华夏人通话，而且和近邻楚人也很难通话。

　　《越绝书》等古籍为我们研究这种已经泯灭的语言提供了重要线索，例如"越人谓'人铩'"，"越人谓船为'须虑'"，"越人谓盐曰'余'"，以及越语"夷"即汉语"海"，越语"莱"即汉语"野"，越语"单"即汉语"堵"（城门），越语"多"即汉语"齐"，越语"余"即汉语"盐，等等。厦门大学林惠祥教授也说："越语是多音拼合的胶着语，因此以北方语言译它每须二三字译一字，且译得很不妥切。如《左传》说越国人名大夫种（俗称文种），只一字，在《国语》却记作'诸稽郢'三字，可见越语有些语音很特别。"①

到了春秋战国时期，楚、吴、越相继称霸，三国之间"数相并兼，故民俗略同"（班固：《汉书》卷二八下《地理志》）。吴、越更由于同属一个民族，人民相杂而居，日常交际频繁，两国的语言面貌大体"同音共律"②。而后来的秦汉战争和汉王朝对南方地区的开发等历史大事件，更使百越故地的百越人同中原人频繁接触，语言文化的汉化已经是常态，其差别仅在于各地之间汉化的时间早晚和汉化的程度高低而已。

语言接触的发展进程，往往会在接触的双方留下像树木主干成长过程产生的"年轮"一样的印记，它的生长速度同所植根的土壤之肥沃程度有关，并随着季节、温度、水分的变化而变化，在适宜生长的土地和季节里，在气温和暖、水分充足的时间段就长得快，反之则速度减缓；这种生长快慢的变化，都在"年轮"纹路的疏密状况中反映出来。为此，我们特意辟出专章来讨论闽南语区的语言接触状况之"年轮"状，其"成长"变化快的阶段，也有明显的语言文化接触现象的状，主要分为三个时间阶段：

一、闽越同秦汉至唐五代的第一波汉闽语言文化接触，形成了早期闽南方言与文化；

二、唐五代至明、清时期的闽南话与南洋群岛马来语的第二波语言文化接触，形成了"南洋福建话"及其附属语言形式"峇峇娘惹闽南语"和"峇峇娘惹马来语"；

三、明末至清中叶则为闽南话与台湾原住民语言的接触之第三波，将闽南话传播至台湾岛，后因清政府在 1895 年与日本侵略者签订了丧权辱国的《马关条约》，致使台湾沦为日本殖民地，而产生了闽南话与日语的语言接触。

此外，还有 20 世纪初，尤其是 40 年代中末期国共内战，以蒋介石为代表的国民军政战败撤往台湾岛，而引发闽南话和共同语"国语"普通话的语言接触。由于这一波的语言接触是汉语内部不同方言的交流，同时也可视为自 20 世纪初以来北伐战争、军阀混战、国共内战、全面抗战等战事在闽南语区的展开和延续，相对较不具有典型性，这里不作专门讨论。

---

① 林惠祥：《南洋马来族与华南古民族的关系》，《厦门大学学报》，1958 年第 1 期。

② 《吴越春秋》卷五，《夫差内传》。

第一节 古越语遗存与汉越语言接触

闽南方言文化之树的"年轮"内核是古越语文化遗存。董楚平教授指出：

> 先秦时期的吴越文化，虽受华夏文化的深度影响，但基本上还是夷越文化，是中国诸少数民族文化中最发达的一支。汉代的吴越文化，则是中国主流文化——汉族文化的一个区域型。吴越文化的这一转型过程，开始于楚威王败越，剧变于秦皇、汉武时期。这段时期，吴越地区的越人大量入海南奔，楚人与中原人先后进入吴越，由于主导人口与基本居民发生变换，使吴越文化的民族性随之激变。文化转型的趋向是由西向东、由北向南依次展开的。到西汉中后期，皖南、宁镇、太湖平原、宁绍平原已基本汉化。到六朝时期，浙江南部地区也由北向南渐次完成汉化①。

在吴越地区，经过秦汉至西晋数百年的演变形成了一种汉语的新方言：吴语。这种"新吴语"已非旧吴语，后者是古百越民族语，而前者是一种汉语新方言，两者不可混淆。

关于上古吴越语的语言面貌，古书记载寥寥，仅见数则，例如《越绝书·吴内传》卷三云："越人谓船曰'须虑'，长即舟'舟冓舟鹘'。"［明］张自烈《正字通》释："船小而长者曰'舟冓'。"一直到宋代，泉州地区还有把"船式头尾尖高，当中平阔"的船叫做"了鸟"的百越后裔，据说是"夷户，亦曰游艇子，是卢循之余。"② 也就是闽、广地区所称水上人家"疍民"，地方上称其为"船底人"，雅称"连家船"。看来，古越语和古汉语差别蛮大，一个汉语单字词大致需要用越语的双音词、多音词来表达。

一 百越语言遗存

我国汉语方言的最大分界是南北方言。以长江中下游地区为主的南方

---

① 董楚平：《汉代的吴越文化》，《杭州师范学院学报》（社会科学版），2001年第1期。

② 《太平广记·江南东道·泉州风俗》卷一〇二，文渊阁四库全书本。

原住民是百越族，其中包括了闽台两省文史界普遍认为的唐代居住在福建地区的原住民——当代畲族和疍民的祖先。

畲民以狗为图腾，自诩为狗王"高辛帝"同华夏皇帝之女"三公主"繁衍的后代，这本身便是表现了民族融合的"集体文化记忆"。以至于在闽南人的深层文化记忆里，也遗存着某些狗图腾的残余，表现出一定的昵狗情结：闽南人喜欢把自己的孩子昵称为【狗】、【阿狗】、【阿狗婴】、【阿狗囝】、【狗囝】、【戆狗】，兄弟之间相互戏称【狗弟】、【狗兄】，向父母撒娇时，称父母为【狗爸】、【狗妈】等。这可能因远祖与畲人的祖先有一定的血缘关系、以及民众文化心理中残存的狗信仰有一定的关系。

古代百越民族的居地包括了从江南到西南的广袤地区和境外的中南半岛等广袤地带，《汉书·地理志》臣瓒称："自交趾至会稽，七八千里，百粤杂处，各有种姓。"百粤即百越，其民族语的一些成分便不可避免地遗留到方言里，成为有史以来我国语言—方言最复杂的地区。民族学家认为：

　　"古越人本身从未形成一个强大而持久的政治、经济、文化中心，在外来的具有强大政治力量、发达经济、较高文化而数量众多的人群的不断冲击下，部分越人所操的语言为新的语言所替代，仍在语音和词汇方面给予统治语言巨大的影响，在它身上打下自己祖传语言的烙印，使之成为与统治语言的母语有很大差异的新方言。大家所熟知的汉语吴方言、闽方言、粤方言、宾阳方言等，即为这方面显著的例子。"①

百越之浙南东瓯和福建闽越是最晚汉化的地方，在东越国、闽越国被翦灭以后，又长期归会稽郡"军管"而民族自治②，其语言便保留了不少古吴楚语。南来的中原语言覆盖在当地百越语、吴楚语上面，从而造成了上古南方民族语言的断层，而保留了原住民语言的"胎记"，一是有着一

---

　　① 白耀天：《〈榜枻越人歌〉的译读及其有关问题》，《广西民族研究》，1985 年第 1 期。
　　② 《三国志·蜀书·许靖传》载许靖致曹操书，称从会稽"南至交州，经历东瓯、闽越之国，行经万里，不见汉地"，可见当时的福建在行政上属于民族自治，语言文化尚未汉化。

批和南方少数民族语言相同的方言词，语言学界认为这是南方汉族文化继承了本土原住民祖先的文化基因之结果，显者如民族语的底层词，同汉语词词序相反的倒序词，数目表达称数法，特殊词头词尾等等诸方面表现，同南方少数民族语言存在着高度的一致性，其地域分布几乎与本书第一章第二节关于有段石锛和几何印纹陶分布介绍的范围相当，两者存在着高度的一致性。经过几千年的汉化演变和汉语替代，原住民百越语已退隐为底层。这既是南方方言的共有现象，也是闽南话与南方少数民族语言有着若干联系的原因，其中便包括了闽南话的闽越底层词语。

（一）百越底层词语遗存

民族语言学家戴庆夏教授指出，闽方言表示亲吻的［tsim1］，描写满的［tĩ6］，开裂的［pik7］，勘问的［kham6］等单音词，往往写不出相应的汉字，却和侗、壮、傣、水、白、苗、畲、布依语言有着明显的共源联系[①]。著名方言学家李如龙教授也认为[②]，"有一批见诸多种东南方言的日常生活很常用的单音词，在古代汉语中找不到合适的对应字，许多学者也从古百越语里找到读音相近、语义相同的说法"，在词汇系统中表现为闽南词语同南方少数民族语言音近义同、音近义近的关系。例如：闽南话称烂泥田为【畓】［lam］和［lɔm］，引申为下陷，这个词芒市傣语读［lan］，景洪、金平、马关傣语则读［lum］；闽南话称物体的边沿为【堪】［kĩ2］，景洪傣语称［him2］，武定傣语说［hin2］；闽南话青蛙说【蛤】［kap］，仫佬语也说［kap］，傣雅语说［ka：p］；闽南话把腿脚称为【骹】［kha］，壮语说［ka］或［kha］；闽南话称皮肤结的茧为［lan］，邑宁壮语说［nen］；闽南话表示次数的量词是【摆】［pai］，和壮语、布依语、傣语同音；闽南话盖盖子的动词说【崁】［kham］，武鸣壮语说［ko：m］、龙州壮语说［hom］，水语音近为［kəm］；闽南话把吮吸说成【嗍】［suh］，侗语读［sot］，武鸣壮语说［ɵut］；闽南话称美美地啜一顿为［sut］，傣语说［s：ut］；闽南把填坑说为【坉】［thun］，马关、元江傣语说［thɛm］，芒市说［thəm］，景洪说［thɵm］；闽南把

————————

① 参见戴庆夏主编：《汉语与少数民族语言关系概论》，北京：中央民族学院出版社1992年版，第343—353页。

② 李如龙：《东南方言的"底层"研究》，《民族语文》，2005年第6期。

漂衣服说成【浰水】［lak⁷ tsui3］，其动词"浰"，水语同说［lak］，武鸣壮语和傣语说［sak］，布依语说［sah］；闽南话把捆绑说为【敆】［hah］，也作量词，武鸣壮语则为［ha］，龙川说［ka］，布依语说［χa］，泰语说［kha］；闽南话把喝说成【啉】［lim］，临高壮语则说［lum］，佯僙说［ro：m］；闽南话呆傻说【戆】［ŋɔŋ/ŋaŋ］，傣语则为［ŋɔŋ］，黎语为［ŋaŋ］；闽南话的黏稠说［kap8］、［kɔp8］、［kik8］，武鸣壮语说［kɷt］，柳江壮语说［kɷk］等等。这些闽南话词语同南方民族语词读音上的相同、相似性自古已然，应是汉族人入闽后民族融合留下的历史印记。《畲族网》① 也列举了当代畲语同闽南方音相近的常用双音词：小蜥蜴，畲语［tu ten］，闽南话【杜定】［tɔ tiŋ］；蜻蜓，福安畲语［nan nɛ］，漳州话［tshan nɛ］；蜘蛛，畲语［lau khoi］，闽南话【la gia】；栗子，遂昌畲话［la zi］，闽南话［lak tsi］；猫头鹰，福安畲语称鸱［khu］鸟，闽南话也叫鸱鸟［kɔ tsiau］；蝙蝠，福安畲语称［po pi］，闽南音序倒为"密婆"［bit po］。这些畲、闽词汇相近的，应该来自古百越地区原住民之语言遗存。得到古代语言学著作"确认"的尚有以下数例：

《尔雅·释丘》郭璞注："今江东呼地高堆者为敦。"现闽台方言的高丘都叫【墩】［tun1］。

《越谚》释曰："勼，物屈不伸。"肢体伸不直，今闽语说【勼】［kiu1］。

《方言》卷四郭注："衣褾，江东呼椀。"现闽方言仍把衣袖叫做【手椀】［tshiu3 ŋ3］。

《方言》卷五"符簏"条［晋］郭璞注："似簏篠，直文而粗，江东呼筻。"［明］李时珍《本草纲目·服器二·簟》："簏篠、符簏，笋席。"今闽南话称粗编苇席为【谷筻】。

《方言》卷十："颔、颐，颌也，南楚谓之颔。"今闽南仍把脖子叫【颔】［am6］。

《方言》卷十"拌，弃也，楚凡挥弃物谓之拌。"今闽南掸掉灰尘仍说

---

① 《畲族网》，网址：http://sanhak.cn/mzyy/20061191556569019.htm，核对日期：2011 年 6 月 5 日。

【拌】［puã6］。

《说文·竹部》："楚谓竹皮曰箬。"今闽南把植物叶子泛称为【箬】［hioh8］。

可以说，闽南话的百越底层词语遗存星星点点，都是古代民族文化接触与交融的重要"见证物"和"活化石"。然而，这类"见证物"和"活化石"的数量究竟有多少，目前没有确切的统计。闽方言学权威李如龙认为，"在数以万计的词语之中，真正经得起推敲的百越'底层'词恐怕很难上百"①，这就意味着汉文化已彻底覆盖并改变了"闽"这一古百越地区相当活跃的原住民之语言文化。

（二）百越语法遗存

1. ［ka1］词头

越、汉语言融合的痕迹，还可以从一批特有合成词得到印证。比如和西南民族语 ka1 词头合成词相类似，闽南话也有许多由［ka1］词头构成的词族，其字形写法不固定，而是根据不同的事物写成不同偏旁的字。比如动物名词有昆虫类的蟑螂【虼蠽】［ka1 tsuah8］、跳蚤【虼蚤】［ka1 tsau3］，鸟类有八哥【鸡鸰】［ka1 liŋ6］（俗作加令）、斑鸠之一种的【鸡雉】［ka1 tsui1］，水族动物有咸水石首鱼科【加蚵仔】［ka1 baŋ6 a］（或称姑鱼）、花尾胡椒鲷【加吉】［ka1 kiat7］或称【加芝】［ka1 tsi1］、真鲷【加腊】［ka1 liah8］；植物如秋凤树【枷冬】［ka1 taŋ1］，榛子【加椎】［ka1 tsui1］，木棉【加簸】［ka1 puah7］又称【加贝】［ka1 pue3］、【加薄】［ka1 poh8］，断肠草【加吻】［ka1 mŋ3］，蔬菜如【茭白笋】［khai1 peh8 sun3］、牛皮菜【加茉】［ka1 buah8］（也称"厚茉"）、器物词有草袋【茭苎】［ka1 tsu5］，固定在牛肩的弄具【枷担】［ka1 tã1］又称"牛担"，大小竹匾【筊箩】［ka1 lo2］、【筊荖】［ka1 lo3］、【筊篱】［ka1 lah8］，木偶、布偶之【嘉礼】［ka1 le3］，滑车【轳辘仔】［ka1 lak8 a］等。与人类及其动作行为有关的词语如自己称【家己】［ka1 ki1］，咳嗽是【加嗽】［ka1 ka1］，打喷嚏称【咖啾】［ka1 tshiu5］，睡觉

① 李如龙：《序》，林宝卿：《闽南方言与古汉语同源词典》，厦门：厦门大学出版社1999年版。

叫【交醉】[ka1 tsue6]，形容啰哩啰嗦、纠缠不清叫【加哩涟】［ka1 li3 lian2］、【加哩啰】[ka1 li3 lo1]、【加哩啰涟】[ka1 li3 lo1 lian2]，马马虎虎囫囵个儿叫【加哩啰啊】［ka1 li3 lo2 a］，完整、整个儿之【加囵】[ka1 lun2]、【加囊】[ka1 nŋ2]，冷从后背生称【交阴】[ka1 im1]、【交阴寒】［ka1 im1 kuã2］，打寒战叫【加懔恂】［ka1 lun3 sun3］，动词丢失、掉落叫【交落】[ka1 lau2]，教管儿女称【加口】［ka1 tĩ1］、【加张】[ka1 tiũ1]，商品受欢迎而供不应求即【加页】[ka1 iah8]，仅仅称【加若】［ka1 na6］等等。可以说，闽南话的 [ka] 词头特有合成词绝不是偶然现象，而是和古百越语有着千丝万缕的联系。

2. [ta] 词头

赵加《试探闽方言中的壮侗语底层》① 指出，ta 词头是南方方言和南方民族语的共有现象，并认为闽南话男人义之 ta pɔ，海南闽南话姑娘义的 da bɔu kiah（姹婦嫁），其词头"并没有实际含义，'大'、'姹'也只是汉字注音而已，并非本字，要从汉语本身找到闽方言的这个词头来源是很困难的。但在壮语中却可找到这类词头。如姑娘，壮语（武鸣）ta lɯ bouʔ、ta saːu；男人，壮语（天等）tuːi pɔ；女人，壮语（天等）tuːi me"在壮语中就是做词头用，闽南话男人义的 ta pɔ 和海南闽南话姑娘义的 da bɔu kiah（姹婦嫁）可能与之有关。

3. 称数法

闽南话与东南汉语方言和南方少数民族语言一样有着同样的称数特有省略方式。例如瑶、壮、傣等民族语言称说"十"以上数目，当量词和位数词的系数为"一"、下一级位数为整数时，可以直接称第一个位数词十、百、千、万、亿和下一个系数词，省略了第一个位数的系数"一"和下一级位数的量词和位数词。例如：北方话说的一千三百万、一百四十、一丈二尺、一斤九两，以闽南话为代表的处、温方言，粤语、客家语、闽语、广西平话、湖南湘乡话和汝城话等南方方言，可以分别省略为"千百万"、"百四"、"丈二"、"斤九"，这一语法特点和南方少数民族语言一致；而从浙江台州到苏南和西南官话的数词系统，却缺少这类称数省

① 赵加：《试探闽方言中的壮侗语底层：兼论百越民族史研究的几个问题》，《贵州民族研究》，1991 年第 2 期。

略方式。这种不同于北方汉语却和南方少数民族语言相一致的特征，应是保留了南方上古共同的民族记忆，有必要同古代异民族与异文化的交互渗透和交融联系起来考虑①。

也就是说，无论是闽南人喜欢把孩子昵称为【狗】，还是南方方言保留的百越底层词，以及闽南话［ka1］词头、［ta］词头以及称数法，都扯不断和百越语相似性的"年轮"之纹。

第二节　闽方言性别/夫妇称谓（上）

福建是由闽越土著为底层文化的"蛮夷之地"转变成为以汉人、汉文化为主导的地区，其历史在唐代之前很不清晰，一直到唐初陈政陈元光父子率固始将士开漳，尤其是唐末五代王潮、王审知率光州子弟兵开拓、经营闽地，经过后来宋儒的文化洗礼，这才渐成人文蔚起的礼仪文教之邦。有趣的是，在这片福建人自诩为"海滨邹鲁，礼仪之邦"的土地上，除了借用汉语词来分男别女之外，内部还存在着呈系列化的方言特有性别俗称：沿海地区从闽东到闽南和粤东（属于闽南话的次方言），都把女性称为"诸娘"，闽南另有专用女性称谓"查某"；闽东及其周边地区把男性称为"唐部（甫）"，闽南则作"丈夫"或"查甫"等。由于这类词的读音无法和汉字一一对应，这就给了人们根据个人的理解而采用多个不同的汉字写法和俗文学创作的想象空间，由此而形成性别俗称的一词多形多解现象，而成为了近现代闽人塑造自己祖先来源、社会群体、族群关系及其历史记忆的有机载体，并构成闽方言文化之树的第二道"年轮"印窠。

两性，亦即男女，是人类自身生产、繁衍的两因子，处在亲属关系之中两姓合宜的交汇点，请看下图：其上下两级构成了直系血亲关系，其左右两端则为双方的姻亲。然而，人们研究亲属称谓往往注重其纵横两向的直系血亲和手足亲缘关系，而对于处在交汇点、关键处的两性/夫妇关系，以往的研究却往往忽而略之，给研究工作带来很大的麻烦。

---

① 潘悟云：《汉语南方方言的特征及其人文背景》，《语言研究》，2004年第4期。

```
高祖

曾祖

祖父母

父母

兄弟姐妹（夫）己（妇）姐妹兄弟

子女

孙子女

重孙子女

……
```

性别俗称是大众对性别的通常说法，又属于所谓的词义难以索解的流俗词语。正如索绪尔所言，民间往往将这类流俗词语"同某种熟悉的东西加以联系，借以作出近似的解释尝试"①，其中不乏臆测和附会的成分，乃至于创作与虚构，里面便有闽方言关于性别—夫妇的俗称。

性别称谓又是语言词汇中最常用的概念和最稳固的成分之一，是基础词中的最核心部分，不因时空的改变而改变，也不因民族的不同而不同，人们用它来表述彼此的身份等社会关系名称的总和，其中也包括了人际之间天然的生物性联系，即雄—雌、男（婚）—女（嫁），而受到种种历史文化、社会因素的影响，被人类学家视作亲属制的代名词。关于这一点，可以在美国著名人类学家摩尔根的论断中得到了解：

> "每一种亲属制在其使用期间都是既合乎逻辑也合乎实况的制度。他们所提供的证据价值最多，也最富于启发性。亲属制以最明白的方式直接准确地反映了古代社会的情况。"②

若把摩氏这句话里的"亲属制"替换成"亲属称谓"，便可以发现所述内容变成"每一种'亲属称谓'在其使用期间都是既合乎逻辑也合乎实况的制度。他们所提供的证据价值最多，也最富于启发性。'亲属称

---

① 索绪尔：《普通语言学教程》，北京：商务印书馆1980年版，第244页。

② ［美］路易斯·亨利·摩尔根著，杨东莼等中译本：《古代社会》，北京：商务印书馆1981年版，第391页。下引本书，咸注页码。

谓'以最明白的方式直接准确地反映了古代社会的情况"的意思，而句义基本不变，并且在表达上更加直截了当无障碍。这就是我们称亲属称谓几为亲属制度的"等语词"之理由。只不过，亲属称谓的范围大，而性别称谓只是其中特指性别和婚姻关系的一小部分耳。

在摩尔根看来，亲属制—性别称谓"是跟随在（婚配活动，笔者注）后面来记录家族亲属关系的"（第 386 页）；亲属制—性别称谓"基于婚姻，基于事实；每一种亲属制在其使用期间都是既合乎逻辑、也合乎实况的制度……亲属制度以最明白的方式直接准确地反映了古代社会的情况。"（第 391 页）

摩氏这一论述的精彩处，在于不把"人本身的生产"看成纯生物性的"天然关系"，而是把它放在最基本的社会组织——家庭形态之中当成亲属制和婚姻面貌等社会关系来考虑，认为每一种亲属制——性别称谓，都合乎其特定时代、特定社会的现实"逻辑"和"制度"，"以最明白的方式直接准确地反映了古代社会的情况"。用这个观点来观照闽方言性别称谓，可以发现这类词语正是这种婚配现实的"逻辑"、"制度"的结晶体，它关涉了人们如何"表述"、认知自身的婚配制度文化及其社会现实。据黄纪潘从《汉语方言地图集》收集的《方言夫妻称谓形式总表》①看，汉语方言有着直接借用性别称谓来兼称夫妇的特点，比如用性别词"男"与"女、妇"组合而成的夫妇称谓，分别有男、男的、男个、男人、男子人、男人家、男人公、男佬、男客、男将、男汉、男子汉等，表示民族身份的称谓词"汉"也往往借作丈夫称谓，如汉、汉的、汉子、汉们、汉家、汉里家、男汉、男子汉、老汉等；而妻子的称呼只有性别词兼用的女、女的、女个、老女、女人家、女佬、女将，以及表示已婚女性的"妇"构成的词语妇人、妇道人、妇人家等，却未见民族名词兼称者，这与借用"汉"来表示丈夫身份的男性/丈夫称谓判然有别。

性别称谓系统通常表现的是"身份属性"，以及两性间成对儿出现的"关系属性"和感情色彩、语用色彩附着义等等，譬如阴/阳、雌/雄、牝/牡、公/母、男女、夫/妻、考/妣、公/婆、外子/内子、外头人/内人、

---

①　黄纪潘：《现代汉语方言夫妻称谓系统的共时面貌及其文化印记》，《哈尔滨学院学报》，2013 年第 6 期；曹志耘主编：《汉语方言地图集》，北京：商务出版社 2008 年版。

当家的/烧饭的、掌柜的/屋里的、汉子/婆姨、孩子他爹/娃儿他妈，等等，都如摩尔根所言，"以最明白的方式直接准确地反映了古代社会的情况"。然而，闽方言性别称谓词除此之外，还具有区分汉族或闽越族、中原人或原住民、城或乡等社会地位、经济状况、褒或贬等族群关系、思维方式、价值取向等广角文化内涵，广泛涉及了本民系和本地方的文化融合史、婚姻制度史与社会现实等问题。因而，通过发掘与解读其语源，可以大体复现本民系之民族成分的由来和婚配制度之形成、演变和相应的民俗文化发展变化之"年轮"。

性别称谓一般较少受到学界的关注。闽方言性别称谓却不然，其语义系统不但兼表夫妇关系，同时还反映男女双方的民族来源、社会地位等意义内涵，吸引了几代闽语人的心理关切，留下不少俗语源故事传说，在汉语方言词汇研究上很少见。然而对于俗语源故事传说之"民间叙述"是怎样发生的，基本无考，有文字记载的"研究史"则大概从清代延续至今。可以说，福建人一方面孜孜于各种历史书写文本之索求和田野口传文本的追寻，另一方面却又不断地自编、自导、自造、自改民间文本来"表述"自己对这一民系集体"历史记忆"和看法，等等。这种"集体意识"和"集体无意识"交杂混成的"叙述史"与"研究史"，鲜有间断。

一　"诸娘"与"唐部"：闽东族群关系鲜活的"历史记忆"

福建地区表示性别的方言词语很是吸引爱动脑筋的人们关于本民系来源的遐想，不少文人墨客纷纷运用自己的文史知识，力图"解读"语源、寻找族源之所以然，在许多著述中留下了他们刨根问底追寻的足迹。显者如莆仙和莆仙以东的闽江流域，流传着有关本地方言男女称谓词之由来的民间故事，且以福清县的传本最为详尽。

> "五代时，相传闽侯、长乐、连江和闽清等福州语系方言地区，原是个'无诸国'，住的都是一些土著少数民族。他们性格豪放，被人称为'南蛮'。唐代时，皇帝派兵来征讨，无诸国的百姓奋起抵抗，被打败了。无诸国的男人不是战死就是被杀，或者逃亡，散落在闽江和海上，以捕鱼采珠、载客运货为生，成了后来的水上'疍民'。

唐朝兵将来到无诸国，就把掳来的女人们配给军伍中的兵丁，强结婚姻，要他们安家立业，开荒屯田，过男耕女织的生活。这就遇到了男女双方年岁有老有少、长相有美有丑的难题。主事的唐将日思夜想，终于想出一个办法：将无诸国的女人全赶到一个大坪上，横拉一条红布，遮住身脸，只露双足，脚上各羁一根红绳，下令兵丁去牵，牵到谁，谁就是他的妻子。……不少年轻兵牵到了绉脸的老妇人，……气得直摇头。少夫老妻的，只好叫女的'老妈'，……因为（妻子）是自己'牵'到的，只好认命，凑合着过。……因男人都是唐朝的兵丁，无诸国的女人就统称他们为'唐部人'；唐朝兵丁捡到的都是无诸国的土著女人，就全叫她们为'诸娘子'。这称谓就一代一代传了下来……①"

相似的是福州地区《诸娘人与唐部人》故事②，讲述闽越族的无诸国与唐朝军队发生战事被打败，其散兵游勇逃亡海上，成为"疍民"，妻女则被留居此地的"唐朝兵"掳去当"老妈"（妻子），唐军称其为"诸娘"，闽越国姑娘则称唐军官兵为"唐部人"（"丈夫人"的谐音）；无诸国男子因妻女都在岸上，经常登岸闹事，唐军便与其约法三章，准其在每年正月初一至初三上岸……

那么，我们该如何"解读"为什么把年轻姑娘叫做"诸娘人"、把男子称为"唐部人"和春节期间疍民入城唱贺年诗的民俗之由来？何绵山教授结合地方史，认为这类故事"反映的即是闽越国遭到覆灭的史实，只是战胜者是汉武帝的军队而非'唐朝兵'；……这个故事悲壮地体现了闽越的终结，古越文化作为闽地文化主体的历史也画上了一个句号。"③ 笔者不完全认同何教授的观点，称这类故事"反映的即是闽越国遭到覆灭的史实"是正确的，然而说这些故事"体现了'闽越的终

---

① 《中国民间文学集成·福建卷·福清县分卷》，第498页，1990年版。笔者按：引文中的"唐部人"和"诸娘人"既指称男、女，又成为闽东方言"丈夫"和"妻子"的代名词。

② 参见2006年《福州年鉴》，北京：方志出版社2006年版，第425页；方炳桂著：《福州熟语》，福州：福建人民社1999年版，第69页。另外，厦门有类似的附会说法，参见蒋大营：《翔安话本》，厦门市翔安区文体广电出版旅游局编2013年版，第116页。

③ 何绵山：《闽台文学论》，北京：海洋出版社2012年版，第216—217页。

结'",则过于简单化。事实上,被汉武帝"终结"的是闽越国而不是闽越民族,文献的大量记载和闽省出土文物都显示,从闽越国破灭之后至唐代,本地人口的主体仍然是群龙无依的闽越族,且自认是无诸国的余脉,因而,"古越文化作为闽地文化主体的历史"从闽越国破灭之后,一直延续到唐初陈政陈元光父子入漳及唐五代王潮、王审知兄弟入榕(福州的代称),一直到唐末,闽越"文化作为闽地文化主体的历史"才真正"终结"、"画上了一个句号。"因此,笔者对《诸娘人与唐部人》故事的理解反而是:该传说为现代闽民系及其语言的形成期在唐代提供了又一个有力的证据。伴随着从莆仙到闽江下游地区方言性别称谓词"诸娘"与"唐部"出现的,是"老妈"(妻子)、"曲蹄婆"(疍女)、"讨粞"(粞,包甜馅的年糕)、"吃粞成篾不知什么馅"、"粞吃了粞箸贴人髀呲"、"去外妈家吃粞"等等俗谚俚语和"三把刀"发簪、贺年诗等地方民俗,都是民间对祖先经历过的汉闽民族融合历史的"一揽子"记忆和解说。

学术界对闽东方言性别——夫妻称谓和地方民俗的研究,当以黄向春的文化人类学阐释最详尽[①]。黄文首先提醒人们注意的是,通常认为福建地区之"蛮夷要服"转变为"海滨洙泗",表现了中原汉人南来之后汉人汉文化对闽地土著及其文化的"覆盖"或"取代"的过程,这既是明清以来福建人书写历史、口传历史的主题,也是汉民族史与福建文化史叙事的基本框架。不过,汉化了的福建人复杂的族群分类和格局还以某种"历史记忆"形式内在于民俗生活,成为民俗的有机组成部分。黄文认为,福建历史并非呈现为"闽越——汉人"的继替和断裂,而是这一叙事框架下的文献典籍记载和民间传说的"历史记忆"附着在文化认同的结构上,成为不同时代的人操弄族群分类的资源和"话语"的连续性合理化表达。

其次,黄文指出,福建地方史的起点和背景以"土著闽越"的"残余"与汉人汉文化这两个地方历史文化资源为要素,构成其地方史叙事的最基本结构关系,形成闽地不同时期的社会或族群分类,并不断被重构

---

① 黄向春:《"诸娘"与"唐部":闽江下游民俗生活中的族群关系与历史记忆》,《民俗研究》,2006 年第 3 期。以下引文,参见黄向春文后注释。

为文字书写和口传记忆及文化表述。在文字书写和口传叙述里,"闽越"、"东瓯"之土著文化在唐代是被以李椅、常衮为代表的汉文化"教化"的对象,即便清代福建的文字典籍和民间口传,仍有明确的族群分类与自我认同和"闽越遗裔"与"中原衣冠"之间泾渭分明的族群界线。《侯官乡土志》便代表了以"衣冠族姓由中州南来者"的福建居民,从中界分出闽越"无诸国之遗民"。同时也曾有过某些看似矛盾的现象——象征闽越族群文化的无诸王及闽越王庙在"汉人及仕宦文人的眼中,却受到与'无诸国遗民'全然不同的礼遇和血统、文化身份的再认定——汉闽越王庙始建、祀于唐大中十年,宋时即著神迹,并屡获敕封,明初洪武十年'诏下礼官,议从神故封,称汉闽越王之神',瞿庄《庙记》把无诸描写成了'渐摩风教俗以淳,秀民挺拔宣人文',强调无诸乃'禹之苗裔'的血统、身世,原本'不受中原正朔'的闽越王无诸被重新定位为'开文教之初','蛮夷君长'意味的形象为之一变,其功绩、地位大有盖过李椅、常衮之势","然而在民间日常生活中,无诸的土著象征色彩并未淡化,反而以"蛮风蜑俗"之源的角色成了塑造民俗生活与口头传统的素材,成为地方社会中的文化表述、阶层差等、族群分类及身份认同的最基本语汇。'

黄文又引经据典,列举、梳理自南朝〔梁〕任昉《述异记》以来长期流传在闽江流域的"越俗以珠为上宝,生女谓之珠娘,生男谓之珠儿"之说,被清初周亮工(1612—1672)《闽小记》、咸丰年间陈徽言《南越游记》、清中末叶张际亮(1799—1843)《南浦秋波录》等文集所采用的情况,并且注意到在民国年间所发生的微妙的变化,人们把福州地区这一传统的称呼从"珠娘"改成了"诸娘",并重新解释其含义和所以然,且衍生了与之相对的男人称谓的解释。详者如郭白阳1939年完稿的《竹间续话》引〔清〕周亮工《闽小记》:"福州呼妇人曰'珠娘',其来旧矣……福州称男曰'唐补人',盖以唐时,衣冠相率迁闽,故尊称之也;呼女曰'诸娘',盖闽为无诸地也。珠娘或即诸娘之讹音"云云,以及叶俊生《闽方言考》考辨云:"诸娘,女子也;一云闽古为无诸国,故妇曰诸娘。珠诸音同,……俗但言诸娘耳,今三条簪诸

娘，即无诸遗制。"① 并以之推论人们认为"诸娘"一词比流传久远的
"珠娘""更合地方史逻辑，也更有地方史为依据；民间和文人双方的

民国早年福州郊区女性
头饰"三条簪"

'历史知识'互动交流"，产生了该词
由"珠娘"而"诸娘"的正式书写变
化，并且凝结为《诸人仔和诸娘人》、
《唐部人和唐部仔》、《诸娘唐部老公
妈》，以及一系列"粞文化"民俗谚语
故事。"粞"、"诸娘人"与"唐部人"
形象地反映出男和女、城里人和乡下
人、水上人与岸上人的族群分类关系及
其在现实社会生活与民俗中的三组基本
社会关系和意识模式，即以"男人—唐
部人—中原汉人"与"城居妇女—缠足
—汉人"和"陆居—汉人—中原移民"
为中心的意识，来识包容"女人—诸娘
—无诸遗民"，"乡居妇女—天足—蛮婆
—无诸遗民"及"水居—曲蹄—无诸遗
民"。在这里，女性—乡居—水居的"闽越族/无诸族"，几乎成了可以
随意被操弄、解释和可以信手拈来地表达社会分类意识、标明不同身份
认同的代码和工具。

黄文第三部分以清末福州"蛮婆"亦称"平脚嫂"等被指认为
"无诸遗族"的妇女群体及其头饰"三条簪"亦即"三把刀"等妇女民
俗称谓词②，阐释其历史隐喻所演绎的民俗生活和象征意义，其另一社

---

① 叶俊生：《闽方言考》，福建全省通志局、中华书局1923年版，第24页。
② "三条簪"亦即"三把刀"头饰，主要存在于闽东乡村。据民俗学家介绍说，古时中
原兵进犯闽国，将无诸男裔赶去山区或江海，掳其女人为妻妾或奴婢。这些无诸女不甘受辱，
多身藏刀具以防身，后与中原"唐部人"结婚、生子，隔阂日渐消除，无诸女便把随身所
带刀具作为发饰插在头髻上，起着固发和装饰的作用。又说民国时期，福州守门的国民党兵见
到郊区插着"三条簪"的妇女挑粪进城，深感惊异，禁止她们戴在头上进城，妇女们便将
粪挑到了警局外一时反抗，警局无奈，值得允准她们佩戴这种头饰。民国十九年（1930），福
建省政府代主席方声涛以"三条簪"为"蛮俗"，而下令严禁，强制执行，"三条簪"便渐渐
淡出了人们的生活。

会属性是乡居的、体格强健的、从事体力劳动者身份或族属之"'三条簪—三把刀'是无诸蛮族妇女用以'复仇'的武器"之说，至今仍顺理成章地在福州民间流传，成为表达于族群关系上的"象征性对抗"的意味，或是使"蛮婆乃无诸之种"变得更加"真实合理"的逻辑表达。

　　看来，闽东及其周边地区的确是一片适宜流俗词语和俗文学产生并成长的沃土。在这一片土地上，闽—汉语言文化接触和演变的历史"之树"的"年轮"饱满之状，活脱脱浮现在我们眼前。闽东人信以为真且津津乐道的方言性别/夫妇俗称"唐部"与"诸娘"及其俗语故事之树木"年论"显示，"无诸"在闽江下游地区民众世俗和文士的"民俗生活中"几乎成了"'历史'的代名词"（黄文）。这是因为以福州为中心的闽东，一向是福建地区的政治经济文化中心，其世家大户多，有闲文人也多。于是乎，闽东人"生活于'历史'、创造着'历史'并不断被'历史'所创造"（黄文）。而闽南民系一直被安逸的省府人视为偏居一方的"下路人"（熟语，指不发达地区，方言引申为低贱），一方面，"下路"的闽南地区文人学士不及福州多，另一方面，闽南的能人们将更多的精力投入到经商（甚至不惜武装经商）和对外发展，因此同样是对性别/夫妇称谓来源及其中的原住民语源，闽南民间只留下了这一传说的只言片语，其余便不再深究，两者的文化心理及倾向形成了鲜明的对照。

　　实际上，闽东地区关于"唐部/诸娘"来历的故事有几个明显的"致命伤"：第一个"致命伤"是同属闽方言的闽南方言把男人称为"丈夫/乾甫/查甫"，与闽东之"唐部"语音对应整齐（后者通常又作"唐甫"、"唐补"、"唐晡"等，其本字是哪一个、怎么写，乡土文人对此并不感兴趣），著名家李如龙教授指出：闽东"丈夫，touŋ2 puo1，俗写作唐晡。《广韵》平声虞韵：'夫，丈夫，甫无切'。"① 这就是说，所谓的"唐军"部队的男子称谓，实际上和闽南话一样是汉语词表示男性的"丈夫"。第二个致命伤是，如果"唐部"来源于"唐军"部队的

---

① 李如龙：《方言与音韵论集》，香港：香港中文大学中国文化研究所吴多泰中国语文研究中心1996年版，第200页。

男子，和"诸娘"两个词的语源年代差异太大，前者发生于唐五代（9世纪末），后者却发生于公元前二世纪初的无诸时代至余善被灭国的汉初元鼎六年（公元前111年），两词的年代相差千年，而这两个不同时间来源的词及其"故事"内容却丁卯相契"对得上号"，不能不令人赞叹闽东的乡土故事家和地方文士对于男女称谓故事所持态度和编故事的高超能力，同下文闽台地区对性别称谓的音韵学追索有着天渊之别。对此笔者认为，闽东坊间"俗文学"对男女称谓俗语的种种说法或许有其真实、合理的成分，然而未必事事"保真"。就不同学科对历史、社会诸现象之反映特点看，人们对流俗语的解释和俗文学的流传往往多杂创作、虚构、"戏说"、附会的成分。相比之下，语言学科因其只指一端，反映与"解读"对象物相对较为迂持、徐滞，反而可能更接近历史真实。为了更深入探索这一问题，我们将闽东两性称谓同闽南语区两性称谓结合起来比较和解读。

二　闽南族群的"诸娘/查某"与"丈夫/查甫"

闽南语地区和粤东的男女性别俗称，有女性的"诸娘、查某"和男性的"丈夫/查甫"，而闽江流域民俗生活中对"诸娘"一词的理解，也基本同见于闽南和粤东，其余则与黄向春所述闽江下游性别称谓及其社会民俗事项和"历史记忆"有着较大的差别。

如果说，闽江流域的性别称谓解读热忱于以"男人—唐部人—中原汉人"为核心所带动的男和女、城里人和乡下人、水上人与岸上人的族群分类关系的三重边缘意识，其"闽越族/无诸族"似乎可信手用来表达社会分类意识、标明不同的身份认同，那么闽南人对于性别词语的辨识和解读，则要单纯得多，相对集中于文士们对男女方言称谓用字的合理选择和解说及男女/夫妇称谓的来源上，可称为以语言学—音韵学为核心的较为单一的研究法，也表现出了向中原汉人文化复归，暗含着遮掩其民系身份的土著来源之隐性文化心理。

闽南语区早在明中叶便有戏曲文献运用了闽南方言性别称谓，且男称少、女称多，在明嘉靖本《荔枝记》已然"记录在册"，性别称谓的类型既有丈夫称谓的"翁"和男性称谓"丈夫"，也有女性称谓"诸娘"及其异体形式"姿娘"、"孜娘"和"查厶"（厶即某的俗字）以及根词与词缀"仔"、"人"等组合的合成词。从"查ㄙ"一词的存在或许可以推断,《荔枝记》虽然没有出现方言男性称谓"查甫"的字眼,然其"丈夫"应与当代"查甫"为同音异形词。这些性别称谓词都从明代沿用到现在,是对闽江下游有关"唐晡"、"诸娘"词例之历史应用的有益补充。

《荔枝记》性别称谓词频表

性别称谓	男性称谓			女性称谓											
	丈夫	男子/丈夫		女子(多指年轻姑娘,无"妻子"用例)											
词例	翁	丈夫	丈夫汉	丈夫人	诸娘	诸娘仔	诸娘人	姿娘	姿娘仔	姿娘人	孜娘	孜娘仔	孜娘人	查ㄙ	查ㄙ仔
词频	8	1	1	2	4	3	2	1	3	5	3	5	1	1	5
统计	8	8			9			9			9			6	

闽台地区研究本土方言性别称谓词也始于清末,当滥觞于台湾历史学家连横:

"余之研究台湾语,始于'查甫'二字。台人谓男子为'查甫',呼'查晡',余颇疑之;询诸故老,亦不能明。及读钱大昕氏《恒言录》,谓'古无轻唇音,读甫为圃'。《诗·车攻》:'东有甫草'。笺:'甫草,甫田也;则圃田'。因悟'埔'字为'甫'之转音。《说文》:'甫为男子之美称'。《仪礼》:'伯某甫、仲、叔、季以次进'。是'甫'之为男子也明矣。顾'甫'何以呼'埔'?试就闽、粤之音而据之,则可以知其例。福建莆田县呼蒲田县、广州十八甫呼十八铺,是甫之为圃、圃之为埔,一音之转耳。章太炎《新方言》谓从'甫'之字,古音皆读'铺'或若'逋'。查,此也,为'者'之转音;'者个'则此个。所谓'查甫',犹言'此男子'也。"[1]

"《里言征》所载方言……'查某'一条,引《封氏闻见录》谓:'富人放纵不拘礼度者呼为查,发声之辞也。'余不以为然。……'查某'一语,重在'某'字。女子有氏而无名,故曰

---

[1] 连横:《雅言》第一五条、一六条,台湾:海东山房刊行1958年版。

'某'；如日某人之女某氏、某人之妻某氏，此例多见于《左传》。查，此也，……所谓'查某'，则日'此女'，犹《诗·召南》之称'之子'也。"（同上引，第一六条）①

由上引可以看到，连横之所以对"查甫"一词感兴趣，是因为读其音而难解其义，即便"询诸故老，亦不能明"，后来从钱大昕"古今语音对应规律说"得到启发，才恍恍然把这对称谓词划分为三个字，分别解释为"'查'，此也，为'者'之转音"，"甫"为圃、埔的"一音之转"，是"男子之美称"、"犹言'此男子'也"；"某"字则解"女子有氏而无名，故曰'某'；如日某人之女某氏、某人之妻某氏，则曰'此女'"。这样的考据，反映了连横通过方言词语为本民系祖源"寻根"，用五千年中华文化根基来抵抗、反驳日本殖民当局"皇民化"语言教育政策和污蔑我中华闽南语文化为落后的语言和文化的心历路程。

第三节　闽方言性别/夫妇称谓（下）

闽方言性别称谓虽然也同用共同语的"男"和"女"，然而日常普遍应用的却是方言特有两性俗称。如闽东【唐部】［touŋ puo］/【诸娘】［tsy nøyŋ］，莆田【乾甫】［taʔpɔ］、【查某】［tsa bɔ］，闽南【乾甫】［tsa pɔ］/【诸娘】［tsu niu］、【查某】［tsa bɔ］等。那么，闽南性别俗称是否有关联？从方言内部的语言对应关系看，闽东"唐甫"就是莆田、闽南的"乾甫"、"查甫"，方言学者多认为都来源于古汉语的本字"丈夫"（见前引李如龙语），而"某"的本字是"姥"，在闽、台、潮有"厶、姟姆、母、嫩"等不同写法②（以下论述部分的女性俗称［tsa bɔ］，咸作【查姥】），"诸娘"的写法则无异议。

① 《里言征》抄本二卷，庄俊元（1808—1879）著，见《著江新志·历代志》第一分册第三卷：〈晋江方言志〉，厦门市银行1948年，现藏泉州市图书馆。
② 参见郑张尚芳：《由音韵地位比较来考定一些吴闽方言词的本字》，收入《郑张尚芳语言学论文集》（上），北京：中华书局，2012年。

一 闽方言性别／夫妇说法及其相关称谓比较

闽方言两性／夫妇俗称分布表①

	福州	莆田	泉州	厦门	漳州	台湾	新加坡	龙岩	漳平	潮汕
男人	丈夫(侬) touŋ puo	丈夫(侬) taʔpɔ	丈夫(侬) ta pɔ	丈夫(侬) ta pɔ	(丈夫) tsa pɔ	(丈夫) tsa/ta pɔ	丈夫(侬) tsa/ta pɔ	丈夫(侬) ta pɔ	田夫侬 thiam pou laŋ	丈夫(侬) tapou
丈夫	丈夫侬 touŋ puo nøyŋ	丈夫侬 taʔpɔ laŋ	丈夫侬 ta pɔ laŋ	丈夫侬 ta pɔ laŋ	查甫侬 tsa pɔ laŋ	查甫侬 tsa pɔ laŋ	丈夫侬 ta pɔ laŋ	丈夫仔侬 tio paŋ	田夫 thiam pou	丈夫侬 tapou naŋ
								男人侬 lam tsɿ laŋ	田夫侬	
	翁 aŋ	翁 aŋ	翁 aŋ	翁 aŋ	翁 aŋ	翁 aŋ	翁 aŋ	翁 aŋ	翁 aŋ	翁 aŋ
女人	诸娘 tsy nøyŋ	姿娘 tsɯ niu	姿(诸)娘 tsɯ niu	姿(诸)娘 tsu niu	诸娘(侬) tsu niɔ	(诸娘) (tsu niu)				姿(诸)娘 tsu nio
		查姥 tsa bɔ	查姥 tsa bɔ	查姥 tsa bɔ	查姥 tsa bɔ	查姥 tsa bɔ	查姥 tsa bɔ			查姥 tsa bou
		查姥侬 tsa bɔ laŋ	查姥侬 tsa bɔ laŋ	查姥侬 tsa bɔ laŋ	查姥侬 tsa bɔ laŋ	查姥侬 tsa bɔ laŋ	查姥侬 tsa bɔ laŋ	查姥侬 tsa bou laŋ	查姥(母)侬 tsa bou laŋ	
		□某 tsie bɔ								
								诸母侬 tsiu laŋ		
									妈侬 manaŋ	
		姅娘 ɬiŋ niau								

① 闽方言性别称谓词分布的资料来源，参见陈泽平：《19 世纪以来的福州方言——传教士福州土白文献之语言学研究》，福州：福建人民出版社 2010 年版；李如龙主编：《中国六省区及东南亚闽方言调查词表·莆仙方言词汇对照表》（未刊稿），2010 年；周长楫：《闽南方言大词典》，福州：福建人民出版社 2006 年版；甘为霖：《台语字典》，台南：台湾教会公报社，2009 年版；周长楫、周清海：《新加坡闽南话词典》，北京：中国社会科学社 2002 年版；郭启熙：《龙岩方言研究》，香港：纵横出版社 1996 年版；张振兴：《漳平方言研究·词汇·人品》，北京：中国社会科学出版社 1992 年版；林伦伦：《广东方言与文化论稿》，北京：中国文联出版社 2000 年版；以及深圳大学文学院吴芳老师提供的潮汕方言性别／夫妇称谓词例。

	福州	莆田	泉州	厦门	漳州	台湾	新加坡	龙岩	漳平	潮汕
妻子	诸娘侬									
					查姥(山区)				姥某(母)	
	姥(姆) mo	姥 bɔ	姥 bɔ	姥 bɔ	姥 bɔ	姥 bɔ	姥 bɔ		姥(母) bou	姥 bou
	老妈 lau ma	老妈 lau ma							老妈 lau ma	
夫妇	老公妈 lau koŋ ma	老公妈 lau kɒn ma								
			翁(仔)姥 aŋ bɔ	翁(仔)姥 aŋ bɔ	翁(仔)姥 aŋ bɔ	翁(仔)姥 aŋ bɔ	翁(仔)姥 aŋ bɔ		翁母(姥) aŋ bou	
			翁(仔)姐(仔) aŋ tsia	翁(仔)姐(仔) aŋ tsia	翁(仔)姐(仔) aŋ tsia)	翁(仔)姐(仔) aŋ tsia		翁姐 aŋ tsia	翁仔姐仔 aŋ ã tsiã ã	翁姐 aŋ tsia
			翁婆 aŋ po	翁婆 aŋ po	翁婆 aŋ po	翁婆 aŋ po	翁婆 aŋ po			
									翁婆姐 aŋ po tsia	

（一）闽方言男性/丈夫俗称

闽方言男性/丈规俗称的词形分布，有着大集中、小差异的特点，并且方言学界相当一部分学者都主张，不论是闽东和莆仙写为"唐甫"、"唐部"的〔touŋ puo〕或〔tsʔpɔ〕，还是泉州、厦门、潮汕的"乾甫"〔ta pɔ〕或漳州和台湾的"查甫"〔tsa pɔ〕等男性俗称的说法一致性很高。较特殊的说法只见于比邻客话区的龙岩地区，如漳平话的男子俗称是"词干+侬"，和其他方言点的形式相反，而丈夫义却单用【田夫】。表示夫君义的"丈夫"，大多用男性俗称【丈夫】带词缀"侬"组成【丈夫侬】来表示，甚至出现了龙岩地区加"仔"中缀的合音形式【丈夫仔侬】〔tid paŋ〕和较为书面化的【男人侬】；【翁】则是个十足的汉语词，也广泛通行于上举闽语十个方言点。

闽方言表示夫君义，还有一个文绉绉的不很通行的说法，即来自共同语的文读形式"丈夫"。白读、男性义的【丈夫】与文读、夫君义的"丈夫"词义内核相关，是方言利用文白异读以区别词义的特有手段，这一现象在闽方言词汇系统中十分突出（参见本书第二章第一、第二节）。

（二）闽方言女性/妻子俗称

闽方言女性主要俗称有【诸娘（侬）】、【查姥（侬）】和【姥】、【老妈】等说法，在闽语十个方言点分布不均：第一，女人义的【诸娘】分布于福州、莆田、泉州、厦门、漳州、汕头六个点，闽西龙岩、漳平和台湾、新加坡似已失传①；福州只用【诸娘】，闽南话与客话区比邻的漳平只用【查姥】，其余闽南内地各点大多【诸娘】、【查姥】兼用。【查姥】属于闽南话的说法，通行于莆田、泉州、厦门、漳州、台湾和汕头、新加坡七个方言点，仅闽西龙岩、漳平两点不用；【查姥侬】则分布于泉州、厦门、漳州、龙岩、漳平、台湾、新加坡七个点；其余是单一地点的单个说法，如莆仙的【婶娘】和【□［tsie］姥】，龙岩的合音形式【诸母侬】及汕头【妈侬】等。第三，妻子俗称的【姥】周遍分布于闽语九个点，仅龙岩点阙如，不过，根据漳平也说"姥"的情况，也可能是作者调查不周所致；妻子俗称周用于女人义的【查姥】，则分布在与漳州北部山区地理相连的漳平，另有来源的【老妈】则见于福州、莆田、漳平三点。较特殊的是福州妻子义的【诸娘侬】，其他地点不说，并且形式上有别于闽南话性别俗称【查姥侬】之"词干＋侬"词义不变的表义规律。

（三）闽方言夫妇俗称

闽方言夫妇俗称除了和共同语相同的"夫妻"（较常用）、"夫妇"（不常用）外，更常见的是本地的特有说法，主要有两系，一是闽东及其近邻莆田汉语源的【老公妈】，二是闽南语系的【翁姥】、【翁姐】及其派生形式【翁仔姥】、【翁仔姥仔】和【翁仔姐】、【翁姐仔】、【翁仔姐仔】及【翁婆】、【翁婆姐】等形式。将夫妇双称同两性单称对照一下可以看出，闽东、莆田是以北方话男单称和妇单称的"公"与"妈"共同组义的；闽南话女性简称"姥"虽见于莆田，却未应用于夫妇双称词组，这就是莆仙地区地处闽东话区和闽南话区之间，长期受到福州话影响的结果。闽南语区则不同，其男性配偶的"夫"义取诸方言男子简称形式【翁】，而女性"妇"义的用法又启用了表示母亲、女始祖和祖母的词干

①　"诸娘"，台湾词典无收，可见民间已经罕用，但仍保留在口头谚语上，如"三分诸娘，四分打扮"见洪惟仁：《查夫、查某》，《台湾礼俗语典》第85页，台北：自立出版社，1985年初版。

"姐"与"婆"来组词，隐约可窥闽南语夫妇俗称之女性配偶说法中所深藏着的女性始祖义。

总结一下闽方言两性/夫妇俗称内部的一致性和差异性所蕴含的深层意义，我们认为闽南两性/夫妇俗称及其所蕴含的族源因素，与闽江下游所谓"唐哺、诸娘"语源故事应该有着一定的关联，然其"年轮"的印痕不很清晰，要探明这一问题，尚需进一步的考察。

二 性别称谓词：多元"祖源记忆"的结晶

和闽江下游地区相仿，闽南人对母语两性称谓词的讨论也起于清末，从连横的考察开始，这一问题便引起几多中外学者和外省、本土文士的关注，各种解读纷纷扰扰，不一而足。从释词角度看，有远古男女社会分工解释法、汉语语源研究法和民族语源研究法三个视角。由于闽南话男女称谓在台湾是文史界的"热门话题"，保留的资料也多，闽南内地则少有人撰文研究，两地形成一热一冷的研究局面。台湾吴守礼教授曾特地收集了台湾省的诠释性文章，并撰文考辨之①。这些资料后来为周法高教授所利用②。由于两岸隔绝几十年，大陆地区基本查不全、看不到台湾方面的讨论资料，所幸可以从周法高和后来洪惟仁的论文中得到相当的了解。此外，吴、周、洪论文未引的前人著述。尚有〔日〕村上嘉英《从查哺查某说到探究语源的方法》，1963 年收入台湾出版的《中国语文学议丛》；姚钟居《查哺查某的研究》和赵胜《试为"查埔""查谋"寻源》，分别于 1968 年 3 月 18 日、1968 年 3 月 25 日发表在台湾《新生报》，林语堂、郑穗影也就此提出自己的一些见解等③。有些学者虽没有专文探讨闽南语性别称谓词，不过其著述仍不乏有关学术主张。比如泉籍学者李如龙、林连通和厦籍周长楫、林宝卿等著述都把男性称谓词 [ts pɔ] 写为"丈

---

① 吴守礼：《查哺与查某语源的试探》，台北：《"中央"日报·学人周刊》1957 年总第 35 期；另可参考吴文：《闽南俗文学中所见性别称谓：查哺查某语源探测之二》，台北：《中央日报·学人周刊》1957 年总第 37 期。

② 周法高：《从"查哺"、"查某"说到探究语源的方法》，《中国语文论丛》，台北：正中出版社，1970 年（大陆学者可以从"超星图书馆"查阅到）。下引高文，咸注页码。

③ 林语堂：《台湾话的代名词》，收入《林语堂全集》第十六卷：《无所不谈合集》，第 244—246 页；郑穗影：《台湾语言的思想基础》，第 308—310 页，台北：台原出版有限公司，1972 年。

夫"，泉籍王建设则作"乾埔"①，漳州和台湾因男性称谓是〔ts1 pɔ〕而写成"查甫"。

（一）远古男女社会分工俗解法

以远古男女社会分工的角度来解释闽南话男女称谓何以如此说，其俗解可从周法高论文得到了解。周文称、吴守礼《查哺与查某语源的试探》梳理出前人闽南语性别称谓语源研究之四说中的第二、三说即用此法。比如第二说出自台湾紫蕾"乾甫、查某"乃"打捕、在户"，便为臆释：

> "现在台湾人之所谓'乾甫''查某'的称呼，就是'打捕'和'在户'。这称呼的起源，远远溯上人类狩猎时代，家庭制度刚成立，男的负一家的生计，出外打捕，女的守家'在户'，这样分工合作，才生出这样称谓来。"

紫蕾的臆解大体代表了台湾亦玄和后来内地滔涛伟等人的看法②，且同见于厦门大学史学家林其泉之说，并补充云："乾脯、查某"的说法"是混音的结果，久之成俗"③；也合于泉州施子清、朱殿华、郑国权明刊闽南戏文考注的观点，后者另根据戏文中的女性称谓〔tsa bɔ〕作"查厶"而补注："'厶'，即'某'的简写"④。与此相似的是吴教授所列第三种说法引朱锋《"查埔"与"查亩"；语源与假借字》曰：

> "因于男子查巡山埔，女子查管田亩这生产过程，遂产生出以'查埔'指男子，以'查亩'指女子这一对称呼来。"

---

① 林连通：《泉州市方言志》，北京：社会科学文献出版社，1993年；林宝卿：《闽南方言与古汉语同源词典》，厦门：厦门大学出版社，1999年；周长楫：《闽南方言大词典》，福州：福建人民出版社，2006年；王建设：《泉州谚语》，福州：福建人民出版社，2006年；陈正统：《闽南话漳腔辞典》，北京：中华书局，2007年；董忠司等编著：《台湾语字典》，台湾：五南图书出版公司，2010年。

② 亦玄：《查埔、查某》，《新编台语溯源》第28—30页，台北：时报文化出版公司，1992年；滔涛伟：《"乾脯"与"查某"》，晋江：《温陵选辑》第87页，1998年。

③ 林其泉：《八闽山水的民俗与旅游》第39页，旅游教育出版社，1996年。

④ 见施子清、朱展华、郑国权编：《南戏遗响》第98页，中国戏剧出版社，1991年。

朱锋将方言字 [tsa pɔ]、[tsa bɔ] 改用音同义合的"查埔"与"查
亩",其释语显得比紫蕾和施、朱、郑三氏等的注释更显得丝丝入扣,然
其"硬伤"都是既由今音作古音,又以今音依声选字、随文附义,这样
的"强释"自然不为学界所取。比如亦玄便于《查埔、查某(男女)》
引 [清] 刘家谋诗注称①:

> "查某一词,清代道光年间,任台湾府训导的刘家谋,在其《海
> 昔诗》的注释中,却曾提到:'女曰查亩。按查亩二字,无谓,当是
> 珠母音讹,犹南海之言珠娘也。'刘氏是福建侯官人,讲福州方言;
> 福州人就是称女人为珠娘。他拿其乡音来解释闽南语,未免扞格,尤
> 其是以亩代某,更是牵强失义了。"

然而,乡土作家们却笃信紫、朱二氏的这种"强释"。这只要从"打
捕、查埔"到"查亩、在户"写法在闽台两省的小说创作和乡土戏文中
大行其是、屡屡可见,便不难感察其释解之"深入民心"。

(二)汉语语源阐释法

闽籍学者都明确主张,闽南话男子义的词语来自古代汉语【丈夫】,
比如林宝卿教授即将"成年男子"作为【丈夫】[ta1 pɔ] 的第一个义
项,第二义项则指男孩,并认为漳州和台湾该词读 [tsa1 pɔ1] "系变
音"②,在语音上兼顾了漳、泉方言的差异。不过,对于女性称谓的【查
姆】,以及【丈夫】同【查姆】是同源词还是异源词,闽籍学者大都因为
繁难而避之不谈。

台湾学者则不然,其普遍做法是【丈夫】同【查某】同论,用漳
州—台湾通行腔来考释其语源。然其缺陷是不把泉州读音纳入研究的范
围,因而可以说,两地的研究,互有长短。例如吴老之闽南语性别称谓语
源研究四说中的第一种,是连横的"查甫、查某"即"此男子、此女子"
的汉语语源说(见前引连横的有关论述),并且将这两个性别词分解为
"查、甫、某"三个语素,认为"查"的意思是"此也,为'者'之转

---

① 亦玄:《新编台语溯源》,台湾:时报出版社有限公司,1988 年第 1 版。
② 林宝卿:《闽南方言与古汉语同源词典》,厦门:厦门大学出版社,1999 年【丈夫】条。

音"，而"甫"则是圃、埔的"一音之转"，两字合读即"男子之美称"，相当于"此男子"，同时认为"某"字由于古代"女子有氏而无名，故曰'某'；如曰某人之女某氏、某人至妻某氏"，与表示"此也"的"查"合称"查某"则表示"此女"的意思。

此外，吴文列为第四种的"诸父/夫"、"诸母/妇"说也属于汉语源研究，引自叶长青与董作宾考求福州话性别称谓"唐甫"、"诸娘"的通讯，叶长青信中称：

> "考今泉州语，呼妇人为'查某'，'查'音 cha，与'诸'同为 ch 纽；'某'当为'母'，皆重唇。"①

吴守礼评价叶氏之后又补充推论云："这对称谓可能原来是古代宗法社会的亲等称谓——称父党的伯父叔父为'诸父'，称众妾庶曰'诸母'——后来，表复指的'诸'字，失掉复指的任务，再一变全词丧失原义，不指族亲，转指一般男子女子了。……我相信我们日常所用的'tsa pʔ'、'tsa bʔ'这对称谓，必定和'诸父、诸母'或'诸夫、诸妇'曾经有过直接的关系，而可能是后来才分化的。"

周氏在吴氏方言性别称谓词"四说"基础上又增一说，认为孙洵侯《查哺查亩本字考》②用"者夫"、"者妇"表达男女称谓是吴文第一说和第四说的"混合"，"闽南话里指男子和女子的……，不是'查甫'和'查某'，而应该是'者夫'、'者妇'数字。"以上就是周法高从吴守礼的文章及其对前人研究现状分析所得的启发。

周氏"批判"了所谓"打捕、在户"和"查埔、查亩"之二、三说的"牵强附会之词"，而集中精力在第一、四、五类语源考析上，他也将男女称谓词的俗写分为"查、甫、某"三个语素逐一梳理，认为探索语源考本字首先应该有一套基本标准，即以古今读音的对应性和古今字义

---

① 董作宾：《关于"诸娘"》讨论中的叶长青来信，《国立第一中山大学语言历史学研究所周刊》，1927 年第 3 期；另参见董作宾：《闽音杂记："唐甫"和"诸娘"》，北京大学研究所：《国学周刊》，1925.1.7。

② 孙洵侯：《查哺查亩本字考》，收入孙洵侯：《台湾话考证》第 9 页，台北：商务印书馆，1964 年。

"相当"的总原则：

> "通常我们说：现代某方言或某些方言中的某个词或词素相当于古代汉语中的某个词或某个词素，最可靠的根据当然是音义方面的切合。在平时，古今音义方面都很切合的词或词素通常用相同的方块字来表达。……现代某方言中的某个词或词素和古代汉语中的某个词或某个词素在语音上'相当'，或者现代甲方言中的某些词或某些词素和乙方言中的某些词或某些词素相当，是指它们的音韵地位相当，而不是指它们的音值相当。……在推究语源时，假如说某方言的某字与古书上的某字相当，除了在意义上相近而外，声类、韵类、调类都相当的最可靠。（假如在别的好些方言中，都具有同样相当的情形，那就更可信了）"

周氏认为现代某方言中的某个词或词素和古代汉语和别的方言中的某个词或词素在语音上、词素上相当"是指它们的音韵地位相当"，这是正确的，而对于古今音变和方言混合"影响了音韵地位"、"语音并不切合"的，周氏也认为"要慎重"，"不要漫无节制的附和下去"。

关于"查"，周指出其"语源只有'诸'和'者'"，认为两者"是有密切关系的"，并引《说文》、段注及古代引例证明两者是派生、通假关系，辨析"诸"［tsu］阴平和"查"［tsa］阳平"声母和声调相同"、韵母却不相同，认为两者"和闽南话'查晡'、'查某'的'查'在语源上有关这一点，似乎没有什么问题"，意即"查"本是"诸"或"者"的代用字，联系连横之论，后者只说对了一半；"者"［tsia］上声和"查"的"声母和主要元音相和，而介音和声调不合"。

关于"晡"，周氏之所以不用"甫"，是因为在口语里不通行，"晡"［pɔ］阴平则与口音完全一致，并分析称"晡"［pɔ］阴平和"父"［hu］阳去、"夫"［hu］阴平的字音"都不完全相和"，"（父和夫）两个字闽南口语里恐怕都不大流行。闽南话叫'父亲'为'老［lau］阳去爸［pe］阳去'，叫'丈夫'为'翁［ang］阴平'。不过闽南话'斧头'读［pɔ］上声［thau］阳平，而'夫''斧''父'在古代韵母相同，'夫''斧'声母相同，只是声调平上之分（古代'斧''甫'同音），（和

'父'字声调不同)。"周氏因此而结论云:"我们不妨假定'查晡'的
'晡'和'夫'字最接近。"

关于"某"字,周氏认为"是从古代[m]声母的字变来的","可
是和古代并纽的[b]却不'相当'",因此"绝不可能是'妇'字,而
"通常和古代模姥暮韵字相当,'母'字古代属侯韵的上声,在口语里叫
'母亲'为'老母'[lau 阳去 bu 上声]。……(某)和'姥'……在声
母、韵母和声调上相和。"周文又辨析说:"有人也许要说:'姥'和
'母'本来在语源上有关系,为什么采用'姥'而不用'母'呢?"回答
是:"姥"为近源,"母"为远源,推究语源不要舍近求远,"附会太多"
和"通转讲得太过分了,那是很危险的。"

总结一下周法高对闽南话男女称谓俗写语素"查、晡、某"的语源
考辨,有两个方面值得关注,一是认为这三个语素应分别来源于古代汉语
的"诸/者"、"夫"、"姥",从其源流的远近看,最近的是"某←姥",
"晡←夫"次之,最远的是"查←诸(者)";二是不知怎的,周法高对
吴守礼《查晡查某语源探索:附龙州土语的性别称谓与闽南方言》却未
见引用和评说,大概因为内容游离于方言与古代汉语音韵研究的范畴吧。

自周法高(1960)之后,"查甫""查某"的语源求索似乎淡了下来,
至 80 年代才见洪惟仁《查埔、查某》和《查某、翁某》旧题重论①,接
续引证、评议后来的多家学者考证和主张,先引孙洵侯之谓连横用
"'甫',男子之美称"来代表男子之不妥,认为"惟因其为美称,就不是
一切男子的总称",认为[tsa pɔ]应是"者夫"二字,其"者"不作
"此"解。

洪文的作法是先究语源,再论应用:

　　　"孙氏考证'夫'为 poo 的本字是正确的,……声韵上也讲得
　　通;孙氏又认为'查某'当作'者妇','妇'字意义很好,声母稍
　　难解释"……tsa,连、孙作'者',即今'这'字,都是古'之'
　　(此)的转注。但 tsa-poo、tsa-boo 指的是众男、众女,并不限于

---

① 洪惟仁:《查夫、查某》、《查某、翁某》,《台湾礼俗语典》第 82-83 页,台北:自立
出版社,1985 年初版。下引洪文,咸注页码。

此男此女，可见'者'字不通。①

"陈冠学先生认为'查埔'ts－poo 正字当作'诸夫'。'诸'，众也，义可通。'诸'从'者'声，'者'音 tsia，近 tsa，上古音 tjiag。Tsa－poo 泉音又读 ta－poo，声母上更证明'诸'tjag 字的正确性。'查埔'正字当作'诸夫'可成定论。"（同上，第 83 页）

洪教授"'查埔'正字当作'诸夫'可成定论"的总结可谓精当，又称女性称谓词 tsa boo 的"寻根"难度较大，而与男性称谓一并分析，先引"林金钞先生认为闽南语'夫妻'说 ang boo，字当作'翁姥'，并引《广韵》'姥，女老称，莫补切。'"（第 83 页）对于妻子义当为"姥"，洪意似不取，而另析云：

"台语【某】boo 有二义，一为妇人之'妇'，如【查某】；一为夫妇，如【翁某】……【查夫】正字当作'诸夫'。'夫'的对字当然是'妇'。'诸夫'……尚未得到文献上的根据，'诸妇'二字却见于礼昏义：'和于室人'注：'室人谓女妐、女叔、诸妇也。'……引申为'女人'义，可通。……较难解的声母，只好求之于音转了。'妇'，广韵：房九切。中古音 bhju（上声），同韵'否'（方九切 pju）读作 hoN，'妇'读作 boo，韵母可以说得通，声母 bh→b 的例子就少见。……但从语源学上来说，音转的例子极多。……'妇'文读音 hu 白读音又读 pu。【查某】tsa boo【翁某】ang boo 的 boo，从严格的声韵学观点，当是 mo 变来的，所以'妇'字声母似乎讲不通。（第 89 页）……也许古闽语'母'转为'妇'义时，根本声母没有改变，仍读作'母'。现在'母'字白话音读 bo 漳/bu 泉，但文读音却是 boo 漳/bio 泉，这样看来 ang boo 写成'翁母'；tsa boo 写成'诸母'，比'翁妇'义虽稍逊，音韵倒是十分相合的，并且文献上也有根据。"（第 90 页。笔者按，洪文"礼昏义"即《礼记·昏

---

① 陈冠学的说法，洪文未出注，见于陈著：《台语之古老与古典》第 228 页，台北：流通书报行销公司，1981 年。

义》，其注为郑玄注。)

难能可贵的是，洪文不似周法高寻得源头便作罢，而是进一步从社会应用的角度建议云：

> "'查某'正字作'诸妇'……不过笔者以为语源学的考证虽已解决，衡量其实用性，'查某'一词从俗，'查埔'改作'查夫'应该是大家可以接受的吧。'诸'字比较难解，故俗作'查'。'妇'又一个白读音 pu，如'新妇'sim pu，并且读音 hu 也很常用，容易造成混淆，不如假借作'某'易解。"（第 83 页）

洪文的题目之一《查夫、查某》，显然是对这两个闽南话性别称谓词写法的实行和推行。因而我想，只要社会大众了解了这两个词的来龙去脉，应该会接受其为正式写法的。

（三）民族语源阐释法

周法高论文曾提及吴守礼《查埔查某语源探索：附龙州土语的性别称谓与闽南方言》，却未述其文，因海峡阻隔，我们无以得见吴文高论。然而持此类观点的学者大有人在。

1. 从周边民族语求证

如前所述，闽江流域对女性称谓词之"诸娘"为无诸国女子的世俗说法实际上也覆盖了闽南，比如叶长青就说曾经初步调查闽南人"诸娘"称谓的来源：

> "问泉州人以查某之义，其云传自无诸也。即旁征思明龙岩诸县，莫不谓然。"①

既然闽语"诸娘"的来源与无诸国有关，那么，它就有可能同本地无诸后裔之语言有关联。台湾董忠司教授就认为，台湾话男女俗称"tsa1

---

① 董作宾：《关于"诸娘"》附叶长青来信，《国立第一中山大学语言历史学研究所周刊》，1927 年第 3 期。

pɔ1 tsa1 bɔ2" 的语源 "可能是闽越语残留的一个痕迹"①。笔者从《中国谚语集成·福建卷·附录：方言、畲语集注》②（以下简称《畲语集注》）发现其两性/夫妇称谓要比闽方言丰富，约有 2/3 为畲语特有词，例如表示丈夫的【叟翁】［sɔ - ɔy］，表示妻子的【叟妈】［sɔma］、【嬷】［ma］、【诸补】［tsu pu］，表女人的【越娘】［uat li ɯ］、【哺娘】［pɔ li ɯ］、【恩娘】［un li ɯ］，女人与妻子兼称的异读词【布娘】（两读，［pu niay］为女人，［pu nuoy］为妻子）、【诸母】［tsu p ɯ］，夫妇合称的【老公嬷】［lau uŋ ma］和【路头妻】［lɔthau tshe］等，都不见于闽语。

词目	词例	畲语	闽东话	莆田话	闽南话	潮汕话
丈夫	翁	uŋ	aŋ	aŋ	aŋ	
丈夫	唐夫/唐晡	toŋ muo	touŋ puo			
男	丈夫(含唐夫/查甫等俗写)	ta pɔ/tsa pɔ		taʔpɔ	ta pɔ/tsa pɔ	ta pɔ
女	诸娘	tsy nuoŋ	tsy nøyŋ	tsɯ niu	tsɯ niu, tsu nio/niu	tsu nio
女	查某	tsa bɔ(女儿)			tsa bɔ （女）	tsa pou
老婆	老妈	lau ma	lau ma	lau ma		lau ma
老婆	某	bɔ			bɔ	
老婆						
夫妇	翁某	aŋ bɔ			aŋ bɔ	
夫妇	翁婆	aŋ po			aŋ po	

值得注意的是，上表 9 个性别/夫妇称谓词无论读音还是俗写，都与闽方言两性/夫妇称谓相类：畲语丈夫义的【翁】、【唐夫（晡）】读音和词形与闽东话相近；男人义的【丈夫】与闽南话同音；畲语女性称谓之【诸娘】与闽东音近，【查姥】的读音和词形与闽南话相同；畲语老婆义的【老妈】和闽东话、潮汕话音形相同，【姥】则同于闽南话；畲语表示夫妇的【翁姥】、【翁婆】音形义同于闽南话。由此可见，畲语性别/夫妇称谓不但与闽南话相像，也有的和闽东话、潮汕话相同，这表明畲、闽语

① 董忠司：《有关台湾话 tsa1 - poo1、tsa1 - boo1 的探源问题：试论可能是闽越语残留的一个痕迹》，台湾清华大学主办：《第三届国际学术研讨会论文集》，1994。

② 《中国谚语集成·福建卷·附录：方言、畲语集注》，北京：新华书店，2001 年。

言具有很高的相关性。不过，由于畲族大多没有保留自己的语言，而是改用了周边的汉语方言，例如漳州华安县畲民说闽南话，潮安畲话"很接近潮州话"①，闽东畲语则"与汉语是一个语根；几乎是和福州语完全相同"②。因而畲语男女称谓之所以和闽语面貌相类，也有可能是受到闽方言影响的结果，而难以作为闽方言性别/夫妇俗称语源的充分证据。

2. 从西南民族语求证法

从西南民族语求证闽南话男女称谓词，见于赵加《试探闽方言中的壮侗语底层》③：

"闽方言中有大量的词很难找到相应的汉字，从字典辞书上查找方言本字，也只能解决一部分。但如果把这些词与壮侗语族语言的词汇相比较，却可以找到许多语音相近、语义相符的词。这只能解释为这些词是古代越人遗留下来的语词，系壮侗语的底层词。……'大''ta'词头。男人，厦门话 ta pɔ，泉州话 ta bɔ，漳州话 ta pɔ，莆田话 ta pou。姑娘，海南闽南话 da bou kiaŋ（炸媍嫁）。……ta、da 在这些词当中并没有实际含义，"大"、"炸"也只是汉字注音而已，并非本字。这个音节实际上是个词头。考察汉语其他方言，并没有这种词头，要从汉语本身找到闽方言的这个词头来源是很困难的。但在壮语中却可找到这类词头。如姑娘，壮语（武鸣）ta lwk bwk、ta sa：u；男人，壮语（天等）tu：i po；女人，壮语（天等）tu：i me（广西德保、靖西的一些壮族地区也有这种说法）。名词带词头是壮侗语的特点。ta、tu：i 在壮语中就是做词头用……闽方言的词头 ta、da 很可能来源于壮侗语言类似 ta、tu：i 的词头。……可以肯定，闽方言的这个词头及这类词的结构形式与壮语如此相似，绝不可能是巧合。"

赵加先用西南民族语的 ta、da 词头和性别称谓来与闽方言性别称谓

① 黄家教、李新魁：《潮安畲话概述》，《中山大学学报》，1963 年第 1 - 2 期。

② 董作宾：《说畲》，《北京大学研究所国学门周刊》总第 2 卷第 14 期，1926 年。

③ 赵加：《试探闽方言中的壮侗语底层：兼论百越民族史研究的几个问题》，《贵州民族研究》，1991 年第 2 期。

相对照，进而推论"闽方言的词头 ta、da 很可能来源于壮侗语言类似 ta、tu：i 的词头"，认为"闽方言的这个词头及这类词的结构形式与壮语如此相似，绝不可能是巧合。"台湾程俊源也对台湾闽南话一系列母亲/女性称谓作了研究，发现"闽南语中一些找不出汉字的词汇诸如……tsa－pɔ（男人）、tsa－bɔ（女人）等反而与壮侗、苗瑶等南方民族语言有所对应，甚或能够寻绎出汉字的，亦可能并非汉语系统。"[①] 如此看来，连董忠司教授所发现的畲语称谓词"男"ta pɔ、"女"ta bɔ [②]，以及前举笔者所发现的《畲语集注》里面与闽南话发音相同相似的两性称谓词语群【姿娘】、【查姥】、【唐夫（晡）/乾埔/干埔/查埔】、【翁老/翁婆】［aŋ bɔ］/［aŋ po］等，似都可作为赵加论文词例的有效补充，看来都和壮族语言性别称谓词有关。从壮侗语 ta 词头性别称谓同闽南话性别称谓的相关性来反观《畲语集注》性别/夫妇称谓词与闽方言的相通性，确实既不能简单地解释为偶然的巧合，也不一定全是受闽方言影响的结果，而有可能是当代闽地汉、畲两个民族和外迁西南的壮族从共同的祖先那里口耳相传、保留至今的词汇"活化石"，后来沉潜为共有的同源底层词。这也就意味着假如我们接受闽、畲女性/妻子称谓主要乃是闽越语言遗存的话，于现有闽民系发展史的总体面貌无大碍；然而若接受闽方言男性/丈夫称谓乃闽越语言遗存的话，则意味着闽方言性别/夫妇称谓系统全面来源于古越语，更意味着当年汉民南下，与原住民闽越人发生冲突并战胜之以后，一方面将战败方的闽越女拥为妻室，而另一方面却又接受战败方的民族—性别—丈夫称谓，其大汉族主义—大男子主义文化特征岂非荡然无存？此推论的结果既有悖于本地区民系形成史及人口性别构成，也不符合汉民族的人文心理特征，而为笔者所不取。由此可见，无论是单一的汉语语源还是单一的民族语源说，都无法合理解释闽方言两性/夫妇称谓的来源。那么，我们该如何理解并解析解释闽方言两性/夫妇称谓与畲语、西南民族语的显性关联呢？这当然需要更多的历史语料作支撑，同时也需要解放思想，细致剖析，而不得囫囵个儿以待之。

---

① 程俊源：《异文化的时空接触——论闽南语中的底层词残迹》，卢国屏编：《文化密码－语言解码——第九届社会与文化国际学术研讨会论文集》，台北：学生书局，2001 年。

② 董忠司：《闽南语和畲族语的历史渊源》，《第五届国际闽方言研讨会论文集》，暨南大学出版社，1999 年。

三　闽南话性别俗称索源

（一）闽方言【丈夫】以先秦汉语为主源

闽方言【丈夫】表示男性性别的用法其来有自，自古已然。是故，《辞源》、《现代汉语词典》都首先释"丈夫"为"成年男子"，其次才是夫君义，《辞源》并引《穀梁传·文公十二年》："男子二十而冠，冠而列丈夫"为证，可见【丈夫】在先秦便指成年的男性了，比闽方言的语义内涵窄。那么，《辞源》这一注释是否贴合古代汉语语用实际呢？请看下例。

(1)生丈夫，二壶酒，一犬；生女子，二壶酒，一豚。（《国语·越语上》卷二十）

《国语·越语》这段话是闽方言界主张【丈夫】表男性义源于古汉语的常用书证，它在《吴越春秋·勾践伐吴外传》作同义句"生男二，赆之以壶酒一犬；生女二，赐以壶酒一豚。"这充分证明【丈夫】在先秦越语就有了泛称性别的"男"义而与"女"相对的用法，是典型的男性性别词，它比《辞源》的释词"成年男子"意义宽泛，和闽方言白读的【丈夫】词义一致，比如全闽当代方言对于生了男孩，都说"生丈夫"。

或许有读者会提出异议说，此例用于男性的泛称，是出于秦汉时期的越语，而越语是南方话，因而不具有代表性。此论是有一定的道理。不过，卓婷《〈战国策〉十二组核心词研究》称，该史籍"'丈夫'6见，既可指'成年男子，大丈夫'，又可指'女子的配偶'。"[1] 由此可见战国时期的北方话之"丈夫"已经兼具男性义，并且分布很广，书证多：

(2)商瞿谓曰："昔吾年三十八无子，……夫子曰：'无忧也，瞿过四十，当有五丈夫。'"今果然。（《孔子家语·七十二弟子》）

(3)人主之爱子也，不如布衣之甚也；非徒不爱子也，又不爱丈夫

---

[1]　卓婷：《〈战国策〉十二组核心词研究》第35页，华中科技大学博士学位论文，2013年，指导教师：黄树先教授。

子独甚。(《战国策·燕策·陈翠合齐燕章》)

(4)吾有丈夫子五人,诸孙亦有丁壮者。([唐]陆龟蒙《送小鸡山樵人序》)

(5)孺人得七十有四,以淳熙十二年正月己丑卒。丈夫子三人。([宋]陆游《陆孺人墓志铭》)

(6)姬封夫人生丈夫子二,皆早贵。([清]王韬《淞滨琐语·金玉蟾》)

上面例(2)说商瞿在38岁时还没有儿子,孔子却安慰他到40岁"当有五丈夫"——五个儿子,这里的"丈夫"当男孩—儿子用。以下(4)、(5)、(6)例则以词组"丈夫子"的面貌出现,"丈夫"泛指男性,"子"即子嗣,全语指儿子,与黄树先所称古代就把男性子女通称为"丈夫子"的判断一致①。也有"丈夫"和"女子"、"妇人"互文对举来作为两性称谓的,在先秦就更多了,直可谓"地不分南北":

(7)王将嫁季芈,季芈辞曰:"所以为女子,远丈夫也。"(《左传·定公五年》)

(8)今齐国丈夫耕,女子织,夜以接日,不足以奉上。(《晏子春秋·谏·下》

(9)孟子曰:"……丈夫之冠也,父命之;女子之嫁也,母命之。"(《孟子·滕文公下》)

(10)"闽中有徐登者,女子化为丈夫。"([晋]甘宝:《搜神记》卷二第三十五条)

(11)灵公好妇人而丈夫饰者,国人尽服之。公使吏禁之,曰:"女子而男子饰者,裂其衣,断其带。"(《晏子春秋·内篇·杂·下·第一》)

(12)凡食盐之数,一月:丈夫五升少半,妇人三升少半。(《管子

---

① 黄树先:《比较词义探索》第83页,巴蜀书社,2012年。又,本书还列举了欧洲语言的相似情况,如西班牙语 hombre 既指人,又兼男人、丈夫义;德语 Mann 义(成年)男子和丈夫;捷克语 mu 既是男人又是丈夫。见第83、84页。

·地数》）

(13)古者丈夫不耕，草木之实足食也；妇人不织，禽兽之皮足衣也。（《韩非子·五蠹》第四十九）

(14)太后曰："丈夫亦爱怜其少子乎？"（左师公）对曰："甚于妇人。"（《战国策·赵策·触龙说赵太后》）

上面八条例证中，例(7)、(8)、(9)、(10)四例"丈夫"与"女子"对举，其余例(11)、(12)、(13)、(14)为"丈夫"和"妇人"同见，都指男别女，它充分证明了"丈夫"泛指男性运用广泛，而不限于《辞源》所释"成年男子"。

关于先秦表男子义的"丈夫"是否为南方方言？这从可从上面书证的作者和"传主"（史书描写的主要人物）的籍贯可窥视奥妙之一二：《左传》、《战国策》、《国语》、《穀梁传》4个作者和《晏子春秋》、《孔子家语》、《孟子》所涉3位"传主"的籍贯，都集中在齐、鲁之地，《韩非子》和"传主"管仲则乡贯于世称"楚头汉尾"的今河南地区，而《左传》楚公主季芈的少女时代生活在楚国。这些书证的作者和"传主"

史籍	作者籍贯		词例
《左传》	左丘明		1条
《战国策》	左丘明	鲁国	2条
《国语》	左丘明（尚有争议）		1条
《穀梁传》	穀梁俶（赤）	鲁国	1条
《韩非子》	韩非	韩国（今河南山西）	1条

史籍	人物籍贯		活动地点	词例
《左传》	季芈	楚国	楚国	1条
《晏子春秋》	晏子	齐国		2条
《孔子家语》	孔子	鲁国		1条
《孟子》	孟子	邹（今山东）		1条
《管子》	管仲	颍上（今河南）	齐、鲁	1条

的籍贯信息表明，秦汉表男性义的"丈夫"，可能是带有东部齐、鲁和南部楚、越方言特征的地方性词汇，却早在先秦便已渗透到中原之地韩、颍了。这等于说，"丈夫"在先秦与当代闽方言，都有男性/丈夫兼称的用法，表明两者呈现的是源与流的关系；先秦"丈夫"可直接表男孩义（《孔子家语·七十二弟子》），也正如全闽说生男孩都作"生丈夫"；先秦、唐、宋、清都有"丈夫子"表男孩的例子，在闽方言则演变为男孩和儿子兼义的【丈夫囝】，其"囝"即"子"。由此可见，闽南话【丈夫】和【丈夫囝】与先秦表男性的"丈夫"、表男孩的"丈夫子"面目酷肖，前者由后者一脉传承无疑，这比舍近求远地释其本字为"诸夫父"，显得更科学也更合理。

（二）【查姥】［tsa bɔ］的复合来源

关于【查姥】的本字，当以郑张教授所析最详，云：

> "姥，闽南妻叫 bɔ，俗写'某厶妐姆嬷'，夫妻叫'翁某'aŋ1 bɔ3（也写'尪厶'），女人叫 tsa1 bɔ3，潮阳 tsa1 bou3 写'媸母'，海南 da1 bouh3 写'咋媌'，因本字未明，异写繁复。有人写'母'怕与母亲混。丽水妻叫 la3 muo3，温州称东家、先生的妻子为 mo4，音同'马'，皆是'姥'的白读。'老姥'与'老公'相对。《广韵》姥韵莫补切'姥，老母，或作姆'。夫妻古亦称'公姥'，如汉诗《为焦众卿妻作》：'便可白公姥，及时相遣归。'
>
> "至于'查'本字，有两可能：一是'作'，大田正说'作母'tsoh8 bu3，'作昨'本皆铎韵（古音 ak）字，而潮阳'昨暮日'的'昨'也变说 tsa1，明代潮州戏文'昨冥'写作'咱冥'，'作姥'写为'咱厶'，正相平行。二是'姐'，……汕头夫妻说'翁姐'aŋ1 tsa3。如是'姐'，则是同义词联合式。"①

郑张教授列举了吴、闽方言"本字未明，异写繁复"的这一女性俗称说法，这些说法遍布浙南、闽南、粤东和海南，其词干一如郑张所举，

---

① 郑张尚芳：《由音韵地位比较来考定一些吴闽方言词的本字》，收入《郑张尚芳语言学论文集》（上），北京：中华书局，2012 年，第 219 – 220 页。

有"某、厶、姆、母、姆、嫩、姆"等等写法，然而［bɔ3］等方音揭示其古音为"姆"韵"莫补切"（广韵），正与闽南音［bɔ3］对应，因而本字作白读音"姆"无疑，它显然是个南方方言词，一见于山名天姆山、太武（姆）山，另一个就是闽语区各地妻子的俗称【姆】及女性俗称之【查姆】。由此可见，【查姆】词干之"姆"是汉源词。

对于【查姆】第一音节的性质和来源，郑张提出两说，一为"作"，根据其提出的"大田正说'作母'tsoh8 bu3，'作昨'本皆铎韵字，而潮阳'昨暮日'的'昨'也变说 tsa1，明代潮州戏文'昨冥'写作'咱冥'，'作姆'写为'咱厶'"等例证，这是说得通的，如此，则【查】当为词头。第二说为名词"姐"，意思是与"姆"构成同义复指并列式来指称女性。孤立起来看，此论也说得通，然而若同西南民族词语的同类词头结合起来看，笔者更倾向于词头说，因为这正是海南闽南人把［da1 bouh3］写为"咋婿"的内在道理。而如此一来，则词头"咋"的来源就不清楚了，须要与【丈夫】的词头一起，结合西南民族语言作进一步的讨论，以便厘清闽南话男/女俗称【丈夫】［ta/tsa pɔ]、【查姆】［tsa bɔ］与畲家、侗壮、布依等民族语言词头相似的关系。

（三）闽南话性别俗称【丈夫】/【查姆】语源合解

关于闽南话两性俗称【丈夫】、【查姆】和畲家、侗壮、布依等民族语言词头的相似性，笔者的基本思路是：

第一，闽台语言学家大多根据我国南方方言和西南民族语言都有 ta 词头及男女性别词存在一定的关联性，而认为闽南话与西南民族男女俗称可能是同源的，这在前引台湾语言学界的词语考源等述评①中已见端倪。

第二，由于闽南话两性俗称的词头在语音上符合古越语 ta 词头的特

---

① 参见前引吴守礼：《查晡查某语源探索：附龙州土语的性别称谓与闽南方言》，台北：《"中央"日报·学人周刊》，1957 年第 7 期；赵加：《试探闽方言中的壮侗语底层：兼论百越民族史研究的几个问题》，《贵州民族研究》，1991 年第 2 期；程俊源：《异文化的时空接触——论闽南语中的底层词残迹》；董忠司：《有关台湾话 tsa1 - pool、tsa1 - bool 的探源问题：试论可能是闽越语残留的一个痕迹》，台湾清华大学主办：《第三届国际学术研讨会论文集》，1994；王伟：《布依族亲属称谓》，贵阳：《布依学研究》，1995 年第 3 期；董忠司：《闽南语和畲族语的历史渊源》，《第五届国际闽方言研讨会论文集》，暨南大学出版社，1999 年；卢国屏编：《文化密码–语言解码——第九届社会与文化国际学术研讨会论文集》，台北：学生书局，2001 年；《中国谚语集成·福建卷·附录：方言、畲语集注》，北京：新华书店，2001 年；等等。

点及其构词规律，可能由此而被汉化进程中的古百越人所接受；然而毕竟迄今为止，我国现有的语言学资料尚不足以明确证明闽南话男女俗称同西南民族语具有共同的词源，因而在没有更直接和更确凿的证据之前，我们不妨暂且把闽南话【丈夫】、【查姥】看成是汉越双源词语最为妥帖。

第三，把闽南话【丈夫】、【查姥】看成是汉越双源词语既尊重了先秦"丈夫"已兼表性别称谓、在全闽传承至今的语言事实，同时也与闽南话同西南民族语言两性俗称有着诸多方面密切联系的事实并行不悖。请看：

闽、畲、壮侗、布依两性称谓比较表

语种	男性俗称		女性俗称		词语来源
闽南话	丈夫	ta pɔ 泉	诸娘	tsɯniu 泉/tsu niu 厦	
		tsa pɔ 漳		tsu niɔ 漳	
			查姥	tsa bɔ	
海南闽语			炸媍	da1 bouh3	郑张论文
畲语	丈夫	ta pɔ	诸娘	tsɯniu/tsu niu	畲语集注
		tsa pɔ		tsu niɔ	
			查姥	tsa pɔ（亦作女儿）	
壮侗语		tu：i po		ta lɯkɔ/ta sa：u	赵加论文
布依语	父亲	Po			王伟论文
	伯父	Po la：u			
	叔父	Po nai			

闽南话、畲语、壮侗语、布依语两性俗称的相似性，首先表现在畲语的两性俗称与闽南话完全一样，即便是漳、泉、厦地方腔一词两读或三读，畲语也"照单全收"，两者呈现着共同的两性俗称系统。

其次是清音不送气声母词头［ta］，分布于闽南话泉厦腔、畲语、壮侗语的男性称谓［ta］，海南闽语女性俗称浊化为［da］，且壮侗语男性称谓t：ui po的词头声母同为［t］；与ta词头声母相类的是清音不送气声母词头［tsa］还分布在漳泉厦闽南话及畲语的女性通称【查姥】与漳州、台湾腔男性俗称【丈夫】以及另一个声母相同的闽、畲女性俗称【诸娘】的词头 [tsu] 与 [tsw]。

三是闽、畲称谓词无论男女，其词干的韵腹大都为 [ɔ]，连漳州腔【诸娘】也作 [tsu niɔ]，仅泉厦腔【诸娘】除外。这一韵母特点同见于壮侗女性称谓 ta lw kɔ，且见于布依的父称系列 po，是 [ɔ] 的语音弱化。这就是古百越地区当代语言和两性称谓词的同一性。因此笔者认为这些相同、相似的词头，主要是古越语的遗存，又值北来的男性称谓"丈夫"的词头也具备了和古越语相类的语音特点，而被古越人所接受。于是乎，现在的古百越地区的民族语的 ta 词头和两性称谓，便与闽南话酷似。

四 闽畲其他性别俗称来源释解

笔者认为，上举闽、畲、壮侗同源性别/夫妇称谓词里，应该有源于古代汉语者，也有的可能是古汉语词源和民族语源的重合，另有一些闽、畲同源词则可能是越汉合璧词（loan blends）；闽、畲性别俗称真正的民族语源词肯定有，但是应该不会都全是民族语源词。

（一）汉语源词干

闽、畲共用的女性称谓之词的写法和音义一致性高，如女性义的【查姥】[tsa bɔ]、【诸娘】[tsu niu]（泉厦腔）和妻子义的【姥】[bɔ]、【诸母】[tsu pɔ]、【诸补】[tsu pu] 等，后二词的词干"母"和"补"应是"姥"字闽南音的演变。另有畲语和闽南音相近、词语结构相类的女人义【恩娘】[un niu]，尽管闽南话没有该词，然其亲属称谓词系统却有类似的词语结构形式和相类的读音，如称呼祖父母之泉州腔【安公安嬷】[an kɔŋ an ma] 和漳州腔【央公央嬷】[ŋ kɔŋ ŋ ma]，称呼叔、祖之泉腔背称【安叔】[an tsik]、【安祖】[an tsɔ] 和漳腔背称之 [ŋ tsik]、[ŋ tsɔ]，其词头泉腔 [an] 和漳腔 [ŋ] 同畲语"恩" [un] 相似，符合闽、畲两种语言的语音对应规律。值得注意的是畲语两性称谓词与闽东字音的兼容性，比如畲音【诸娘】[tsy nuoŋ] 就有闽东音 [tsy nøyŋ] 的意味，两者音差仅在于"娘"字的韵母开口大小罢了。相似的是闽南方言老婆义的【某】[bɔ]，畲语也保留了来自闽东音的异读和俗写形式【姆】[mo]，这大概与当代闽东和闽南的畲族曾经由东入南、由南往东的迁徙历史有关。

（二）越语源词头

闽南话男女俗称备受关注的［ta］、［tsa］词头，应该来自古越语，所构男子义【查甫】、女子义【查姥】，都是在汉语词干的基础上增添修饰、限制性的越语成分组成的越汉合璧形式。在闽省性别俗称里，这个词头因各地的发音不同，并且"本字未明，异写繁复"（前引郑张尚芳语），而被分别写为"乾"（莆、泉、厦、畬）、"查"（漳州，台湾话和畬语），以及全闽【诸娘】的"诸"等，后者读音和字形最稳定，因而台湾学者曾建议无论是男子义的【查甫】还是女子义的【查姥】都同【诸】娘一样记为表音字"诸"。

（三）汉越合璧词

闽南话汉越合璧两性俗称只有男子义的【查甫】和女子义的【查姥】。畬语女性与妻子兼义的【诸母】［tsu pɔ］和表示妻子的【诸补】［tsu pu］的情况同闽南话【查甫】、【查姥】相类。

总之，闽南话的【丈夫】是词头有着与古百越语类同特点的汉源词，是以汉语词为主叠加了汉越相近似的词头的汉越语言融合的词语"活化石"；而闽南话【查姥】则是越源词头与汉语词干相结合形成的汉越双源偏正合成词，两者都是反映了古代汉越语言接触、融合现象之蛛丝马迹的，留下了类似于植物生长状况所形成的"年轮"刻痕的历史文化词语。因而，闽南话的性别俗称的"背后"也是有故事的，这个故事应该同闽江下游有关"唐晡、诸娘"的语源—族源故事有着一定的关联。

不过奇怪的是，无论是闽语还是畬语，也无论其构词成分如何，这两种语言的两性/夫妇称谓里面都没有汉越合璧男性称谓。或许这种汉越合璧女性称谓有、而男性称谓没有的"缺位"现象，仅只是"类缺位"。

第四节　闽南方言外来借词

外来词又叫外来语、外来借词、借词，是指从外国语言或外族语言中吸收进来的词语，在闽南语区最突出的表现是马来语借词，尤以东南亚地区和闽南地区为流行，其次是以英语为代表的欧洲语言借词，台湾地区则通行着为数不少的日语借词等，显示了闽南人对外文化交流的多元性。这与共同语和粤语借词主要来自以英语为主的欧洲语言有着很大的区别。

闽南话有一小部分是外族人"送进国门"的，比如菠菜，来源于古国名 palinga，即今尼泊尔，用漳州话和厦门话来说，都称为【菠菱仔】[pe ling a]，对古尼泊尔语的模仿可谓惟妙惟肖；泉州则称【菠仑】[pəl lun2]。这是外国语词汇"走进来"的例子。更多的外来语借词，则是闽南人"走出去"再"带回来"的。

闽南民系很早就跨出了国门，分布到南洋群岛和中南半岛。目前定居在东南亚的闽南裔华人华侨逾 1200 万①，其母语"福建话"因而成为南洋群岛仅次于马来语的第二通行语，这道闽南话成长的"年轮"印记也因此而显得特别粗壮。

那么，在南洋群岛如此广袤的闽南语区又是如何形成的呢？这和民系文化血液中"擅舟楫，以水为田"和"剽悍"、"轻生死"、习于漂泊的人文性格不无关系，逐渐形成了以农耕、耕读和"以海为田"的人文性格。故此清人徐继畬总结说：

"南洋岛国，苇杭闽粤，汉后明前皆弱小，朝贡时通。"②

闽南话流播海外旷日久远，据荷兰学者莱格尔盖尔格尔《爪哇土地和民族》一书指出，有福建人约在 9 世纪至 10 世纪来到印尼③。阿拉伯史料显示，早在唐末（约 10 世纪初），巴林邦（今印度尼西亚巨港）便

---

① 引自据福建省侨办主任杨辉 2014 年 5 月底接受福建省政府网专访的资料和数据，参见《福建海外华侨华人大 1512 万　呈五方面特点》，《中国新闻网》，网址：http://www.chinanews.com/zgqj/2014/05—28/6219672.shtml，查询日期：2016 年 1 月 29 日。

② ［清］徐继畬：《瀛环纪略·凡例》。下引本书，咸注书名和章节。

③ C. Lekkerkerker：Land en Volk van Java，孔远志转引自普拉姆迪亚·阿南达·杜尔：《印度尼西亚的华侨》，（Pramoedya AnantaToer：Hoa Kiau diIndonesia，Jakarta：Bintang Press），1960 年版，第 143 页，见孔远志：《中国印度尼西亚文化交流马来语中的汉语借词》，北京：北京大学出版社 1999 年版。

"有许多中国人耕植于此岛，盖避其国中黄巢之乱而至者。"① 元朝又在北婆罗洲（在印度尼西亚）建立"中国河"行省②，因爪哇（在今印尼）杜马班王室未亲来朝贡，元世祖忽必烈便命右丞孟淇持诏往问，却被辱而黥面遣归；世祖怒诏福建省平章史弼南等官员率兵 2 万（多属闽南籍），发舟千艘讨伐之，途中百余士兵因病滞留婆罗洲，后战船遇风沉毁，将士们"落居爪哇者颇多，繁殖也盛。"③ 宋代福建人口与土地的矛盾日益突出，"以舟为田，视波涛为阡陌，依帆樯为耒耜"④ 的闽南人往南洋经商者日众，到了明万历年间，马六甲已形成了闽南人聚居的村落"漳州门"⑤，而婆罗洲"为王者，闽人也。"（《明史·外国传·婆罗传》）明清之际，闽南海商们更是"走洋如适市"⑥，主掌东南海上贸易 600 年。由于到达南洋的底层闽南人多经营零售业，同土著的频繁交流，而将母语植根于当地，从而推助闽南文化成为我国最早对外发生影响的中华文化子文化⑦。在这千百年间的中外文化双向交流中，闽南人把自己的语言带到了东南亚多个国家，将许多常用词汇植入了马来语和菲律宾、泰国、柬埔寨、缅甸等多国语言，同时也从马来语借入了一些词语，并且以马来语为中介，借来西方语言的外来词，创造出中华闽南 ⇄ 马来语区语言双向交流的文化奇观。

---

① ［阿拉伯］麻索提（Abu‑L‑Hasan Ali Elmasudi）法文译本：《黄金牧地》第一册，第 304 页，转引自张星烺编注、朱杰勤校订：《中西交通史料汇编》第三章，北京：中华书局 2003 年版。

② 李长庚：《中国殖民史》，上海：上海书店 1984 年版，第 93—97 页。

③ 王会昌：《中国文化地理学》，武汉：华中师范大学出版社 1992 年版，第 338 页。

④ ［明］张燮：《东西洋考》卷七；邓廷祚等：《海澄县志》卷一五《风土志》。

⑤ 中国村、漳州门、中国溪地名，见 ［葡萄牙］埃雷迪亚（G. de Eredia）1613 年绘制的马六甲地图，转引自林远辉、张应龙：《新加坡马来西亚华侨史》，广州：广东高等教育出版社 2008 年版，第 45 页。

⑥ 张燮：《东西洋考》卷七；邓廷祚等：《海澄县志》卷一五《风土志》。

⑦ 笔者之所以称闽南文化是我国最早对外发生影响的中华文化子文化，在于文化的输入和语言同步。在南洋群岛，华人多指闽南人，"中华商会"即闽南人商会，"中华马来语"（亦称华人马来语）乃指闽南话与马来语的混合语。另一显著特征是马来语的上千条汉语借词中的 90% 以上来自闽南，如：中国 tiongkok，中华 tionghoa，中文、华文 bahasa‑Tionghoa 或 Huruf Tionghoa、中华会馆 tionghwahweegoan、中华基督教会 tionghwa‑kietokkauhwee 等等。参见孔远志：《中国印度尼西亚文化交流·语言·马来—印尼语中的汉语借词》，北京：北京大学出版社 1999 年版。

一 闽南话里的外来语借词

(一) 马来语借词

现代马来语通行于南洋群岛马来西亚、新加坡、印度尼西亚、文莱等国家,菲律宾他加禄语也属于马来语系,都和中华文化有着两千年的接触史。闽南在"东南滨海之地,以贩海为生,其来已久,而闽为甚。闽之福、兴、泉、漳襟山带海,田不足耕,非市舶无以助衣食。其民适波浪而轻生死,亦其习使然,而漳尤甚。"① 发达的海运和国际贸易使"漂洋"、"过番"、"落南洋"成为一种地方的文化传统,其中既有经济实力强的闽商,也有白手起家的小商贩,多娶原住民女子为妻,生下混血的"峇峇"和"娘惹"(马来语,分别指华马混血男、女),从而创造出闽马混血的"峇峇娘惹"文化。表现在词汇系统里,便是闽南话和马来语的双向借词这一异族语言交流史上的奇观。据专家统计,马来语借自汉语的借词近千条,其中90%以上约900条借词源于汉语闽南话②;闽南语也从马来语借入语词约200条,大多为音译词,且将无声调的来源语改变为有声调的闽南音汉语词形。

最早产生的闽南话马来语借词应是反映当地特有事物的词语,比如melaju、baba,闽南话译为【巫来由】[bu2 la2 iu2],既指马来亚,也指马来人,意译则为"番仔";【峇峇】[ba2 ba2],原指婴儿,后来扩大词义,专门指特称华侨与原土著妇女在南洋出生的混血男婴后裔,后来变成尊称兄台、有钱人家的相公等意义,可构成表示南洋腔闽南话的【峇峇话】,也可同表示混血华裔女子的【娘惹】(原形"娘団"[nio2 kiã3])共同构为并列词组【峇峇娘惹】[ba2 ba2 nio2 dzia3];【实叻】[sit8 lat8],马来文 setat,本义海峡,后来指英国在1826—1946年间设于马来半岛及新加坡、槟城和马六甲三大"海峡殖民地"港口的管理建制,华侨也用来指称新加坡,等等。

先看和食材食品有关的借词:

---

① [明]徐孚远:《疏通海事疏》,《明经世文编》卷四○○。
② 参见孔远志:《马来语、印尼语中汉语(特别是闽南方言)借词研究》,荷兰莱顿大学:《语言、地理和人类学皇家学院学报》,1987年第4期。

来源语/外文	借词词形/闽南音	释义
马：sate	【沙茶】[sa1 te1]	一种辣味芥末
马：durian	【榴莲】[liu2 lian2]	一种热带的美味水果，素称"果中之王"
马：kari	【咖哩】[ka1 li3]	原指烤肉串，后来指一种辣椒
马：kopi	【咖啡】[ko1 pi1]	由热带咖啡树的子实磨粉制成的饮料
马：kaka	【可可】[kho3 kho3]	用热带可可树的子实磨粉调制成的饮料
马：makan	【马干】[ma1 kan3]	"吃"的粗俗说法，后来引申为侵吞
马：sago	【谢哥米】[sia6 ko1 bi3]	产于南洋的一种米，又译西谷米
马：atal	【阿达子】[a1 tat7 tsi3]	南洋一植物果实，可做清凉食品和蜜饯
马：mangka	【芒果】[baŋ2 ko3]	一种热带的美味水果
菲：kamati	【甘仔得】[kam1 a tit7]	西红柿
菲：Kentang	【干冬薯】[kan1 taŋ1 tsu2]	马铃薯

　　上面闽南话外语借词有 12 条源自马来语，2 条来自菲律宾他加禄方言。外来语引入本族语的翻译方式有三种，一是全音译，二是音意合译，三是意译，闽南话马来语借词也不例外。先看全音译词语：【沙茶】、【榴莲】、【咖哩】为马来传统特产食材名词的音译，可构成音义兼顾的闽马合璧词【沙茶辣】、【沙茶粉】、【沙茶酱】、【沙茶面】、【沙茶肉】，【榴莲肉】、【榴莲籽】、【榴莲糖】、【榴莲酥】，【咖哩辣】、【咖喱粉】、【咖喱肉】、【咖喱饭】、【咖喱鸡】等词语，【咖喱卜】则是用马铃薯等食材拌匀炸熟的马来食品，【咖喱鱼头】为印度食品。【咖啡】最先发现于非洲，11 世纪初期经阿拉伯人先传到埃及等地，在 15—17 世纪的"大航海时代"输入欧洲和东南亚。【可可】原产于美洲，16 世纪中叶被登陆美洲的欧洲人发现其药用价值和经济价值，后来研发了系列食品可可饮料、【芝龟力】（即巧克力，详见下文）等；同产于美洲的【甘仔得】，闽南话又意译为【臭柿仔】，也在"大航海时代"登上行驶在"月港（在漳州）—马尼拉—墨西哥"的大三角航线上，传入南洋和闽南，从而丰富了闽南人的"菜篮子"。较特殊的是"吃"的说法【马干】，用的是文读的近似音译。意合译词则有【阿达子】、【谢哥米】、【芒果】和【干冬薯】（另意译【番仔番薯】），都在音译的基础上缀加了表义性词尾"子、米、果、薯"，以提示事物的类属。这些物品名表明"海上丝绸之路"由南洋北返的特产情况。再看下面的器物、商品、商业和人的生存状况及社

会活动有关的借词用语：

马来文	借词词形/闽南音	释义
Kapas	【加簸】［ka1 pua5］	木棉，棉花，引申为棉织品，又译加贝①
Kapok	【加薄棉】［ka1 poh8 mi2］	木棉，引申为棉织品
belacu	【猫珠布】［ba2 tsu1 pɔ5］	未经漂白的本色粗白布，猫字白读
sarung	【纱笼】［sa1 lɔŋ3］	马来人男女都穿的一种色彩艳丽、图案丰富，长约两米、宽约一米的印染布做成的围身裙
bali	【峇厘】［ba2 li2］	高等船舱,谚语"食公司,睏峇厘",比喻公费食宿
Kampong	【甘磅】［kam1 pɔŋ3］	村庄；乡下
Maa	【做巴的】［tso5 pa1 e］	马来语 pabrik 的简化，新加坡华语"巴、山巴"原指丛林或山林，后引申为乡下和种植场的农民
pasar	【巴刹】［pa1 sat7］	市场
koolie	【龟力】［ku1 li］	旧指搬运工人，普通话译作"苦力"
numpang	【浪帮】［long6 pang1］	帮主人干点活儿的临时寄食者
Lompong	【浪榜】［lɔŋ6 pɔŋ3］	亏空
duit	【镭】［1ui1］	本义铜板，后来泛指金钱，在闽南话里比"钱"更常用
peso	【帕叟】［pheh7 so5］	钱
seka	【舒合】［su1 kah7］	称心,中意,即闽南话【趁心】［than5 sim1］
kahwin	【交寅】［kau1 in2］	结婚
mati	【马滴】［ma1 tih7］	死
balu	【峇汝】［ba2 lu3］	刚刚
mana	【吗哪】［ma1 na3］	怎么、怎样，哪里
gado	【咖哩啰】［ka1 li3 lo1］	吵闹，纠缠不清
celaka	【折六甲】［tsih8 lɒk8 kak7］	糟糕；遭殃

上面马来语借词所反映的事物大致可分为如下内容，一是反映地方特

---

① "加簸、加贝、加薄"等译词应是马来语不同时期不同地方口音之反映，闽南歌谣里的木棉大都用"加簸"来记录，然而［宋］赵汝适宝庆元年（1225）根据过番见闻所著《诸蕃志》述及爪哇、三佛齐物产时，却称"加簸"为"加贝"，可见"加贝"是古代马来语的借词，可构成树根【加贝头】及【加贝棉】、【加贝衫】等词语。

产及风物的名词，【加簸】、【加薄棉】原指木棉，后来泛指各类棉花；【猫珠布】是未经漂白的本色粗白布；【纱笼】则为一种色彩艳丽、图案丰富，大约两米长一米宽的印染布做成的马来人传统围身裙，闽谚云：当纱笼，买榴莲，以表现榴莲的味美诱人。二如与人类活动有关的词语，有农民聚居的【甘磅】乡村，有原本指丛林、山林，后来引申为乡下、种植场的农民为【做邑的】，有从事搬运工作的【龟力】，临时寄食的【浪帮】，表示称心如意的【舒合】，以及反映人生大事的【交寅】结婚，反映生命终结的【马滴】等，形容人的吵闹与纠缠不清之【咖哩啰】，形容糟糕、倒霉的【折六甲】，以及时间副词【旮汝】表示刚刚，疑问副词【吗哪】意思是怎么、怎样、哪里等等，都与南洋群岛的日常生活息息相关。第三类借词和商业、经济活动有关，比如宽沿礼帽【招瓢】、西式手杖【洞葛】等涉及西方物产和文明的商品名等，以及指人群集中的商贸市场【巴刹】，表示铜板、金钱的【镭】和【帕叟】，表示赔本、亏空的【浪榜】等等。由此可见，凡来自马来语的闽南话借词，大都是与人类的最基本生活息息相关的日常口语用词，反映了闽台地区长期和东南亚国家的交往基本上属于民间往来的性质，而"大航海时代"的借词则见证了东方文明之间和东西方文明之间友好往来的历史，成为南洋群岛和闽台在东西方文明接触时代留下的宝贵印记。

值得注意的是，这组闽南话马来语借词也有多例是音译合译的形式，一如【加薄棉】和【猫珠布】，在音译形式后面添加表义成分"棉、布"，以提示其物品之类属；也有一些音译词在惟妙惟肖地模仿外语读音的同时，又利用汉字字形及其偏旁部首的表义性，来提示外来词的语义，比如【纱笼】以"纱"之"纟字旁"暗示其为纺织品，【镭】之"钅字旁"提示其意义同金钱有关，【舒合】两字含有汉字随形附义的"舒适"、"洽合"的意思，【浪帮】的"浪"义暗示了临时寄食者居处不固定、"帮"字又扣合时或帮助主任家干活儿，【咖哩啰】的"口字旁"表示其话语嘈杂连缀不断，等等。这类译词的形式，便比单纯的音译来得贴合，在表达上比纯粹的音译词高妙，而能达到"信达雅"的表义效果。

（二）西语借词

西北欧语言，语言学界通常简称为"西语"，也给闽南话输送了一些外来词。不过，它们大多数不是直接输给闽南话的，也不是从大陆的北方地区南下借入，而是经由马来语转道而来的，也就是说，闽南话的西语借词是由马来语国家先行借入，再"中转"给闽南话。这和汉语北方方言从西北欧语言直接吸收外来词很不一样。例如：

语种/外文	借词词形/闽南音	释义
英：chocolate	【芝龟力】[tsi1 ku1 lak8]	又译朱古力，即巧克力①
英：cake	【极仔】[giak8 a]②	一种蛋糕
英：roti	【罗的】[lo2 ti1]	饼干
英：cheese	【芝士】[tsi1 su6]	奶酪
英：jam	【冉】[liam3]	果子酱
英：sasi	【沙丝】[sa1 si1]	汽水
英：sasu	【沙士】[sa1 su6]	一种汽水
英：brandy	【物兰池】[but8 lan2 ti2]	白兰地，以水果为原料酿成的蒸馏酒
英：coat	【裾（仔）】[khut8]	外套
英：sepatu	【十巴柱】[sip8 pa1 tu3]	皮鞋，又称【巴柱】
英：pen	【禀针】[pin3 stiam1]	别针
	【禀】[pin3]	别、戴，由【禀针】派生
英：spanner	【拾板仔】[sip8 pan3 a]	螺丝刀
英：machine	【马锦仔】[ma3 khin2 a]	缝纫机
英：lor ry	【罗里】[lo2 li3]	汽车
英：mark	【嚜头】[bak8 thau2]	商标，又作"唛头"
英：cent	【仙】[sian1]	币值单位，元的1%，即分，也作仙士
英：percentage	【巴仙】[pa1 sian1]	百分率
英：game	【锦】[gim3]	量词，球类运动一局叫"一锦"
英：shoot	【述】[sut8]	原义为投篮，引申为飞速、快、用眼光掠过
英：outside	【奥赛】[a5 sai3]	球类器械出界、出线，引申为糟糕、被淘汰
英：whistle	【委琐】[ui3 so5]	吹哨子，引申为裁判员

---

① 巧克力，吴语和民国官话说"朱古力"，但闽南话不说；【芝龟力】是闽南老年人的说法，年轻人则用普通话对音形式【巧克力】[kha3 kik7 lik8]。

② 【极仔】和下面的词例【拾板仔】等词缀"仔"[a]为轻声字，凡轻声均不注声调，下同。

葡：Sabon	【雪文】［sap7 bun1］	肥皂；或称借自法语、西班牙语等
荷：Kapitein	【甲必丹】［kah7 pit7 tan1］	原义上尉，后来泛指华人首领
荷：Luimant	【雷珍南】［lui2 tin1 lam2］	原义中尉，后来泛指华人首领
荷：Majoor	【马腰】［ma3 io1］	原义少校，后来泛指华人首领

　　上面来源于欧洲语言外来借词中，英语借词有 19 条，既有食品巧克力的别称【芝龟力】，也有含蛋、含油量高的美味蛋糕【极仔】和奶酪【芝士】，有饼干【罗的】、果酱【冉】、汽水【沙丝】和【沙士】，以及酒品【物兰池】，这些都是西式饮食文化东来的时代缩影；也有服饰类名词西式大衣【裾仔】、皮鞋【十巴柱】、别针【禀针】，以及工具螺丝刀【拾板仔】和现代工业器械缝纫机【马锦仔】和汽车【罗里】，以及商业用语【嘎头】，货币名词【仙】，表示百分率的【巴仙】等。值得注意的是英语运动类词语，【锦】是衡量球类运动的量词，凡一局叫"一锦"；【述】原义为投篮，在闽南话里引申为形容词飞速、快；【奥赛】指球类运动器械出界、出线和淘汰，后来派生出糟糕的意思；英语借词【委琐】本义吹哨子，后来引申为裁判员。来自葡萄牙语的仅 1 条【雪文】，属于生活语言中的高频核心词、高产词，可构成【雪文水】、【雪文波】、【雪文粉】、【臭雪文】、【芳雪文】等词语，分别表示肥皂水、肥皂泡、洗衣粉或皂粉、药皂、香皂。其余 3 条借词的源头为荷兰语，【甲必丹】、【雷珍南】、【马腰】均为军职名词转为民用，指殖民当局委任的不同级别的华人官职，以协助管理当地华人，是印度尼西亚荷兰殖民统治约 300 年留下的时代印记。由此可见，西方文明渗入闽南文化的现代化因素，其比率比马来文明高，且通常由马来语为中介借入。下面则是和人及其社会活动有关的词语：

外文	借词词形/闽南音	释义
roti	【罗蒂】［lo2 ti1］	面包
rokok	【罗膏】［lo2 ko］	香烟
cerutu	【朱律】［tsu1 lut8］	雪茄
capio	【招瓢】［tsiau1 phio2］	宽沿礼帽
tongkat	【洞葛】［tɔŋ6 kak7］	西式手杖，可组成【洞葛头】（手杖柄）、【番仔洞葛】（不明事理的侨生）等中西合璧词
ajan	【阿铅】［a1 ian2］	镀锌铁、洋铁皮，也可单称铅，并派生【阿

铅丝】、【阿铅线】、【阿铅板】等中西合璧词语

　　"大航海时代"是全球性的物品大交换的伟大时代，它把东方的丝绸、茶叶、香料和瓷器运向西方，又将美洲的特产和西方的特产带到了西方和东方。这一时代的美洲和西方的产物如【罗膏】（香烟）、【朱律】（雪茄）和【罗蒂】（面包）及近现代工业产品洋铁皮【阿铅】、西式宽沿礼帽之【招瓢】、舶来品文明棍之【洞葛】等，都通过南洋群岛的"跳板"，率先进入了闽南。然而，这些借词却普遍被以为是来自马来语，实际上，它们中的大部分应该来自欧洲语言，是经由马来语为中介而借入闽南话的，一如人们熟悉的【五脚踦】［gɔ6 kha1 ki6］①。

新加坡老街区牛车水的骑楼"五脚踦"

　　【五脚踦】一向被认为来源于马来语 kaki lima，因马来语语序不同于汉语，直译的话便是"脚踦—五"，其【五】［gɔ6］、【脚】［kha1］两字都是地道的汉语闽南音；"脚"从闽南借入马来语后，先同 ki 组合成 ka-

---

　　① 【五脚踦】的"踦"义支撑，又作记音字忌、基、踞等，泉州人或称【五脚架】［gɔ6 kha1 ke5］、【五脚起】［gɔ6 kha1 khi6］，台湾则称【亭仔脚】［tiŋ2 a kha1］，是南洋地区和福建、台湾、广东、海南侨乡的一种连排临街骑楼建筑，光绪年间洪弃生《鹿港乘桴记》记称："有亭翼然，互二三里，直如弦，平如砥，暑行不汗身，雨行不濡屦。"意思是【五脚踦】建筑具有遮阳避雨的功能，其楼型和底层长廊参见上面插图。

ki，表示距离的意思（马来土著曾以国王的脚的长度为度量当标准
"尺"），再与闽南话汉语词"五"组合成【五脚踦】，以指称日照时间
长、雨水多的南洋和福建、台湾、广东、海南等广袤侨乡的连排"前店
后屋"式踦楼建筑。

厦门市传统骑楼及临街的底层之排柱长廊——"五脚踦"

　　不过，金门籍学者江柏炜先生称①，【五脚踦】实际上源于英语词 the
Five - foot way，是英属海峡殖民地时期②在 1826 年推广于华人聚居的槟
城、马六甲、新加坡城市的一种底层为人行道的连排临街洋楼式店屋，并
于 1882 年在新加坡率先实施，不久即成为海峡殖民地其他城市商业街的
普遍风貌。英殖民政府规定，这种由连排廊柱支撑楼体的临街洋楼式店屋
的底层，应可供行人遮日挡雨，长廊下的通道宽度应统一为五呎（约
1.5m）；由于 foot 的意思既指英呎也指"脚"（人类大多有以部落首领的
脚长为长度单位的时代经历），而马来语又意译英呎为"khagi＋5"，而成
为 kagi lima，用以描述这种新的建筑形式；直译为闽南话并调整语序，便
成为符合汉语语法习惯的【五脚踦】。如此说来，【五脚踦】的近源是马
来语，既有华语闽南方言语素，也有马来语成分，是为"闽马合璧词"，

---

　　① 江柏炜：《"五脚基"洋楼：近代闽南侨乡社会的文化混杂与信贷性想象》，《建筑学
报》，2012 年第 10 期。

　　②

然而它的真正源头却是英语 the Five - foot way。返观前引反映西方事物的【罗膏】（香烟）、【朱律】（雪茄）、【罗蒂】（面包）、洋铁皮【阿铅】、宽沿礼帽【招瓢】、文明棍之【洞葛】等借词，也应是"名物相随"地来源于西方语言才对。这些形形色色的外来借词，既丰富了闽南话词汇，也聚焦了闽南人民同东南亚各国人民和西方人友好往来和相互尊重的悠久历史。需要提醒的是，以上闽南话外来词主要流通于闽南地区，在台湾不一定全都通行。

三　台湾闽南话外来借词

台湾话外来词不同于内地闽南话和南洋福建话之处在于其更加多元化，如原住民语表示不明白的借词【阿西】[a1 se1]，是个常用词；【蟒甲】[baŋ2 kah7]，独木舟，后来成为雅化的地名【艋舺】、即现在的【万华】。台湾话接受原住民语言的词例，有相当一部分聚焦于历史地名，比如音译词"猪猡"，后雅化为【诸罗】；相似的"猫里"之为【苗栗】，"鸡笼"之为【基隆】，"阿罩雾"之雅作【雾峰】，"噶玛兰"雅为【宜兰】，这些词都进入了台湾国语，进而成为大陆普通话的有机成分等。

西班牙海商、荷兰海商和日本殖民政府都曾侵占台湾岛，在当地语言留下了数量不多的西语借词和大量的至今仍在使用的日语借词。

（一）西语借词

语种/外文	借词词形/闽南音	释义
荷兰/不详	【甲螺】[ka1 le2]	官职名，类印尼语"甲必丹"①
荷兰/不详	【万甲】[ban6 kah7]	珍宝、文卷之类的木制、铁制小柜②
荷兰/不详	【甲】[kah7]	面积计量单位，一甲相当于 39.0625 平方丈，折合 11 亩 3 分 1 厘（连横，第 193 条）

---

① 据台湾史学家连横引引《台湾府志》曰："荷兰语之存于台湾文献者，尚有'甲螺'一语。【台湾府志】曰：'甲螺郭怀一作乱'，又曰：'甲螺何斌负债走厦'。作者以为通译。然郭怀一为开垦业户，何斌为收税吏，则'甲螺'当为官名，如今日东印度华人之为'甲必丹'也。"见连横：《台湾语典》第二八六条，台北：金枫出版有限公司，1987 年，下引本书，咸注作者和条目数。

② 见连横：《台湾语典·雅言》第一九二条。

(二) 日语借词

日本军国主义者统治台湾 50 年，且于 20 世纪 30 年代起推行"皇民化"教育，企图消灭台湾话而代之以日语，将许多日语借词推至台湾日常语言。这类台湾话外来借词词例，在闽南内地也不一定全部流通。据台湾"教育部"《台湾闽南语常用辞典·附录·外来词》① 收录的 172 个以日语来源外来词为主的借词里，约有 30 多例是台湾话和大陆地区共用的外来词，还有从英语等西方语言转道日语而借入的西方外来语十多例，是闽、台闽南话和南洋福建话基本一致的外来词。

台湾话和大陆地区共用的日源外来汉字词有【阿摩尼亚】、【巴士】、【布鲁司】、【名片】、【高尔夫（球）】、【吉鲁巴】、【荷尔蒙】、【蕾丝】、【华尔兹】、【吉他】、【卡拉 OK】、【麦克风】、【马拉松】、【马达】、【尼龙】、【乒乓（球）】、【探戈】、【瓦斯】、【羊羹】、【预备】、【上等】、【柠檬】、【名刺】、【刺身】、【写真】、【榻榻米】、【冰淇淋】、【啤（酒）】、【巧克力】、【阿司匹林】、【料理】、【寿司】、【芥末】、【味噌】、【病菌】、【达人】、【××族】②、【物流】 等，其中【乒乓球】来源于非正式场合使用的英语拟音词 ping－pong，因为形象、好记而被译为"乒乓"，缀加了类属词尾"球"便成为【乒乓球】，然而其正式用语却是 table tennis，意译之便是台湾话更为通行的日源词【桌球】，而闽南内地和南洋闽南话借词也同作【桌球】［toh7 kiu2］。正如网友们的评价：台湾话日常使用的日源外来词远不止《台湾闽南语常用辞典》列出的一百多个词例，比方台湾和闽南内地共用的【味之素】［bi6 tsi1 s5］源于"味の素"，即味精；【便所】［pian6 sɔ3］来自日语"べんじょ"，指厕所，等等。较特殊的是变体歌仔戏之【胡撇仔】［ɔ2 phiat7 a0］一词，来源于日语罗马字 opera 歌剧，借入台湾闽南话，一指台湾"皇民化运动"时期渗入了日本新音乐形式的歌仔戏，一指 1945 台湾回归祖国后，内台歌仔戏为吸引观众而加入神怪特技的歌仔戏表演形式。该词只在台湾流行，没有进入内地闽南话和南洋福建话。而【料理】、【寿司】、【芥末】、

---

① 参见台湾省"教育部"：《台湾闽南语常用词辞典》网站：http://twblg. dict. edu. tw/holodict_ new/index. html，通过网页的"附录·外来词"可以查阅所录 172 个台湾话日语来源借词。

② ××族，指有着某种共同的特征、属性、兴趣、爱好等特点的人群，如打工族、上班族、暴走（快速行走）族等。

【达人】、【××族】、【物流】等借词，则大多是改革开放以后大陆从台湾"国语"吸收进来的日语借词。闽南中老年人大多用闽南音表述老借词，青年人大多用普通话来说这些词，台湾地区则有相当一部分人直接采用日语发音。

日语和闽、台、南洋地区闽南话共同通行的西方语源借词则有：

西文	日文/汉字/读音	台湾话借词/音标	词目
spanner	スパナ/supana	【拾板仔】［sip8 pan3 a］	扳手
percentage	パーセント/	【八仙度】［pha5 sian1 tɔ5］	
paasento		【八仙】	百分率，南洋福建话
Outside	アウト/auto	【奥托】［au5 tsuh7］	出局，内地闽南话译作【奥赛】

对照前引闽南话借词可以看到，台湾话【拾板仔】和闽南内地与南洋闽南话的借词形式一模一样，毫无差别；【八仙度】则从日语缀加了归类标示语"度"，而闽南内地和南洋闽南话借词则同用【八仙】；台湾话借词【奥托】虽与闽南内地和南洋的借词【奥赛】同源，由于对来源语Outside 的语音原型取舍不同，从而形成了三地译形的差异。

也有一些日常用语却作为一种"语码"① 而混合在台湾汉语中，例如：

日文/汉字/读音	台湾方言借词/音标	词目
わさび（山葵）	【哇洒□】wa－sa－bi	山葵
さしみ（刺身）	【沙西米】sa－si－mi	生鱼片
扬げ豆腐	【阿给】a－ge	油炸豆腐　淡水老街著名小吃

这些日源借词都采用了"国语"发音，无论在当地的闽南话、客家话还是"国语"当中，都经常混用。这表明台湾方言同日语的接触频率很高。

日语借词在借入语的使用中，也会产生意义的改变，比如耳熟能详的【欧基桑】［ɔ6 dzi3 saŋ5］和【瓯巴桑】［ɔ6 ba3 saŋ5］，分别来自日语词

---

① "语码"，指语言的变体词；语码转换则指在同一次对话或交谈中使用两种或更多的语言变体，语码混合即说话者在用一种语言—语码时，混杂了另一语言成分，特别是词汇和短语。

おじさん、おばさん，借入台湾方言后，【欧基桑】相当于汉语词"老先生"，是晚辈对中老年男子的敬称，然而【瓯巴桑】却由晚辈对中年女子的敬称沦为中年女佣人的称呼，这两个借词都没有进入大陆闽南话和普通话，也不见于南洋福建话。毋庸否认，台湾被日本殖民统治 50 年，遗留在台湾话中的日语源借词自然要高于闽南内地和南洋华人社区，这是毫无疑问的。随着时间的推移，这类借词将日渐退出人们的生活用语，一如闽南地区的马来语借词，也正在渐渐淡出人们的口头交际。

第五节　马来语闽南方言借词

马来语中的闽南话借词是闽南语言文化奇观中值得特别介绍的一个亮点。所谓马来语，是学术界对马来西亚、印度尼西亚、文莱、新加坡诸国通行的现代马来语的统称。这些马来语国家和我国隔海为邻，千百年来的友好交往，为双方语言留下了令人瞩目的痕迹——双向外来词。据孔远志教授介绍，最先关注马来语汉语—闽南方言借词（以下简称闽南借词）的是西方学者，从 1890 年至今，有斯赫莱格尔（1890）、哈密尔顿（1924）、温斯德（1919）、菲里浦·列奥（1975）、维波沃（1986）等西方专家先后撰文研究，从而引发了东南亚潘文光（1970）、许友年（1981、1985）、黄钻娘（1986）等华人华侨学者的关注①，再进一步才是大陆地区李如龙、周长楫等闽南籍学者的有益探讨。台湾地区参与讨论马来语闽南借词则是近几年的事。从目前已知的研究成果看，全球范围内的马来语闽南借词研究成果多达几十种，出版地遍及欧亚两大洲，这在中外语言文化交流史上很不多见。而孔远志教授《马来语、印尼语汉语（特别是闽南方言）借词研究》②曾经代表了这一领域的最高成就，其《马来—印尼语中汉语借词》

---

① 参见孔远志：《中国印度尼西亚文化交流》，北京：北京大学出版社 1999 年版，第 156—161 页；另见拙著《闽方言研究专题文献辑目索引》，第 1069、6297、7570、7576、7595、7576、7595、7597、7603、7604、7618、7620、7621、7622、7644、7667、7670、7678、7694、7719、7734、8322、8380、8392 等条目，北京：社会科学文献出版社 2004 年版。
② 孔远志：《马来语、印尼语中汉语（特别是闽南方言）借词研究》，荷兰莱顿大学《语言、地理和人类学皇家学院学报》，1987 年第 4 期，其系列成果多收入《中国印度尼西亚文化交流》和《印度尼西亚马来西亚文化探析》，香港：南岛出版社 2000 年版。

（以下简称孔词表）在八本印（印尼）华、马华双语词典中发掘出汉语借词 1046 条，其中 91% 源于闽南话①。国际著名的印尼语言与文学研究专家 [荷兰] 阿·德欧（A. Teeuw）教授对孔教授的论文做出了高度的评价，认为孔教授"对一个被忽视的研究领域作出了一个独创的，富有革新精神的贡献，它证实了应该健全的科学方法和对可以得到的学术性的原始资料的充分掌握；这篇具有国际水平的论文，将相当大地丰富我们关于汉语对马来语的影响这一重要课题所拥有的知识。"②

在 2006 年 8 月 17 日印度尼西亚共和国独立 61 周年之际，
印尼驻华大使向孔远志教授颁发"贡献奖"③。
上图右二为孔远志教授

　　从研究方法看，中外学者大多在闽南移民史和中外文化交流的大背景下探讨马来语闽南借词，而以语言学，尤其是词汇学为主体的研究，则相

---

　　①　见孔远志：《中国印度尼西亚文化交流》第 118 页、第 129—156 页。按：孔词表以汉语方言语音统计词目的，若按方言词目计算，则孔表汉语借词为 801 条，其中闽南借词为 711 条。

　　②　李艳丽：《辛勤浇灌中国与印尼友谊之花的奠基人：孔远志》，转引自"中国在职教育网·北大人物·人物访谈"，网址：http://beida.onjobedu.com/bdrw/rwft/2009/1010/567.html，查询日期：2016 年 2 月 16 日。

　　③　在 2006 年 8 月 17 日印度尼西亚共和国独立 61 周年之际，孔远志教授荣获印尼驻华大使颁发的"贡献奖"，以感谢和表彰他"为促进印尼和中国的友好与合作所建立的功勋"。这是印尼驻华使馆建馆以来第一次向中国人士颁发奖状。见徐丹：《学者访谈：辛勤浇灌中国印尼友谊之花——专访北京大学外院东语系孔远志教授》，《东南亚之窗》，2006 年第 2 期。

对薄弱。为此，笔者拟考释马来语文闽南借词的词语类型、语言特点及其所表现的区域性特征。

一　马来语闽南话借词资料的归并与整理

借词语料是借词研究的基础。鉴于各类马来语词典和闽南方言辞典及有关研究论文都记录了马来语闽南话借词，同时也难免错收、漏收一些词例，为此，笔者首先着手于对前人现有闽南借词语料的归并与整理、订正的工作。例如合并了孔词表的多音、多形词目，再从李毓恺《印尼中华大辞典》增补【滥】Luah（口涎）、【假若】Karak（好像）、【芥辣】Kailoah 又音 Keloa、【拨匙】Kuntji（钥匙）、【金仔仙】Kemasan（金匠）、【娘惹□】Nja fi（令堂）等词目，从其他著述补充【Lagu—阿叔调】（来自闽南的曲艺形式唐山阿叔调，许友年，1981），【三思】samsu（林莲仙，1992），【惊输】kiasu（怕输）、【咖啡厚】kopi‒kao（浓咖啡，洪丽芬，2009），【疝】sian（疲倦，网络）等共 174 条，其中的拼音字母即马来文，而不是许多读者以为的闽南话拼音。经初步汇集、整合马来语闽南借词 885 条。

二　马来语闽南话借词的语音特点

马来语和闽南话语音结构不尽相同，吸收闽南借词基本采用音译法，对其语音要素必然有所取舍和改造，以适应自身的音节结构特点，形成了一定的借词拼写规律。

（一）声调的消逝

汉语—闽南方言是有声调语言，马来语只有语调、缺乏声调，在吸收闽南借词时便舍弃了声调要素，不同声调的闽南话词语借入马来语后，往往变为同音词（下面用国际音标加方括号［］代表闽南方言读音，未加方括号的为马来文字母），例如闽南话【龟】［ku1］、【舅】［ku6］一为阴平调，一为阳去调，进入马来语后声调脱落，而成为同音词［ku］；闽南话【锦卤】［kim3 lɔ3］和【金炉】［kim1 lɔ2］声调不一，而借词因无声调标志，两词混同为 kimlo。

（二）声母的分合与转写

闽南话有［p］、［ph］、［b］、［m］、［t］、［th］、［n］、［l］、［k］、

[kh]、[h]、[g]、[ng]、[ts]、[tsh]、[s]、[dz]、[ø] 18 个声母，和马来语文（语，口语；文，书面拼写形式）不完全对应，在马来文闽南借词里便形成了以下主要拼合规律：

1. 送气与不送气

汉语送气与不送气声母可以区别意义，借到马来语里，[p]、[k]、[t]、[ts]、[s] 与带送气音标志的 [-h] 双向混合，[ts] 与 [tsh] 又往往转写为 c、ch 与 tj、tjh，这便混同了原本不同的音位，形成新的同音词和多形词，例如借词【矿】[khɔŋ]、【俭】[khiam] 变成与【公】kong、【剑】kiam 同音，【大工】[tua kaŋ]、【大空】[tua khaŋ] 同为 toakang。也有一词分化为两音异形的【裙】kun 和 khun、【漆】cak 与 chat、【柴屐】cakiak 与 chakiak、【钱】ci 与 chi、【查某】cabo 同 chabo、【姓】se 和 she 等，在孔词表中成为不同的两个、多个词条，【诗经】[sikiŋ] 则变为 shi-king，【肖】[siɔ]（生肖）变成 shio。

2. 清音与浊音

闽南话有 7 个浊音声母，进入马来文发生了一定的变化。一如闽南话"鹉"、"无"、"黡"声母是浊音 [b]，借词【猫鸟婆】Macao-po（鹉母）、【无力】Mulit 的声母流入 m，【滥】[nua] 则混于边音 Luah；也有形成清、浊音两读者，如"黡"[be] 之于【黡使】mesay 与异读 beesay，"人"声母 [dz] 转写为 j 后，【人参】jinsom 及异读 ginseng 混用等。二如闽南话清音声母的浊化，"板"[pan]、"冰"[piŋ]、"搏"[puah]、"暴"[pɔk]、"宝"[po] 是清音声母，借词浊化为【五板】gobang（五个铜板）、【乌冰】obeng、【搏弄狮】barongsai（舞狮）、【暴】bok（粗暴）、【宝寺】bokci 及其异读 bakci（庙宇名），【耳环】[hikuan] 浊化为 giwang。三如清音声母 [ts] 属字"渣"、"艘"和 [tsh] 属字"千"、"七"等，借词依次作 je、jung、jing、jit。

3. 一字多形词

汉字是表意文字，往往以"字"为单位传递意义。马来语为表音文字，缺乏这种形音义三位一体的"字本位"思维，借入闽南词语时难免形成多种拼写形式，显者如【娘】nio 及其异读 nia（少妇、女主人、妾），都基本循用闽南音，此外还有合成词【娘团】nyonya、【娘□】Njafi（令堂）、【娘姨】nja-i（妾；妻之弟妹），总共造出四种声母的词形拼写法。

（三）韵母的分合与流变

1. 元音韵母

闽南话元音［i］，借词分流为 i 与 e、y、ie 多个写法，例如【叔】［tsik］的元音 i 转 e，【笔】有 pit、piet 两形，后者由单元音 i 变为双元音 ie，【米芳】既 bipang 又 bepang，【亲丁】既 cinting 又 centing、centeng，【海参】haisom 又形 haysom。衍脱现象则如闽南话【大觉寺】taykaksie，借词"寺"单元音韵母 i 衍作复元音韵母 ie。"秋"［tshiu］是复元音，借词【秋菊】sukiok 及异读 sokeok 脱变为单元音 u 与 o。

有些闽南话元音韵母输入借词后，变成多种拼写法：［ue］，【粿】作 kue 和 kwee，【五月】为 gogwee，【万岁】作 banswee 等；［ua］、［au］，马来文 ua 与 oa、au 和 ao、auw 并用，例如【三教】samkao 与【三教会】samkauwhwee，【豆腐】tauhu 与【豆豉】tauci、【豆干】tauwkoa 和异读 taokua 中"豆"有三个写法，【卦】kua 和 koa，【鳗】moa 和 mua，【华侨】hoakiau 与 huakiao 都一词两形，【孝】hao、【不孝】puthau、【有孝】uhauw，【我】goa、gua、gowa 甚至一词三形。闽南话［ɔ］和［o］是两个独立的韵母，马来语因缺少闽南特有元音［ɔ］，借词大多并入 o、个别作 oo，例如【兔】［thɔ］作 toh，【桌布】［toh pɔ］作 topo，【乌茶】［ɔ te］、【乌烟】［ɔ ian］分别作 oteh、oyan，仅【乌龙】oolong 将［ɔ］对应为 oo；也有少数［o］韵借词混作［ɔ］，例如【着】［tioh］作 tioo；【福建】hookkien 又作 hokkien，【道】【Tosu】却混入 too，而【道士】【to⁶】不混；【哥】［ko］、【姑】［kɔ］原不同韵，借词却混同为 ko，成为同音词，借词【许平和】［khɔ piŋ ho］（著名华人马来文学小说家）［ɔ］与［o］对调，成为 khopinghoo，等等。

2. 鼻音韵母

鼻音韵母由元音和鼻韵尾构成，这两部分都会产生衍脱和流变：【厝间】cukian（棚屋）之"间"［kan］衍生介音 i，【心理】sianli 比"心"［sim］衍增韵腹 a，【菜馆】caikun 的"馆"［kuan］脱失韵腹 a，【金仔仙】［kim a sian］演化为 Kemasan，是"仙"讹脱为 san，【船主】［tsun tsu］借为 cincu，是"船"韵腹 u 讹为 i。如前所言，马来语闽南借词的 i 元音多作 e，鼻韵母借词元音 i 也不例外，例如【无闲】作 boeng，【交种】作 kauceng（杂种），且出现【灯】teng 与 ting，【亲丁】centeng 和 cinting、centing 一类多形词，它们在孔远志词表都作为独立的词例来计算，有的甚至影响其闽南语汇的汉字书写，比如亲属称谓词的词头（用 ＊代替）用字不固定，【＊公】enkong 之于 engkong，【＊叔】ince 之于 encik、entjek、entjik，【＊婶】incim 之于 encim、entjim，【＊哥】enkoh 之于 engko、engkoh，【＊舅】enku 之于 engku，【＊爹】entia 之于 engtia 等等，这些方言词头因地方口音差异，有的用"安"，有的作"引"，同一词语之马来文不同拼写法成了两个、多个音译借词。

闽南话"金"是合口鼻韵尾，借词【金橘】kingkit 变为后鼻音韵尾；"送"是后鼻音韵尾，借词【送葬】混为合口鼻韵尾 samcung。受后一音节声母影响，"面"［bin］和"醒"［siŋ］组合的借词【面布】bimpo、【醒狮（狮）】simsai 也混为合口鼻韵尾。再如前鼻音韵尾［－n］组字构成的借词【奸臣】kangsin、【煎匙】tjengsi、【新客】sinkek 与 singkek、【新光】singkong、【畚箕】pungki、【畚斗】pungtau（撮斗）、【罗弹】lo-tang（一种武器）混入后鼻音，而后鼻音韵尾［－ŋ］组字"苓"、"生"、"屏"、"粽"构成的合成借词【肉粽】bacang、machan 前、后鼻音两读，【先生】sinse、singse、sengse 两读三形，【茯苓】hoklin 和【屏风】pin-hong 则流入前鼻音，可见闽南借词的合口鼻音和前后鼻音有些混同。

2. 鼻音韵母

鼻音韵母由元音和鼻韵尾构成，这两部分都会产生衍脱和流变：【厝间】cukian（棚屋）之"间"［kan］衍生介音 i，【心理】sianli 比"心"［sim］衍增韵腹 a。【菜馆】caikun 的"馆"［kuan］脱失韵腹 a，【金仔仙】［kim a sian］演化为 Kemasan 是"仙"讹脱为 san，【船主】［tsun tsu］借为 cincu，是"船"韵腹 u 讹为 i。如前所言，闽南借词的 i 元音多作 e，鼻韵母借词元音 i 也不例外，【无闲】作 boeng，【交种】作 kauceng（杂种），且出现【灯】teng 与 ting，【亲丁】centeng 和 cint-ing 与 centing 一类多形词，它们在孔远志词表里都作为独立的词例来计算（见注[74]），有的甚至影响其闽南语汇的汉字书写，比如亲属称谓词的词头（用 ＊代替）用字不固定，【＊公】enkong、engkong，【＊叔】ince、encik、entjek、entjik，【＊婶】incim、encim、entjim，【＊哥】en-koh、engko、engkoh，【＊舅】enku、engku，【＊爹】entia、engtia 的词头有的用"安",有的作"引",同一词语之马来文不同拼写法成了两个、多个音译借词。

闽南话"金"是合口鼻韵尾,借词【金橘】kingkit 变为后鼻音韵尾;"送"是后鼻音韵尾,借词【送葬】混为合口鼻韵尾 samcung;受后一音节声母影响,"面"[bin]和"醒"[siŋ]组合的借词【面布】bimpo、【醒狮(狮)】simsai 也混为合口鼻韵尾。再如前鼻音韵尾[-n]组字"奸"、"煎"、"新"、"先"、"畚"、"弹"(子弹)组成的借词【奸臣】kangsin、【煎匙】tjengsi、【新光】singkong、【畚箕】pungki、【畚斗】pungtau(撮斗)、【罗弹】lotang(一种武器)混入后鼻音,而后鼻音韵尾[-ŋ]组字"苓"、"生"、"屏"、"粽"构成的合成借词【新客】sinkek 与 singkek、【肉粽】bacang、machan 前、后鼻音两读,【先生】sinse、singse、sengse 两读三形,【茯苓】hoklin 和【屏风】pinhong 则流入前鼻音,可见闽南借词的合口鼻音和前后鼻音有些混同。

3. 鼻化韵母

闽南话鼻化韵多,马来语缺乏这一"音类",借入闽南词语后全部脱落,造成新的同音词,比如"清"[tshiã]、"请"[tshiã]和"兄"[hiã]、"艾"[hiã]都脱落鼻化韵,变成【清】、【请】与【车】cia 同音,【兄】、【艾】和【蚁】hia 同音。

4. 入声韵母

闽南话有[-p]、[-t]、[-k]三套入声韵及其弱化形式塞尾韵[-h],输往马来语,有的原封不变,有的发生变化,也有非入声混为入声者。例如闽南话"一"[tsit]是入声,由其构成的合成借词仅【初一】ceit 仍是入声,其余【一万】ceban、【一千】ceceng、【一家伙】cekeweh、【一角】cekak、【一支】ceki、【一粒】celiap 流为非入声;借词【茶壶】teko 是阴声韵,【茶】te 却衍生塞尾入声而成为 teh;闽南话"躯"[khu]、"家"[ke](漳州音)、"父"[hu]、"囝"[kiã]均非入声,借词【身躯】sinkhuh、【庄家】cengkeh、【父亲】hutjing、【囝婿】kiahsay 衍为入声;闽南话"肉"[bah](漳腔)是塞尾入声,到借词里,或强化为[-k]尾,如【肉酥】bakso、【肉饼】bakpia、【肉骨茶】Bakkut-teh,或形成【肉面】bakmi 与 bami、【肉包】bakpao 与 bapao、

【肉粽】bacang 与 machan 入声与非入声两读的样子。

5. 通例与特例

闽南话鼻韵尾［-ŋ］可独立充当韵母，进入借词后演化为 eng 是通例，见于由"汤"、"当"、"唐"、"钻"、"床"构成的借词【汤匙】tengsi、【四果汤】sekoteng、【当归】tengkui、【唐山】tengsua（中国）、【唐客】tengkeh（中国和尚）、【唐人】tenglang（华人华侨）、【弓钻】kenceng、【笼床】langseng 等；"算"［sŋ］（泉州音）之于【算盘】sempoa 是"算"的［-ŋ］韵尾受后一音节"盘"的声母［p］影响而变化，【共产党】kosantong 之"共"［kiɔŋ］是讹脱 i 介音和［-ŋ］韵尾而成，均为特例。再如闽南后鼻音韵母"人"［aŋ］，借词【人车】读前鼻音 lancia 是特例；"二"［dzi］组合成借词绝大多数作 ji，却出现【十二月】capjiegwee 韵母增音为 ie 的个例；"月"漳州音［gueh］，"月"词族除【月弦】gehhian 特例为入声外，其余【正月】、【五月】、【五月初五】、【八月】、【八月十五】、【九月】、【十二月】、【闰月】都脱落入声而为 gwee，显然属通例；再如阴声韵的"无"［bo］，借词不作入声是通例，如其合成词【无卜】boboe、【无情】boceng、【无情理】bocengli、【无人情】bojinceng、【无闲】boeng、【无镭】bolui、【无平】bopeng、【无搏】bopo = bopok、【无生理】bosengli、【无受气】bosiukhi、【无道】boto、【无要紧】boyauwkin，而入声的【无】boh 和【无法】bohwat 则是特例。

总之，尽管马来语闽南借词系统存在种种演化，仍不会改变其汉语—闽南区域分支的特性，也不难找到其演化的语音流变发展的规律。

三　马来语闽南借词的地方性特征

马来语闽南借词的区域方言特征在上文已见端倪。那么，它在多大程度上反映了地方性语言特点？从其语音和词汇特点看，它主要反映了闽南话的漳州腔，这只要阅读下文词例便可一目了然。

我们说马来语闽南借词具有浓郁的闽南区域特色，这在下面马来语闽南借词类型分布表一览无余，其中闽南方言特征词和音译词共有 847 条，占借词总数 885 条的 95.7%，闽马合璧词只有 38 条。

马来语闽南借词类型分布表

闽南话借词类型	单音节 单纯词	双音节词语		三音节短语	四音节短语	五六音节短语	合　计	
		单纯词	合成词				小计	%
特征词	46	13	274	34	2	2	371	41.9
甲类音译词	137	0	258	13	3	0	476	53.5
乙类音译词	0	0	49	9	6	1		
闽马合璧词	0	0	1	10	16	11	38	4.3
合　计	183	13	595	66	27	14	885	100
%	20.68	1.47	67.23	7.46	3.1	1.58		

（一）闽南话特征借词

借词属于词汇学研究的范畴，而词特征既包括语音特征，又兼具词汇特征，其重要性要明显高于纯语音特征的音译词。

一般情况下，方言特征词的数量不会很多，而马来语闽南借词中的特征词却占 41.9%，并且大多是闽南话常用词、核心词，成为展示其区域语言文化"这一个"的重要标志，在汉语借词里特别显眼，不会混同为其他汉语方言。

1. 单纯词

马来语闽南借词有单音词 46 条，如【阮】guan：我们，【粿】kue：米糕，【疝】sian：疲倦，引申为无聊，【煞】soah：罢了，【衰】suei 又音 soe：倒霉，有承自古代汉语的【舍】sia：对华人官家公子的尊称，【食】ciak：吃，【拭】cit：擦，【俭】kiam：节俭等；双音节借词仅 13 例，有【清采】cincai 又音 cingcai：随便，【滥糁】lamsam：随便，【悷憝】Likiat：刺头、不正经、不合作等，都是闽南方言特征词的输出。

2. 合成词

闽南方言合成特征借词共 312 个，约占马来语闽南话特征借词的 32.3%，是马来语闽南借词的主流形式，有【保庇】popi：保佑，【樵屐】chakiak：木屐，【大空】toakang：吹牛，【箬宝】tekpo：一种赌博活动（箬，押），【番仔】hoana：马来土著、华侨，【公亲】kongcin：仲裁人，【粿条】kuetiau：大米做的副食品，【会使】esai：可以、行，【唔着】emtioo：不对，【米芳】bipang：爆米花，【假若】Karak：好像，【闹热】

lauwjiat：热闹，【乞食】kiciah：乞丐，【抢孤】cioko：农历七月十五的祭神仪式，【跷脚】kiauka：指悠闲，【亲堂】tjintong：堂兄弟、族兄弟等。

3. 短语

闽南借词的特征短语只有 36 个，以三音节为主，例如【鸡毛毡】ke-moceng：鸡毛掸，【顾家己】kokaki：自顾自，【公司工】kongsikong：苦力的帮手，【咖啡厚】kopi－kao：浓咖啡，【蓝目牌】lambokpai：一种亚齐式绸裤名，【无情理】bocengli 等。四音节、五音节特征短语都只有 2 个，即【一年一摆】cinicipai：一年一次、【讲一给汝讲】kong－kalikong 窃窃私语；勾勾搭搭，以及【我讲一给汝讲】（义同上条）guokong－kalikong、【西游猴齐天】seyiukaucetian：西游记。

（二）闽南音译借词

马来语闽南音译词共 476 例，占闽南借词半数以上，又可分为甲乙两小类。

1. 甲类音译借词

这类音译词和别的汉语方言语音差异大，通过读音便可判断其方言语种为闽南话，又分为：

①音译单音词

例如【抱】po、【点】tiam、【符】hu、【几】kui、【江】kang、【轿】kio、【九】kau、【舅】ku、【梨】lai、【六】lak、【庙】bio、【磨】bo、【墨】bak、【牛】gu、【七】tjit、【千】jing、【渣】je、【三】sam、【烧】sio、【猴】kauw、【蛇】coa、【狮】sai、【帖】tiap、【万】ban、【王】ong、【五】go、【锡】sia、【杏】hing、【玉】giok、【钟】ceng、【桌】toh等。

②音译合成词

音译合成词因和共同语同音、同义、同词形，有些又因为声调的缺失而容易被误解为来源于共同语，实际上在交谈的语流中仍保持着闽南音，而不会混同于共同语。而如【暗伤】amsiong、【八面】pebin、【宝贝】popoe、【不孝】puthau、【潮州】teochiu、【恭贺】kiongho、【拳头】kuntau、【满洲】boanciu、【面粉】mihun、【松胶】siongka、【武侠】buhiap、【贤婿】hiansay、【阴历】imlek、【运气】unkih、【中国】tiongkok；【荔枝】leci、【薄荷】poho、【拂尘】hoedtin、【行礼】kiyalee、【药单】yohtoa 等，则因为字音的声母和韵母都是闽南音，很容易判断它的来源。

③音译短语

三音节音译短语如【无情理】bocengli、【十五盾】capgotun、【八卦丹】patkwatan、【中秋饼】tiongciupia 等，四音节音译短语如【十二盾半】capjitunpoa、【新春恭喜】sincunkionghie、【添福添寿】thiam-hothiamsiu、【宗保公庙】congpokongbio、【福德正神】hoktekcengsin 等，五音节音译短语阙如，六音节音译短语只有【中华基督教会】tionghwatokkauhwee 一个。

2. 乙类音译词

这类借词中的一部分字音为闽南音（用汉字下面加重点号表示），另一部分是闽南音与官话声韵相同，如【大班】toapan、【三保公】sampokong 的前两个音节为闽南音，【公子】kongcu、【海参】haisom 的后一音节为闽南音，也有首尾闽南音的【走马灯】cauwmating，其中"大"toa、"三保"sampo、"子"cu、"参"som、"南"lam、"走"cauw、"灯"ting 是闽南字音，而另一语素"班"pan、"公"kong、"海"hai、"马"ma 则是闽南话和共同语声韵相同。那么，我们应如何看待这类词语中闽南话与官话相同的声韵成分之方言属性？笔者认为这类借词是以词的整体借用到马来语的，而不是官话音向闽南借词的渗透、影响的结果，况且在马来人口语语流中，与官话声韵相同的汉字字调仍带有闽南方言声调的调型，因此，这里只是为了便于更加细致地辨析其各种组合成分的语音特质，才将其划为另一个小类，但这并不妨碍它隶于闽南音音译词的方言属性。

（三）闽马合璧词

这类词语有一半成分为闽南方言特征词或纯闽南音，另一半为马来语语素，马来籍华人学者在讨论这类词语中，便直接用汉字记录其中的闽南音借词。比如【bertari—秧歌】：秧歌舞，【bahasa—杂菜】：杂菜语、又称混合马来语、中华马来语，【Lagu—阿叔】：来自闽南民间的曲艺"唐山阿叔调"，【rumah—大伯公】：华人祭拜的偶像、又指庙宇。马来西亚拜年时说的祝词【恭喜拉雅】中"恭喜"是闽南话，而"拉雅"是马来西亚语，【恭喜拉雅】则是"恭祝节日快乐"的意思。另有【mata—寮】：警察局，【roti—车】：面包车，【sapu—漆】：涂漆，【舢板—ukat】：双桨杆大船、商船，【saudara—亲堂】：堂兄弟、族兄弟，【sepatu—鞋】：皮鞋，【badju – nona—娘囝】：女性服装，【kopi—乌】：不加牛奶和白糖的咖啡茶，【Perusahaan—闹钟】：钟表修理厂，凸显了闽南文化在东南亚社会文化中的亲和力。

马来语国家和地区生活着 1200 多万闽南籍华人华侨，有的十数代祖先已定居海外，甚至和马来族女子通婚。正是这些闽南籍华人和 nyonya – baba（"娘惹峇峇族"）土生华侨千百年来活跃在马来语社会，把自己的母语"胎记"也似地烙"印"在了 peranakan – Hokkian（"福建话"，即闽南话）和马来语里，而马来语族群在和他们交往和通婚的生活中，也熟悉并接受了闽南借词，双方时不时挂在嘴上的，便是【中国】tiong-kok、【中华】tionghoa 及其缩写形式 T. K 和 T. H，【华人】bangsa – tiong-hoa、bangsa tionghoa、【中国人】warga – negara – tiongkok、【华籍】Orang Tionghoa、【中国籍】Warga – tiongkok、Warga tiongkok、warga – negara tiongkok，【华文】、【中文】之 bahasa – Tionghoa、bahasa Tionghoa、Huruf Tionghoa、【中庸】djalan – tiong 和全音译形式的【中华会馆】tionghwah-weegoan 及其缩写词 T. H. H. K，【中华基督教会】tionghwa – kietokkauhwee 等词语，以及饮食类词族【粿】、【豆腐】、【茶】，以及闽马合璧的【粿—中国】kue – cina、【制粿土工（师傅）】tukang – kuweh、【米粉厂】Perusahaan – mihun、【粿厂】Perusahaan – kue、【面食制品厂】Perusahaan – mi、（米）豆腐加工厂【Perusahaan—豆腐】、茶水【Air—茶】、茶叶【Daun—茶】和茶厂【Perusahaan—茶】等。这些民族性、地域性很强的借词，内容以生活类居多，并且表现出一定的系列性、能产性和多样性，在马华双语辞典中往往没有注为外来词，甚至仅以"例证"的身份出现，表明它们已完全被马来语吸收，使用者浑然不觉其为"外来"。因而我们有理由说：闽南文化虽是中华文化的一个子系统，却长期代表着中华文化对东南亚马来语国家和地区发生着至关重要的影响，其影响年代之早，影响面之广之深，在中外方言文化交流史上罕见。

四　马来语闽南借词的漳腔特征

马来语闽南借词的地方性又表现在来源语闽南话的内部语言差异上。

我们尤感兴趣的是其内部次方言的漳、泉、厦差异①，据周长楫教授初步统计②，马来西亚闽南借词共 200 多条，其中 80% 左右即 170 多条词语表现为漳、泉、厦口音一致，仅 20% 左右即 40 来条词语读音反映了方音差异，里面有 34 条明显是漳州音痕迹，3 条是泉州音痕迹。而在笔者收集到的 885 个闽南借词中，表现了当代闽南话内部方言差异的有 226 条，约占借词总数的 25.5%，比例稍大于周教授的统计数字，请看：

地方腔成分	泉州	漳州地区		厦门	合计
		漳州	长泰县		
语音	14 条	191 条	7 条	2 条	214 条/94.7%
词汇	2 条	9 条		1 条	12 条/5.3%
小计	16 条/7.1%	207 条/91.6%		3 条/1.3%	226 条/100%

（一）漳州单字音

在闽南—台湾—东南亚马来语国家这一闽南话"大三角地区"内部，存在着一种方言通行腔，它接近但不等于厦门音，声调采用漳州阳上归阳去及其连读音变规律，声母［dz］多从漳，而韵母或漳、或泉，少数从厦。值得注意的是，马来语闽南借词系统比通行腔更接近漳州音，在能够反映次方言差异的 226 个借词里，漳腔（含属县长泰话）及其遗痕的语音和词汇分别占了 198 条、9 条，占次方言差异总词目的九成以上。

1. 保留漳腔特有声母［dz］

漳州日母［dz］，马来语闽南借词对应为 j，而未取泉腔的混于来母［l］。例如【二】ji 的合成词【二清】jicing、【二嘴】jicui、【二五】jigo、【二弦】jiho、【十二支】capjiki、【二月】capjiegwee、【十二月】capjiegwee、【十二盾半】capjitunpoa、【百二五】pekjigo，"字"［dzi］、"热"［dziat］、"人"［dzin］、"仁"［dzin］的合成词【字号】jiho、【卍字】banji、【王字】ongji，【闹热】laujiat、【热心】jiatsim，【大人】taijin、

①　漳州和泉州有 1000 多年的建州历史，是海内外闽南话的共同"老家"，厦门为清末"五口通商"以来的新兴港口城市，其语音特点是漳泉合流。是故，下文所言漳州话、泉州话，往往包括了厦门腔，而单言厦门者仅指不同于漳州话、泉州话的厦门特有说法。

②　周长楫：《方言于移民史的考证——从马来语借词的漳州音验证闽南地区移民史》，漳州师范学院主办：《闽台文化交流》，2003 年第 1 期。下面引自此文，咸注年度。

【夫人】hujin、【圣人】sengjin、【小人】siaujin、【人情】jinceng、【无人情】bojinceng、【人参】jinsom、【人丹】jintan、【人中】jintiong、【豆仁】[taujin] 及【褥】jok、【绒】jong、【绐纱】jose、【鱿鱼】juhi 等，仅【二哥】diho 一例显示为泉州腔。这表明保留漳州 [dz] －j 乃是闽南借词声母系统的"主流色"。

2. 保留漳腔特有韵母 [ɔ]、[iɔ]、[ɔm]

漳州 [ɔ̃] 与 [iɔ̃]，泉、厦分别作 [－ŋ]、[iũ]。马来语闽南借词对于这两种地方腔的选择也是从漳不从泉。例如【鸡毛毡】kemoceng、【毛面】mobin、【毛笔】mopit、【抢孤】cioko、【唱曲】cokek、【香】hio 另 heo、【香菇】hiokow、【香炉】hiolon 又音 yolo、【香散】hiosua、【象】chieonh、【羊】yo、【央丈】engtio、【姑丈】Kotio、【娘】nio、【头家娘】taukenio、【娘惹】nyonya、【肖】shio（生肖）、【相干】siokan（交合）、【相共】siokang（相帮）都从漳腔；漳州 [ɔm] 属字"人参"和"森"对应为泉 [əm]、厦 [ɔŋ]、[im]，借词【参】som、【人参】jinsom、【高丽参】kolesom、【海参】haisom 中的"毛"、"抢"、"唱"、"香"、"象"、"羊"、"丈"、"娘"、"相"、"参"，全部选用漳州腔。

3. 保留漳腔特有韵母

漳州和厦门的韵母 [e] 与 [ue] 多对调，而漳州 [e]，泉州分化为 [e] 和 [ə]，由此发生三地地方腔的复杂对应关系，例如马来语借词"粿" [kue] 为漳腔，厦、泉腔则为 [ke] 和 [kə]。借词 [e]、[ue] 韵系首先摈弃了泉腔 [ə]，其余字音多从漳：借词【粿】kue 又形 kwee，其词族【粿条】kuetiau、【甜粿】tikwee、【粉粿】hunkue 又音 hungue 和 hongkue、【炸粿】cakue、【粿—cina】、【tukang—粿】、【Perusahaan—粿】全为 kue，相同的是【裹粽】kuecang、【菠菱】pueleng、【梅】bue、【咸梅】kiambwee、【袜】boeh、【过年】kueni、【焰火】yanhwee、【锅】ue、【薰吹】huncue 又音 uncue 和"八""月"词族【正月】ciagwee、【二月】jigwee、【五月】gogwee、【五月节】gogweece、【五月初五】gogwee-tjego、【八月】Pehgwee、【八月十五】Pehgwee-tjapgo、【九月】kaugwee、【十二月】capjiegwee、【闰月】lungwee。

漳州腔韵母 [in]，有的对读为泉州腔 [un]。马来语闽南借词【红巾】anhkin、【手巾】cokin、【斤】kin、【银纸】gincoa、【银朱】gincu、

【银牌】gimpai 及其异形 impai 等"巾"、"斤"的介音韵母显示了漳州腔韵母特色,"银"衍化为 gin、gim、im 三个读音,然而介音都随漳州腔不变。

漳腔韵母 [ɛ] 元音,闽南通行腔并入 [e],其鼻化形式 [ɛ̃] 由 [ẽ] 而遗痕为 e,仍属漳州音遗存,而泉州腔有的再分化出 [ĩ]。马来语闽南借词消逝了鼻化韵类后,其【十五暝】、capgomeh【生日】sejit、【病疯】pehong、【脉】meh、【摸脉】bongmeh、【姓】se/she、【深井】cimce、【纳棚】lape、【青盲】ceme、【镲镲】cece、多音词【先生】singse、sinse 及 sengse,而有别于泉州腔的由 [ĩ] 转 i。

"百"漳腔 [pɛh],可衍化为 [peh] 或 [pek],泉腔则作 [pah]。马来语借词【百】pek、【百二五】pekjigo、【一百】cepek 也从漳不从泉;再如"八"、"月" [peh] 和 [gueh],厦腔依次作 [pueh]、[geh],泉腔分别为 [pueh]、[gəh],马来语借词也选漳腔而弃泉、厦,例如【八面】pebin、【八角】pekak 和【初一】ceit、【初一日】ceitjit、【冬节】tangce,又有【鸡】kee 及其合成词【水鸡】swikee、【鸡笼】kelung、【鸡毛毡】kemoceng,【觟使】besai、【细囝】sekhia、【题缘】teyan 及异读 tekyan、【猪蹄】tite、【西游猴齐天】seyiukaucetian、【□□□一鞋】sepatu－e 等,均呈漳腔,而采用泉腔的仅只【月弦】gehian、【冬瓜】tangkue 二例。

马来语闽南借词【瓜子】kuaci 不说泉腔 [kue tsi],【扁食】pansit 不说泉腔 [pian sit],【门帘】muili 不作泉腔 [mŋ li],【拍算】paksui 不作泉腔 [phah sŋ],【龙】liong、【四龙】suliong、【乌龙】ooliong、【良心】liangsim 不作泉腔 [liong sim],仍不同程度地展现了漳州音及其痕迹。

闽南借词还遗留了少数漳属长泰音,比如"大"的通行腔读 [tua],然而马来语借词中的"大"却几乎全部作 [ta],比如【大秤】dacin、【大核】dahut、【胖大海】pongtahai、【大人】tajin、【大姊】toaci 又音 taci 等,在闽南语地方腔里,似乎只有长泰县这样说。

泉州特有单元音韵母 [ɯ],分别对应漳腔 [i] 韵与 [u] 韵;马来语借词弃泉 [ɯ] 而作漳音 i 和 u,比如由"猪" [ti]、"鱼" [hi]、"寺" [si]、"吕" [li] 构成的借词【猪肚】tito、【猪蹄】tite、【鱼】hi、

【鲍鱼】paohi、【鱼翼】hisit、【鱼鳔】hipio、【鱿鱼】juhi、【大觉寺】taykaksie、【宝寺】bokci 和异读 bakci、【吕宋】lisong 读为漳腔；由 "四" [su]、"子" [tsu]、"师" [su]、"士" [su]、"事" [su] 构成的借词【四龙】suliong、【四川绸】sujuantioe、【四色】susek、【四正】suceng、【公子】kongcu、【君子】kunciu 与【使君子】sukunciu、【师父】suhu、【师弟】sute、【牧师】boksu、【道士】tosu、【本事】punsu、【误事】go-su 等，也运行漳州腔。

此外，马来语吸收了十多条反映闽南多地口音的译音词，例如 "香" [cio] 和 [hiũ] 分别是漳腔和泉腔，马来语单音借词【香】表现为漳腔与泉腔两读，合成词【香菇】hiokow、【香炉】hiolo 及其异读 nyolo、【香散】hiosua 却全部从漳，【鼠】表现为漳州音 ci 和厦门音 cu 两读，未见泉州音 cɯ 的痕迹。【算盘】的 "算" 四读，其 sui、si、ci 的说法是漳腔 [suĩ] 及其痕迹，而 sem 来自泉州 [sŋ] 的影响。

马来语有些闽南合成借词的方音混合较复杂，例如【人参】两读，其 jin、som 两个字都属漳腔，而 ginseng 两个字乃泉腔 [lin səm] 痕迹。【鲑汁】kecap，马来译音前一音节取诸漳 [ke]、后一音节取诸泉 [cap]，是两地口音的综合；【和尚】hoesio 和 osio 的 "尚" 字带漳音 [sio] 痕迹，而另音 hoesiu 的 "和" hue 是漳腔、"尚" siu 则为泉州音；【菊花】kekoa 又音 kekwa 和 kenghwa，其 "菊" 字 kek 显示了泉腔痕迹，而 "花" oa、wa、hwa 为漳腔 [hua] 的影响。"肉"，漳州说 [bah]，泉州称 [hiak]，马来语借词【肉】bah、【肉饼】bakpia、【肉酥】bakso、【烧肉】siobak、【肉骨茶】Bak－Kut－Teh、【□□□□—肉面】Perusa-haan－bamie（制面厂）和异读借词【肉面】bami、bahmi、bakmi，【肉包】bahpao、bapao、bakpao，【肉酥】bahso、bakso、【肉粽】bahtjang、bacan 同是漳腔遗痕，这几例约 3/4 是漳腔遗韵。

4. 泉州与厦门特有读音

总起来说，以下字音属泉腔：【二哥】di、【暗伤】siong、【将】cheong、【区会】khu、【相】siong、【月弦】geh、【簪】ciam、【倒反】peng、【冬瓜】kue、【五香】goohiong、【弓钻】ceng、【高尚】siong，【拉锯】kiu 是厦腔 [ku] 的变异。

（二）词汇

马来语闽南借词还有一些词条显示了地域之分，漳腔词条的数量，四有其三，如【捘匙】（钥匙）、【清】cia（崭新）、【透仔】（情报员）、【小种】（茶的品种名）、【地锦】Tikim（一种草药，漳州称"遍地锦"）、【豆芽】、【匏桸】是漳州特征词，前4例泉州不说，豆芽泉州叫"豆生"、匏桸泉州叫"匏老"；【讲—洽汝讲】、【我讲—洽汝讲】是词汇与方音两位一体的词例，语音方面，【汝】li（漳）、lɯ（泉）两读，"讲"是漳[koŋ]泉[kaŋ]，由其组成的借词短语【讲—洽汝讲】及【我讲—洽汝讲】之"汝"li和"讲"kong用漳腔；词汇语法方面，"洽汝"是漳州说法，泉腔作"邀汝"[kiau lɯ]。相比之下，泉州特征词仅【豉油】、【豆油】二例，漳州说"酱清"；【青草（冻）】是厦门特征词，漳州说"膣草冻"。

五　从马来语闽南方言借词的词义分类与特点

中印（印度尼西亚）文化交流研究权威孔远志教授分析称，马来语闽南话借词的词义可分成十一大类，一是蔬菜、水果、饮食类：如韭菜、茶、豆腐、肉粽、春卷等；二是日用品类，如烘炉、茶碗、木屐、大秤、算盘、墨、锦缎等；三是风俗习惯类，如元宵节、清明节、红包、恭喜、端午节等；四是亲属和人称代词类，如舅母、哥、嫂、你、我等，五如数量词二、五、一百、一千、万、寸、分、华里等；六是建筑、场所类，如栏杆、楼顶、公馆等；七为游戏、赌博、迷信活动类，如象棋、牌九、卜卦、扶乩庙等；八是人物名称类，如华侨、老板、新客、先生（多指中医）等；九为地名国名类，如中国、福建、唐山（华侨对祖国的称呼）等；十是水上航运类，如舢板、船仔、桨、船主、舵公、总傅（船上厨师）等；十一是零星的其他类，这里就不一一罗列了。

从闽南方言借词语汇对东南亚语言文化的深层次影响可以看到，在民国和民国之前；马来语凡涉及"中华"、"中国"等字眼的借用词语，无一不是采用闽南方音表述的，例如【中国】的马来文tiongkok采用闽南方音来记写，其缩写形式是闽南方音的T. K，而不是汉语拼音缩写ZH. G；【中华】借入马来语，写为tionghoa，也是闽南音，其缩写形式采用闽南话拼音缩写T. H，而不是汉语拼音缩写ZH. H，以及前引【中国人】、【中国籍】、【中华会馆】及其缩写词 T. H. H. K、【中华基督教会】、【中文】、【华文】、【中庸】、【华人】、【华籍】等等词语的闽南音音译词语，这显然是延续了数百年的漫长移民史和华（闽）马文化交流史的日酝月酿而逐步形成的。

值得注意的是，马来语闽南方言借词为代表的汉语借词，几乎没有政治性词语，比例最高的是生活化的日常词语，它表明闽南人所代表的中华民族是一个热爱和平厌恶争斗的民族。这也就是马来西亚前总理马哈蒂尔面对西方恣意调拨华马关系，大肆煽动"中国威胁论"坚实反驳的最根本，也是最切合历史事实的"注脚"：

"我不认为中国是一个威胁；我们和其他大国打交道、受到他们的威胁，但几百年来中国从没威胁过我们。"①

马来西亚前总理马哈蒂尔

至若闽南话是马来语国家的第二语言，连该地马来人、印度人等也多多少少会说一点儿闽南话。比如马哈蒂尔的继任者——马来西亚前总理巴达维 2003 年回故乡槟城过春节，在大年初二出席槟州新春团拜会现场向到会者致辞时，突然用闽南话大声说：

　　　"kionghi – huattsai, gua ma si pinsia – lang ma!"

　　　（恭喜—发财，我是槟城人嘛！）

---

①　摘自 2015 年 7 月 16 日马来西亚前总理达图·马哈蒂尔·宾·穆罕默德（Datuk Seri Mahathir Bin Mohamad）接受凤凰卫视记者蒋晓峰独家专访的回答，北京：《中国青年报》，2005 年 11 月 16 日。笔者按：马哈蒂尔自 1981 年 7 月 16 日起担任马总理 22 年，是马国历史上在位时间最长的政府首脑，也是最早站出来驳斥"中国崛起威胁论"的亚洲国家的领袖，1985 年以来曾以总理身份多次访问中国，2003 年 10 月辞职退休后，仍然在国家政坛发挥重要影响马哈蒂尔。在 2015 年 11 月 15 日北京第九届 CEO 年会上，马哈蒂尔表示，中国作为对美国超级大国的地位起到了良好的平衡作用；马哈蒂尔又说："中国距离马来西亚只有 2100 多公里，而葡萄牙人却跑了 8000 多公里来征服我们；我们和中国人在一起很安全，和葡萄牙人没有这种感觉。所以我认为中国应该变成一个强国，并不是说军事上的强国，而是能够平衡其他国家的强国。"

巴达维前总理地道的闽南话新春贺辞，当场赢得"热烈的掌声"，团拜大厅"喜气洋洋"①。由此可见闽南话在马来语国家的通用性。

第六节　明清时期西方传教士闽南方言研习与著述

闽南话是跨越国界的汉语方言，深得西方语言学家的瞩目。这里主要讨论明中叶以来西方传教士汉语教育之方言取向，通过对教会闽南—台湾—南洋之"大闽南语区"闽南方言研习过程的描述，揭示其汉语研习乃取东南海疆方言闽南话的历史事实。然而，学术界了解这一史实者并不多。

张西平教授曾经指出，西方人的早期汉语学习同其攻破南中国海域周边的南洋群岛之天然屏障有直接关系②。事实也确乎如此，西方传教士最早接触的中国底层人是闽南人，最早接触的中国平民文化是南洋地区的福建—闽南文化，所学汉语是闽南方言"福建话"，所撰首部汉语言学著作是 1575 年西班牙奥古斯汀会修士马丁·德·拉达（M. D. de. Rada，1533—1578）成书于菲律宾的闽南话词汇集《华语韵编》，比罗明坚与利玛窦在广东肇庆编的《葡汉辞典》完稿时间（1584—1586，一说 1588）早约十年。直至 19 世纪中叶"五口通商"以后，在东南亚等候已久的各国传教士才纷纷捷足登陆，进入中国。此后原本遍布印度尼西亚、马来西亚、新加坡、菲律宾等东南亚国家的西班牙语、荷兰语、英语之闽南方言双语辞书和语法学著作与教材的研习与编印，也从东南亚"迁入"中国，其著述兴趣也从原来的闽南话汉外语言学著作"迁移"为"土白"圣经、通俗读物、普及教育课本和翻译《大学》、《中庸》等中华典籍，从而将南洋群岛—福建—台湾这一大片区域"开垦"、"培植"成中华语文现代化的"实验田"，从而催生了"汉语拼音化之父"卢戆章、中国"速记之父"蔡锡勇、中国方言学"拓荒者"林语堂等著名的闽南籍语言学家，和 20 万众能够熟练运用"闽南教会罗马字"诵经唱诗、阅书读报和通信

---

① 佚名：《马来西亚总理巴达维闽南话给华人拜年》，原载北京：《北京青年报》，2004 年 1 月 26 日，转引自《人民网》，网址：http://www.people.com.cn/GB/guoji/14553/2309177.html，查询日期：2016 年 1 月 7 日。

② 张西平：《传教士汉学研究》，郑州：大象出版社 2005 年版，第 202、203 页。

的基督徒及不信西教的"世俗人"。正如周恩来总理 1958 年《当前文字改革》所总结：

> "鸦片战争以来，帝国主义国家派来中国的传教士拟定了许多不同的汉语拼音方案和各地方言的拼音方案，其中如闽南的白话字影响最大。"

发生在明中叶以来的南洋群岛和我国东南海隅的早期传教士研习汉语闽南话的历史脉络和流程引人瞩目，值得深入研究。然而学界却鲜有涉笔，偶有论者，也往往因资料的匮乏和文章篇幅的局限而只取一端，如只限于近代（如周典恩 2008，陈榕烽 2010）或境内者（如张雪峰，2005），或只限于辞典类（张嘉星 2006，陈榕烽 2010）等，难以一窥全豹。这就有重新审视福建—台湾—南洋这一独特的东西语言文化接触奇观的必要，以便全面、集中地对这一特殊历史文化现象作出客观、科学、合理的评价。

如前所述，闽南人早在唐末就在印度尼西亚的巨港"耕植"，宋代以后在南洋"以舟为田，视波涛为阡陌，依帆樯为末耜"[1]，元代在印度尼西亚北婆罗洲建有行省[2]。明中叶漳州月港的兴起，带动了闽南人大量"落南洋"经商，有的便"住冬"南洋，"娶番妇、生番子"，定居南洋，渐渐形成了马六甲的"漳州门"、"中国溪"等村落[3]，婆罗洲甚至出现"为王者，闽人也"（《明史·外国传·婆罗传》）。这就是说，早在西方人的"地理大发现"和开辟东方航线到达南洋群岛之前，闽南人的足迹已踏遍南洋群岛。

南洋群岛又是中西文化的重要交汇地。14 世纪西方资本主义的兴起，促进了地理大发现。葡萄牙人沿着非洲西海岸绕过好望角首航东方，进入印度洋，于 1498 年到达印度西南部，1511 年占领马六甲王国，明帝国海

---

[1] ［明］张燮：《东西洋考》卷七；邓廷祚等：《海澄县志》卷一五《风土志》。
[2] 李长庚《中国殖民史》，上海：上海书店 1984 年版，第 93—97 页。
[3] 中国村、漳州门、中国溪地名，见［葡萄牙］埃雷迪亚（G. de Eredia）1613 年绘制的马六甲地图，转引自林远辉、张应龙：《新加坡马来西亚华侨史》，广州：广东高等教育出版社 2008 年版，第 45 页。

洋门户顿时洞开。西班牙、荷兰、法国、英国等殖民者及传教士也相继东来，拓展势力：西班牙统治菲律宾近三个半世纪时期（1565—1898）；荷兰 1596 年入侵爪哇岛万丹，1641 年入主马六甲王国，先后统治印度尼西亚 330 多年；英国分别于 1786 年、1819 年占领槟城、新加坡、马六甲，辟其为海峡殖民地。侨居这些国家的闽南人，无可避免地长期处在了中西文化碰撞的风口浪尖上。无论是南洋闽南人还是传教士入华海路必经地区的闽南人，都最早地近距离且深层次地接触了西方宗教文化。

语言是文化交流的先导。明廷曾要求入华传教士必须会汉语，否则"致被拒绝"（1563）①。清代对西教屡有禁废：初行禁，至 1692 年康熙帝颁布"容教诏令"；1706 年受康熙召见的"中国通"福建主教颜珰，因其只会福建方言而不谙官话，竟至被驱逐出境②；乾隆年间"礼仪之争"又引发了禁教令，嘉庆年间更禁止国人教洋人汉语、向洋人提供汉字活字、赠送中国史书等等，违者处死，"入教者发极边"（1812）；"西人传教，查出论死"；"洋人秘密印刷中文书籍及传教惑众，或满汉人等受洋人委派传教，或受洗礼入教，为首者斩。"（1814）③ 在这样的历史文化大背景下，传教士不可能直接在中国传教，便采取"迂回战术"，把目光投向侨民众多、海上交通方便、可以自由传教的南洋。这才发现南洋的华侨主要是闽南底层人，会说官话的不到 1/500④。不得已，已经学了官话的传教士们毅然改学闽南话，一边布道、培养闽南教徒，一边俟华开禁，以保证在第一时间奔赴中国传教。1840 年爆发鸦片战争，迫我"五口通商"，清帝国进一步丧失主权，成为西方宗教入侵的好时机。留居南洋的英美传教士们得以捷足登闽，1842 年入厦，1847 年入榕（福州）。举凡英国伦敦会马礼逊、米怜、麦都思、德国基督教路德会郭实腊、美国罗啻及施敦力兄弟等著名传教士，无一不是先在南洋学习汉语闽南话，再转至福建传教的。

值得注意的是，清代传教士在南洋学习闽南话是与兴办中文学校、印发中文（包括汉语罗马字）书刊互为表里的，例如英国伦敦教会给马礼逊

---

① 王治心：《中国基督教史纲》，上海：上海古籍出版社 2004 年版，第 64 页。
② 陈支平主编：《福建宗教史》，福州：福建教育出版社 1996 年版，第 396 页。
③ 陈玉申：《晚清报业史》，济南：山东画报出版社 2003 年版，第 2 页。
④ 麦都思：《汉语福建话字典·序言》，澳门：英国东印度公司 1837 年版。

（Robert Morrison，1782—1834）下达的任务是：学会中文、编纂汉英字典，把《圣经》全部译为中文，好使占世界三分之一人口的中国人能直接阅读中文《圣经》。为此，马氏在 1818 年到达马六甲传教伊始，便创办了英华书院，下设三所闽南话华文小学；其同工米怜（William Milne，1785—1822）早年就有闽南话中文学校的办学经验，麦都思则在巴达维亚（今雅加达）、槟榔屿、马尼拉等地活动，都是学闽南话、办学校、"传递上帝的福音"三不误。

一　传教士闽方言著述

为了方便学习异族语言，传达教义，传教士每到一地都以罗马字作为记录工具学习语言编辞典，替各地创制拼音文字系统，在闽南方言方面的努力为今人留下几百年前的数以百计的多种类型闽南话汉外双语词典和语言学著作（参见拙著：《闽方言研究专题文献辑目索引》部分书目）。

（一）闽南方言辞书

1. 华班—班华闽方言双语辞书

明中叶的菲律宾是闽南人的聚居地，西班牙奥古斯汀会和多明我会分别在 1565 年、1578 年抵菲传教。意大利罗马大学东方学院汉学家马西尼教授《罗马所藏 1602 年手稿本闽南话西班牙语词典——中国与西方早期语言接触一例》①介绍称，闽南—菲律宾是 17 世纪初传教士汉语研究取得最大成功的地方，至少编了 16 部汉语词汇学著作，其中"有关闽南话的著作是最早的"，例如明万历三年（1575）奥古斯汀会修士马丁·德·拉达（M. D. de. Rada，1533—1578）班华对照闽南方言词汇集《华语韵编》（Arte y Vocabulario de la lengue China，又译《中国词语艺术》等）；1609 年本 Diccionario de la lengue Chin‑cheo（漳州话）见藏于巴黎国家图书馆；成书于 17 世纪的 Bocabulario de lengua sangleya por las letraz de el A. B. C.，见藏于大英博物馆图书馆；此外，马尼拉多明我会圣玫瑰省档

---

① ［意］马西尼（Federico Masini）：《罗马所藏 1602 年手稿本闽南话西班牙语词典——中国与西方早期语言接触一例》，游汝杰、邹嘉彦译：《语言接触论集》，上海教育出版社 2004 年版。下引本文，咸注作者姓名。

案馆曾收藏《华班字典》（*Diccionario china – Español*，*dialecto de Emuy*）、
《班华字典》（*Diccionario Español – china*，*dialecto de Emuy*）和《班华字
典》（*Vocabulario de la lengua Española – China*，*dialecto de Emuy*）等多部
手稿；学界普遍披露的则有耶稣会教士契林诺（Pedro Chirino，1557—
1635）1602 年编于菲律宾的《闽南话与西班牙卡斯蒂利亚语的对照字
典》，其手稿收藏在罗马 Angelica 图书馆①。鸦片战争爆发后，闽班双语
辞书多改在内地出版，如 R. P. Fr. Ramon Colomer《闽南西班牙辞典》，厦
门萃经堂 1900 年发行。Tipson，Prat.《华班辞典》，厦门 Imprenta de la
Mission Catolica1925 年发行。Fr. Francisco Piñol Y Andren，O. P 编撰的
《华班辞典》（*Diccionario Chino Español*），词汇丰富而完备，香港 1937 年
出版，是厚达 790 页的大部头②。

2. 荷华闽南方言双语辞书

荷兰南洋殖民政府印尼通译佛兰根（Francken. J. J. C. ，? —1863），
曾于 1857 年带领练习生薛力赫（Gustave S chlegel，1840—1903）前往漳
州调研方言，不幸于 1863 年病逝，其遗稿《厦荷大词典》（*Chineesch Hol-
landsch voordenboek vanhet Emoi dialect Chinese Dutch Dictionary of the Amoy
dialect*）经巴达维亚（雅加达）艺术与科学学院委恭请专家整理成册，于
1882 年出版。薛力赫则编撰《荷华文语类参》4 册，1882—1890 年发行。
佚名《闽南漳州方言荷华字典》1886 年也发行于南洋。

3. 英汉闽双语辞书

早期英汉闽南话双语辞书也都在南洋群岛编纂和出版，第一本是英国
传教士麦都思（W. H. Medhurst）《福建话字典》（*A dictionary of the Hok -
keen Dialect of the Chinese Company*），反映了 19 世纪的漳州方言读书音，
1831 年完稿于马六甲，1837 年在澳门英国东印度公司印行，是西方学者
官话方言以外最大部头的汉语字典。紧接着是戴尔牧师（S. Dyer）的

---

① 按：此书马西尼的译名是《中国语言词汇集》，周振鹤：《在罗马的"随便翻翻"》（北
京：《中华读书报》，2002 年 7 月 10 日）成书于 1604 年，经向周教授请教与核对，乃周文之笔
误。

② 黄典诚（原署名 D. ch）：《新发现的另一种闽南白话字》，许长安、李乐毅：《闽南白话
字》，北京：语文出版社 1992 年版。笔者按：此词典本人未亲见，在别人的著述中曾收集到另一
书目信息，作者署作 R. P. Francisco Piñol&Andreu，F。

《福建话漳州音字典》（*A vocabulary of the Hok – keen dialect as Spoken in the county of Tsheang tshew*），1838 在马六甲和新加坡出版。伟恩（Winn, J. A.）《厦门和新加坡福建方言词汇》，新加坡 1866 年出版。佚名《三种词汇：英文、马来语、中文福建话与客家话》，新加坡 1887 年、1904 年刊行。欧尼斯特（Tipson. Ernest）《厦门话汉英袖珍词典》（*A Pocket Dictionary of the Amoy vernacular Chinese – English*），新加坡 1935 年出版、台中 1953 年重印。尔尼斯特·迪普森（Tipson，Ernest）《厦门话袖珍英汉辞典》（*Pocket Dictionary of the Amoy vernacular. English Chinese*），新加坡商务书局 1940 出版。鸦片战争以后，这类语文辞书改为在台、港、内地出版，如约翰·卢《厦门词汇》，厦门 1848 年出版。美国归正教传教士罗啻（Elihu. Doty）《翻译英华厦腔语汇》（*Anglo Chinese Manual with Romanized Colloquial in the Amoy Dialect*），广州鹭门 1853 年、1855 年梓行。马偕（Mackay G. L）《中西字典》，上海美华书馆 1874 年出版，台湾 1876 年、1891 年再版。杜嘉德（Carstairs Douglas）《厦英大辞典》，台北古亭书局 1873 年出版、1899 年再版。麦嘉湖（Macgowan，John）《英汉厦门方言字典》（*English and Chinese Dictionary of the Amoy Dialect*），厦门英格兰长老会 1883 出版，1885 年、1905 年、1965 年多次再版。美国归正会来坦履（Daniel Rapalje）补编打马字遗稿《厦门音的字典》（*E – mng im e Jitian*），厦门萃经堂 1894 年刊印。巴克礼（Thomas Barclay）牧师在杜嘉德《厦英大辞典》基础上作《厦英大辞典补编》，1923 年上海商务印书馆出版。甘为霖（W. Cambell）《厦门音新字典》，台南教会公报社 1913 年首版，1979 年修订第 19 版，至今再版不绝。Bernard，L. M. Embree 编《台英辞典》，香港语文研习所 1973 年初版、台北中华语文研习所，1984 年再版。Rer. Russell. Sprinkle《中国闽南语英语字典》（*Amoy English Dictionary*），台中玛利诺 1976 年出版。雷夫·吉唛高恩（REV. J. MACGOWAN）《英厦辞典》，台北南天书局 1978 年出版。Mary《英语闽南语字典》，玛利诺 Maryknoll Fathers，1979 年出版，等等。

（二）闽南方言学著作

闽南方言学著作如郭实腊（Karl Friedrich Au – gust Gutzlaff）《厦门话标志》，1833 年发行于东南亚。詹姆斯·拉格（Legge James）《英语马来语和汉语词汇研究：福建话和广东话习语的理解》（*A lexilogus of the Eng-*

lish Malay and Chinese language comprehending the vernacular idioms of the last in the Hok‐keen and canton dialects），马六甲英华学院书局 1841 年出版。海尔（Hare G. T.）《福建土话》（*The Hok‐kien vernacular*），新加坡政府出版办公室 1897 年初版、1904 年再版。弗朗西斯科·皮纳尔（Pinol，Francisco）《厦门话的语法》（*Gramatica China del dialecto de Amoy*），香港 1928 年出版，后于玛利诺神学院 1952 年、香港玛利诺 1960 年分别再版。彭特·凡德（Loon Piet. van. der）《马尼拉早期福建话研究》（*The Manila incunabula and early Hok‐kien studies*），厦门 1967 年初版、1996 年再版。Fezguson，D.《台湾汉语》（*Formosan Chinese*），1909 年出版，发行地点不详。托马斯（Roberts Thomas）《台湾福建话》（*Speak Taiwanese Hok-kien*），出版信息不详。

（三）闽南方言教材

打马字（Rev. John. van . Nest. Talmage D. D.）《唐话番字初学》（*Tng oe hoan ji chho‐hak*），台湾 1852 年出版。Peter Hsieh《厦门语教程》（*Lessons in the Amoy vernacular*）5 册，菲律宾 Henry. P. De. Pree1911 年初版；A. L. Warnshuis&H. P. DePree 1930 年、1955 年再版。尼古拉斯·伯得曼（Bodman. Nicholas. C.）《福建厦门语口语》（*Spoken Amoy Hok‐kien*），吉隆坡：马来西亚联邦 1955 年初版、1958 年再版。台、港、闽等内地版如罗啻牧师《英中厦门本地话指南》，广州 1855 年出版。［英］马约翰《厦门方言手册》（旧译《英华口才集》，*A Manual of the Amoy colloquial*），厦门萃经堂 1869 年初版，1871 年、1880 年、1892 年再版。Warnshuis，A. L& DE. Pree，Henry. P. 《厦门话教程》（*Lessons in the Amoy vernacular*），厦门大学出版社 1936 年出版、1955 年再版。Caroll，T. D. 《台语发音实用手册》（*Some practical notes on the pronunciation of Taiwanese*），香港帝国印刷公司 1956 年出版。托马斯·卡罗尔（Carroll，Thomas）《台湾话发音实用注解》（*Some practical notes on the pronunciation of Taiwanese*），台中玛利诺厦门话学校 1956 年出版、1965 年出版。20 世纪 60 年代以后，教会闽南话著作出版地集中在台湾，发行的教材有 Fedders Albert《厦门语白话对白》（*Chinese Dialogues in the Amoy vernacular*），佚名《初步书面语会话及文法：台湾》第一册，施古德（G. schlegel）《台语罗马化的校园会话：耶鲁大学教材》（*Compus Talk in Taiwanese Romanization：A Yale Uni-*

versity Textbook），Carroll，T. D. 《台语发音实用手册：台湾厦门语发音的教学法处理》（*some Practical Notes on the Pronunciation of Taiwanese：A pedagogical Treatment of the Sound of the Amoy Dialect spoken in Taiwan*）等。

综上可以看到，教会编纂的闽南方言学著作主要是辞书、语言学专著和教材等（教材和闽南话圣经圣诗，参见第二章第五节的有关内容），其中荷华闽语辞书仅见于闽南话 3 种，班华闽南话辞书 9 种，而以英汉闽南语辞书和方言学专著、方言教材为多。就西方传教士的闽南方言学著作年代看，班华闽南话辞典主要集中在 16 世纪中末叶至 17 世纪初；荷华辞典集中在 19 世纪后半叶的三十多年里；新教传教士的英华闽南方言学著作最晚，种类也最多，从 1831 年逶迤延展至 20 世纪。从文献出版地又可发现，鸦片战争之前的闽南方言学著作主要是南洋版，并渐至内地和港台，南洋版闽方言文献的种数几乎和港台版和内地版等量齐观。

二 传教士闽南话著述的意义和重要影响

英美传教士敏感地认为，"白话字很适合妇女、儿童及未受教育的人们使用"；让每位信徒都能研读圣经的目标"使用汉字是达不到的，使用罗马拼音的白话字可以达到这个目的"①，因而可以把中国文盲改造成"可以自己聪明地阅读"的文明人②，并且预见说："中国人像英国人或美国人那样普遍阅读《圣经》的时代必将到来！"③ 为了达到这一宗教目标，英美传教士大力推广多闽语分支的拼音罗马字，其中罗啻、打马字、养为霖等新教传教士创制了闽南白话字，怀德牧师在 1851 年用"福州平话字"翻译圣经，美以美会传教士威廉·蒲鲁士（William N. Brewster，1862—1916）则创制"兴化罗马字"，从此，福建省成为我国汉语现代化的最先进地区。

---

① 赖永祥长老史料库网站·教会史话，网址：http：//www. laijohn. com/BOOK1/020. htm，核对日期：2012 年 5 月 25 日。

② 美国归正教牧师打马字（Talmage John V. N.，1819—1892）语，见腓力普·威尔逊·毕：《关于厦门：一个中国首次开埠港口的历史语事实》，转引自李熙泰、许长安合编：《厦门话文》，厦门：鹭江出版社 1994 年版，第 66 页。

③ G. McIntosh，TheMissionPressinChina，第 3—4 页，转引自龚缨晏：《西方文化的传入与宁波近代印刷出版业的产生》，《时代先锋网红色阅读网》，网址：http：//nc. zjsdxf. cn/read/book-content. php？contentID＝10000037103522&chapterID＝18，核对日期：2012 年 5 月 3 日。

罗马字圣经的语言风格起先采用介于口语和文言之间的"中间文体",也就是早期白话,普通民众难以理解,收效不大。后来改为闽南方言白话,让普通民众能看懂、听懂而接受。有的传教士为了迎合中国知识人的阅读兴趣和习惯,而编写既有汉字又有罗马字的"汉罗"本,在全社会发行,一时间,"无论男女老幼,只须学习一二个月,就可读写纯熟,而聪颖者数天便能通晓"①,遂成教会普及民众文化教育的利器。大力推行闽南方言拼音文字读物的是伦敦圣教书局之闽南分会和厦门圣教书社与书会,后来在1850年归并到近代闽南最大的圣书出版机构——闽南圣教书局,总共出版了闽语土白圣经数近三百种、上千版次;仅闽南圣教书局1851年至1920年便出版14万7千册,台湾、福建、南洋19世纪末的15年间即售出6万本②。

回顾传教士的汉语闽南方言研习背景和成就可以发现,由于他们在南洋最早接触的是中国底层人之闽南人,最早接触的中国文化是属于滨海型的区域性非主流的南洋闽南文化,因而,在南洋最先学习出成绩来,而其早期研究汉语语言学的成果,便只能是南洋"福建话"之闽南方言。由于这类著作一则发生年代早,二则因编撰地点在海外而不是国内,虽然知之者不多,然而在汉语文献史料学和中外语言接触史上却享有极高的地位。比如传教士的好些闽南话著作的编纂时间,甚至比闽南籍学者的母语著作还要早两个多世纪(西班牙天主教徒编的"华班—班华"闽南话辞书就比泉州人1800年编的母语韵书《汇音妙悟》和漳州人1818编成的《雅俗通十五音》早200多年),其成书种类之丰,图书数量之多,都令人难以想象。

闽南语言与文化正是受到耶风欧雨的熏蒸和洗礼,才被培植成了"汉语拼音的故乡",并且孕育出我国第一代现代语言学家:南洋闽南籍林衡南著《通夷新语》,采用马来语汉语闽南话词表加罗马字注释,新加坡古友轩1877年出版,既提供新客华侨学习马来语之用,也供土生华侨学习闽南话;相似的闽南籍林采达《通语津梁》也是华马闽南话双语辞

---

① 吴炳南:《百年来的闽南基督教会》,《厦门文史资料》第13辑,1988年版。
② 郑连明:《台湾基督长老会百年史》,台北:台湾基督长老会总会发行1965年版,第130页。

书，巴达维亚（今雅加达）1878 初版、新加坡集文斋 1889 再版。内地同安籍卢戆章则因"感欧美各国皆拼音成文，恍然发改造汉字之宏愿"①，前往新加坡学英语四年，返回厦门后，一边教西方人闽南话、教国人英文，一边潜心钻研闽南地方韵书和传教士的"闽南白话字"，而成为我国汉语拼音方案设计的前行者，出版了一系列"中国切音新字"专著和厦腔《一目了然初阶》等语言学著作。

卢戆章 1892 年《一目了然初阶》的出版，昭示着我国语言文字全新时代的到来，从此汉语拼音方案的创制由西方学者包揽、渐至有中国学者参与，而改变为以中国学者独掌大局的新局面。卢氏拼音方案也从闽南话母语切音新字之《中国新字：厦语字母》、《中国切音新字厦腔》、《厦门切音字母》、《一目了然初阶》（漳州天主教白话字）、《中华新字漳泉语通俗教科书》等方案扩大到非闽南母语的《福州切音字母》、《中国新字·榕语》、《中华新字福州语通俗教科书》、《字母举例：龙岩语、客语、吴语、闽语、粤语、京音方案》、《北京切音教科书》、《中国字母北京切音合订》、《注音字母中华新字合璧》等范畴，其编著及切音新字"一刊再刊"，在清末民初由厦门、闽南、全闽、南方地区推向全国，掀起了"推广国语"和"切音字运动"。为此，白涤洲赞其为"国语运动急先锋"②，许长安教授誉之为"语文现代化的先驱"和"中华首创音字之元祖"③，影响了闽语区整整一代人：

与卢戆章同时代的漳州蔡锡勇，以拼音文字为原理首创了汉语速记法《传音快字》（1896），学界尊为我国"速记之父"；

力捷三仿蔡氏"快字"制福州话《闽腔快字》（1896，武昌出版）；

徐枫樟同创《实用日汕语快捷方式》（1910，汕头出版）；

乔仲敏出版《新出活字快话机》（1920，厦门），有力地推进了我国传统小学迈向语文现代化的前进步伐。

"五四"新文化运动，带动了语言文字的改革，1913 年民国教育部在

---

① 卢戆章：《中国第一快切音新字·原序》，转引自李熙泰等：《厦门话文》，厦门：鹭江出版社 1994 年版，第 96 页。

② 北平：《国语周刊》，1931 年 11 月 7 日。

③ 此段和下段文字多引自许长安：《语文现代化的先驱卢戆章》，厦门大学出版社 2000 年版。

京召开读音统一会，卢戆章应邀赴会，参与议决注音字母方案；民国教育部成立"国语罗马拼音研究委员会"，闽南籍学者周辨明、林语堂是其主要成员；次年北京大学成立方言研究会，林语堂为该会主席……学界就此掀起了一个拼音新文字研究的新潮，周、林二氏既积极修订闽南话拼音方案，也发表国语拼音论文①。20 世纪 50 年代初，师承周辨明的黄典诚在厦门、上海等地同名期刊《新文字月刊》发表系列拼音"新文字"论文，大力宣传拼音文字的先进性与易学性，后来成为闻名全球的语言学家。闽南在这一时期也涌现了《指南针》等拼音文字专业报刊，连群众性报纸《江声报》都登载过诸多《厦门话新文字方案》，培养了洪笃仁、鲁夫、潘隽之、丁华、潘懋元等本地汉字改革作者群。因此我们说：

正是闽南话拼音方案的科学化"实验"，才为我国汉语拼音方案的诞生培养了专门人才，提供了宝贵的经验和具有指导性意义的借鉴。尽管成熟的汉语现代化思想是汉字不能废除，然而以汉语拼音为"拐杖"的"汉字—拼音文字"两者缺一不可的"两条腿走路法"之语言文字法规，已使汉语拼音步上了汉语第二种文字系统的圣坛，在各级语言教育中和在社会的广泛应用方面，发挥着巨大的作用。在此，我们真应该感谢那些为了"传递上帝的福音"而"歪打正着"地设计、推行了最成功的汉语拼音方案的传教士们，可以说，没有他们的献身精神和科学、执着的态度，便没有汉语现代化那"科学的春天"！

参考文献

李如龙：《福建方言》，福州：福建人民出版社 1997 年版。

林宝卿：《闽南方言与古汉语同源词典》，厦门：厦门大学出版社 1999 年版。

连　横：《台湾语典·雅言》，台北：金枫出版有限公司 1987 年版。

周长楫、周清海合编：《新加坡闽南话词典》，厦门：厦门大学出版社 2003 年版。

戴庆厦主编：《汉语与少数民族语言关系概论》，北京：中央民族学院出版社 1992 年版。

林金水、谢必震主编：《福建对外文化交流史》，福建教育出版社 1997 年版。

孔远志：《中国印度尼西亚文化交流》，北京大学出版社 1999 年版。

---

① 周辨明：《新注声法之改进》，厦门：《指南针》杂志，1924 年版；林语堂：《国语罗马字拼音与科学方法》，1923 年版。

李毓恺：《印尼中华大辞典》，雅加达：椰城国民书局1955年版。

游汝杰：《西洋传教士汉语方言学著作书目考述》，哈尔滨：黑龙江教育出版社2002年版。

张嘉星：《闽方言研究专题文献辑目索引》，北京：社会科学文献出版社2004年版。

洪惟仁：《台湾文献书目解题·语言类》，台北：台湾"中央图书馆"特藏资料汇编委员会1996年版。

许长安、李乐毅：《闽南白话字》，北京：语文出版社1992年版。

董楚平：《汉代的吴越文化》，《杭州师范学院学报》（社会科学版），2001年第1期。

李如龙：《东南方言的"底层"研究》，《民族语文》2005年第6期。

潘悟云：《汉语南方方言的特征及其人文背景》，《语言研究》2004年第4期。

赵加：《试探闽方言中的壮侗语底层：兼论百越民族史研究的几个问题》，《贵州民族研究》，1991年第2期。

黄向春：《"诸娘"与"唐部"：闽江下游民俗生活中的族群关系与历史记忆》，《民俗研究》，2006年第3期。

吴守礼：《查晡与查某语源的试探》，台北：《"中央"日报·学人周刊》，1957年总第35期。

周法高：《从"查晡"、"查某"说到探究语源的方法》，收入《中国语文论丛》，台北：正中出版社1970年版。

洪惟仁：《查夫、查某》、《查某、翁某》，《台湾礼俗语典》，台北：自立出版社1985年初版。

《中国谚语集成·福建卷·附录：方言、畲语集注》，北京：新华书店2001年版。

黄纪潘：《现代汉语方言夫妻称谓系统的共时面貌及其文化印记》，《哈尔滨学院学报》，2013年第6期。

台湾省"教育部"网站：http://twblg.dict.edu.tw/holodict_new/index.html：《台湾闽南语常用词辞典》。

孔远志：《马来语、印尼语中汉语（特别是闽南方言）借词研究》，荷兰莱顿大学：《语言、地理和人类学皇家学院学报》1987年第4期。

许友年：《闽南方言对印尼语和马来语的影响》，《福建师范大学报》，1981年第2期。

［意］马西尼（Federico Masini）：《罗马所藏1602年手稿本闽南话西班牙语词典——中国与西方早期语言接触一例》，游汝杰、邹嘉彦译：《语言接触论集》，上海教育出版社2004年版。

张嘉星：《传教士与闽南方言辞书》，《文献》2006年第1期。

下　编

第四章　闽南方言文学·正始篇

第一节　闽南方言文学界说

一　闽南方言文学的界定

本书所称闽南方言文学，主要指用闽南方言来口头创作和传播的文学，是闽南方言口传文学的简称，其含义相当于西方传统学科分类之 sasteradaerah（直译为土著语系文学或原住民文学），也是中国汉民族民间文学的闽南语系分支。从地域分布看，闽南方言口传文学主要流传在中国福建南部之闽南地区和浙江南部地区、中国台湾、马来西亚、印度尼西亚、新加坡、菲律宾等东南亚国家的华人社区闽南人口头，其语汇和作品主要是历代底层闽南人民集体创作或改编，经过一代代人的口耳相传保留至今的，都借助母语闽南话来表述。那么，这些跨越了省界、迈出了国界的闽南语口传文学，可否改用"闽南区域文学"、"闽南通俗文学"、"闽南民间文学"来表述？这需要考察、比较其概念用语的意义内涵与外延同本书特定的研究对象是否吻合来决定。

（一）"闽南"的多义性

"闽"是福建省的代称。地名之"闽南"是个确义词，主要指福建省南部泉州、漳州、厦门三市县通行闽南话的地方。然而作为文化名词，却是一个泛义词，泛指通行闽南话的闽南、浙南、台湾等沿海地区和东南亚大部分华人社区之广大区域，这还仅指"狭义闽南语区"，如果包括"广义闽南语区"，则范围更加广阔（参见第二章开头部分）。因而，假如以"闽南"为名来表述闽南话之口传文学，势必导致概念与所指意义内涵不相等的偏误。

（二）"区域文学"一般不包括民间文学

"区域文学"又称"地域文学"，应该囊括某一区域作家创作的文学和民间文学等所有文学现象。然而在语言应用习惯上，区域文学大多并不包括该区域的民间文学，而仅指这一地区的作家创作的文学，也有的直接用当地的地名来代替"区域"两字。显者如近年来各省省政府出资组织编写的，用来提升本省区文化形象的"文化工程"之一的本地区文学史著作，如《东北文学史》、《台湾文学史》、《重庆文学史》、《上海近代文学史》、《山西现代文学史》、《江苏新文学史》等①，以及与本书内容有关的《福建文学发展史》，也只针对本省作家文学的发展概况，基本未涉民间口传文学②。其次，吕嘉健先生曾讨论过改革开放以后作家创作中表现的地方色彩和地方风格问题，同样无涉当地口传民间文学③，即便带有"地方"字眼的文学史著作。笔者专门为此而初步考察了多省文学史专著，仅见《黔西北文学史》（贵州大学出版社，2011）兼含地方文学内容，何绵山所著《闽台文学论》（海洋出版社，2012）用近半篇幅讨论闽台两地的民间文学，其余各省文学史都只反映作家文学。由此看来，文学史界的语用习惯是区域文学不包含地方民间文学。因此，为了避免误导读者，以民间口传文学为研究对象的著述是不宜采用区域文学或地域文学来表述的。这就是我们不采用"区域文学"、"地域文学"为本书命名的根本原因。

（三）"通俗文学"和"俗文学"不等于口传文学

"通俗文学"和"俗文学"是否可以指称南方方言口传文学呢？这需要根据这两个词语的内容加以判断。比如郑振铎认为，"'俗文学'就是通俗文学，也就是大众文学"；"中国的'俗文学'，包括的范围很广，……像小说、戏曲、变文、弹词之类，都要归到'俗文学'的范围里去"④，和我们的研究对象有着较大的距离。倒是钟敬文教授提出的"中国文学三大干流之'三层论'"的第三层，即劳动人民所创造、继承、发展的民

---

① 方维保：《逻辑荒谬的省籍区域文学史》，《扬子江评论》，2014 年第 2 期。

② 见陈庆元：《福建文学发展史·绪论》，福州：福建教育出版社 1996 年版，第 1 页。

③ 吕嘉健：《论新时期地方文学》，陈侃言等主编：《亚热带了望：中国地域文化论》，广州：广州出版社 1994 年版。

④ 郑振铎：《中国俗文学史》，北京：商务印书馆 2005 年版，第 1 页。

间口传文学，简称民间文学，符合本书的意涵，可以充分区分"中国文学三大干流"第一层之"占压倒地位的正统的古典文学"（作家归此）和第二层之"唐宋以后反映都市商人和市民生活的小说、戏剧等俗文学"①，后者也称为市井文学，比较接近郑振铎的俗文学定义。也就是说，本书"闽南方言口传文学"的研究对象既不是作家文学，也不是市井通俗文学，而是钟教授所说的中国文学之"第三干流"——民间口传文学中的一个区域性分支。

值得参考的"反例"，是周忠元、谭帆教授《"俗文学"辨》之说②，该文既吸收前人关于文学有雅文学、俗文学、民间文学三大类的看法，又从文学特质的五个方面对俗文学进行了艺术性概括：（1）俗文学在价值功能、表现内容、审美趣味、传播接受等方面介于雅文学与民间文学之间；（2）俗文学是以受众为本位的由文人加工、整理或创作的书面文学作品；（3）俗文学以道德教化、宗教布道、知识普及和娱乐消遣为最基本的价值功能；（4）俗文学是一种在表现内容、艺术形式和审美趣味追求世俗化的文学作品；（5）俗文学具有传播普及化的特性，具有一定的商业消费性，从而将俗文学与民间文学彻底地"剥离"，使其成为一个自身相对稳定的研究对象。对照周、谭所列俗文学的艺术特征，可以发现绝大多数与闽南语民间文学对不上号：闽南语民间文学同雅文学判然有别，因而不具有周、谭所说的第（1）点文学特征；闽南方言文学既不是周、谭所说第（2）种特征之"文人加工、整理或创作的文学作品、书面文学"，也不以其第（3）点"以道德教化、宗教布道和娱乐消遣为最基本的价值功能"，在表现内容、艺术形式和审美趣味方面，同样没有周、谭第（4）点所称的"追求世俗化"特点；它虽然有着周、谭第（5）点所说的具有"传播普及化的特性"，却一般不具有"商业消费性"。这也从另一个角度表明闽南方言文学不属于俗文学的范畴。

（四）"民间文学"不能确指作品的方言语种

那么，本书不是可以遵循惯性思路，采用"民间文学"来命名吗？

---

① 钟敬文：《民间文学的地位和作用》，《杭州大学学报》，1983 年第 3 期。
② 周忠元：《俗文学与民间文学研究的依附和分离》，《上海大学学报》（社会科学版），2007 年第 6 期。

然则非也。"民间文学"用来指称初等、中等文化程度以上南方受众都听得懂、看得懂的北方乡土文学，应该说是切合语言实际的，然而对于南方方言文学来说，则指义既不明了，也不贴切。一方面，南方民间文学的表现工具——吴语、闽语、粤语、客语等方言，语音和词汇与共同语差别大，操别方言的人基本听不明白看不懂外方乡土文学，因而在表述这些地区的民间文学时，应该以区分方言语种的地方属性为首选。

当然，或许也可以采用"区域性地名＋民间文学"的名词性词组来表示区域性民间文学，这样似乎就可以避免把普通话—北方话民间文学带入南方民间文学之中了。实则不然，以"区域性地名＋民间文学"的专名词组来表述内陆型南方方言的口传文学，虽然会带来概念大于目标义所指的逻辑问题，比如吴方言区之于浙江民间文学、绍兴民间文学，湘语区之于湖南民间文学、长沙民间文学等，其中都兼含了该地区的普通话民间文学，但是总体上不会产生太大的歧义。可是，用于表述跨越省界与国界的闽（闽南）、粤、客方言文学，则放大了外延不清、内涵不明和概念与内容所指相差甚远等逻辑性错误：

拟概念		作品的方言语种与主要流传区域
闽南 民间文学	目标义	福建南部、台湾、浙南等地以及东南亚华人居住区闽南语文学
	字面义	广义：福建南部的普通话、闽南语、客语、畲语民间文学 狭义：福建南部闽南语民间文学
广东 民间文学	目标义	广东、广西以及东南亚、欧美华人居住区的粤语民间文学
	字面义	广义：广东省普通话、粤语、闽南语、客语、畲语民间文学 狭义：广东省粤语民间文学
客家 民间文学	目标义	福建、江西、广东、广西等地及东南亚华人居住区的客家话文学
	字面义	客家民系的普通话民间文学与客家话民间文学

从上表可以看到，本书"闽南语文学"的目标义是"福建南部、台湾、浙南等地以及东南亚华人居住区的闽南语民间文学"，如果采用"闽南民间文学"来表述，其字面义所指首先是广义的"福建南部地区的民间文学"，其中的普通话民间文学、客家民间文学、畲民族民间文学全部

溢出目标义；如果理解为狭义字面义"福建南部闽南语文学"，则无法涵盖闽南以外的台湾地区闽南语民间文学、浙南闽南语民间文学、东南亚华人华侨社区闽南语文学等，显然犯了内涵不明、外延不清、概念内容既有一部分溢出主体内涵，又有一部分内容未被涵盖等严重的逻辑性错误。与之相当的是"广东民间文学"，如果目标概念是粤语民间文学，则其广义内涵之中也难以排斥当地流传的普通话民间文学、闽南语之潮汕、海陆丰、雷州口传文学和客语民间文学、畲族民间文学等，这些都一一超出了目标概念义，而狭义内涵之中又必然遗漏了广东省外的广西地区、东南亚、欧美等华人居住区之粤语民间文学，同样犯了内涵不明、外延不清、概念既溢出主体内涵、又有相当一部分内容未被涵盖等逻辑性错误。至于"客家民间文学"也相似，相信读者诸君自有判断，这里就不饶舌了。

由此可见，要准确地表达"闽南方言民间文学"的意义内涵，是不宜采用"区域性地名＋民间文学"的名词性词组来表述的，否则将会带来指义不明和理解上的严重歧义及认知方面的障碍。这就是笔者不用"闽南民间文学"来指称闽南方言口传文学这一特殊的民间文学现象的最主要原因。

二 闽南语区民间文学术语的选择

南方方言有很多字词殊异于北方话，很难用共同语来记录。比如吴方言"囡"和"勿"、"要"的合音形式"覅"，粤方言词"嘅"，客方言人称代词"涯"和"渠"，闽南方言第三人称的单数形式"伊"及其复数形式"個"，表示不可以、不要的合音字"獪"、"嫒"等，如果换成别的字和词，便不成其为吴、粤、客、闽方言；反过来说，若文学作品大量出现这样的字眼，则不但绝大多数国人看不懂，连这些地区的"母语人"也是大体上听得真切看不懂的①。这在客、闽民系尤甚，因为客、闽民系几乎没有"母语教学"和"母语阅读"的经历。正因为如此，身为闽人，深谙东南沿海粤、客、闽方言民间文学的钟敬文教授（钟教授为广东海

---

① 南方方言区的人之所以听得懂母语文学却看不懂，一是因为历来少有人用纯方言来记录；二来由于历史音变和百越语底层词的存在，使得有些有本字的方言词难以辨认，民族语源词语没有相应的汉字可写；三是因为南方方言的文字化程度比较低，也未向社会普及；四是长期言文分离的结果。

丰人，属闽南民系）曾经强调说：

> "记录民间文艺，非用方言不可，而用方言记录民间故事，此刻在生长于说国语的区域之人，当然无甚问题，可是在我们方言很特别的闽、广人，就觉得有点为难了。不但许多语言的声音不容易记录出来，就是记了出来，看的人也不见得容易懂与有兴趣去读。所以除了韵文，只好用国语来叙述。"①

由此可见，南方方言区用"国语"来做书面的民间故事"叙述"，出自不得已，然而确实普遍存在着"许多语言的声音不容易记录出来，看的人也不见得容易懂与有兴趣去读"的现象。统观《中国民间文学集成》之浙南、福建、广东等地民间故事分卷，大多采用共同语普通话来表述，而韵文的歌谣则大体上仍用方言来记录。这类用共同语表述和记录的南方民间故事只能作为一般的文学读物来看待，如果要作为方言文学，或者作为方言研究的语料，则势必要"还原"其方言本色，否则便不可用。更重要的是，闽南语区还同时并存着多语种、多民族语言的民间文学样式，而造成多重概念表达的不周和溢出的"两难"现象。请看下表：

汉语方言文学				中华民族语文学	混合语文学	外语文学
闽南地区	普通话	闽南话	客家话	畲族		
台湾地区	国语	闽南话	客家话	七个原住民族		
东南亚华人社区	华语	闽南话	客家话 广东话	／	土生华人马来语	马来语、英语、印度语
合计	3	3	3　1	8	1	3

比如大陆闽南话区同时存在普通话（国语）、闽南话、客家话三种汉语民间文学和畲族民间文学，台湾闽南语区同样有国语（普通话）、闽南

---

① 钟敬文：《闽南故事集·序》，收入《钟敬文民间文学论集》下册，上海：上海文艺出版社 1985 年版，第 462—465 页。笔者按：钟老说的"用国语叙述"，指用共同语来做书面记录。

话、客家话三种汉语民间文学，另有七个原住民族文学，东南亚华人华侨
社区除了华语普通话、闽南话、客家话、广东话四种汉语民间文学以外，
还同时并存着用"闽马混合语"叙述的"土生华人马来语文学"（也称中
华马来语文学、峇峇娘惹文学、华人马来语文学）①，马来民间文学和欧
洲民间文学、印度民间文学等文学样式。面对至少有四种汉语方言民间文
学、八种民族民间文学和一种华（闽南）马混合语民间文学及三种以上
外国民间文学那林林总总的语言文学现象，与其在学科术语的选用和界定
上纠缠不清，不如一言以蔽之，用突出、放大汉族民系母语之方言特质，
也就是用民间文学的记录语言，来简明、扼要、准确地指称、限定跨国界
的闽南民系民间文学，唯其如此，才能精准地区分这一特定区域同其他方
言语种口传文学和别民族之口传文学。因此说，用方言语种来修饰与限制
南方民间文学的区域性分布，尤其对于跨越了省界与国界的闽南方言、粤
方言、客方言之民间文学来说，不但是必要的，而且是合理的。这就是本
书选择采用"闽南方言口传文学"来表述这一超大区域范围的单一汉语
方言民间文学品种的根本原因和理由。

三　闽南方言文学的基本特征

　　民间文学和方言文学，有的专家称之为"口语诗学"，钟敬文说它
"是许多文化的载体，是一种特殊的符号民俗传承"②，很值得研究。李亦
园从口语文化与书面文化的反差性角度指出，口语文学较书写文学更为普

---

　　① 闽马混合语，指闽南话和马来语的语码混合（code－mixing），即语段中频繁出现两种及
两种以上不同语言种类的现象，是不同语言文化交流的结果。例如"中英夹杂"指汉语语段中
含有英文词，"闽马混合"则是东南亚马来语区闽南人及其后裔所用语言形式，因闽籍华侨数量
最多，通常是说夹杂着马来语词的闽南话，而混血后代称"峇峇"（男）、"娘惹"（女）的"峇
峇话"既继承了母系马来语，又大量融入父系母语的闽南话词汇和语法，又称"峇峇娘惹马来
语"、"土生马来语"及正式说法"中华马来语"。参见许友年：《简论印尼土生华人马来语文
学》，广州：《暨南学报》（哲学社会科学版），1990 年第 4 期；许友年：《中国武侠小说在印
尼》，广州暨南大学：《学术研究》，1988 年第 1 期；杨启光：《印尼土生华人文学试探》，广州：
《东南亚研究》，1987 年第 2 期；孔远志：《中国印度尼西亚文化交流·文学—印尼华人马来语文
学》，北京：北京大学出版社 1999 年版；［法］克劳婷·苏尔梦：《印度尼西亚华人的马来语文
学》，出处不详，收入《印尼华人马来语文学：注释书目暂编》，巴黎，1981 年；［法］克劳婷·
苏尔梦编、颜保等译：《中国传统小说在亚洲》，北京：国际文化出版公司 1989 年版。
　　② 钟敬文：《钟敬文文集·民俗学卷》，合肥：安徽教育出版社 2002 年版，第 13 页。

遍，世界上有许多民族没有自己的文字，但是却没有一个民族缺少口语文学①。

闽南方言文学是闽南民系用闽南方言来表述的民间文学，和其他地区的民间文学一样，都是一种历代底层民众的集体口头创作和一代代民众的口头集体传播的文学形式。因而，凡民间文学之文学基本特征，大都适用于闽南方言文学。为了论述的简便，以下把闽南方言口传民间文学简称为闽南方言文学；在一定的语境中，兼用民间文学为术语。

闽南方言文学集中了历代闽南民系的历史、经验和智慧，融汇了该民系群众的语言艺术才能，直接反映了历代人的社会生活和思想感情与愿望，并为人民集体所认可和保存，既是一种"活态"的文学，又是历史学、民族学、民俗学、社会学、宗教学、语言学、文学、美学等学科的重要研究对象。随着社会的剧烈变革和经济、政治全球化给各民族带来的文化冲击等深巨影响，民间文学对广大民众的实际影响力已日益削弱，然其学术价值却此伏彼起，显得更加重要，有着伴生于人类学、文化学的兴盛而成为"显学"的学科发展趋势。因此，了解其基本特征，将有助于我们更加清晰地认识闽南方言文学在中国文学"大花园"中的特殊地位和价值。

相对于作家创作的雅文学、俗文学而言，民间文学之闽南方言文学分支有着自己的最基本特征，且各个特征之间存在着密切的联系。据钟敬文教授称，学术界对于民间文学特征的认识与界定，主要是基于与作家文学作比较而总结出来的，而不是从民间文学本身的实际情况出发而确立的②。不过，用这种方法界定的口语文学之口头性、集体性、传承性和变异性等基本特征，毕竟有方便描述和理解的好处，这里以此为思路介绍如下。

（一）集体性

闽南方言文学的创作和传播具有集体性特点，是民间文学有别于作家个人创作的本质特性，也是区分作品是否为民间文学的决定性标志之一。闽南方言文学在闽南语区社会成员的互动过程中产生，并且被全体社会成员所共同拥有，是民系历史文化的深层积淀，其内容来自历代民众的集体

---

① 李亦园：《民间文学的人类学研究》，《民族艺术》，1998 年第 3 期。
② 钟敬文：《民间文学概论》，上海：上海文艺出版社 1980 年版，第 24 页。

智慧，反映群体的生活，在闽南民系中不断补充和完善，其艺术形式为历代民众所喜闻乐见。因而，民间文学的集体性特征决定了作品的创作和传播采用口头叙述的模式，具有易变性，在其他诸特征中处于主导性、支配性地位，其余特征则相对处于次要的被支配地位。闽南方言文学也直接、充分地表达了民众的思想感情和价值观念，符合本民系的文化传统和民众的集体审美心理，而成为研究闽南民系各个社会发展阶段社会生活、思想感情和心理状态的活材料。

（二）口头性

口头性也是民间文学最显著的本质特性之一，它赋予民间方言文学以口头创作、在民众口头展示并流传的语言艺术风貌，并以此区别于作家文学，因而有"口传文学"之称。口传文学早在没有文字的远古时代便产生了，在父传子、子传孙的祖祖孙孙纵向扩散的同时，也在同代人中间作纵横双向的交叉传播。口传文学以群众口语为媒介，其优越性表现在不受传播者文化程度的限制，所有民众都可以欣赏并参与到口传文学的再创作活动中。这种活态的文学往往可以简便、灵活地贯穿于人们的生产劳动和日常生活中，民众在创作、记忆、传播的过程中享受着最大的自由度。口传文学的缺陷主要在于被记为文字的作品极少，而使作品的形式与内容缺乏稳定性，时时地地处于易变之中。闽南方言口传文学采用口头语言叙述，只在闽南方言区通行，其方言语汇和方言作品其他方言区的民众较难听懂，也就较难广泛流传。

（三）变异性

民间文学作品在语言、主题、内容、情节结构、人物形象等要素方面，始终处于不断变化中。这一特点首先是由民间文学的集体性、口头性特征所决定的，由于创作和流传都由某一特定的社会群体在口头共同完成，因集体创作者的记忆差异，对内容和语言形式的理解差异等原因，而形成了口传文本的差异；而集体传播、流传又产生了新的差异与变异。这正如北方的顺口溜所说：

"故事本是随心草，愿意说就说半边，不愿说，三言两语讲完了。"

闽南话的说法则是：

　　"讲一个古，娶一个某妻，偕你平大个。"（讲一个故事，娶一个老婆，和你一般大）

　　闽南话把故事称为"十口为古"的"古"，字形结构中的"十"，代表的是横与竖的时空纵横交叉义，因而闽南话表示故事意义的"古"，凝固的是上古的字义。大概在闽南人的印象里，民众最爱听且最爱传播的，是民间娶妻生子的故事，因而谚语说，一有人"讲古"说故事，便有人编造出娶老婆、生孩子的结尾来。这便很像民间文学的变异性。

　　其次，民间文学也因历史的演进和历史条件的改变以及地域差异、民族民系差异而带来变异，正如所谓"瞎话瞎话，无根无把，一个传俩，两个传仨，我嘴里生叶，他嘴里开花，传到末尾，忘了老家。"这种"一个传俩，两个传仨，传到末尾，忘了老家"的各种版本的变异作品，有的甚至会流传于不同的国家、民族、地区，从而导致一个作品同时以几种不同的形态存在。它们互有差异，却又是同一作品，因而称之'异文'现象。比如西方民间故事"小红帽"和我国"狼外婆"故事，何其相似乃尔，共同反映了早期人类生产斗争中人与动物的关系，都是古代口口相传的民间文学异文作品；"灰姑娘故事"是西方最为流行的童话故事，最早被记录下来的传本是［法］佩罗（Charles Perrault）之《鹅妈妈的故事》（*Contes de ma mere loye*，1697）（《古典童话及神话故事》，*Histories et contesdutemps passé*）；中国的最早文本即唐代段成式收入《酉阳杂俎·支诺皋·上》的先秦南方民间故事《叶限》，"已为国际学术界所公认"①，两者都是东西民间文学的异文流传。同一作品的异文大多为内容、结构、情节、主人公及人物形象、细节等同中有异的变化，也有的表现在作品的语言和题材的变化。

　　应该注意的是，民间文学作品不断变化的特征是相对的，在此前提下也存在相对稳定的因素，比如作品的创作手法，歌谣的主体格式，故事的

---

　　①　王青：《"灰姑娘"故事的转输地——兼论中欧民间故事流播中的海上通道》，《民族文学研究》，2006 年第 1 期。据王文介绍，有关"灰姑娘"类型故事的渊源有四种有代表性的说法：一是中国—壮族起源说；二是西方传入说；三是越南起源说；四是阿瑟·威利（Arthur Waley）的德瓦拉瓦第（Davarawati）说，其中第四种说法转引自丁乃通：《中西叙事文学比较研究》，武汉：华中师范大学出版社 1994 年版，第 148 页。

主干及其主要人物等，都世代传承，延绵不断；也有相当一些作品被历代文人收入各类诗文集而固化下来，成为正统文学的一部分。因此我们说，民间文学的集体性、口头性是绝对的，而变异性却是相对的。

（四）传承性

民间文学是传统文化意识的积淀，其传承性表现为具体作品的传承，基本主题思想的传承，叙事语言和叙事方式的承袭等，从而使民间文学在变异性特征的基本框架下获得相对稳定性。也因此而比作家文学负载着更多的历代民众原始信仰的遗留和各世代民众的伦理、人生态度、善恶是非观、生死观、价值观等历史文化认同，是一种纵向的传承。

民间文学的横向异地传承往往伴随着移民而产生。例如清初曾经从东北抽调一部锡伯族到新疆驻守边防，他们驻疆以后仍努力保留自己的民族语言文化，以防止回乡后同亲族不能交谈，因此而比东北原乡保存了更多的民族文学与文化，成为民族民间文学横向传播的显例。闽南民系文学也是如此，有谚云：

"一下续，到长泰；一下传，到台湾；一下谤，到吕宋。"

此谚说，闽南地区的民间文学、民间消息和各类话头一经产生，便迅速传到长泰（漳州的属县）、台湾和吕宋（在菲律宾），可见信息传递面之广和传播速度之快。

（五）直接人民性

民间文学诸表征中的直接人民性，首先表现在因作者无法署名的"作者缺位"现象，凡属于民间文学的作品，其"作者"都是历朝历代某一地区的群体——人民。这正如郭沫若先生所指出："文艺从它滥觞的那一天起本来就是人民的，无论哪一个民族的古代文艺，不管是史诗、传说、神话，都是人民大众的东西。它们是被集体创作，集体享受，集体保有。"①

其次，民间文学不仅仅是一种文学现象，而更是民众文化及其社会生活的有机载体，它的涉及面包括了人类生活的所有领域，所表现的内容都是民众最熟悉、最关切的身边事物，同底层人民的道德、思想、观念、习

---

① 郭沫若：《沫若文集》第十三卷，第224页。

俗、宗教信仰、生产劳动、文化品位和审美观念息息相关；它"是人民灵魂的忠实、率真和自发的表现形式，是人民的知己朋友，人民向它倾吐悲欢苦乐的情怀；也是人民的科学、宗教和天文知识的备忘录。"① 也就是说，民间文学乃是人民生活的"百科全书"。

最后，民间文学的直接人民性又指直接采用了人民大众所听得懂的生动活泼的民间语言来表述，是对民众生活、思想、态度、感情和愿望的"直抒胸臆"。比如闽南语口传文学所产生的语汇和文学作品就是被闽南民系社会各阶层所普遍拥有和接受的。这与作家文学主要采用书面语言来表述，其作品所反映的人民性带有间接性特点形成了鲜明的对照和区别。同时，民间文学在民众生活中，并非作为一种纯粹的文学现象存在着，而往往是以一种"意识形态综合体"的面貌呈现在人们面前，发生着多向性的综合影响力，并因此而成为了"人民的科学、宗教和天文知识的备忘录，人民的各种信仰、家庭与民族历史的储存处"（法拉格），成为了语言学科和文学学科不可或缺的重要研究对象，有着别的文学现象不能取代的学术价值。

（六）民系性与方言性

值得注意的是在民族地区，民间文学的人民性更突出的表现为从语言内容到文学形式的民族性。

与之相仿，闽南方言区民间文学的人民性，在很大程度上表现为民系性和方言性，它不仅仅是一种语言，而且是本区域文化、文学的载体，是一个独立自在、不可重复的体系，具有表现于特殊价值体系中的特殊文化传统，是跨地区、跨省界、跨国界的国际性文化资源、精神财富和中华大文化最重要的区域性分支之一。闽南方言区通行的闽南民间文学从语言、内容到形式，都记录并表现着跨越省界和国界的闽南民系之乡土民情、社会价值取向、审美情趣及其历史文化风貌，在有意无意间，再现了本民系人民的人文面貌和性格。正由于其人文风貌特点和载体工具的特殊性，闽南方言民间文学明显地有别于别的方言语种和别的区域性民间文学，甚至与地理相连的同属闽语的闽东方言文学、闽中方言文学、闽北方言文学

---

① 转引自刘锡诚：《拉法格的民歌与神话理论》，原载《文艺论丛》第 7 辑，上海文艺出版社 1979 年版；收入刘锡诚：《原始艺术与民间文化》，中国民间文艺出版社 1988 年版。

等，也大异其趣。

南方口传文学还具有类似于民族地区口传文学民族性之民系性特点，是本民系民众文化"寻根"和民族认同的最重要媒介。以闽南民系的语言文化圈为例，其内部的文化交流向来都不是单向的，而是如下图作双向、多向地相互传播与交流：

"文化圈"，指同一文化区域内的民系、族群的各个文化范畴是有机联系的整体，彼此之间互有联系不孤立。引人深思的是，闽南文化作为中华文化的区域性、边缘性地方分支，却长期代表着中华正统文化在南洋群岛地区发生着重要的影响。这是由于闽南人自唐末以来，便漂洋渡海到南洋，"有许多中国人耕植于此岛"①，元朝在北婆罗洲（在印度尼西亚）建有"中国河"行省②，并形成闽南人的聚落"漳州门"③，到明清之际闽南海商"走洋如适市"④，主掌东南海上贸易600年，甚至有"为王者，闽人也"（《明史·外国传·婆罗传》）的现象。这都推助了闽南文化成为我国最早对外发生影响的中华文化子文化⑤。在这中外文化的双向交流

---

　　①　［阿拉伯］麻索提（Abu－L－Hasan Ali Elmasudi）法文译本：《黄金牧地》第一册，第304页，转引自张星烺编注、朱杰勤校订：《中西交通史料汇编》第三章，北京：中华书局2003年版。

　　②　李长庚：《中国殖民史》，上海：上海书店1984年版，第93—97页。

　　③　中国村、漳州门、中国溪地名，见［葡萄牙］埃雷迪亚（G. de Eredia）1613年绘制的马六甲地图，转引自林远辉、张应龙：《新加坡马来西亚华侨史》，广州：广东高等教育出版社2008年版，第45页。

　　④　张燮：《东西洋考》卷七；邓廷祚等：《海澄县志》卷一五《风土志》。

　　⑤　本文之所以称闽南文化是我国最早对外发生影响的中华文化子文化，在于文化的输入是和语言同步的。而在南洋群岛，所称华人、福建人多仅指闽南人，"中华商会"即闽南人商会，"华人马来语"亦称中华马来语，指闽南话与马来语的混合语。另一显著特征是在马来语的近千条汉语借词中的90%以上来借词自闽南，如：中国tiongkok，中华tionghoa，中文、华文bahasa－Tionghoa或Huruf Tionghoa、中华会馆tionghwahweegoan、中华基督教会tionghwa－kietokkauhwee等之"中国"、"中华"等字眼都采用闽南读音来表示。参见孔远志：《中国印度尼西亚文化交流·语言·马来—印尼语中的汉语借词》，北京：北京大学出版社1999年版。

中，闽南人把自己的语言和文化带到了东南亚多个国家，将许多常用词汇植入了马来语和菲律宾、泰国、柬埔寨、缅甸等多个国家的语言，同时也从马来语借入了一些词语，创造出中华闽南 ⇄ 马来语区语言双向交流的文化奇观。

第二节　闽南民系始祖传说

闽南方言文学是汉语民间口传文学的子系统，是带有微弱古闽越口传文学成分的现代汉语方言闽南话口传文学分支，其起源和形成应与其历史、语言、民俗、民间信仰等闽文化"一揽子"因子的历程大致同步。从发生学的角度看，闽越原住民口传文学应是闽地民间文学的初貌，后来经过整批南下的陈氏汉族军事集团的改造和覆盖，并经过历代民众的口头创作、丰富和传播，成为现在闽南方言文学的主流。因为世代的辽远和史书记载的缺失，学术界对闽南方言文学的起源、来源和形成时间及其形成史的过程等问题，论者寥落，民间也少有关注，给我们考源工作带来很大的困难。在这里，我们不拟一一细数闽越故地原住民底层口传文学和后来的入闽汉族民间文学在当代闽南口传文学的种种遗存、发展及其表现，而是更关心这两种口传文学文本是怎样表现其接触期、融合期的历史演化进程的，并且留下了哪些信息，以此观照闽民系形成后的一千三百多年来，从闽东北到闽西南，都依然关切有关"我是谁？""我从哪里来？"的民系形成史的故事和传说（可参见本书第三章第二节和第三节有关闽方言性别/夫妇俗称的讨论）。至于正统文学和作家文学，对闽南方言口传文学的影响并不大。

让我们从与这片土地的居民之族群更迭有关的古代篇章说起。

一　远古闽人故事：《太姥》系列传说集粹

秦汉之前，闽南地方都有哪些古老传说？这只能说留下了蛛丝马迹，而且早期口传文学作品大都难以确定具体的产生年代和流传年代。不过，有极少数历史传说是可以根据其内容来判断它大致发生的时间的，对于此类，恰好可以通过对文本的解读来探视远古历史的点点滴滴。

闽浙地区的原住民始祖传说就属于这种情况。这一地带大都有太武山、太姥山或天姥山，也都流传着版本众多、神采飞动的"太姥娘娘"传说。武夷山地区还存在武夷君的传说，都靠着一代代老百姓的口头表述而保留下来，有的被后来的文人雅士记录在了典籍里，而成为地方上的祖先神话故事。

（一）闽东北

让我们先听听流传在闽东与浙南交界处福鼎的"太姥"系列传说。

其一是"尧帝之母入闽山"故事。据说在上古时期，尧帝的母亲梦见东南方的海边有座仙山，山上石峰高耸，雄奇秀丽，仙境一样。尧母第二天醒来就要去寻找这座仙山。尧帝只好陪着母亲一起乘船南下，在海上航行了好几个月，还是没找到那座山。有一天，海上起了大雾，忽地又刮起了大风，云雾散去后，只见船已靠岸，一座高大的石山耸立在眼前。尧母见这座山跟梦中看到的一样，于是登山栖居半云洞、一片瓦（地名），住了下来。尧母教当地百姓制作"绿雪芽"茶，并用它给百姓治病，百姓感念她，尊她为"太姥娘娘"，她住的山便称为"太姥山"①。又，［清］嘉庆《福鼎县志·山川》载："尧时有老母，种蓝于此，后仙去，因名太母山。"如果这些传说属实，则太姥山的命名和人迹所至及其记载史，便超过了4000年。

其二是，尧帝登山时，见一老妇酷似其母，便封她为"太母"。闽语"母"、"姥"音近，俗称"太姥娘娘"②。

其三是，太姥山下的才堡村有一畲家老妇，因避战乱上山垦荒植蓝，后来得道成仙。［东汉］王烈记云：

> 尧时，有老母以练蓝为业，家于路旁，往来者不吝给之。有道士尝就求浆，母饮以醪。道士奇之，乃授以九转丹砂之法。服之，七月七日乘九色龙而仙，因相传呼为太母……（《蟠桃记》）

---

① 张光英：《闽东旅游文化研究》，北京：旅游教育出版社2012年版，第88页。另参见林守无主编：《福鼎县志》，福州：海风出版社2003年版，第747页。

② 白荣敏：《太姥娘娘，尧时老母》，《福鼎周刊》，2012年8月27日，网址：http://www.fdxww.com/xiangtuwenhua/shihua/4114.html，核对日期：2015年10月18日。

太姥群峰争奇（施永平 摄）

这些传说都涉及太姥娘娘的身份，或说是尧帝的母亲，或称外貌像尧母，或传说是畲族的蓝姓老奶奶，不一而足。如果将三种说法同《后汉书·南蛮传》、畲族口传民歌《高皇歌》、瑶族、苗族、黎族的起源史料联系起来，就会发现它们大致为我们描绘了一幅远古南方民族起源的图景：

尧帝的父亲——帝喾高辛，将女儿嫁给战功显赫的盘瓠；尧帝的母亲带着女儿和女婿盘瓠到此山"拓土以居"，后来羽化而登仙，盘瓠和妻子则开疆辟土创家园，"其后滋蔓，号曰蛮夷"，成为南方瑶、壮、侗、畲等民族的祖先。

这些史料称，当其时，尧帝的母亲并没有跟喾、尧父子一起生活，而是在尧8岁时，按照当时的习俗，随女儿女婿一起南下浙闽，在才山——现在的太姥山一带定居生活，这一地区便有了关于她的尊称和传说，浙中称天姥；浙闽交界处称太姥；闽北称大姥；闽南称太武（母），有的更因为尧母的皇族身份而尊称其为"皇太姥"、"圣姥"等。太姥山地区的蓝姓畲民则说，太姥娘娘俗名蓝姑，其先祖是从河南迁移过来的云云①。此

---

① 参见《最美的山》，第61页；另见《大闽网·旅游频道》，网址：http://fj.qq.com/a/20111231/000240.htm，查询日期：2014年10月31日。

外，福建地方志〔宋〕淳熙《三山志》记有"尧时有老母，以练蓝为业"之说，大概也来源于民间"练蓝"的传说。现代人对此传说的解读是，不管太姥夫人是不是"尧母"，是不是姓蓝，她应该就是闽人的始祖母；由于是始祖母，子孙后代以祖贵，而尊称为"皇太姥"、"圣母"等。并且，闽东北并非只太姥山才有太姥夫人遗迹。〔清〕董天工《武夷山志》卷一记"太姥岩"云，该岩在七曲溪南，据说太姥曾携子居住在这里；卷六又引〔宋〕白玉蟾《止止庵记》称："始则有太姥元君即其地，以结庐。"看来在很早以前，武夷山区便有"太姥结庐"——闽人的始祖母之一就住在这里了。可见有关太姥的多种传说，都有一定的历史依据，倒也称得上"言之有据"，而非完全是空穴来风。

（二）闽南《太武夫人坛》传说

明成化乙巳（1485）年黄仲昭主编《八闽通志》卷八漳浦县【大武山】引《图经》云：

> 山有太武夫人坛。记云：太武夫人者，闽中未有生人时，其神（始）拓土以居民。旧亦名太母山。

又，〔清〕康熙版《漳浦县志》卷十九〈杂志·古迹·太武夫人〉引〔宋〕《漳州图经》云："太武山，其上有太武夫人坛。前记谓闽中未有生人时，夫人拓土而居，因以名山。武，一作姥，其说荒远。但《列仙传》称：'皇太姥，闽人婺女之精。'而闽越负海名山，多有名太姥者。"婺女，亦称"务女"、"须女"，二十八星宿之一的女宿。《史记·天官书》："婺女，其北织女。"

闽浙以太姥为名的山，至少有漳州、金门、福鼎、浦城和邻省浙江的缙云、新昌、仙居、嵊县等地的石山。东南海疆有这么多的闽越始祖母"母亲山"，倒也符合《周礼·夏官·职方氏》"七闽"的七个闽族部落之说。《图经》所云"未有生人"和《漳州府志》称"未有居人"，其义一也，都指尚未开化的原始居民，供奉的此"神"此"太母"也就是本地原始居民的始祖母。

闽南的太武山位于漳州龙海市隆教畲乡和港尾镇之间，海拔560米，与厦门大学隔海相望，是闽南人心日中的"母亲山"。

漳州龙海市港尾镇南太武山

漳州太武山不仅自然风光好，而且是闽越人的栖息地。据明本《海澄县志》称，太武"巅有石城，称建德城。"说山巅的越王城乃南越王赵建德所筑。原来，早在汉元鼎五年（公元前 112 年），兵盛一时的南越王赵建德反叛汉廷，被武帝派兵分水陆两路攻陷都城番禺（今广州市）；南越王率数百人与丞相吕嘉连夜逃至南太武，弃船登岸，屯兵自固，以图东山再起。而此地距闽越与南越的界山盘陀岭不远，南越王在与闽越交界的地方辟地建城，一方面固然因为与闽越兄弟邦族向来交好，一方面也出自无奈，果然未久便被汉军剿灭了。现城已无存，遗址尚在，可见太武的山山水水都见证过闽越人与南越人历来友好相亲的历史。而太武又作"大武"、"太姆"、"太姥"，"太"与"大"义同音近，"武、姆、姥"闽南话同音，"大母"也就是"太母"的意思。这是母系社会时期闽中人类的始祖母，"太武夫人坛"便是后世子孙祭祀这位远古始祖母和部落首领的祭坛了。这些发音相似的山大多为大石头山，周边地带多洞穴，是古老百越族的发祥地之一；洞亦作峒，这表明太武山原本就是原始居民的居所。现代闽南人为了将自己的母亲山区别于海拔 247 米的金门太武山（又名仙山），便自称漳州的山为南太武，称金门的太武山为北太武。

从上引民间传说不难发现，漳州两种志书的太武山、"太武夫人坛"

和越王城传说介绍古朴而单纯,要比闽东北传说科学得多,也现代得多,而闽东地区的太姥山传说则内容较为复杂多样化,甚至染上了一定的道教色彩。同时,闽东北《太姥山》故事还涉及了远古始祖母的多重身份问题,闽南始祖母传说却很单一。那么,闽东北同闽南的始祖故事内容是否有着更深层次的关联呢?要回答这个问题,恐怕要另辟蹊径才能解决。

> "地名的研究实在是语言学家最引人入胜的事业之一。因为他们时常供给重要的证据,可以补充和证实历史学家和考古学家的话。"①

也就是说,人们可以用某些地名词来印证民族发展和族际接触、融合的部分历史。例如龙海市太武山附近有畲乡,其中的一个地名叫"隆教",按照字面,应该读[liɔŋ2 kau5]才对,可是实际读音却是[na2 ka5],差异很大,当地人不知道"隆教"何以要这么读,也不解其义之所指。语言学家则认为这个地名应该是同音词"蓝家","蓝"是当地畲族大姓,"家"字读轻声后接近于第5声阳去调云云②。另外,隆教畲乡太武山附近还有与"隆教"—"蓝家"相似的见其字而不知其音其义的多个地名,比如"流会",字面音是[lau2 hue6],却读作"蓝坝"[na2 pue5];从该村地貌看,耕地只有300亩,林地为1000亩,园地旱田有800亩,而水域面积却占了3000亩之多③,势必要多筑水"坝"护农田,可能就这样,人们便用本村的主要畲家姓氏"蓝"字来组合表示水利设施的"坝"字,来为村子命名。从"蓝家"之于"隆教"、"蓝坝"之于"流会",跛脚的"记音字"记录的古地名无疑反映了早期闽越民族语言文化的遗存,可以架起闽南太武山与闽东《太姥山》传说中蓝姓始祖母"蓝姑"传说的关联性桥梁,两者都是闽地民间共有的古代民族发展史之

---

① L. R. Palmer:《ModernLinguistics》,转引自罗常培:《语言与文化·第五章:从地名看民族迁徙的踪迹》,北京:北京大学出版社2009年再版。

② 关于[na2ka5]应作"蓝家",乃台湾语言学家董忠司在一次闽方言国际会议上告诉笔者的,董教授同时认为,南靖县旅游胜地"云水谣"所在的"长教"[tŋ2 ka5]。也应该是同音词"唐家",即陈元光军伍的落脚地。

③ 引自"博雅地名网·福建漳州龙海市隆教畲族乡流会村",网址:http://www. tc-map. com. cn/fujian/longhai_ shilongjiaozuxiang_ liuhuicun.html,查询日期:2015年月2日22日。

口传记忆。只不过，闽南地区的这一远古记忆已然失却了其中的某些中间环节，须要通过地名"活化石"的内在含义之钩沉、解读才能激活，否则很难拨开其间的历史之迷雾。

与漳州《太武夫人坛》故事同时流传的还有"沉七洲，浮太武"谚语故事，反映了本土百姓口口相传的"沧海桑田"地理大变迁。与此同时，民间还有一个有关《姐妹太武山》的动人传说：

> 古早的古早，金门和台湾是与大陆连缀成片的富庶平原，还没有漳州南太武和金门北太武两座山。一天，蓬莱仙岛的两只白鹤被这里秀丽的景色迷住了，不料被一只乌贼精抓住，拖向深海！赶巧的是这时海上驶来一条小船，船上张网待抛的老渔翁见状，便把渔网猛地撒开去。狡猾的乌贼精见状，只好放了鹤溜走，姐妹俩得救了！老渔翁对她们说："孩子，远走高飞吧；要是不嫌弃我这糟老头子，就留下跟我作个伴儿！"白鹤似乎听懂了老翁的话，留了下来，认作父女，三人愉快地生活着。后来老渔翁病倒了，姐妹俩就轮流出海和织网。有一天，乌贼精变作一位翩翩少年前来迷惑鹤姐妹，同时要找老渔翁算账，因为担心再被渔网罩住，便想骗到渔网以后再施展伎俩，却被聪明的鹤妹识破了诡计。当乌贼精扑来时，她把手中的金梭一扬，金梭像利箭一样射向乌贼精，鹤姐手里的渔网也抛了出去。乌贼精急中生智一个侧滚翻，越入了九龙江，再随着江面掀起的大浪一跃而起，伺机反身口吐黑烟，迷住了鹤妹的眼睛。鹤妹的眼睛看不见了，天天站在船头翘首朝着家的方向巴望着；可怜的鹤姐也在家门口天天等啊盼！无情的大海把骨肉分隔在两岸，日久天长，两姐妹就凝固成了隔海相望的两座山——南太武和北太武。因为它们原本就是鹤姐妹，人们就称它们为姐妹山……①

从这些有关闽民族的始祖母传说，不难解读出闽南民系熟谙自己生命之源所从来，并且对这些始祖母故事怀有深深的崇仰之心。这表明闽南人

---

① "矛盾8989的博客"，网址：http：//blog. sina. com. cn/s/blog_ 598b0c910100awkb. html，查询日期：2014年11月3日。

并不讳言自己血液中的非中原成分。

二　有关武夷君的传说

存留在福建口传文学里的上古历史人物还有武夷君。民间传说，上古的某个时候有一位"太姥"曾在武夷山和武夷君同日赴宴。［宋］祝穆《武夷山记》引古记云：

> 秦始皇二年八月十五日，武夷君与皇太姥、魏王子骞辈置酒会乡人于峰顶，召男女二千余人，虹桥跨空，鱼贯而上。设彩屋幔亭可数百间，饰以明珠宝玉。中设一床，谓之玉皇座。西为太姥、魏真人座，东为武夷君座。

看来皇太姥与武夷君有资格共同"置酒会乡人"，两人的社会地位相当；而太姥冠称"皇"，是把太姥当成帝尧的母亲了。那么，"置酒会"的另一位重要发起者"武夷君"又是怎样的身份？《史记·孝武本纪》载："古者天子常以春秋解祠，祠黄帝用一枭破镜，……武夷君用干鱼。"这表明武夷君同黄帝一样被作为祖先奉祀着，而非等闲辈。因此朱熹说：

> "武夷君之名，著自汉世，祀以干鱼，不知果何神也。今建宁府崇安县南二十余里，有山名武夷，相传即神所宅……，颇疑前世道阻未通、川壅未决时夷落所居，而汉祀者即其君长。……今山之群峰，最高且正者，犹以'大王'为号。"①

在理学家朱熹的眼里，武夷君不是什么神啊仙啊，而应该是上古的"夷落"，而"汉祀者即其君长"，也就是说，人们祭祀的应是上古本地的部落酋长，而"山之群峰，最高且正者，犹以'大王'为号"的，就是用祖先为大山命名了。

那么，"武夷君"又是闽人的哪一位祖先呢？葛建文根据《吴越春

---

① ［宋］朱熹：《晦庵先生朱文公文集》卷七十六：《武夷图序》，北京：国家图书馆出版社 2006 年版。

秋·越王无余外传》"禹以下六世，而得帝少康，少康恐禹祭之绝嗣，乃封其庶子于越，号曰无余"的记载，认为这个"无余"便是首任越王，即后来越王勾践及其后世孙无疆和闽越国王无诸的先祖①，并指出，古越语的人名多有"无"、"句"、"勾"、"姑"、"夫"、"余"、"诸"等词头，这些词头在上古呈音同、音近的关系，而"夫"、"无"的意思是首领和大王，因古越语的修饰语放在中心词之后，词序同古汉语相反，因此所谓夫差、无诸的意思就是"差王"和"诸王"，而闽越王之无疆、无诸、余善便是疆王、诸王、善王了。石钟健教授又认为，古越语"武"、"无"二字读音相同，"夷"、"余"二字音近，"武夷"当是越国始祖"无余"君的不同汉译写法，而所谓武夷山即越国始祖无余之"大王山"②。王志邦则通过古越语同今越语方言相比较的方法，指出"夷"古音 li，与泰文"首倡"义的 ri 相类，"夷君"又与泰文"始创者"之 rikhin 音义相合③。看来无论从古代越语的音近字关系或者用域外越语方言来解释"武夷"，武夷君都和越国君王相关联。也有的学者将闽国古地名同当代民族语言相联系，比如著名语言学家李如龙就认为与"武夷"相关联的应是闽越王无诸和摇王，并且从当今西南民族语言找印迹："'无诸'的'无'音近'武'，'摇'音近'夷'，这两个字的上古音与现今壮族、布依族的有些地方的'自称'音［pu joi］十分相近，联系到武夷山的架壑船棺的葬俗一直从江西、广西延伸到四川，而壮语的 na（那）音地名在武夷山地区也有分布，这几方面的证据及'武夷'的名称和传说可能为解开古闽越国之谜。"④ 这种比较、对照古今亲属语言来验证古源词语原始义的方法，颇具说服力。而所谓武夷山，应当就是古越族当然的"父亲山"，原本指群峰中最高的大王峰，后来词义扩大，而统称整座山脉。

然而，民间对武夷君身份的认识还有一种说法，认为山的命名是与帝

---

① 葛建文：《揭秘武夷君》，"中国·武夷山网"，网址：http://www.wuyishan.gov.cn/Articles/2008112/2008112617152586.html，查询日期：2015 年 9 月 14 日。

② 石钟健：《论武夷山悬棺葬的有关问题——武夷君是谁和武夷山悬棺葬的开始年代》，《石钟健民族研究文集》，北京：民族出版社 1996 年版。

③ 王志邦：《浙江通史·秦汉六朝卷》，杭州：浙江人民出版社 2005 年版，第 145 页。笔者按：泰语，民族学者将其视为越语之域外方言，一如朝鲜语、越南语为汉语域外方言者，是汉语方言和中华民族语跨越国境而存在的现象。

④ 李如龙：《汉语地名学论稿》，上海：上海教育出版社 1998 年版，第 162 页。

尧同时代的彭祖入闽后形成的：据说彭祖有两个儿子，分别叫作彭武和彭夷，后来就将其两子的名字各取一字来命名——武夷君由越族部落酋长摇身一变而成为汉族了。由此看来，"武夷"之名已经不是来源单一的地名词了，而是历经数千年，叠加、演变成了难以索解的流俗词语。对于这类流俗词语，民间往往会将其"同某种熟悉的东西加以联系，借以作出近似的解释尝试。"① 无论是民间的"解释"还是学者们有根有据的解读，也无论"武夷"何许人也，其解读都饱含着后代闽人对于"我是谁？""我从哪里来？"之问题的追索与求解。这一求索精神在本书第三章第二节和第三节可以明显地看到。

第三节　闽南民系图腾传说

福建是我国最晚开发的汉族地区，民间文学进入文人的视野也是如此。历史文献显示，先秦和秦汉时期闽人闽事进入文字记录的数量不多，仅有闽北松溪县与福州之间流传的春秋战国时期欧冶子从古越国入闽冶铸宝剑的故事，汉代流传的闽越王郢第三子骑白马与福州鼓岭巨鳝精搏斗而牺牲的《白马三郎》等寥寥数则。〔晋〕张华曾在闽北建州（今建瓯）任州官，《晋书·张华传》便附载了干将、莫邪夫妻所铸雌雄宝剑于延平津江化作苍龙飞上天的故事，是南平的别称"剑津"和宋代古地名"南剑州"的由来。

总体上说，历史文献资料保留下来的古闽地故事呈现由西北到东南递减的状态，这正是闽南与汉民汉文化最晚接触、文化最为后进的历史缩影。我们感兴趣的是，汉文化是如何在这一地区覆盖并取代原住民闽文化的。我们首先聚焦于民间文学作品中闽人的图腾物——蛇与原住民蛇崇拜文化如何向汉文化厌蛇文化心理演变这一文化事象与过程。

先让我们看看汉人的记载和民间传说中的福建—闽南蛇故事：

　　"闽州越地，即古东瓯，今建州亦其地，皆蛇种。"（《太平御览》卷一七〇【州郡郊】）

---

① 索绪尔：《普通语言学教程》，北京：商务印书馆 1980 年版，第 244 页。

此说承袭了许慎《说文解字》对"闽"字的注释。作为信仰蛇神的原住民，福建地区的蛇图腾（totem）积淀物有不计其数的出土蛇形陶器和铜器，其衍生物流传到清代仍可见到。［清］施鸿保《闽杂记》卷九【蛇簪】载："福州农妇多戴银簪……，作蛇昂首之状，插于髻中间，俗名蛇簪。簪作蛇形，乃不忘其始之义。"

［清］彭光斗《闽琐记》也称："闽妇绾发，左右盘洗，宛然首戴青蛇，鳞甲飞动，令人惊怖。"而在闽南畲族民间，尚遗存用中部隆起、一首翘立的盘蛇状年糕祭祀祖先的习俗①。

与这些蛇图腾物征相配套的民间习俗与传说，大致可以分为三类：

第一种是人蛇和平共处，两相平安类的民俗故事，主要遗存在汉族最早一整批北方军事集团入闽的漳州地区，一如旧府城南门外有南台庙，乃蛇王庙，其神像为僧。《闽杂记》卷十二【蛇王庙】称："相传城中人有被蛇噬者，诣庙诉之，其痛自止，随有一蛇或腰断路旁，或首断在庙中阶庑间，俗谓蛇王治其罪也。"看来蛇类也分善恶，也受恢恢天网的制约。再如漳州平和县三坪村，人不怕蛇，蛇不扰人，人蛇和平共处，即便夜间不小心踩到蛇，蛇也只象征性地咬上一小口以示"抗议"，被咬的人也一笑了之，决不报复。同时，当地广泛传说，过去常有蛇上床钻进被窝与人同睡和蟒蛇帮助人类看顾幼儿。当地人认为，人蛇共眠、有蟒蛇照看小孩，说明这家人有福气。就这样，蛇被当地人尊称为"侍者公"。

"侍者公"之称则来源于一个民间传说：相传在1100多年前，这里常有蛇妖危害群众，至唐代会昌五年（845），僧人杨义中用法力制服了蛇妖，令其改邪归正，而成为他的随从"侍者"，从此蛇便有了尊称"侍

---

① 关于畲族祭祀祖先用的中部隆起、状如圆盘的年糕，一说乃模仿人类粪便的样子，其正中心翘立的是粪便末端上翘的"屎橛子"形象，符合汉族认为畲族崇尚狗、而狗爱吃屎的说法。盘状糯米年糕的做法是：先把一部分糯米糕置盘中，拍压成中部隆起的圆盘状；把另一部分熟软的糯米糕塞进直径1—2公分的竹筒中，用另一根竹棍塞进竹筒，再压、注里面的糯米糕成为棍条状，且一边压注棍条状糯米糕，一边由外到内、由低到高团入盘中，至中心处，做一个翘起的蛇头形或立起的雨滴形。据笔者初步了解，在大年除夕用盘状糯米年糕祭祀祖先的主要是畲民，但闽南山区的少数农民，大多不解年糕为什么要盘成蛇状或人类粪便状；不用盘状年糕祭祀祖先的老年闽南人大多了解这一闽畲习俗的差异，对畲民用粪便形祭品感到不可思议且可笑。又，陆居的畲族首要图腾是狗，蛇也是其崇拜动物，两行不悖；福建地区崇拜蛇的还有舟居水处的疍，"疍之种为蛇"，蛇是疍民的主要崇拜物。

者公"，被民众看成是保佑家宅平安的吉祥物，要是看到蛇爬进家里，就会喜出望外地说："侍者公"来我家"巡平安"了……①

第二种是人蛇通婚、生活幸福美满类。闽南话区东起德化、永春、惠安、泉州、厦门、龙海、漳州、长泰、南靖、平和、云霄、诏安等市县，都有这类民间传说，其事实基础应是类似于漳州山民曾经有过的"人蛇共眠"的奇俗，通过增加必要的人物和故事情节的渲染，"集体无意识"地反映了古代闽民族及其图腾物——蛇图腾之畲民、疍民的密切关系。显者如福建地区的民间传说《蛇郎君》。

《蛇郎君》故事说的是有位老人的老伴已去世，对留下的三个女儿疼爱有加。家里穷，老人家每天想着法子摘花给女儿戴，这天在山间野外看到许多漂亮的花，便摘了三朵。不巧被年轻的花主人遇到，小伙子托词这是招亲花，摘了花就意味着允亲。老人家无奈何，只好答应把一个女儿嫁给他。大女儿和二女儿不愿嫁到山里，善良的小女儿为了给父亲解围，答应了婚事，三天后便跟随小伙子——统管众蛇的蛇精开始了新生活。牵肠挂肚的父亲前往看望，但见小两口恩恩爱爱，日子很美满，就放心地回家了。大姐听说后却妒火中烧，也去探望妹妹，趁蛇郎君外出劳作时害死妹妹，桃代李僵和蛇郎君过日子。妹妹的灵魂先后变成会唱歌的小鸟、竹笋、荷花等等动植物，向蛇郎君哭诉姐姐的恶行，又一次次被姐姐谋害。最终蛇郎君知道了个中原由，杀死了姐姐，同变回原形的妹妹过上了好生活（参见下文附录）。

从《蛇郎君》故事情节可以了解到，主人公蛇郎君是个正直、善良，主持正义的青年，他已然隐去了原本的蛇的动物属性，却具备了社会人的优良品格，是受到民众肯定、赞同的艺术形象。同时，民间蛇故事已经不须依附于民间习俗而独立存在，是完整意义上的民间童话故事。

也有一些民间故事表现蛇精起先为害，后来改邪归正的经过，情节上有些类同于漳州"侍者公"传说。比如〔清〕里人何求《闽都别记》②载：道士刘遵礼的妹妹被蟒蛇拽去蛇洞，等遵礼破蛇洞时，蟒蛇王和其妹已经没了踪迹。遵礼到龙虎山学法后作法封山，杀入蛇洞，斩蛇王八子，

---

① 参见魏苏宁：《闽越人蛇图腾崇拜研究》，《闽西职业技术学院学报》，2008 年第 1 期。
② 〔清〕里人何求：《闽都别记》第八十五回，福州：福建人民出版社 1987 年版。

忽见其妹抱着另外三子出来跪求饶恕勿杀，并告知自己被蛇精拽为夫妇后，甚是恩爱，共生十一子，现已被杀八个了，只遗九子、十子、十一子，请兄长看在妹妹的份上，同妹夫一并恕之，令其改邪归正。遵礼遂奏达玉帝，准其归正，并封其妹刘氏为人间种痘夫人，与人类结亲的蟒蛇精及其子常在民间巡游，而成为正义的象征和百姓的保护神，为蛇精改邪归正故事创造了一个神话的尾巴，应是从民俗故事中剥离出来的与《蛇郎君》故事、漳州《蛇王庙》民俗传说、《侍者公》民俗传说之间的一个过渡性故事类型。

第三种则表现中原汉民入闽后，故事里的蛇形象发生了根本改变，成为为非作歹的坏精灵。这一改变可能始于〔东晋〕干宝《搜神记》卷十九首篇《李寄斩蛇》：

> 东越闽中有庸岭，高数十里，其西北隙中有大蛇，长七八丈大十余围，土俗常惧。东冶都尉及属城长吏，多有死者。祭以牛羊，故不得祸。或与人梦，或下谕巫祝，欲得啖童女年十二三者。都尉令长并共患之，然气厉不息。共请求人家生婢子兼有罪家女养之。至八月朝祭，送蛇穴口，蛇出吞啮之。累年如此，已用九女。尔时预复募索，未得其女。将乐县李诞，家有六女，无男，其小女名寄，应募欲行。父母不听。寄曰："父母无相，惟生六女，无有一男，虽有如无。女无缇萦济父母之功，既不能供养，徒费衣食，生无所益，不如早死；卖寄之身，可得少钱，以供父母，岂不善耶！"父母慈怜，终不听去。寄自潜行，不可禁止。寄乃告，请好剑及咋蛇犬。至八月朝，便诣庙中坐，怀剑将犬，先将数石米糍，用蜜麨灌之，以置穴口。蛇便出，头大如囷，目如二尺镜，闻糍香气先啖食之。寄便放犬，犬就啮咋，寄从后斫得数创。疮痛急，蛇因踊出，至庭而死。寄入视穴，得其九女髑髅，悉举出，咤言曰："汝曹怯弱，为蛇所食，甚可哀愍。"于是寄女缓步而归。越王闻之，聘寄女为后，指其父为将乐令，母及姊皆有赏赐。自是东冶无复妖邪之物。其歌谣至今存焉。

干宝（？—366），新蔡人（在今河南省），东晋初年史学家。从其记录《李寄斩蛇》的时间看，恰是汉民较大规模南下之时，故事中的蛇由纯民间的《蛇郎君》那温文、正义、可亲的形象，代之为凶恶的蛇精，其主角李寄的人文习性也不同于有着蟒蛇崇拜根柢的汉化了的闽越人后代之现代福建人。蛇故事的这种文化内涵的彻底改变，应该是闽汉民族的文化冲突，将战胜方的汉民族文化叠加在原住民文化之上的结果。

与《李寄斩蛇》内容相近的还有〔明〕陈鸣鹤《晋安逸志》的记载：

> 陈靖姑，闽县人，……善符箓。……永福有白蛇为魅，数为郡县害，或隐形王宫中，幻为闽王后，以惑王，王及左右不能别也。王患之，诏靖姑使驱蛇。靖姑率弟子为丹书符，夜围王宫，斩蛇为三。蛇化为三女子，溃围飞出，靖姑因驱五雷追数百里，得其首于闽清，得其尾于永福，各厌杀之。

《陈靖姑斩蛇》故事改变了《蛇郎君》和《李寄斩蛇》中蛇的性别，由蛇男变成了蛇女；蛇女不但不再潜身于野外和山洞，而且是近距离地倚傍于君王，"隐形王宫中，幻为闽王后"，外形和体貌无异于人类，并且同人类一起生活、危害至深，以至于"王及左右不能别"，甚至在蛇精被靖姑击伤后，还能一蛇化三女，"溃围飞出"，令人惊怖于女蛇精的"魅"力无穷。

拨开这些故事传说的神化雾纱，总结一下福建——闽南蛇故事的三种类型之间存在着的内在联系性，可发现它们从某种角度说，代表了中原文化与闽文化的接触、冲突而融合的历史进程：

第一类人蛇共处、两相平安民俗故事的产生，应与原住民的蛇图腾、蛇崇拜民间信仰有着很深的关联，而所谓僧人杨义中降服蛇妖当"侍者"，当是汉民初入闽南，同原住民发生文化融合的历史缩影。漳州蛇王庙传说和《侍者公》故事中的蛇精灵，虽动物属性未泯，却很少危害人类，即便偶一为害作乱，或有"蛇王治其罪"，不劳人类干预；或改邪归正，先害后利，意在表现异类也可以被改造，成为"人类"——汉民族的好帮手和保护人。从这一情况看，信蛇和不信蛇的两个民族之接触是融洽的，符合民间传说的陈元光家族开漳拓闽恩威并重，施行较为宽松的民族融合政策的说法；既然有汉人降服蛇类当"侍者"，这表明其种族和异文化的冲突尚在汉族可以掌控和化解的范围内，且主动权掌握在"人类"——汉族手中。

第二类是《蛇郎君》故事的蛇主人公，是个正直、善良、主持公正的青年，他向往人类，毅然"抽"去了蛇的为害于人的动物恶性，而"植入"社会人的优良品格，受到民众的首肯。

第三类蛇故事以《李寄斩蛇》和《陈靖姑斩蛇》为代表，可能是由于中原汉民入闽，而使蛇形象成为凶恶精灵的故事类型，后者显然又是前者形象的过渡型。果真如此，便显示了大汉族主义将少数民族视为异类的沙文主义心态而否定之的文化价值趋向。

值得称道的是，刘宗迪先生注意到古今斩蛇故事的"背后是历史"，并指出这类故事之所以主要流传于闽越故地，是由于该故事母题的传播与当地的文化制度、民俗风物相适应，民间故事传说成为了解民俗文化区域性的有效线索①。

从文学的独立性角度看，以《蛇王庙》传说和《侍者公》故事为代表的第一类口传文学的特点，是尚余民俗性话语，民间习俗与民间文学影形相随，难以截然分开。这意味着其时的民间文学尚停留在民俗信仰的附属品之阶段，而没有成为独立于民俗学之外的学科，不似《蛇郎君》和《李寄斩蛇》、《陈靖姑斩蛇》等故事，已然脱离于民间习俗而独立存在，是完整意义上的民间故事。因此说，《蛇王庙》传说和《侍者公》属于民俗性传说与独立的民间文学学科之间的一个过渡性故事类型。

福建地区的畲族据说是蛇图腾的闽越人后代，其崇蛇习俗史不绝载，至今风俗尚存。这在语音层面也留下了蛇—畲/輋相联的语言文化印记。

例字	中古音查询系统	闽南白读音	闽南读书音	闽南统读音
蛇	歌部透歌切，平声，果开一	tsua2	sia2	
畲/輋	鱼部书麻切，平声，假开三			sia2

在经历了民族融合"阵痛"所产生出来的闽汉混血后裔——当今福建—闽南人，也都或多或少保留了崇蛇文化习俗，同当代畲民对蛇的态度

① 刘宗迪：《故事的背后是历史——对两组闽西客家传说故事的民俗学研究》，《民族文学研究》，2000 年第 4 期。

相比，两者既有对立的一面，也有相似的一面。比如闽南人既有视蛇肉为美味山珍的，比方地处闽粤分水关的漳州诏安县，以擅烹蛇餐而闻名两省，生意兴隆，只是旧时民间忌讳在房屋里烹蛇，而应"当天"——在露天操作，吃完蛇宴须马上刷牙漱口，否则不利健康；也有些人习惯上不捕、不吃蟒蛇，而是抬到山野间放生。但杂居其间的畲民"小众"从来不吃蛇肉。闽南人不在家里族里敬祀蛇祖，但供奉蛇神的神王庙却处处见在，而畲民必祀蛇祖。至如歌颂蛇精与人类爱情的《白蛇传》，闽、畲两族都喜闻乐见，然而畲族有直面讴歌蛇精灵的叙事长诗《白蛇歌》，是其故事歌中最长的一篇①。闽南虽然也有《白蛇传》叙事歌和《白蛇西湖遇许仙歌》、《乌白蛇放水歌》、《乌白蛇借伞歌》等短篇"歌仔"歌谣与戏曲剧目《白蛇传》，但这只是北方民间作品的方言改写。如此看来，无论是民间习俗还是民间传说，是畲民还是汉民，无可否认的事实是福建—闽南人崇蛇余风犹存，这两大族群的深层蛇崇拜文化心理差异在量不在质。

附：

闽南语系《蛇郎君》故事②

从前，有一个摇鼓老货郎，日日挑担串乡卖物件东西。摇鼓老有三个查某囡女儿，大的米筛脸，老二鸭蛋脸，小的鸡蛋脸。

有一日晚，摇鼓老卖货回来，路过一户人家门口，看见花园里，花开得红彤彤，就伸手摘了一朵，想带回给查某囡。这时，门"吱"一声开了，走出一个十七八岁后生囝_{小伙子}，对摇鼓老说："老伯，我叫蛇郎君，我这花是招亲花。你摘了花，要把查某囡给我作某_{当老婆}。"摇鼓老看这后生做蛮清秀，就应允了。

摇鼓老回到厝_家，细细一想："不对呀，蛇郎君是蛇，我的查某囡不

---

① 施朱联、雷文先等编：《畲族：历史与文化》，北京：中央民族大学出版社1995年版，第370页。

② 这是闽南语区较完整、地道的口传《蛇郎君》故事，该故事流传于温州的闽南语"飞地"洞头，引自"闽南人家的博客"，网址：http://blog.sina.com.cn/s/blog_4a0e4d170100aiie.html，查询日期：2015年9月12日。

知道肯嫁不肯嫁哩!"他茶不喝,饭不吃,躺在床上叹气。

米筛脸看到,进来叫:"爹呀爹,快来吃,白米饭,干菜汤。有话同团_{孩子}讲,有事团担当。"

摇鼓老从床头拿出那朵花,说:"团呀,我今日路过蛇郎君门口,摘这朵花,许了亲事。不知你愿不愿配蛇郎君?"

米筛脸一听,气了,一脸麻子,粒粒透红,哭着说:"查某团不配蛇郎君,宁愿阿爹给蛇吞!"

鸭蛋脸看到了,进来叫:"爹呀爹,快来吃,白米饭,干菜汤。有话同团讲,有事团担当。"

摇鼓老拿出花,把许亲的事说了,鸭蛋脸一听,气了,下巴拉得更长,哭着说:"查某团不嫁蛇郎君,宁愿阿爹给蛇吞。"

鸡蛋脸看到了,也进来叫:"爹呀爹,快来吃,白米饭,干菜汤,有话同团讲,有事团担当。"

摇鼓老又拿出花,把许亲的事讲了。鸡蛋脸说:"查某团愿配蛇郎君,不愿阿爹给蛇吞。"

摇鼓老欢喜_{高兴}了,挑了一个好日子,把鸡蛋脸嫁了。

鸡蛋脸到了蛇郎君厝,把厝内厝外_{屋里屋外}理得清清爽爽,对翁_{丈夫}体贴,日子过得很好。

过了两个月,摇鼓老卖货又到这里。鸡蛋脸赶紧把阿爸接进厝。摇鼓老入门一看,啨,团婿厝_{女婿的房子}真好啊,家私齐全,都是金铛铛_{金光闪闪},眼珠都看花了。吃了点心,摇鼓老要屙屎,鸡蛋脸拿纸给他。这是什么纸?金闪闪,薄薄的,啊,是金箔!摇鼓老舍不得擦,带回自己厝。

到了厝内_{家里},摇鼓老把米筛脸、鸭蛋脸叫来:"哼,你们有福不肯享!当初叫你们嫁给蛇郎君,不肯,你看看,你妹厝内多好,连擦屎纸都是金箔!"

鸭蛋脸听完后悔,米筛脸听了一夜眍不着,想:"可惜,可惜!我若是蛇郎君的某,不用种田,不用挑水,手一伸,嘴一张,什么都有,多惬意!"第二日天没亮,她就赶紧找鸡蛋脸。

鸡蛋脸看阿姐来,十分欢喜,问长问短;米筛脸顾不得应,两只眼睛东看西看,啊,真的,不假!就起了坏心肝啦!

鸡蛋脸要拿东西给姐姐吃,看看水缸没水,就要去挑水。米筛脸也要去，就一齐出门。路上碰到一个打糖客。米筛脸问："打糖客，打糖客，你看看，是我美，还是我小妹美？"打糖客说："宁可看你小妹屁股，也不看你的脸！"<small>俗语，意指姐姐长得丑。</small>

米筛脸听了，气半死，说："小妹啊，你美，那是你头上有金钗。你把金钗给我戴，再去问一问。"

鸡蛋脸老实，把金钗给米筛脸。两人又走，碰到一个箍桶的。米筛脸问："箍桶客，箍桶客，你看看，是我美，还是我小妹美？"

箍桶客说："宁可看你小妹屁股，也不看你的脸！"

米筛脸听了，气半死，又说了："小妹呀，你美，那是你的衫比我好，我们换换衫，再去问一问。"

鸡蛋脸又把衫换了，再问过路人，过路人应的，还是打糖客那句话。

米筛脸说："大家都讲你美，我不信！到水井头照一照，比一比！"

到了水井头，鸡蛋脸把头在水井口一伸，米筛脸牙一咬，手一推，把鸡蛋脸推下井了。

米筛脸害死了小妹，挑着空水桶回厝。她平时懒惰惯了，现在也改不了，头不梳，脸不洗，水不挑，地不扫，一厝乱糟糟。

过了几日，蛇郎君回厝，一进门，吃一惊；地上灰蒙蒙，水缸空玲珑<small>空落落</small>，灶门冷冰冰。再看看某，唉呀，怎么变得满脸麻子，人又高又胖，脚又宽又大。奇怪！就问："你的脸怎么变成这样子啊？"

米筛脸说："隔壁婶婆炒芝麻，我去看，芝麻爆来，喷了我满脸，就变成这样子啦！"

蛇郎君又问："你的脚怎么变得这样大，人怎么变得这样高啊？"

米筛脸说："我日日盼你回来，站在门槛踮着脚看，站呀站，看呀看，脚就站大了，人就踮高啦！"

蛇郎君听听，不信哩！看看水缸没水，就去挑。到了水井头，井内飞出一只鸟仔，一身金毛，歇在井盘，对着蛇郎君叫："蛇郎，蛇郎，你真糊涂，姨仔<small>妻子的姐妹</small>推下井，大姨来当某。"

蛇郎君打了十水桶水，金鸟仔叫了十遍。蛇郎君奇怪，拿起一头金一头银的扁担，对鸟说："是我亲，歇我金；非我亲，歇我银。快快栖了起，随我回厝门。"

鸟仔"吱"一声，飞在他扁担金的一头。蛇郎君挑水到厝。米筛脸在梳头。鸟仔歇在桌边，又叫了："蛇郎，蛇郎！你真糊涂。姨仔推下井，大姨来当某。"

米筛脸一听，惊得心"扑扑"跳。拿起木梳打过去。鸟仔的一只脚跛了，一只眼瞎了。它飞到屋檐，又叫："阿姐羞，阿姐毒，打我跛脚兼瞎目。用我木梳抹我油，盖我金被穿我裘。"

米筛脸一听，气半死，把小鸟仔捉下杀了，放到锅里煮。她盛一碗肉多的给自己，剩下的骨头呀、汤呀给蛇郎君。米筛脸端着碗，拿筷一拨，咦，奇怪，肉全变成骨头啦！看看蛇郎君的一碗，全是肉！她气了，把两碗鸟肉统统倒入后门水沟。

第二日，水沟长出两株竹。蛇郎君走过，竹竿直溜溜，不摇不动；米筛脸走过，竹竿弯下来打她。过来也打，过去也打，打得她手上、身上都是伤。她气死了，砍了竹子，做成两把竹椅。蛇郎君坐上去，稳稳当当；米筛脸坐上去，竹椅夹得她叫天叫地，痛半死。米筛脸又抡起斧头，把两张竹椅劈了当柴烧。

蛇郎君隔壁，住着婶婆。这一日，婶婆婆来讨炉火，米筛脸叫她去炉洞掏。婶婆掏呀掏，咦，掏着一个红龟粿_{红色龟形糯米糕}。米筛脸想想：一定又是小妹作怪，不如给婶婆吃了！免得再生出事来。就说："婶婆，红龟粿送给你吃！"

婶婆趁热咬一嘴，嗬，香喷喷，真好吃。她舍不得吃，拿回厝放在菜橱边。一会。她的孙仔回来，叫肚饿。婶婆说："别叫别叫，菜橱边有一个红龟粿，你拿去吃！"

孙仔开了菜橱，一看，什么红龟粿，只有一个小小的查某团。查某团说："小弟呀，我的肩头给婶婆咬了一嘴，你拿一块泥土给我补一补。补好了，我们结拜当姐弟。"

孙仔赶紧挖了一点土，糊在查某团肩头，一下就长成了肉。

婶婆把小查某团放下地，眼睛一眨，哈，俏皮小查某团变大了。愈变愈大，变一个大人。细一看，唉哟，是鸡蛋脸，蛇郎君的_{老婆}呀！

鸡蛋脸把自己怎样被害怎样受苦，讲给婶婆听。婶婆叫孙仔把蛇郎君请来。

蛇郎君来了，婶婆说："我有一个查某团_{孙女}，你识一识。"就叫鸡蛋脸出来敬酒。

蛇郎君一看，啊，她跟鸡蛋脸真像啊，又不敢认，接过酒，饮了两杯。奇怪，这酒呀，头一杯甜，蜂蜜一样，第二杯苦，黄连一样。他问："一瓶酒，两样味，怎么一杯苦来一杯甜？"

鸡蛋脸随声应："头杯甜，二杯苦，我两个本来是翁某_{夫妻}。"

蛇郎君听了，抱着鸡蛋脸哭了一场。两人拜谢了婶婆，双双回厝。

米筛脸看见蛇郎君和鸡蛋脸回来，知道事情败露了，赶紧逃。到水井头，一纵身，跳井淹死了。

从此后，鸡蛋脸和蛇郎君亲亲热热过着好日子。

第四节 "圣王古"：陈元光开漳史迹与传说

福建地区流传着汉族祖先和原住民族融合的故事，以时间为序，主要分为两个类型，一是陈元光"开漳入闽"的民族接触与融合的传说；一是有关省内方言男女称谓词来历的流俗语及其传说（详见本书第三章第二节、第三节〈闽方言性别/夫妇俗称〉）。虽然闽东北也和闽南一样流播着北方汉人入闽的"三王开闽国"民族接触与融合的民间传说与歌谣，然而由于王氏政权占据了福建地区的政治文化中心"闽都"福州，而大都市往往文彦汇聚，其历史传说更多地被载入地方史志，成为地方"历史"的一部分，而较少保存为纯民间传说的文本范畴。同时，"三王"传说主要流行在闽东地区，同闽南地区关系也不大，为此，本书主要介绍有关陈元光及其将领的故事传说。

一 陈元光"开漳"史及其系列故事与传说

陈元光系列故事传说，指陈氏家族及其将士开漳拓闽的历史传说故事。在民间，陈元光多被认为是"平乱"和推行民族融合的好首领。

从汉代元封元年（公元前 110 年）灭闽越、设冶县（在今福州）建立汉族政府机构至唐初，福建地区仅开发了闽北和闽东南的建（闽北）、泉（在今福州）二州，虽然唐高宗武德五年（622）曾在闽南地区置丰州（治在南安），然而贞观元年（627）就因人口太少而予废弃，径以南安、莆田、龙溪三县入泉州（治在今福州）。可想而知，当时的闽南至粤东，地荒人稀，"两江夹峙，波涛激涌，两岸尽属蛮獠"（［清］道光本《重

纂福建通志》卷八十五〈关隘·龙溪柳营江把截所〉），散居着被污为
"蛮獠"的原住民，他们就是现代畲族和水上"疍民"等少数民族的祖
先。由于汉人不断南下，汉族人口日益增多，既分享着原住民固有的自然
资源，又派征赋役，从而引发了闽粤边境"诸蛮"与汉族新居民的武装
冲突，史称"蛮獠啸乱"。唐廷先后命陈政陈元光家族两次率府兵入闽镇
压，擒杀蛮将兰、雷二首领，"平三十六寨"（［清］道光本《重纂福建
通志》卷一百二十一〈唐宦绩·李伯瑶〉），"尽歼之"（同上引，卷九
〈山川·漳浦梁山〉）。陈元光又协助循州司马高琔"征剿"南海贼，"伐
山开道，潜袭寇垒，俘馘万计，岭表悉平"（［清］乾隆《潮州府志·征
抚〉），"渐开西北诸山洞，拓地千里"（［清］道光本《重纂福建通志》
卷九〈山川·漳浦梁山〉），奏请朝廷在"泉、潮"之间即现在的闽东至
潮州之间增设州县①，实行屯垦制以图衣食自给，加强地方统治，推行民
族融合的政策。这就是闽粤边区增置漳州的由来。由此可见，当时的闽粤
海疆很不平静，不但文化传统不同的入闽汉民饱受战乱之苦，即便是土著
民众，也普遍遭受着战乱和社会动荡之害。这就是陈元光开漳平寇得到当
地大多数老百姓拥护的主要原因。后来陈元光死于原住民枭雄的刀下，子
陈珦继任漳州刺史。陈氏数代治漳守漳镇漳，连其将士的子孙后代都落籍
闽南。后世人民为怀念他的开漳之功，奉其为神明四时祭祀。如此一来，
实有其人的陈元光在民间和朝廷的"造神运动"中成为闽、台、东南亚
华人社区的地方保护神，民间传说，自古流芳，并不完全像宋代漳浦县令
吕璹题诗《谒威惠庙》所称：

> "当年平寇立殊勋，时不旌贤事弗闻。
> 唐史无人修列传，漳江有庙祀将军。"

漳浦令吕璹（1007—1070），字季玉，泉州南安朴兜村人（在今水头
镇），北宋景佑元年（1034）进士，官至光禄寺卿，勤政爱民，颇若贤
声，漳浦士民感其德，为其建生祠，称镇国公。吕诗感叹说，陈元光

---

① 参见［清］光绪《漳州府志》卷二十四，《宦绩·陈元光》；［清］乾隆《潮州府志》
卷三十八，《征抚》等。

"平寇"功高，可是在他当县令时，陈氏有关事迹已经"事弗闻"了，虽然唐史没有为陈元光立传，欣慰的是，漳州民间祭祀他的庙宇香火旺盛。

据《福建省志·文化艺术志》称，"漳州有'陈元光入漳平闽十八峒'的故事"①，然而笔者目拙未见，仅知有陈元光"开漳"系列故事，以及由这类故事衍化而成的佚名《杨文广平闽十八峒》传奇故事，严格地说，后者是不宜直接计入陈元光"开漳"系列故事，不过其内容倒是可供参考。

陈元光"开漳"系列故事大致可分为三类，一是相对纪实的陈政、陈元光及其主要将领之"陈家军"开漳平乱、建置漳州的事迹，例如南靖有陈家军的部将《赵渊讨伐柳斜》和《陈元光平蝴蝶洞、蚯蚓洞》等系列故事，"云霄信息网"②之"陈家军开漳"故事便有《漳江的传说》和《白营的由来》地名传说等，《中国民间文学故事集成·福建卷·云霄县故事分卷》（以下各地故事分卷统一简称《××县、区、乡、镇、村故事分卷》）之陈元光与其爱将马仁战死的故事《马仁神像为何一副急相》等；二是神化了的"陈家军"故事，例如《云霄县故事分卷》所录化神以后的陈军战将协助郑成功渡台驱逐荷兰殖民者之《马仁震慑红毛番》故事，以及该分卷"史事传说"神异化故事《将军山上鞭打声》等；第三类则为"擦边球"式开漳故事，比如《郭坑镇故事分卷》之《鼎脐金，鼎脐银，鼎脐满仑果树林》，说当地"鼎脐山"之得名在陈氏父子入闽战"蛮獠"时代，蛮王兵败撤退前，将金银财宝扣在大锅铁"鼎"的下面，防止别人盗取，唯"十囝十新妇"的人家齐心协力方能破除咒语获取财物的故事，"开漳"只起着交代故事时代背景的作用，与主要内容基本无关系。

（一）"开漳"系列故事的文献资料分布

据不完全统计，现存有文字记载的陈元光"开漳"历史传说故事总篇数约二百多，扣除相互重复的篇章仍过百篇。收录陈元光及其主将历史传说故事的文献资料大致有四种类型，一是《中国民间文学故事集成·

---

① 福建省地方志编纂委员会编：《福建省志·文化艺术志》，福州：福建人民出版社 2008 年版，第 76 页。

② 云霄新闻网，网址：http://www.zzyxxw.com/article/20140825/1417.html，查询日期：2016 年 1 月 4 日。以下引自该网站，咸注网名。

福建卷》的各市、县（区）、镇（乡）分卷和由这些"故事分卷"抽取出来汇编而成的《中国民间文学故事集成·福建卷·漳州市开漳圣王故事卷》，共收录陈元光故事传说近百篇，约占这类故事总数的48.5%。二是以卢奕醒、郑炳炎、王雄铮及漳浦县高聿占等为代表的漳州市民间文艺工作者，都曾深入民间调查、搜集、整理民间故事，先后出版发行多部故事集①，共收录陈元光故事传说79篇，约占这类故事总数的39.9%，这两类文献资料的故事篇数占了总篇数的91.4%。三是地方政府主办的信息网络平台之"开漳故事"。四是地方文史爱好者的地方史著作、博客等所发布的"开漳圣王故事"等，往往同第三类政府信息网络平台发布的故事有所重叠和交叉。

（二）陈元光系列故事传说的地点分布

陈元光系列故事传说，有的分布在多个市县，也有的仅流传在一二市县，其地理分布的核心地带在九龙江流域，即漳州各市县和厦门市，以及泉州、潮州部分地区和台湾与东南亚华人社区的"开漳圣王"信仰圈。应该说，凡是有陈元光及其将士庙宇的地方，大致都有相应的"口碑"亦即民间故事的遗存。然而文字记录却非如此，而是地点分布不均，甚至与其庙宇和"开漳圣王"信仰圈的分布差别很大。以漳州所属二市七县二区及乡、镇、村为例，龙海、诏安、南靖三市县的"故事分卷"便缺收陈元光系列故事，和漳州比邻的厦门市、同安县（现并入厦门市）也都流传陈元光系列故事，然其"故事分卷"也没有收录，连漳属《长泰县故事分卷》也仅收一篇地名由来的故事《龙湖营地植御榕》，因"开漳"而设县的"漳浦县故事分卷"甚至只录陈元光故事三则，而漳浦高聿占的《梁鹿故事·历史名人故事与传说》却收了《陈元光的故事》、《沈世纪挂铁魁》、《李伯瑶招亲破飞鹅》等故事，其中仅《陈元光的故事》，就包括了〈建漳始末〉、〈立屯建行台〉、〈漳浦建县〉、〈屯垦与联姻〉和〈兴文教，办书院〉等多篇小故事。

陈元光故事的分布地点不均衡的内在原因至少有三个方面，一是与陈

---

① 见卢奕醒、王雄铮：《漳州民间故事》，《漳州文史资料专辑》，漳州：1988年自费印刷、发行；王雄铮：《漳州民间故事精选集》，漳州：2005年自费印刷、发行；卢奕醒、郑炳炎：《闽地多雄杰·漳州历史名人传说》（上），《开漳将帅的传说》，长春：吉林出版集团有限责任公司2014年版。

元光的封号"开漳州主圣王"、"开漳圣王"（分别为南宋朝廷和清廷的封号），而被漳属以外的闽南人误以为其历史作用只限于漳州有关；二是当年大范围民间文学调查与搜集工作有所缺漏；三是最主要的，由于同一篇民间故事会流传在多个不同的地区，可能当年各市县在整理、汇总故事资料时，为了避免相同的故事在多地、多集故事分卷重复刊出而约法三章，某些市县的这一主题的故事资料便被删除了。唯其如此，将很难解释为什么连漳属多个县的故事分卷也大面积失收陈元光系列故事。可以肯定的是，现在从闽南各地"民间文学集成"的"故事分卷"收录的陈元光系列故事，远非口头流传的地理分布之全貌。

（三）陈元光历史文化遗址与其系列故事及传说

在陈政、陈元光驻过军、打过仗、屯过田，形成村落的地方，通常会留下历史文化遗址，甚至凝结为历史文化的"结晶物"——地名词。因此，拥有历史文化遗址群所在地"附着"的有关历史传说和故事就比较多，尤其集中存留在其驻军、建州、立县、设立书院和墓葬的云霄县、漳浦县、芗城区浦南镇。

1. 云霄县①

云霄县是陈政陈元光入漳之前已存在的跨闽粤界而立之绥安县所在地，也是漳州郡治的发祥地。据当地现存历史遗迹和口碑，陈氏父子曾扎营于云霄县，建立了号称"闽南第一村"的西林村及其他早期村落，并延续至今。该县有成系列的"开漳文化"遗迹，即陈氏家族及其"陈家军"将帅的营地、墓葬群、水利设施等，其中相当一部分"开漳文化"遗址和陈元光系列故事并存。

（1）陈政故居遗址

唐初原绥安县地在今漳州与广东省潮汕地区的接合部，因发生原住民"啸乱"，饱受战乱之苦的百姓请求朝廷出面解决民族矛盾，由是，唐高宗李治于总章二年（669）升左郎将陈政为朝议大夫统岭南行军总管事率军南下"平乱"。民间流传《归德将军奉旨南征》即陈政入漳的故事和

---

① 以下"开漳文化"遗址群，参见云霄新闻网，网址：http：//www.zzyxw.com/article/20140825/1417.html，云吧·魅力云霄，网址：http：//tieba.baidu.com/p/504029993，查询日期：2016年1月4日。

《归德将军礼贤聘丁儒》传说，同时传说陈政曾经在此地驻军和居住，今存故居遗址和营区。

（2）将军山·将军庙·陈政墓

将军山·将军庙·陈政墓，在云霄县城西部将军山下。陈政卒于唐仪凤二年（677），与司空夫人合葬于此，并在山前下营（地名）建庙奉祀。地方上传说着《归德将军墓葬之谜》的故事，又因墓地风水好，据说清军提督万礼曾炸毁陈政墓，为自己的父亲造坟，此后当地父老便夜夜听到陈政显灵、鞭挞张父云云，"陈家军"开漳史由传说衍生成了神异故事《将军山上鞭打声》①。实际上，万礼并不是"清军提督"，而是南明郑军提督，郑成功早年"五虎将"之一。

（3）唐军军营遗址

唐军军营遗址，在云霄县城西。《福建通志·庙坛志》和民国本《云霄厅志》载："将军山下西营，陈将军屯营于此。"其实，云霄县有多处以军营为地名的历史传说"活化石"，都是唐代陈家军当年的营房，一如"上营"在火田镇岳坑村，"中营"在火田镇西林村，"下营"在莆美镇前埔村，即将军山前，并且流传着《白营的由来》故事和"陈家军"中运气好、每战必胜的福将《许天正》、分营将《李伯瑶》、《卢如金》等将领的许多传说。

（4）演武场遗址

演武场遗址，在云霄县莆美镇演武亭村，据说是陈氏父子当年讲武练兵的场所。

（5）牧马处遗址

开漳府兵牧马处在云霄将军山东麓的马坑，据说是"陈家军"养马牧马的地方，现存留《放马埔》故事传说和地名。

---

① 《云霄县故事分卷》称万礼为"清军提督"，应为"南明郑军提督"之误。万礼（1612—1659），从养父姓，乳名张要，又名张礼、张万礼等，后改姓万，以郑成功战将著称。明末崇祯年间，张要同十八好友以万为姓，揭竿反抗官府，被推为首领，遂改姓名为万礼。明亡后，万姓义军奉南明为正朔，于清顺治五年（1648）同南明遗臣卢若腾等联合攻占漳浦县城，七年（1650）五月带领两千多义军投奔郑成功，先后被提拔为前冲镇、后都督、敕封建安伯等官爵，与赫文兴、王秀奇、黄廷、甘辉并称郑军"五虎将"。顺治十五年（1658）四月从郑成功二次北征，次年七月廿三日英勇战死。因屡立战功有威名，在台南延平郡王祠正殿以持剑的"剑官"形象陪祀郑成功。

（6）火田镇"圣王陂"

"圣王陂"，云霄人又称之为"军陂"，在火田镇西北竹树潭与珍珠坂两村之间，也就是漳江支流火田溪中游，是陈氏父子率领开漳将士建造的拦江自流灌溉水利工程"陂"，也是福建省最早的水利工程，可谓"陈家军"最重要的惠民工程和形象工程，至今仍灌溉着附近的千亩良田。现陂地附近尚存清咸丰八年（1858）"圣王陂"碑二通与《漳江的传说》、"圣王陂由来"等地名传说，一起诉说着当年"陈家军"军垦漳南的故事。

（7）唐代漳州郡治·怀恩县衙

唐代漳州郡治和怀恩县衙遗址在火田镇西林城，其时陈政初殁，元光代父为将，建宅、屯兵、建州于此30年，是漳州郡治的发祥地。后来州治迁往漳浦李澳川，此地改做怀恩县衙。现西林故州治遗址仅残存城墙、城基、将台、衙署、街名、水门、渡口、码头、炮台、东门瓮、点将台等故城、故衙遗迹，以及军营山、军营巷（在云陵镇之县物资公司南侧楼仔脚附近）等古地名"化石"。

（8）火田镇古厝窑

古厝窑在火田镇古厝窑村，相传该窑始建于唐代，其时"元光与马仁营农积粟贩陶冶"。

（9）磨剑石与灵著王故垒

民国本《云霄县志》又载："淳祐志云：'石塍渡有灵著王故垒及磨剑石。唐杜岐公作通典，独载临漳石塍渡，是时去嗣圣未远，必有所考。'前志云：'发原江西、闽广之交，……有屯营古迹，本名石塍乡，后人讹为石神溪。今溪垒皆无所考，而磨剑石在云霄。'"磨剑石，在云霄县城西郊的将军山北麓，石上有一磨砺痕，砺下有两凹槽可盛水，据民间故事所传，乃陈元光磨剑之石。

（10）燕翼宫

燕翼宫，亦称王府，陈元光于唐垂拱年间建州后"承恩"所建，在云霄县云陵镇王府街大夫第，明初重修为"开漳祖庙"，庙前有一水井，人称"王府井"。

（11）书院原址

漳州的书院始建于唐景龙二年（708），书院原址在火田镇一带，后迁往芗城区浦南镇松洲村，并得名松洲书院。

（12）云霄"陈家军"及其将士墓地与墓葬群

A. 陈政墓

陈政及其夫人司空氏（又称吐万氏）合葬墓，在云霄县城西郊将军山，墓前立石翁仲、石马、石狮、石羊、石望柱，为［南宋］嘉熙四年（1240）重修时所置。墓葬曾于"文化大革命"夷为平地作农田，后于1985年清理耕地时重新发现并再重建，福建省人民政府于1991年公布为省级文物保护单位。

B. 魏妈墓

魏太母玉珏，陈政之母、元光之祖母。民间传说魏妈随子赴闽，不幸半途两儿病逝，魏妈即代子挂帅入漳，与陈政会合，后逝于云霄县。魏妈的墓在东厦镇竹塔村即漳江下游南岸的仙人峰东南坡半径山，墓旁存有陈元光将军庐墓处遗址和神道碑石刻。民间传播着有关《魏太夫人百岁挂帅》等故事。《海峡都市报》2015年7月4日《长乐显应宫可能是开漳圣王庙》报道称，长乐漳港显应宫奉祀的是陈元光，其地宫后殿左侧的塑像为魏妈行军途中携带身着戎装的儿媳和孙媳，旁边两尊侍女还怀抱婴儿（参见本书第一章第五节〈"陈家军"后裔与"开漳圣王"民俗信仰圈〉），可见有关魏妈事迹的传说实有其事。

C. 大峙原陈元光原葬墓暨将佐结庐守墓处

此为陈元光原葬墓，在火田镇大峙原（又称葛布山），民间传说陈元光原葬于此，因贞元二年（786）徙州治于龙溪，遂迁葬漳州北郊九龙里松洲保即今芗城区浦南镇松洲村高坡山。现大峙原原葬的旧墓形犹在，山下存唐景云二年（711）陈元光与马仁停枢处的"停枢台"及祀坛等古迹，其左近有当年的将佐结庐守墓处，故地名曰"'庐'（谐颅）仔坑"，成为现在的火田镇后埔庐仔坑村名。

D. 戴郡马亭暨戴君胄与陈怀金合葬墓

戴郡马，即陈元光之女怀金的夫婿，开漳分营将之一戴君胄。戴郡马亭在火田镇七里铺村南碧云峰下，又称碧云亭、七里桥亭，亭后为戴君胄夫妇合葬墓，其神道碑刻云："唐钤辖司崇仪使郡马副元帅兼竭忠辅国大将军赐谥武毅肃庵君胄戴公暨配柔徽克济益恭弼德夫人陈氏墓道"。民间流传着《陈元光宴前斩婿》的故事。据称，戴氏有一次在宴会上目空无人，陈元光怒而欲斩之，后责其戴罪立功。

E. 柔懿夫人庙

柔懿夫人庙，在岽屿山前村，祀陈元光小女陈怀玉。当地认为其墓亦在云霄，流传着怀玉英勇善战、战死沙场的故事《夫人妈的传说》。现芗城区浦南镇陈元光陵园的陈元光墓据说随葬其女怀玉。

F. 马仁元帅庙

马仁元帅庙位于高溪，流传着《高溪马仁元帅庙的传说》，也有讲述陈元光与马仁战死于原住民刀下的故事，以及庙中的《马仁神像为何一副急相》，马仁逝后显神威，力助郑成功勇杀外来侵略军的《马仁震慑红毛番》神话故事等。

G. 其他唐代墓葬群

唐代陈家军士墓葬群，据说在岽屿城内村墓林山中部山头东南面海滨的一座山坡，1986 年省考古队曾采集出土墓葬遗物，里面有青瓷双耳罐、青瓷碗等，认为墓主不详。然而当地群众普遍认为这就是"开漳军士"墓。

（13）陈元光及其将领的庙宇和遗址

云霄县有陈元光及其将领的庙宇多处，一是城西门外的威惠庙，在云陵镇享堂村，亦称陈将军庙，共祀"陈家军"魏妈、陈政、陈元光、陈珦、陈怀玉及其主要将领马仁、李伯瑶等。二是灵著王庙，在东厦镇高溪村，虽然《云霄县志》未提及该庙奉祀何神，然而笔者根据"灵著王"是南宋绍兴十六年（1146）朝廷追封陈元光的封号，而判断此为陈元光庙。"灵著王"的这一封号，在旧泉州属县的地方志里并不陌生，据南宋本《仙溪志》载："威惠灵著王庙二，在枫亭市之南、北"①；［清］道光林有融本仙游县《枫亭志》卷一〈地理〉载："威惠灵著王庙，祀唐将军陈政之子元光。"由此可见，云霄高溪灵著王庙所祀当为陈元光。三是莆美镇前埔村下营将军庙遗址，初时供奉开漳始祖陈政将军，后来成为首祀开漳圣王陈元光的官庙。民间传说，陈将军神时常显灵，到附近农家的果园偷龙眼果，而流传其《将军偷龙眼》的故事，也有其女《夫人妈的传说》。

---

① ［南宋］黄岩孙宝祐五年（1257）《仙溪志》点校本卷三《祠庙》【威惠灵著王庙】，福州：福建人民出版社 1989 年版。黄岩孙（1218—?），惠安人，宝祐四年（1256）进士，初授仙溪县尉。据此可知该灵著庙所祀为陈元光。

2. 漳浦县

漳浦县是"开漳"之初设立的附县，虽该县故事分卷很少收录陈元光及其将领的系列故事，不过，在本县的乡土历史学家李林昌的笔下，仍记载了不少陈家军相关事迹①。这类记载可以说是历史传说多，而文学化故事成分较少。比如有关于"陈家军"初入漳州，在今龙海与漳浦交界的九龙岭《插柳为营》的传说，陈政在盘陀岭驻军的有关"军营埔"（埔，小平地）传说，陈家军初战失利，朝廷增派陈政的两位胞兄与陈母魏太夫人携子元光率援军南下，不幸两兄长于途中病死，魏太夫人代子领兵抵达九龙岭与陈政会合的故事传说，陈政设立"唐化里"教化原住民的传说，陈元光代父平绥安、屯垦修水利及无象庙传说、建州设书院故事传说等，成为地方史不可或缺的一部分。文学化的故事则有老一辈闽南人耳熟能详的《智取飞娥洞》、《陈元光勇破李蛮洞》、《丁七娘巧取飞龙洞》、《陈元光血战大崎原》、《沈世纪挂铁魁》，这些故事大多收录在高聿占《梁鹿故事》②，另有事同名异的《李伯瑶招亲破飞鹅》（卢、王《芗城区故事分卷》作《李伯瑶娘仔寨招亲》）等。由此可见，漳浦县民间并不缺乏"陈家军"系列故事，只不过《漳浦县故事分卷》很少收入罢了。

3. 芗城区浦南镇

浦南镇为唐时苦草镇。据载，唐总章二年（669），陈政就是从这里率兵渡江"平蛮"的，唐景龙二年（708），陈元光之子陈珦在此地建松洲书院并讲学，有子弟兵陈姓、李姓和畲族钟姓等繁衍至今。当地存留着许多"开漳"历史遗迹和陈家军主要将帅的墓葬群遗存，也保留着陈元光的政府机构"保行台"，陈家军军营遗址（在后林行政村之军营社；社，闽南话指自然村落），陈家军曾经驻扎的军营山（同在后林村），等等。成系列的民间传说有平漳初期的《智平飞鹅寨》，《智斩鸡公精》，以及《松洲村不养鹅》等故事。

A. 威惠庙和松洲书院

---

① 李林昌：《九十九峰起伏漳浦史》第三章、第四章，福建：鹭江出版社1993年版。
② 高聿占：《梁鹿故事》，漳浦县文化局、漳浦县图书馆编印2002年版。

松洲书院建于芗城区浦南镇松洲村，创立于唐中宗景龙二年（708），比我国目前公认的最早创立的学校"始于唐代"的丽正书院（724）早了16年①，是实际上我国最早创建的书院。书院为庙宇式建筑，实际上前殿为祭祀陈元光的威惠庙，而把威惠庙的后殿用来做书院。令人意想不到的是，历代守护松洲威惠庙和松洲书院的居然是钟姓畲民！或许他们就是民间所谓陈元光娶的畲女"种氏夫人"之后代，或者是其家属、亲族的后代，或者是当年感佩陈氏力主民族融合的原住民后代，也未可知。

B. 陈元光墓

浦南有陈元光墓两处，一在浦南石鼓山，一在鳌浦村石狗山。当地有关于《陈政渡溪西》、《陈元光解除百姓疾苦》、《陈元光归家》、《皇帝败陈元光的地理》等传说和灵异化的《陈元光墓前三奇》、《煞了县官的威风》以及陈墓前面的《石烛和石羊》等故事。

C. 许天正墓

许天正智勇双全，是陈政陈元光的副将和最重要的将领，其墓葬在浦南镇诗棚村樟公自然村，被民间尊奉为海内外许氏开基祖，时有许氏宗亲前来拜谒。浦南民间流传着《许天正收服猫仔精》的历史传说和神异化的《不听许先生言，吃亏在眼前》、许天正《程溪乡施医》、《何必多此一举》、《许仙荫外乡》等故事。

D. 李伯瑶墓

李伯瑶也是陈家军重要将领，是多则民间故事的主角，墓葬在浦南镇渡东虎形山，后裔繁茂。

E. 马仁墓

马仁也是陈元光的重要将领，其墓葬在浦南镇碧溪蛇仔形（地名），浦南民间有关于《马仁怒鞭不孝子》的传说。

F. 林孔著墓

林孔著为陈政第九女的夫婿，墓在浦南溪园村。民间故事说，溪园是

---

① 袁枚：《随园随笔》云："书院之名，起于唐玄宗之时，丽正书院、集贤书院皆建于省外，为修书之地。"又，漳州文史界多称《中国教育史》载中国的书院制学校"始于唐代丽正书院"，而松洲书院实际上比丽正书院的建立早10年，然都未引出处。

陈政当年渡江平蛮的渡口,当地流传着《渡东村设渡船的由来》的故事,因林孔著四世孙林承美于晚唐移居溪园,后于明末兴建颇有规模的林氏祠堂。

如本书第一章第五节的介绍,台湾建有数百座奉祀陈元光的威惠庙,然而遗存的陈元光故事却非常有限,只有陈神与妈祖斗法、陈神为百姓看病、陈神不在庙里的时候善男信女求签不灵等神异化故事。可能因为台湾没有相应的陈元光拓闽遗迹,因而历史传说故事基本失传。

和"陈家军"开漳拓闽故事形成鲜明对照的是王审知(862—925)三兄弟开闽的故事。王绪、王潮、王审知三兄弟称"三王",是在"陈家军"入漳后约 200 年,即唐中和元年(881)随王绪渡江南下进福建的,从漳州地界入闽,光启二年(886)攻泉州,当时泉州长官陈岩表其为泉州刺史,景福元年(892)入福州并定居,兄弟相继为福建观察使,与民休息发展经济,社会稳定。可是,王审知于后唐同光三年(925)去世后,长子延翰于次年(926)继任节度使,见中国多故,乃"取《史记》闽越王无诸传示其将吏曰:'闽,自古王国也,吾今不王,何待之有?'"(《资治通鉴》卷二八二)遂称王;又因兄弟、子侄不和,相互倾轧夺王位,骨肉相残,互相攻杀,并且这些短命的闽王都贪财好色,侈糜荒淫无度,如第五子"闽王曦(原名延曦)既立,骄淫奇虐,猜忌宗族,多寻旧怨;其弟建州刺史延政数以书谏之,曦怒,复书骂之"(欧阳修:《新五代史》卷六十八〈闽世家第八〉),引发内战;王延政在天德元年(943)建州公开称帝,辖将乐、昭武、建阳、建安、浦城五县,因而优伶嘲笑称:"只闻有泗州和尚,不见有五县天子。"导致福建境内社会动荡二十年,最终国破家亡,给闽王室和百姓带来巨大灾难。由此可见,王氏政权主政福建地区约 55 年,虽然也被王姓后裔奉为"开闽祖",然而全面歌颂王氏闽国政权的民间故事却微乎其微,少之又少,和陈元光"圣王古"有着天壤之别。

总之,在漳州—福建人眼里,陈氏父子及其将帅既是历史名人又是神,民间传说中"人"的成分要高于"神"的成分,因而神话故事的篇幅不占主流。此外,陈氏军事集团的"开漳圣王古"大多讲述部队的征战、屯垦等故事和不服输的部落首领的反抗,陈也最终死在了土著首领之手。然而在"圣王古"里，我们基本看不到被征服的土著百姓是如何最终接受了汉军汉文化的。

第五节 闽歌源与"圣王歌":开闽第一篇

如果说，民间散文主打叙事、纪史，因而在闽南民间故事传说中，有着较为显性的关于本民系始祖及其图腾的故事与传说的话，则民间诗歌主抒情，它所反映的发生学上的与本民系始祖及其图腾有关的文化信息，不如散文那么直截了当，然而却属于一种隐性的始祖文化信息遗存，可能因抒情达意的需要，反而在某些历史文化信息方面来得更加真实和可靠。

一 上古闽歌辨

从石器时代开始，闽南地区便有古人类的活动，一定产生过一些很古老的民间诗歌——歌谣。只是因为口耳相传的原始诗歌并未形成文字，而无法在历史上留下蛛丝马迹。"记录在册"的远古闽歌据说始于《周礼·夏官》：

"七闽荒服，掌于职方。"

此歌的创作地点在中原周国，与《周礼·秋官·职方》"职方氏，掌天下之图，以掌天下之地，辨其邦国、都鄙、四夷、八蛮、七闽、九貉、五戎、六狄之人民"的内容有一定的关联性，而四言歌体又是先秦诗歌最主要的歌体，因而《七闽荒服歌》的创作年代应和《诗经》相近（《诗经》汇集了我国古代诗歌305篇，其作品产生的年代在公元前11世纪至公元前6世纪）。大概由于这个原因，歌谣的抄录整理者方怡于歌下注云：

"所谓'闽'，百粤之疆也。黄虞以前，其详不可得闻矣。足知此歌的史况，应为最早闽歌。"①

---

① 林国经主编：《中国歌谣集成·福建卷·福州市郊区分卷》，福州郊区民间文学集成编委会1990年版，第14页。

　　此话一语道破方怡先生注文的根据，是由"此歌的史况"而推测此歌就是"最早闽歌"——闽地歌谣第一篇的。对此笔者不敢苟同，原因有二：首先，此歌的创作者（包括集体作者）不是闽人，且创作地点也不在闽，而是在华夏族居住地周国；其次，诚如方氏所言，"闽"地处"百粤之疆"，而百粤（越）之地的民众说的是属于黏着语的百越语，大体上是两个音节表达一个汉字的意义，和属于孤立语的汉语有很大差别，相互不能通话，因此，如果《七闽荒服歌》真是"闽歌"，是不会合于汉诗格律的，而且汉人也是看不懂的。因此我们说，《七闽荒服歌》乃是华夏人追咏闽族的闽事，而不是什么"最早"的"闽歌"。那么，史书上是否曾经留下有关上古闽歌的记载？根据闽疆距离中原山川迢递及现存历史资料的文字记载看，我们只能说一声遗憾，无从于古籍一赏上古闽地的歌谣。即便是与闽人闽歌有着近源关系的吴人越歌，在我国诗歌史上记录下来的也仅寥寥数首。例如：

　　　　"禹行功，见涂山之女。禹未之遇而巡省南土。涂山氏之女乃令其妾候禹于涂山之阳。女乃作歌，歌曰：'候人兮猗！'实始作为南音。"（《吕氏春秋·音初篇》）

　　《吕氏春秋》说，"始作南音"的是《候人歌》，也就是将这篇夏禹时代的南方歌谣推为现存最早的越歌。"候人兮猗！"的实词只有两个字："候人"，"兮"、"猗"是句末语气词，相当于现代汉语"啊"、"哇"之类，可用来表示多种情绪，连当代人也一看就能懂，让我们得以倚字循声，穿越数千年文化屏障之薄纱，深深感受涂山女那思君的忧伤，那发自肺腑挚切无遮拦的一声喊："等你呀——！"因此说，这首抒情诗尽管比《七闽荒服歌》更简短，然而它所折射出来的远古文学信息远比纯记事的《七闽荒服歌》要丰富。只不过从语言的性质看，《候人歌》仍是用汉字汉语记录的汉族诗歌，同样不是上古百越语的民族歌。因此说，想要从《候人歌》来直追越族闽部歌谣的真貌和影像，同样是找错了门。

　　从汉代的歌谣记录看，都把越歌称为"越吟"，而与吴歌并称为"吴歈越吟"（《文选·左思·吴都赋》），甚至有"吴歈越吟，荆艳楚舞"同举的例子（〔北周〕庾信《哀江南赋》），都属于修辞学上所说的"互文"。《说文·欠部》注："歈，歌也。"也就是说，吴歈、吴歙、吴歌与越吟、越声、越歌都同指吴越民歌，这是因为吴、越歌谣语言"同音共律"（《吴越春秋·夫差内传》）。

上古吴越歌谣，我国古籍保留了一首千古唯一，具有重要的史学和文学价值，引用率和翻译率极高的"越歌"原作及其"楚说"汉语译作，事见刘向《说苑》卷十一〈善说篇〉第十三则：

> "鄂君子皙之泛舟于新波之中也，乘青翰之舟，极芘芘，张翠盖而检犀尾，班丽褂衽。会钟鼓之音毕，榜枻越人，拥楫而歌。歌辞曰：'滥兮抃草滥予昌枑泽予昌州州惉州焉乎秦胥胥缦予乎昭澶秦逾渗惵随河湖。'鄂君子皙曰：'吾不知越歌，子试为我楚说之。'于是，乃召越译，乃楚说之，曰：'今夕何夕兮，搴舟中流；今日何日兮，得与王子同舟。蒙羞被好兮，不訾诟耻，心几顽而不绝兮，知得王子。山有木兮木有枝，心说（悦）君兮君不知。'于是，鄂君子皙乃揄修袂，行而拥之，举绣被而覆之。"（青翰，刻着鸟的青色船。芘，湿地上的一种草；芘通庇，遮掩。榜，木片、借指船，榜子、榜人均指船工，榜枻（yì）即船桨，而短桨曰楫，榜歌指船歌）

这则抒情浪漫的故事发生在公元前 528 年的某一天，鄂君子皙的一次富丽豪华驾舟游，触发了船家的爱慕，便抱着船桨咿咿喔喔唱了起来。歌声吸引了子皙，感叹说：这么悠扬婉转而缠绵的歌，我竟然听不懂！于是召来身边的一位"越译"双语人，现场直译而"楚说之"。汉语楚方言的口译诗歌文本感动了鄂君，"乃揄修袂，行而拥之，举绣被而覆之"。这就是刘向《说苑》记载的《越人歌》（又称《越人櫂歌》）故事。笔者感兴趣的却是古越歌的语言同楚译汉说的关联性。

《越人歌》总计 32 字（有的版本作 31 字），共使用 23 个单字，其中"滥、予、昌、州、乎、胥、秦"7 字重复运用；而"楚说"的汉译文本却多至 54 字，这让人有点儿匪夷所思。原来正如郑张尚芳教授所指出，"古译里的'山有木兮木有枝，心说（悦）君兮君不知'"两句是"据楚辞歌式来调节韵律"的"添加的成分"①，而不是原文所有的。这就难怪《越人歌》的译作那么像楚辞了。如果扣除"楚说之"译文的那两句"添加的成分"，便剩下 40 字，虽说字数还是比原作多一些，不过作为多重复性的诗化语言，尚属说得过去。用"楚说"的译作来与古越语唱的《越人歌》原诗对读，可以说字面上毫无关系，难怪鄂君子皙一点也听不懂。这也实实在在地证明周代《七闽荒服歌》和春秋战国时期的《吕氏春秋》所记《候人歌》，都是华夏语诗歌，而不是先秦的闽调和越歌。

二 唐五代《竹枝词》及其他

古百越之地很早就已经开始渐渐汉化的历程了，虽然闽地的汉化最晚，然而也不至于晚到唐代才骤然汉化。可是不知为何，我们今天所见闽地歌谣多为中唐五代以后的作品。比如曾任福建行政长官的唐代诗人常衮，据说就仿作了全闽歌谣第一篇。

常衮（729—785），京兆（今陕西西安市）人，字夷甫，天宝末年（约 754 年前后）进士，历任翰林学士、礼部侍郎、同中书门下平章事兼弘文、崇文馆大学士等，大历年间与杨绾同居相位，后因体宗初年奏参中书舍人崔祐甫事，被贬为河南少尹，再贬为潮州刺史，建中元年（780）任福建观察使。

常长官上任伊始，见福建文教未开，便广设学塾，推荐优秀举子北上应考，改变了福建地区入唐七十多年只有陈珦（陈元光之子）一明经、廖广一进士的局面，到唐末累计中进士 74 人，甚至出现长乐林慎思五个兄弟先后"五子登科"的佳话②。不仅如此，据福州民间说，喜爱民间文学的常衮在职期间，曾经发动下属与士子到民间采风，并且将搜集的民间口头文学作品改编成《竹枝词》100 首，其中最著名且最具代表性意义的，要属流传最广的情歌《月光光》③：

"月光光，照池塘。骑竹马，过洪塘。洪塘水深不得渡，小妹撑

---

① 郑张尚芳著，孙琳、石锋译：《〈越人歌〉解读》，《语言研究论丛》第七辑，1997 年版，第 62—63 页。

② 《福州市志》第八册第一章〈人物传〉：【常衮】，北京：方志出版社 1998 年版。

③ 见福州：《鼓楼区志》第十八篇第三章：〈文学艺术〉，北京：方志出版社 2001 年版。

船来问路。问郎长，问郎短，问郎一去何时返。"

《月光光》从月色下的池塘写起，但见一骑掠过洪塘，原来是情郎前来渡口告别；船妹急将小船撑了过来，嘘长问短，表现了纯真少女的一往情深。以此篇《月光光》为代表的仿民歌风的百首《竹枝词》的产生看，中唐时代的福建是有民间歌谣存在的，只不过这篇《月光光》是文人仿写民间的情歌，而不是 100% 的民间歌谣，其仿作时间大致在常衮任职福建的建中元年（780）至卒于任上的建中四年（783）的四年间。

《福郡建置总叙》又载：

"光州固始人王潮偕弟审知，从光州刺史王绪来闽。绪暴虐见杀，众推潮与审知为师（帅）。光启二年，福建观察使陈岩表潮为泉州刺史；景福九年岩卒，其婿范晖自称留后据福州。潮遣审知攻晖，杀之。唐以潮代岩，审知为副……乾宁四年，潮卒，唐改福州为威武军，授审知为节度使，封琅琊王。先是有'潮头出，岩头没；潮头没，矢口出'之谣。"①

由上引可以看到，这篇时政歌谣"潮头出，岩头没；潮头没，矢口出"是一首藏头诗，影射唐代中后期光启二年至景福九年间（886—901）中原汉民南下福建执掌地方军政事务，其中的历史人物"潮"指王潮，"岩"即陈岩，"矢口"由"知"拆字而来，指王审知，歌谣的大意是：王潮来了，陈岩的统治结束了；王潮去世，代之以王审知。歌谣的产生时间大致在王氏由闽南入福州的景福元年（892）至王审知后去世的唐同光三年（925）之后的 30 多年间。

此外，唐代保留了两篇佚名谶诗，这话还得从王审知说起：

"洪洲上蓝院和尚，失其名，精于术数，所言辄验。王审知斋供

① ［清］里人何求：《闽都别记》卷一〈福郡建置总叙〉，福州：福建人民出版社 1987 年版。笔者按：光启二年、乾宁四年分别为公元 886 年、897 年；因景福年只有 892 年、893 年，故《闽都别记》"景福九年"的说法有误。

豫章，问国休咎，和尚以十字回报云：'不怕羊入屋，只怕钱入腹。'时杨行密方盛，常有并吞东南之志，审知叹曰：'腹者福也，得非福州之患，不在行密，而在钱氏乎？'至延羲之乱，江南来伐，两浙乘之，福州果为钱氏所有。"（［清］乾隆本《福州府志》卷七十五〈外纪〉一）

《福州府志》这则记载反映了我国文学史上的一个普遍现象：越是社会动荡，越是容易出现带有改朝换代预见性的政治童谣和民间谶诗。根据这一记载来还原历史，应该是偏安于闽的王审知同洪洲和尚都已深感时局之风雨飘摇，王审知氏才会向和尚"问国休咎"，而关注天下势态的和尚也才能够应之以切合时政的"不怕'羊'入屋，只怕'钱'入腹"。此诗收在《全唐诗·集部》（下）卷八七五。

《福州府志》又载：

> "审知时有谶云：'风吹杨菜鼓山下，不得钱郎戈不罢？'王氏末年，钱忠献王仁佐遣兵伐闽，败淮将杨业、蔡遇等，尽取福州之地。"（《全唐诗·集部》（下）卷八七八）

这首题为《闽人谣》的"风吹杨菜鼓山下，不得钱郎戈不罢"是佚名诗作，收入《全唐诗》卷八七八，是追述钱镠于福州鼓山"罢戈"的故事。从钱镠曾为镇海节度使，后梁封为吴越王，辖今浙江、江苏南部与福建东北部，传五主八十四年（895—982），后纳土归宋的年代看，《闽人谣》的产生年代要晚于《潮头歌》。

由此看来，福建地区遗存的"最早闽歌"，都是汉人大规模涌入闽都福州之后的作品，有的直接来自民间，如《潮头歌》和《闽人谣》，也有的是文士们的仿作，如"竹枝词"《月光光》的写作语言全部是汉语，歌谣及其仿写品全部产生于福州地区。至于为什么早在石器时代的福建地区已经有人类的活动，并一直沿续下来，却要一直等到唐代中后期才有歌谣出现呢？这自然和北方人开发福建的时间有关。陈衍《福建通志·补订〈闽诗录〉叙》道：

"文教之开兴，吾闽最晚，至唐代始有诗人。至唐末五代，中土诗人始有入闽者，诗教乃渐昌。"

在这里我们想补充一句：在全国范围内，不但"文教之兴，吾闽最晚"，而且连民间文学的文字记录也是"吾闽最晚"，甚至"至唐代"也仅凤毛麟角，并且大多是福州地区唐末五代不多的歌篇，因为正是这个时候，"三王"所率领的带着家属的河南军事移民控制了福建全境，当上了地方军政长官，其时事、政绩便被记录在了民间歌谣中。至于早于"三王"入闽的常衮及其仿作《月光光》，在福建歌谣史上应是并不多见的特例。细读《潮头歌》和《闽人谣》的语言和特征，都渗露出文人佚名诗的特点，而殊少民间歌谣的那种特有的民间性和方言意味，反而是《月光光》浸润了一些民歌风。这就难怪顾颉刚在第一次接触到福建歌谣的时候不由得感叹道：

"福建是古所谓闽蛮之地，那边的歌谣不载于诗三百篇，不录于汉乐府，不见于宋人所编的乐府诗集，不用说了；就到近代，也因方言的钩辀，交通的艰阻，要看见他们的一首歌还是不容易。所以自从有史以来，福建人唱了三四千年的歌，只同没有唱一样。它们都已随古人而埋葬了。"①

顾颉刚先生的说法虽然有些武断，却也符合一个基本事实：闽地歌谣绝少有人关注，在唐五代之前没有留下文字记载。这真是莫大的遗憾！因此，何绵山教授在考察本省文学概况后总结说，福建至唐代才开始得以开发，福建民歌见于记载的也始于唐朝②，大体是正确的。

由于南下的汉族在汉代以后，历朝历代不绝于途，新来闽人和老闽人的口语不可能一致，其民歌应该如明万历二年（1574）任福建巡按监察御史杨四知于《兴礼教正风俗议》所称：

---

① 见谢云声：《闽歌甲集·序》，厦门：厦门市闽南文化研究所，1999 年再印本。
② 何绵山著：《闽台文学论》，北京：海洋出版社 2012 年版，第 252 页。

"闻之闽歌，有以乡音歌者，有学正音歌者。"①

可喜杨巡按提到曾经"闻之"的"闽歌"，其语其歌既有"乡音"，也有"正音"，表明至少到了明代，福建省存在着两种声音唱的"歌"，一种是乡音方言，一种是共同语或与之相近的带有地方腔因素的官话"正音"。因本书主题的关系，下面只讨论保存在当代歌谣中用"乡音"演唱的古代"闽歌"之闽南分支的面貌。

三 "圣王歌"：当代闽南歌谣中的唐歌

要考察闽南方言歌谣的源头，有必要直接切入汉族移民迁入福建的历史源头，即陈政陈元光所部汉族军事集团进入闽西南地区期间的文学活动及作品。当时留下的文学作品，只有《全唐诗》所录数首诗歌，以及后人收集整理的"开漳圣王"陈元光诗歌《龙湖集》33题51首，内含收入《全唐诗》及《全唐诗外编》的7篇，其中涉猎歌舞笙乐的诗句计11首，却未见闽南歌谣起源的踪迹②。

也有专家将发源于唐代或宋代，流传在九龙江中下游的"锦歌"，也就是后来发展为闽南"歌仔"的民歌视作闽南民间歌谣的源头。但这毕竟只是一种附就和推测，几乎没人指出和说明现存哪一首歌谣是从唐初、宋代流传至今的③，也就是说，在没有实证来说明哪些民间歌谣是从唐、宋流传到现在时，是不能随便说本土在那时候就有了歌谣的。

至于元末的歌谣，可以从《晋江歌谣百首》首篇见到《灭元兵》：

"八月十五番薯芋，逐家_{大家}众人恶。烧塔仔，放火号，月饼内，夹信号，创_杀元兵，有所靠，逐家立志愿，三家养一

---

① 转引自赵麟斌：《福州民俗文化述略》，上海：同济大学出版社 2010 年版，第 216 页。

② 引自何池著、苏炳堃、娄曾泉审订：《陈元光〈龙湖集〉校注与研究》，厦门：鹭江出版社 1990 年版；参见拙作：《闽南歌谣起源年代及其流变——论漳州〈排甲子〉在闽南语区的影响》，《信阳师范学院学报》（哲学社会科学版），2010 年第 3 期。

③ 目前学界能够指明当代仍在流传的一些闽南方言歌谣的年代为唐代的，仅见于拙作：《闽南歌谣起源年代及其流变——论漳州〈排甲子〉在闽南语区的影响》，《信阳师范学院学报》（哲学社会科学版），2010 年第 3 期。

元_{元廷规定每三家汉人必须供养一个元兵,故称,}一暝创完全_{一夜全杀光}。"（引自陈增瑞《晋江歌谣百首》第 3 页，菲律宾安海公会，1995 年。下引咸注书名）

这是反映元代闽南地区借过节之际灭元兵的歌谣。由于番薯是在明代16 世纪末才引进我国的（参见本书下文第五章第二节〈从熟语看闽台文化的差异〉有关番薯入华史的叙述），而此歌首句作"番薯芋"，看来是经过了明清以降传唱者修改之修订本，但总体上还是可以认定它初创于元代末期。

《晋江歌谣百首》又收录一篇《郑成功抗清》歌：

"安平_{地名}真庆幸，出个郑成功。抗清兵，欲复明，坑岬_{安海地名,今称星塔村}读书起，招了子弟兵。五通港_{厦门港湾之一}，炮位升，缺嘴_{豁嘴}将军领号令，大烦_{大炮,古炮}拍着_{打中}亲王船，船沉共_{一起}无命。报恩寺_{在安海靖西,郑成功1646年修建}，欲谈判，国姓_{即郑成功}有准备，继续抗清是正义。国姓出兵到鹿港，赶走荷兰兵，首府台湾省，南部定名叫安平。"

此歌叙述郑成功的抗清事迹和台湾安平地名的命名由来，因郑成功是1662 年年初在台南"台湾城"接受荷兰人受降仪式，并改"台湾城"为"安平"的，因而这篇歌谣应产生于该年或稍后，时代为明末清初。

不过，像《灭元兵》和《郑成功抗清》这样的时政歌谣只是民间歌谣中的小类。从《厦门歌谣》[①] 所收歌篇看，可略知创作年代的歌谣主要集中在该书约占总篇数 1/10 的"时政歌"，其中涉及"鸦片"的 4 首歌谣创作于鸦片战争时期的晚清，《月光光》之"月光光，秀才郎，骑白马，过南塘。路顶遇着钓鱼翁，问伊佗落去？欲去天京找天王"，是反映太平天国时期的歌谣；《三忌》歌"一忌须，二忌洋，三忌无琉球"是厦门民间针对清末日本军国主义者窥视我属国琉球时作的寓言歌，不幸于光绪乙卯年（1879）应验，其创作年代都不辨自明。然而《厦门歌谣》的其他歌谣就少有能显示其创作年代、流传年代的了，《闽歌甲集》反映时代性的时政歌谣就更少了。也就是说，大部分闽南方言歌谣没有留下创作

---

① 彭永叔、陈丽贞、林桂卿合编：《厦门歌谣》，厦门：鹭江出版社 1999 年版。

年代或至迟在什么时候已经流传，或者曾经流传于什么时候的时代特征，要找到最早出现的闽歌，可谓难乎其难。倒是笔者 2010 年偶然发现的泉州市惠安崇武镇大典石业有限公司网站"崇武风采·方言歌谣欣赏"登载的《排甲子》歌①，有可能是闽南语歌谣之源头，其歌曰：

> "排咾排甲子，入军门，整军纪。军去东，军去西，西下路，南下一支军，拍半路。一再击，二再击，漳州娘仔吼咩咩。派支军，挨户找，找来找去，将军哈啾！"

网站"崇武风采·方言歌谣欣赏"原注称：

> "（此谣）据传是明初军户自漳州带入的，反映陈元光入漳州时汉闽两族的战争。"

这就是说，歌谣及其注文是来自明初漳州军户及其后裔代代口耳相传的零星、断续而又鲜活的"民间记忆"。歌谣首句"排"，指排配、比对，"咾"是方言语气词充当时态助词，在重叠的动词中间强调动作的反复性，组成"排咾排"即反复地比配、排列和演示；"甲子"，民间指运用阴阳术、八卦原理及天干地支、罗盘、手指等传统运测工具②，"排甲子"即运用天干地支等运测工具来排演、计算、推演和预测某些事物的发展趋势，是我国古代历算、相面、测命运、看风水、论凶吉向背、预测天象气候、男婚女配等多方面术数的重要方法，用在军事上，则专指研究我方的天时地利等优势和敌方的衰败特征处于何时何方，以便克敌制胜，可引申为权谋运筹的意思。

歌谣开头"排咾排甲子"反映主将运筹帷幄，接着就教导新兵"入军门"要"整军纪"，强调军中纪律的重要性，以下数句"军去东，军去

---

① 大典石业有限公司《崇武风采·方言歌谣欣赏》，网址：http：//dadian. cn/？page－XiaoChengGuShi—52. html，核对日期：2016 年 3 月 29 日。按：博主称，该歌谣和注释"是我当时在读初中时，崇武一个叫汪峰的老人写的小本子里看到的。"该歌谣又见陈国强、叶文程、汪峰：《闽台惠东人》，厦门：厦门大学出版社 1994 年版，第 189 页。下引本书，咸注署名与页码。

② 关于排甲子的民间测算用具，看风水一般用罗盘，算命直接用手指"掐算"。

西，西下路"均言军事行动和行军方向，"南下一支军，拍（打）半路，一再击，二再击"反映部队半路上的遭遇战，一再出击，看来战胜了对方，以至于战败方的眷属"漳州娘仔吼咩咩"，结尾则说战斗结束，部队首长"派支军，挨户找，找来找去"，但见"将军哈啾！"

毋庸讳言，崇武《排甲子》的内容不是很连贯，却不妨碍它是一首典型的军旅民间歌谣的根本属性。本来，以这样的歌谣及其与生俱来的"生命连体"之歌下原注来直接作为"信史"，是无可争议的。然而为了更加慎重起见，笔者宁可从难从严来要求，用地方史志、民间习俗等有关文献史料之旁证来加强民间口述史料的实证性，以证明崇武《排甲子》乃开闽方言歌谣第一篇。

（一）文献史料的印证

歌谣原注称此谣"据传是明初军户自漳州带入的"。那么，明代的崇武城人文环境如何？漳州在明代初年是否有"军户"，"军户"是否曾经调往泉州地区的崇武呢？根据笔者的不完全调查，事实确乎如此。

第一，根据厦门大学历史系陈国强教授的学术团队对崇武所进行的文化人类学考察结果显示，崇武海岛地僻海隅，"明初建城时，城内原居民仅7姓10户，城外居民更少。"① 到了明初作为军事要塞以后才有了大发展。

第二，据《漳州市军事志》记载，明初确实曾在漳州设有漳州卫、镇海卫和六鳌、铜山、悬钟三个守御千户所，卫所的军士为军籍，"世代为军"②，其管理是"军士另立户籍，称'军籍'，世代一人承袭为兵，享受国家供给，余者另谋生路。"③ ［明］朱彤纂《崇武所城志·碑记》也载："洪武二十年筑所城，抽漳州十县壮丁三百零四名，戍此防倭，瓜期不代，遂家焉。"并且一直到现在，崇武城（相当于军事要塞和城堡）的城里妇女仍被城外人称为"军婆"，这也从另一个侧面印证了城内人是历代军户后裔的事实④。关于从漳州抽调军丁的时间和人数，《崇武所城

① 陈国强、叶文程、汪峰：《闽台惠东人》，厦门：厦门大学出版社1994年版，第28—29页。
② 漳州军分区编：《漳州市军事志》，漳州军分区内部发行1995年版，第4页。
③ 福建省姓氏源流研究会连氏委员会编：《福建连氏志》，福州：海风出版社2010年版，第127页。
④ 本书编委会：《崇武研究》，北京：中国社会科学出版社1990年版，第34页。

志》曰"洪武二十七年（1394），为调拨官军事，将玄钟所（即诏安县悬钟，笔者注）军调移崇武，十人为队，队一小旗，五队则一总旗，共一千一百二十名。"（《崇武所城志》第20页）；陈教授团队调查的结果也称，"明崇武所驻有士兵1000名，小旗100名，总旗20名。"（《闽台惠东人》，第34页）。这些官兵都以"军户"身份携家眷前来并定居（《闽台惠东人》，第34页），如潮洛村文献黄氏始祖黄四，漳州龙溪人，洪武二十七年（1394）自玄钟所携妻林氏调崇武（崇武《文献黄氏族谱》）；同村西河林的祖先来自漳浦乌石；魏氏的先祖魏万卿为漳州沟里人，洪武三十年（1397）迁潮洛（崇武《鹤山魏氏家谱》），等等。

　　第三，崇武黄氏丁号"紫云"派，多为漳州明代迁入的军户后代，例如"黄克晦（1524—1590），崇武人，……祖籍漳州龙溪。明代行卫所制，洪武二十年丁卯（1387），江夏侯周德兴经略福建，抽三丁之一为沿海戍兵防倭，置卫所以备防御。其先祖黄养赐是时始迁崇武"①；又《惠安黄氏通志》【靖江黄氏】称，有"一户祖籍漳州溪后，明初来崇武戍守"；【莲西黄氏】载"俗称'猴仔黄'，据传由南安、漳州衍入，……西城边刊来自漳州"；【潮乐黄氏】"有一户'文献黄'，祖籍江苏省，元代迁往漳州龙溪县二十二都来林汪经，明洪武二十七年（1394）来崇戍守"②，等等。

　　综上地方史料信息，可知明代洪武年间江夏侯周德兴经略福建时，确实曾从漳州卫所抽调军户携眷入崇武，新版《惠安县志》也称"派驻崇武所的军士、军官多数来自漳州各县。"③ 那么，崇武的漳籍军户为什么会特别多？这是因为"洪武二十七年，崇武所驻军与漳州府镇海卫玄钟所兑（对）调，故崇武城'军户'多来自漳州各县"（新版《惠安县志》）。厦门大学陈国强教授补充说，军户"初从泉州各县抽集，洪武二十七年与漳州镇海卫玄钟所驻军互调，故定居的系漳州籍。"（《闽台惠东

---

① 黄铁坚编：《广东大埔高陂古埜长房下·黄氏族谱》，2013年，第210页；黄天柱：《黄守恭与海上丝绸之路学术研究文集》，福建省姓氏源流研究会黄氏委员会编印2002年版，第328页也有相类记录。

② 黄溪泉主编，黄钦铭、黄总碧副主编：《惠安黄氏通志》，惠安县2007年版，第110—111页。

③ 陈万里、王春来主编：《惠安县志》，北京：方志出版社1998年版，第763页。

人》，第 34 页）也就是说，洪武年间有一整批漳州军户 1120 家、五六千人入驻了当时只有 7 户人家的崇武卫城，漳州文化对崇武城的影响力之大，影响面之广，是不言而喻的。

如此看来，崇武《排甲子》歌应该就是在那个时候由漳州军户及其家眷带入崇武并流传下来的。为此我们可以肯定，崇武本《排甲子》确实是明初及明代以前还在漳州流传的歌谣，歌谣之所以会反映唐初的漳州人和漳州事，是因为其"载体"——明代的漳州军户生于斯、长于斯，一直到了明初，才由这些"载体"即漳州军户携带着，传至泉州市惠安县崇武镇。因此说，虽然这篇《排甲子》发现于泉州惠安崇武镇，然而它却是地地道道的漳州历史歌谣。

（二）地方史和民间婚俗的印证

崇武本《排甲子》"漳州娘仔吼咩咩"和有关"将军"的语句，写的是漳州人和陈家军的开漳事，表明此谣在明初之前曾长期存活于漳南地区，堪称可与漳州"圣王古"媲美的"圣王歌"。然而，笔者 2009 年特意查遍田野遗存和地方史料，发现漳属各市县并无此篇歌谣，只有与崇武本有同有异的另外几种《排甲子》，而像崇武本《排甲子》这样直接描写唐代漳人漳事和"汉闽"两族战争的歌本，却未见到，估计已经斗转星移而丢失。尽管如此，由于崇武本《排甲子》是产生于唐代的漳州歌谣，因此它所绰约反映的漳州战事及一些情节和细节，可以在漳州地方史得到有力的印证：

首先，陈元光长期驱驰征战在潮州、漳州、泉州、兴化之间，"立行台于四境"①，与歌谣中的主人公那军队指挥者"排甲子"运筹帷幄，部队开拔，往东、往西，西路军半路伏击，一击、再击打胜仗的内容符契相合。

其次，歌谣"漳州娘仔吼咩咩"的细节描写，让我们联想到本地特有的婚俗与传说：陈元光曾经拔除一个个土著峒寨，又恩威并重，对土著

---

① 引自［唐］欧阳詹：《忠毅文惠公行状》称："（陈元光）立行台于四境：一在泉之游仙乡松州堡，上游直抵苦草镇；一在漳之安仁乡南诏堡，下游直抵揭阳；一在常乐里佛潭桥，直抵沙澳里大母山；一在新安里大峰山，回入清宁里庐溪堡，上游直抵太平镇。或命参佐戍守，或时躬行巡察。由是东距泉、建，西距潮、广，南接岛屿，北抵虔抚，方数千里，威望凛然，间无桴鼓之惊，号称治平。"笔者按：游仙乡松州堡即今芗城区浦南镇，苦草镇在今属龙岩市，安仁乡南诏堡即今诏安县南诏镇，常乐里佛潭桥即今漳浦县佛昙镇，沙澳里太母山在今龙海市港尾镇，新安里大峰山在今平和县大溪镇，清宁里卢溪堡即今平和县卢溪镇。

民族实行招抚政策，并且推行汉畲①通婚，让将士们与战败方畲族的妇女互为婚配，还带头娶了"种"姓夫人（种谐钟，畲族四大姓氏之一）②。根据漳州民间传说和闽台现存民间婚俗看，由于土著男子刚刚战死，便要娶其妻、女、姐、妹为眷，即将出嫁的土著女便同陈家军议定，内着土白布制作的白色衬衣裤悼死者，外面罩上大红新婚礼服赴婚礼，并得到"通情达理"的陈军将领的首肯③，这就是本地新娘至今仍旧穿用的"内白外红"婚服的婚俗和传说。这套在婚期贴身穿的白衣白裤，婚后须妥为保存，以便在死去时能够贴身穿着进棺材，据说，这样便能在死后回娘家，与阴间的亲人团聚……④由此，我们禁不住想象当其时，土著女的父

---

① 据史学界的考订，现代畲族是宋代左右形成的，这里本不应该称唐代的闽南原住民为畲族，因这一说法采自民间，这里姑用其说。

② 有关陈元光娶了土著种姓女子为妻的传说，民间流传广泛，连远在龙岩地区的漳平也有庙宇祭祀陈、种夫妇，例如漳平市新桥镇坂尾村安仁自然村的威惠庙正堂，即供陈元光与种夫人坐像。参见第一章第五节。

③ 见"刺桐花仙 绿色之屋"博文，作者称于 2006 年 2 月 28 日春节期间在"龙海九湖林前村拍摄到了一场原汁原味的闽南传统婚礼"，其中"新娘穿的嫁衣内白外红。这一闽南独特的婚嫁装束，源于唐代陈元光的一项通情达理的政策：他入闽平定'蛮獠之乱'后，鼓励中原将士与土著女子通婚，并允许父兄已战死的她们贴身穿白衣以寄托哀思。"网址：http：//citonghuaxian. blog. 163. com/blog/static/7590272006128531550/，查询日期：2016 年 3 月 14 日。笔者按：新郎新娘结婚当天穿"内白外红"婚服之"内白"，是用丧葬期间制作孝服的土白布做成的是婚期与丧期都贴身穿的"搭（贴）肉衫"；"内白外红"婚服和"红、白事一起办"的习俗，普遍盛行于漳州地区，是将"内白"衬衣作婚期内衣来表示对战死的原夫之悼念的，参见漳州市地方志编纂委员会：《民俗》，《漳州市志》第四册卷四十五第三章第2600 页，北京：中国社会科学出版社1999 年版。另外，福建省民俗学会《闽台婚俗》载，崇武（第 163 页）、台湾（190 页引连横《雅言》）、龙岩（第 245 页）等地区也有类似婚俗和婚期服装，厦门：厦门大学出版社1991 年版；"内白外红"的婚服、婚俗也同见于部分畲族和武平客家婚俗，参见收入《畲族文化研究》一书的刘冬：《从古籍看历代名人对畲族历史文化的关注》（第83页）、邓晓华：《畲族与客、闽的语言文化互动》（第183页），北京：民族出版社2007 年版；刘大可：《客家与畲族关系再认识——闽西武平县村落的田野调查研究》，福州：《中共福建省委党校学报》，2005 年第 2期。另按：刘大可称"闽南畲族不祭陈圣王"的论断不完全属实，今漳州市郊浦南镇陈元光庙的守庙人及奉祀者，全部是钟姓畲族后代。

④ 《漳台传统民俗》，第 461 页称，结婚当日所穿"内白外红"婚服为新郎和新娘双方都贴身穿，"含有重贞操的意思，也有说是陈元光入漳，倡导汉畲通婚，时畲族男子战死，畲族女子议定内着白衣以悼念死者"；北京：九州出版社2012 年版；又见"都市种畲的博客"：《野蛮血腥的唐、獠战争——电视连续剧〈根在中原〉观感》称"而今，闽南漳浦县的蓝姓畲族女子仍然保留着'戴孝'成亲习俗：外着红装，内穿白衣，纪念那些在战争中牺牲的父兄。"网址：http：//blog. sina. com. cn/s/blog_ 4d85a05a0100hjvi. html，查询日期：2016 年 3 月 24 日。

兄夫君新死就要进汉族陈军的洞房，岂能不悲从中来，肝肠寸断？而"漳州娘仔吼咩咩"所描写的，正是土著妇女葬别亲人即完婚的这种大悲大痛历史事件的具象化，其细节的真实性很难凭空杜撰。它属于代表着地方的、非主流的，未被文人们写进代表着统治阶层意识形态的史书，却侧面反映了倾向于少数民族立场的"小传统"，可以有效地弥补、完善着代表"大传统"的正史文献资料的不足。

最后，陈元光家族五代开漳、守漳、治漳，所部将士及其后裔绝大多数落籍闽南，与原住民女性融合，而成为闽南民系的祖先。而文波、李辉等《遗传学证据支持汉文化的人口扩张模式》①有关现在的南方汉族多半是北方汉族男性同南方外族女性通婚留下的后代，融到南方汉族中的南方原住民族女性远远多于男性的结论，也支持我们对《排甲子》歌的文本解读，此论从遗传学科视角同"漳州娘仔吼咩咩"的文学学科特有的表述方式，共同反映了闽南拓疆伊始的重大历史事件，两者都反映了当地的历史真实。为此我们认为，崇武本《排甲子》是以歌谣和民间集体记忆的特定记述方式记录了中古时期漳州地区发生的历史大事件，其内容和民间世代口传的历史时代背景，表明崇武本《排甲子》产生于陈元光入闽建漳初期的年代——唐初。尽管这首歌谣的当前流传地在泉州地区惠安县崇武镇，却不能改变其为漳州歌谣的区域特征和属性。这就是笔者称崇武《排甲子》为"圣王歌"的理由和依据。

闽南地区至今尚未发现比崇武本《排甲子》年代更早的歌谣，因而可以说，崇武本《排甲子》既是漳州—闽南方言歌谣之源头，同时也是全闽方言歌谣第一篇，其产生年代应该在仪凤二年（677）唐廷遣陈政的两兄及元光赴闽协助"平啸乱"至陈元光686年建漳前后的十来年之间。这就意味着崇武《排甲子》比建中元年（780）初任福建观察使的常衮仿

---

① 文波、李辉：《遗传学证据支持汉文化的人口扩张模式》，英国：《自然》科学杂志，2004年9月16日。此外，李辉《分子人类学所见历史上闽越族群的消失》为了解汉武帝三次强制闽越人移民江淮导致其人群分布地不详，而对这一地区的现代人群作了详细的分子人类学调查，从而得出"闽越基本上在福建失踪了，现代闽语支人群并不是闽越人的后代，而主要是北方汉人后代；闽南人从河南东部起源的观点是有较大可信"的结论。详见《广西民族大学学报》（哲学社会科学版），2007年第1期。

作的《月光光》（780—783）要早约一百年，也比王潮、王审知入闽时代即892—925年间产生的《潮头歌》要早210年至240年左右，有着不可多得的口传文学文献价值。也因为崇武《排甲子》的存在，我们可以自豪地修正一下顾颉刚老先生的闽歌印象为：

> 福建的歌谣尽管不载于诗三百篇，不录于汉乐府，不见于宋人所编的乐府诗集，就到近代，也因方言的钩辀，交通的艰阻，要看见他们的一首歌还是不容易。所以，福建人唱了三四千年的歌，有的只同没有唱一样，都已随古人而埋葬了；倒是有一小部分唐代以来的歌谣，至今还保存在民众的口中。（加着重号的文字是我们修改的）

第六节　漳泉《排甲子》组歌释解

崇武本漳州《排甲子》是目前闽南方言歌谣源头中唯一可以根据其附注、内容和有关地方历史文化背景的传说，而追溯、考订其创作年代为开闽初期流传至今的民间歌谣作品，其语言是纯正的闽南方言，民间性和方言性，使它与似同而异的常衮仿作"竹枝词"《月光光》形成了本质差异，前者属于地地道道、真真切切的民间方言歌谣，而常诗《月光光》则属文人的仿作。

那么，现在的漳州地区是否还遗存着类似于崇武的漳州本《排甲子》歌谣？根据民间歌谣分布的广泛性和内容易变的变异性特点，可以推想在该歌谣的原乡，应该还存留着大同小异或有同有异的《排甲子》。

为了了解漳州原乡的《排甲子》遗存情况，笔者曾在2009年集中对漳属各市、县、区、乡、镇进行了歌谣田野调查，翻阅了能够见到的闽南语区所有民间文学集。结果确如笔者所料，不但漳州地区现在存在着多个与崇武《排甲子》大同小异、有同有异的歌谣文本，就连泉州地区、厦门、台湾和南洋，都有类似歌谣的遗存，并且有所发展。为此，我们将它们看成是表现大略相同相关主题或相近表现形式的"嬗变组歌"来研究。由于崇武本是迄今为止能唯一够确认其为大批中原汉族入闽以后产生的民间歌谣，我们姑且把它当作《排甲子》组歌的母本，而将漳泉地区及

《排甲子》作为歌本异文来看待。为了方便解读、比较和表述，我们将组歌语言的自然句逗，也就是大多把标点处作为一个诗句来分析仅将两个连续的三言句当作一个诗句分析，将崇武母本及其各歌谣异文相同相近的意象和字句，分别用数码序号为记标注于下：

一　母本崇武《排甲子》①

　　"排咾排甲子$_{(1)}$，入军门，整军纪。军去东，军去西$_{(2)}$，西下路，南下一支军，拍半路$_{(3)}$。一再击，二再击$_{(4)}$，漳州娘仔吼咩咩$_{(5)}$。派支军，挨户找，找来找去$_{(6)}$，将军哈啾$_{(7)}$！"

　　崇武母本有诗句 15 句，含有"军"的明显字眼就占了"入军门、整军纪、军去东、军去西、南下一支军、派支军、将军哈啾" 7 句，而隐性军事行动含义的句子又有"排咾排甲子，拍半路、一再击、二再击" 4 句，总共 11 个句子表现了军旅行为，占歌谣诗句总数的 2/3 以上，因此一眼就能看出这是一首军事题材的歌谣。然而流传到现在，却演变成了类似"击鼓传花"游戏的歌谣（参见下面的引文）。

　　按照漳州《排甲子》所反映的事件和地理分布来划分，可以分为漳南和漳北两组。

二　漳南《排甲子》

1.1　云霄《排甲子》②

　　"排咾排甲子$_{(1)}$，甲子西$_{(2)}$，西南雨$_{(8)}$，一支香，管葫芦$_{(9)}$。葫芦贮水饲观音$_{(10)}$，淹的淹，饮喝的饮$_{(11)}$。头状元，卖扫帚$_{(12)}$；偷掠

---

① 崇武本《排甲子》注释：排咾排：不停地反复排演推算。入军门：指参军。拍：打；拍半路，指半路出击。娘仔：年轻姑娘。吼咩咩：哭唉唉。哈啾：象声词，指打喷嚏

② 引自《云霄县歌谣分卷·儿歌·游戏歌》，1991 年。注释："甲子＋方向词"指排演甲子的结果向西方。贮水：装水。饲：喂养，这里指供奉观音。淹［im1］：本作同音字"音"，疑非径改。饮：喝。头状元：头一个状元，影闽南地区第一个举明经的陈元光之子陈珦。掠：抓。一百将军：影陈政总章二年（669）奉诏统领岭南行军总管所率许天正等 124 员将校。哈洞啾：响亮的喷嚏。

抓鸡(13)，配老酒(14)，一百将军哈洞啾(7)。"

1.2 漳浦《排甲子》①

"排咾排甲子(1)，甲子东，甲子西(2)，西南乌，下南雨(8)，一支香，管葫芦(9)，葫芦贮水饲鸳鸯(10)。淹的淹，饮喝的饮(11)。偷牵牛(13)，食药酒(14)；偷掠鸡(13)，使倒手(15)，一百将军哈洞啾(7)。"

1.3 诏安《排甲子》②

"排咾排甲子(1)，甲子东(2)，葫芦排(9)，排来排去(6)是灵犀。灵犀佬，侃大嫂。大嫂是灵客，山蓓蕾，苦唎唎，本枝生，土哩若。若啊若，扭啊扭(11)，动起脚，动起手(15)，浪荡(16)揪扭。"

从以上漳南《排甲子》组歌的语言和自然句读看，漳浦本与崇武母本同样为15个诗句，云霄本为13句，诏安本篇幅最短，却因三言句式多而增至16句。可以看到，漳南三种《排甲子》和崇武母本内容同中见异，异中有同，大致可分为四个方面：

（一）关键意象与词语

崇武母本对闽南语区《排甲子》组歌的语言和内容之影响表现在7个关键性词语，我们将每个词语设为一个关键词项（参见下文附录之〈关键词语比较表〉），对照这4个《排甲子》歌本语言可以看到，漳南异文同崇武本相同、相似的词语集中在首句第（1）项和第（2）、（4）、（5）、（6）、（7）六个关键词语，其中云霄和漳浦本统揽（1）、（2）、（5）、（7）四项，诏安本则为（1）、（2）、（4）、（6）四项。

首先，漳南各异文的第（1）项首句和篇名"排咾排甲子"同崇武母

---

① 引自《漳浦县歌谣分卷〈儿歌·游戏歌〉》，1993年。笔者按：首句"啡咾排甲子"原本脱缺，现根据云霄本和近年当地"非遗"调查结果补正。注释：乌：墨黑。下南：指闽南，漳州一带。使倒手：用左手，指左撇子。其余方言字词，参见云霄本注释。

② 引自《诏安县歌谣分卷》，1992年。注释：灵犀：比喻心灵感应。侃：傻。灵客：招魂引灵的人，有执幡、执火炬或通过言语来引领亡灵赴阴或国家的孝子孝孙，也有职业性、半职业性的引灵人，民间认为可沟通生与死、阳间与阴间、已知与未知、现实与虚幻、正义与邪恶世界。苦唎唎：形容味道苦涩。土哩若：地里压，原指压条培植，这里隐指性行为。浪荡：放荡，不检点。

本完全一致，其"排"的意思都是运用测算工具①来比对、排配，"排咾排"即反复地比配、排列、演示，在组歌中都指运用天干地支来排演、计算和预测，只是在各本的深层内涵不同，崇武本引申为权谋运筹，研究敌方的衰败特征处于何时何方，以便发挥我方所占天时地利优势的意思，克敌制胜，云霄本和漳浦本则是预测天象、气候征兆的意思，诏安本可能仅指一般性的民俗活动排甲子事象②。对于后者，笔者更愿意解读为是在测、算、推、演如何挑选新娘，其情形与本书第三章第二节有关闽江下游地区"入闽唐军选新娘"的说法很有些相似。

其次，崇武本第（2）项"军去东，军去西"中的方向词指行军方向，同下面的"西下路，南下一支军，拍半路"及"一再击，二再击、派支军，挨户找"等词语共同表现了军事行动和军旅生活；漳浦和云霄本虽然也有方向词语，却是"甲子东，甲子西，西南乌，下南雨"和"甲子西，西南雨"，强调的是排甲子活动对某个方向天气晴雨的预测，诏安本则只残存"甲子东"一句，可见其方向词的意义内涵差异很大。

最后，崇武本第（6）项是单音动词重叠嵌入"来去"构成的"找来找去"，这一词语形式同现于诏安本第4句"排来排去"；崇武母本第（7）项为末句"将军哈啾"，在云、浦本增衍为"一百将军哈洞啾"。这就是说，漳南三种《排甲子》不但首句即歌谣篇名和崇武母本完全一致，并且与崇武母本呈现着同题异事、异中有同的近源或共源的关系，其中尤

---

① 关于排甲子的民间测算用具，看风水一般用罗盘，算命可直接用手指"掐算"等。云霄县方阿哲先生则说说陈元光开漳"排甲子"用的是叫作"会捻"的一种64面的陀螺，由"64名府兵队正率兵驻守"，"64小军营合成16主军营，由16名府兵校尉率队驻守。有380条战线，由380名府兵伍长警戒，共分为东、西、南、北、东南、东北、西南、西北八方位区，由卢伯道、戴君胄、许天正、马仁、李伯瑶、欧哲、张伯纪、沈世纪等8人分管，陈元光居中军四面调度统一指挥作战……明末清初以后，荷步（地名）会捻图简化为现在的八面，有8个方格，分为3营，19条战线，由中军统一指挥作战。实战中，3营10条战线可由敌方任意进攻，8个方格要留一格作为活门。当敌人攻进去后，牵动四仪、八方运动、十面埋伏、处处杀机，……可以一方镇八方，让来者不死则伤，有来无还。"又说"会捻"闽南话称"橄乐"谐干乐，现已简化为八面。参见方阿哲：《荷步会捻与开漳》、《荷步会捻的八卦原理》等，网址：http://www.yxxxxw.com/bencandy.php? fid = 35&id = 19237 及其上下篇，查询日期：2015 年 2 月 8 日。笔者曾电话联系方先生，告知想登门拜访，以了解"会捻"的排甲子用法，因被回绝而无果。

② 所谓民俗事象，指有关生产、生活、文娱、制度、信仰等方面的民俗活动和民俗现象的总称。

以云霄本、漳浦本同崇武母本的相关性最明显，诏安本则仅与崇武母本约略相似。

（二）方言

从方言语种看，这四种《排甲子》全部采用地道的闽南话作为叙事语言，例如：篇首嵌在重叠动词中间的"咾"字含有反复的意味，崇武本的"拍"是闽南话最地道的"打"的说法，带"仔"名词词尾的"娘仔"指年轻姑娘，"吼哖哖"即哭咧咧，打喷嚏说"哈啾"也是典型的闽南方言说法。再如云、浦本"贮"义盛 chéng 放，"饲"指喂养，"音"与"淹"同音，"饮"的意思是喝，其打喷嚏声"哈洞啾"是崇武本"哈啾"声音形象的延展，漳浦本之"乌"即黑，且"乌""雨"同韵，"掠"义为捉，"使倒手"指用左手；诏安本"侃"义憨傻，"蓍"［tɕh7］义埋等，都是含有乡土芬芳的闽南方言说法。

（三）题材、话题与体裁

作为文学文本的《排甲子》组歌，崇武本有着鲜明的军事题材特征，15 个诗句中，含有"军"字的句子占了"入军门、整军纪、军去东、军去西、南下一支军、派支军、将军哈啾"7 句，有军事行动含义的为"排咾排甲子、拍半路、一再击、二再击"4 句，题材内涵不明显的只有"西下路，漳州娘仔吼哖哖，挨户找，找来找去"4 句，军事内容的句子占了歌谣总句数的 73%；而漳南组歌仅云霄本和漳浦本末句之"将军"为军事内容，分别只占歌谣总句数的 7.7% 和 6.7%；诏安本则不见军旅踪影，与崇武母本的高比率军事话语形成了鲜明的对比。因而我们说，崇武本是单一主题单一题材的歌谣。

漳南三本展现的却是生活画面，话头要多一些，内容上，云、浦两本很接近，都先说排甲子和方向词语，接下来是下雨、被淹和烧香、葫芦装水祀奉观音（云本）或喂养鸳鸯（浦本）的话题交叉出现，继而有状元在卖扫帚（云本），偷鸡、用左手、偷牛（浦本）、喝酒，最后发现有一百个将军在打着喷嚏。诏安本也是先讲排甲子，又排葫芦，接下来的内容便与云、浦本和崇武本大异其趣了，说是排出感应灵敏的灵犀佬和侃大嫂来，以下是有关多种动作的隐晦描写。由此可见，漳南本的话题要比崇武本来得生动和多样化。

漳南本的新话题分别为云、浦第（8）项的方向性词组"甲子东，甲子西"，第（9）项"一支香，管葫芦"，第（10）项两本稍异的"葫芦贮水饲观音"和"葫芦贮水饲鸳鸯"，第（11）项"淹的淹，饮的饮"，第（13）项的"偷"字眼和第（14）项的"酒"话题，以及诏安本第（11）项之"砻啊砻，扭啊扭"，云霄本第（12）项"头状元"，第（15）项漳浦"使倒手"和诏安"动起脚，动起手"，第（16）项为诏安本特有的叠音形式"浪荡"，这7项关键性词语既在下面的泉州歌谣和台湾歌谣中参差闪现，同时也是昭示漳南组歌异文生活化内容的"关键词"。而诏安本有关"灵犀佬，侃大嫂，灵客，山蓓蕾，本枝生，土哩砻"的新内容，则未见于泉州组歌和海外异文。

在歌谣的体裁形式方面，漳南歌本又与崇武母本有着很深的联系性，因为崇武本军事歌谣流传至今，已经演变成了儿童游戏歌体裁。据《惠安县歌谣分卷》第369页的说明，此游戏类似于"击鼓传花"：

"这首游戏歌流传于崇武，游戏方法是儿童们坐成一排，双手掌心向上，另一人坐在对面，又一人手中拿一小东西，大家都齐念歌谣，念的时候，拿着小东西的人把那东西悄悄放在坐成排的某个儿童手中，歌谣念完，坐在对面的人要指出小东西是在谁的手里，说对了，被指出的人就要去换对面的人下来；指不对，就要继续玩下去，一直到指对了才能换下来。"

有趣的是，崇武本《排甲子》被漳州军户于明代洪武年间"迁出"老家，至今已经"脱漳"六百多年了。此歌初创时应该是成人军事歌谣，可是"脱漳"以后，却演变成为游戏歌谣。而漳南《排甲子》等闽南语区各地组歌异文，也不约而同，大多嬗化为儿童游戏体裁，例如云、浦本在该县"歌谣分卷"都列为〈儿歌·游戏歌〉，云霄本甚至雄居首篇；并且，闽南语区各地《排甲子》组歌大多和崇武母本一样同属于儿童的"砍脚"或"点手"的抉择游戏，只有诏安本为民俗性题材、成人歌谣体裁，只在"葫芦排，排来排去是灵犀"暗示了一定的游戏色彩。

如此看来，无论从歌谣的关键词语和方言特征及题材、话头和体裁看，漳南《排甲子》同崇武本漳州《排甲子》都是近源关系，应该是起源于同一地区，产生于相同或相近的年代，采用相同的方言语种来表达，有着共同的表达方式和诸多共有社会生活、民俗事项和话语的一组歌谣，只不过，这组歌在流传的过程中，因表义的需要而异流分叙，形成目前既有军旅题材（崇武），又有生活题材（漳南）的样子，是民歌"语无定句，文无定本"的特点在漳州《排甲子》组歌流变中的具体表现。因此我们说，漳南《排甲子》和崇武本漳州《排甲子》是同一时代共生共源的作品，都是从初中唐时代流传至今的古歌谣，其中漳浦本比云霄本更接近于崇武本，诏安本的嬗异最明显。不过，漳南各本《排甲子》本身并不具有明显的时代性，其产生年代的确定要依赖于崇武本《排甲子》的年代认定；反过来说，假如我们无法确认崇武本的创作、流传年代，便无法知道漳南诸本的年代。从这个角度说，崇武本漳州《排甲子》的文献学价值明显要高于漳南三本《排甲子》。

（四）漳州《排甲子》合读

那么，漳南三本的真实面貌果真仅仅是儿童游戏歌和民俗歌吗？云、浦本"一百将军哈洞啾"显然与崇武本末句"将军哈啾"指义相同，而且更为详尽，然则云、浦本的真实属意又是什么？笔者认为它们的"答案"或许就在陈政总章二年（669）奉诏统领岭南行军总管所率副将许天正等 123 员将校上，只是歌谣为了表达的凝练和畅达，而把带零头的实数归为整数罢了，将挂零的实数舍零为整的表义方式，汉语史屡见。因此，如果我们认可云霄、漳浦本异文"一百将军"是陈家军 123 名将校历史人物的缩影，那么云霄本"西南雨"和漳浦本"西南乌，下南雨"的天气描写便不是偶然的，而应是反映北方将士对闽南多雨气候的一种真实感受，由于将士们尚不适应南方沿海地区的多雨气候，以至于发大水时被淹的被淹（云浦本），为驱寒祛湿而饮老酒的饮老酒（云霄本），为疗病而饮药酒的饮药酒（漳浦本），即便如此，仍有一部分"将军"——开漳陈家军那 123 员将校在"哈洞啾"——打着喷嚏生了病。

其次，要合理地诠释和解读漳南《排甲子》，不但需要结合地方史的有关资料，同时也离不开对歌谣中关键性的文化意象之象征意义的发掘。比如歌谣中有关"观音"、"葫芦"、"鸳鸯"、"灵犀"等民俗事象及其生活场景的描写，在民间都兼具了婚嫁、求子嗣、生育等多重文化象征意义：

第一，云霄本"观音"，在民间习俗中多用于求子嗣；

　　第二，云浦本共有的"葫芦"物象，形似女性孕期胴体，由此而衍生出民间母体崇拜；成熟的葫芦多籽，又产生了求子嗣崇拜，一如《诗经·大雅·绵》"绵绵瓜瓞，民之初生"的象征义；

　　第三，我国民间多有葫芦孕育了人类的传说；

　　第四，我国民间有葫芦救助人类之说，比如在"大洪水"民间记忆中，人类始祖伏羲和女娲兄妹俩就是躲进大葫芦里逃生的；

　　第五，葫芦又是"八仙"之一李铁拐满装可以起死回生的药酒的神道法器，与云本"配药酒"、浦本"食老酒"的内容暗合；

　　第六，葫芦剖开便为瓢，古代常用做合婚仪式的饮酒具"卺"（jǐn），而与婚嫁礼仪有关："卺"字上为丞，丞承相通，下为己、卩，是"人"的变形、"跽"和"节"的初文；《说文》"卺"字注："谨身有所承也"，段注："承者，奉也，受也"，《汉语大词典》义项（1）作"恭敬地承受"，义项（2）又释"古代婚礼用的礼器"。是故从古至今，民间都有一对新人各执系了红绳的瓢而交"杯"对饮的婚俗，称为"合卺"，对饮之后合二瓢为一体，用红绳系牢，寓意合婚。由此可见，和葫芦有关的民俗事项既离不开合婚事宜，又和生育、求生、起死回生有着很大的关联。

　　第七，诏安本"灵犀"，多用于异性之间的心意相通，其文化意象也同异性、婚恋有关。

　　看来无论是文化意蕴丰富的"葫芦"，还是漳浦本的"鸳鸯"，以及诏安本内涵较单一的"灵犀"，都和女性、婚恋、婚娶、求子嗣生育繁衍后代丝丝相关，是象征美好家庭婚姻生活的文化意象群。因此说，尽管漳州《排甲子》在流传的过程中，因表义的需要而产生了异流分叙，形成当前既有崇武本的军旅题材，又有漳南异文生活题材的样子，然而从云、浦本都残存"一百将军"的诗句来推断，它们原本应该都包融了军事题材内容，只不过斗转星移和文本的改度嬗化，而致内容隐晦费解。这正是民歌"语无定句，文无定本"的特点在漳州《排甲子》组歌流变中的具体表现。

　　值得注意的是，如果将上面歌谣中的人物"一百将军"视为历史真实中的陈家军123员将校，将偷牛摸鸡，"莙啊莙，扭啊扭，动起脚，动起手，浪荡揪扭"看作陈军官兵强暴民女的违军纪行为之历史事件的话，那么漳州各歌篇所叙述的历史中，都有一部分内容要比反映陈元光及其将士的"圣王古"来得具体且真实，其中的"侃大嫂"，便也应是崇武本所唱的众多"漳州娘仔"之一，是歌谣中若隐若现的汉族军队负面行为受害者的真实写照。因此说，口传歌谣的记事叙史功能虽然不可能像故事传说等记叙文体那样谁（Who）、何时（When）、何地（Where）、何事（What）、为何（Why）、过程（How）"六W"之六大要素俱全，而是带有民间口述韵文文本的人物、时间、地点往往不很清楚，且总体情节和结尾影影绰绰，事件发生的起因和经过时断时续、空白点多等艺术特点。这就需要我们调动地方史知识和民俗事象来弥补其记叙之不足，也需要我们借助合理的联想和想象来重组其情节和情境。让我们按照《排甲子》组歌所隐约反映的历史事件的时间顺序，参照地方史志资料，解读、演绎如下：

主将反反复复排甲子，运筹帷幄，训导新兵，告诫他们参加军队就要守军纪。部队开拔，有的往东，有的往西，有的走平地，与另一支军队会合。半路出击，一战再战，战斗激烈，终于战胜了对方。敌方女眷哭成一片。将军不见了，派出军队挨户寻找，找来找去找很久，突然听见了将军在打喷嚏（崇武本）。

战事告一段落，用排甲子的方法来预测南方多变的气候。西南方天空墨黑，大雨将临。点燃一炷香，敦敦祷告，用葫芦装上水，供奉观音（云霄本），再用葫芦里的水来喂养鸳鸯（漳浦本）。雨，大起来了，水势汹涌，淹了营房。将士中，中了头名状元的那个人在卖扫帚，兵士有的偷牛、偷鸡，偷鸡贼是个"左撇子"（漳浦本），喝着酒驱寒。天气越来越阴湿，越来越寒冷，上百个将校打着响亮的喷嚏。

反反复复排甲子，又把葫芦排成排，排来配去难匹对，却排出一对心灵感应的灵犀佬儿和神神道道的侃大嫂。傻大嫂招魂引灵上了山。山野里，山花花刚冒出花骨朵，却遇上了苦事体。土生土长的她被压在了地下，双方撕打，动手动脚，放荡浪荡，揪着抓着，扭成一团……（诏安本）

从上文对漳州《排甲子》组歌的初步解读和演绎看，绰绰约约得见陈家军平漳开漳事，崇武本主要记述打仗和战胜对手，战败方女眷的哭哭啼啼和失踪了的将军被找到后打着响亮的喷嚏这两个细节。这原本应是歌谣中的两个叙事亮点，然而现存歌谣文本仅点到即止，未见展开。云浦本表现的是战争中的休战小憩，以及初来乍到的北方人面对南方豪雨如注的不适应，军营中破坏军纪的偷鸡摸狗、饮酒事件，结尾是众将校们打着大喷嚏。诏安本则隐约反映了战后原本敌对的双方在不情愿地组建家庭，且出现了以强制弱形式的民族融合。

如此来看，在"开漳圣王古"未涉足的土著百姓是如何接受汉军汉文化过程这方面，崇武《排甲子》"圣王歌"却有所补充，连同漳南《排甲子》，都有一些真实的细节可为我们解读闽南汉闽文化接触初期的历史提供一定的参考。

三　漳北 "×瓜子"①

1.4　南山《排甲子》②

排咾排瓜子(1)，瓜子山(17)，山仔好。后壁沟一枞松柏母(18)。戤啰戤，柳啰柳，担灯猴，卖扫帚(12)，偷掠鸡(13)，押倒手(15)，偷食白肉配冷酒(14)。大伯公仔今年瓜子着谁收(19)？

1.5　铁塘《放瓜子》③

放咾放瓜子(1)，瓜子戤 [uāi1](17)好玩，好临 [lin6] 戤适合靠近了玩。戤哪好玩好，后壁屋后沟一枞棵松柏母(18)。弯对弯弯谐冤，吵架，闹矛盾，柳对柳柳谐绺，套(11)，墓头坟头对墓手坟头两边延伸的部分。加令八哥鸟

---

① 漳北 "×瓜子"为笔者的学生、学员听课后，认为与本村村民流传的一首歌谣有些相似，不带领笔者前往调查收集。这两个村庄相距约 10 分钟车程，分属于不同的镇，民间少有交往。两村村民都以陈姓为主，都没有族谱遗存。南山村的村庙、村井保护良好，是建村的时候同时修建的，现村井被乡民誉为 "元光圣水"（参见插图），井边《龙泉井简介》称建井的时间是 "唐贞元二年（786）"。这表明南山建村已有 1200 多年的历史，与漳州旧府治从漳浦迁来漳州同年。

② 南山《排瓜子》是笔者在 2015 年在夏季漳州市老年大学讲授《闽南方言与文学》时的学员陈亚泉（现年 69 周岁，退休小学校长）所在村庄漳州芗城区北郊石亭镇南山自然村采集的。注释：后壁沟：屋后。枞：棵。松柏母：枝叶茂盛的松柏。戤 [uāi1]：轻忽、傲慢、嬉狎、贪图的意思，这里指耍赖。啰：与 "咾"音近。柳：谐绺，套。灯猴：民俗用的小油灯，灯架为形似靠背椅的竹笼或木架，漆红描金，外罩纱布，内置一小油盆点火照明，通常挂在大厅神龛旁的墙上，每年除夕傍晚烧掉旧的换新的，称 "烧灯猴"。担灯猴：应指挑着灯猴卖。押倒手：左手掩在背后。食白肉：吃肥肉。大伯公仔：神明。着谁收：轮到谁收取。

③ 铁塘《放瓜子》是笔者 2013 年春季于闽南师范大学开课《闽南方言文学》的大一本科生陈燕君（现年 27 岁，已毕业）所在漳州芗城区西效芝山乡上坂村铁塘自然村搜集所得。注释：放咾放：不停地播散瓜子。戤 [uāi1]：玩。好临 [1in6] 戤：排演瓜子的游戏适合靠近了玩。戤如好：如果玩得好。后壁沟：屋后。枞：棵。松柏母：粗壮的松柏树。弯：谐冤，指吵架闹矛盾。柳：谐绺，套。墓头：坟墓的主体，即坟头，是隆起的部分。墓手：墓围，是汶头两边延伸有如两只手臂抱拢 "墓埕"的部分。加令：八哥鸟，这里用作人名。加令猴：形容体格瘦小。着谁籽收：轮到谁收获。

猴形容瘦，卖扫帚(12)，食白肉肥肉，配冷酒(14)，今年瓜子着轮到，应该谁仔收(19)？（采自漳州芗城区西郊芝山乡上坂村铁塘自然村。）

如果说，漳州《排甲子》由崇武本首见《排甲子》和方向名词"东、西、西南"及"将军"打喷嚏的固定话语之"遗传密码"，而由漳南本《排甲子》首开"一支香"、"葫芦"、"鸳鸯"、"状元"、"扫帚"、"喝酒"、"用手"等新话头"遗传基因"的话，那么漳北组歌自开篇始，便启用了排演瓜子儿的游戏性话语和"放瓜子"之栽种瓜苗的话题，其首句的"排"、"放"瓜子，乍看和崇武、漳南本似乎关系不大，其实也颇有渊源：首先，"瓜［kua1］子"和"甲［kah7］子"词形相同、语音相近，呈声母相同的双声关系，且韵腹同为［a］，都带读音相同的"子"后缀，由此可见"甲子"和"瓜子"尽管词义差别大，然而其词形和语音则十分相近，仍带有崇武和漳南本漳南本《排甲子》的"遗传基因"。

漳北南山本《排瓜子》因开篇的动词同样是"排"字，似乎与前举崇武和漳南《排甲子》关系要密切些，实则不然，其14个句子中，只有第8句与云霄本第（12）项"卖扫帚"相同，第9句"偷掠鸡"与漳浦本第（13）项相同，其余首句"排咾排"和第6、7两个三言句"戥啰戥，绺啰绺"等句式和第11句"酒"话题，都和漳南本相似相近，剩下的内容则与崇武和漳南各本有着很大的差别。漳北本铁塘本《放瓜子》全篇也是14个长短句，无一处与崇武本相同，与漳南本相同相近的词句比南山本更少，完全相同的只有第11句"卖扫帚"同于云霄本，第1句和第7、8两句的"弯对弯，柳对柳"三言句与漳南本第（11）项"淹的淹，饮的饮"（云浦本）和诏安本"菪啊菪、扭啊扭"的句式相同的读音。第13句"食冷酒"与云浦本（14）项"配老酒"、"食药酒"相近相仿以外，其余"瓜子戥好玩，好临戥，戥哪好，后壁屋后沟，一枞棵松柏母，墓头坟头对，加令猴，今年瓜子着轮到谁仔收"全都是新创的语句和话题。

那么，漳北"×瓜子"和崇武、漳南《排甲子》之间呈现着怎样的关系？如果单就内容讲，不一定要将漳北两种传本视为这一组歌的组成部分，然而一旦与泉州地区的异文歌谣联系起来，尤其是漳北有关栽种"瓜子"的明显话题，则南山本、铁塘本"×瓜子"乃为《排甲子》组歌一分子的属性则无可辩驳，它们所写的生活图景也似乎同崇武本和漳南本有着某种内在的接续性。比如：

崇武本说军队的主帅部署战斗、训练新兵、整顿军纪，继而行军、开战，战胜敌方和将士们寻找将军等行军作战和战争的一个小插曲故事；云浦本则说在战斗的间隙中，战士们过上了正常生活，一场滂沱大雨淹毁了营房，将校们受凉了，也有人违反军纪，等等，是汉军初入闽南战争故事的延续；漳北"×瓜子"则继续述说着下面的故事：用瓜子儿当成游戏用具"子儿"来排列着玩，玩到播种季节，就把瓜子播撒到山上；瓜秧的长势，好如勇壮的"松柏母"（闽南话的"母"有粗壮健康义），此间有人耍赖，有人打闹，兵来将挡，水来土掩，有的挑着"灯猴"和扫帚在叫卖，有的偷肉、偷鸡摸狗，掖在身后，喝着冷酒等等。漳北"×瓜子"的结尾也意味悠长——平日里经常"冤、绺"闹矛盾、打斗的双方，一同筑起了坟头和坟围，并询问着神明"大伯公"或墓主：今年的收成由谁主持？至此统观漳州组歌，就会发现在《排甲子》异文的不同遗存本之间，形成了一个呈时段性排列的系列：崇武本展示了开漳初期陈家军的军旅生涯和作战的双方战后的某些小细节，漳南《排甲子》却主要着眼于战争间隙或战后，那草创的和平生活及其期间的一些军民矛盾小插曲和若隐若现的民族矛盾，漳北本则把文学触角探及战后和平生活的日常娱乐、生产劳动和民俗生活。因此我们说，把崇武本当成闽南语《排甲子》歌不是空中楼阁，而是有着一定的根据，而其中的漳北异文，也应同属于这一组歌的研究范畴，算是其中一个略显边缘性的成分。

四 泉州《排甲子》

泉州地区也保留了多篇与漳州《排甲子》相近的歌谣：

1.6 晋江《排甲子》①

排的排甲子$_{(1)}$，排到新年二月止$_{(20)}$，揪瓜藤，挽瓜子$_{(21)}$。瓜子

---

① 引自陈增瑞《晋江歌谣百首》第 3 页，菲律宾安海公会，1995 年；又见于傅孙义《泉州民间歌谣》第 375 页，厦门大学出版社，2007 年。注释：排的排：也作排吡排，反复比对。挽：采摘。按：挽瓜子义似不通，但闽南语区有多篇歌谣同此语。屑：也作抄、扔、摔。三公娘：辅佐国君、执掌军政大权的高级官员之妻，"三公"当影入闽高级军事将领即陈元光的主要部将许天正，许曾领兵驻守、开发晋江。又，三公娘，傅孙义本讹作三公羊，非。吼咩咩。哭唎唎。

栽(17)，栽沿路(3)；一支香，点半路(3)。一路屑，两路屑(4)。三公娘，吼咩咩(5)。

1.7　泉州《排甲子》①

算的算甲子(1)，算啊正月二月起(20)，揪瓜藤，挽瓜子(21)。瓜子栽(17)，栽葫芦。葫芦一支须(9)，担水饲鸳鸯(10)。一百个将军仔(7)，据你掠一个。

1.8　德化《排甲子》②

点啊点甲子(1)，正月二月起(20)，落花园，挽瓜子(21)。瓜子葱(17)，葱葫芦，葫芦担水饲鸳鸯(10)。弯的弯，扭的扭(11)；将军仔(7)，拍出手(15)，土地公落号是即手(19)！

从上面三例泉州本《排甲子》可以看到，其开篇第一句与漳州各本《排甲子》句式相同，用语相似，差别仅在于单音节动词不同，嵌在重叠动词中间的时态助词不一，然而意义仍与漳州组歌同出一辙，名词宾语仍是"甲子"。为了方便论述这一同形同义的词句现象，我们把《排甲子》组歌的篇名即首句的句式称为《VaV 甲子》，V 指单音节动词，a 表示由方言时态助词充当的时态词缀。

（一）漳泉歌系关键词语的一致性

1. 漳泉《VaV 甲子》首句

漳州崇武本和漳南本的关键性词语首先对泉州本发生了全面性的影响：从组歌第 1 句"VaV 甲子"的全貌看，句式和字数之类同，全面覆盖了漳泉 9 个传本组歌，连泉州本都和崇武本和漳南本同样是《VaV 甲子》，漳泉各本"V"成分的动作性相类，且泉州本的句中方言助词"啊"、"的"也和漳州《排甲子》的"咾"无异。这表明在漳泉 9 个

---

① 引自傅孙义：《泉州民间歌谣》第 375 页，厦门：厦门大学出版社，2007 年；另见泉州市文化局：《泉州歌诀图典》第 8 页，北京：国际炎黄文化出版社，2009 年。按：为了区别于晋江本《排甲子》，下以《泉州歌诀图典》为出处。注释：算的算：反复测算比对。一支须：一条须。担水：挑水。饲：喂养。据你掠：任你抓。

② 引自《德化歌谣分卷·儿歌》第 251 页，1992 年。注释：点啊点：反复排、点。落：来到。瓜子葱：比喻枝叶葱绿茂盛。弯：谐冤，指争吵闹矛盾。拍出手：大打出手。落号：说；即手：这只手，意思是，土地公指认是打人的是这只手。

《排甲子》传本中，具有具体的创作年代标志的崇武母本和漳泉另外 5 个传本首句绝大多数作"排咾排甲子"，仅晋江本小异为"排呫排"，篇数占了漳泉《VaV 甲子》歌系总数的 2/3；而漳北铁塘本和泉州、德化 2 本只略有差别，约占漳泉《VaV 甲子》歌系总篇数的 1/3，因此说，"排咾排甲子"应该是漳泉《排甲子》这一组歌的初始面貌，后来才衍化为目前的漳北铁塘本"放啊放"、晋江本"排呫排"、泉本"算啊算"、德化本"点啊点"的样子。

其次，首句的"V"成分，晋江本的"排"字应是崇武母本和漳州多数传本的遗留，其余漳北铁塘"放"及泉州本另作"算"和"点"，其词义除了铁塘本"放"是播撒种子的意思以外，泉本"排"、"算"、"点"也都表示排、列、比、对、指、点甲子或瓜子的意思，意义内涵相同。

再次，首句"a"成分，漳州歌系的 6 个传本统一为漳腔时态助词"咾"，泉州因没有漳腔时态助词"咾"的说法，而分化作同音词"呫"或"的"，然其"a"成分的词义和语法功能仍同漳本"咾"相当。

最后，漳泉歌系第一句的"VaV"动词词组所带名词宾语，无论是漳州崇武本、漳南本和泉州本，全部是"甲〔kah7〕子"，反而是漳北二本异化为词形相同、语音相近的"瓜〔kua1〕子"。由于歌谣首句出现的名词往往代表着下文叙述的总话题，因而使得漳北本异文从开篇起就与漳泉其他传本大异其趣，其后续内容果然也异彩缤纷。也就是说，由漳泉歌系的第一句之名词性话题是"甲子"和较为另类的"瓜子"，可以发现泉州本《排甲子》反而比漳北《VaV 瓜子》更像崇武、漳南本，这一突出的特征一直渗透到歌谣的话题与后面的关键词语。漳南和泉州在第（3）、(4)、(5)、(7)、(9)、(10)、(11) 诸项的用语、内容都相同或相近，而漳北本反而没有这一类词语和内容，这既是漳泉《排甲子》歌系关键性词语一致性高的一个突出表现，也是笔者所认为的泉州本《排甲子》反而比漳北《VaV 瓜子》更像崇武、漳南《排甲子》的另一个证据。同时也表明漳州《排甲子》实际上存在着两个系统，一个是对泉州本影响很大的崇武本和漳南本；另一个则是较为个别的漳北版系统。

2. 漳州本《VaV 甲子》对泉州组歌的影响

毋庸讳言，漳、泉《排甲子》歌系的总体面貌大同小异，漳州《排甲子》对泉州组歌的影响主要来自崇武本和漳南本。比如崇武本第（3）项"拍半路"，遗存于晋江本"点半路、插半路"，是鲜见的一个句子的变体同现于另一文本两个句子的"一化二"之例；崇武本第（4）项和第（5）项"一再击，二再击，漳州娘仔吼咩咩"，晋江本衍变为"一路屑，两路屑"的句式和"三公娘，吼咩咩"；崇武本及漳南本第（7）项的"将军"和"一百将军"，分别衍化出泉本《算甲子》"一百个将军仔"和德化《点甲子》"将军仔"。漳南云、浦本话语在泉州传本的遗存，主要见诸第（9）项和第（10）项"一支香，管葫芦，葫芦贮水饲鸳鸯"（云霄末句作饲观音），在晋江本只余"一支香"，泉本《算甲子》则为"葫芦一支须，担水饲鸳鸯"，德化也只剩"葫芦担水饲鸳鸯"。其次是第（15）项浦本"使倒手"和诏安本"动起脚，动起手"及南山本"押倒手"，德化本则作"一化二"的"拍出手"和"是即手"，也属于局部性的关联。第三个遗存是第（11）项，漳南、漳北都是动词重叠嵌入式的三字格"VaV"句型，其动词往往读音相同相近，却语义不详，比如诏安本作"若啊若，扭啊扭"意义明确，而云浦本却作"淹的淹，饮的饮"（"淹"，本作词义不详的"音的音"）；漳北南山本"瓩啰瓩，绦啰绦"，语义不很明了，其词型同见于泉州德化本"弯的弯，扭的扭"和台湾多本组歌，只是写法更加多样化罢了，只有铁唐本是词义实在的"弯对弯，柳对柳"，原本的虚词成分"a"被代之以实词性的动词"对"，这在民间歌谣中，尤其是在有着语音相同或相近，意义相近、主题相关的组歌句型中实不多见。

就泉州各歌篇与漳州本的相似性来说，泉州晋江本最近似于漳州崇武本，第一句"排咃排甲子"几乎就是崇武本的"翻版"，崇武本第（3）项"拍半路"，"一化二"地遗存晋江本的"点半路、插半路"，崇武本末尾的第（4）项和（5）项"一再击，二再击，漳州娘仔吼咩咩"，晋江本衍变为"一路屑，两路屑，三公娘，吼咩咩"，后者无论是"一、二"数字词组的运用和三言句式，还是"娘，吼咩咩"，都由崇武本脱胎而来，只不过歌谣女主人公由漳州崇武本的平民化土著女"漳州娘仔"衍变成了辅佐国君、执掌军政大权的高级官员之妻"三公娘"，而隐身"三公娘"背后的"三公"，当影南下入闽的最高军事将领。也就是说，在晋江歌本的12个句子中，有11句同于或本于漳本，尤其同于其中的崇武本。难怪晋江本给人以酷肖崇武《排甲子》的印象。由于崇武本对漳泉《排甲子》歌系的影响只有 7 项词语，而晋江本与之相似的语句便占了（1）、（3）、（4）、（5）项，其中崇武本第（5）项"漳州娘仔吼哶哶"之于晋江本"三公娘，吼哶哶"是该歌系所有传本中唯一受到影响的词项，因此笔者认为晋江本得到崇武本的"遗传因子"要多于漳南《排甲子》，并进一步推测晋江本的成形年代应该要早于泉本《算甲子》和德化《点甲子》。

泉州《算甲子》和《点甲子》来自崇武本"真传"的内容不多，仅有首句留下崇武本的踪迹，以及德化本第（7）项化崇武本"将军"为"将军仔"，泉州《算甲子》该项则直接从漳南云浦本"一百将军哈洞啾"继承了"一百个将军仔"，两者同时还与云浦本第（9）、（10）、（15）项的语句和内容相近相仿，但也不乏诏安本第（11）项和漳北本第（17）项的影子。例如关键词语第（9）、（10）两项，德化本继承了云、浦本"一支香、葫芦"和漳浦本的"饲鸳鸯"，泉州《算甲子》仅把漳浦本"葫芦贮水饲鸳鸯"改成"葫芦担水饲鸳鸯"，动词由"贮"换成了"担"；第（15）项的语句，漳州漳浦、诏安和南山本分别有关于手部动作描写的"使倒手"、"动起手"、"押倒手"，德化本衍化成"拍出手"和"是即手"两句；再看诏安本第（11）项"晳啊晳，扭啊扭"，德化本异中有同为"冤的冤，扭的扭"。比较特别的是漳北本，乍看和泉州本无甚关系，实则漳北本第（17）项有关"瓜子"的话题点到即止，未见展开，泉州各本则将此话题细化并且系列化，成为"瓜子栽"、"瓜子栽，栽葫芦"及"瓜子葱，葱葫芦"等句群，甚至关联到第（21）项"揪瓜藤，挽瓜子"和德化本"落花园，挽瓜子"，内容上更加圆满而自足，由此可见漳泉《排甲子》歌题周遍北、广泛、深层次的联系。

（二）泉州本《排甲子》的新话题

泉州本《排甲子》出现的醒目话题主要有两个，其一是各本呈系列性的以早春时间词语为特征的第二句，晋江本为"排到新年二月止"，泉本是"算啊新年二月止"，德化则作"正月二月起"，句首的动词都直承于第一句的"VaV"，显示了前两个诗句在内容上的延续性，依次是排甲子、算甲子、点甲子的工作到"新年二月止"或在"正月二月起"。其二，虽然漳北《VaV 瓜子》的第 2、3 句曾述及"瓜子"的字眼，却没有对于农耕工作具体的描述，而在泉州各本中，自第 3 句起，便有较多的篇幅反映揪藤、敲击瓜瓢获取瓜子和种瓜秧、沿路栽种（晋江本）和兼栽葫芦（泉本）的描写，德化本甚至还描写瓜秧、葫芦苗的长势葱郁，和下文有关"葫芦"的描写贯通起来，是歌谣生活场景丰富化的重要表现。此外，尽管我们说泉州晋江本最接近于漳州崇武本《排甲子》，然其"一路屑，两路屑"却是漳州组歌所未见的，同属未见的还有泉州《算甲子》、德化《点甲子》结尾句"据你掠一个"和"土地公落号是即手"。可以说，泉州本《排甲子》使得闽南《排甲子》系列歌谣从形式到内容都更加多样化、变异，这种嬗化、变异中的内在联系性，其程度甚至比漳南本与崇武本同漳北本的关联性还要高，呈现着流变与继承的辩证的统一。因而我们认为漳、泉《VaV 甲子》是一组共同流传于闽南原乡的民间歌谣。

（三）方言

1. 方言的一致性

和漳州《排甲子》组歌一样，泉州地区《排甲子》歌谣也用闽南话来吟唱，无论说的是泉州腔还是漳州腔，两地闽南人都能听得懂。这些方言成分如"排的排"、"算的算"、"点啊点"属于闽南语的语法特点，其"的"一般写为"呧"，放在叠音动词中间，和漳州本的"咾"同样表示动作的反复与持续；泉本"算啊"是泉州话的特殊说法，是方言助词由"到"［kau5］至"甲"［kah7］再到"啊"［a］的次第省音，相当于普通话"得"；其余词语中，"挽"即采摘、"屑（拵）"义为扔；"吼咩咩"即哭哭咧咧，"担水"是挑水、"饲"为喂养，"将军仔"之名词加词尾"仔"形式是闽南话的习惯说法，"据你掠"意思是随你抓，"冤"指争吵闹矛盾，"拍"就是打，"落"、"号"的意思是就说，"即手"即这只手，在两地方言的意思基本一样。

2. 韵脚的方音差异

如果仔细分辨漳泉《排甲子》歌系的韵脚字，都隐约得见漳腔原本的形貌，比如漳浦本韵脚一气如贯，"乌［ɔ］—雨［ɔ］—香［iɔ̃］—芦［ɔ］—鸢［iɔ̃］"押［ɔ］韵、一韵到底。然而这些韵脚到了泉州歌本，却变成晋江本"路［ɔ］香［iũ］路［ɔ］"、泉本"芦［ɔ］须［iu］鸢［iũ］"、德化本"芦［ɔ］鸢［iũ］扭［iũ］手［iu］"的样子。由于泉腔［iũ］在漳州说［iɔ̃］，用漳州话来念的话，只有泉本"须"字不韵，其余都押［ɔ］／［iɔ̃］韵；而用泉州话来念其歌篇，则晋江《排甲子》插在中间的"香"字失韵而变成了非韵字，泉本《算甲子》和德化本都造成了起韵（第一个韵脚）的"芦"字失韵无着落，使得《算甲子》"瓜子栽，栽葫芦"和《点甲子》"瓜子葱，葱葫芦"变成为不押韵的非韵句。依此而论，泉州歌系《排甲子》、《算甲子》和《点甲子》应该都由句子押韵的漳南本衍化而来，在歌谣的产生年代上，泉州本应该要晚于漳南本。

（四）题材与体裁

1. 题材

泉州三种《排甲子》主要反映了生活题材，说的是生活化的故事；不过，这种生活化的故事里面实际上残存着与漳本相近的军事内容：泉州《算甲子》和德化《点甲子》"一百个将军仔"、"将军仔"同漳南云、浦本"一百将军"基本一致，名词词缀"仔"衍增了平民化和亲近的感情色彩；晋江本"点半路，一路抄，两路抄，三公娘，吼咩咩"与崇武本参差相似，歌谣女主人公由漳本平民化的土著女"漳州娘仔"改变成了辅助国君掌握军政大权的最高官员之妻"三公娘"，隐身"三公娘"背后的"三公"当影指南下入闽的最高军事将领。而我们上文已认定漳州本"漳州娘仔"是父兄夫君新死即进汉族唐军洞房的土著女，漳南本"一百将军"为陈家军所率的123名将校，那么，泉州《算甲子》"一百个将军仔"及德化《点甲子》的"将军仔"，便应是北来入闽的陈家军将校，晋江《排甲子》"三公娘"则大体为新娶的土著眷属。晋江本女主人公"三公娘"身居高位，表明其嫁入唐军为眷时日已多，却还"吼咩咩"，影影绰绰见其不顺心，它大概反映了汉闽文化差距大，两族通婚后，双方仍有利益上和其他方面的种种不一致，这些既是漳本军伍事项在泉本的残留，也是晋江本承接漳本后又有所发展的表现。由于泉州《算甲子》、德化《点甲子》很好地保存了漳南本"葫芦"、"鸳鸯"等生活化意象，同晋江本增衍了有关新年正月和二三月种植瓜菜的农耕生活内容，这便进一步掩盖、淡化了泉本的军旅内容。同时，泉州《排甲子》和漳南漳北组歌一样，都淡化了组歌的军旅内容，这表明漳泉歌谣组曲呈现的是同质性的演化与嬗变。

漳州本和泉州本《排甲子》都有一些表现其主要内容的片段性的细节，比如崇武本的行军，遭遇战与出击，敌眷哭泣，找将军；云霄本和漳浦本的下雨，燃香，葫芦装水喂鸳鸯，淹水，偷鸡喝酒，将军打喷嚏等。漳北本则主要表现用瓜子排着玩儿，种瓜，预测今年的瓜由谁来收获等话题，但具体怎么种瓜，却未着墨。而泉州对此却大书特书，如果将其诗句比喻为合唱，则三本共同合唱着便是"挽瓜子"的主题曲，其余晋江本"揪瓜藤，……瓜子栽，栽沿路"和泉本《算甲子》"揪瓜藤，……瓜子栽，栽葫芦"及德化本"落花园，……瓜子葱，葱葫芦"（省略号即"挽瓜子"）等词句则如多声部乐段，分分合合、细致地表现了先民是如何种瓜的，并且又因《算甲子》和《点甲子》该乐段末句的"葫芦"，而都巧妙地同承自漳南云浦本的"葫芦"话题联结起来，浑然一体，可谓巧胜天工。由此可见，泉州《算甲子》和《点甲子》的内容相当农耕化，其生活化题材中残留的军事内容仅剩下影影绰绰的一线。晋江本的军事内容就更隐晦了，如果不与漳州崇武本对读，是很难发现的。

2. 体裁

从字面上看，泉州三种《排甲子》是反映生活题材的成人歌谣体裁，而在流传的过程中，都和漳州《排甲子》一样演变为儿童游戏歌谣体裁了。泉州本之重要还在于凸显了歌谣的游戏性，例如《晋江歌谣百首》注为儿童"游戏歌"，歌谣编著者傅孙义更将《算甲子》归类在儿童做游戏的"趣味歌"里，并注明：

> "这是儿童游戏歌。三四个小孩的脚拢在一起，由一个小孩念着歌谣，用手指点着自己的脚从第一个字数起，顺时针方向一直继续着。最后手指点在谁的脚上，谁就把脚缩回来。此时，再从头念起。谁的两脚先缩回就是胜利者，谁的脚最后缩回就是失败者，玩起来有趣味。"（按：这段文字也被《泉州歌诀图典》原话引用）

这种"用手指点着"手或脚，渐进式排除游戏参与者、最后剩下的便是失败者或优胜者的游戏，叫作"抉择游戏"，儿童唱游活动常见。无独有偶，傅孙义《晋江民间歌谣》在《排甲子》歌后也注明"这是儿童游戏歌。游戏方法同上"，即同于《算甲子》。由此可见，泉州《算甲子》

和《排甲子》都属于配合儿童游戏所唱的童歌。德化本《点甲子》虽没有说明游戏具体怎么做，却也在篇名下用括号注明是"游戏歌"，同时其"点"的字眼本身就表示"用手指点着"手或脚的游戏，比晋江本和泉本《算甲子》之动词"排"、"算"指意更具体。这些有关儿童游戏的说明，有效弥补了漳州相类童谣这方面的缺陷和空白。

（五）泉州《排甲子》解读

或许是因为漳州地区《排甲子》组歌的数量多于泉州地区的缘故（漳州6篇，泉州3篇），漳州组歌的内容要比泉州《排甲子》丰富得多，它艺术地反映了部分陈家军开漳的历史，同时也带有一定的农耕、民族交融、亲人故去等内容。对照并合读三种泉州《排甲子》，撩开表层的儿童游戏之面纱，依稀可见泉州《排甲子》故事之梗概：

> 反复地排、点、推算甲子和卦象，这项工作起于新年的正月，到二月里才完成。接下来到花园里（德化）整理旧瓜藤，从风干的瓜瓤里把瓜子敲打下来，有的沿路栽瓜秧，半路上点燃一炷香，却把瓜秧走一路，扔一路，惹得三公娘子咩咩哭（晋江）；也有的种上葫芦，在葫芦抽须的时候挑水饲养鸳鸯；还有人在瓜秧和葫芦苗长得葱绿葱绿的时候闹矛盾的闹矛盾，扭打的扭打，连小将军也大打出手，土地公指认说，打人的就是这只手（德化本）。那么，究竟是谁在打人呢？一百个将军里面呵，任由你挑选一个（泉州本）。

泉州歌本有一半的篇幅描写农耕生活，后半篇的前段与葫芦、挑水、喂养鸳鸯有关的句子，反映了军民和谐、民族融汇的情形，紧接着出现的是闹矛盾、争吵的画面。晋江本反映人们在斗气，"三公娘仔"被惹哭，德化本甚至有打架的场面，还有神明"土地公"出来证明是哪只手打人的，虽然字里行间的军民矛盾、民族矛盾不是很明显，然而末句"一百个将军仔，据你掠一个"既可以说成是映现了儿童游戏的场景，然而内底里，恐怕仍旧影射了军官侵犯民女而被指控的历史事件，和漳州本《排甲子》一样隐含着一定的民族交融史实，所演绎的故事的发生时间，似在漳州组诗所显示时间段的中段。

与漳南、漳北《排甲子》相同的是，泉州歌本本身也不具有明显的时代性，要确知它们的创作、产生年代，同样有赖于崇武本《排甲子》的年代确定。如前所释，根据泉州本所描写的内容和韵脚残存着漳州腔的原貌，由漳腔的几乎句句押韵变成了晋江本"香"脱韵，《算甲子》和《点甲子》"芦"脱韵，两者的诗句"瓜子栽，栽葫芦"、"瓜子葱，葱葫芦"由韵句演化为非韵句来判断，泉州歌系《V甲子》应该都由漳南本衍化而来，在产生年代上要晚于漳南本。

余话

如果我们放大眼界，将方言歌谣的视野扩展至整个闽南语区，就会发现中国厦门、中国台湾、新加坡等明清以后形成的海外闽南语区，也都存在着类似于漳州《排甲子》的歌系，它们在形式或内容上都和漳泉组歌相近或相类，也都发生了或明或晦或隐或显的流变和发展，这里就不一一详细分析比较了。有兴趣的读者，请参见拙作《闽南歌谣起源年代及其流变——论漳州〈排甲子〉在闽南语区的影响嬗变与发展》，《信阳师范学院学报》（文科版），2010 年第 3 期。

参考文献

钟敬文：《钟敬文民间文学论集》上下册，上海：上海文艺出版社 1985 年版。

钟敬文：《民间文学概论》第 24 页，上海：上海文艺出版社 1980 年版。

谢云声：《闽歌甲集·序》，厦门：厦门市闽南文化研究所，1999 年再印本。

何绵山著：《闽台文学论》第 252 页，北京：海洋出版社 2012 年版。

李亦园：《民间文学的人类学研究》，《民族艺术》，1998 年第 3 期。

魏苏宁：《闽越人蛇图腾崇拜研究》，《闽西职业技术学院学报》，2008 年第 1 期。

卢奕醒、王雄铮：《漳州民间故事》，《漳州文史资料专辑》，漳州，1988 年自费印刷发行。

王雄铮：《漳州民间故事精选集》，漳州，2005 年自费印刷、发行。

施朱联、雷文先等编：《畲族：历史与文化》，北京：中央民族大学出版社 1995 年版。

卢奕醒、郑炳炎：《闽地多雄杰·漳州历史名人传说》（上）：《开漳将帅的传说》，长春：吉林出版集团有限责任公司 2014 年版。

［南宋］黄岩孙：《仙溪志》点校本，福州：福建人民出版社 1989 年出版。

赵麟斌：《福州民俗文化述略》第 216 页，上海：同济大学出版社 2010 年版。

陈国强、叶文程、汪峰：《闽台惠东人》第 189 页，厦门：厦门大学出版社 1994 年版。

本书编委会：《崇武研究》第 34 页，北京：中国社会科学出版社 1990 年版。

孔远志：《中国印度尼西亚文化交流》，北京：北京大学出版社 1999 年版。

何池著、苏炳堃、娄曾泉审订：《陈元光〈龙湖集〉校注与研究》，厦门：鹭江出版社 1990 年版。

云霄新闻网，网址：http://www.zzyxxw.com/article/20140825/1417.html。

云吧·魅力云霄，网址：http://tieba.baidu.com/p/504029993。

方维保：《逻辑荒谬的省籍区域文学史》，《扬子江评论》，2014 年第 2 期。

钟敬文：《民间文学的地位和作用》，《杭州大学学报》，1983 年第 3 期。

周忠元：《俗文学与民间文学研究的依附和分离》，《上海大学学报》（社会科学版），2007 年第 6 期。

石奕龙：《明代惠东地区的海洋社会经济生活及其变迁》，厦门：《中国社会经济史研究》，2000 年第 3 期。

文波、李辉：《遗传学证据支持汉文化的人口扩张模式》，英国：《自然》科学杂志，2004 年 9 月 16 日。

《闽南歌谣起源年代及其流变——论漳州〈排甲子〉在闽南语区的影响嬗变与发展》，《信阳师范学院学报》（文科版），2010 年第 3 期。

第五章　闽南方言文学·述论篇

闽南方言文学的类型按照学科内容来划分，可分为文学语汇和散文、韵文文学作品两大类。不过，闽南方言文学的这种分类不是完全绝对化的，而是各个式样和品种之间互有一定的渗透。比如，谚语里面便有一种复句型押韵的韵谚，民众往往既把它看成谚语，又把它当作歌谣。再如历史故事，却有落寞文人编成韵文来演唱，民间把它叫作"闽南歌仔"，在清末民初的闽南和台湾都有大量印发，其印本就叫"歌仔册""歌仔簿"。至如把故事改编成戏曲剧本，就更为普遍了。此外，谚语和歌谣里面往往织入剧目和故事，而戏曲同样也吸纳了歌谣谚语，抑或有某些优秀唱段流入民间，成为歌谣，等等。这是我们讨论闽南民间文学所必须注意的。

闽南方言文学系统内部似乎有着某种分工，例如闽南方言熟语主传授先民的各方面知识文化和人生经验与说理，告诫人们该做什么、避免什么，教人向善，灌输本民系道德思想价值取向，而方言歌谣、韵文主抒发、陶冶性情和美感，两者联系着乡音亲情、文化习俗、童年记忆和乡土记忆，最能提振本民系文化认同感和心理皈依感（比如，南台湾地区是"绿营"的天下，南台湾人却从不否认自己是闽南人，见了内地闽南人、听了闽南话，第一反应便是——乡——亲！），方言故事传说则主叙事和记史，能让人明了本民系及其文化之所从来。

在闽南移民的定居地，方言熟语、方言歌谣、民间故事传说，大都攀山越岭、漂洋过海，被"搬到"新故乡并流传，到新居地都表现了对祖地母语文学鲜明的传承性与同一性；同时，母语文学"开权分枝"后的形式和内容，都有一些新的发展与变化，比如熟语和歌谣的传承性要高于故事与传说，后者最容易反映新居住地的新鲜事物，而焕发着青春的活力。正是由于闽、台、南洋之两岸三地民众共同的努力，才使闽南方言文学之坛花繁，叶茂，常青。

第一节　闽南方言文学语汇

方言语汇，就是人们常说的熟语。闽南人则把母语的熟语叫作"古老话""古早话""老人言语""老伙仔话""俗语话""老人咧讲"等，这充分表明方言熟语是来历久远的语言形式，也是一种带有祖先对后世子孙的训诫和对劳动经验、生活经验的总结，有相当一部分"古老话"被子孙后代敬奉为"智慧的语言"①和行为准则，也有一些被用来描述各式各样的客观事物和人的心理感受，深受闽南人的喜爱。

闽南方言"古早话"大多是富有形象性且含义丰富的"有意味的形式"，主要有四种类型，即三字格的惯用语，四字格的成语，可以分为前后两部分、后面的部分可说可不说的歇后语，还有词汇量最大的谚语。

一　惯用语

三字格的惯用语是一种利用比喻或者以具体代抽象、以局部代整体、以特征代本体的修辞语，被称为"有意味"的语言形式，具有很强的直观性和形象性。惯用语又是一种语法功能相当于词的固定词组，一般不能随便改动语序，也不能在词组里随意增、减语言成分。

闽南方言惯用语具有浓郁的现代口语风，很少借用共同语的词形。由于方言惯用语绝大多数为本方言区所特有，因此只在闽、台、南洋华人社区内部相互交流。有些闽南方言惯用语仅看字面就能理解词义，比如【鬼扛鬼】比喻互相吹捧、同流合污；又如【覆（趴）地虎】用老虎覆地的样子比喻向前扑倒，形象可感；【猴担灯】指猴子像人却不是人，其挑灯笼的样子滑稽可笑，比喻人模狗样；【雷公性】用神话中的雷公比喻性子急的人，这里指代急性子、坏脾气。更多的方言惯用语则采用方言语汇作为构词语素来组词。比如，"闪"在闽南方言有躲避义，方言便用

---

① 这是台湾学界的说法，诸如金清海：《谈台湾的戏曲语言文化生命智慧的发扬》，台湾：《生命教育》第291—307页；李赫：《台湾谚语的智慧》十册，台北：稻田出版社1991—1995年出版，等等。

【闪西风】来比喻逃避重活儿，也喻指作"壁上观"。"幼"的方言义是细，惯用语【粗幼会】便指粗活儿细活儿都擅长。闽南话"乌白"即黑白，两字同举引申为胡乱的意思，再与动词组成【乌白讲】【乌白来】【乌白想】，分别表示胡言乱语、乱来、胡思乱想。【饫鬼相】的"饫"是饿的意思，"饫鬼"即饿鬼，比喻贪吃，再与表示"样子"的"相"字将语义"定格"为一幅静物画。【青盲牛】的"青盲"意为眼盲，方言便用瞎眼牛来比喻文盲。【放水灯】是闽南民系经常举办的一种民俗活动，因灯具被随性无序地放入流水中，其漂流受到水流速度的影响而有快有慢，方言便用来比喻三三两两的样子。【戆大呆】的"戆"和"大呆"都指傻，两词同义复指带有强调意味，指大傻瓜。【褒啰嗦】的"褒"指夸奖，"啰嗦"形容话多，全语指喋喋不休地说好话、软话来规劝，再引申为啰哩啰嗦。【柑滥柑】用柑和柑两种截然不同的事物掺杂在一起，来比喻乱掺和。【虎鼻狮】用猛兽嗅觉灵敏的鼻子来比喻嗅觉特别灵。狗有吃屎的本性，方言【狗缀屁】就用狗爱吃屎而跟着臭屁走的现象来骂说话者在放屁，骂盲从的人为跟屁狗，可谓语言犀利，一箭双雕。

闽南话还有一种用三个词义相同、相关的动词共同表达相同、相近意义的"连谓式"惯用语，形式比较特别，别的方言少见。比如"开、使、用"三个词都有花钱的义项，合为【开使用】便强化了花费义，而表示挥霍；"犁、耙、播"是春耕夏耕时不易上手的农业技术活，"割、摔、担"则指收割季节的重活儿，方言连用为【犁耙播，割摔担】便表示繁难、繁重的农活儿。再如，闽南话"挨"指拉弦乐，"吹"指吹奏，"唱"即唱歌，三词连缀为【挨吹唱】便表示拉开架势的唱歌表演，可见"三连式动词"带有强调语义的作用。

二 成语

成语以四字格为主，是语言中经过长期使用、锤炼而形成的语法功能相当于词的固定短语，多形式简短，言简意赅，富有深刻的思想意涵，同样不能随便改动语序，也不能在词组里随意增减改动语言成分。也有一些成语的意义不能单纯从字面理解，而应结合其整体义和语源义。

从来源看，闽南方言成语有两种，一种是把普通话成语说成闽南音，比如出于《山海经》神话传说的"夸父追日"［khua1 hu6 tui1 lik8］、"精卫填海"［tsiŋ1 ue6 thiam2 hai3］等；出于寓言故事的"刻舟求剑"［khik7 tsiu1 kiu2 kiam5］见于《吕氏春秋·察今》，"自相矛盾"［tsu6 sioŋ1 mau2 tun3］出于《韩非子·难势》等；也有源于古代历史事件及人物小故事，如"草木皆兵"［tsho3 bok8 kai1 piŋ1］出于《晋书·苻坚载记》，"口蜜腹剑"［khau3 bik8 hɔk7 kiam5］出于《唐书·李林甫传》等；取诸古代歌谣诗文的名句，如"胸有成竹"［hioŋ1 iu3 siŋ2 tiok7］来自［宋］苏轼《文与可画筼筜谷偃竹记》等。这些词语都成为汉语词汇库的有机组成部分和人们喜闻乐见的熟语。这类熟语在闽南语区，有相当一些为人们所喜闻乐道，只不过改用闽南方音来说，而语义不变。另一种是别的方言不用或少用的闽南方言特有成语。

和方言口语风的惯用语、歇后语相比，闽南话特有成语有着较强的书面语色彩。有的方言成语仅就字面即可理解其词义，例如地方戏曲常用词【孤男独女】指独处的一男一女，源于中医药词语的【单方独味】引申为绝无仅有，【一食二穿】指民生的根本在吃穿，【百岁年后】指身故之后。也有一些闽南话成语与普通话成语所用语素相似、形式相类、意义相关，比如【无声无说】是不言不语、无声无息的意思，【四界五路】指四面八方，【五花十色】相当于五光十色，【十身九死】义近九死一生，【千空万隙】义为百孔千疮，【万年久远】即天长地久，这几组方言与共同语成语所用语素大部分相同。也有一些方言成语见字知义，比如【迫虎伤人】比喻怂恿强人为非作歹，【双面刀鬼】指两面三刀的人，【引鬼入宅】即引狼入室，【虎龙豹彪】用四种猛兽比喻凶悍的强人，【鸡肠雀肚】用鸡、雀的小肚肠比喻人气量小、爱计较等等，因和普通话成语往往共用相同、相近的语素，读其词而能解其意，再次证明了方言与共同语的共通性。也有采用方言语义或方言语素构词的成语，比如【两爿是顾】即两头兼顾，"爿"为古汉语语素，"是"则为古汉语语法；【莫讲是话】意思是别这么说，其"莫"也来自古汉语，而"是"同为古汉语语法。也有的方言成语需要先了解其关键的方言语素含义才能领会其内涵。例如【四范大面】的"范"意为"样子""面"即脸，所构成语便形容相貌堂堂的国字脸；【掠龟走鳖】"掠"义"抓""走"即"跑"，全语比喻顾此失彼；【死猪镇砧】的

"镇"的方言义是放置，引申为占位置，成语便用来比喻尸位素餐；【王不见王】原指下象棋时双方的将帅不能直面对方将帅之棋规，后来比喻力避两强相斗。这些方言特有成语都具有言简意赅、形象鲜明语言特点和方言韵味，深得闽南人的喜爱。

三 歇后语

歇后语，有的北方话叫"俏皮话"，在闽南话里有专称，漳州、厦门、台湾都说"激骨仔话""謷骨仔话""謷仔话"，泉州人则称"五色话"。歇后语的前半截一般是形象的双关语，后半截用来挑破、解释、说明前半部分的意思，表达上类似于猜谜，语感风趣诙谐又机警，能引人思考而深受民众的欢迎。闽南方言歇后语有一小部分来源于共同语，例如【外甥撑（打、拿的意思）灯笼——照舅（照旧）】，一看便知是北方话"外甥打灯笼——照舅（照旧）"的翻版；【独眼龙看戏——一目了然】更被直接"搬进"了方言语汇。不过占绝对优势的，还是方言特有的"激骨仔话"①。有的闽南方言"激骨仔话"只看字面就能理解语义，例如【婴仔放屁——小气（谐小器）】【四好减一好——三好】等。更多的"激骨仔话"则必须充分了解方言语义才能明白其造词、表意之妙：

【大面鼓作路行——步步瑱 [tan2]】之"瑱"是响的意思，其"歇后"的意思是"步步响"，比喻一招一式引人注目。

【水仙花看作北葱——毋识货】"北葱"即洋葱，"毋"即"不"，用水仙花头被当作洋葱，来比喻"不识货"。

【汽车拄着壁——驶无路】"驶"为驾驶的意思，"拄着壁"是碰壁之意，全句引申为没路可走，再引申为找不到途径和方法。

【猫仔爬树——毋成猴】"毋成"指不像，因猴子本身就没有人样，全句便指不成体统、不伦不类。

【蟑蜍（蟾蜍）展气功——膨风】"展"指炫耀，"膨风"原义

---

① 以下闽南方言歇后语，多引自林文平：《台湾歇后语典》，台北：稻田出版社 2000 年版；曹铭宗：《台湾歇后语》，台北联经 1993 年版等，以及笔者多年田野调查、文献调查所得。

胀气，引申为吹牛，全语用蟾蜍鼓大肚皮的形象来取笑爱炫耀、夸海口的人。

从分析可以看到，上面这些"激骨仔话"的意趣，在很大程度上得益于方言词的表达，若没有解读闽南话的功底，其意涵便不能很好地理解。

也有一些"激骨仔话"采用了谐音的方法表义，这就需要调动人们的"听功"了。比如【六月芥菜——假有芯（心）】"芯"与"心"同音；【掰开莲子——有莲（良）心】"莲心"谐"良心"等。再如【先生娘练书法——细字】"先生娘"即书生的妻子，而书生文质彬彬，其妻当然是小手小脚小力气，写出来的字便是"细字"——小字了，而"细字"又谐"细腻"，是当心、小心、腼腆的意思。【阿兄在楼顶——哥哥（高高）在上】因"兄"和"哥"同义，而闽南话"哥"又和"高"同音，因而"阿兄在楼顶"可谐义"高高在上"。【十二月烂柑——无瓣（范[pan6]/办）】"瓣"谐样子义的"范"和办法、办理的"办"，因而"无范"意思是不像样，"无办"则指没办理、不受理或没办法。相似的还有【坪山漳州华安县地名柚子——大瓣（范/办）】谐"大范"和"大办"，意思是大方，或大办特办。【卤肉锅下腹内——卤（撸）肠卤（撸）肚】"卤"字谐方言麻烦、气恼义的"撸"，"腹内"即内脏，谐牵肠挂肚或麻烦连连的"撸肠撸肚"。

还有一些"激骨仔话"需要"脑筋急转弯"才能明白语义内涵。比如【阿公做家己的代志——公事公办】利用多义字来表双关义，前面的"公"指祖父，后一个"公"却指公家、政府。【给政府作报告——公家听（一起听）】的"公家"也是多义词，一是"政府""集体共有"的代名词，"歇后"的部分却使用闽南话的"共同"义，因而"公家听"便是"一起听"，表达上多拐了一个弯。【太平间仔发通知——鬼会知（鬼才知道）】和【太平间仔讲古——鬼听有】的字面义直截了当，因"鬼"是不存在的，便成为反诘语"谁会知道？谁听见了？"的语义载体。【破雨伞——毋嗵展】与器物发展史有关：过去底层百姓的常用雨具是"笠仔"斗笠，雨伞则要有一定经济能力的人家才用得起，而成为身份、地位的象征和值得炫耀"展"的本钱；破雨伞收束起来可以掩饰其破敝，一旦展开便败落相展露无遗，"毋通展"就这样告诫人们别不自量力。由此可见，要深层次理解歇后语，还必须花点儿心思。

四 闽南方言谚语

谚语是人民群众口头创作、口耳相传的历时性、集约性固定语句。《说文》注："谚，传言也。"段注："传言者，古语也。凡经传所称之谚，无非前代教训。"指谚语是自古流传下来的，正如闽南语说的"古老话""古早话""老人言语""老伙仔（老人）话"等，认为这是闪烁着祖先智慧光芒的语言，用简单通俗的话来传播知识，教育下一代，反映深道理，传授祖先的人生经验与生产经验，蕴寓着健康的人生观，映射出民众的道德取向、价值取向和地方风土民情，反映着人们对客观世界的感受与真实的思想感情，富有先验性、警譬性、哲理性、教育性和训诫性。由于谚语代表着"民间的"历史文化记忆，人们往往把它当成蕴藏乡土文化的天然"博物馆"和人生指南与"百科全书"。难怪俄国著名文学家高尔基会说："在用谚语进行的思维中，我学会了很多东西。"

闽南方言谚语口语性强，简洁洗炼，通俗易懂，活泼风趣，妙趣横生，哲理深刻，寓意隽永，既有单句式短语，也有两句、多句的语言形式，其中不乏押韵的韵语。它以民间思维的"小传统"之独特方式反映着民众的喜怒哀乐和价值取向，成为人们安身立命的人生向导和生活指南，是劝诱、教育、塑造下一代必不可少的口头教材。无论从数量还是从内容来说，谚语都是熟语的最大宗，因而人们所说的熟语或俗语，有时便单指谚语。

闽南谚语的内容和类别繁多，大陆地区一般采用"中国民间文学三集成·谚语分卷"的分类体系，划分为事理、修养、社交、时政、生活、自然、生产、宗教八大类。台湾地区则有日本殖民统治初期由日本学者平泽平七主编、1896年出版的《台湾俚谚集览》之二十类划分法，把闽南话谚语细分为天文地理之农谚、气象谚，神佛之民间信仰、命运、国家、人伦、道德、人生百态、身体、衣食住用、职业、学事教育、言语、禽类、兽类、虫类、鱼介、草木、金石、事物、杂编等，认为这样便可以

"囊括所有人、事、物、自然"等所有内容了①。两相对照可以看出，大陆的事理和修养类相当于台湾地区的言语、人伦、道德类，大陆社交类相当于台湾地区人生百态类，大陆时政类与台湾命运、国家类相近，大陆生活类与台湾衣食住用、身体、学事教育相近，大陆自然类囊括了台湾禽类、兽类、虫类、鱼介、草木、金石诸类，生产类包括了职业、天文地理之农谚、气象谚语类，宗教类相当于台湾命运、神佛之民间信仰类，台湾的事物类、杂编类则杂入大陆多个类。

（一）闽南谚语的文化内涵②

闽南语区跨省越国，幅员广阔，谚语流传在闽南地区泉、漳、厦三市县、台湾全岛和南洋群岛，其文化内涵相当一致。比如，在汉族诸民系中，闽南民系向以"爱拼才会赢"的拼搏精神和不畏艰险、对外发展的海洋文化特征而著称，在闽、台、南洋群岛华人华侨居住区共同流传着相同的"正能量"谚语，具体表现在：

1. 讴歌励志，提倡勤奋

【人凭志气虎凭威】表达人生的价值在于确立志向，【食爸食母唔是人】强调青年人应经济独立不"啃老"。需要留意的是，闽南方言谚语有近半采用了双句、多句的复句形式，而复句谚语往往是韵句，比如【赤米龟粳米年糕，唔不认输】押［u］韵，表示条件不好仍要努力拼搏不服输；【有钱人，惜性命；无钱人，敢拍拼】押［iã］韵，表达敢于拼搏不怕死的精神；【家己趁自己赚，是好汉】押［an］韵，提倡亲力亲为靠自己；【有拼即有赢，食老好名声】押［iã］韵，意为努力拼搏，必有回

① 转引自陈瑞明：《台湾闽南语谚谣研究》，台湾：高雄师范大学国文研究所硕士论文，2002年，第21页。笔者按：日本学者平泽平七主编的《台湾俚谚集览》，早期有台湾"总督府"1896年、1904年、1914年等的版本，陈著所引为1914年版，嗣后又于1991年、2000年由台湾南天书局影印本再版。

② 本章闽、台、南洋民间谚语，多引自《中国民间谚语集成·福建卷》闽南三市县各分卷（简注《××市县谚语分卷》），以及周长楫：《厦门方言熟语歌谣》，福建人民出版社2001年版；黄守忠、许建生、李向群：《厦门谚语》，福建：鹭江出版社社1996年版；平泽平七主编：《台湾俚谚集览》，台湾：南天书局影印1991年版；李赫：《台湾谚语的智慧》1—10册，台北：稻田出版社1991—1995年版；陈瑞明：《台湾闽南语谚谣研究》，台湾：高雄师范大学国文研究所硕士论文，2002年；周长楫、周清海：《新加坡闽南话俗语歌谣选》，厦门大学出版社2003年版等。

报。闽南谚语多劝诫人们要勤奋工作，认为【做牛着拖，做人着磨】，
［ua］韵脚字"拖磨"的意思是辛勤劳作不计回报；【输人不输阵，输阵
芋仔番薯面】押［in］韵，意思是决不输给别人；【食饭拍冲锋，做稿闪
西风】押［ɔŋ］韵，讽刺好吃懒做的秉性，向来为人们所鄙夷和唾弃；
押［ɔ］韵的同义熟语【食是《三战吕布》，做稿《桃花搭渡》】用戏剧
的情节和人物性格特点，来比附吃的时候快捷如风好比三战吕布，做事却
慢吞吞有如桃花搭渡的戏文，形象地告诫人们不要吃、做两个样，带有夸
张、对比的色彩。

2. 重视知识、智慧、才干、胆识

闽、台、南洋群岛共同流传的表现知识重要性的韵文谚语如【知识
有，项项省事】和【知识无底，千金难买】都强调知识的重要性，前者
押［u］韵，后者押［e］韵。智慧型谚语则如【坐破船较赢蹽趄溪水】
讲再简陋的工具也聊胜于无的小道理，【软索仔绳子缚绑肚脐】说委婉、
柔性处理事情效果好，【一时风驶一时船】即时过境迁，【一张帆驶八面
风】比喻有限的条件仍可多方面发挥，【掠猪掠猪尾抓猪要抓猪尾，牵牛着
牵牛鼻】意在表明处理事务要抓关键，【千斤力毋值一两智】强调智慧比
体力更重要；【会的使智运用智慧，赡的使气使性子】劝诫人们要发挥智
能、不要意气用事，押［i］韵；【驶船看水势，办事看时机】意为因势
利导，押［ui］、［i］双韵；【臭鬃边两腮发炎，搭面布盖毛巾；臭脚臁小腿
的皮肤发炎脓肿，穿长裤】表现善于遮掩缺陷不露丑的小机智，押［ɔ］
韵。提倡真才实干的，如【要靠真才，嗯靠后台】表现有才干最根本，
押［ai］韵；【有事无惊怕，无事免惹】告诫人们遇事不要怕，无事不生
非，［ã］、［ia］合押；【荏弱人嘛有一项识，歹马嘛有一步踢】说再差的
人和物仍有其长处，押［at］韵。也有歌颂胆识的谚语，比如【三分本事
七分胆】强调有胆有识的重要性，【敢在虎口捋嘴须】表现敢于挑战危险
的勇气，【开船嗯惊堆头风不怕顶头风】是说做事不怕担责任，明知山有
虎，偏向虎山行；押［ia］韵的【恶人敢掠抓，恶马敢骑】表现敢于向困
难挑战；【时到时当，无米煮番薯汤】押［ŋ］韵，表现了藐视困难、勇
于担当的胆气；【好胆兼厚力】说胆量和力量同等重要，押［ui］韵的
【嗯惊不怕鬼，亦嗯惊露水】表现鬼神和困难都不怕的大无畏精神。

3. 秉持正义，相信真理

表现正义感的韵谚如【天照甲子，人讲道理】押［i］韵，强调正理的重要性；【正唔惊不怕邪，邪压赡过正】相信正义必定战胜邪恶；【狗着拍，恶人着治】【恶人恶人治，恶马恶人骑】则表现不怕邪恶势力、有恶必惩的决心；韵谚【恶人恶一时，好人好一世】也用［i］韵，表现邪恶势力不会长久、好人终有好报的信念；【见蛇无拍三分罪】则表达为民伸张正义、不惩处邪恶势力无异于犯罪的社会责任感，也同样流播在闽、台、南洋群岛华人华侨社区。

4. 崇尚海洋文化

闽南有着丰富的表现海洋文化的谚语，比如和船有关的就有【船过水无痕】比喻了无痕迹，【坐船爱船走】比喻利益攸关者要同舟共济，【船头毋见船尾见】比喻迟早会碰面、意为凡事不做绝，【千日造船，一朝过江】比喻养兵千日、用在一时，【船破拾［khioh7］铁钉】和【破船嘛存三寸钉】意为旧物仍有用处，船【小渗渗水不补变大漏】比喻亡羊补牢非为晚，【船到江中补漏迟】比喻要未雨绸缪、凡事应预先做准备，【一竹篙扫倒一船人】比喻打击一大片，等等。

也有关于海港、海洋和行船的谚语，往往同闽南人爱拼搏、不畏艰险的励志精神面貌结合在一起。例如【无山无屿】比喻一望无际；【五千年一摆海涌】比喻机会难得；【心平嗵过海，摇橹去番邦】强调出海过番要具备沉稳、平和的心态；【入乡随俗，入港随弯】告诫人们要像驾船入港那样尊重当地的民俗习惯；【有船无港路】比喻有条件和才能，却没有机会；【歹船挂着好港路】指客观条件差，却遇到好环境和好时机；【有山就有路，有溪就有渡】和【水到船就浮】即车到山前必有路，船到桥下自然直，对前途充满了信心；【驶船看水势，办事看时机】意为因势利导、便宜行事；【风涌风浪见好汉】比喻烈火见真金，也强调驾船技术的重要性；【有风驶风，无风驶舵公】强调舵公的航海技术最重要；【一时风驶一时船】，比喻因势利导、随机应变；【一张帆驶咧八面风】比喻有限的条件难不倒机帆手；【海水阔阔，船头也会相挤】比喻做事要留有余地，别把对方逼入绝境；【未上三寸水，着欲扒龙船；未上一步行，着欲跳龙门】讽刺不自量力的人；【好风唔嗵驶过帆】告诫人们要未雨绸缪、留有余地；【人生海海】比喻人生道路广阔；【行船无等爸】谓班船准点出发，即使亲爹老子还没上船也不得拖延时间，比喻按规矩办事不绚私情；【船破海坐底承担】意乃天塌自有地承接，表现了勇于担当的大无畏精神，反映了闽南人有智谋、有胆略，勇于闯荡，向往海洋、对外发展的人文精神。

"过番"文化和侨乡文化是海洋文化的重要组成部分，民间谚语也多有体现。比如【第一好，是过番；第二好，过台湾】表现了"过番"和过台湾是"擅舟楫"的闽南人面对山多水多土地少自然环境的必然选择，故此有了形容见多识广的谚语【台湾走三帮三趟】和【南洋走透透】；【一下续，到长泰；一下传，到台湾；一下谤，到吕宋】表现闽南内地同台湾、南洋联系密切，消息灵通。在闽南人眼里，【台湾钱，淹脚目】【吕宋钱，淹脚目】【南洋钱，淹脚目】，都表现海外赚钱快。【吕宋好舅山】表明华侨重视姻亲裙带关系；【吕宋银满脚头盯膝盖，要提着工夫】告诫人们要努力工作才有可能致富，【阿己阿己西班牙语发音，指洋人，趁钱籴米赚钱买米】表现即便面对语言不通的西洋人，也敢于跟对方谈生意赚钱，表现了闽南人坦然经营涉外经济；【趁钱出外洋，转厝娶新娘】说南洋乃闽南人谋生、赚钱、成家立业的捷径；【番客番客，无一千也有八百】表现对华侨富有的欣羡心理，因而明知【在厝千日好，出门朝朝难】，也须向着虎山行，就这样【东洋无洋过西洋】，向海洋进发，相信终有一处可落脚。出洋渡台的先民心存故乡的眷念，用【唐山过台湾，心肝结归丸】【趁食讨活路出外洋，心肝想家乡】【南洋好趁也好开钱好赚也花得快，唔值唐山好所在】【唐山番薯汤，香过番爿南洋白米饭】【愿求故乡一撮土，_不贪异邦万两银】【万里行，难忘故梓情】等等谚语唠叨着游子对故土的一腔情怀，恪守、秉持【富贵不离祖】【番爿南洋钱，唐山福】【南洋钱，唐山福】【吕宋钱，唐山福】【台湾钱，唐山福】的传统，把千辛万苦赚的钱、攒的钱寄回老家回报故老，修祖坟、建新居，修桥造路，兴办文教卫生事业，造福家乡。

（二）闽南谚语的内部差异

闽南语区的民间谚语也存在着内部差异，这种差异是在语言和内容的一致性前提下的非本质差异和发展变化的差异。

首先是大闽南语区内部的差异。比如，同一则谚语，不同的地方有个别词语不同或句式有所改变，例如泉、厦、台说的【买卖算分，相请无论】，漳州说【买卖算分，相请无议论】，在第二分句增加了"议"字，新加坡则作【买卖算份，相请无论】，阴平调的"分"变成了阳去调的"份"。再如，漳州、台湾、厦属同安区（原辖泉州）说【行船走马三分命】①，指出门常有交通风险，厦门市区则说意思相同的"行船走马三分险"，而泉州却作"行船走马无三分命"②，增加的"无"字强调了交通风险有时会危及性命，然而谚语的基本意义不变，也是非本质差异。又如，同安谚语【马四脚也会着踢被踢】，漳、厦、台说【马四脚也会着触被磕被绊】，新加坡作【马四脚也会失蹄】，都比喻人再聪慧能干也难免偶尔犯错，差别仅在一二字词；泉州南安则为对句形式的【马四脚也会失蹄，人两目也会看错】，前句用马的失蹄比喻人难免犯错，后句用人虽有两眼也会看不清，来共同喻指难免犯错误，比漳、厦、台、新多了一个句子，都是非本质差异。非本质差异的谚语还有流行在闽台地区的气象谚【一雷镇九台】，说的是六月初一如果响雷，则预示整个夏秋季节少有风灾，又作【六月初一，一雷镇九台】，增添的一句点明了该谚语的适用日期，而单句形式的【一雷镇九台】则需要对其适用时期另作注解，因此闽台两条谚语都流行。

其次是区域间的语差。比如，与当地地理特点和历史人物、历史事件有关的谚语，一般只流传在某些市、县、区、镇，别的地方往往不流行。例如，比喻办事必须照规矩、按次序的【未尚未去朝动词天子，呣嗵不可拜相公指读书人】③，通行于明代科考人才辈出的泉州，因其时厦、台尚未开埠，南洋闽籍华人华侨参加科考者少，而漳州以科举成名者少于泉州等原因，都未流通此谚。再如台湾谚语【爬过三貂岭台湾雪山山脉北端，无想厝内的某团不挂念家里妻儿】和【若爱闲，请来嫁安平在台南】的通行，都未越过海峡，而只流通在台湾本岛。又如，闽、台、南洋谚语差异。闽、台因山地多溪流多，故有【赡晓驶船嫌溪狭】之说，而新加坡河流狭短，民众熟悉的是各个海港，因而改说【赡晓驶船嫌港狭】。另外，在西洋烟

---

①　以下例子，凡引自20世纪90年代各地陆续编印的《中国民间文学谚语集成·福建卷》各市、县、区分卷的，径注该市、县、区名；引自《新加坡闽南话俗语歌谣选》的简注国别名；引自别的民间文学著述的，详注该著述名。

②　王建设、张甘荔：《泉州方言与文化》，福州：鹭江出版社1994年版。

③　王建设：《泉州谚语》，福州：福建人民出版社2006年版。

卷尚未进入中国之前，闽南和台湾生活较富裕的男性抽烟，都用"薰吹"烟斗来装烟丝，装满一烟斗称"一钵［pua5］"，并形成【无钱薰，大钵吞】的谚语，此谚新加坡却作【无钱薰，大把吞】，可能因"钵"［pua］与"把"［peh］音近，或者先民初下南洋生活较贫困，未使用烟斗抽烟，而带来字词差异。也有的同一谚语的语句之不同是因各地语言习惯差异带来的，比如闽南的【麻糍粒仔在人□捏 tĩ6】用糍粑的大小任人捏造的民俗事象说理，台湾则说【麻糍手内出】；粗人做不了细活儿的意思，闽南说【粗人赡做得幼粿精工细作的年糕】，台湾则说喻体不同的【粗人赡做得工课活计】。洋人的禀性，闽南说【番仔番嘀嘟】，台湾则说【番仔番叽咬】，两者象声词不一，但基本意思无大异。还有些谚语之所以只通行某地而不流通于别地，同其地方口音有关。比如，《泉州谚语》之【欲食着食菠荠，欲穿着穿绸裙】押［un］韵，表达的是蔬菜以菠菜最好，服装以绸裙最美的美食观和审美观，因菠菜在闽南语区其他地方都叫"菠菱［liŋ2］（菜）"，和"裙"失韵而不流行。相似的是告诫人们应自幼培养诚实品德的【细汉小时候偷摔拿针，大汉长大偷扛杉】也只通行泉腔地区，因为整个大闽南语区只有泉州腔把"针"读成［tsam］而与"杉"［sam］押韵，其他地方"针"读［tsiam］，令民众感觉不够押韵而不流行该谚语，其等义谚语是押韵的【细汉偷割瓠，大汉偷牵牛】。

最后，如果说，励志性、知识智慧性与表现伸张正义和社会责任感等"正能量"的谚语在闽南语区内部一致性高的话，那么，反映季候气象的谚语虽然也跟随闽南先民迁徙的脚步而"搬到"新居地，却需要适应新居地的土壤、气候等自然环境才能"存活"，祖先的"法宝"才能派上用场。因而，在与闽南地理位置相近、自然环境相仿的台湾地区，祖传的气象谚语得以自然、茁壮地成长，至少"接收"了以下熟语：【春寒雨若溅，冬寒雨四散】说冷天的雨在春季和冬季表现不一样；【春濛曝死鬼，夏濛做大水，秋濛风，冬濛霜】的"濛"指大雾，又称"濛雾"和"罩雾"，意思是四季早晨的濛雾，分别兆示着春天会放晴，夏季主大雨，秋天预示刮大风，冬天将放晴且有霜冻；假如春天的濛雾到中午仍未散开，则【早濛赡开，戴笠披棕蓑】，预示着将要下雨。这些带有先验性的民间谚语无一不是闽南先人从"祖厝""搬到"台湾的。再如闽南气象谚语【春天后母面】，形容春天的气候多变有如后妈对"前人囝"的态度易变

（此谚也说【春天团仔面】）。闽、台气候都有"倒春寒"，尤其在冬春之交和春季受寒带的东北季风影响，闽南和台湾天气都又冷又湿，因此两地谚语都形容其冷为【正月寒死猪，二月寒死牛，三月寒死播田夫，四月寒死大个健乖龟/大个健新妇】①，意思是早春之冷会冻死猪、牛和身强体壮的农夫，四月间"倒春寒"的冷甚至会冻死健康的年轻人和健壮的小媳妇；【清明谷雨，寒死虎母】【未食五月节粽，破裘毋甘放】也表现春夏之交，有的年度仍很冷。

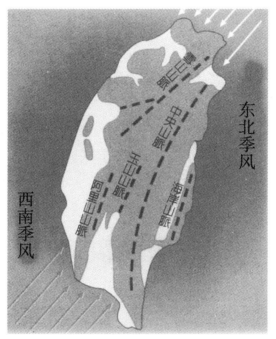

再如，源于闽南的台湾夏季谚语【小满，雨水相赶】【四月芒种雨，五月无干土，六月火烧埔】表现了闽、台的农历四五月间同为雨季，到六月间才入夏转热；【春南南风夏北北风，无水嗵磨墨】说春天刮温暖潮湿的南风，预兆夏季将刮北风，将干旱得连磨墨的水都没有；【立夏，稻仔做老爸】说闽、台的水稻都在立夏前后含苞吐穗，农作时间相同。孟秋则有【九月九降风】之说，又称【雷拍响雷秋，晚冬晚季半收】【十月若

---

① 本谚两岸多只说前三句，第四句的两个说法只流传于闽南的个别地区，因比较风趣，这里一并引出。

响雷，猪牛饲燴肥】，表明闽、台地区秋季如果响雷，将预示农业歉收；【立冬，田头空】表明闽、台都在立冬前后完成冬收。

闽、台还有一个共有的气象现象，就是冬至的天气可以预兆春节期间的晴雨，因而共同流传着韵谚【冬节乌冬至阴天，年暝酥除夕干燥放晴；冬节红，年暝澹湿冷、主下雨】【冬节酥，年暝乌；冬节澹，年暝红】的谚语，意思是冬至若下雨，春节必晴天出太阳，反之则冬至晴好、春节阴雨。另外还说，冬至这一天在农历的哪一旬，春节的天气也不一样，闽台民间认为，【冬节在月头，寒在年暝兜；冬节在月中，无雪又无霜；冬节在月尾，要寒正二月】。这种气象说法屡屡应验。可见闽、台两地的自然条件和人文性格很一致，闽南语季候气象谚语在台湾便保存、应用得相当好。

然而同为闽南语区的南洋群岛谚语却非如此，比如热带岛国新加坡，位于低纬度的赤道地区，年平均温度在 23℃—31℃ 之间，既没有闽、台的台风和雨晴变化、气温升降，也没有四季日夜长短的时令变化，加上岛内没有田园、山野和农业，时令气象谚语这一百灵百验的"祖传法宝"在这里基本派不上用场，而仅残存气象谚语【早日不成天】（意思是清早晴，过午往往下雨）和季候性人文谚语【无冬节着欲搓圆没到冬至就想要吃汤圆】① 等极少数话头，其余基本"自然消亡"了，甚至连民系文化底蕴浓厚的【清明无转去厝回家无祖，冬节冬至无转去厝无某妻】也没流传。这就是闽南语区谚语系统内部的区域性差异。不过，这种小区域的差异仍是在统一性整体之下的差异，并未改变闽南谚语那反映本民系人文性格的本质。

第二节　从熟语看闽台文化差异

总的说来，台湾的语言文化同闽南祖地最为相似，然而内中的细部差别也不小。正如前举闽南话外来语借词一样，台湾的土著语借词、荷兰语借词、西班牙语借词都是内地闽南所没有的，台湾日语借词也比闽南内地

---

① 经笔者初步调查周长楫、周清海：《新加坡闽南话俗语歌谣选》的俗语（熟语）部分，仅存这两条时令谚语。

多，这些都属于语言词汇中比较外在的表面的东西。也有一些非表面现象，两岸人民和专家学者们未必注意到。比如，两地方言中有三类熟语，即反映涉北（指北方）文化现象、涉"番"（这里特指南洋群岛国家）文化现象和"番薯"文化情结内容的熟语，便集中映现了闽台两地闽南人的较为深层的文化心理差异。

一 从"涉北"熟语看闽台文化的异同

俚谚熟语最能反映民众的心声。表面上看，闽南似乎缺少类似于台湾地区那样的外省籍族群，实则不然。虽然自近现代以来，内地闽南人从什么时候开始受到大规模的北方语言文化的影响，查不到很直接的历史记载。所幸著名语言学家黄典诚教授《春风化雨忆周师》忆及青年时代负笈厦门大学于新生报到期间（1933）的事儿，无意间为我们留下了难得的闽南地区南北语言文化交流频繁的痕迹[①]：

> 有同乡同学指点我，你在注册的时候要小心。你们文学院长是个驰名国内外的语言学专家，很喜欢根据学生的发音判断学生的乡贯。有时候还会用你的方音向你问这问那，你得做个准备……
>
> ……呈上选课表。我说：
>
> Qing3 Zhou1 yuan4 zhang3 qian1 zi4.
>
> （请周院长签字。）
>
> Ni3 shi4 Bei3 ping2 ren2？
>
> （你是北平人？）
>
> Bu2 shi4，Wo3 shi4 Zhang1 zhou1 ren2.
>
> （不是，我是漳州人。）
>
> Zhang1 zhou1 ren2？dai1 guo Bei3 ping2 ji3 nian2？
>
> （漳州人？待过北平几年？）
>
> Zhou1 yuan4 zhang3，Wo3 mei2 zai3 Bei3 ping2 Dai1 guo.

---

① 黄典诚：《黄典诚语言学论文集》，厦门大学出版社 2003 年版，首篇第 1 页。笔者按：这段文字的原文为汉语拼音，每个音节末尾的数字表示声调，1 为阴平，2 为阳平，3 是上声，4 为去声；为了方便读者阅读，笔者特在拼音原文下面括注汉字。

（周院长，我没在北平待过。）

Deng3 shang4 le ke4，dao4 Han1bao3 Wo3 jia1 tan2 tan.

（等上了课，到邯堡我家谈谈。）

从这段对话可以看出，黄教授当年在跨进大学校门之前，便已然操着一口几可乱真的北平话了，连"驰名国内外"的语言学专家周辨明教授都以为他是北平人或在北平待过数年——原来，黄先生"小学时代跟了一个毕业于上海国语专修学校的老师学，后来上了旧制师范，又遇上一个原籍北平的国音老师。"（同上引）由此可见民国年间教育界常有南方学子北上求学，而北方教师也多南下授课，青年学子乃至一般市民，都有机会听到、学到"正港"［tsiã3 kaŋ3］正宗的"国语国音"。

无独有偶，著名词学家龙榆生教授曾于 1924 年至 1928 年上半年任教厦门集美中学，入校伊始，印象良深，感慨于当年的南疆人文面貌：

> "集美是闽南一个设备最完美的中学！⋯⋯分设着中学，男师范，女师范，水产科，小学部。学生数千人，大都是南洋华侨子弟，或闽南各县的土著，可是个个都会讲国语。"①

如此看来，早在 20 世纪二三十年代，闽南地区的城市便相当普及国语了，同交通不便的乡村不可同日而语。这意味着40 年代之前，闽南人已长期同少数北方各省人相处打交道，其中有相当一部分北方人后来定居本地，甚至和闽南女子通婚。而在 40 年代中后期，来自北方各省的国民党军政人员及其家属，有的短暂停留闽南便渡海到台湾，也有一些留居闽南，落地生根。尤其是 1949 年下半年，以解放军和南下干部为主的一批各省北方人也挺进闽南，成为新生政权的骨干力量。这一南北语言文化接触的情形，与台湾在 1945 年、1949 年相继接纳大批国民党军政人员及其家属的情形十分相近，只不过台湾接收的外省籍军政人员人数更多，人口比例更大罢了。

---

① 龙榆生：《苜蓿生涯过廿年》，《中国韵文史·附录二》，北京：商务印书馆 2010 年版，第 248 页。

在闽南，国民党军政人员及其家属和共产党军政人员及其家属，都带来了口音各异的北方话，无论来自哪个政治力量的北方男性的后代，都认同外省祖籍，比如在自我介绍原籍，在填写各类申请表、调查表、户籍簿登记祖籍地时，等等，但都说闽南话和北方话双重母语。而在文化心理认同上，却都更倾向于出生地和生长地的语言文化。外省籍"新闽南人"的这一文化心理皈依倾向，表明南北方语言文化的相互渗透和影响是双向的，这一点和台湾省"新台湾人"的文化认同也十分相似。

毫无疑问，北方语言文化长期影响着闽南地区，这种长期渗透给闽南人留下深刻的印象，并且在自己的熟语系统留下了一批"涉北词语"之烙印：

1. 【北爿】北边。

2. 【北顶】北方。

3. 【北顶人】北方人。

4. 【北派】北方人的作派。

5. 【北仔】北方人。

6. 【北仔阿哥】指贵人。

7. 【北（仔）婆】北方婆娘。

8. 【北仔囝】北方人的孩子。

9. 【北仔话】北方话。

10. 【北仔饼】北方人经营的烤麺饼。

11. 【北仔直】（像北方人那样说话办事）直来直去。

12. 【北仔戆】（像北方人那样）憨傻。

13. 【北仔体】行事类同北方人。

14. 【北仔气】行事和为人类同北方人。

15. 【北贡】北方人。

16. 【北贡体】行事类同北方人。

17. 【北贡气】行事类同北方人。

闽南话的涉北熟语为什么会这么多？这和我国汉、唐、元、明、清的政治文化中心都坐镇北方有关系，因为北方文化一直是汉民族文化中的主导性主流文化，闽文化便只是传统文化的地域性非主流文化。

从内容看，闽南涉北熟语词族从多方面反映了同北方有关联的文化心理现象：【北顶】一词彰示了闽人对北方文化的认同与仰视，【北仔饼】为漳州人喜欢吃的麵食，【北仔团】指北方人的孩子、兼有身材健壮虎头虎脑的意思，都是褒义词，而【北爿】【北仔】【北仔话】【北仔体】为中性词群，略含喜爱、可以理解，有时又兼有些许贬义的复杂意味，真正的贬义词只有【北贡】【北贡体】【北仔婆】【北仔戆】数个。这些涉北语族好像是台湾话所没有的。

值得注意的是，内地闽南人所称【北仔】的含义要比北方人的范围宽泛，凡是不会闽南话而需要用普通话与之交际的，比如和闽南地区山川相连的近邻莆田人、福州人、客家人、广东人等等，有时也被称为【北仔】，可谓少见多怪。同时，【普通】一词在闽南往往兼有北方的意思，在"你是讲普通抑是讲本地"中，"普通"和"本地"被省略了"话"字，而分别指称普通话、本地话；"你是普通人，抑是本地人"，其"普通人"指说普通话的外地人、外省人。

台湾话的涉北词语则称北方人为【外省人】【阿陆仔】【阿六仔】【老芋仔】等，只有【外省人】为中性词，其余都含贬义。台湾话也派生出一些闽南所没有的涉北熟语，比如【外省人吃麵——免】，是利用闽南话把麵条称为"麵"miàn 谐闽南音"免"[bian3]，而歇后为"不必"的意思，中间多拐一道弯；【外省人搬戏——做死（做戏）】则利用北方话"做戏"zuò xì 谐闽南话"做死"[tso5 si3]，来增加语言的趣味性，可见台湾人对外省语言面貌的观察比内地闽南人要细致入微。

漳州还有一个涉北词语，叫作【给你听"没有"】[kak8 li3 tiā1 mai6 iu3]，字面义是你的话我没听到或没听清楚，内在含义则是"你的话我根本不想听也不爱听"，是个常用词，在 20 世纪 80 年代之前一直这么说，但近一二十年来很少有人用了，而说成纯闽南话的【给你听无】[kak8 li3 tiā1 bo2]。笔者一直以为【给你听没有】这一熟语应产生于 1949 年前后，是闽南人同北方南下的将士——国共双方的部队的语言接触期融到漳州话里的，没想到不经意间翻阅洪乾祐《金门话考释》①，居然发现了一条极其相似的闽南方言词语【看"没有"】［khuã5 mai6 iou3］，作者分析云：

> "闽南语绝对没有'没有'一词，而是说'无'［bo2］。'没有'是官话。闽南语'看无'［khuã5 bo2］是'看不懂'。但'瞧不起'也叫'看无'，等于'不把人看在眼里'的意思。因为古时候的金门人学讲官话发音不标准，'没有'说成了mai6 iou3，变得官话、闽南语两不像，一直沿用到今天。"（第103页）

看来，漳州的【给你听"没有"】和金门的【看"没有"】属于词形相同、语义相类的熟语"连体儿"，漳州视听动词"给你听"属于纯粹的闽南音，金门视听动词"看"也是地道的闽南音，两者同用的语素"没有"却都既非闽南词，也非纯闽南音，它来自共同语，却用了闽式"地瓜普通话（国语）"的读音，这两条熟语都是微小而多层次南北杂糅的"方言合璧词"。让笔者感到震惊的是，居然在不期然而然的情况下，遇到金门也有类似的"视听动词＋没有"的说法。可是据笔者的初步调查，泉州、厦门和台湾似乎都没有这一类的词语。它表明这类"南北方言杂糅合璧熟语"早在1949年以前便已于漳、金两地"落地生根"了，并且数十年间，金、厦两岛的炮弹呼啸横飞"单打双不打"（指日期逢单号停止炮击，双号相互向对方开炮），居然炸不烂这一对涉北"杂糅合璧熟语"形式与内涵的高度一致性，简直令人难以置信！

二　从涉"番"词语看闽台文化的异同

闽南话和台湾话的主要差异是台湾的外来借词比闽南语源多，类型多，数量多，如来自台湾原住民语 assey 的【阿西】指茫然不知，Moungar【艋舺】指独木舟，地名 Kavalan "蛤仔兰"后来改为宜兰等。日语借词如盒饭【便当】源自べんとう（弁当），中老年女性【欧巴桑】おばさん是晚辈对中年女子的敬称，还有表示医院的【病院】びょういん，

---

① 洪乾祐：《金门话考释》，台湾：稻田出版社1999年版。

地方小吃【阿给】あげどうふ（揚げ豆腐）等等。在数以万计的词汇之
海里，这类词语的条数虽然微乎其微，但它们是口语常用词、基本词，使
用频率很高，不容小觑。不过，外来语就是外来语，它的词汇量再多也仍
是外来成分，不会改变原有语言—方言的性质。正如以外来语之多著称的
现代日语，日本许多中老年人几乎听不明白看不懂，却仍然是日语，而不
叫西方某某语一样。何况台湾话有的日语借词是和闽南话、共同语共有
的，例如【味之素】［bi6 tsi1 sɔ5］、【桌球】［to5 kiu2］等，闽南一直这
么说，而【干部】【理论】等不胜枚举的日语借词，早已融入共同语难分
彼此。因而，根据台湾话的外来语比内地闽南话多就把它当成另一种方言
的观点，显然是站不住脚的。

至若源于荷兰的词语，如土地计量词【甲】【kah7】，闽南没有这种
用法，东南亚闽南人聚居的地方也不用，应是17世纪初荷兰占据台南时
留下而使用至今的。有人据此又进一步推测说，台湾话称混凝土为【红
毛涂】、称豌豆为【荷兰豆】、称火柴为【番仔火】，也是当年荷兰占据台
湾留下的，这就大可商榷了，因为在闽南老家，不但后面几个词也通行，
就连"南洋福建话"也作如是说，并且在广袤的闽、台、东南亚华人华
侨聚居区，尚存在着大量仍在使用的活生生的"番仔语族"和"红毛语
族"①：

1.【番爿】南洋。
2.【落番】下南洋，又称过番。
3.【过番】下南洋。
4.【番仔】原指马来族，后兼指西方人；台湾也指本岛原住民。
5.【番仔人】马来人；西方洋人。
6.【番仔囝】马来族小孩；西方人的小孩。
7.【番仔婆】即番婆仔，嫁给华人的马来族女人，也泛指西方
女人。

---

① 以下"番仔"语族和"红毛"语族主要由笔者收集整理，增补了少数下类词典的词条：
周长楫编《厦门方言词典》，南京：江苏教育出版社1993年版；周长楫与周清海合编：《新加坡
闽南话词典》，厦门：厦门大学出版社2003年版；陈正统主编：《闽南话漳腔辞典》，北京：中
华书局2007年版。

8.【番仔查某】查某，女人；番仔查某指马来女人，也泛指外族女人。

9.【乌番仔】马来人，因肤色比华人黑，故称，后来也指黑皮肤的人和黑人。

10.【番仔某】某，妻子；番仔某即马来族妻子，也泛指外族妻子。

11.【番仔老母】马来族母亲，也指马来族后母或庶母。

12.【番仔大家】马来族婆婆，也可能是丈夫的马来族后母或庶母。

13.【番仔气】指具有马来人或西方人的禀性。

14.【番仔款】马来族或西方人的做派。

15.【番仔直】说话行事像马来族或西方人那样干脆直爽。

16.【番仔戆】像马来族或西方人那样傻。

17.【番仔缠】像马来人或外国人一样难以沟通，缠，指纠缠不清。

18.【番仔食】马来人饮食和吃法；西洋饮食和吃法。

19.【番仔刣笑螺】比喻不得要领，胡来；刣，杀，这里指刻制加工；笑螺，陀螺。

20.【番仔番嘀嘟】比喻行事不符合规矩和习惯，胡来。

21.【番汰汰】比喻反复无常。

22.【番仔兵，无队伍】指不成阵列，后比喻胡来。

23.【招番仔相刣】比喻没事找事，无事生非；招，招徕；相刣，打打杀杀，打架。

24.【番仔洞葛】洞葛，外来词，西式弯把手杖，引申为洋玩意儿、古里古怪，也比喻说话办事无章法。

25.【番仔物】外来物品。

26.【番仔麦穗】玉米。

27.【番薯】甘薯，红薯。

28.【番仔番薯】马铃薯。

29.【番仔豆】豌豆粒。另，豌豆荚，漳州称荷兰（荷莲）豆。

30.【番仔菜头】胡萝卜。

31.【番仔荔枝】榴梿。

32.【番仔王梨】一种热带水果，可能是台湾所称"释迦"。

33.【番仔花】鸡蛋花，也叫鹿角树（Frangipani）。

34.【番仔饼】饼干。

35.【番仔薰】香烟。

36.【番仔芦荟】龙舌兰，又称番林投、露兜树、华露兜、假菠萝、勒菠萝、山菠萝、婆锯筋、猪母锯、老锯头、水拖髻等，性甘凉，有发汗解表、清热解毒、利水化痰、行气止痛等药效。

37.【番仔油】煤油，漳州又称臭油。

38.【番仔火】火柴。

39.【番仔腊】肥皂；另有外来语形式"雪文"［sa pun］。

40.【番碱】肥皂。

41.【番仔灰】水泥，洋灰，又称红毛灰。

42.【番仔肥】化肥。

43.【番人笔】新加坡的说法，钢笔。

44.【番仔弦】新加坡的说法，小提琴。

45.【番仔鼓吹】指西洋吹奏乐器，后来泛指各种洋玩意儿。

46.【番仔尿鳖】尿鳖，尿壶，全语泛喻杂七杂八的洋玩意儿。

47.【番仔尿壶】泛喻杂七杂八的洋玩意儿。

48.【番仔楼】洋楼。

49.【番仔厝】洋房。

50.【番仔狗】洋种狗，多指哈巴狗。

51.【番仔正】新历年，元旦；正，新年。

52.【番仔码子】阿拉伯数码。

53.【番仔钱】原指南洋侨汇，后来泛指外币。

54.【番仔镭】洋钱，泛指外币、外汇，西洋钱币。

55.【番仔话】原指马来语，后来泛指外语。

56.【番仔字】洋文，外文，拉丁字母。

57.【番仔学堂】西方人创办的学校，新式学校，与私塾相对。

58.【番仔先生】洋人教师。

59.【红毛】红头发，也指红棕色头发的荷兰人、西欧人。

60.【红毛人】新加坡的说法，西洋人。

61.【红毛的】指荷兰人，略含贬义。

62.【红毛仔】指荷兰人，含贬义。

63.【红毛番】特指发色棕红的荷兰人。

64.【红毛城】民间所称台湾淡水镇著名古迹，为西班牙人17世纪初所建。

65.【红毛港】即台湾新丰港，因旧时曾有荷兰船停靠而名。

66.【红毛井】在嘉义南门附近。

67.【红毛楼】洋楼。

68.【红毛厝】洋房。

69.【红毛花园】新加坡植物园的别称。

70.【红毛茄】新加坡的说法，指西红柿。

71.【红毛涂】水泥。

72.【红毛正】指圣诞节。

73.【红毛反】指鸦片战争前后西方侵略者挑起的对华侵略战争。

从上面闽南方言"涉番"词例看，这个"番"主要指南洋，而不是历史典籍和北方话里的北方少数民族。因而，闽南话"番仔"原指南洋原住民马来族，闽南人迁台后也用来称呼台湾原住民。这表明闽南人的对外文化交流首先是从南洋一带开始的。1511年葡萄牙人进入马六甲以后，西方列强纷纷建立东方殖民地，自此【番仔】的词义有所扩展，由单指马来族而兼义、转义为外族人、西洋人。由"番"组成的【番仔气】【番仔款】【番仔直】【番仔戆】【番仔缠】【番仔刣笨螺】【番仔番嘀嘟】【番仔洞葛】【番仔尿壶】【番汰汰】【番仔兵，无队伍】等等，都表现了闽南人对外族文化的某些片面看法和不理解，只有【番仔老母】和【番仔大家】的语义内核仍旧保留了【番仔】的原始义，主要仍特指马来族母亲、后母、庶母和婆婆，反映的是闽南人"过南洋""住冬"而迎娶马来妇女为妻的历史现象，因而留下了【三代成峇】的熟语。

如果说，"番仔语族"记录的是闽南人同南洋的文化交流史，尤其是与西方之文明而又野蛮的文化交流历史，其中自有褒贬与不褒不贬的中性认识，那么"红毛语族"反映的则是闽南人对西欧人较为客观、中和的态度。这些词语表明，与其说【红毛涂】【荷兰豆】【番仔火】是17世纪上半叶荷兰占据南台湾时留下的，毋宁说，目前只有【红毛城】【红毛井】和【红毛港】能够确证其为台湾的特有"产品"，其他词语绝大多数是闽南人跨洋过海如履平地那"过南洋、过台湾"的"漂洋"文化的写实，大多应产生于被荷兰"东印度公司"殖民者统治330年的印度尼西亚和英国殖民统治马来西亚等说马来语的国家，而由长期居住在这些国家的闽南人创造、使用，并"搬回"闽南"搬到"台湾的。唯其如此，将很难解释何以闽南内地和东南亚华人华侨社区都有这么多与台湾大致一样的涉"番"词语和"红毛"语族。

三 闽台"番薯文化"差异

台湾小学地理课本曾这样描述台湾的地形：

> 台湾本岛，东西狭窄，南北较长，形状像似番薯。

这一地形观念其实老早便流行于民间。当代内地人也都大略知道台岛形如"番薯"，台湾人便把自己比附为【番薯人】。著名学者张光直更是撰写了一本《番薯人的故事》①，台湾作家杨树清也写有《番薯王》散文集②，都用"番薯"为自己的著作命名，可见"番薯"在台湾民众和知识分子心目中有着一定的地位，并且反映了台湾人普遍的"番薯情意结"。

然而事实上，闽南人乃至全闽福建人也都存在着一定的"番薯情意结"：福建人也自谑为【番薯人】或【番薯仔】，闽南人甚至谑称自己为【番薯粗粗大大箍】或【土番薯】【大条番薯】。福建人又把自己的母语叫作【番薯话】【番薯腔】或"地瓜腔""地瓜话"（后面两个词用普通话说），而福建口音普通话便是"地瓜普通话"（也用普通话说）了。那么，福建人和台湾人的潜意识何以都打上了相类似的"番薯文化印记"？

---

① 张光直：《番薯人的故事》，北京：生活·读书·新知三联书店1999年版。
② 杨树清：《番薯王》散文集，台北：联经出版事业股份有限公司2003年版。

我想，这大概应该从闽南人尚未过台湾之前的"番薯入华史"里找答案：

番薯，学名甘薯，地方上也称红薯、白薯等，因根茎长在地下，又称地瓜，闽粤人因为它是华侨"番客"带回国的，就称它为番薯。

甘薯的祖家在中南美洲，1565年跟随着西班牙人的商船传入吕宋岛。明万历年间，福建长乐县陈振龙旅居菲律宾，看见当地的番薯耐旱、易种、高产、抗饥，可以救荒年，便留心学习栽种技术，数度偷携薯种上船，想要带回中国，却屡屡被菲律宾西班牙殖民当局查出来，而未能如愿，后来把薯藤晒得半干，绞在浸了水的绳子里才过了检查关。1593年，福建发生大灾荒，陈振龙之子陈经纶把番薯献给福州巡抚金学曾，遂推而广之，"初种于漳郡，渐及泉州渐及莆，近则长乐、福清皆种之"①，救民于饥饿中。此后凡闽人足迹所到之处，都有青青的番薯藤萦绕的身影，番薯成了闽人的家常口粮，后来才推广到全国种植。至于台湾的番薯来历，连横《雅言》称：

> （番薯）"产自吕宋，明万历年间，始传漳州，由漳入台。……台之番薯，以林圯埔最佳，大如鹅卵，色丹味腴；次则桃园之桧溪，亦肥美。台南有所谓之斗六种者，大约林圯埔传来。余嗜食之，每饭不忘。薯之滋养当不逊于稻麦，而齐民受惠，诚可馈贫之粮也。"②

番薯传入台湾后，未久就扩大种植面积，到18世纪初已返销大陆，1900—1937年间的年产量从2亿公斤狂增至17亿公斤，实现了番薯的"绿色革命"③。

如今福州乌山清冷台"先薯亭"仍在默默记录着陈振龙和福建巡抚金学以薯救饥民的感人故事。可以说，正是这不起眼的番薯，造就了近现代闽人勤劳、朴实、刚毅、敢于闯荡勇往直前，【时到时当，无米煮番薯汤】的文化秉性。现如今，闽南人把【芋仔番薯大小个】比喻为各种大

---

① 见《金薯传习录》，福州：升尺堂书坊，清乾隆年间发行；周亮工：《闽小记》卷三【番薯】条。据说番薯称为"金薯"，是因为巡抚金学的大力推广种植。

② 见连横：《雅言》，第一七六条，台北金枫出版有限公司1987年版。

③ 见于蔡承豪、杨韵平：《台湾番薯文化志》，台北：果实出版社2004年版，第67—69、80页。

小不一的事物，【输人嗯输阵，输阵芋仔番薯面】（阵，群体，全句指落
于人后将像番薯和芋头那样没面子），都是把番薯和芋头合在一起说的，
可见将两者认作同类事物，其使用频率也差不多。台湾民间则多把【番
薯】指征为本岛，取义较窄，又因大陆版图阔大，便把大陆比附为块头
大的【芋仔】了，在词的使用频率上，于己密切相关的【番薯】高高在
上，非【芋仔】所能企及。情境尴尬的是金门人：自己究竟是【芋
仔】——大陆人？抑或是【番薯】——台湾人？若说是【芋仔】，偏偏金
门也盛产番薯；若说他们是【番薯仔】台湾人，则金、马在台湾管辖之
下几十年，行政区划却一直"虚挂"在福建省。况且在明清之际，明太
祖第十世孙鲁王朱以海曾两番入闽高举抗清复明义旗，郑成功迎至金门，
"月馈银米，遇节上启"礼遇之。可是由于金门不产稻米，鲁王在那兵荒
马乱的年代里，主要是以番薯来果腹的，以至于年仅 45 岁便含恨长眠于
金门，民间哀称其为"番薯王"。看起来，金门人的"番薯"情结应该比
台湾人更加悠远，更有深刻的历史真实感才对。

　　由上可见，闽台地区具有"番薯情意结"的不单单是台湾，而是所有新老闽省人所共有的。而台湾人因本岛形似地瓜而将自己比附为【番薯人】【番薯仔】，是一种显性的比拟。张光正《番薯藤系两岸情》更认为番薯"这种草本植物的根块，是旧社会穷苦人常用来果腹的，所以台湾人和金门人以'番薯人'自喻，似含有命苦势弱的哀叹。"[1]闽南—福建人则可能因为本地是我国地瓜传入并推广种植的第一站，而将自己比附为"番薯/地瓜"，并且因为了解"番薯"这一涉外历史的人并不多，而不知其所以然。因而在福建省内，将自己比附为"地瓜"并非显性认识，尽管语中也仍带着"命苦势弱"之意比方过去沿海乡镇因不产粮，而被产量区的人叹怜其一年四季【食番薯，配海鱼】——生活太艰辛了。如今时过境迁，【食番薯，配海鱼】反而成为当下最"绿色"的美味佳肴），却缺少台湾人、金门人一说到【番薯人】便不自觉地带上那么多发自肺腑的深沉怨叹；福建方言【番薯人】的"命苦势弱"义，只有通过上述调侃语【番薯粗粗大大箍】【土番薯】【大条番薯】【芋仔番薯大小股】【输人呣输阵，输阵芋仔番薯面】和【番薯话】【番薯腔】或【地瓜腔】（用普通话说）、【地瓜话】（用普通话说）等熟语的集中解读，才能显露出其潜在的意义内核。

闽台人对于"番薯"和芋头的认知和看法为什么会有这么大的差异？它或许代表了两地民众的某种深层文化心理差异、猜忌与隔阂。这种心理差异、猜忌与隔阂如果被某些方面所利用，将对两岸正常关系产生极大的破坏力。而随着两岸人民加强沟通，增进了解，相互理解相互尊重存异求同，这种隔阂和猜忌是否会渐渐消除呢？

第三节　闽南方言韵文和歌谣

民间韵文的主流是歌谣。因此，下文主要集中于闽南方言歌谣的讨论。

歌谣是"早期版"的民间韵文。中华向以"诗的国度"和五千年不间断历史著称于世，在文字尚未产生和阶级社会尚未出现之前的原始人类阶段，就已经有了口头流传的原始诗歌——歌谣，被后代文人记录下来而

---

[1]　张光正：《番薯藤系两岸情·前言》，台湾：海峡学术出版社2003年版。

"升格"为正统文学的[1]，仅吉光片羽：

> "断竹，续竹，飞土，逐肉。"

有人说，这是黄帝时代的狩猎歌；也有说，此为越王勾践时代的歌谣。从二字结构看，乃极古极古的歌诗形制，因此笔者赞同这是黄帝时代歌诗的说法，可鉴《宋书·谢灵运传论》"虞夏之前，遗文不睹"之说与事实稍有不符。《周易》也保存了部分先朝歌谣，例如《屯六二·婚媾》："屯如，邅如，乘马班如；匪寇，婚媾。"表现了远古的抢婚习俗。

人类文艺的产生，都是先有节奏，后有旋律的。作为文艺现象之大宗的文学，也是先产生了带节奏和韵律的歌谣，而后才有散文，先有远古民间文学，后有作家文学的。梁启超因此总结说："韵文之兴，当以民间歌谣为最先。"[2] 这是说，歌谣的产生早于别的韵文形式，是一切文学的先河。万建中甚至认为：

> "远古时期所有民间文学都是以歌谣的形式呈现出来的，那时的神话也可能是韵文体。日本民间文学学者金田一京助曾在其本国阿依努人居住区进行了长期调查，得出在阿依努社会里，称得上语言艺术的全部形式都是歌谣体，散文只是常用会话。"[3]

这表明文学中的诗歌体早于散文体产生，是普遍的带有世界性意义的规律。

我国上古歌谣发达，秦汉史籍多有引用，甚至达到"不学诗，无以言"的程度（《论语·季氏篇第十六》第十三章）。可是在后世自视清高不辨良莠的所谓正统文人眼里，歌谣却被视为"文辞鄙俚"，而未把它当作一种严格意义上的文学现象看。即便屡被赞颂的皇家"采风"活动，其主要目的也不在于搜集、整理民间文学，而是把采录谣、谚当作"观

---

① 郑振铎：《中国俗文学史》，上海：商务印书馆2010年版，第17页。
② 梁启超：《中国美文及其历史·序论》，北京：东方出版社1996年版。
③ 万建中：《民间文学引论》，北京：北京大学出版社2006年版，第230页。

天文""察人心",为统治者提供执政参考的政治举措。直到〔宋〕郭茂倩《乐府诗集·杂歌谣辞》才第一次有意识地保留前世民间韵文,有了质的突破。改革开放初期,逯钦立辑校了《先秦汉魏晋南北朝诗》上中下煌煌三大册(北京:中华书局1983年版),被学界推为"收录先唐歌诗谣谚最完备、考订最精密的著作"①。不过,无论是宋代的郭茂倩还是当代学者逯钦立,大都是把前代书籍中的歌谣拾掇成集的,在民间歌谣的田野里,被"拾"到并且流传下来的,乃沧海一粟。真正大面积搜集田野歌谣者,有待于"五四"时期的"新文学运动"。

"五四"新文化运动具有科学与民主的时代精神,给古老的中国文明带来思想观念大解放,语言文学界更是主张用民众的"活语言"——白话文来取代文言文"死语言"的统治地位,史称"以我手,写我口"之"白话文运动"。文学界又大力倡导"平民文学",掀起"新文学运动"和向民间语言学习的热潮,以重建草根性的民间文学为"文学正统",于1922年12月17日诞生了中国第一个民间文学刊物——由北京大学歌谣研究会主办的《歌谣周刊》,北京大学歌谣研究会也顺理成章成为了当时全国搜集和研究民间文学的中心。这是我国民间文学研究的第一个里程碑,也标志着我国现代民间文学学科的建立。

《歌谣周刊》辟有民歌选录、儿歌选录等栏目,征集、发表、研究、讨论、译述各地的歌谣、谜语和方言俗谚、成语、歇后语等文学语汇,先后出版"歌谣丛书"多集。福建地区也不甘落后,闽东出版了魏应麒《福州歌谣甲集》,闽南则出版了谢云声和王智章的歌谣集②。不过,从《歌谣周刊》第16号发刊词所称"蒐集歌谣"的目的看,一在学术,即民俗学,一在文艺,以促进新诗的发展,也不以收集和研究歌谣为第一目的。

闽南语区最早参与"歌谣学运动"的是厦门谢云声,他"仗着自己

---

① 参见闫雪莹:《百年(1900—2007)中国古代歌谣研究述略》,《东北师大学报》(哲学社会科学版),2008年第4期。

② 谢云声:《闽歌甲集》《台湾情歌集二百首》,广州:国立中山大学语史所民俗学会,1928年,两书1997年由厦门市闽南文化研究所重印发行;魏应麒《福州歌谣甲集》,广州:国立中山大学语史所1929年版;王智章:《漳州歌谣集》(上),漳州:国立中山大学民俗会漳州分会1933年版。

的气力和血汗"①，搜集整理民间文学作品和词汇，从 1928 年开始陆续正式出版了《闽歌甲集》250 首、《台湾情歌集》200 首、《闽南谜语集》《闽南唱本提要》《福建故事》等重要著作。继而有 1933 年王智章《漳州歌谣集》等著作问世。台湾彼岸搜集整理民间文学的，既有日本学者，也有本土学人，于 1930 年出版宫尾进《台湾童谣杰作选集》，1936 出版李献璋《台湾民间文学集》，次年吴守礼搜集并装订《台湾歌谣》歌仔册合订本，1943 年出版稻田尹汇集的《台湾歌谣集》等等。只不过因为尚处在日本殖民统治之下，台湾的民间文学活动没有参与到全国性的"歌谣学运动"中。

一 闽南方言歌谣：古早歌仔

民间文学的歌谣，文学意味最浓、最具美感，然其传承也最不容易。比如《诗经》和后世的南北方歌谣，闽南民系读书人会用方言来吟诵，却基本不能仿写类似风味的民间韵文作品。从现有文献资料看，闽南韵文同以中原地区为主的北方韵文较少有直接的渊源关系，而是大多自有其源。

闽南方言韵文的体裁可分为歌谣、绕口令和通俗韵谜之"谜猜"、民间曲艺的韵文等形式，其主流是歌谣，闽南语往往称为"古早歌仔"，是有唱有念的"歌"和"谣"的总和。虽然闽南和台湾在清末便有了一种早期歌谣印本叫作"歌子册"或"歌仔簿"，不过那是落寞文人编写的七言叙事歌谣，不能算是纯粹、典型、民间的歌谣，因而不在本书的主要研究范围内。以下举例的歌谣作品，凡引自拙著《漳州方言童谣选释》（2006）和《漳台闽南方言童谣》（2011）的，恕难一一注明；引自闽南各市县的歌谣，简注《××市、县、乡、镇歌谣分卷》。

（一）劳动歌

闽南语区劳动歌谣数量不多，在歌谣题材中所占比重不大，多反映日常劳作之辛苦。例如，流播面广的《长工歌》："六月大暑是大热，做人长工无奈何，归年透透受拖磨一年到头受煎熬，亲像做牛透日拖就像耕牛没

---

① 见李熙泰：《厦门民俗学研究先驱——谢云声》，载谢云声《闽歌甲集》，广州：中山大学语言历史研究所民俗学会丛书，1928 年，厦门闽南文化研究所 1997 年重印，第 222 页。

得闲。"记录了过去的长工长年累月做牛做马的劳作，很是无奈。也有一些劳作歌谣是童谣，以孩子的眼光看待成人视为苦差的劳作，略带着欣喜的童趣和童味。比如，《掠水生物》歌便"抓拍"了幼儿捉水生动物的特写镜头："掠蟳抓螃蟹对目晭眼睛，掠虾对虾鬏，掠鳗对尾溜。"童谣突出了水生动物的特征性部位，告诫孩子说：抓螃蟹要从蟹眼下手，抓虾要从长须下手，抓鳗鱼要从尾巴下手。而实际上，人们捉虾的确常从虾须下手，但捉蟹却必须防备蟹螯钳伤，抓鳗鱼应该瞄准身体的上半段，否则会被它溜走，和生活经验有着一定的距离。

（二）生活歌

生活歌是歌谣里面的大宗，内容相当"绿色"，大多反映着老闽南人文化生态的"过去时"。例如，平和歌谣《廿四厄上天》："廿四厄上天，廿五好张鱼，廿六洗簳仔簸箕，廿七刣公猪，廿八赴蒜仔墟，廿九洗碗箸，三十大濛是。"这篇年节歌谣说的是腊月底人们忙活着张罗过年的事情：二十四"厄上天"是说灶君公要返回天庭"言好事"，二十五日捕鱼备年货，二十六日清洗笋筐簸箕，二十七日杀集体养的猪，二十八日到农贸市场赶集采购，二十九日清洗餐具，一切都准备停当便到了年三十儿，于是物质丰盛"大濛是"，字里行间充满了对生活的惬意和热爱。又如，《漳州好风光》的男女对唱形式，歌颂人民热爱生活热爱家乡的思想情怀：

（男）恁兜在底位你家在哪里？
（女）阮兜在漳州城。
　　　漳州圆山真出名，
　　　水仙花开透京城，
（合）人人贺新正。
（男）漳州城，好风光，
　　　九龙江中水茫茫。
（女）江边芦柑红彤彤，
　　　百花开在果林中，
（合）看着满腹精神爽……

反映养牛人家的生活歌《天顶一粒星》表现夜里在牛圈迎来新生命的喜悦:"天顶一粒星,牛母生牛婴。牛婴牵去卖,卖做钱,籴做米。米来挨磨,欲饲喂鸡;鸡来刮杀,欲食王梨吃菠萝。王梨紧来快来削,欲食壁墙。壁来抆抹,欲食一块番薯皮。"此歌采用顶真续麻的修辞手法,描写农家生活,叙事中掺入了一定的调侃意味和憧憬。亲情歌则有《白鹭鸶》:"白鹭鸶,车翻动畚箕,车到溪仔墘河边。跋倒拈着两镭钱摔倒捡到两个铜板,一镭俭遐好过年节约下来过年花,一镭买饼送大姨。"表现了孩子和母系外亲的关系之亲密。

(三)民俗歌

闽南民俗歌主要反映土风和各种礼仪等文化现象。以年节风俗歌为例,有反映过年前做年糕的歌谣《过年歌》:"过年过节热火火,家家户户咧炊粿在蒸年糕:一甜粿,二发粿,三麻糍糍粑,四撋使劲搅粿,五卷煎一种小吃,六碱粿用碱水做的糕,七煎枣油炸果子,八龟粿龟形糕,九层仔粿多层的糕,十咸粿掺入虾米、花生仁、油炸葱头的咸味糕。九婶婆仔势炊粿擅长蒸糕,我按伬兜灶脚过从她家厨房过,看伬当当咧炊粿见她正在蒸年糕。顺手掖一个粿,囡仔肚脐尾藏在肚皮下,烫甲腹肚臭焦兼着火烧焦烫得肚皮燎燎,气一下大声詈骂人:死人粿,无命粿,欲知着来家己炊!早知道就自己蒸,是反悔的话"反映了闽南人的爱吃年糕的生活习俗和儿童贪吃年糕的风趣小故事。

儿童版《新正歌》,闽南、台湾、南洋的人们都熟悉:"初一早,初二早,初三睏到饱。初四戒归解除禁忌,初五捎囝仔尻川打孩子的屁股。"农村版《新政歌》则这样唱:"初一早,初二早,初三睏到饱。初四庣落地,初五戒归,初六舀肥(一作沃肥)。初七七元,初八完全,初九天公生,初十地公暝。十一食福,十二弄叮咚,十三关帝人迎庣,十四人堆山,十五元宵做月半,十六花灯从人看。十七散灯棚,十八人讨债。十九炊粿,二十田底续戏尾。"歌谣记录了闽南人新年期间的民俗活动和相应的日期:初一初二必须起早去访亲问友、给长辈拜年,到初三才能随意"睏到饱"——睡个大懒觉,以下几句介绍春节期间的哪些日子要做哪些事:初四灶君从天庭回到家,要"接庣"接神,仍须早起;初五解除新年期间不许到井里打水,不许扫地、倒垃圾、倒粪桶、说不吉利的话等等百般禁忌,恢复诸多民俗自由;初六农民进城"舀肥"淘大粪或者下大田施肥，初七是旧时的"人日"吃面食、意寓长寿，初八把过年以来积攒的农活做完，初九、初十分别是传说中的玉皇大帝和土地爷的生日……到了年十二，艺人们便可以上街卖唱"弄叮咚"、讨生活；年十三据说是关帝爷生日，民间迎神赛艺、人山人海，热闹非凡；接下来是元宵节闹花灯，一直到十七才"散灯棚"；正月十八债主可以讨债，十九又开始"炊粿"蒸年糕，总算在正月二十把田间的社戏演完。可以说，《新正歌》不但年节民俗毕现，同时也是世俗生活的好教材。

（四）爱情婚姻歌

情歌描写和抒发异性情爱，比如男恋女的《茶山歌》：

"手攒提茶篮挽摘茶叶，脚踏茶枝软摇摇。小妹生好长得漂亮麻微笑微笑，可惜我空想赊得着。"

也有少女思春的《船歌》：

"船头站定船尾摇，船顶就是我的哥。有心问你呣敢叫，假意弄鸡喝鹈鹕假装唤鸡赶老鹰。"

爱情是人类繁衍与发展的最原生性动力，也是文学描写的一大主题，连同婚恋这一人生的重要旅程，都如月投影地映射在闽南歌谣里。无论是现实还是在文学作品中，少年家的性觉醒往往都始于对异性"她"的外貌、妆扮的发现上，在我国现代歌谣发掘史上，曾经有过对各地"看见她"歌谣的系列发掘。胡适先生对此提出可以对不同地区的同一"母题"歌谣进行追踪和探讨。董作宾受其启示，通检全国征集到的7838首歌谣中45首同一"母题"歌谣《看见她》，撰写了16000字的长文①，分别从地理、民俗、方言、文艺等多种角度进行精细的分析、考订、整理、比较和综合，从而得出许多独到的见解，被推为民间文学作品研究的典范。

董文认为，语言的异同影响着歌谣的流传，又发现一个地方的歌谣总

① 董作宾：《看见她——一首歌谣整理的尝试》，《歌谣》周刊第63、6号4，1924年10月。

数同《看见她》在该地区的存活有一定的比例关系，当"检到福建、广东、广西、云南、贵州、浙江等省时，看到他们的歌谣，很少和北方各省相同的；据我的比例，可以认为这几省没有（《看见她》）了。"这就意味着闽南地区没有"看见她"这一"母题"歌谣被"冻选"（闽南话进入台湾"国语"的词，"冻选"是错字，其正字是"当选"）。其中。由于董教授把南方六省"没有"存活《看见她》的"理由绝对化"，因而"没有多久，作者的这个论断就被事实推翻了"①。其推翻者是厦门谢云声②，他说：

> "北大歌谣周刊，曾发表关于各省'隔着竹帘看见她'一母题的歌谣专号，……结果仅收集黄河流域和长江流域等省而已，那时徵求的主任为董作宾先生。据董先生整理该母题歌谣的经过，第一证验说：'在一万多首（实为 7838 首，笔者注）歌谣中仅仅翻出四十五首同母题的歌谣，检到福建、广东、广西、云南、贵州、浙江等省时，看到他们的歌谣，很少和北方各省相同的；据我的比例，可以认为这几省没有了。'当时我也以为南方各省真无有了。不料近日在搜辑闽歌时，竟然于福建——厦门——的地方，也有像这首的歌谣发现，以证我们南方不至于绝对没有这母题的歌谣哪。"

谢云声辑录的厦门版《看见她》只有五句话："栗子糕粿大，某在北门外，撑梯爬高去偷看。阮某看一下见，骂我戆狗鲨。"笔者则另外发现一首漳州十一句的《看见她》：

> "栗子糕粿大，某妻在北门外，撑梯爬高去偷看。阮某我妻子看一下见，骂我戆狗鲨傻冒儿。丈姆婆仔看一下见，拿镭拿钱给我做衫仔带，两粒红柑给我膨膨大，两枞甘蔗尾给我沿路拖——某仔是你的，

---

① 姜彬：《姜彬文集》第二卷〈论著〉，上海社会科学院出版社 2007 年版，第 476、477 页。笔者按：姜彬下引厦门歌谣来自谢云声《闽歌甲集》第 189 页的《栗子糕粿大》，却把第一句"栗子"[lak8 tsi3] 臆改成"荔枝"[lai6 tsi1]，其实闽南话这两个词、四个字完全不同音。

② 谢云声：《闽歌中的〈看见她〉》，见《闽歌甲集》，厦门：厦门闽南文化研究会 1999 年版，第 189 页。

大汉长大赶紧着来娶！"
· · · ·

　　歌谣说，老婆的家在东门外，抒情主人公便拿着梯子靠在墙上偷觑，却被老婆发现而遭骂……如果同漳州这童谣《栗子糕粿大》相比，就会发现谢文发现于"厦门"的《看见她》是个残本，而笔者搜集到的十一句漳州版才是全本。

　　原来，闽南版《看见她》中的"某""老婆"，其实只是幼女未婚妻，从男主人公可以拿上梯子搭着墙头攀看来判断，男女两家应是近邻；未来的丈母娘嘱咐男主人公说：老婆是你的，长大了赶紧来迎娶！——歌谣念到此处才令人恍然大悟：原来这个抒情主人公竟是个小男孩！再回头看前面的好几处句子，都是有关地方民俗的描写，里面也有是专门针对小孩的，比如依闽南的民俗，这位未来的小女婿不能直接去未婚妻家，只好爬墙偷看；未来的丈母娘见小女婿爬在墙上，便送他专给孩子赞吉利用的"两粒红柑"表示祝福，以祈望这位小女婿"膨膨大"、快长大，又把"两枞甘蔗尾"给小女婿带回去"沿路拖"，这又扣着地方婚俗，是新婚小夫妻俩回门罢，丈母娘给女儿带回婆家的礼俗，寄托着长辈期望孩子们的小日子像甘蔗一样节节甜。这些情节和内容便同董作宾手头积累的45首《看见她》很有一些不相同。首先，据董教授的总结，全国各地45首《看见她》的共同特征是"因物起兴、到丈人家、看见她、招待、非娶不可"五段式情节结构，其中后两个情节同闽南版《看见她》基本对不上号；其次，别地版本《看见她》的男主人公大多是性启蒙期的青年，是骑马或乘轿，偶然来到女方家的，而闽南版《看见她》没有交代男孩的年龄和如何到的女方家，却反映联姻的两家近在咫尺，顺手就能够搭梯子爬上墙头偷窥了；再次，别地《看见她》的男主人公可以去女方家里看"她"，然而并不认识女方，因而大都有一段或长或短的描写"她"长相如何、穿戴如何的篇幅，甚至有其他亲戚在场接待男主人公，而闽南版《看见她》的小男女俩却原本认识，是"两小'有猜'"、心知肚明对方与自己是未婚的夫妻关系，这便省略了有关女孩相貌与穿戴的描绘；最后，闽南版《看见她》的主人公不像别的《看见她》那样，见了未婚妻便迷上了对方，回家立马急不可耐地告诉母亲无论如何"要娶她"，而是由未来的丈母娘告诫小女婿说：快快长大来迎娶哦。从这个角度说，闽南版《看见她》之《栗子糕粿大》的发现，便有了类型学上的重要意义，既丰富了《看见她》母题的样式，也说明各地方言歌谣仍有待于进一步的挖掘该母题歌谣的必要，以便使我国现有民间歌谣的"库存"样品更加多样化。

（五）时政歌

时政歌的特点是具有时代性。比如"石井泉州地名郑国姓，安海泉州地名去招兵，四界四处收柴草，招招全部招来形容来抗清"是一首反映郑成功抗清的历史歌。"叛徒仔叛车车朝秦暮楚，出门坐汽车。汽车无电油汽油，叛徒仔颔生瘤。生瘤痛痛痛很痛，叛徒仔挂目镜戴眼镜。目境挂歪歪，叛徒仔生蛤乖淋巴核。蛤乖饲㾾活蝌蚪养不活，叛徒仔掠虵蛇抓蟑螂。虵蛇瓣扑跳，叛徒仔死跷跷。"这是嘲讽汉奸和叛徒的歌谣，后来它的时代性和政治意味淡去，成为孩子们嘲骂背叛自己的"团仔歌"，台湾也有相似的传本。相类的"阿国，戴纸络纸帽，参加日本拍打中国。日本拍乍输一战败，阿国面仔乌驴驴［lu1 lu1］；日本拍乍败，阿国即斗知利害这下该遭殃。"这是嘲讽和挖苦亲日汉奸的政治歌谣，可笑的是到了小孩嘴里，却大材小用地衍化为谩骂、嘲弄名字叫作"阿国"的人。流行最广的时政歌是《人插花》，据说是讽刺赶潮流、追时尚的"哈日"女郎的：

> "人插花，伊她插草；人抱婴孩子，伊抱狗；人咧在笑，伊咧吼；人未嫁伊缀人走指私奔；人坐轿伊坐奋斗指带后斗的人力车；人睏红眠床睡婚床，指结婚，伊睏屎礐指室内厕所口。"

（六）俳谐歌

俳谐歌诙谐调笑，引人入胜。最常见的内容多是挖苦别人的某些缺点和缺陷，例如嘲讽挖苦吸食鸦片的恐怖模样《鸦片鬼》："鸦片鬼，目睭眼睛银蕊蕊，头像松柏雷松果，腹肚若水胀肚子像水囊，胸坎胸脯像楼梯，手若金碩锤金瓜锤，脚是草蜢蚂蚱腿。"也有挖苦癞痢头的《臭头》："臭头癞痢头臭靴靴臭熏熏，未死找老爹。老爹咕坐数不承担责任，臭头仔扛来扛去死跷跷。"嘲笑眼力不济的《目睭》："目睭眼睛花，鲍仔看金瓜葫芦瓜看成了南瓜；目睭醪指模糊，粉鸟看密婆鸽子看成了蝙蝠。"等。也有调笑小孩个子矮的"矮仔矮动截矮墩墩，摮拿椅仔去看月。月乍光月光一亮，矮仔赤尻川光着屁股；月乍走指天亮，矮仔车畚斗翻跟斗。"两人"相诤"斗嘴也能产生俳谐歌，既用在歌谣戏曲唱段中，也有专门的"答嘴"斗嘴《相诤歌》（参见"答嘴鼓"）。

（七）颠倒歌

这是正话反说的歌谣，有的地方叫作"荒唐歌""扯荒歌"，在闽台地区尤以《无影歌》最有名："无影是无影，灯芯揾蘸油弄破鼎铁锅，马齿砂颗粒硕大的砂子，裹韧饼春饼，皇帝无镭没钱去卖囝……"无影，指假的，子虚乌有。歌谣里，灯芯能砸破锅，大颗粒的砂子可以裹春饼来吃，皇帝居然没钱而卖掉儿子……现实生活中不可能发生的事被糅合在一起，让人听了发笑。又如，《月仔光莹莹》："月仔光莹莹，贼仔偷挖壁，挖到鸡卵长、鸭卵大，水牛牵去十外十多只。啥人看见？青盲仔盲人；啥人喝喊？哑口仔哑巴；啥人□〔dzik7〕追？跛脚的；啥人掠抓？瘸手的残臂的拐子。"这首颠倒歌也是荒唐至极，贼竟然会挑选明亮的月夜来偷窃，这事被瞎子看见了，哑巴急忙喊捉贼，跛脚的瘸子去追贼，残臂人拐子前去捉拿，其结果如何便可想而知了。不过，民间歌谣要的并不是一个好结局，而是在于把读者带入一个精灵古怪荒诞奇异的境界，里面饱含了讥诮讽刺的意味，是底层人民不满社会现实的曲折表现。

（八）囝仔歌

"囝仔歌"是闽南人对童谣的称说又叫"细囝歌"，"细"是小的意思。这是用儿童的语言记录和反映儿童的身边事物和思想感情，适合儿童传唱的歌谣，富有文学意味和想象力。因此，福建师范大学陈泽平教授主编的本省"方言熟语歌谣"丛书中，90% 以上选了童谣，这大概是因为童谣语言最具有文学性的缘故吧。例如，闽南摇篮曲《摇金囝》："摇啊摇，摇金囝，摇猪脚，摇大饼；摇蜜桃，来相请。"歌谣篇幅简短，语言直白，节奏性强，这样的童谣当然深得孩子们的喜欢。

夏夜里闪闪发光的萤火虫是孩子们的最爱，是他们时常歌咏的对象，常见者如："火金姑萤火虫，来食茶。茶烧烧，配弓蕉；茶冷冷，配龙眼。龙眼爱剥肉，换来食篮仔菝番石榴。篮仔菝，全全籽全是本子，害阮落嘴齿害我硌掉大牙！"语言活泼又风趣。最优美动听的一首"萤火虫歌"是这样唱的：

"火焰姑，跤落涂萤火虫，掉地上，金阿姊，银阿奴小妹妹。阿奴阿奴你莫哭，阿姊教你来起灶搭灶台。起灶铿哐倒，压着猪牢猪圈老猪母。猪母佫佫走，压着毛狮狗。毛狮狗，唏哼呻，压着一只老鸡翁公鸡。鸡翁咯咯啼，压着你阿姨。阿姨煮糜粥无物配小菜，配鱼仔鲑小咸鱼，配菜脯咸萝卜干。菜脯甜甲香香又甜，配咸蚶腌制的泥蚶。咸蚶剥敆漱不彻底，买本册书本；册敆读，买条墨；墨敆磨，买只箩；箩敆担，买领衫；衫敆穿，买只柴鸡鸽木头做的八哥鸟。柴鸡鸽，惊鸟铳怕鸟枪，飞到五里亭，牛相抵顶角，马相凌踩踏，阿奴看见惊甲无心神吓得失神。"

《火焰姑》童谣反映了长姐如母、哄劝哭闹的弟妹之情形，开头乍看是见物起兴，实际上却是小姐姐为了哄劝妹妹而用天上飞着的萤火虫掉落到地上的情形，来分散小家伙的注意力，因此紧接着说："金阿姊，银阿奴。阿奴阿奴你莫哭，阿姊教你来起灶"。姐姐这招果然有效，弟弟妹妹听着姐姐的唠叨，似懂非懂地被童谣里的一个个画面和一个个场景所吸引，但见灶台倒了、猪圈里的老母猪被压了；老母猪佫佫跑，又压了毛狮狗；毛狮狗哼哼叫，压了大公鸡；大公鸡咯咯啼，偏偏压了你阿姨；你阿姨家的粥、菜、鱼、萝卜干、蚶、书、墨、箩、衫、木制的八哥鸟、鸟铳、牛、马等等事物一个跟着一个……隐没在歌谣背后的小姐姐真不愧是个民间优秀歌手，稀奇古怪的事儿物儿从她的口中排山倒海般接连涌现，听得小家伙给镇住了，忘乎所以回不过神来，于是乎，忘记了哭闹。

二　方言绕口令：盘嘴锦

绕口令是民间文学中的一种语言游戏，能体现一地一乡语言文化之深厚。它有意将若干双声、叠韵、谐音、同音字词编成拗口的韵文，不但对训练准确发音很有用，而且能够产生一定的引人入胜的戏剧性效果。在闽南语区，人们把绕口令叫作"盘嘴锦"或"盘嘴花"，而"盘"字有着缠绕的意思，保留在"盘头发""盘纽扣"等词语中，这就是闽南人把绕口令命名为"盘嘴锦"的道理，连爱说话、爱争辩也成为"盘嘴锦"的一个义项。

闽南话"盘嘴锦"一般都具有一定的故事性，大多采用拟人手法来表现内容，常见的篇章有《狗仔甲猴仔》：

> "狗仔甲猴仔过沟仔，
> 狗仔无张持辗落不小心跌落沟仔。
> 猴仔惊沟仔淹死狗仔，
> 择钩仔去钩狗仔。
> 狗仔真感谢猴仔，
> 随猴仔跳过沟仔。"

这篇"盘嘴锦"通过狗［kau3］、猴［kau2］与沟［kau1］、钩［kau1］的音近音同的关系，巧妙地编写了一段人物具体，事件的发生与过程清楚，结构完整，带有一定情节的戏剧性小故事，表现互助友爱的主题，读来兴味盎然，琅琅绕口又上口，很容易记忆。也有来源于共同语的"盘嘴锦"，比如不具备故事性的"铜板钉铜钉，铜钉欲等钉铜板，铜板欲等钉铜钉。"文字采用"铜"和"钉""等"的声母相同的双声关系来编造，因拗口而意趣悠长。不过，"盘嘴锦""盘嘴花"的说法有时也被当成耍嘴皮的代名词，使用的时候要注意。

三　方言儿童韵谜：团仔谜猜

闽南方言口头谜语大多数是韵文体的俗谜，多取材于老百姓及儿童熟悉的身边事物，用儿童语言和会意、比拟的方法来设计谜面，表现谜底事物，具有很强的知识性和趣味性，形式上有些类似于咏物诗，是深得闽台民众和儿童喜爱的文学式样。老百姓对这种"团仔谜猜"多不须提示"猜某物"，不假思索便能猜到，可见其通行和普及。漳州是全国著名的谜乡，位于九龙江畔的"漳州谜馆"号称"中华谜史第一馆"，曾举办过多届享誉海内外的谜坛盛事和谜艺学术会议，表现出漳州谜人高超的谜艺和驾驭方言母语的技巧，精巧的谜作不胜枚数，其中就有一部分是方言谜语。邻近的泉州晋江市、石狮市也是著名谜乡，也创作了不少好谜作。过去在闽南的农村、工厂、机关单位等，人们常在茶余饭后用为开发心智和简便的娱乐性语言材料。下面就把"团仔谜猜"的谜底作为谜目，介绍给大家一起欣赏：

《水》:"风吹巡巡波光粼粼,刀切无痕,也好生食也好炖。"

谜谣抓住事物的物理特性,用诗化的语言来表现流水的风吹有纹、刀切无痕,可者可食等特点,意境优美,富于诗意,句式整齐又有变化,其设谜方式为会意。

《萍偕葱仔》:"有箬叶无枝,鸟仔歇着停歇在上面无身尸;有枝无箬,鸟仔歇赡着无法停歇。"

此谜的谜面采用了语言描绘法和直观法并用的方式设谜,浮萍和青葱一个在水中,一个在田里,谜歌却把它们组合在一起,用儿童语言描绘两者的枝叶特点,而把读者带入了一个词语"迷魂阵",因谜面扑朔迷离,增加了猜的难度。不过,多数闽南人不用告诉他"打某物"也能猜到,可见其对民间谜语的熟悉程度,猜谜技法娴熟又老到。

《鸡卵》:"一层墙,两层墙,三层墙,中央中间一个金小娘小美娘。"

此谣运用比喻和描摹的方法设谜,把蛋壳、蛋膜、蛋白比喻为墙,把鸡蛋黄说成"金小娘",谜面整洁优美,却不大好猜。如果把谜面改动一个字,成为"一层墙,两层墙,三层墙,中央一个。红小娘。"其谜底便为荔枝。

四 地方戏曲

(一) 方言对口词:"答嘴鼓"

嘴鼓,即嘴、腮帮子。闽南话"答嘴鼓"亦名"拍嘴古""触嘴古","触嘴"是斗嘴、舌战的意思,"古"就是故事,因为押韵,有时也称"答嘴歌仔",有点类似于北方的对口词,是两个人天南地北争辩互谑的韵语形式,用生动活泼、妙趣横生、丰富多彩的一串串笑料表达一定的主题,语言诙谐机警,却要求争辩的双方口舌流利对答如流反应快,否则将被嘲笑。"答嘴鼓"一般只凭语言的风趣、幽默以及韵语的巧妙运用,便能吸引住听众。从闽南民间常把闲谈"侃大山"也叫作"练仙拍嘴鼓"的情况看，这一曲艺艺术很受老百姓的欢迎，也往往是群众艺术活动中不可少的节目。厦门文化馆主办的《厦门文艺》杂志便时常刊登当代"答嘴鼓"作品。传统节目则有《青盲偕哑口相拍》（瞎子和哑巴打架）、《乌猫乌狗》（青年男女）、《鳖追飞机》《庆新春》《中秋月圆》《鸦片歌》《唐山过台湾》等，曾录制成唱片。比如，台湾的现代"答嘴鼓"作品《翁某相骂》（夫妻拌嘴）便很有影响，难能可贵之处在于它是"口白"说的形式，却七言四句，句句押韵，而一般的"对口词"则是散文体，也不须句句押韵。这只要同北方的对口词比较一下就一目了然。比如，北方某班会对口小品剧本《招聘》①：

> 甲：你好，今天圣诞节，朋友们又欢聚一堂，说点什么呢？
>
> 乙：你我是多年的老朋友啦，今天不说别的，就说交朋友吧。
>
> 甲：好，中国人最爱交朋友，早在春秋战国时期，孔子就说：有朋自远方来不亦乐乎。
>
> 乙：什么是朋友？朋，同也；友，爱也。志趣相投就是朋，休戚相关就是友。
>
> 甲：多个朋友多条路。一个篱笆三个桩，一个好汉也要三个帮……

从《招聘》这段对口小品可以看出，甲乙两个角色一共说了约20个长短不齐的参差句式，没有一处押韵，这表明它的形式是散文。而闽南话"答嘴鼓"则大多为七言四句的"七句联"，要求句句押韵，请看：

> "（甲）你甲正欲偕我诤 [ĩ]，实在我毋予你平 [ĩ]，香菇偏偏诤木耳 [i]，铜镭诤做康熙钱 [ĩ]。"你真想和我斗嘴，我当然不让你占便宜，你硬把香菇说成木耳，把硬币说成康熙朝的铜钱。
>
> "（乙）像你即款三八人 [aŋ]，腹肚全然无开窗 [aŋ]，米管仔

---

① 对口小品剧本《招聘》，见 http://m.gkstk.com/wk－26553847139.html，查询日期：2016 年 1 月 15 日。

甲人诤钱筒 [aŋ]，钱店诤甲变银行 [aŋ]。"像你这样发神经、不开窍的人，只会强辩不讲理，你把量米杯硬说是装钱的筒，把钱庄说成是银行。

"（甲）像你这般癫狂人，诚实赡堪的互你气 [i]，田藕共人诤栗子 [i]，纸影仔诤甲变人戏 [i]，大某诤甲变细姨 [i]。"像你这般癫狂真气人，竟把荸荠说成栗子，皮影硬说是人戏，正妻说成小老婆。

这段"答嘴鼓"大多是七言四句形式，方言语汇丰富，有表示犟嘴强辩的"诤" [tsĩ5] 和占便宜的"平" [phĩ1] 白读，硬币义的"铜镭"，这样义的"即款"，肚子的"腹肚"，一点儿也不开窍的"全然无开窗"，量米杯的"米管"，钱庄的"钱店"，除了角色"甲"说的第二段为五句话、第一句不押韵以外，其余基本都是七言，句句押韵，内容上，故意表现非而称是、是偏说非的犟嘴特色和方言俚语运用挥洒自如的语言特点，这里就不一一分析了。

（二）民间戏文

根据现存的文献资料看，闽南地区在明代便有了成熟的南戏①，例如《重刊五色潮泉插科增入诗词北曲勾栏荔镜记戏文全集》（简称《荔镜记》），明嘉靖丙寅年（1566）建阳麻沙书坊余氏新安堂书坊刻本，收藏在英国牛津大学和日本天理大学，另有明万历刊本、清顺治刊本、嘉庆刊本、道光刻本和光绪年间复刻本等传本存世；《金花女》有明万历刊本，原本收藏在德国萨克森州立图书馆；《集芳居主人精选新曲钰妍丽锦》（简称《钰妍丽锦》）有漳州明刊本，收藏于德国萨克森州立图书馆；《阴阳会合铁扇记》明刊本和《满天春》明刊本，收藏在英国剑桥大学图书馆；《同窗琴书记》会文斋版清乾隆四十七年残本和《朱文走鬼》清同治十年抄本残本等等，后来大多收入《明本潮州戏文五种》和《明清闽南戏曲四种》。这些戏文是现代闽南地方戏的雏形，后来被改编为多种闽南地方戏曲，闽台民间谚语便反映了不少有关戏曲戏文的内容。比如【七子戏仔呼万兵】说"七子班"只有七个演员，却可以演千军万马的剧情，比喻以少称多的不实之辞；【布袋戏重讲古，高甲戏弄破鼓】说木偶戏重口白，高甲戏多以锣鼓助武场；【陈三磨镜，英台哭兄，孟姜女哭倒万里

---

① 参见拙著：《闽方言研究文献辑目索引》，北京：社会科学文献出版社 2004 年版。

长城】原指这三本剧目最感人，后来或比喻人生多磨难，或比喻大放悲声；【娶妻莫娶买臣妻，嫁翁呣嫁百里奚】则劝诱娶亲要拒绝像朱买臣之妻那样的不能同甘共苦的女人，嫁人也要回绝像百里奚那样为了功名而抛妻别子的男子；【张飞战岳飞】比喻胡乱凑戏；【乌面黑脸璋犯着团子厄】指《五龙二虎传》中黑脸的王彦璋所向无敌，却每每败在孩儿将的手下，比喻一物降一物，后来讽刺事事受儿女制约的长辈。这说明乡间戏曲在民众中的高普及率。

闽南歌谣也有关于民间戏曲的存在信息。比如，闽南"歌仔"《十二月歌》就涉及许多传统剧目：

> "正月枇杷头，孔明用计真正好。
> 二月杨桃双面好，武松撺刀去杀嫂。
> 三月梅仔青，山伯相送到桥边。
> 四月杨梅刺刺准绣球，爸母拍赶毋收留。
> 五月桃仔苦，武松上山去拍虎。
> 六月荔枝真正甜，三娘汲水在井边……"

歌词里，正月说的是三国戏《孔明借箭》，二月说水浒戏《武松杀嫂》，三月讲《山伯英台》"十八相送"的戏典情节，四月是有抛绣球情节的《吕蒙正》，五月为武场《武松打虎》，六月为明清戏文《荔枝记》和由南戏《白兔记》改编的《李三娘》《井边会》。

民间还流传着明刊本《桃花搭渡》小剧，据说"曲调原为闽南小调，后被潮剧艺人用作《苏六娘》一剧中渡伯与婢女桃花的一段对唱，里面有大段的男女问答式绕口长词对唱，很是生动活泼引人发噱，其中女撑伞、男划桨的舞蹈动作也很入目，在闽南和粤东可谓家喻户晓。这本老戏历经数百年，被闽南戏曲先辈改编被移植为高甲戏芗剧小歌舞唱段，流传广远，可谓家喻户晓"①。此剧曾拍成电影上映，即便在"文化大革命"期间京剧"戏样板"一花压群芳的特殊年代，"桃花搭渡"仍常有"文艺

---

① 《中国民间歌曲集成·福建卷》（上），北京：人民音乐出版社 1996 年版，第 486 页；转引自蓝雪菲：《闽台闽南语民歌研究》，福州：福建人民出版社 2003 年版，第 319 页。

小分队""文艺轻骑队"等文艺宣传组织借其形式"旧瓶装新酒",上街头演出,男女同台的歌舞小剧表演形式吸引得观众如云,是唯一创造了奇迹的一出民间小戏。让我们一起欣赏《桃花搭渡》的"触嘴""相诤"的两个斗歌片段:

[斗歌一]

渡伯:桃花呀,我听人咂说,怎你们吕浦个姿娘仔小姑娘唱歌上贤最拿手,旦现在来唱两句分阿伯听听,哪,阿伯就无欲不要你个渡船钱。

桃花:伯呀,别项歌,我不会唱,阿娘教我二句《灯笼歌》敢好好不好?

渡伯:好好,《灯笼歌》上顶好最好,你来唱,阿伯来开船。

桃花:好,待我来来来……

正月点灯笼,点点灯笼,

上炉烧香下炉香,

君旦现在烧香娘插烛,

保贺保佑阿伯伊他大轻松。

呃了呃,大轻松。

渡伯:你轻松来阿伯也轻松,

阿姐仔你照贤这么有才华,

怎父怎母生你嘴尖舌仔利你父母养得你口齿伶俐,

桃花:二月君行舟,君哩君行舟,

君旦今寄郎买香油。

是加是减同娘买,

是多是欠共君收。

呃了呃,共君收。

三月君行山,君呀君行山,

君旦行猛走得快娘行慢,

君旦衫长娘衫短,

手袖放落来相垵盖。

呃了呃,来相垵。

四月簪花高，

簪呀簪花高，

一头簪花二头开。

有缘阿姑花来插，

无缘阿姑花含蕊。

呓了呓，花含蕊。

五月人划船，

人人划船，

溪中锣鼓闹纷纷，

船头打鼓别人婿，

船尾掠舵掌舵是我君。

呓了呓，是我君。

渡伯：船头打鼓别人婿，

阿伯在掠舵是你君。

呓了呓，是你君。

桃花：……

渡伯：呀呀，安怎呣再唱落去为何不再唱下呀！

桃花：唱了咯唱完了！

渡伯：嘘呀，我听着正好，就唱完了，嘎你呣唱那你不唱，钱着来就拿钱来哦。

桃花：哼，——反出反入反反复复，你欲共我你想跟我讨钱哩，我哩欲共你我还想跟你讨歌！

渡伯：欲共我讨歌？吓……哩勿啦，阿伯呣唱就呣唱，若是欲唱，个个着唱输我！

桃花：你？……你会唱就来唱。

渡伯：好，我来唱，你来听。呃来，桃花呀，怎呣为何不来相斗歌？

桃花：怎呢怎么相斗？

渡伯：我唱上句，你接下句，许一个接无哪一个接不上来就认输。

桃花：这……，好！你先唱。

渡伯：好，我来唱，我来唱了呀——

正月人迎尪迎神，

单身娘仔守空房，

嘴含槟榔面抹粉，

手提雨伞去觅翁寻夫君。

呓了呓，去觅翁。

桃花：二月是春分，

须毛鬓白鬓发花白撑渡船，

裙衫破裂无人补，

无某妻阿伯泪纷纷。

呓了呓，泪纷纷！

渡伯：三月人播田，

阿伯个船仔呣撑觅找媒人，

一班姿娘姑娘呣中不合意娶，

中我个姿娘就有翁我看上的姑娘已经有丈夫。

呓了呓，就有翁。

桃花：四月是梅天，

无某妻阿哥在溪边，

三世无翁呣爱你，

决不嫁你老头儿。

呓了呓，老头儿。

渡伯：五月戏龙舟，

你这姿娘好风流，

手提雨伞跟人走指私奔，

走路个姿娘无人收。

呓了呓，无人收。

桃花：六月人收冬收割季节，

无好老狗好看人，

家己无某自己无妻呣知惨，

还敢开嘴鄙相挖苦人。

呓了呓，鄙相人。

（七月至十一月从略）

桃花：十二月，年又终，

家家处处奉阿公，

有某有仔有妻有子来围炉，

无某无仔食北风。

呓了呓，食北风。

渡伯：十三月天顶响雷公，

雷公雷妈显威风，

雷声惊倒玉皇帝，

四处下令掠抓雷公……

桃花：啊，渡伯，你输我了，输我了！

渡伯：怎呢怎么输你，怎呢输你？

桃花：一年只有十二个月，你唱到十三，这个嗨是你输？

渡伯：你嗨晓不知道，这树呢好提鸟好抓鸟，三年一闰，今年对对闰月，岂嗨是十三个月？是你输我，呾做说成我输你！

桃花：闰月也是到十二个月就过年，去底有哪里有十三个月？是你输，是你输！

渡伯：啊啊啊啊……（自言自语）照安乃照这样，诚实真的输伊了。嗨服输，换来斗《涂蚓蚓蚯歌》！

桃花：来就来，无惊你不怕你咯！

渡伯：袂惊你就来！听我唱来：

（以下略）［斗歌二］（接上段）

渡伯：涂蚓蚯蚯《涂蚓歌》，出世翻了沙，

竹箸长竹箸，安怎伊做就会为何它就会呀会唱歌！

桃花：涂蚓伊是涂底泥地里生、涂底大，

头有一节白，伊正会它才会呀会唱歌。

渡伯：田蟹伊也是涂底生、甲涂底大，

伊安怎就袂它为何不会呀袂唱歌？

桃花：田蟹伊虽名是涂底生、涂底大，

腹肚有个椅肚子里有个食囊，伊正袂呀袂唱歌。

渡伯：鹈蚣蝉知了腹下也生有个椅，

伊安怎就会呀唱歌？

桃花：鹈蚣蝉伊是树顶生、树顶大，

还有六脚共四翼翅膀，伊正会呀会唱歌。

渡伯：竹沙螟蜻蜓也是树顶生、树顶大，

还有六脚共四翼，伊正赡呀赡唱歌？

桃花：竹沙螟伊是着翼开又长尾，

目睭眼睛睞睞青，伊正赡呀赡唱歌。

渡伯：田水鸡青蛙伊双目睞睞青，

藏在许田空底躲在那泥洞里叫着就喔喔喔，喔喔叫，

伊安怎就会呀会唱歌？

桃花：田水鸡伊是肚大嘴又阔，伊正会呀会唱歌。

渡伯：涂水缸陶土做的水缸伊个肚愈更更加大，

伊个嘴愈更阔，伊安怎赡呀赡唱歌？

桃花：涂水缸伊是涂来做，火来烧，

伊正赡呀赡唱歌。

渡伯：涂叽咕陶瓷哨子伊也是涂来做，火来烧，

伊安怎会呀会唱歌？

桃花：涂叽咕虽然也是涂来做，火来烧，

伊是双头有两孔，伊正会呀会唱歌。

渡伯：竹烟筒双头也有两个孔，伊安怎也赡呀赡唱歌？

桃花：竹烟筒是竹来做，刀来雕，伊正赡呀赡唱歌。

渡伯：竹箫伊也是竹来做，刀来雕，伊安怎也会呀会唱歌？

桃花：竹箫虽然也是竹来做，刀来雕，

伊是孔数多，伊正会呀会唱歌。

渡伯：菜头"獭"铁皮打孔，可将植物根茎加工成细丝的厨房
用具伊个孔愈更多，伊安怎也呀唱歌？

桃花：菜头"獭"伊是柴来做，铁来钉，

伊正赡呀赡唱歌。

渡伯：柴三弦伊也是柴木头来做，铁来钉，

弹着弹起来叮呤叮当，当当叮唥叮，

伊安怎就会呀会唱歌？

桃花：柴三弦伊双边有两块琴蛇皮，

还有镇中间几条线，伊正会呀会唱歌。

渡伯：阿伯的纺车线愈更更加多，伊安怎袂呀袂唱歌？

桃花：纺车伊是着纱挨必须用纱线纺，着纱幔用纱线绕，

伊正袂呀袂唱歌。

渡伯：手车仔手摇纺车伊也是着纱挨，着纱幔，

纺着就会叫，伊安怎就会呀会唱歌？

桃花：手车仔伊是捻指连接纺轮外圈与轴轮的"米字形"竹片数多，

伊正会呀会唱歌。

渡伯：酸杨桃个捻指果瓣愈更多，伊安怎也袂呀袂唱歌？

桃花：酸杨桃伊是树顶生，树顶大，伊正袂呀袂唱歌。

渡伯：胶东鸟伊也是树顶生甲树顶大，伊就会呀会唱歌？

桃花：胶东鸟伊是嘴尖舌仔利，伊正会呀会唱歌。

渡伯：铰刀剪刀伊个嘴愈更尖，伊个舌愈更利，

伊安怎也袂呀袂唱歌？

桃花：铰刀伊是铁来拍打，火来烧，伊正袂呀袂唱歌。

渡伯：大铜锣伊也是铁来拍，火来烧，

拍着喊碰响，安怎会呀会唱歌？

桃花：啊——这回你输了，你输了！铜锣是铜拍的，你做当成铁打的，这哼是你输？

渡伯：你还稚幼稚、少不更事，未发齿还没长牙，是玩笑话，这铜锣免用不用铁槌来槌槌槌，就会成铜锣？

桃花：哇！正倒绞来缠来绕去定定总是哼认输！

渡伯：认输？那有这快就认输！？

桃花：那就害了糟了，阮欲去西胪地名，哪敢着会得返怎么来得及返回呀！

渡伯：好，好好！你免惊到安乃不用怕得这样，我老人也是愿出力的，即时就到。

（以下略）

这出明代戏文《桃花搭渡》片段，至少透漏了两个信息：第一个信息是《桃》剧带着些许畲歌的色彩，比如"斗歌"的形式在渡伯诱导桃花姑娘唱"褒歌"的情节中便有所表现，而对歌中的衬词"呓了呓"，闽

粤文史专家普遍认为是畲歌的衬词表达特点之一，却遗存在闽潮小戏中，表明闽、畲语言艺术有着一定的渊源关系；第二个信息是对追索闽南方言歌谣成熟时间的认定尤为重要，因为《桃》剧引唱的《灯笼歌》《涂蚓蚯蚓歌》，无论是其形式还是内容，都还"存活"在闽歌、潮歌中。据笔者的调查，《涂蚓》闽歌至少分布在地理相连的福州、莆仙、闽南、台湾、潮汕地区，仅收入拙著《漳台闽南方言童谣》的就有漳州、台湾、潮州三个传本（第 368—374 页），其中要数漳州本最为成熟、优美和风趣，是采用了祖孙二人一问一答的形式来展开歌谣内容的。请看闽南歌谣《安怎伊甲会唱歌》（又名《涂蚓蚯歌》）：

问：涂蚓蚯蚓爬软沙，安怎为什么伊它甲会唱歌？

答：涂蚓伊是身腰长，身腰软，伊甲会它才会唱歌。

问：田蜢蜻蜓敢无身腰长，身腰软，安怎伊甲袂唱歌？

答：田蜢伊是六脚偕和四翼翅膀，伊甲袂唱歌。

问：蝻蚣蝉嘛有六脚偕四翼蝉也有和四支翅膀，安怎伊甲会唱歌？

答：蝻蚣蝉伊是腹肚肚子下一个喙嘴，伊甲会唱歌。

问：毛蟹仔敢无腹肚下一个喙，安怎伊甲袂唱歌？

答：毛蟹仔伊是水内浮，水内沉，伊甲袂唱歌。

问：田蛤仔青蛙敢无难道不是水内浮，水内沉，安怎伊甲会唱歌？

答：田蛤仔伊是喙阔食斗下颌大，伊甲会唱歌。

问：水缸仔敢无喙阔食斗大，伊甲袂唱歌？

答：水缸仔伊是涂泥土来做，火来烧，伊甲袂唱歌。

问：涂啡仔陶土口哨也是涂来做，火来烧，伊甲会唱歌？

答：涂啡仔伊是两空相弄通相通透，伊甲会唱歌。

问：竹火管敢无两空相弄通，安怎伊甲袂唱歌？

答：竹火管伊是竹来做，伊甲袂唱歌。

问：竹洞箫敢无竹做的，安怎伊甲会唱歌？

答：竹洞箫伊是十指禽按，十指擂摁，伊甲会唱歌。

问：做篾仔筛编竹筛敢无难道不是十指禽，十指擂，伊甲袂唱歌？

答：做篾仔筛伊是篾哩编用篾编，篾哩幔用篾绕，伊甲袂唱歌。

问：铁彩尾敢无篾哩编，篾哩幔，伊甲会唱歌？

答：铁彩尾伊是喙尖佮舌利，伊甲会唱歌。

问：铜花针敢无喙尖佮舌利，伊敢会唱歌？

答：铜花针伊是铜做的，也无两空相弄通，伊甲袂唱歌。

问：铜大锣嘛是铜做的，无两空相弄通，安怎伊甲会唱歌？

答：铜大锣伊是人来扛，人来叩，伊甲会唱歌。

问：软纸钱敢无人来叩，人来扛，伊甲袂唱歌？

答：软纸钱伊是纸做的，人糊的，伊甲袂唱歌。

问：风吹輋纸风车敢无纸做的，人糊的，安怎伊甲会唱歌？

答：风吹輋伊食半天风，伊甲会唱歌。

问：东西塔在泉州嘛也食半天风，安怎伊甲袂唱歌？

答：东西塔伊是石做的，伊甲袂唱歌。

问：石春白敢无石做的，伊甲会唱歌？

答：石春白是君哩踏，娘哩□［tsam5］踩，踏，伊甲会唱歌。

问：柴楼梯敢无君哩踏，娘哩□［tsam5］，安怎伊甲袂唱歌？

答：柴楼梯是柴做的，伊甲袂唱歌。

问：柴眠床敢无柴做的，安怎伊甲会唱歌？

答：柴眠床伊有君揽娘、娘揽君，咦、豌、嘶、□［suāi2］吱，嘎，吱，嘎声，伊甲会唱。

　　这首《安怎伊甲会唱歌》不用明眼人也可以看出与《桃》剧的《涂蚯蚓歌》十分相近，然而形式上更加成熟。口语风的问答体形式，有利于表现小孙子探寻种种物体为什么会发出声响和为什么不会发声响——"唱歌"的思考。孙子的观察是仔细的，提的问题看似简单，可是对于文化水平并不高的爷爷来说，就有些犯难了。由于事物与事物之间既存在着相似性，也有着差异性，而爷爷的回答都没能抓住问题的要害，便显得有些不着边际、难圆其说；孩子的思维却敏捷而又思辨，一下子就发现爷爷所答非所问，于是就有了下一个反诘；下一个反诘又引发了下一个有漏洞的回答，于是又被孙子抓住"辫子"再反问……小孙子的一个个问题和反问有如连珠炮一般"发射"不止，那一个个"安怎伊甲会唱歌""安怎伊甲袂唱歌"的提问和一句句"伊敢会唱歌"的反诘，让搜肠刮肚的爷爷穷于招架，勉为其难答所问，而他的回答又为孙子提供了另一个问题、

第二个问题的回答又引来了下面的一系列提问，等等等等，于是乎，儿歌的内容便很有些缠绕。而缠绕本身也造就了一种特殊的韵律、韵味和特殊的美，是对明代戏文"记录在册"的歌谣片段文本之完善和提高。

第四节　闽南方言越境歌谣

上一节主要是从内容和体裁等别类介绍闽南语的韵文和歌谣。本来，这一节的内容应该放在上一节一起来讨论，只因为华侨歌谣和台湾歌谣的特殊性，这里辟出专节，集中展示外传南洋地区和台湾地区的歌谣与内地歌谣之不同，以及其中的诸多文化现象。

一　南洋群岛华侨歌谣

闽南地区是我国著名的侨乡，素有"有海水处就有华人，有华人处就有闽南人"之说。根据福建省侨办主任杨辉 2014 年 5 月底接受福建省政府网专访提供的资料和人口数据①，目前福建全省共有 1512 万华侨华人分布在世界 176 个国家和地区，其中泉州和漳州的华侨华人人数分别雄列全省第一名和第三名，而马来西亚、印度尼西亚、菲律宾、新加坡等东南亚华侨华人占了 78%，共 1200 万。这些闽南籍华人华侨是母语歌谣的"活载体"和传承人、创作家，闽南方言歌谣很自然地包含了反映这一特殊群体及其眷属生活的歌篇——南洋群岛华侨歌谣。

涉侨歌谣包括了以"过南洋"题材为核心的抒唱男主人公命运与生活的《过番歌》《番客歌》《华工歌》，和男女对唱的《离别歌》，以及涉及侨眷题材的女子独唱的《送别歌》、奉伺公婆育儿女的《番客婶》歌等。这类歌谣的篇幅有的长达 760 句（如《石狮市歌谣分卷》第 97 页七言《过番歌》），而短的只有"离爸离母心头酸，离某离囝割人肠，离兄离弟目烟黄"三句；也有相当一些涉侨歌的同一首歌谣的不同传本在多个闽南语区共同流播。

（一）落南洋

闽南人大规模下南洋的时间始于明代。有一首早期涉侨歌谣这样唱：

---

① 《福建海外华侨华人达 1512 万呈五方面特点》，《中国新闻网》，网址：http://www.chinanews.com/zgqj/2014/05—28/6219672.shtml，查询日期：2016 年 1 月 29 日。

"新钉宝船新又新，新打碇索绑船锚的绳子如龙根，新做碇齿如龙爪，泊停靠在港澳值千金。郎去南番即西洋，娘仔妻子自谓后头在家里烧好香；娘仔烧香下拜头，好风愿送到西洋。"（《好风愿送到西洋》《龙海县歌谣分卷》，第 171 页）

从这首《好风愿送到西洋》可以看到抒情女主人公心里充满着幸福感和镇定，一点儿也不需要为出洋的郎君担心，而不似大多数过番别离歌那样表现愁肠百结的情绪。歌中要下海的船，是新钉制的价值千金的"宝船"；歌谣又把南洋叫作"南番""西洋"，这些都是明代的说法，歌谣的内容和用词共同表明这是一首明代流传下来的涉番歌；歌谣出自明代海运发达、海商云集的漳州龙海县（现为县级市），便一点儿也不奇怪了。

如果说，《好风愿送到西洋》歌谣需要通过它的语言和内容之"鉴定"，才能判断出它是一首明歌的话，那么，明代航海针经《顺风相送》所载录的闽南方言《航海船歌》则历史文献年代的"身份"明确，其歌云：

"灵山大佛常挂云，打锣打鼓放彩船。使（驶）到赤坎地名转针位，前去见山是昆仑地名。昆仑山头是实高地名，好风使（驶）去亦是过。彭亨地名港口我不宿，开去见山是芒盘地名。芒盘山头是实光地名，东西二竹地名都齐全。罗汉二屿地名有一浅，白礁地名过了龙牙门地名。

郎去南番地名即西洋地名，娘仔后头烧好香；娘仔烧香下头拜，好风愿送到西洋。郎去南番及彭亨，贩卜要玳瑁及龟筒。好的开梳乞给娘插，怯的差的开梳卖别人。新做宝舟新又新，新打碇索如龙根，新做碇齿如龙爪，抛在澳港值千金。"①

---

① 龟筒，北宋中叶流行的一种类似于束发之"簪"或盖发之"冠"的饰品，参见王颋教授：《质异龟筒——宋、元、明代的名贵器材"龟筒"》，《西域南海史地考论》，世纪出版集团：上海人民出版社 2008 年版。

收录在《顺风相送》里的《航海船歌》分两章，共 24 句，前 12 句应是男主人公在唱述放船出洋和一路所见陆地、港口和岛礁，以及船到某处用什么针位的事情，后 12 句则为女主人公的叙述，里面有 8 句同上面的《好风愿送到西洋》大体一致，只多出 4 句话，即叙说情郎所去的地方在"南番及彭亨"，采购的番货为"玳瑁及龟筒"，对货物的处置是"好的开梳乞娘插，怯的开梳卖别人"。这进一步证明前引《好风愿送到西洋》是明代或明代之前的歌谣，不妨看成是从《顺风相送·航海船歌》"剪辑"下来的内容相对完整的一个独立片段，抑或是《航海船歌》保存了内容更加丰富的男女对唱的形式，是在《好风愿送到西洋》基础上的增补本。

东南沿海地区在相当长的一段历史时期内，都视涉鲸波、渡碧海、过番"落南洋"为快速致富，改善自己的人生地位和家庭境遇的不错选择，因而父母妻子宁可冒风险，空守苦等若干年，也不愿一家人平庸贫苦无改变，而支持儿子、丈夫过番去打拼。然而，根据研究"过番歌"最全面、成果最多的福建省社会科学院刘登翰研究员的考察①，《过番歌》所反映的华侨出国时间大多在清代以后，而不是我国国势强大的宋明时代；清代闽南人大量出国的原因，既有地理环境靠海和本民系有"落南洋"的文化传统，与海外联系密切等客观条件，也有清中后期帝国主义列强军事侵略、经济侵害所造成的传统农业、手工业衰退，生产力遭破坏，地方军、匪祸乱、社会动荡等国际国内因素，致使破产农民远赴他乡谋生。因清代出洋者大多原本就经济困顿，过番的旅途和到达南洋后的命运和遭遇，便可想而知，记录在歌谣里的便是"苦歌"多而"甜歌"少。这就是地貌大多为盐卤沙滩地、不产粮的泉州地区主要盛行"过番苦歌"，而著名产粮区漳州和相对富庶的厦门过番"苦歌"相对较少一些的内在原因。

---

① 刘登翰：《论〈过番歌〉的产生和流播》，《福建论坛》（文史哲版），1993 年第 6 期，下引本文，咸注作者和论文发表时间。余可参刘登翰：《〈过番歌〉及其异本》，《福建学刊》，1991 年第 6 期；《论〈过番歌〉的版本、流传及文化意蕴》，《华侨大学学报》（社会科学版），2012 年第 3 期；《长篇说唱〈过番歌〉的文化冲突和劝世主题》，《华侨大学学报》（社会科学版），2014 年第 2 期；《追索中国海外移民的民间记忆——关于"过番歌"的研究》，《福州大学学报》（哲学社会科学版），2005 年第 5 期等。下引咸注作者和该篇论文发表时间。

　　"落南洋"的第一关是要交钱办"大字"——出国手续。有歌云：

　　　　"布袋麻袋衫，百补形容补丁摞补丁裤，番薯糊，填腹肚肚子。卖
　　田园，拼底置倾家底，过番邦，买大字外国入境手续。"（《过番买"大
　　字"》，《闽南侨乡风情录》①，第 355 页）

　　为了换取一纸"过番"手续，穷苦人把家里维持生活仅有的田产卖
掉，剜肉补疮。也有穷困农民见"客头"蛇头在沿街招工，心里一横存
侥幸，上了船：

　　　　"客头蛇头招咱做华工，落船才知唔是人。猪仔营中受刑罚，某
　　囝妻儿唔知一半项。十八地狱有人过，也无像咱障这么苦痛，叫天天
　　袂应，叫地袂顶动叫天不应，唤地不灵。"（《华工》，《晋江民谣百
　　首》②，第 15 页）

　　这首过番歌谣反映一位穷苦的底层人受骗当华工的无奈：抒情主人公
见有人在招工，便心存侥幸跟上船去（有些蛇头骗说乘船、吃、喝、宿
都不要钱），哪知上了船才发现落入了虎口，是个懵懵懂懂落入险境者。
也有明知渡海危险、"落番"路途艰辛，却因生活穷困而典当仅有的家产
出洋的苦命人，例如：

　　　　"在厝无路，想要离祖；欠缺船费，典田卖租；净净出门，心头
　　艰苦。一到海墘海边，从省搭渡；唔惊船小，生死有数；自带干粮，
　　番薯菜脯；到达番邦，无依无靠。"（《过番》，刘登翰，1993 年。海
　　墘，海边，原作"海墩"、注渡口，这里根据下引台湾异文"海墘"
　　订正）

----

　　①　刘浩然：《卖柴草》，《闽南侨乡风情录》，香港：闽南人出版有限公司 1998 年版，第
355 页。
　　②　陈增瑞：《晋江歌谣百首》，菲律宾安海公会，1995 年编印，第 15 页。下引同注晋江
本，又，笔者改动了歌谣中的个别方言字，以下引例同。

这位贫困青年为了筹款，"典田卖租"把祖产押上去，"净净"即净身没带钱就出远门，又为了省钱而"唔惊船小，从省搭渡"，且自带伙食"干粮、番薯、菜脯"，漂泊天涯，决心把性命交给命运赌一把，好不容易挨到了"番邦"，无依无靠的他要过生活仍困难。《相招到番邦》就表现了男主人公过番后的失望与生活无着的焦虑和对前途的担忧，却不敢把坏消息告诉家里，心沉重得仿佛压着大石板，是大多数出番人的境遇：

> "相招到番邦，目滓流归港泪如雨下；出外无好赚，无去不知空不知就里。一日过一日，囝仔变大人；批信书信唔敢寄，心头挂石枋石板！"（《相招到番邦》，《晋江民谣百首》，第9页）

（二）苦离别

家境较好的则有妻子来相送、哀离别：

> "欢喜船入港，透早清早就起航，悲伤来相送，送君出洋人。目睭眼睛看海水，我君船要开，相对流目屎眼泪，何时君返归？我君到番邦，批信家信常寄来，心同夜焦烦，月缺何时圆？"（《欢喜船入港》，流传多地）

人生自古伤离别，年轻夫妇更是如此，妻子在丈夫即将离家的时候情不自禁唱道：

> "（女）双目含泪捧茶杯，阿哥过番几时回？外边野花君莫采，记着家中一枝梅。
>
> "（男）双手伸长接茶杯，哥劝阿妹莫心灰，三年五载赚钱转返家，哥与阿妹长做伙长厮守、不分离。（《别离歌》，通行闽南各地）

丈夫还没走，妻子就泪眼模糊、眷恋地问他"几时回"了，尤其担心那"外边野花"；丈夫则说你放心，赚了钱我就回家和你共度时光。

（三）勤劳作

"番片"的劳作之苦是出国之前想象不到的，然而"过番人"仍须承受，吃苦耐劳，为的是家中老小能够日子红火：

> "脊背当盐埕，扁担当路行，山顶种甘蔗，尽力来打拼。"（《脊背当盐埕》，《侨乡风情：清濛历史钩沉》①，第 79 页）

> "阮俺在外面企脚简站着干，唔是坐店开米行，扁担押肩流血汗，一分一文寄唐山。望要一家日子红，有趁无惜无采工赚了钱如果不爱惜就白费了工夫。"（《一分一文寄唐山》，《晋江民谣百首》，第 12 页）

刘登翰（1993）注意到《过番歌》的流播有个传本众多的现象：清末民初从厦门到南洋要在海上漂行七八天，穷困的过番客要面对沉闷的海上生活，通常会在上船之前花一二小钱，买通俗小说和唱本，带到船上翻阅、吟哦解烦闷，而描写前辈与自己同命运的《过番歌》，无疑是"预习"未来新生活的好课本，很容易引起共鸣，便时常带在身边，而酣于不断的演唱中；演唱中又不知不觉将自己的亲身经历和体验补充、修订着《过番歌》，以传述异域酸辛人生的种种感受。《过番歌》因此而发生不断的变化和更新，实际上已经是一种不同时段过番人的集体积累和新创作了。

（四）常思念

涉番歌里既有思乡曲，也有思君歌。后者如流传广泛的《卖柴草》描写出一位侨属的遭遇："番邦无批信书信，无米也无草。无米食薯皮，无草有肩头。"歌谣说，"番客婶"断粮断柴草，只得靠自己柔弱的双肩挑起家庭重担，"忽听雁阵过，百鸟尽归窠。想起伊人困番兜，搅阮心头乱糟糟。"（《闽南侨乡风情录》第 355 页）通行各地的《六月思君》抒发的情感也相似：

---

① 张启欣：《解放前清濛华侨、侨眷属生态一瞥·附采撷几首独具闽南华侨乡特色的歌谣》，张启欣：《侨乡风情：清濛历史钩沉》，北京：中国文联出版社 2004 年版。

"松柏开花心长长，想着我君心头酸，可怜家内无米煮，才予我君去化这么远。算君一去成十年将近十年，批信书信一张也无望；早知番邦这款样这个样，就是三日食两顿，也不予君过水门指下南洋。"

《六月思君》描写贫困人家百事哀：丈夫一去十年无消息，家里偏又断了粮；妻子理解丈夫尚未自立、不寄家信的苦衷，后悔支持丈夫去过番。

赚了钱、寄信回家的家庭是令人羡慕的，然而内中也不乏苦楚者。《别怨》唱的就是这种情形：丈夫寄来的钱都还了债，却得不到丈夫的信任而托人前来盘问；妻子给丈夫的回信有去无回，原来，是丈夫有了新欢"番妇"！

"你钱鹄你债你赚的钱填了你借债的窟窿，何必托人查细系，写了邦批涉洋信件全无回不回复，查甫番婆迷男子迷恋于马来族老婆。番婆迷人迷死死比喻迷得让人丧失理智，总归害人害家己自己！"（《妇怨》，《侨乡风情：清蒙历史钩沉》，第78页）

歌谣对不守信的丈夫充满怨艾和忿懑，无奈的番客婶把一腔哀怨发泄到番婆身上，诅咒她迟早要"害人害自己"。

（五）苦支撑

1941年年底太平洋战争爆发，日本在南洋烧杀掠夺，百业凋敝，侨亲生命财产惨遭损失。原本"靠侨吃侨，快乐逍遥；手摇鹅毛扇，坐等南洋钱"的华侨家庭和"番客婶"断了侨汇，生活陷入困境：

"想君会返来，我身才原在。卖橱卖故衣，典厝卖手指戒指……"（《一心顾囝儿》，《红色山城》①，第438页）

此歌的主人公是靠着典当首饰衣物来维持生活"顾囝儿"的，前两句的意思是说，假如不是想着你迟早会回来，我何必苦熬着呢？也有较贫

---

① 南安市新四军研究会编：《红色山城》，南安市蓬华镇党委2013年版，第438页。

穷的"散侨"（散，穷），只能靠自力更生来换取生活资料，养家活口：

> "番客婶，哭哭哭，走去海边割海草。割的海草真是矮，心中嗨愿站着詈：日本夭寿啊去死，刣人放火毒行举，害阮没柴又无米！无柴自己斫，无米倒床饿，饿甲无力面黄黄，恨煞日本鬼的毒心肠。"（《恨煞日本毒心肠》，《侨乡风情：清蒙历史钩沉》，第 80 页）

> "抗战钱银寄唠到，害咱无米无柴草。生活苦，无米番薯头，苦涩难落喉。无盐下菜汁，上山割柴草。嘴干又喉渴，捧水来润喉。腹肚咕咕哭，脚手软猴猴。"（《詈日本》，《红色山城》，第 438 页）

《恨煞日本毒心肠》和《詈日本》中的番客婶看来平时就手头不宽裕，遇到战争、人祸，便缺米少盐断柴草，饥寒交迫肝肠断，苦难之中倍思亲，把仇怨直指日本侵略者。

（六）喜迎春

抗战胜利后，番客家庭"喜迎春"，好事连连，首先是迎来新中国成立，"中国人民站起来了"（毛泽东语），华侨华人在海外也挺直了腰杆，把千辛万苦赚到手、攒下来的钱，寄回家乡。侨眷们盖起了新洋楼，喜悦和自信溢于言表：

> "日头出来红通通，番客返家真风光，鞭炮放得乒乒乓，真是显祖又耀宗。"（《番客返家好风光》，《侨乡风情：清蒙历史钩沉》，第 81 页）

> "旧年番银乍寄来，今年大厝起兴建连排，海口番船十多只，我家洋楼红砖壁。"（《到番银》，同 81 页）

改革开放后的侨资侨企为祖国经济的腾飞贡献大，而涉侨歌也一改过去"《过番歌》，苦咿哦"的面貌，焕发出新的时代精神来：

> "改革开放好朝规，侨乡经济大起飞：阿公吕宋来投资，阿爸小

车自己开,阿母开店做生理生意,阿兄出门坐飞机。买来彩色电视机,囝仔看甲得头倚倚看看得歪着头倚倚,小妹去开录音机,阿妈听戏笑微微。"可乐"下在放在电冰箱,小弟啉甲喝得面忧忧。新厝大厅铺瓷砖,阿姐跳舞喝喊、叫脚酸。"(《侨乡好风光》,同 81 页)

总之,闽南地区无论是早前的《过番歌》《番婶歌》,还是当代歌颂华侨家庭、侨资企业的歌谣,都是别的方言区所少见的一大特色。

(七) 南洋风情

涉侨歌谣还有少人关注的反映椰风橡影的题材,其中马来语借词在闽南话歌谣中时有闪现,运用自如,连同这类歌谣在马来语国家和闽南地区的双向交流和相互影响,都引人注目。这只要从闽台的方言歌谣同新、马闽南语歌谣①作一比较就很容易看出来:

1. 仿作

闽台有许多口传歌谣有着固定的开头语和"套话",常被南洋华侨拿来"旧瓶装新酒",作为再创作的底本。请看第一组《火金星》的原作与仿作。

"火金姑""火金星""火焰姑""蓝尾姑"这些优美的名字,都是闽南话所指的萤火虫。夏季的夜晚,萤火虫在水边湿地发着荧光,闪烁着飞来飞去,揪着孩子的小心灵,而创作了许多吟歌《火金星》的童谣,在里面组织上几个"套话":一类是开篇见物起兴拟人化的类型,流传广泛:"火金星,来食茶:茶烧烧,配芎蕉;茶冷冷,配龙眼……";另一类是歌谣先用几组"套话",再与读书、磨墨等等事物相关联的继续咏唱,譬如"火金星,十五暝,叫恁公仔来食茶。茶嫌烧热、烫,欲食牙蕉。牙蕉唔剥,欲读册。册唔读,欲磨墨。墨唔磨,欲担笭。笭唔担,欲穿衫。衫唔穿,捽铳拍加令八哥鸟……"这篇《火金星》录于《漳浦县歌谣分卷》。《新加坡歌谣选》也收入三首内容与之相近的萤火虫歌,下面选录其中两首(第 363—365 页):

---

① 下引新加坡闽南语歌谣取诸周长楫、周清海:《新加坡闽南话俗语歌谣选》,厦门:厦门大学出版社 2003 年版,简称《新加坡歌谣选》;苏庆华《槟榔屿闽南话童谣俗语谚语初探》,《苏庆华论文选集》第三卷 (Chinese in Malaysia and Singapore: Selected Essays Vol. Ⅲ),马来西亚联营出版有限公司 2010 年版,第 260 页。下引苏文,咸注作者名。

"火金星，十五暝夜，请你舅仔来食茶。茶烧烧热平平，行路走路买弓蕉香蕉。弓蕉獪记忘记擘剥皮，行路买册书。册獪记读，行路买墨。墨獪记磨，行路买蛇。蛇獪记损打，行路买栋梦椰子里面的一种好吃的东西。栋梦獪记食，行路买柴屐木屐走。柴屐獪记穿，行路买加令八哥鸟。加令獪记提拿，带，行路买薰吹烟斗。薰吹獪记嗍吸，行路买船索绳。船索獪记烘烤，某拍翁妻打夫，马打马来语，警察紧紧叫嗨嗵赶紧制止；嗨嗵，别。"

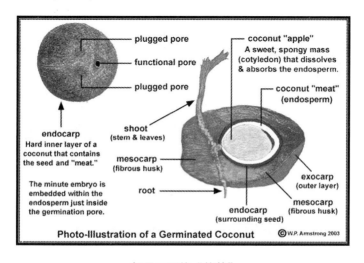

椰果里面的"栋梦"

"火金星，十五暝夜，请你舅仔来食茶。茶烧烧热热的，行路走路买弓蕉香蕉。弓蕉獪记忘记擘剥皮，行路买册书。册獪记读，行路买墨。墨獪记磨，行路买蛇。蛇獪记掠抓，行路买脚屐木屐。脚屐獪记穿，行路买加令八哥。加令公，加令婆，请你去七桃玩。七桃厌厌倦，买甘蔗。甘蔗甜，买荔枝。荔枝胖肥硕，买栋梦椰子里面好吃的东西。栋梦白，食阿嬷奶奶的氏氏马来语，奶。"

这两篇南洋的《火金星》童谣可以看出来自于闽南祖地，其方言词语"暝""食茶""烧烧""行路""弓蕉""獪记""擘""册""损""柴屐""加令""薰吹""嗍吸""索""烘""某拍翁""紧紧""嗨嗵""掠""七桃""厌""胖"，和闽台闽南话完全一样，《火金星》见物起兴的"兴头"起兴物也一致，"兴"的接续事物接续语"食茶、配弓蕉、食

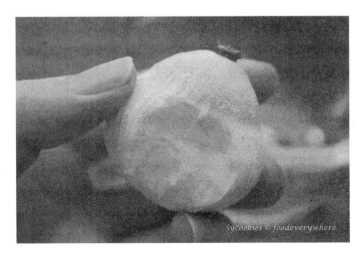

好吃的"栋梦"

牙蕉、读册、磨墨……加令……荔枝",和闽台歌谣套话相同相近,用儿童的跳跃式思维方法组织童谣内容和传统"顶真续麻"表达手法,都和闽、台《火金星》一致。所不同的是,南洋版《火金星》"点缀"了一二东南亚特有的事物和词语,比如两篇《火金星》共有的南洋食品"栋梦"① 以及马来语词汇,如前篇的"马打"指警察,后一篇"氏氏"指乳房、奶汁等。因为南洋事物和马来语词在歌谣中的比重小,是在歌谣母本原有的枝干上、花叶中偶尔点缀一二异变的花叶,而其余绝大部分花叶不变。因此我们称这类来自祖地歌谣的变异体为"仿作"。这在陈晓锦的巨著《东南亚华人地区汉语方言概要》(广州:世界图书出版广东有限公司,2014 年)多有反映。

2. 再创作

民间歌谣的再创作,指在原有歌谣母本的基础上作较大的改动,改动的部分已经不是"点缀"式了,而是语言形式和话题都变。比如《来去甲阿哥学割奶》,其母本是广泛流传、表现男女情爱的《风吹树尾拍拍摇》,也见于《新加坡歌谣集》第 288 页,写一男子羞于大声招呼意中人,便假装在唤鸡群驱赶老鹰,以期引起"她"的注意:"风吹树尾拍拍摇,日曝晒田水拉囵烧温热。看见娘囝小妹唔敢不敢叫,假意呼鸡喝觅鹠假

---

① "栋梦"的图片由马来西亚著名华人散文家、画家朵拉女士提供,特此鸣谢。

装唤鸡驱老鹞。"后两句的套话又见于另一首《船歌》，抒情主人公由男换为女："船头站定船尾摇，船顶就是我的哥。有心问你呣敢不敢叫，假意弄鸡喝鹟鹞驱赶老鹞。"歌谣中的姑娘脉脉含情地巴望着心上人，却羞于开口叫哥哥，也只得"假意弄鸡喝鹟鹞"。这样的情歌渡海过南洋，在华人华侨口里产生了新篇章：

> 一条手巾挦咧捷捷綑拿在手里不停地缠啊绞，要来去甲阿哥学割奶
> 想跟阿哥去学割橡胶；奶，橡胶树的白色胶汁。看见阿哥呣敢叫，假意呼
> 鸡喝觅鹞。（《来去甲阿哥学割奶》，《新加坡歌谣选》，第 282 页）

《来去甲阿哥学割奶》截用了《风吹树尾拍拍摇》和《船歌》的后面两句话，其新作歌谣的开头表现情窦初开的少女未见"阿哥"之时的情景颇可玩味：阿哥尚未到来，姑娘便已然情不自禁地"预演"其忸怩作态了，把"一条手巾"拿在手上颠来倒去地绞啊绕啊"捷捷綑"，想着该如何纠缠"阿哥"同去割橡胶……待等见到了阿哥心上人，却羞得"呣敢叫"，只好"假意呼鸡喝觅鹞"。歌谣巧妙地将旧话题同新情境糅合成为了血脉相连的新肌体，融入了来自南洋的新生事物"割橡胶"因此我们认为这是一种全新的再创作的歌谣。

再如普遍流播闽、台的《一支雨伞圆辚辚》："一支雨伞圆辚辚圆轮轮，挦高挦低遮娘身；一时无见娘仔面，骨头疼痛呣翻身。"表现男主人公打伞为女伴遮阳挡雨、表达爱意的情形。又见于《一支雨伞圆辚辚》，抒情主人公换成了姑娘："一支雨伞圆辚辚圆轮轮，挦高挦低遮哥身，看哥生水长得漂亮鸭卵面，配哥呣过配不上重头轻比喻两头轻重不平衡。"（《华安县歌谣分卷》）南洋华侨新版文本则作：

> "一支雨伞圆辚辚圆轮轮，阿嫂要来去万珍地名。要去万珍巴山坡
> 地名，巴山坡，好七桃好玩——要去风车着放定汽车要停好，问怎您阿
> 嫂要坨行？往哪儿走，"坨"是闽南话"底落"（哪里）的合音词底，不定代
> 词，哪。（《一支雨伞圆辚辚》，《新加坡歌谣选》，第 266 页）

南洋华侨版《一支雨伞圆辚辚》沿用了母本"七字仔、四句联"的

语言形式和歌篇的开头，然而首句"一支雨伞圆鳞鳞"在歌中所起的作用不一样，母本"伞"是一男一女主人公用来"挢高挢低"、向情人传达情意的重要媒介物，因而"一支雨伞圆鳞鳞"是情境具在的实写；南洋华侨版的人物却由闽南母本恋爱中的男、女主人公换成了车夫和顾客"阿嫂"；南洋版的第一句或许也来自实情实景，然而在歌谣中只起了过渡物的作用，是半虚半实的起兴物，而以下内容全部与母本无关，加上南洋地名的运用，共同表现出它是一种较深层次的再创作。

马来西亚槟榔屿也是闽南籍华人聚居地，其闽马混用的童谣活泼、诙谐，其马来语有的也翻译成汉字，有的只用拉丁字母来表示，这里根据苏庆华论文提供的槟榔屿闽南歌谣资料介绍一二。

> La la li la tam pong，阿伯卖 a pong。a pong 无 la ku，阿伯食番薯。(《La la li la tam pong》第 262 页，其一，下同)

> La la li la tam pong，阿伯卖 a pong。a pong 卖姶了，阿伯食到了。(其二)

> La la li la tam pong，阿伯卖 a pong。a pong 落海掉海里，阿伯食狗屎！(其三)

La la li la tam pong 歌谣的三个版本都是以五言四句为主的杂言诗，每首的前面两句内容一样，且后面两句的前半句字词也一样，如果以句子为单位分析歌篇语种的交杂运用的话，可看出基本上呈现着"马第一句、闽马第二句、马闽第三句、闽第四句"的双语杂糅式。据苏庆华文章介绍，其中的马来语词 La la li la tam pong "乃本地猜拳形式的游戏童谣'开场白'"；歌谣中多次重复出现的 a pong 是加入了椰汁烘烤而成的马来糕，a ku 的意思是畅销。这就大致可以领会到这三首歌谣是用调侃的语气、活泼、逗乐的顺口溜方式创作的童谣。由于苏先生没有介绍游戏"开场白"的 La la li la tam pong 是什么意思，部分地影响了我们解读童谣的意趣和内涵。

拉拉里，拉单邦，阿伯买阿嘣（a pong）。阿嘣忘记食，行路买脚屐木屐。脚屐忘记穿，行路买加令走路买八哥鸟。加令哥，加令嫂此处用八哥做人名，明年交寅结婚拄拄好刚好。（《拉拉里，拉单邦》，第262—263 页）

苏文说，《拉拉里，拉单邦》为槟榔屿流行的游戏童谣，其内容长短不一，参加此游戏的孩童一面伸出手猜拳，一面口念此谣，游戏中逐一将猜输者排挤出去，未曾失手的猜拳者即是最后的胜出者。童谣中出现的马来字汇"交寅"即结婚，a pong（阿嘣）是上篇出现过的马来风味椰汁烤糕，昔日槟榔屿民间日常廉价小吃，la ku 仍指畅销。这些马来语词汇同闽南话方言词"加令"、八哥鸟等，在歌谣中都仅仅作为谐韵的韵脚而已，却将作品营造得通篇活泼、怪趣，朗朗上口，洋味十足。

巴巴弄，弄叮当，四斤重，阿伯卖肉粽，肉粽卖飡了，阿伯食到了。（《巴巴弄》蜻蜓歌，第 270 页）

据苏文的介绍，马来语所谓"巴巴弄"就是蜻蜓。这首南洋蜻蜓歌的谋篇方式和前面引例的萤火虫童谣很相似，第一句都是先见物起兴，第二句找了个谐韵、合节拍的三言句"弄叮当"，即弹奏乐器的意思，以下便说一些无关紧要却合辙押韵的家常话。这样的南洋歌谣虽然加入了椰风蕉雨，却仍然是仿写的闽味盎然的方言歌谣。

3. 新作

有的南洋闽南语歌谣没有闽南老家母本的底子，而是落居"番邦"以后的新作，比如：

"屐顿可能是一种热带水果屐顿青，双脚跪落双手撑双手捧着。撑互爹爹食百岁，奉承得爹爹活到一百岁，指长寿，年年春秋年年青。

屐顿屐顿红，双脚跪落双手捧。捧互爹爹食百岁，年年春秋年年红。"（《屐顿屐顿青》，《新加坡歌谣选》，第 277 页）

从周长楫、周清海的注释看，"屐顿"应是南洋特有的热带水果，被华侨作为敬奉给父亲"爹爹"的礼品。这篇两章体歌谣中的华侨晚辈相当敬老,把好吃的水果献给父亲享用,要一边"双脚跪落双手撑、双脚跪落双手捧",一边说着奉承的祝福语,让"爹爹食百岁,年年春秋年年青、年年春秋年年红"。毋庸讳言,落居南洋的土生华侨已有相当一部分"峇峇娘惹"① 不识汉字了,也不会说华语普通话,然而他们的语言仍夹裹着许多汉语闽南方言之民族文化"密码",语法也是从华不从马,他们的文化传统甚至比台湾和闽南内地都保留了更多的明代闽南传统文化的因子。

"峇峇娘惹"的传统婚服"明装"和华丽的结婚喜床

闽南华工来到南洋,首要的事是找工作、经济自立,第二件事就是尽快学会马来语。于是乎,早年移民南来的"老客"华侨编的"双语对照歌"便派上了好用场,可以帮助"新客"华侨学习语言。例如,马来西

---

① 关于土生华人的人文性格,厦门大学陈碧笙教授称这些侨居南洋的闽南人与马来人混血后代"峇峇娘惹"保留了中国人的肤色、相貌和机敏的民族性格,在风俗习惯、心理特性及宗教信仰方面与原乡同胞没有显著差异,然而缺乏吃苦耐劳和坚忍不拔的精神。他们的住所较干净,衣着较整洁,喜寻欢作乐,爱户外活动,并按照西方运动竞技精神培养自己的兴趣,无拘无束直抒己见,热爱慈善事业和公众事务,彼此之间具有亲如手足,同时保留中国人的忠孝节义、仁慈为怀和尊老敬贤的道德观念,以及循规蹈矩、克制拘谨、以诚待人的民族气质。在宗教信仰方面持随性态度,并不受礼仪和教条的束缚,既到中国寺庙、祖祠焚香点烛祭祀祖先和菩萨,也到圣母马丽亚的宝座前顶礼膜拜。参见陈碧笙主编:《南洋华侨史》,南昌:江西人民出版社1989年版,第488—489页。

亚流行的短谚【mah kaŋ 食，taŋ kap 掠】，用词就是采用—马（马来语）—华（闽南话）相对应的办法，来表示马来语"吃"的意思说 mah kaŋ，而"抓"的意思则说 taŋkap①.《"滴格"是席》也是这样的歌谣，但内容要复杂些，它同样采用华（闽）马对译的形式，一马一华（闽南话）双双对照，方便记忆，全歌涉及了草席、不对、荖叶、吃、抓、水、鬼的马来语说法：

> "'滴格'是席，'沙拉'是毋着不对，即错误，'诗礼'是荖叶包裹槟榔用的蒌藤叶②。'吗干'是食吃，'东鸽'是掠抓，'阿矮'是水，'安拄'是鬼。"（《新加坡歌谣集》，第 271 页）

这首歌采用了先说马来语词汇，再用闽南话解释的语言表达形式，可谓马闽双语一一对照。编著者周长楫、周清海提示曰：这首歌谣"为我们了解早期中国移民学习马来语提供了有一定参考价值的材料"，很值得注意。歌谣《安津大狗兄》也运用了许多马来语词汇：

> "安津狗尾沙大，合说即大狗大狗兄，西页我遮鸽说说你听，面搭要求、恳求索拉书信、官方文件一张字指批文，马梭明天茹沙后天，意即明后天（农历）初一初二（有祭祀活动）要做戏。"（《新加坡歌谣集》，第 270、271 页）

这是闽马两种语言语码混用的歌谣，内容要比《"滴格"是席》复杂。由于旧南洋的警长一类的政府低级官员横行霸道，欺凌百姓，人们便鄙视、愤恨地用"大狗"来蔑称他们。歌谣的大意是：警长大老哥，听我跟你说，我们申请明后天演戏，请核发一张批文。由于当初南来的闽南移民大多文化水平不高，马来语懂得很少，而要跟当地官员对话和办事又

---

① 引自陈晓锦：《东南亚华人社区汉语方言概要》，广州：世纪图书出版广东有限公司，2014 年，第 1267 页。笔者按：关于马来语的"吃"，一般记为 makan，读音相对于普通话"妈干"，闽南大多写为"马干"。

② 荖叶，歌谣原注"槟榔"，陈正统《闽南话漳腔辞典》作"蒌藤的叶子，旧时咀嚼槟榔时多以蒌叶包裹"，疑"蒌叶"即"荖"叶，据此而径改。

非用马来语不可，于是就用家乡母语闽南话夹杂马来语这种混合语，来跟马来低级官员打交道。这首歌谣语言的语码混用规律在于四个句子的前半句都用马来语，而后半句都用汉语，其中前两句的汉语是对前面马来话词义的解释，即第一句"安津"的意思是狗，"尾沙"义"大"，由于闽、马的词序相反，所以"狗大"就指大狗；第二句"西页"即"我"，"遮鸽"是"说、告诉"，都加上为谐韵且增加趣味性的韵脚字"兄"和"听"字，相当于译文"大狗兄，听我告诉你"；第三句后半部分用"一张字"（指书信、官方文件）复指前半句的第二个马来语词"索拉"的意思；第四句前半句的"马梭茹沙"即时间定在明后天，结尾才说"要做戏"，弯弯绕绕道出了整首歌谣的内容是向警察佬儿申请明后天要演戏的批文。因此编著者提示说，"这首歌谣借申请批准演戏一事，将这种语码混用的现象典型化和艺术化，形象生动，诙谐有趣。"（《新加坡歌谣选》，第 271 页）这类典型化、艺术化，形象化的语码混用歌谣"数量虽然不多，却反映了本地的生活，散发着南国风土人情的香味，是十分宝贵的，它为闽南话俗语和歌谣的宝库增添了无价之宝。"（《新加坡歌谣选·前言》）

二　台湾歌谣

台湾有闽南人约 1800 万，比闽南内地闽南人还多出约 200 万，是目前全世界闽南人最集中居住的地方。闽台文化同根同源，台湾在清初回归祖国（1661，1683）后，先隶属于福建，是其中的一个府，至 1885 年脱闽立省，可见台湾和闽南关系密切且特殊。不幸的是 10 年后的 1895 年即遭遇日清之战，我国作为战败国，与日本签订了割地辱国的《马关条约》，台湾被割给了日本，成为两岸人民的伤痛。这一文化巨创影响台湾语言文化至深，其中包括了歌谣文化。

台湾闽南语歌谣既有与祖地共同的，也有新生的歌篇，另有歌谣作品回流闽南祖地，并影响着东南亚华人社区歌谣。可见闽、台、南洋之"大三角"语言文化区的影响是双向、多向相互渗透的。

（一）闽南歌谣过台湾

闽、台、南洋之"语言文化大三角区"歌谣的双向、多向相互影响与渗透，祖居地闽南是最主要的输出地和主导方，无论是民间念的歌谣还是落寞的乡野文人编写的以历史故事为主要内容著称的"歌仔"，也是先在内地印刷发行"歌仔册""歌仔簿"，而后在台湾蔚为大观的。因此台湾臧汀生教授说，台湾歌谣的来源"主要秉承大陆家乡既有"，"传统力量主宰了一切，使本地歌谣的形态，如七字四句为一单元的格式，完全就是母体的翻版……，（歌谣）在形态上要归溯自大陆……差别只在于取材环境不同罢了。"① 简上仁博士也说，台湾歌谣哪些篇章源自大陆，哪些篇章始创于台湾，"其间之分野，恐怕要等福建一带的民歌整理就绪，经过比较、分析、研究之后，始可视出端倪。"② 可是大陆地区早在九十年代初中期，台湾地区在新世纪初也开始大范围搜集、整理、出版发行了各地民间文学集，然而研究两地闽南口传文学渊源关系的著述仍很少见。难得的是洪惟仁教授，主要研究领域在闽方言，也偶尔涉猎民间歌谣研究，却颇见功夫，新创了一种研究歌谣产生地与创作时间的考证法。

洪教授认为，现存台湾歌谣在本地原产作品的比例不高，只有一小部分可以从内容所反映的历史事件、文化史、地名、方言等特征还原其产地在台湾，并发现谢云声"《闽歌甲集》中歌谣的内容全部都是农业时代的文化，没有一条是属于工业文化的作品"，从而提出只有掺入很多工业文化词汇的台湾歌谣才"可以证明为台湾原创"③ 的重要观点。这一观点对于作品的产生与流传时间要素不明显的民间歌谣的年代鉴别来说，无疑具有方法论的重大突破的意义，为两岸母语歌谣学打开了一个行之有效的新思路。这些讨论都对台湾歌谣的由来作出了客观、正确的判断，道出了两岸闽南语歌谣内在的一致性和闽歌母本顽强的生命力。由此也可以见到，研究闽台歌谣渊源关系以台湾学界为主力军。

大陆学者深入讨论闽南歌谣渊源关系的极其少见。不过，笔者曾在

---

① 臧汀生：《台湾闽南语歌谣研究》，台北：台湾商务印书馆 1980 年版，第 33 页。下引本书，咸注姓名和页码。

② 简上仁：《台湾民谣》，台湾省政府新闻处 1983 年版，第 27 页。下引本书，咸注作者和页码。又，简先生有书名《台湾福佬系民谣：老祖先的台湾歌》，足见"祖先"的歌谣在台湾歌谣中的比重，台北：汉光文化事业公司 1998 年版。

③ 洪惟仁：《台北的民间歌谣》第 7—23 页，网址：http://www.uijin.idv.tw/，访问日期：2010 年 12 月 13 日。

《漳台闽南方言古童谣年代考》和《漳州方言童谣过台湾》① 两篇论文中总结出可以从以下方法获知某些歌谣的产生年代和至迟在哪个朝代就已流播：

第一，从地方文献考知闽南古童谣的流传年代，以嘉靖本《广东通志》记录的潮州歌谣《一只鸟仔颔伦伦》，可考知闽台《一只鸟仔肥囵囵》《燕仔飞过墩》等"孤儿怨"古童谣至少在明嘉靖年间就已流传（参见第 87—89 页）；

第二，根据童谣的内容考察闽南古歌的存在年代，因潮汕地区闽南人多是宋代以降从闽南迁入的，便可以根据闽、潮（潮汕）相同相近的歌谣及其内容，而推知、考订第 64 篇《摇啊摇》、第 76 篇《天顶一粒星》、第 87 篇《红港鸡》、第 108 篇《红苋菜》、第 130 篇《阿公开门拔稻穗》、第 140 篇《一隻船仔驶来颠倒欹》、第 245 篇《挨咾挨》之八、第 319 篇《安怎伊甲会唱歌》、第 326 篇《吼欲嫁》、第 347 篇《火金星》、第 349 篇《火焰姑》、第 350 篇《火焰姑》、第 351 篇《火焰蚼》、第 352 篇《碗公螺》、第 356 篇《草蜢公》之三、第 367 篇《竹仔箸》、第 369 篇《一只鸟仔乌吟吟》、第 375 篇《雷公啌啌耳真》、第 395 篇《红鬃步》等等童谣，"应该都是漳州—潮汕—闽南从宋代到清初就已流传的古代童谣"，"都应该在尚未流播台湾的清初之前就已经存在闽粤两地了"（参见第 89—94 页）；

第三，根据名物考察闽南古童谣的存在年代，从当代歌谣中钩沉出至迟在清末已经通行的用带有"状元、秀才、老爹"字眼的作品，例如"状元"见用于第 022 篇《喊鹧鸪》、第 039 篇《团仔栽》、第 040 篇《婴仔乖》、第 180 篇《舢板摇啊摇》、第 271 篇《头的拧茼萵》和第 021 篇《剃胎毛歌》之台湾异文、第 284 篇《排甲子》的云霄异文，"秀才"见于第 065 篇《一只鸟仔肥囵囵》，第 066、067、158、160、367、379、380、381、382、383、384 篇《月光光》及其部分异文，第 089 篇《七月秋蝉吼吱吱》，第 249 篇《挨砻挨唏咐》，第 329、330 篇《吼欲嫁》及其大全部异文，第 357 篇《草蜢公》，第 371 篇《天顶一坻铜》，带有"老爹"的第 238、239 篇游戏歌《挨咾挨》，第 375 篇《雷公啌啌耳真》，第

---

① 参见拙著：《漳台闽南方言童谣》歌谣专论，厦门：厦门大学出版社 2011 年版。下引本书，咸注页码。

376 篇《月啊月》及其异文，第 382 篇《月光光》，第 387 篇《乌啊乌》，第 397 篇《白鸽鸶》的异文等，这些作品"应该大多是民国改元之前好几个朝代的旧童谣"，其"流传的最迟时限也在清末"；此外还可以通过歌谣中表现古代的刑罚词语"刣杀、坮埋、万刀剮千刀万剐"，古代兵器"藤牌、屏牌与盾牌"，古代女性发型发式和服饰词语"燕尾、龟鬃与鬃步古代女性发型与头绳，弓鞋与饰裤、脚帛"等历史名物与词语来考察闽南古童谣的存在年代（参见第 94—97 页）。

由于古代歌谣及其异文形式大多流传到台湾，其数是不胜枚举，为此，这里不拟一一列举台湾直接继承了闽南原乡哪些、哪类歌谣作品，而是拟集中于语言中的旧时代遗存物"古老话"，看其在台湾歌谣中的表现。

1. "古早话"之"唐山"

把祖家称为"唐山"是海外游子普遍的表述，因而凡是带有"唐山"字眼的歌谣，应该大多不是家乡的原创，而可能是闽南先民到达海外以后的作品。"唐山"在李献璋《台湾民间文学集》[①] 数见：

"一群鸟仔哮哇哇，欲食好茶在唐山，唐山查某势打扮，打扮二舍去做官；欲去草鞋兼雨伞，转来白马挂金鞍。"（《一群鸟仔哮哇哇》，《台湾民间文学集》，第 151 页，朴子）

这篇歌谣因带有"唐山"这个"出产地"的特定标记，表明它应该是在先民到达台湾以后产生的新作品。不过，它除了开篇第一句以外，其余各句却"完全就是母体的翻版"（前引臧汀生语），请看漳南一带东山县、诏安县歌谣：

"龙眼干，正月半，人点灯，你来看，看啥么？看龙君。龙君爱食茶，茶未煎，欲娶阿娘在南山。南山娘仔势打扮，打扮团婿去做官，送草鞋，佮雨伞，转来白马挂金鞍。上路万人看，借问啥人团？读册人做官。"（《龙眼干》，《东山县歌谣分卷》，分布东山、云霄、诏安）

---

① 李献璋：《台湾民间文学集》，台湾文艺协会 1936 年版。下引本书，咸注书名和页码。

"搭手歌，剪面罗，阿姊欲嫁择铰刀。择欲啦仔要干什么？择欲剪树仔。树仔花，开白白，叫阮姑仔来春麦。春几白？春两白。一白春，一白簸，簸到米瓮脚，欲食好茶家己自煎，欲娶水某上铜山。铜山查某势打扮，打扮团婿去做官，欲去草鞋偕雨伞，转来白马挂金鞍。"
（《搭手歌》，《诏安县歌谣分卷》，分布东山、诏安、潮汕等地）

对读一番这三首闽台共同流传的歌谣，很容易就发现台湾本《一群鸟仔哮哇哇》本于漳南版《龙眼干》和《搭手歌》，而其中有关"好茶在×山"，女子"势打扮"，"欲去草鞋兼雨伞，转来白马挂金鞍"等词句就是证明其渊源关系的"遗传信息码"，尽管台湾异文遗失了漳南版的另外一些遗传信息，如东山版"欲娶阿娘在南山……打扮团婿去做官"与东、诏版"欲食好茶家己煎，欲娶水某上铜山"和"打扮团婿去做官"，然而明眼人一看便知台湾《一群鸟仔哮哇哇》只有第一句是"自产"的，在第四句由闽版的"打扮团婿去做官"改写为"打扮二舍去做官"，闽台两地这句歌词的内在含义，都是"朝为田舍郎，暮登天子堂"之身份的巨大改变，可见台湾朴子版《一群鸟仔哮哇哇》基本兴味不变。歌谣之所以要将地名由"南山""铜山"改唱成代表大陆的代名词"唐山"，应该是移民们"集体无意识"地通过再现歌谣的"遗传信息码"来表达内心对于原乡的记忆，尤其是夸奖原乡"唐山查某势打扮"一语，内在地表现了台湾民间对闽南固有文化传统和审美观念的继承。

再看收入《台湾民间文学集》第 173 页下寮（地名）传本《老鼠仔娟》歌谣：

"老鼠仔娟，牵金线，牵牛牵马去唐山。唐山无马草，牵来阿婆仔门脚口。阿婆仔脚痛痛，挂目镜戴眼镜。目镜好佚陶玩，呼狗咬婶婆；婶婆去做客，呼狗咬大伯；大伯画大符，呼狗咬姊夫；姊夫去卖粗纸，荷呀荷着我；害我心肝拍拍弹，鸡母拍鸡妹小母鸡，鸡妹跳落水，水乌乌，和尚头拍尼姑；尼姑走去佫躲藏，龟咬剑，剑一缺，龟咬鳖；鳖伸头，蟋蟀咬土猴蟪蛄；土猴土厉厉，乌鳗咬水蛙；水蛙十八爪，客人拍客鸟；客鸟搬过枝，客婆仔爱美点胭脂；胭脂真正贵，讨海人，势饮酒；三酒矸瓶，做两嘴两口喝光，饮着拢烩醉。"

这首《老鼠仔娟》同样有"唐山"——先人赴台后的作品之指认"标志"，可是它在闽南也有母本：

> "鸟鼠仔倌，牵牛牵马去上山。山顶无马草，牵到老婶婆的门口，给老婶，踢一下，疼疼疼，找蚵镜人名。蚵镜去卖蚵，找婶婆。婶婆去做客，找大伯。大伯去卖粗纸，找来找去找着我。害我心肝噗噗弹，鸡角拍鸡囝。鸡囝跳落水，挃铳拍水鬼。水鬼走去店，龟咬剑。剑无尾，走去厦门偷食粿。（《老鼠仔倌》，《龙海县歌谣分卷》第 275 页，歌后注："相传浮宫洋一个孤苦伶仃的孩子——老鼠，给财主"蚵镜"放牛放马过着牛马不如的生活，最后死在财主手里。"）

实际上，有着"××倌，牵牛牵马上山、山无草、牵到××的门脚口"等系列"套话"的童谣，遍传于漳、泉、厦、潮、台等地，异文很多，有的首句作"龙眼干"或"××倌（官）"，台湾还有多篇讹化为"××娟"（与"官"、"倌"的文读音相近）的传本。"倌"是闽南人长辈对儿媳、弟媳等下辈晚辈的敬称，值得注意的是上引龙海歌谣传本下面的注释，据说抒情主人公即小男孩"鸟鼠仔倌"因少年失怙，给财主"蚵镜"（人名）放牛牧马过活，后来不幸被剥削致死。因而，歌谣中若隐若现地保留了孩子"鸟鼠仔倌"被欺侮，找诸多亲戚"投"（申诉）而没人理会的内容，接下来是某种、某些不明的意外事件发生（这在歌谣里面常常见到，很多意外事件在歌谣里都草灰蛇线）而"害我心肝噗噗弹"，而鸡飞蛋打，而被咬等影影绰绰的诸多跳跃性极强的细节。歌谣中的这些具体事件和情节也如有生命的"遗传信息码"，大多都遗存在台湾本《老鼠仔娟》，可见台湾《老鼠仔娟》是闽南版《鸟鼠仔倌》题目之嬗化。同样地，台湾本《老鼠仔娟》也把母本的"牵牛牵马去上山"改为"牵牛牵马去唐山"，有意无意地成为了寄托歌谣传唱者对遥远故土的怀想（《台湾民间文学集》第 169 页、第 171 页另有台南旗津二本、凤山本此句依旧作"牵马落南山"和"牵马上南山"）。真正有"唐山"字眼而又产生于台湾的歌谣，应当是下面这一首《甘蔗开花亲像菅》：

> "甘蔗开花亲像菅，娘仔祖家是唐山，献出真情给哥看，免得打

呆哥心肝。"

　　我们之所以推断《甘蔗开花亲像菅》有可能是产生于台湾的新歌谣，是有两个间接的依据：一是以笔者地方文献接触之所及，尚未见闽南有这类爱情歌；二是历史上有为数不多的闽南移民是带着眷属移居台湾的，因而歌谣所唱"娘仔祖家是唐山"是可能的。

　　2. "古早话"之"东都"

　　民族英雄郑成功收复台湾（1661）后，在台南地区设置承天府，又名"东都"。这就是说，凡有"东都"字眼的歌谣便是清初产生的，而其产地很可能是台湾。比如，被标榜为台湾"明郑歌谣的"《刺瓜刺刺刺》：

　　　　"刺瓜刺刺刺有点扎人，东都着来去有必要去。来去稳有某定能娶上老婆，唔免唐山怎艰苦不会像唐山这么难熬。"

　　"刺瓜"即黄瓜，因表皮有微刺而得名。歌谣说，一未婚男子要娶亲、传后代的念头如芒在背，要如何快速解决这一人生大问题？用"古早话"来说，就是【第一好，是过番；第二好，过台湾】，男子因而有了"东都着来去"的意想。"东都"，是郑成功在永历十五年（1661）建立台湾明郑政权时，将台湾改称为东都的，因而此语一语道破此谣的产生年代在清初，但作者是否为迁居台湾的闽南人，却值得讨论。有的观点认为它原产于清初台湾，笔者则从它的第二句歌词"东都着来去"的方言句义，认为它表达的是必须"去"——从所在地到目的地，反而证明此歌的原产地不在台湾。因此说，人们并不一定认为它是台湾原产的歌谣。而另一首也有"东都"字眼的《劝君莫过台湾歌》①，则大体可认定原产于闽：

　　　　"在厝无路，计较东都；欠缺船费，典田卖租；悻悻而来，威如

────────────────

　　① 徐新建主编：《人类学写作：中国文学人类学研究会第四届年会文辑》第169页，作《劝君莫过台湾歌》，成都：四川大学出版社2010年版；异文又见《台湾省通志》十一卷二〈人民志·氏族篇〉第一章概说。

猛虎。妻子目滓，不思回顾。直到海墘渡口，从省搭渡；唔惊船小，生死大数；自带干粮，番薯菜脯。十人上船，九人呕吐，乞讨要水洗口，舵公发怒，托天庇佑，紧快点到东都。……"（片段）

此歌在上节引用的异文是：

"在厝无路，想要离祖；欠缺船费，典田卖租；净净出门，心头艰苦。一到海墘海边，从省搭渡；唔惊船小，生死有数；自带干粮，番薯菜脯；到达番邦，无依无靠。"（闽南《过番》，引自刘登翰：《论过番歌的产生和流播》，《福建论坛》文史哲版，1993年第6期）

现存台湾的《劝君莫过台湾歌》与闽南《过番》歌有同有异，异的在闽本第二句"想要离祖"，台版为"计较东都"；第五、第六句闽为"净净出门，心头艰苦"，台本作"悻悻而来，威如猛虎"，并插入"妻子目滓，不思回顾"二句，接下来有数句内容大同小异；结尾部分闽本只有两句"到达番邦，无依无靠"，台本内容很长，我们见到的引文截为六句，即"十人上船，九人呕吐，乞水洗口，舵公发怒，托天庇佑，紧到东都。"由此可见，这两首歌谣有着明显的同源关系。那么，同源的闽本《过番》和现存台湾的《劝君莫过台湾歌》两歌谣的创作孰早孰迟，这恐怕很难判断，因此笔者说"大体"可认定为原产于闽。

（二）台湾歌谣新种类

台湾歌谣新作，有反映郑成功驱荷复台的《郑国姓开台湾歌》（又名《台湾旧风景歌》）等早期歌谣，反映抗清起义运动的台湾"鸭母王"《台湾朱一贵歌》"头戴明朝帽，身穿清朝衣，五月称'永和'朱一贵年号，六月还康熙指朱被清廷镇压"，有《义贼廖添丁歌》及《台湾陈瓣歌》《士林土匪歌》《台湾故事悲情歌曲台南奇案三种》，和"以新环境为题材""同情抗日事迹之叙事民谣"等（臧汀生，第34页）的《周成过台湾歌》《台南运河奇案歌》《二林大奇案》等，以及含有台湾特有词的《黑狗相褒歌》《对答磅空相褒歌》《自动车相褒歌》《乌猫歌》等。再有就是洪惟仁教授所说的，反映台湾近现代文明的兴起歌谣，肯定是台湾"自产"的作品，例如"坐飞机，看天顶天上；坐大船，看海涌潮汐、海浪；坐火车，看风景；坐汽车，钱较省；坐牛车，顺续挽顺便摘龙眼。"
由于早期闽南人大批渡台的年代还没有出现现代化的交通工具，因此说，
这首童谣一定是工业现代化以后所产生的新歌。再如《内地留学生》：

> "内地留学生，
> 过来台湾拍打铁钉：
> 步兵看作当成学生，
> 剃头仔看作医生，
> 屎礐厕所看作房间，
> 监牢看作偬佗间指妓院，偬佗，玩。"

《内地留学生》反映了清末大陆地区的现代文明进程不及日据时期的
台湾发达，因而当"内地留学生"来到台湾而不谙新生事物，将穿着制
服的步兵当成了学生，把穿着"白大褂"的理发匠看成了医生云云，由
此可知这也是一首创作于台湾的歌谣。另有一篇虽然年代较为晚近，却是
渡海定居于台湾的第一代先民的思乡歌谣，即恒春的《思想起》之一①：

> "日头落山啊咿嘟满天红，大海哪彼边啊咿嘟咱故乡咿嘟嗳唷喂。故
> 乡看无心头痛嗳唷喂，嗳唷姆知父母啊咿嘟安怎样咿嘟嗳唷喂？"（歌词
> 中的小号字为衬词）

《思想起·日头落山满天红》虽不清楚其创作时代和最早的流传时
间，然而从歌诗大意可知它是第一代闽南移民初到台湾、思念父母与故乡
的吟哦，它的语言形式和文学表现手法与闽南母本同出一辙，是闽南歌谣
在台湾的一个分支。

更大量的台湾歌谣新作产生于清末国力衰弱打败仗，对日本帝国割地
又赔款的1895年以后。丧土辱国的《马关条约》签订后，日本殖民政府

---

① 《思想起·日头落山满天红》，参见南宁：广西人民出版社编：《台湾校园歌曲乡土民
谣》，南宁：广西人民出版社1982年版，第72页。笔者按：《思想起》衍化为几十首情歌的题
材，如邓丽君、赵传演唱的版本等。

的铁蹄堂而皇之踏上台湾岛，大肆推行"皇民化运动"，台湾的社会现状
发生了根本改变，诬我中华闽南民系语言文化为落后文化，在针对青少年
前程的升学、就业问题上，对于接受日语、放弃中国语言文化（含闽南
语言文化）的台湾人诱之以优惠条件，连最不关心政治的草民也深感政
治歧视和排挤，深感殖民统治的悲哀与无奈。敢怒不敢言的民众"遂有
许多讽刺日人，同情抗日事迹之叙事民谣，用来发泄愤懑之气"（臧汀
生，第35页），而日本人又"借着汉贼文人之手，制作许多假造之台湾
民谣来腐蚀人心，厚颜无耻地说是'士人之念谣'"（同上，第36页），
这类歌谣的语言形式有纯闽南语和闽日杂糅两种。先看纯闽南语歌谣：

> "杏仁茶，杏仁茶，看到警察叩叩爬，碗仔槟破打破四五个，警
> 察掠来抓到警察衙，双脚跪齐齐：'大人，后摆下次不敢卖。'"
>
> "也出日，也落雨，刣杀猪翻猪肚，尪仔指日本巡察穿红裤红裤是
> 日据时期巡察的服装，乞食走无路乞丐无路可逃。"
>
> "宪兵出门戴红帽，肩头扛枪手揲刀，'若有歹人随来报，银票
> 泽山免惊无不愁钞票堆如山，泽山是日语词。'"

这三首歌谣反映日据时期殖民高压统治的民生状况：《杏仁茶》说卖
杏仁茶的小贩见到警察盘查，吓得"叩叩爬，碗仔损破四五个"，被抓到
警察衙"双脚跪齐齐"，请求"大人"原谅；《也出日，也落雨》描写乞
丐被穿着红裤的警察追得无路可逃，《宪兵出门戴红帽》反映宪兵执刀扛
枪威风凛凛，居心不良地诱导百姓们相互举报、奖励钱财，以分化台湾民
众。这就是臧汀生所说的日本人"借着汉贼文人之手假造"的所谓"闽
南歌谣"，已经被日本统治者用为"工具来辅助其消灭我民族意识"（简
上仁，第16页），是民间歌谣在"异族文化外力的创伤带来的流变"①。

另一种则是新创造的闽外（指外语）杂糅歌谣，有的"模仿日本歌
调，套上台湾歌词，有的沿用日本歌词，改唱本省歌调"（臧汀生，第36
页）。例如："自动车，ジドウシャ"和改写为拼音的"自动车，ji do

---

① 傅倩琛：《台湾闽台传统歌谣研究评述》，《福州大学学报》（哲学社会科学版），2012年
第6期。

sha"（《自动车》），"オキトラ大只虎，シヒタケ讲香菇，アメフル天落雨，モチノリ麻薯糊"，还有"arigato 你真好，sayonara 来七桃，atamaitai 头壳眩，nankinmame 土豆仁"（《arigato 你真好》）① 之类，都是殖民者对被殖民者的语言污染和闽南语歌谣的"流变格"。客观地说，这类台湾闽外歌谣中的《自动车》和《オキトラ大只虎》内容较为单纯，有如上举新加坡闽马混合歌谣"'滴格'是席，'沙拉'是毋着"，是闽南人为了"帮助新语言学习"而编的闽日双语杂用的类型，带有闽南人特有的风趣、幽默、诙谐和调侃。

"流变格"还有一个小分支，是闽西（西方语言）双语掺杂的歌谣，例如"ABC，狗咬猪，锄头甲畚箕"（《ABC，狗咬猪》）和讽刺西洋教徒的"ABC，落教的偷纽猪"（《落教的偷纽猪》），其拼音字母在歌谣中发字母音、无意义，只起着开篇、作韵脚和引起下文的作用。《火车》的英文字母则是有音有义的，请看：

> "火车欲行行铁枝铁轨，茶店查某点胭脂。点到朱朱红，茶店查某势拣人。Au to bi 车，Pu，Pu，Pu 象声词，汽车开动声，驶去开到公园洗身躯洗浴。"（《火车》，《台湾民间文学集》第 190 页）

《火车》开头四句，以火车走铁轨为"兴"，引出下面有关茶店女店主抹着朱红的胭脂吸引人、以便从中选择丈夫的句子，紧接着出现了外来词"Au to bi"，意思是"车"，末音［bi］作韵脚；"Pu，Pu，Pu"则既摹拟机车开动的声音，又换了新韵，而后引出"驶去公园洗身躯"的结尾。可见《火车》）的外来词 Au to bi 和 Pu 是确有实义和用途的。臧汀生从《自动车》和《arigato 你真好》《火车》一类"中外合璧"歌谣的存在，认为这说明了"台湾歌谣是自由的包容的。"（臧汀生，第 190 页）

（三）台湾歌谣的特殊地位

台湾歌谣承自漳泉，闽南为"源"台是"流"。但它的重要性和特殊性并不在于是否为"源"，而还在于另外几个方面：

第一，台湾是海内外闽南民系人口数量最多最集中的地区，比闽南内

---

① 引自许极燉：《台语文字化的方向》，台北：自立出版有限公司 1992 年版，第 81 页。

地的闽南人还要多。而聚居的族群是保存和传播方言文化的最有效的载体，单就这一点，台湾在传承闽南方言歌谣方面便名列第一"排头功"。

第二，台湾民间歌谣在形态上比闽南老家更加多样化，这和它所处的历史文化环境有关。在老家，闽南文化占有很大的优势，同省会福州中间隔着一个莆仙方言过渡带（受闽东文化影响较深的老闽南语区），因此很少直接受闽东、闽北、闽中的影响，尤其漳州地区和广东潮汕地区连接成片，其山区连属龙汀客话区，漳州境内的客家方言文化也没能对漳州—闽南语言文化产生实质性的影响，歌谣所赖以生存的语言文化生态比台湾单纯得多。而台湾有闽南人、原住民、客家人和外省人四大族群，都近距离密切地接触，其语言文化环境要比闽南复杂，相互之间的语言—歌谣交流与渗透的程度要高于闽南内地。而"福佬系"移民即闽南人最先到达的地方是台南地区，其嘉南平原一向以民谣之优美而著称，另有"台东调"（别名【平埔调】，平埔是台湾原住民族之一）。这让人联想到以《思想起》闻名的民间走唱老艺人陈达的母亲为原住民，陈达有可能是从母亲和外祖父母那里得到山地歌曲的遗传，因而福建音乐理论家认为"《思想起》与《平埔调》应是在台湾产生的民歌，因为其跌宕与平稳相间、凄厉与委婉相容的旋律，在闽南民歌中是没有的"[①]；同时，台湾闽南人与客家人的混居和近距离接触，也使闽南歌仔受到客家山歌的影响。这表明优美、动听的台湾歌谣中，尤其是可以配乐而歌的民谣里，大多是在闽南歌谣渡海登台后同原住民音乐、客家音乐近距离接触的"文化摩擦"以后迸发出的艺术火花。

第三，台湾传承母语文化的意识和呼声比闽南强烈，有维护区域生态文化的具体措施，无论在闽南方言母语教学方面，还是在幼稚园、小学普及童谣教学方面，都走在闽南前头，值得闽南社会各界认真思考和学习。台湾歌谣等方言文学在社会应用方面凸显着强大的优势，创作欲望强盛，仅闽南语歌曲的影响力便不可小视，里面包括像《天乌乌》《做人的新妇识道理》一类之民谣新唱歌曲等，都乘着影视媒体的"轻型文化快车"闯进大陆文化娱乐市场，风驰全球华人世界。甚至，邓丽君演绎的闽南语歌曲《雨夜花》《望春风》等等方言新歌，南洋华侨都以为是本地民间歌

---

① 蓝雪菲：《闽台闽南语民歌研究》，福州：福建人民出版社2003年版，第291页。

谣（分别收入《新加坡歌谣选》第 351 页、283、284 页）而在传唱。几可以这样说："凡有井水处"即能歌闽南语歌曲"，连非闽南人都喜欢。

第四，台湾还保留了一些南洋没有流传，而闽南老家又已经丢失了的歌谣文本。比如，台湾《一阵鸟仔白溜溜》，臧汀生教授认为从诗中"'一条大路透福州'一句可知此歌原产在闽省，系由母地做横的移植于本地"（第 47 页）；相似的是《一阵鸟仔白苍苍》的开头作"一阵鸟仔白苍苍，飞过厦门透广东"，应该产生于厦门和广东陆路相连的漳州地区，这两篇歌谣都不见于闽南和南洋，却难能可贵地"活"在台湾，其"存史"和保存非物质文化遗产之功莫大焉。

附：

一阵鸟仔白溜溜，一条大路透直通福州。福州查某势拍球姑娘会打球，拍起有花共有柳指打球有花样，谅叔仔，势激酒擅长酗酒。激起真正厚，指酒的度数高，猪哥奔仔势掠鲎好色的阿奔擅长抓鲎。掠去一个更一个抓了一只又一只，鸟鼠缎仔外号叫做老鼠的阿缎势扒虾。扒去一尾更一尾，卓婶仔展伊势炊粿自吹她擅长蒸年糕。炊去一床更一床蒸了好几笼屉，遇着箭仔乱使钻胡乱胡乱钻来钻去，欲食唔敢说相吃不敢说，巷头走到巷仔尾，假无意假装随意地，来点火，一手掀笼床，一手偷提粿偷拿年糕，一块提咧食拿着吃，一块抆在大盘尾抆在肚皮下，烧甲臭焦兼着火烫得好像着火烧焦了，逐家笑甲歪喙面卑大家笑歪了嘴。（《一阵鸟仔白溜溜》，《台湾民间文学集》，第 216、217 页）

一阵鸟仔白苍苍一群小鸟白花花，飞过厦门透直通广东。广东查某势拍球姑娘擅长打球，拍去有花共有柳打起球来花样多，兴起戆仔会激酒酗酒。激去厚厚厚酿得度数高，猪哥潘仔会掠鲎好色的阿潘会抓鲎。掠去一个更一个抓了好多只，瘸手赞仔胳脾有残疾的阿赞会扒虾。扒去一尾更一尾，廊尾清仔会炊粿家住廊尾的阿清很会蒸年糕，廊尾，地名，本义指榨糖工场旁边。炊去一床更一床蒸了好几笼屉，目𠯣仔人名，意为爱眨眼眼势煮番薯糖。煮去十块九块红，童乩芋仔会假童巫神阿芋假装通灵入神。假去有煞泼装神弄鬼有模有样，周仔火，会饲养鸭。饲去十只九只鸟十只养得死了九只，嘉礼仔人名，义木偶，势抢孤擅长争抢供奉给孤魂野鬼的食品。抢去一盏更一盏，大戆和，会相偃傻大个儿阿和会摔跤。

偃去头茹茹玩得头发乱糟糟，细勋仔，会相输小个子阿勋爱打赌。相输赢赢赢赌赢了对方，宗镜仔，势做埕擅长在庭院铺砖。做去一张更一张，庙公吉仔庙祝阿吉势烧香；烧去一支更一支，文竹仔，势刨猪杀猪；刨去一只更一只，贼仔留小偷阿留，势挖壁；挖去一肝寒笔者按：肝寒义不详，可能是错字，左营在台湾高雄市北部人，势做田。（《一阵鸟仔白苍苍》，《台湾民间文学集》，第217、218页）

台湾与闽南的歌谣还有一个奇特的现象，出现在两地儿童游戏之中游戏童谣本是游戏和童谣两位一体、互不可分的，然而在闽、台，却都有两不相匹的情况。比如，漳州有一种儿童游戏，只伴着简单的"锅尼锅尼，啄鼎啄鼎"念词而失却了相应的童谣，有趣的是童谣《锅尼啄鼎》却保留在台湾，并衍生为"锅尼啄鼎，食饭配鸡仔囝，哩啰哩啰，食饭配鸡膏黏稠的鸡屎"①，然而只念童谣而淡忘了相应的游戏。《食米食水》是流传在台湾的童歌，但只唱"鸡仔食米，咯咯咯咯飞；鸡仔食水，咯咯咯咯飞"却不做游戏；漳州有此游戏，仅只说着没有节奏的散句"鸡食水呀、鸡食米呀"，而没有相应的童谣。《雾猪》在台湾是游戏和童谣"雾雾猪；挠大猪，啊雾雾雾雾猪"形影不离、双双俱在的正常态，而在原乡漳州地区，却只存游戏、残存念词，而缺失了富含韵味的童谣。这种在漳州和台湾两地"离异""残缺"了的游戏和童谣②，应该将它们重新匹配，让歌谣和游戏重新恢复为一个整体。

---

① 引自胡万川总编辑：《台中县民间文学集·石冈乡闽南语歌谣》（二），台中县立文化中心1993年版，第64页。"锅尼啄鼎"游戏法，参见拙著：《漳台闽南方言童谣》第229篇（厦门：厦门大学出版社2011年版），玩的时候一个伸出一只手，手心朝上叫"锅"，另一人用食指点戳其手心"锅"，即"啄"其"鼎"，被抓住叫作"尼"，方言谐"拈"［ni1］，以"锅尼"者握住对方的指头为胜，胜者改作"啄鼎"人。

② 参见拙著：《漳台闽南方言童谣》第230篇《食水食米》，游戏中，大人伸出一手手掌朝上，当作鸡食槽，说着"鸡食水呀；鸡食水呀"呼唤幼童，幼童听到呼唤，会从别处跑来用食指作吃米吃水状，而后唱着"咯咯咯咯飞"跑离大人。第231篇《雾猪》为"挠痒痒"婴儿亲子游戏，"雾"是用食指按住下唇、口中使劲出气、双唇发出的振动声，兼指挠痒痒动作；第315篇《跳一支风》是多人参加、类似于跳木马的简易体育游戏，"支"指手指，"风"形容跳得快如风；游戏前先选定一人蹲在对面几尺远的地方听歌谣、做手势，其他小朋友念一句歌谣轮流跳一趟、跨过蹲着的人，但不得碰到蹲者的手指，碰到的就算输、与蹲者交换游戏角色，以先完成全套动作者为优胜。

第五节　闽南方言散文:"古"

　　"古"是不押韵的散文体故事传说,字形"从十"可谓时空纵横交错,表明"古"是经过了历代众口相传而保留下来的,在闽南语区包括了神话、传说、故事、寓言、童话"囝仔古"、笑话之"譀古"[ham5 kɔ3]、"笑古"等体裁。从故事传说的起源看,应是现有了神话传说,而后才有别的散文故事。

　　我国的神话,大致可以分为开辟神话、自然神话、英雄神话、始祖神话等类型,早在没有文字的口传时代便已流传,后来有一部分进入典籍。现存最早的改造自然的神话故事《精卫填海》《夸父逐日》《刑天舞干戚》《鲧和禹治理洪水》《蚩尤之战》等收录在《山海经》,《大禹治水》载于《吕氏春秋》,创世纪故事《盘古开天地》(见于[梁]任昉《述异记》)等,都记载我们的祖先抗衡自然的远大愿望与抱负,也是后人对祖先筚路蓝缕的开拓精神与顽强生命力的真诚讴歌。人类始祖故事如《女娲补天》塑造了人类始祖母用黄土造人,载于[汉]刘安《淮南子》《列子》《风俗通义》(收入《太平御览》卷七十八);火的使用和推广者燧人氏和祝融被推崇为火神的故事,关于周民族祖先后稷既是农业神、谷神的传说等,同见于《山海经》,后者又载入《诗经大雅·生民》《史记·周本纪》、[汉]刘安《淮南子》、[东晋]王嘉《拾遗记》等古籍;发明八卦的伏羲又作宓羲、庖牺、包牺、伏戏、伏牺等,是中华民族的人文始祖和中医药鼻祖,收入多部秦汉典籍。这些故事大多经过史家和文人墨客的改造,并流传下来,然而仍可从中看出原始神话的蛛丝马迹,反映了部族成员对祖先的追念和民族自豪感,大都在闽南语区流传至今。

　　闽南的古老神话传说主要来源于中原。而有关地理地貌、历史事件、历史名人的传说和生活故事,主要源自本民系的民间创作,都用闽南话传播,可是记载到文字里就如钟敬文所说,为了容易记录,也为了看的人容易懂、有兴趣看,而"只好用国语来叙述"①,只在里面包含不多的方言词汇。

　　过去的闽南,各地都有"讲古场"传播民间故事,在 20 世纪 50 年

---

　　① 钟敬文:《闽南故事集·序》,收入《钟敬文民间文学论集》下册,上海:上海文艺出版社 1985 年版,第 462—465 页。

代至80年代（"文革"前期中期除外），各级政府经常组织"讲故事"比赛，家庭、学校和工矿企事业单位等也不时可以听到各种各样的故事。至于民间故事作品的出版情况，据笔者的不完全调查，闽台地区在前清便有引自陈元光开漳故事传说的无名氏章回小说《杨文广平闽十八洞》，自20世纪二三十年代以来出版发行的闽南语故事集，有谢云声《福建故事》，翁国梁《漳州民间故事集》，王娟、筱林、临渊编译《南洋民间故事》，黄振碧《闽南故事集》，泉州吴藻汀《泉州民间传说》，台湾远流出版社《福建民间故事集》，陈奇芳编《南靖民间故事》三集，白建英主编《漳州民间故事选》，江肖梅本《台湾民间故事》，娄子匡《台湾民间故事》和《台湾人物传说》，林藜《台湾传奇》，孔立《台湾历史故事》，陈庆浩、王秋桂《中国民间故事全集·台湾民间故事集》，台湾联经出版事业公司《台湾历史故事》五册，福建人民出版社《福建民间故事》，蔡铁民、陈育伦《福建六十年民间故事选评》，林其泉《台湾历史故事集》，陈炜萍《厦门的传说》（闽版、台版各一），郑惠聪《蛇郎君与莲子脸》，漳州市民间文学研究会编《漳州民间故事选》，卢奕醒、王雄铮《漳州民间故事》，黄瑞金《荔枝的传说》，《云洞岩民间故事》，陈庆浩、林秋桂主编《台湾民间故事全集》，黄锡钧《讲古选辑》，林定泗《东山岛故事》，傅孙义《泉州俗语故事》，卢奕醒、郑炳炎《漳州民间故事丛书》七册，等等，有相当一些故事集收入国立北京大学中国民俗学会《民俗丛书》，在台湾再版。闽南内地还在20世纪90年代发行了《中国民间故事集成·福建卷》各市县故事分卷。台湾也奋起直追，经田野调查后而编印各地民间故事集。闽台还有许多民间文学集里也有本民系的故事传说，例如李献璋《台湾民间文学集》便汇集了二十多个闽南民间故事。这些故事集里所收录的作品有一些是重复的，但更多的是各自成篇的不同作品。

闽南语系的特有故事传说，有的共同流播在闽、台、南洋三大地区，也有的只流通在某个、某些地方。因南洋民间故事资料不足，下面主要介绍闽台两地有文字记录的民间故事与传说。

一　自然界神话

闽南语区关于日、月、星、风、云、雷、电等自然现象的神话故事，主要来自历史典籍记载，少有本民系的民间创作，仅见石狮《长头发的女娲》叙述古时候天离地很近，而女娲头发长，梳头的时候甩头发把天给甩高了，甩破了；女娲就炼了五彩石来补天，无意中遗漏了一道细缝，后来由百姓煎"麦低"给补上。因为老百姓补天的时间在五月，至今闽南至今还有五月节"煎低补天"的饮食民俗。关于电神故事的母题，漳州流传着解释性的《打雷之前先闪电》故事。

闽南人似乎更关心本土地理地貌及水流山川的问题，这类熟语故事如《沉七洲，浮太武》说在远古时期，现在的漳州南太武山一带是汪洋大海，遇到南海观音前来施展仙术，于是电闪雷鸣，击沉了"七洲"，忽地一奇峰破水而出，直刺云天，浮出了现在的南太武山。相似的《沉东京，浮福建》《沉东京，浮南澳》谚语故事也反映口口相传的"沧海桑田"地质大变迁①，而南太武山有一块附着蚝壳的岩石，则被当作福建是从海上浮起来的证据，石头上后来又被人刻上了"眼底东京"四个大字，以附会从前在这里可以望见"东京"的传说。又传说宋末在福州称帝的赵昰航海南逃，曾在小金门停留，元军随后追击，适逢地震，山体断裂，追兵受阻，才得以逃脱；也有传说宋帝昰的行宫在东山，后来因地震而陷落海底，其地点就在东山岛靠外海一边的川陵山（又名苏峰山）边缘云云。其实只是山体伸入海域的部分因地震而塌陷，沉入海底，而所传从前可以在晴天隐约见到的"海底城堞"，也不过是由原山体形成的暗礁。这表明民间故事同"沧海桑田"地理变故的直接关系，《虎郎和龙女》则说鼓浪屿为什么同厦门岛分开，也是同一类故事。

动物传说既有朴素的童话，也有神话。前者主要演绎动物的来源及其生物性特征形成的缘由：

---

① 关于"沉东京，浮福建""沉东京，浮南澳"，《山海经》就有"闽在海中"的记载，傅金星又列举了几种说法，一是随着南宋国家经济政治中心南移，原宋都"东京"开封的地位下降，福建地位得到提升；二是福建民间传说称南宋末年，小皇帝赵昰在陆秀夫、张世杰等扶助下逃到广东南澳岛，准备在某小岛建"东京"小行宫，不料发生地震，小岛沉入海中等。参见傅金星：《"沉东京，浮福建"集中传说》，《福建地名》，1981年第1期。又《云霄县志》卷二第七章第一节记载万历二十八年（1600）八月二十三日夜7级大震，震中广东省南澳，民国年（1918）正月初三地大震，震中广东南澳7.25级；又《东山县志》卷二第八章第三节记载本县乾隆五十六年（1791）三月初六发生地震，震中在东山，7度，证明以南澳岛为中心的闽粤交界区域是个地震频发的地区，民间的这种"一沉一浮"传说，记录了地球的地壳运动引发的地质大变化。

一如同样是牛，黄牛和水牛的皮毛和叫声为什么差别那么大？《水牛和黄牛》说，大个子水牛的皮毛原为黄色，小个子黄牛却穿着难看的灰黑色衣服，便建议和大个子水牛互换衣服穿一天。谁知过了一天、两天、三天过去了，黄牛却赖着脸皮硬是不还；忠厚老实的大个子水牛被灰黑色小衣服绑得紧紧绷绷很难受，便一天天朝着黄牛叫着："换〔uāi3〕！换〔uāi3〕！"（泉州腔）黄牛却腆着脸说"嗨啊——，嗨啊——"（不换嘛，不换嘛）；因为黄牛穿的是水牛的大衣服，不合身，因此至今黄牛的脖子和肚子下面的皮，永远都是松弛地耷拉着。

二如海中成对在一起的鲎，总是雌负雄行，狂风巨浪也分不开。《鲎的传说》说，古时候东海有座渔村，渔村有一对青年青梅竹马，两小无猜相爱了。到了结婚的年纪，渔女的后娘却要把她许配给渔霸为妾，只好向渔郎诉说衷肠，两人约定晚上再到海边相会。到了时间，渔郎见渔女还没来，就想试探她是否真心，便躲到大石头后面张望，张望……过了一会儿，渔女来了，却没见到渔郎，以为他变卦了，伤心欲绝的她纵身一跳，投入波涛汹涌的大海。躲在大石头后面的渔郎见状大声喊叫阻止她，无奈已经来不及，便也跟着跳下了大海，紧紧抱住渔女不放。就这样，我们现在见到的鲎不但公母相合，而且是雌负雄行的样子。

其他如《猫和老鼠》的故事，猫和老鼠本是好朋友，因争着要进入十二生肖而反目为仇。相类的还有《文昌鱼的传说》《无鳔江鱼》《红壳虾》《石螺（田螺）无尾》、台湾《都督鱼和黄圭鱼》《虱目鱼》《豆仔鸟》《鸧鹒鸟》《龟笑鳖无尾》《虎惊漏》等。流传闽台各地、收入多部动物故事集的《蛇郎君》（详见第四章第二节）和南洋动物故事《姊妹和短尾猴》等，大多表现人与动物的关系。《虎姑婆》的内容则类似于西方的《狼外婆》《小红帽》。《吴夲虎口拔银钗》又名《大道公和老虎》，说的是老虎吃了人，被骨头卡住喉咙，请求"大道公"吴夲（宋代泉漳交界处的著名乡村医生）施救，从此再也不伤人，而成为大道公的好帮手等。

植物传说则有多个不同内容的《水仙花的传说》《兰竹荔枝的传说》《爱玉冻》《太武香菇》《相思树的传说》和《坪山柚》等收入陈炜萍《厦门的传说》，另有东南亚的《椰子树的神话》和《番薯渡海》故事等，数量上比动物故事少。

二 地方风物传说

闽台有着内容丰富的地方风物传说。有关山川、地方建筑的如《海水咸的故事》、厦门《双莲池》《鸡屿》等传说，泉州有《九仙山传说》《姑嫂塔》《出米石》《石狮王、关刀埕》《镇南关的石人石马的故事》《安平桥的故事》《洛阳桥的传说》等；漳州的《九龙江的由来》、南山寺《填钟窟传说》、江东《虎渡桥》《三平祖师公》《白鹿洞米穴》等传说；台湾《二八水》《莺歌石》《金瓜石》《半屏山》、斗南《石龟》、水上《颜思齐墓碑的刻痕》《剑井》《剑潭》、嘉义南门边的《红毛井》、台北《蟾蜍山》、台东《鲤鱼山》、台中大甲镇《铁砧山》等等故事。也有地方特产故事，比如龙海专产双黄蛋的《金定鸭》、石狮小吃《螺肉碗糕粿》、漳州《片仔癀》《八宝印尼》《贡品明姜》等等。

三 人物故事传说

属于远古人物故事的，闽南大致只有"太武"（太姥）祖先传说之凤毛麟角，同见于第四章第二节《闽南民系始祖、图腾及传说》部分。"黄尾的故事"也属于较为久远的故事。据说人类早先是有尾巴的，青少年时代尾巴粗壮、毛色光亮，中年以后便渐渐枯萎发黄，意味着将要老死了。故事说，有个壮年人外出劳作，无意中看到自己的尾巴黄了（其实是沾上了黄泥），便以为自己快要死了，而诸事破罐子破摔，花尽了家产吃苦头，后来才发现尾巴好好的，生命结束与否从此便和尾巴黄不黄没关系，再后来，人类就渐渐没有尾巴了，用故事的形式诠释了人类为什么没有尾巴。人类曾经有尾巴的话头如今还保留在俗语中，比如老人骂孩子常说"无尾死团仔"。

闽南语区的历史人物故事传说多讲述具有全国性影响的风云人物和重要教育家、文学家等名人，比如"陈元光亲族将士开漳"系列故事，抗倭英雄俞大猷、戚继光的故事，沈有容、颜思齐、郑芝龙开台故事，郭怀一反抗荷兰侵占台湾的故事传说，清初郑成功率军北征南京的小说《五虎闹东京》，郑成功、施琅两度收复台湾的故事等。涉台故事则有抗击太平军战死故乡万松关的漳籍台中人林文察，台湾"抗日三猛"简大狮英勇就义的故事，以及乾隆年间漳州林平侯（1766—1844）家族赴台湾垦殖致富后，于嘉庆二十四年（1819）起，历经四代人、116年头，年年从台湾把稻谷和棉布运回漳州老家角美杨厝井村社的义庄赈济赡养贫苦族人和宗亲的故事，至抗战期间方因交通阻隔而停办。文人故事传说如泉州欧阳詹——唐德宗贞元八年（792）的闽南首位进士买药出谜识姑娘、得功名回乡重访得佳偶的故事，"父母官"朱熹治漳开化民智的系列故事，漳州理学家陈北溪《无猫亦无加令》《画月赠朱熹》《画稿作嫁妆》系列掌故等，《郑虎臣诛贾似道于木棉庵》，明代著名思想家李贽儿死劝媳改嫁的故事；黄道周不畏强敌、带领门生为骨干组成的三千扁担军、锄头军，凭着一腔热血血战强大的清军，兵败被俘、慷慨就义，获乾隆皇帝御赞："黄道周立朝守正，风节凛然，其奏议慷慨极言，忠尽溢于简牍，卒之以身殉国，不愧一代完人"的故事；"一门两帝师"——清乾隆帝的老师和嘉庆帝的老师蔡新蔡致远、蔡新两叔侄的故事与传说。此外，也有以"海贼"蔡牵、海盗《林道乾兄妹》《林道乾与十八携篮》《林道乾铸铳打自己》的传说，以及台湾农民起义首领《鸭母王》朱一贵的故事，台湾抗日"义贼"廖添丁的故事，郑和下西洋和"三宝垅"故事，中国民间文艺研究会福建分会选编《侨乡民间故事集》，著名华侨领袖《陈嘉庚》等系列历史名人故事等。

　　有些民间故事还用方言表现地方文人之不谙母语书写。比如，向康熙皇帝力荐同乡施琅收复台湾的李光地（1642—1718）的《光地告老回乡难秀才》故事。李是泉州安溪人，康熙九年进士，历任内阁学士、兵部右侍郎、直隶巡抚、吏部尚书、文渊阁大学士等要职，很是风光。告老后隐居家乡，有一回外出，和几个赴考的秀才们同乘一条船。目空一切的秀才便以《行船》为题，要跟这个不起眼的小老头儿比才学。李光地便用闽南话高声吟诵诗作，请秀才们把它写下来。这些秀才听得目瞪口呆，相互切磋半天，还是不知每句诗的开头两个字究竟怎么写，只得认输。李诗是：

> ［khih7 khook7］木为舟，
> ［kih7 kuah7］水中流，
> ［ĩ6 uãi1］双支桨，
> ［sih7 suah7］到泉州。

诗的大意是刻木为舟泛水流，双桨翻飞到泉州。方言诗里的难字都是象声状物词：文读乞涸［khih khook］是钉木头的声音，柿活［ki kuah］为活活水流声，院歪［ĩ uãi］是双桨翻飞的吱嘎声，唑唰［si suah］指飞快。可想而知，李光地若不是对闽南语有着透彻的了解，是写不出这样富有乡土韵味的诗作的。实际上，这首诗未必是李光地写的，因为闽南语区各地多有故事"安"了这首诗，而诗作的主人往往为当地有名的文人，可见诗作之广为流传。从这些闽南语民间故事传说可以看出涉台的人物故事特别多，而成为本民系民间文学的一大特征。

四　开疆拓土故事

闽南语区的历史事件传说都伴随着历史人物展开，往往涉及闽台地方重大历史事件，其中有关历史名人开疆拓土的故事占着很重要的地位。这类故事中，又以异族的入侵带来的宋元交替、明清交替之"朝代尾"故事和"开台"故事最动人心魄，究其原因不外有三，一是故事发生的年代正值新朝初立、摧枯拉朽、百姓流离失所之时，而历史事件又以王家与臣民的真人真事为主轴，故事情节摄人魂魄，故事的发生地就在眼前……若论民间故事所反映的闽台文化之重要关联性，则非"开台故事"莫属。闽台民众历来用传颂和表现先民拓殖台湾岛的"开台王"故事、骨肉亲情民间传说等，来赞颂先民对积极开发台湾岛所付出的艰辛和重大贡献。由此可见，这类开疆拓土故事实际上已经是地方史不可或缺的一部分。

（一）入台平倭舌战红毛　沈有容

沈有容，安徽宣城人，生于官宦习文之家，有容却独"自幼喜走马击剑，好兵略"，万历七年（1573）于应天（南京）武试第四名，开始了戎马生涯，因武艺高强英勇善战而屡立军功，调任福建擢都司签事，驻防金门、石湖泉州石狮港、铜山（今东山）一带，多次歼灭盘踞台湾的倭寇，"倭破，收泊大员（台湾）。夷目大弥勒辈率数十人叩谒，献鹿馈酒，喜为除害也!"（陈第《东番记》）万历三十二年（1604），荷兰东印度公司趁明军换防之际，企图永久占据澎湖。沈有容严密部署后，勇驾单舟驰荷舰，指陈利害，严正晓谕，不费一刀一枪退敌兵。万历四十五年（1617），日本明石道友多占领台湾，沈有容先以威名制服其一部，再率水师在东沙岛（白犬岛）合璧围困，以倭制倭，迫使顽寇弃械投降，维护了祖国的尊严和领土完整。任职闽、浙、台

澎湖岛马公镇天后宫清风阁
"沈有容谕退红毛番韦麻郎处"石碑

期间，沈有容加强海防建设，指导台民耕种达 15 年，深受当地民众的爱戴和拥护。闽、台人民为他树碑立传十多处，歌颂他的功德。至今还有一块刻着"沈有容谕退红毛番韦麻郎处"的大石碑，完好地保存在澎湖岛马公镇天后宫清风阁供凭吊。

（二）开台王颜思齐

流传于闽台的《颜思齐》讲述明代漳州府海澄县裁缝颜思齐的故事。因遭宦家恶奴欺辱，思齐怒杀之，而逃亡日本投奔乡亲——原来，明末的长崎聚居着闽浙沿海从事海外冒险的海商亦海盗[①]的富豪和志士。颜思齐居日未久，日本平户当局便任他为头目"甲螺"。明天启四年（1624），思齐等闽商不满日本德川幕府的统治，密谋参与日本人的反抗，不意事泄遭搜捕。思齐率众乘十三艘船仓皇出逃，落脚于膏腴的台湾。这些海商海盗们原本就是渔家农家子弟，有着渔猎、垦殖的经验，便一边安抚原住

---

① 因明廷的海洋贸易政策多变，屡通屡禁、屡禁屡通，因此在通海时称呼这类从事海洋贸易的富商为武装海商，在禁海时期，海商摇身一变即海盗。

民，传授生产技术和经验，友好睦邻；一边渔猎耕作，从漳泉老家招徕贫民发展农业和海上贸易。未久颜思齐感染风寒，医治无效，英年病逝，众人推举年纪最小、有谋有胆的郑芝龙（郑成功之父）为首领，继续共有的事业。为了纪念这位最早成规模组织对台移民和垦殖的开台英雄，人们尊称颜思齐为"开台王"，在他登陆的地方——云林县北港，竖起了一座"颜思齐先生开拓台湾登陆纪念碑"，并在嘉义县新港乡妈祖宫前建了金碧辉煌的"思齐阁"和"怀笨楼"。五层高的"思齐阁"引来游人不

云林县北港镇
颜思齐先生开拓台湾登陆纪念碑

绝，妈祖宫仍珍藏着思齐当年建筑营寨的蓝图，供后人景仰。不过，闽、台两地所传说的颜思齐故事存在着一定的差异性，闽南尤重思齐故事之全局和大略，而台湾的传说更在意于颜思齐在台的建树。

（三）郑成功

如果说，颜思齐开台故事较为和平、温馨、共求发展的话，那么郑成功的开台故事便可谓充满着凛然正气而波澜壮阔，带有一定的武装开台色彩。这一"武装开台"针对的不是台湾原住民，而是窃据台湾岛的荷兰殖民者。这话还得从郑成功的老爹郑芝龙谈起。

颜思齐去世后，郑芝龙树旗招兵，亦盗亦商，成为东南海域的重要军事力量，后来受明廷招安。天启六年（1626）遇福建大旱，郑芝龙向福建巡抚熊文灿建议招募饥民，用海船载到台湾垦殖，"人给银三两，三人给牛一头"，（黄宗羲：《赐姓始末》）。耕作所得由郑芝龙统一收购，纳入他的"闽、台、南洋"的国际贸易链。这是政府第一次有组织的闽南对台大移民。后来郑芝龙官至福建都督，衣锦还乡，对台湾渐不重视，被荷兰人乘机控制了南台湾。

宋克指挥的荷兰武装船队在 1624 年 9 月来到台湾伊始，便用贿赂原住民首领、说好话，假装谦卑地请求"'借用'一块牛皮大的地方"做贸

厦门大学郑成功演武场遗址

易的欺骗手段，将牛皮泡软泡胀，割成细绳圈地，骗取了一大块土地，在一鲲鯓即今天的台南安平修建起"热兰遮城"，成为荷兰驻台湾的"总督府"，又占据岛上的土地为"王田"，反而要台湾人缴纳高额地租，要7岁以上的人按月交纳人头税，等等。这就是《牛皮圈地》的故事①。后来郑成功扛起"反清复明"的义旗，以金、厦、漳、铜（东山岛）、澳（南澳岛）等闽南沿海地区和岛屿作为根据地，同清军展开残酷的"拉锯战"达二十年之久，其子郑经在郑成功去世后也又坚持在闽抗清20年。郑成功曾两次挥师北伐抗清，后来战败失利回闽南，于1661年毅然率军渡海过台湾，次年将荷兰殖民者驱逐出境。郑军及其眷属约3万多人分区驻扎屯垦，又招徕因清廷"迁界"而流离失所的大陆沿海民众，充实台湾，被两岸人民尊为"开台王"，其"开台"传说与颜思齐并行不悖。因郑成功对抗的是西方武装侵略者，而带有国际化性质，其传说和故事也跨出国门，享誉全球，成为世界性"大航海时代"故事之航海拓土"koksingya"

---

①　《牛皮圈地》是西方侵略者在亚、非、拉、美各地骗取最初落脚地的惯用伎俩，也叫《牛皮割地》。据［明］张燮《东西洋考》卷五【吕宋】条、《明史》卷三二三《吕宋传》《台湾小志》的记载和民间传说，都有类似的内容。《牛皮圈地》虽说是遍传中外的一种故事类型，然而西方殖民者藉此类手段"开拓"海外殖民地的历史事件却时有发生，可见这类故事的内核是真实的。

（即闽南音"国姓爷"）的传说。

建于台南赤嵌城南侧庭院的郑成功驱逐荷兰人受降雕像

　　闽、台两地传说中的郑成功也是有异有同，相同的是都以尊奉郑成功乃大明忠臣，勇于抗击外贼侵略的民族英雄为主流，都传说郑成功有谋有略，骁勇善战，同时又兼具一些"海盗"——海商精神。不过，闽南版郑成功故事多强调其用自己的海外贸易经济来源支撑巨大的军费开支，勇担全国武装抗清主力二十年，其故事可歌可泣，感人至深；其抗清活动的历史遗迹在闽南地区，尤其是在九龙江中下游一带，随处见在。台湾郑成功传说则主要突出其英勇决断出奇兵的跨海作战，一举驱逐荷夷，收复台湾（1662），以及因爱戴国姓爷而衍化出的许多"国姓爷"地名故事、神异故事和风物传说等。足见台湾民众对郑成功的爱戴之深。

五　垦台故事与传说

　　闽南先民自有组织地过海赴台，便开始了垦殖活动。而留下具体的垦殖工作"领军人"姓名者，始于郑成功的将领们；台湾地名中的"××营"如新营、旧营、查某营（女营）等等，都是郑军当年屯田垦荒的营地，留传了许多当年郑军军垦台湾的故事传说和著名史迹。

　　（一）《林凤与"林凤营"庄》

　　《林凤与"林凤营"庄》讲述郑军部将林凤开发斗六竹山的故事。据连横《台湾通史·列传》卷二九载："林凤，福建龙溪人，为延平郡王部将，从入台。永历十五年（1661）率所部赴曾文溪屯田，则今之林凤营。"原来，林凤是漳州东山县康美村人，编于清康熙三十八年（1699）的《康山族谱》有部分史料显示他出身军门，任郑成功手下"亲军虎卫镇"，跟随郑成功率水师渡海收复台湾、赶走荷兰殖民者之后，便奉命率部到台南县曾文溪北屯田开荒，耕种"营盘田"。为纪念林凤之恳田功绩，郑成功之子郑经将林凤屯兵垦荒的曾文溪北命名为"林凤营"，现成为明郑时代闽南人开发屯垦台湾的著名纪念地。其后裔已传至一百多户，都奉祀林凤为"林凤营"始祖。1988年1月，台湾林丽锋先生受族亲委托绕道日本，途经北京、福州、漳州找到东山康美村，说："我历尽千辛万苦，终于完成了台湾林氏乡亲的重托，寻到了祖家康美村！"此后林凤的后裔多次组团返乡寻根，向祖家捐建中小学校、广场、公园，设立教育奖励基金会等。台胞林氏宗亲说："我们要认祖，加深骨肉情，让台湾林氏子孙，世世代代永不忘本！"

（二）《林圮与"林圮埔"》

《林圮与"林圮埔"》主要讲泉州同安人林圮为开辟云林县所做出的特殊贡献。林圮是郑成功麾下战将，随郑军入台后，为巩固政权，解决军资民食，奉命率部200多人不畏征途艰险，进入今云林县浊水溪畔的斗六门屯兵垦荒，成为开发云林第一人。这里土地肥沃，水量丰沛，却蛮烟瘴雨，地广人稀，地势险要。林部餐风露宿辟田畴、兴水利，披荆斩棘，军纪严明，秋毫无犯，团结原住民，用两年多的时间从斗六门渐次东拓至竹山镇。林圮又回乡组织一大批林姓乡亲带来良种、牲口，植蔗、制糖、烧瓦、经商数举并行。然而，这里本是原住民的游猎之地，孤军深入的林部不幸遭文化隔阂的原住民倾社来袭，把林部将士们团团围困在营房。由于没有后援，瘴气已致壮士们病倒无数，引发众议放弃屯田回台南。林圮坚决反对曰："此，吾与公等所困苦而得之土也，宁死不奔！"誓与恳田共存亡。终因寡不敌众，粮尽被俘，林圮和所部垦兵全部被杀。消息传到军中，上下悲痛万分。郑经亲派得力将领和地方官员将林圮及其将士们的遗体隆重安葬，改地名为"林圮埔"，以表纪念。后续的闽南垦兵、垦民又络绎到来，"林圮埔"所在地逐渐被开恳为居民数万、物产丰富的富足之乡，至乾隆年间（1736—1795）出现了热闹的"林圮街",光绪十四年（1886）设立云林县。现云林的林姓居民发展到数万众，街上的"崇本堂"宗祠如今仍供奉着林圮的神像，上书："清开辟水沙连右参军林圮公一位神主"。林圮垦台的故事，流播两岸。

（三）《"阿里山神"吴凤》

早期台湾开发史上主要遗存的，是军垦将领的垦荒故事，后来这类故事的主人公由军官换了老百姓，其中最著名的要数漳浦人吴凤（1699—1769）。

吴凤5岁随父渡台，定居于诸罗大目根堡鹿麻庄（今嘉义县中埔乡），24岁便任阿里山"理番通事"，负责与原住民沟通、联系等事务，鼓励原住民发展农业生产，推广闽南先进的农具，传授生产技术，几十年的努力换得原住民的高度信任，民族关系融洽。无奈遇到了灾年，而有着猎人头祭山神、求丰收的"出草"习俗的原住民，以为是听从了汉族的教化，中断向山神祭祀人头，而招致山神发怒、惩罚山民所致，便告知吴凤，近期就要恢复猎人头挽回损失，导致汉族移民心惊胆战，人人自危，无心耕作，民族关系紧张。吴凤为此多次深入山寨苦苦劝说无果，只好答应只可再猎一个人头、下不为例，双方约定了具体的地点和时间。原来，吴凤是为了矫正原住民的这一恶习，而决定以身劝化的，便一边通知所有汉民近期不要进山，一边精心安排……到了约定的日子，即清乾隆三十四年（1769）农历八月十日这一天，吴凤化了妆，前往约定地点，故意让原住民"误杀"了自己，用生命维护了民族友谊，时年71岁。原住民发现杀的竟是他们敬爱的"理番通事"，悔极、恸哭而感动，终于不再"猎头"。人们为了纪念他的功绩，尊其为"阿里山神"，在他殉职的地方建庙立碑。他的故事，长期感动着两岸人民，也包括了台湾的原住民。

（四）《"开兰始祖"吴沙》

吴沙（1731—1798），漳州漳浦县人，1773年率领漳、泉、粤贫民渡台，兴修水利，艰辛开垦噶玛兰（后改名宜兰），把荒芜之地拓殖为台湾有名的谷粮仓，得到后人的尊敬，被推为"开兰始祖"。清政府为其立"吴沙昭绩碑"，以纪功绩，其故事流传闽台民间。

（五）　曹瑾与"曹公圳"

曹瑾（1787—1849），字怀朴，号定庵，清怀庆府河内县（今河南省沁阳市）人，一生最突出的贡献在台湾。在台 8 年，曹瑾修水利、办文化、兴教育、平械斗，勤政爱民，抵御外侮，为开发台湾作出了突出的贡献，深受当地民众爱戴，成为官督水利工程的代表。曹瑾积劳成疾，病逝台湾，民众为其集资修建"曹公祠"，将他所主持修建的大高雄地区最著名的灌溉水系被命名为"曹公圳"，在凤山县命名了一条"曹公路"，他的事迹如今仍在台湾和他的故乡河南沁阳广为传颂。

（六）　施世榜、八堡圳与林老先生

施世榜（1671—1741），字文标，号澹亭，是施琅的宗侄。世榜无意功名，于康熙四十年（1701）向官府申请彰化半线番社和东螺平原的垦发土地执照，先后购置埔地（荒地）、滩地（海涂地）三千多甲（每甲十一亩），招集佃户开垦耕种。为了变旱地为水田，世榜走访贤士，因势利导，克服重重困难，在浊水溪中游筑陂（堤坝）建水圳，截流聚水，提高水位导流，数年后筑成一条圳渠灌溉系统。可是圳水却未按照计划流到田里，施世榜只好悬赏问贤。果然有一林老先生登门献策，指出"某也丘高宜平之，某也坡低宜浮之，某也流急宜道之，某也沟狭宜疏之"，开渠分流。水渠果然畅通无阻，而林老先生却分文不取，飘然而去。这条水利工程共由 5 条干渠、12 条支线、13 条分线、11 条小给水路组成，总长 566 公里，灌溉彰化十三堡半中的八个堡一百零三乡村，受益农田十九万甲约 20 万亩，旱田变成高产的水田。因圳水灌溉八个堡，便名为"八堡圳"，又因世榜所建而称"施厝圳"。彰化农民为了感谢那位不知名、不贪财的林老先生，特尊他为圳神，在二水圳头建林先生庙年年祭拜，至今不衰；为了感念施世榜的恩德，尊施世榜为"八堡圳之父"，崇祀其禄位于员林，后迁到鹿港天后宫右厢建祠堂奉祀。如今台湾彰化县的二水乡，每年都在八堡圳举办"走水祭"，以感怀先人的德泽，"食果子拜树头"，饮水思源。

六　生活故事

闽台民间生活故事很多，例如《孝子钉》《草索拖阿公》和《鲈鳗舍》等，都流传在闽台和南洋。《谢能舍》主要传播漳州，《邱罔舍》

《老仔三》《白贼七》《戆囝婿》《呆妻》等故事普遍传播闽南和台湾，巧女故事《东司娘》（厦门讹作"冬生娘"）流传在闽南，浪荡才子故事《许懈》主要流播泉州、同安、金门。故事发生地在台湾的有《石龟与十八义士》《林半仙》《葫芦墩》《憨光义》《汪师爷造深圳头》等，主要传播在台湾。

七 民间信仰与传说

民间信仰与传说也包括了神明故事，比如闽、台、南洋有关于关公、佛祖、王公爷、水鬼做城隍、姐婆祖等传说，以及《敬乌鼠公》《敬田头公》的故事。若论其最大宗，要数两地民众共同传承着的《郑和下西洋》故事，武圣关公和陈元光如何保境安民的传说故事，"大道公"吴夲 tāo（979—1036）悬壶济世故事等等为最大宗。

据传北宋泉漳民间乡土医生吴夲家在泉州府同安县白礁乡（今漳州龙海角美镇白礁村，即现在的角美台商投资区）一带，医术高明，医德高尚，因生前治病救人无数而闻名遐迩，且救治过皇太后的疑难病症，而被称为宋代"首席御医"，著有《吴夲本草》一书。吴夲于采药时不慎跌落悬崖而羽化，家乡人称其为"吴真人"，尊为"神医"。清代大学士李光地《吴真人祠记》云："吾邑清溪之山，其最高者曰石门。吴真人者，石门人也，乡里创庙立祀，子孙聚族山下，奉真人遗容。"现吴夲已成为闽南、潮汕、台湾、香港、澳门、东南亚及中国吴氏后代所共同信奉的道教神祇，大陆和台、港、澳及东南亚共有 2000 多座供奉吴夲的保生大帝庙宇，信众近亿人。

台湾《妈祖开台传说》系列中，因台岛各地奉祀的妈祖神像来源不一，便有了关于《湄洲妈》由湄洲始祖庙分身来台的传说，《银同妈》是由同安县分身来台的传说，《温陵妈》是由泉州分身来台，《乌石妈》则是由漳州府漳浦县旧镇乌石分灵之说。两岸妈祖传说中的一个说法，特别有趣，即大多数妈祖神像的脸都是粉色、红色的，却也有一些黑脸的"乌面妈祖"。比如，湄洲岛妈祖庙朝天阁的神像就皮肤黝黑。有台湾信徒说，这是因为台湾从湄洲祖庙恭迎妈祖乘船渡海路途远，信众将妈祖供奉于遮风挡雨的船舱中，不间断的烟火熏黑了妈祖的皮肤云云①。第二个说法则与郑家军渡台有关：将士们把妈祖神像"请"到战船上供奉，香火从未间断，有一次却遇上了飓风，把船吹得团团转，船上的物品着了火，大家手忙脚乱救火抗风，才发现妈祖神像的衣服给烧着了，脸也熏黑了，却基本完好，而这时候风也停了。于是人们就传说，"乌面妈祖较'圣'"——黑脸的妈祖更灵验，而有了许多庙宇宁可请乌面妈祖也不要粉面、红面妈祖的民间信仰习俗。

有着一千多年历史的乌石天后宫的金像乌面妈祖传说又不一样：据说，宋真宗咸平二年（999）是妈祖林默逝世12年，朝廷敕封建平海妈祖行宫，用上等樟木雕刻红面、金面、黑面三种不同面色的妈祖共6尊。红面妈祖慈祥如凡人，金面妈祖代表羽化得道，黑面妈祖则是救苦救难之相。而现存旧镇乌石妈祖就是这6尊妈祖金身雕像之一的黑沉香木雕成的，原是湄洲最古老的妈祖像。其"安家"漳浦的原由要从明朝探花郎乌石人林士章说起。据传当年林士章赴京赶考，路过泉州洛阳桥，妈祖显圣挡住去路说：有个下联"鞋头绣菊，朝朝踏露蕊难开"给你对对看。士章一时对不出来，默默赶路。可巧到了京城殿试的时候，皇帝出的上联是"扇中画梅，日日摇风枝不动"。林士章突然想起不久前妈祖给的上联，便对答如流曰："鞋头绣菊，朝朝踏露蕊难开"，而高中探花，后来官至礼部尚书。林士章告老还乡时，特经湄洲朝拜同姓的"妈祖，祖姑"，并对当地宗亲说："祖姑托梦跟我说，要随我到漳浦观赏海云禅月。我想迎请祖姑到漳浦。"经当地人同意，林士章就把妈祖宝像迎入了海云家庙②。

以上民间故事传说主要是根据内容来分类的，正如前面所言，大多是用共同语来记录。而用严格的闽南话来写的故事，大多出自台湾，例如洪

---

① 导报记者：《朝天阁妈祖"黑脸"只因台湾信众虔诚》，参见《海峡导报》，2012年3月26日台海·综合版，网址：http://epaper.taihainet.com/html/20120326/hxdb377420.html，查询日期：2016年2月8日。

② 参见者郑瑞卿、黄辉：《漳浦黑面妈祖金像屹立千年　政府欲打造28米高妈祖像》，《海峡导报》，2012年5月28日，见闽南网，网址：http://zz.mnw.cn/zhangpu/xw/115864.html，查询日期：2016年2月8日。

漳浦县旧镇镇乌石

锦田《鹿港仙讲古》、洪惟仁《台语囝仔古》和《台语经典笑话》① 等。如果按体裁来划分，闽南方言还有下列形式的散文作品：

八 "颟 [ham5] 古"、"笑诙 [khue1]" 即 "笑古"

颟 [ham5]，闽南话指虚妄的、被夸大的；"颟古"便是虚夸的故事了，和"笑诙""笑古"一样，大都指民间滑稽、夸张、可笑的笑话，也包括好笑的幻想故事和神话故事等。例如，闽南原本有个民间传说《盘古》，后来衍生出"颟古"《盘古偕盘扁》，说的是一个记性不好又爱讲故事的人，经常因讲错话而被取笑，就特意向妻子学说《盘古》故事，可是反复练习还是记不住盘古的"古"字。妻子就帮他想了个好办法，在衣兜里揣了一面纸糊的小鼓，作为提示。这人于是信心满满到了朋友家"展厚皇"，极力炫耀地开了讲。只见他"盘、盘、盘、盘"盘半天，就是"盘"不出一个"古"字来，情急之下突然想起妻子为他准备的提示物，便往衣兜里一摸，摸到一个扁扁的东西——原来那面纸糊的鼓已经被

---

① 洪锦田：《鹿港仙讲古》收方言故事、方言笑话共56篇，台北：台语杂志社·联经书报社1995年版；洪惟仁：《台语囝仔古》收方言童话11篇，台北：台语杂志社1993年版；洪惟仁：《台语经典笑话》收方言经典笑话64篇，台北：台语杂志社1999年版。

他不小心坐扁了。只见这人顿有所悟，底气十足地大声讲道："话说自古那个盘扁啊"，众人一听，笑得捂肚子问道："自古只听说盘古，哪来的盘扁呐？"此人也自知弄错了，却"死鸭仔硬嘴咅〔pue1〕"（熟语，鸭子到死嘴还硬）地反问道："难道你们都只知盘古，而不知盘扁吗？盘扁，那可是盘古的老爹呀！"

闽南还有"颠古"《白贼七仔》《大食食量特别大八仔》《惊某怕老婆大丈夫》《大舌鼓爱讲话》《戆〔goŋ6〕团婿》系列、《戆〔goŋ6〕新妇》系列等，都诙谐可笑又动听。由真人真事衍化的系列"颠古"《谢能舍》（舍，公子哥儿），讲的是明代漳州探花谢琏的独生子名叫谢能，自幼行为乖张爱作弄人，最后把家道败尽跳南门溪（九龙江的主要干流）自杀的故事。同时，漳州、泉州、台湾都流播《邱罔舍》故事，且都称邱罔舍是本籍人，内容与《谢能舍》相近相似。洪惟仁《台语经典笑话》所收笑话则有《要学医、先学泅》，讲一个庸医医死了人，被抓进官府，趁人不注意偷跑出来、跳到水里游回家，拣了一条命，进家门却见他儿子在看医书，便对儿子说：你还是先去学泅水吧，想学医，首先得会游泳。另一则故事《迷信》则说，有个人迷信到事事都要择日问神明，不巧遇到地震，把他儿子压在坍塌的房子下面，众人发现对他说，快把你儿子挖出来吧，不然会有生命危险的！这迷信的人却说：且慢，待我去问问地理师，看是否可以动土……。别的笑话还有《外科医生锯箭》《夫人肖牛》《阴阳鞋》《白鼻猫》《两个膨风师（牛皮大王）》等，都用方言表述，也都具有很强的可读性。

九　"囝仔古"：闽南方言童话

"囝仔古"的主体是童话故事，最著名的莫过于《虎姑婆》，是闽南版"狼外婆"和"小红帽"。"囝仔古"里的寓言则有《虎惊漏》（老虎怕漏雨）、《狗偕猫结冤仇》等，北方地区也通行，只不过在闽南语区都用地道的闽南话来讲，一旦记录为文字，便大都成为普通话文体了，那语感和兴味便大大逊色。

洪惟仁《台语囝仔古》还收入《蛇郎君》《虎、猫、狗相怨》《囝是翁某的蜈蜞钉》（孩子是维系夫妇关系的纽带）、《赤牛换衫》等"囝仔古"，颇可一看。

十 南洋故事

王娟、筱林、临渊编译的《南洋民间故事》（1969）收录马来群岛民间故事 12 篇，里面有涉华故事两则，都与"大航海"历史和闽南民系与马来民族的文化交流有关。

《仙丽坟》说的是从前福建有一富翁只生一女，美若天仙，二十岁未婚却得了肚疼病。道士说是怀了仙胎，让富翁深感羞辱，便特制一大船，放满各类宝物器用、食品，将女儿独自一人带到船上放洋——富翁想，如果女儿确实怀了仙胎，自有仙人救助她；若是凡胎，便让她自行漂没，免得自己被辱。就这样，大船在茫茫海上漂了二十天，到达爪哇北岸。却说爪哇北岸有个王子，一连三天梦见海外漂来怀着仙胎的仙女，便在岸边守候。果然见到了大船和船上的姑娘及一应奇珍物品，便把姑娘迎到宫中，精心奉伺待产。然而姑娘并未怀孕，肚痛病也在旅行中自行好了，既埋怨道士和父亲的荒谬，又思念家乡，忧郁伤悲，以泪洗面，不久就去世了。马来王子把她葬在她最初登岸的地方，并且将她所带的财宝器物全部陪葬、陈设在墓里墓前，那墓葬就命名为"仙丽墓"。

故事集的另一则凄婉动人的爱情故事是流传在印度尼西亚的《中国人的寡妇山》：相传北婆罗洲有个酋长的独生女儿杜娜，美艳动人，拥有众多追求者，却一个也看不上。有一天，海上漂来好几艘大船，船主是个衣着华丽的中国帅哥大生意人。酋长率众热烈欢迎远方来客，举办盛大的舞会。杜娜和船主跳了舞，相识了，相爱了，结婚了，过着幸福的生活。可是有一天，那中国丈夫一心想着要北归，说是去看看双亲就回来，请杜娜相信他，就这样踏上大船走了。杜娜日盼夜盼，几个月无音信，被同伴们嘲笑为"中国人的杜娜"、被"中国大人抛弃的杜娜"……。绝望的她，思念着、怨恨着丈夫，投水自尽在神山湖。后来人们便把这座湖边的山改名为"中国的寡妇山"。

曾阅《望夫山》① 也讲述了一则感人至深的故事，据说很早以前，加里曼丹岛的一位渔民救起了海难中唯一的幸存者，一位唐山帅青年。酋

---

① 曾阅：《望夫山》，福州：海峡文艺出版社 1985 年，转引自陈育伦：《东南亚华语口传文学初探》。

长有个女儿爱上了他,两人结成了夫妻。唐山青年教会了当地人耕耘种植,通商贸易,这里的渔、农、商贾发达起来了,当地人都尊重爱戴他。几年后,唐山青年思念家乡和亲人,便跟妻子商定回乡探亲,三个月内一定归来。可是三个月过去了,还不见后生家归来。酋长的女儿天天拉着儿女到岛上一座山头向大海了望。她哪里知道丈夫出海遇上了风暴,船翻人亡……一年复一年,她天天在这山头等待着,眼睛望花了,头发等白了,终于在这山头倒下。子女们为了纪念母亲对父亲的深情,在这山上建了庙亭,为让世世代代的子孙永远记得这段与唐山的姻亲,并把这座山叫作"望夫山"。

菲国各地则流传着另一类有关闽商的故事:著名海商 LimaHong——林阿凤(有的史书作林凤,也被误译为林马芳、林马风等等)率部在菲律宾做生意,同后来者西班牙武装舰队作战及其部众留在菲律宾艰苦创业的事迹。比如,流传于北吕宋的《林阿凤与"顺"字号华裔》①的传说称,现今散居北吕宋海岸的"大顺、二顺、三顺、四顺、五顺、六顺、七顺"和"顺流"等村落的华裔,就是开创此地的林阿凤部下的后代,而这些村落便是以当年抵达这里的船队的各个船号来称呼、命名的。这些口碑材料最真实地记录了华侨先辈为东南亚地区的经济开发所作出的历史贡献。

闽南和东南亚还普遍传流着许多和郑和下西洋有关的故事,和明帝的女儿汉室的公主南嫁满喇加(即马六甲)的故事。大多已为国人所熟知,恕从略。

署名老杜的《闽南民间故事集》②则反映故乡的故事,可一窥闽南民间传说在新、马的流传概貌,有泉州故事《桑莲献瑞》《姑嫂塔》《梅花深处双髻山》《狗屎埔》《梦粿巷》《通淮庙》等,晋江故事《美景池》《跃鲤亭》《听月楼》,南安故事《坑口宫》,永春《鱼目隘》,安溪故事《光孝寨》《骑虎岩》《龙居村》《爪哇钟》;有关于厦门鼓浪屿的《白马潮》故事,同安《鳄鱼屿——文昌鱼传说》;有漳州《木棉

---

① 陈育伦:《东南亚华语口传文学初探》,庄钟庆等:《东南亚华文文学与中国现代文学》,厦门:厦门大学出版社1991年版。

② 老杜:《闽南民间故事集》,马来西亚今天出版企业公司1975年版。

庵》故事，龙海《双井墓》《石码镇》故事和海澄《蔡姐岭》故事等。

第六节 印尼土生华人马来语文学

所谓印尼土生华人马来语文学，指土生华人用马来语及其爪哇、巽他、巴达维亚等地方言翻译、创作的中国古典文学作品，虽然土生华人马来语文学属于作家翻译、创作的中国文学，然而用的却是南洋华人地道的"民间语言"，是以马、华（闽南话）杂糅的语言作为书写载体的中华小说的市井俗文学形式，其内容负载、传承着中华传统文化价值观，反映的文学审美情趣既"草根"又"中国"。成为介于民间文学与作家通俗市井文学之间的一种闽南方言文学的边缘性品种。这是 19 世纪末至民国中叶诞生于印度尼西亚为主的马来语国家的一种向中华文化复归的大众化文学现象，既是与闽南民系及其母语文学有关的中国文学与中华文化"移居"印尼产生所产生的变化，也是中国文学与文化同印尼原住民文学与文化、西方文学与文化等多向性文化交流的产物，是印尼华人以中国文学文化之真谛为本，将印尼原住民文学与文化、西方文学与文化"融为我用"创造出来的文化奇葩。由于这一文学文化现象对南洋文学影响至深，并且海峡两岸知之者不多，而闽南话又在其中"扮演"着无以替代的"角色"，为此，我们在这里附带介绍这一弥可珍贵的闽南民系俗文学分支。

一 土生华人马来语小说

所谓土生华人，指已定居南洋数代之久的老华侨，与初来乍到的"新客华人"相对。由这样的知识人翻译、创作的通俗小说就是华人马来语文学。它的体裁主要是小说，华人马来语文学的体裁主要是小说，大多先在报刊上发表或连载，而后正式出版发行。马来西亚虽然也有这类文学作品的创作和译作，但无论是作家群体之庞大还是作品的量与质，都无法和印尼华人马来语文学相提并论。据法国学者克洛丁娜·苏尔梦（Claudine Salmon）的不完全统计，印度尼西亚在 19 世纪 70 年代至 20 世纪 60 年代的近百年间涌现了 806 位华人作家和翻译家，用"华人马来语"创作和翻译中国古代经典小说与通俗小说作品共 2757 部，另有无名氏作品 248 部，总数达 3005 部①。典型者如长达 900 页的 sāmkok（《三国演义》）1883—1885 年分卷出版，后来又有曾锦文（见右图）改译 30 卷本 4622 页，徐精贵 62 卷本 4655 页等不同译本，都注释详细，陆续出版。苏尔梦将这些译著分为以下几个种类：

（一）中国文献典籍

《朱子家训》《三字经》《易经》《道德经》《孟子》《孝经》《大学》《中庸》《论语》《大清律例》等。

（二）中国历史小说（书名中的拼音文字是马来文）

用华人马来语文出版的中国历史小说有 SaiCiuLiatKokCi 即《西周列国志》，（请读者注意，此处和下面书名中的拼音文字都是马来文的闽南音，而不是国际音标或汉语拼音！），Tang Ciu Liat KokCi 是《东周列国志》，HongKiam ChunChiu 即《锋剑春秋》，CuHun CauKok 就是《慈云走国》，TangSaiHan GianGie（《东西汉演义》）、Tang Sai Cin Gian Gie 为（《东西晋演义》）、SiJin Kui CengTang（《薛仁贵征东》）、SiJinKuiCengSai 即（《薛仁贵征西》）、LoThong SauPak（《罗通扫北》）、Huantong giangi 为（《反唐演义》）、UttiKiong（《尉迟恭》）、Thia KauKim 即（《程咬金》）、PnuiSiGiok 是（《方世玉》）、CTGT 是《精忠岳传》的闽南方音缩写，此外还有《飞龙全传》《杨家将》《洪武演义》《三宝太监下西洋》《洪秀全演义》等作品。这些华人马来语历史小说的书名直观地再现了闽南语音，不但以故事小说的形式出版，而且曾经以多种民间曲艺表演形式出现在印尼街头，其中既有演员表演的"人戏"，也有用布缝制的 WayaŋPotehi（布袋，是闽马合璧词语）木偶戏和皮影戏"纸影戏"等，其中的"布袋"、"纸影"都发闽南音。

（三）中国古典小说

SamKok 之《三国演义》，KoanKong 即《关公》，SongKang 即《宋

---

① 引自［法］克劳婷·苏尔梦编，颜保等译：《中国传统小说在亚洲》第 432 页，北京：国际文化出版公司，1989 年。

江》、CuiHoo《水浒传》，也有 KauCheTian "猴齐天"之 Seiou《西游戏》和 AiSeiou《后西游戏》，以及《红楼梦》《镜花缘》《今古奇观》等。

（四）中国武侠小说

《大明奇侠传》《飞剑游侠》《风流女侠》《好逑传》《黑孩儿》《红衣女侠》《虎穴英雄》《火烧红莲寺》《火烧少林寺》《剑侠奇案》《江湖大侠》《江南大侠》《昆仑大侠》《南方九奇侠》《七侠五义》《少林女侠》《施公案》《桃花剑》《乾隆皇帝游江南》等及爱情小说《八美图》《陈三五娘歌》《粉妆楼全传》《龙凤金钗传》《龙凤缘》《梦中缘》《琵琶记》《西厢记》等。

（五）中国神怪小说

《华光天王南游记》《李世民游地府》《聊斋志异》《封神演义》，等等。

此外还有爱情小说如《西厢记》《梁山伯与祝英台》《白蛇精记》等。

二 华人马来语文学中的闽南语要素

实际上，东南亚最早编译中华小说故事的国家是泰国。然而成规模地翻译和改写中国古典小说和通俗文学的，则为印度尼西亚。当时的印尼在华人语言的影响下，形成了一种颇受诟病、歧视的所谓通俗马来语、市场马来语、杂菜马来语、低级马来语、巴达维亚马来语、峇峇娘惹马来语、华人马来语，也就是掺杂了很多闽南话词汇，同时吸收英、荷、印等多语种词汇，用华语语法表述的杂糅型马来语。它不仅是土生华人的日用语言，更是印尼不同民族之间的商业用语和媒介语言，有着生动、活泼的表现力，经过华人知识阶层创作的"土生华人马来语文学"作品，而"滋生出一种变体书面语体"①，后来经由华人语言学撰写出版巨著《巴达维亚马来语》，奠定了印度尼西亚标准语的基础（参见后文）。印尼华人作家正是用这种被许多人看不起的生动活泼、表现力强的马华（闽南话）混合语翻译、创作了中国小说作品的，其中的"中国元素"——汉语汉词和"闽南元素"——闽南读音随处见在，清晰可辨。比如《水浒传》

---

① 参见杨启光：《印度尼西亚华人的日常用语及其文化认同探析》，李如龙主编：《东南亚华人语言研究》，北京：语言文化大学出版社 1999 年版。

之 Songkang（宋江），《西游记》之 Seiu（西游）或 Kaotsethian（猴齐天）与 seyiukaucetian《西游猴齐天》，《三国演义》的书名结构既有闽南语拼音之 Samko（参见左图的版式与说明），也有马来文，并且兼用汉字，然而正书名却是土著也看得懂、念得出的闽南语借词。此外，作品中凡涉及中国的朝代名、地名、人名和与中华文化有关的文化词语等，都既标出汉字，又附闽南音拉丁字母，以便让所有读者都能够"读"出来。由此可见，华人马来语文学的创作、译作原本是以初识汉字、会说闽南话的华侨华人为读者对象的。不过，由于土著民众也喜欢中华戏曲和历史故事传说，而华人马来语中的马来语词汇毕竟占多数，并且闽南话借词已经融入了马来语，连土著也能听其音、看其文而解其意，也就拥有了相当数量的土著读者。由此可见，华人马来语文学之所以能够从被蔑视、被排挤到获得社会和文学史界的认可，并给予相当高的评价，同其所使用的大众化的语言形式有着极大的关系。

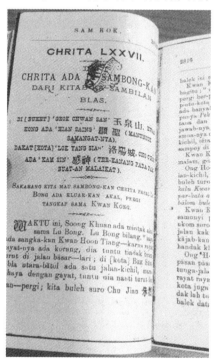

说明：书眉正书名 San kok（《三国》）

人 名	Chu jian 朱然
地 名	geok chuan san 玉泉山
	Lok yang sia" 洛阳城
民俗词	Hian sing 显圣
	Kam sin 感神

对于华人马来语文学作品中的语言结构和汉语及其方言成分的来源，许友年教授是这样介绍分析的①：

---

① 参见许友年：《论华人马来语文的历史作用》，李如龙主编：《东南亚华人语言研究》，北京：语言文化大学出版社 2000 年。［法］克劳婷·苏尔梦编，颜保等译：《中国传统小说在亚洲》第 432 页，北京：国际文化出版公司，1989 年。笔者按："功夫"一词不是闽南语源，应是许教授笔误。

　　"尤其是涉及到武侠小说的各种专门术语，那是一眼就能看出其祖籍的。如 kunghu（功夫）、suhu（师父）、sude（师弟）、buhiap（武侠）、pokiam（宝剑）、enghiong（英雄）、hiaplu（侠女）等;

　　"印度尼西亚武侠小说之王许平和在他创作的上百部武侠小说中，其书名至今仍有不少是沿用闽南方言的译音，而在括弧内注上印度尼西亚语的意译，恐怕不如此就反映不出武侠小说的特色和韵味吧。"

　　比如，许教授列出的书名，括弧前面的是印尼华人马来文（请注意，是马来文，而不是闽南话的拼音或国际音标!）的闽南语借词，括弧中间的拉丁文字是意译的印尼文，其书名语言的结构为:

闽南语借词 + 印尼语意译词 + 汉字词

1. Pekliongpokiam　　　　　（PedangPusakaNagaPutih 白龙宝剑）

2. Anglianlihiap　　　　　（SiTerateMerah 红莲女侠）

3. BuBengkiam – hiap　　　（PendekarPedangTakBernama 无名剑侠）

4. Kang – lamkuai – hiap　　（PendekarAnehDariKang – lam 江南怪侠）

5. Ouw – yangheng – tie　　（SepasangJagoKembar 欧阳兄弟）

6. Kimkongkiam　　　　　（PedangSinerEmas 金光剑）

7. Cenghwakiam　　　　　（PedangSeribuBunga 千花剑）

　　可以看到，书名中括弧以外的闽南语借词才是正书名，且与括弧里的汉字完全对应，而括弧里意译的印尼马来语书名及其后面的汉字都是副书名。这些正书名连同武侠小说的术语的闽南音，一如许教授所论，是"一眼就能看出其祖籍的"，它再现了域外闽南方言在华人马来语通俗文学中应用的真实情形，不但对马来语区华人华侨的业余文化生活有着长足的影响，甚至连当地土著民众也喜欢看，扩大了中国典籍和文学在印度尼西亚的流传和影响，并影响着当地语言、文学、文化的发展。华人马来语不但可以用来传播中华传统文学和文化，而且对统一的印度尼西亚语的形成起了重要的作用，并且还成了今天的印度尼西亚语的基础方言——巴达维亚语，在中外文化交流史上，是值得中笔大书特书的一页。

二　土生华人马来语文学产生的原因

那么，这类中国典籍和古典小说、通俗小说，为什么会在 19 世纪下半叶开始盛行于印度尼西亚？要讨论这个问题，首先须要了解土生华人这一文化群体的形成及其文化特征。

土生华人也称"峇峇"（男）、"娘惹"（女），早在西方人到来之前几世纪便已落居东南亚。而在印尼则是 600 万华人（印尼华人目前没有准确的数据，或说有 800 万、1000 万）的一个亚群体，其父系是早年到南洋定居的中国人，母系却是印尼人，血统上既是中国人，也是印尼人[①]。他们大多崇尚并效仿西方生活方式，有着一定的经济能力和社会地位，文化上主要接受来自母亲的当地语言和饮食，宗教信仰却大多坚持信奉华人的传统宗教，在祖先崇拜和婚丧习俗方面尤为突出，在华人大群体中有着一定的优越感，对汉族和中国有着强烈的认同感，同时又以身为"唐人"而自居，而自豪。也就是说，在语言和有形物质文化方面，印尼土生华人明显地接受了来自母系的马来文化，而在较深层次的精神文化方面，却基本保留了华人文化传统，甚至在某些风俗习惯方面，"峇峇"比新客华人更加执着和传统。因而有说法称：语言把土生华人和其他华人区分开来，而共同的种族来源和宗教信仰又把土生华人和"新客"华侨凝结在一起。

就土生华人马来语文学的从外部产生条件来说，土生华人本不十分关心诸如政治和文化的特性问题，他们差不多已经失去同中国的内在联系了。到了 19 世纪末 20 世纪初，大规模的华人新移民的到来加强了对土生华人社会的影响，尤其是 1910 年荷印政府颁布所谓"有关荷兰属民地位的法令"以后，由于该法令规定凡荷属殖民地的原有居民和当地出生的非原居民都是荷兰属民，却又把侨生与华侨列为其中的"东方外国人"，

---

①　关于土生华人的父亲于何时到南洋，实际上是累积式、渐进式的，许友年教授《试论华人马来语在印度尼西亚近代历史上的作用》指出早在公元 1 世纪，中国便开始同东南亚各国发生联系；公元 400 年，中国人访问了爪哇的北海岸，1292 年元朝派两万军队远征爪哇，战败后留下一批军人定居爪哇，此后福建与爪哇的贸易往来渐趋频繁；1411 年以降，东爪哇的锦石和洒水，爪哇北海岸的东边的杜板和西边的万丹、雅加达以及苏门答腊中部的巨港等港口城市，相继发展成为繁荣的华人聚居区。据随郑和下西洋的阿拉伯语通译马欢在《瀛涯胜览》中的描述，其时杜板已有千余家华人聚居的新村，由中国头目掌管，是当时印度尼西亚华人聚居区的真实写照。

这种既不是西方国家侨民又区别于当地的原住民的尴尬地位，使土生华人在政治上完全处于无权的地位；荷兰殖民政府又施行"居住区制度"，限定并禁锢华人于规定的居住区，与爪哇土著隔离开来，同时又不许华人青少年进入正式学校受教育，华人只好自办私塾培养少年一代。这种具有强烈种族歧视色彩的"属民"政策当然激起土生华人强烈的不满。由此可见，正是荷兰政府种族歧视色彩的"属民"政策的推行，反而影响并决定了土生华人加强与本民族传统文化联系的文化价值取向，自觉地加强了与中国传统文化的联系，中华悠久的历史文化和优良的传统开始对这一特殊子民群体发生深远的影响。

其次，当时的雅加达经常有中国的戏曲表演，华人华侨可以在舞台上欣赏到来自祖国的"人戏"即由人来表演的戏曲，也有用布缝制的大致是闽南海商在 19 世纪传播到印尼的傀儡 Wayang Potehi（布袋）木偶戏，经常上演的剧目如《薛仁贵征东》《薛仁贵征西》《锋剑春秋》《慈云走国》《罗通扫北》《方世玉》《关公》《尉迟恭》《木兰从军》《程交金》等英雄故事和《王昭君》《山伯英台》等戏文的精湛表演；同时在当时雅加达的繁华路段，常有索取少量报酬的华侨说书人摆摊"讲古（这些剧目后来大多改译为中华马来语小说)"，都是以闽南话和闽、马混合语为媒介语言传播着中国历朝历代的各种故事与传说。对于土生华人社会来说，并未与中国传统经典小说俗文学与"绝缘"，而是耳熟能详的。

中国古典小说、通俗小说盛行的内因则是华—马—西文化在 19、20世纪印尼社会诸现象交汇的结果。土生华人想要保持自己文化上的复杂性与独特性，就必须突出本群体的"这一个"，既要从土著母亲那里承受土著文化与习俗，又要不断地"从出生于中国的父亲那里"继承"中国的传统"，这对于置身于印度尼西亚这个地理与社会空间的土生华人来说，继承父系传统显然要困难很多，尤其是随着时间的推移，"父亲的中国"已经欲回而难回，渐漂渐远之感日深。而就在此时，大规模的华人新移民的南来，加强了对土生华人社会的影响，直接、间接地受到了孙中山的民族主义思想、推翻满清统治的新思潮和"维新""革命"的中国知识分子的影响，连同亚洲波澜壮阔、风起云涌的民族主义运动的冲击夹杂着荷印殖民当局欺华抑华政策的刺激等等现象交融在一起，不能不引起印尼华人对族源的追溯，重新燃起土生华人的中华民族情感，热切而"自觉"地从精神上、文化上向"父亲的中国"复归，而掀起印尼华人文化建设的热潮，从而尊孔兴儒、创校办学、移风易俗，联合"新客"华侨共同向荷印当局争取民族平等与自决的权利。新客华人号召全体印尼华人认同中华民族，建议并要求土生华人通过学习汉语华文化，尽快"重新中华化"，从而酿成了一种浓郁的中华文化氛围，即较普遍地认为华人是中华民族的一部分——中华人（Orang Tiongghoa），期望能够实现印尼华人在中华文化认同基础上的大团结和大统一，以便向荷印当局争取民族平等与自决的权利。这就是历史上的"泛华运动"。由此可见，土生华人马来语文学产生的主观基础是潜流在其文化血脉中的中国文化，和所有华人对祖先文化的强烈认同感和自豪感①。

　　土生华人由此向着"中华人"和中华文化复归，这既是中华文化深远影响的结果和华人民族主义的兴起的结果，又是中华文化与印尼文化相互交流的结晶，而荷兰殖民主义者的反华政策则对这一文学的产生起到了一定的催化作用（杨启光，1987）。然而，毕竟大部分土生华人已经失去了读写汉字的能力，要他们"重新中华化"谈何容易。而具有民族性、泛教育型、文化传承性的中华文学作品的译介和推广便应运而生，基本不谙华语汉字的土生华人便用自己的"流行语言"——被土著政界人士和知识阶层蔑称为"市场马来语""杂菜马来语""凉拌马来语""低级马来语"等等贬义词那生动活泼、充满生命力和表现力的活语言，来翻译中国历史小说和经典小说。也在此时，华人子女在私塾及后来的西式学校、马来语学校接受了汉语闽南话、马来语、西语等多语教育，在直面、了解、比较马来文化、西方文化和中华文化的优劣之后，华人重新发现了本民族五千年文化传统之辉煌，且为之而自豪，从而激发了中华古典小说和通俗文学的创作热情和阅读需求。也同样在此时，华人经济大发展，兴

---

　　① 本段和下面的内容，主要参考［新加坡］廖建裕：《爪哇土生华人政治》，北京：中国友谊出版公司 1986 年版；杨启光：《印尼土生华人文学试探》，《东南亚研究》，1987 年第 3 期；许友年：《论华人马来语文的历史作用》，李如龙主编：《东南亚华人语言研究》，北京：语言文化大学出版社 2000 年版；莫嘉丽：《"种族、环境、时代"：中国通俗文学在东南亚土生华人中传播的重要原因》，《暨南学报》（哲学社会科学），1999 年第 2 期；黄万华主编：《多元文化语境中的华文文学》第十三届世界华文文学国际学术研讨会论文集》，济南：山东文艺出版社 2004 年版，第 98—108 页；萧效钦、李定国：《世界华侨华人经济研究——世界华侨华人经济国际学术研讨会论文集》，汕头：汕头大学出版社 1996 年版，第 303—304 页；等等。

办起多种报刊,有条件刊登种种反映中国历史文化的"杂菜马来语"文学读物,并且流通很快,从而彻底改变了原本手抄本时代了无影响的局面,甚至还出现过出版商为推销中国古典文学译作而刊登的一种"广告诗",逐一介绍每部译作的精彩内容及译者的情况,读者能借以了解到当时有哪些中国古典文学译本,有几种版本等信息,尤以1886年邓山仙的《已译成马来文的中国小说之歌》最为有名而深受欢迎①,许多华人马来语中华小说就是先在报刊上推介、登载,而后结集出版发行的,扩大了读者群体。底层和青少年土生华人正是通过这类书籍的阅读,来认识祖国的历史文化和价值体系,展开"文化寻根"之旅而"重新中华化"的,可谓创作与阅读两相适宜。据有关方面统计,1870年至1960年间,印尼至少出版了759部中国文学译著(不包括重版),而西方文学译本只有233部。这表明印尼华人对祖国文化较之西方人对西方文化有着更大的兴趣②。至如从事翻译、创作马来语文学的土生华人作者群体,法国著名女学者苏尔梦称绝大多数是闽南籍后裔,他们自幼在家受到私塾的华文教育,也有的回国深造,其中有极少数人甚至是在荷印地方政府担任中文翻译及管理华侨华人的官员"雷珍兰"等③,在华人社会中有着重要影响力。由于闽文化在海外的传播具有和平的、民间的、渐进式、累积式、潜移默化的性质特点,是深入底层甚至穷乡僻壤,而渐进到高层文化,在移居地起着方向性、"当地化"的方向发展。中华马来语和土生华人文学就是在这样的背景下形成和发展起来的④。

三 土生华人马来语文学在印尼现代文坛的地位、影响和意义

土生华人马来语文学在印尼现代文化史上的地位和影响主要可以分为下面三个方面。

---

① 杨启光:《印尼土生华人文学试探》,《东南亚研究》,1987年第3期。

② 许友年:《长达近一个世纪的印度尼西亚土生华人马来语文学》,《马来班顿同中国民歌之比较研究·马来班顿的源流之四》,开益出版印刷有限公司2008年版。

③ 苏尔梦:《文学的移植——中国传统小说在亚洲》,转引自许友年:《长达近一个世纪的印度尼西亚土生华人马来语文学》,《马来班顿同中国民歌之比较研究·马来班顿的源流之四》,开益出版印刷有限公司2008年版。

④ 吴文华:《历史上闽台文化在东南亚的传播》,福建省炎黄文化研究会:《闽台文化研究》,福州:福建人民出版社1997年版。

1. 中华马来语的地位与影响

土生华人马来语文学运用的是带有大量汉语词，尤其是闽南语词的"峇峇娘惹马来语"，而华人语言学家李金福就是以这种语言为基础，撰写出描述印尼当时的代表语——与"峇峇马来语"十分接近的巴城马来语的语言学巨著《巴达维亚马来语》的，1884 年在印尼出版，从而奠定了现代印度尼西亚标准语的基础。而这种基础语言是包括了华人、印尼人和以荷兰人为代表的欧洲人及阿拉伯人、印度人等多民族民众所广泛运用的通行语。现代印度尼西亚标准语的这一产生过程，很类似于我国现代汉语语法体系的形成有赖于"五四"时期作家们的现代白话文著作，人们通过文学作品来潜移默化地学习语言与文化。因而印度尼西亚著名作家和语言学家苏丹·达迪尔·阿里夏巴纳早在 1934 年便仗义执言公正地说：

> "作为印度尼西亚语的一个分支，华人马来语具有十分奇特的地位。它不同于马来语或印度尼西亚的其他方言，它也成了印度尼西亚群岛各个不同地区的交际语，它可以被视为与通用的印度尼西亚语并行的交际用语。使用华人马来语的书籍、报纸、刊物的数量十分庞大，这说明其影响也是十分巨大的。……华人马来语在印度尼西亚社会中的这种奇妙的地位是合法的。我们没有任何理由可以用讥笑、讽刺的眼光来看待它。它同印度尼西亚语的句法、语言风格、称谓乃至拼写等方面虽有某些区别，但这纯粹是出于该语言本身所拥有的权利和规律产生的习惯造成的。"①

印尼著名学者杜尔也认为：

> "在印尼语迄今的发展中，人们是不能否认中华马来语的巨大影响的；我们不能轻率地贬之为'混杂语'、'乌七八糟的语言'。我深信，正如世界上的其他语言一样，哪怕是最崇高和最神圣的感情都可

---

① ［印尼］苏丹·达迪尔·阿里夏巴纳：《华人马来语的地位》，《新作家》，1934 年 10 月号，转引自许友年：《论华人马来语文的历史作用》，李如龙主编：《东南亚华人语言研究》，北京：语言文化大学出版社 2000 年版。

以用华人马来语表达出来。而对于各种美妙的东西都能胸怀坦荡地加以吸收的人，同样可以从华人马来语中获得美的享受。我经常津津有味地阅读华人马来语引人入胜的描写，甚至有时还会在我心中激起忌妒之情。如果我们的印度尼西亚记者也会像他们那样生动和流畅地使用这种语言，那么，阅读印度尼西亚文报纸，一定会更加令人神往了。"①

许友年教授更是入木三分地剖析云：

"在整个印度尼西亚现代文学的形成和发展过程中，我们可以清楚地看到，语言问题不仅同文学息息相关，密切不可分割，而且更重要的是它同印度尼西亚民族意识的觉醒和民族民主运动，始终紧密联系在一起；有关马来语问题本来就不是什么单纯的语言问题，它首先是一个重大的复杂的政治问题。从如何对待马来语的问题，可以反映出殖民统治者的利害得失和政策措施的变化和更迭，反映民族主义者和仁人志士的意志、主张及斗争情况，反映文人学者的学术观点和艺术抉择等等。因此，荷兰殖民主义者把马来语问题作为衡量文学的雅俗、优劣甚至合法与非法的标准，就不足为奇了。"②

土生华人马来语文学的重要作用之一是推广和普及了通俗马来语，为现代标准印尼语的最后形成并成为印尼全国用语作出了积极的贡献，而文学译作中大量的汉语词汇无疑丰富了印尼语的词汇，成为其外来借词。然而正如著名的法国华人马来语文学研究专家克劳婷·苏尔梦《从语言学的角度考虑，华人马来语这个术语是否可以被接受？》所指出，印尼华人马来语的重要性和印尼华人在确立现代标准印尼语的突出建树方面，却一直有"某些方面不愿意承认"，"也不愿意承认应该把华人报业及华人文学的重要意义估计进去"，因为"一个属于外国人（而不是原住民阶层）的'少数'集团，居然能够将一种交际语推广到全印度尼西亚并取得稳

---

① ［印尼］杜尔：《印度尼西亚的华侨》第六章〈华侨对印度尼西亚发展的贡献·文化领域〉一节，雅加达：星星出版社 1960 年版，转引自吴文华：《历史上闽台文化在东南亚的传播》，收入福建省炎黄文化研究会：《闽台文化研究》，福建人民出版社 1997 年版。
② 许友年著：《印尼华人马来语文学》，广州：花城出版社 1992 年版，第 223、224 页。

固的地位。正是从这一点出发，才产生否定该语言的所有文化价值的作法，并斥之为'杂菜语言'或'凉拌菜语言'。"① 这才是华人马来语长期被诟病的主要原因和根本原因。

2. 研究土生华人马来语文学的意义

目前印尼文学史家大多认为本国土生华人文学影响高于当地的土著的现代文学，在1945年8月17日印尼独立之后，宪法规定印尼语为国语，华人马来语及其马来语文学完成了它的历史使命，华人文学作家群体的中华文化选择一直延续下来，代之以标准印尼语和华人印尼语文学，成为战后印尼以马来文大量翻译港台著名武侠小说家如梁羽生、金庸、古龙作品的先声（参见下图书影，其中"射雕英雄传"的拉丁字母记录是闽南方音）②。

SIA（射）
CIAVW（雕）
ENG（英）
HIONG（雄）

（金庸）

杨启光教授认为，土生华人马来语文学对印尼社会的影响除了语言上的突出贡献以外还有四个方面：一是华人马来语文学为群众所喜闻乐见，百读不厌，影响了一批原住民作家多方面的模仿和学习，推动了印尼现代

---

① Claudine Salmon："Akpakah dari sudut linguistic istilah bahasa Melayu – Tionghoa dapat diterima?"，Citra Masyarakat Indonesia，Sinar Harapan，Jakarta，1983，p.102. 转引自许友年：《论华人马来语文的历史作用》，《现代外语》，1990年第2期。

② 引自廖建裕：《现阶段的印尼华人族群》，新加坡国立大学中文系、八方文化企业公司2002年版，第107页。

文学运动的发展；二是促进了出版事业的发展，活跃了印尼社会的文化生活，提高了人民群众的文化水平和文化修养及鉴赏能力；三是增进了印尼人民对中国和中华文化的了解，推动印尼—中华—西方的文化交流；四是突破国界，影响并直接促成了新马"峇峇"翻译文学的兴起。因此说，土生华人文学作品是印尼现代文学的先驱，也是印尼文学乃至东南亚文学的先驱和重要的组成部分①。［法］苏尔梦更明确地指出，有几十部土生华人马来语文学作品具有非同凡响的高质量，能与印尼最优秀的文学创作媲美，并且值得译成外文②。

许友年教授则翻检历史陈账，指出土生华人马来语文学自荷兰殖民当局有关文学作品的两条标准——在国家出版局出版、用高级马来语创作的规定以来，长期被当成"廉价小说""非法小说""次要文学""垃圾文学"而打入另册，这一状况和地位在印尼独立以后仍没有得到根本的改变，因而认为只有研究印尼华人文学，才有助于进一步了解印尼现代文学形成之前被掩盖的重要历史事实，将研究"正统"文学与"非正统"文学之间的相互渗透开辟为新领域，应该把印尼土生华人文学放到世界移民文学的文化大舞台来考察。目前土生华人马来语文学这一文学遗产，已基本被接受为印尼现代文学和全民族印尼语文学的重要的组成部分③。

3. 土生华人马来语文学的文化学意义

土生华人马来语文学研究权威［法］克劳婷·苏尔梦对于这一文学—文化现象，从未把它看成单纯意义的一种文学译作，而是认为"不能从文学批评的角度去阅读这些作品，但你可以从语言学和历史学的角度去阅读"，从中发现土生华人"对故国祖先的传统文化存在一定的好奇心"，从中看到"一个远离本国的少数民族是怎样重新创造自己的文化的，他们是怎样跟自己的祖

---

① 杨启光：《印尼土生华人文学试探》，《东南亚研究》，1987 年第 3 期。
② ［新加坡］廖建裕：《印度尼西亚土生华人文学》，雅加达：格拉美地亚·维第亚沙拉那出版社 1996 年版，第 198 页，转引自张玉安主编：《东方研究 1999》，北京：蓝天出版社 1999 年版，第 289 页。
③ 许友年：《简论土生华人马来语文学》，《暨南学报》（哲学社会科学），1990 年第 4 期；《马来班顿同中国民歌之比较研究》，开益出版印刷有限公司 2008 年版，第 224 页。

国保持联系的，是怎样把握它的历史又是怎样看待它的现状的。"①

印尼土生华人文学曾经存在一个多世纪，现在已消失、同化于印尼文学了。然而作为东南亚华文文学的先行者，印尼土生华人作家作品的"寻根地图"不仅展示着东南亚的"过去时"，同时也在某种程度上作为后来的东南亚华人文学的样板而带来某些启示，它本身也闪熠着华人文化建设的哲学意味之光。

附：

印尼林庆镛先生之土生华人马来语译作手稿②（见下图）

（插图移位）

参考文献

钟敬文：《民间文学概论》，上海：上海文艺出版社 1980 年版，第 24 页。

李献璋：《台湾民间文学集》，台湾文艺协会 1934 年版。

臧汀生：《台湾闽南语歌谣研究》，台北：台湾商务印书馆 1980 年版。

彭永叔、陈丽贞、林桂卿：《厦门歌谣》，厦门：鹭江出版社 1999 年版。

李赫：《台湾囝仔歌》，台北：稻田出版社 1995 年版。

谢云声：《闽歌甲集》，广州：国立中山大学语史所民俗学会 1928 年版；厦门市闽南文化研究所 1997 年重印。

周长楫：《厦门方言熟语歌谣》，福州：福建人民出版社 2001 年版。

周长楫、周清海：《新加坡闽南话俗语歌谣选》，厦门：厦门大学出版社 2003 年版。

张嘉星：《漳州方言童谣选释》，北京：语文出版社 2006 年版。

张嘉星：《漳台闽南方言童谣》，厦门：厦门大学出版社 2011 年版。

蓝雪菲：《闽台闽南语民歌研究》，福州：福建人民出版社 2003 年版。

老杜：《闽南民间故事集》，马来西亚：今天出版企业公司 1975 年版。

---

① 克劳婷·苏尔梦著，居三元译：《马来亚华人的马来语翻译及创作初探》，收入［法］克劳婷·苏尔梦编著，颜保等译：《中国传统小说在亚洲》，北京：国际文化出版公司，1989 年，转引自黄万华主编：《多元文化语境中的华文文学－第十三届世界华文文学国际学术研讨会论文集》，济南：山东文艺出版社，2004 年，第 109 页。

② 引自［法］克劳婷·苏尔梦编，颜保等译：《中国传统小说在亚洲》，北京：国际文化出版公司 1989 年版，第 432 页。

翁国声：《漳州民间故事集》，前行出版社1931年版。

陈炜萍：《厦门的传说》，上海：上海文艺出版社1988年版；台湾：淑馨出版社1991年版。

黄振碧编印：《闽南故事集》，上海：上海泰东图书馆1928年版。

谢云声：《福建故事》四册，国立北京大学·中国民俗学会·民俗丛书，台北：东方文化书局1973年版。

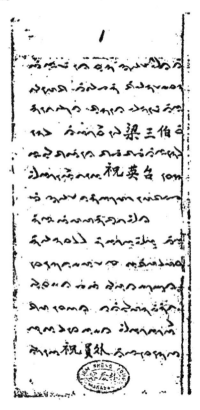

吴藻汀：《泉州民间传说》第一二集，泉州：晋江地区艺术图片社1985年版。

翁国梁：《漳州民间故事》，漳州：古宋印刷公司1944年版。

王娟、筱林、临渊编译：《南洋民间故事》，国立北京大学·中国民俗学会·民俗丛书，台北：东方文化书局1969年版。

江肖梅：《台湾民间故事》，国立北京大学·中国民俗学会·民俗丛书，台北：东方文化书局1969年版。

娄子匡：《台湾民间故事》，国立北京大学·中国民俗学会·民俗丛书，台北：东方文化书局1969年版。

娄子匡：《台湾人物传说》，国立北京大学·中国民俗学会·民俗丛书，台北：东方文化书局1970年版。

林藜：《台湾传奇》5册，台北：稻田出版社1991年版。

孔立：《台湾历史故事》，福州：福建人民出版社1980年版。

陈庆浩、王秋桂：《中国民间故事全集·台湾民间故事集》。

蔡铁民、陈育伦：《福建六十年民间故事选评》，福州：海峡文艺出版社1990年版。

《漳州民间故事选》，漳州：漳州市民间文学研究会编。

卢奕醒、王雄铮：《漳州民间故事》，福建省漳州市委员会文史资料委员会1988年版。

王雄铮：《漳州民间故事精选集》，漳州（自费印刷发行），2006年。

陈庆浩、林桂秋桂主编：《台湾民间故事全集》。

傅孙义：《泉州俗语故事》，福州：福建人民出版社2004年版。

洪惟仁：《台语囝仔古》，台北：台语杂志社1993年版。

洪惟仁：《台语经典笑话》，台北：台语杂志社1999年版。

耶谷·苏玛尔卓（JakobSoemardjo）著，林万里译：《印尼侨生马来由文学研究》，香港：获益出版事业有限公司1998年版。

［新加坡］廖建裕：《爪哇土生华人政治》，北京：中国友谊出版公司1986年版。

［法］克劳婷·苏尔梦编著，颜保等译：《中国传统小说在亚洲》，北京：国际文化出版公司1989年版。

许友年著：《印尼华人马来语文学》，广州：花城出版社1992年版。

李如龙主编：《东南亚华人语言研究》，北京：语言文化大学出版社1999年版。

钟敬文：《民间文学的地位和作用》，《杭州大学学报》，1983年第3期。

［新加坡］廖建裕：《现阶段的印尼华人族群》，新加坡国立大学中文系、八方文化企业公司2002年版。

陈瑞明：《台湾闽南语谚谣研究》，台湾：高雄师范大学国文研究所硕士论文，2002年。

闫雪莹：《百年（1900—2007）中国古代歌谣研究述略》，《东北师大学报》（哲学社会科学版），2008年第4期。

刘登翰：《论〈过番歌〉的产生和流播》，《福建论坛》（文史哲版），1993年第6期。

洪惟仁：《台北的民间歌谣》，网址：http：//www.uijin.idv.tw/，访问日期：2010年12月13日。

杨启光：《印尼土生华人文学试探》，广州：《东南亚研究》，1987年第2期。

许友年:《中国武侠小说在印尼》,广州:《学术研究》,1988 年第 1 期。

许友年:《简论土生华人马来语文学》,《暨南学报》(哲学社会科学),1990 年第 4 期。

吴文华:《历史上闽台文化在东南亚的传播》,收入福建省炎黄文化研究会:《闽台文化研究》,福建人民出版社 1997 年版。

莫嘉丽:《"种族、环境、时代":中国通俗文学在东南亚土生华人中传播的重要原因》,《暨南学报》(哲学社会科学),1999 年第 2 期。

许友年:《马来班顿同中国民歌之比较研究》,开益出版印刷有限公司 2008 年版。

第六章　闽南方言文学·韵文篇

第一节　闽南歌谣的文学性

闽南方言歌谣主要通行在闽南地区的漳州、厦门、泉州三市县和台湾各县市及东南亚华人社区，它是闽南语区民俗文化的重要载体，中华民族非物质文化遗产之有机组成部分，也是濒临消亡、亟待抢救的优秀民间口传文学的艺术珍品，以特有的文化视角和区域语言记录和反映了这一地区历代人民的历史社会现象与文化生活，表现人们的思想感情和种种愿望，再现了"古早"闽南社会文化生活原生态地方色彩，很值得研究。

一　闽南童谣的方言殊语

"歌谣原是方言的诗"[①]，其首要特征即语言的方殊性。

我国幅员广阔，东西南北中，存在着语言不一、特色各异、数目可观的民间歌谣，其中非基础方言区的南方歌谣不似北方歌谣那样具有语文的通用性，只要识字便可人人读而歌咏之。南方的口传文学语言则较为繁难而复杂，这在20世纪20年代北京大学《歌谣》编辑部在编注民间文学资料时就已发现，"歌谣里有许多俗语都是有音无字，除了华北及特别制有俗字的广东等几省以外，要用汉字记录俗歌实在是不可能的事，即使勉强写出也不能正确，容易误解"[②]，繁难程度甚至高于汉化程度高的民族歌谣。王敏红也有同感，认为"越地方言的记录之难大约有三个方面，

---

① 周作人：《歌谣与方言调查》，《歌谣》第31号，1923年1月刊，收入，钟叔河编：《周作人文类编6：花煞·乡土·民俗·鬼神》，长沙：湖南文艺出版社1998年版，第548页。

② 周作人：《歌谣与方言调查》。

首先是记音之难，目前多用拼音和同音字记音；其次是用字之难，大致据音义而定或仅据音而定；最后是释义之难"①。记录和注释南方歌谣的目的主要是语言上的"保真"和扫除语言障碍。

正如本书第二章第四节"闽南话方言字"所举土家族《蛮儿谣·排排坐》，其童谣总共有15行诗，28个自然句，97个字，只用了一个注脚"佬佬"，较费解的"荞巴"和"团鱼"，作者未加注，仍大体可以流利阅读。由此可见中南少数民族在与汉语言文化的长期浸淫中融合、同化的程度②。而《论港、澳、台民间文学》③中的香港童谣虽属汉语粤方言，其注释却多于土家歌谣，平均每首的句子注释4.8条，是《蛮儿谣》的8倍。以和共同语差别大著称的闽方言歌谣注释密度既高于土家谣，也高于粤方言歌谣，这只要以下表福建方言熟语歌谣丛书④为主的各家歌谣注释即可见一斑：

建瓯歌谣		福州歌谣		莆仙歌谣:句注		厦门歌谣:句注		漳州童谣:句/联注	
篇数	条数	篇数	条数	篇数	条数	篇数	条数	篇数	条数
70	569	78	734	69	616	103	791	305	3800
平均每篇注 8.1条		平均每篇注 9.4条		平均每篇注 8.9条		平均每篇注 7.7条		平均每句每 联注12.5条	

由上表可见闽南方言每篇童谣的句子和联句注释在10条以上，因此尽管本地人用母语念起来感觉浅切易懂，自然流畅，然而换成依书诵读的话，立马感到字面上疙疙瘩瘩，难以卒读。这自然有童谣是"耳治"的文学，要"切换"为"目治"的诵读文本必有缺憾的原因在，但更主要的原因是方言字多，俚言俗语多，"看"的感觉犹如天书，阅读障碍大。不过，本地人只要学点儿国际音标或闽南方言标音常识，了解方言字词的

① 王敏红：《越地民间歌谣研究》，合肥：安徽文艺出版社2013年版，第30—31页。
② 杨昌鑫：《蛮儿谣》，北京：中国民间文艺出版社1988年版，第7页。
③ 谭先达：《论港、澳、台民间文学》，哈尔滨：黑龙江人民出版社2003年版，第89页。
④ 陈泽平：《福州方言熟语歌谣》，福州：福建人民出版社1998年版；潘渭水、陈泽平：《建瓯方言熟语歌谣》，福州：福建人民出版社2000年版；刘福铸：《莆仙方言熟语歌谣》，福州：福建人民出版社2001年版；周长楫：《厦门方言熟语歌谣》，福州：福建人民出版社2001年版；张嘉星：《漳州方言童谣选释》，北京：语文出版社2006年版。

特点，扫除了语言障碍，就不难领略方殊歌谣境界之妙了，即便是外地人，也不难品味方言童歌的稚趣和拙美。

闽南方言歌谣的方殊性集中表现在四个方面，这里主要以拙著《漳州闽南方言童谣选释》和《漳台闽南方言童谣》（简称《漳州童谣》《漳台童谣》）中的作品为例分析于下：

（一）称谓词和名物词

闽南歌谣中的称谓词和生理名词颇有"异味"：地方名物词有如自然博物馆和民俗风情博物馆，为我们提供了一份反映当地风土民情的参考资料。一如方言称谓，管男子叫"查甫"，女子称"查某"，曾祖父叫"公祖"，祖父母合称"公嬷"，分称"阿公""阿嬷"，公婆叫"家官"，分称"大家""大官"；夫叫"翁"，妻叫"某"，父母合称"爸母"，面称母亲为"阿姐"，姐姐却叫"阿姊"，哥哥面称"阿兄"，孩子的爱称是"阿奴"，儿子叫"后生""囝"，女儿叫"走仔""查某囝"，媳妇即"新妇"，女婿呼"囝婿"；人称代词"汝"是你、"伊"即他，"阮""恁""個"分别是俺们、你们、他们等。二如身体部位，脑袋叫"头壳"，眼睛叫"目"和"目睭"，眉毛叫"目眉"，耳朵叫"耳仔"，牙齿叫"嘴齿"，舌头叫"舌仔"，下巴叫"下斗""下颏"，脖子叫"颔仔"，胸脯叫"胸坎"，胳膊叫"手骨"，肚子叫"腹肚"，脊背叫"胛脊骿"，膝盖叫"脚头趺"，屁股叫"尻川"等。三如自然名词，天空叫"天顶"，早上叫"早起"，中午叫"昼""中昼"，夜晚叫"暗""暝""暗暝"，半天叫"一晡"，泥土叫"涂"，地面叫"涂脚"等。由于这些称谓词、身体部位名词、名物词等，都是日常基础词汇，使用频率极高，当地中老年人在聆听和阅读这类词语时，都产生"似曾相识燕归来"的审美愉悦，而对于自小就接受普通话教育的青少年来说，这些方言殊字难免成为诵读的"拦路虎"，是学习和欣赏闽南方言文学必须率先突破的语言障碍。

（二）大量运用闽南话俚言土语

闽南歌谣具有鲜明的地方文化色彩，运用了大量能够反映地方风情的俚俗土话，念诵时必须用方音，只要掌握闽南方言常用字词，外地人同样可以阅读并领略、欣赏闽南歌谣之美妙。常用词如泛动词有"捹"，捉叫"掠"，"行"指走，"走"是跑，养育孩子叫"育囝"，热闹叫"闹热"，高兴叫"欢喜"，吵架叫"冤家"等。

闽南歌谣之所以能让闽南人听后感到亲切，因为她再现了闽南民系"古早"生活的原生态：在"山的"（山上）、"海的"（海里）劳作，地理面貌有岛有屿、有溪流、有山丘，有田园；"涂脚"（地面）生长着竹仔、树仔、松柏、芒苳（一种灌木）等植物，山间有山梨"刺鸟梨仔"，田野间有飞禽类"白翎鸶"（白鹭）、"鹪鸰"（八哥）、"客鸟"（喜鹊）、"鵺鸹"（鹰）、"钓鱼翁"（渔鹰），有蝙蝠"密婆"在飞，有美而艳丽的蝉类"龙眼鸡"、会飞的"田蟆"（蜻蜓）、"盐蚣船"（蝉，漳州话）、"尾蝶仔"（蝶）、"草蜢"（蚂蚱）等遭儿童的眼，"尿蜢"（蜻象）、"木虱"（臭虫）、"虼蚤"（跳蚤）、"牛蜱"（牛虻）、"蠓仔"（蚊子）、"虱母"（虱子）、"胡蝇"（苍蝇）等害虫则令人生厌。水里有浮萍"藻"；水底动物有鲨鱼类的"狗鲨"，有"虾蛄"，梭子蟹"蟳"，牡蛎"蚵"，田螺"石螺"，鲶鱼"涂鲡"，泥鳅"胡鳎"，一种鳞光斑斓的淡水七彩小鱼叫"三鲦"，一种盐渍后加葱姜蒜可做爽口开胃美味的小蟹叫作"红蚣狮"；蛙类则有"蛤鼓"、"田蛤仔"、"守鸡"（漳州话），它的幼仔蝌蚪叫"蛤乖"；拟人化的水族统称则是"鱼虾水卒"。建筑方面，闽南人管房子叫"厝"，有"顶厅下厅"之别，以分兄弟"大房小房"之不同；四邻"厝边角头"种着甜味的杨桃"蜜桃/甜桃"，南瓜"金瓜"、木棉"加簸花"、香蕉"弓蕉"，番石榴"篮仔菝"（漳州话），菠萝"王梨"等经济作物。器物方面，闽南歌谣中有水车、"戽斗"是带长柄或拉绳的斗状舀水农具，"签担"（整棵杉木削尖两头、专门用于挑柴草的挑担农具，砻（为稻谷脱壳的农具，类似于北方的碾子）、石臼、布袋（麻袋）等工具；娱乐用品有唢呐"鼓吹"，又称"嗒嘀"，鞭炮"炮仔"，纸风车"风吹莘"，瓷口哨叫"涂啡仔"，水烟袋叫"水薰吹"，木偶叫"嘉礼"。竹制品如竹筛"篾仔筛"，小簸箕"畚箕""簕仔"、大簸箕"笳箩"，笋篓"饭篓"等。童谣中的食物有稀粥"糜"、大米加工成的粉干"米粉"，细面条之线面"面线"；有黄豆加工而成的腐竹"豆枝"，"糖霜"即冰糖，用米加水磨成的"米粞"可蒸制"粿"、"甜米糕"，面粉蒸的则叫"大麦粿"，栗子粉蒸的是"栗子糕粿"，用碗装上发酵的"米粞"蒸成的是"碗糕粿"，还吃汤圆"圆仔"、"红圆"，用"槟苞"（薜荔）做清凉食品，喝的是"茶米茶"（茶叶），下饭的有土制咸奶酪"咸牛奶"，可"搵豆油"（蘸酱油），早晚餐有萝卜干"菜脯"，还有各色水果等。这类方殊名物词的大量运用，将读者引入了一座自然博物院和地方风情博物院，依稀得见"古早味"的闽南社会文化生活。所以，以上词例尽管出自方言"土话"，然而不乏古雅、优美的成分，比如，纸风车叫"风吹辇"何其形象，把萤火虫称为"火金星/火金姑/蓝光星"何等优美，仿佛得见煜煜荧光；鸽子名为"粉鸟"，因为其羽毛光亮可鉴、带着些许粉粉的蓝灰光亮；喜鹊之为"客鸟"，因为"喜鹊叫，客来到"；渔鹰之为"钓鱼翁"，是因为擅长"钓"鱼；冰糖之为"糖霜"，是因为它凝固成块如结冰……。可见闽南话词汇并非一味地"俚""俗""土"，而是满贮着古趣、典雅、优美的情趣和文理，都古雅可爱、富于生命力。

（三）大量运用方言熟语

方言熟语在歌谣的运用是闽南方言歌谣的一大特征。一如闽南话三字格惯用语，杂草美称"百样草"，抬头望月称"望月影"，"喝有号"指高声喊，"犁田耙"指繁重的农活，"冇［phã6］冬瓜"比喻虚空不实徒有其表；"乌骹蹄"指不吉利，也指会给别人带来厄运的人；"孤鸡仔"指行为耿介不合群的人；"长短裾"称衣服下摆"衫仔裾"长短不一，"大细片""大细头"，指事物的两边大小、长短、粗细不一；"死跷跷"形容死得硬挺挺，"噪噪滴"指吃不了兜着走遇上大麻烦。二如成语"头烧额热"指生病；"指指戳戳"即众人戳骂；"嘴尖舌利"指嘴尖舌快；"鸡母鸡仔"比喻大大小小的一小群人，"大冇冬瓜"指徒有强健的身体等；三如方言俗语"褪裤掠虼蚤"指多此一举；"赤脚嘀口喋［tih7 tɔp8 te2］"形容赤脚叭哒着走路的样子；"目滓做饭汤"比喻苦不堪言；"叛徒仔叛车车"原指变节者，引申为朝秦暮楚；"番仔番嘀嘟"指不合规矩、行为个性、胡来。这类方言熟语读来都形象传神，神采飞扬，是方言文学最重要的记录和表现工具。

（四）丰富的同义、近义文学语汇

同义、近义语汇丰富与否，也是衡量语言表现力高、低、优、劣的重要标志。而闽南方言语汇丰盛，同义词、近义词多，可以多角度记录和表现各种事物的方方面面和细微差别。比如，嘈杂的声音既可用"吱吱咯咯"［ki1 ki1 keh8 ke8］来比拟，也可用"咕咕吼"［kɔh8 kɔh8 hau3］、"吤吤吼"［kãi6 kãi6 hau3］、"哩啦吼"［li6 la6 hau3］、"涸涸吼"［khɔk8 khɔk8 hau3］，声响可以用"咕咕叫"［ku6 kou6 kio5］、"吱咕叫"［ki1

ku6 kio5] 来形容，也可以用"叫吱吱"［kio5 ki1 ki1］、"咯咯瞋"
［kɔk8 kɔk8 tan2］、"吱吱瞋"［ki1 ki1 tan2］、"喀喀瞋"［khɔŋ6 khɔŋ6
tan2］、"嘀嘟瞋"［tih7 tu6 tan2］来比拟；极言场面喧闹沸腾的既有"墘
唅滚"［kĩ6 kã6 kun3］，也用"呛呛滚"［tshiaŋ6 tshiaŋ6 kun3］等，都有
很强的声态效果。

二 "赋、比、兴"的表现手法

赋、比、兴是诗体叙事、状物、言情的艺术表现手法，在闽南童谣中
比比皆是。

（一）赋

赋，指敷陈其事而直言之，是直接铺陈叙述描写客观事物。例如
《唔唔瓓》：

> 唔唔瓓，唔唔睏，一暝大一寸；婴仔婴仔惜，一暝大一尺。

童谣没有华丽的词语，而用直接叙写哄劝婴儿入睡的场景和言词来表
现长辈对下一代的哺育和疼爱，因朴质情真而感人。再如《漳台童谣》
第 203 篇《中学生》：

> 中学生，铁笔插胸前，行路蓬蓬飏。

歌谣着墨无多，但中学生自信豪迈的气象活灵活现。三如第 111 篇
《东司娘仔》，以女孩的口吻陈述向执掌女儿手艺的神灵"东司娘仔"的
祷告词：

> "东司厕所娘仔东司司，教阮织布好布边，教阮筛米罔擎墘别抖落
> 到筛子外，教阮洗面洗耳边，扫地扫壁边墙角。"（东司娘仔，闽南民
> 间传说中的巧姑娘，深夜为观察花开的动态，不慎跌入厕所身亡，成
> 为掌管女红手艺和厕所的女神）

《东司娘仔》的祷告词，说的都是旧时女孩儿家应该学会、做好的事

体：织布时，布的边缘要完好无损，筛米不要把米粒撒落地上，洗脸要连带洗净耳后等容易忽略的边边角角，扫地要连墙边地角也顾及……童谣中的小女孩没有惊人的思想和贪欲，一心只想做好日常生活中最基本的活计，其内心世界真实可感。朴实无华的思想境界和追求，用写实的"赋"的叙述手法来展现，形式和内容的结合可谓相得益彰。此外，《漳台童谣》反映受虐待儿童生活的篇章也大多运用"赋"的写实手法，来反映社会不公的现实，例如，反映孤儿的悲惨生活之第062篇《一枝竹仔水内浮》：

> 一枝竹仔水内浮，后母叫我去牵牛。水牛侪只多我赡晓不会牵，后母叫我去捉蛏。蛏在水底我赡晓捉，后母叫我做木屐。木屐柴硬我赡晓削，择竹仔给我拍真痛，煮饭唔肯互我食，用脚踢出门口埕。

童谣没有花谣的语言和种种积极修辞表现手法，而只是把在后母管教下幼龄孤儿的日常生活一一如实写来给人看：孩子既不会放牛、捉蛏（介壳类软体动物），也不会削木头做木屐，后母终于失去表面的伪善和耐性，不给"前人囝"饭吃，将他一脚"踢出门口埕"——被赶出了家门。这种不事辞藻雕饰的消极修辞型赋体语言，不以文字感人，而以罗列典型的细腻的细节见长。相同的"赋体童谣"也见于《漳台童谣》第127篇《一岁手哩抱》，将旧时代童养媳的悲惨命运从一岁两岁三岁……九岁一步步从容不迫娓娓道来：

> 一岁手哩抱，
> 两岁乖乖去偬佗玩，
> 三岁择柴来入灶，
> 四岁量粟挂连带概斗（刮平量器冒尖的谷物，表明主人公已有理家意识）
> 五岁纺纱偕学刺编织，
> 六岁刺编织脚巾裹脚布，
> 七岁刺被面，
> 八岁食人猪羊肚，（吃人家的猪羊肚是民间订婚礼俗）
> 九岁做人新妇仔娘童养媳：

一更割秫割稻二更耘农活，（这句泛指一切活计）

三更土砻挨，（土砻，类似碾子的脱壳农具；挨，指推砻的动作）

四更手抱杵舂米用的木槌，

五更饭就熟，

请恁你们大姑二姑三姑四姑五姑来食饭：

大姑食饭翘嘴水翘嘴巴，

二姑食饭目凸凸，

三姑食饭嫌阮饭厚沙沙子多，

四姑食饭嫌阮饭有涂泥土，

五姑讲阮细细小小九岁囝仔归日涂的拖，沙的磨终日与泥沙打交道

煮饭哪会无厚沙？

正月二月三月四月五月众姑出嫁期，

大姑出嫁送到房门口，

二姑出嫁送到厅门头，

三姑出嫁送到门口外，

四姑出嫁送到粪堆头，

五姑出嫁送到亲姆兜亲家母家里。

大姑嫁去，大丈癫哥麻风病；

二姑嫁去，二丈肺痨；

三姑嫁去，三丈手捧莲花碗破碗；指当乞丐

四姑嫁去，四丈挃拐倚入门；指瘸腿行走不便

五姑嫁去，五丈白马带金鞍，马前挃起万人伞。

若问啥人团，读册读书人做官。

从《一岁手哩抱》可以看到，童谣的女主人公仅在一两岁的时候得到母亲的悉心照料，而从三岁起，便开始学习家务劳动，是旧时代普通人家女孩儿正常生活的真实写照。八岁的时候，父母为她订了婚，九岁"出嫁"成了童养媳，开始了她的不幸命运，起早贪黑，辛勤劳作，换来的却是一、二、三、四"姑"们的挑剔和责难，只有五姑尚能理解她，却也从未出手相助。小姑娘好不容易熬到众姑们一个个出嫁……。虽然童谣不事修饰，而仅仅铺陈叙述女孩家常生活一件件、一桩桩，朴实无华的

语言仍足以打动人心，让读者为女孩的悲苦磨难遭遇一掬伤心泪。这就是"赋"的艺术特质，也是比兴的积极表现手法所不能替代的。

（二）比

"比"即比喻，是闽南方言童谣最常运用的修辞手法，例如，讽刺性闽南语歌谣《鸦片鬼》：

> 鸦片鬼，
> 目睭银蕊蕊指眼睛闪着异样的、贪婪的光，
> 头是松柏蕾松果球，
> 领仔上水胜脖子挂着水囊，喻指大脖子病，
> 胸坎胸骨，排骨排楼梯，
> 腹肚圆垂垂肚子圆滚滚，比喻腹胀，
> 手是金攃锤旧时"十八般武器"中的"金瓜锤"，
> 脚像草蜢虼蜢，蚂蚱腿。

此谣采用"排喻"的表现手法摹绘出吸食鸦片的人眼眶内陷，面目狰狞，脖子有如挂着水囊，胸骨嶙峋，肚子鼓胀，四肢精瘦的可怖形象，可谓妙喻连珠。这些形象化喻体都取诸闽南方言，新鲜、生动、贴切、自然，妙喻连珠。其基本语汇后来被吸纳为台湾歌谣《阮是排骨仔队》[1]。

（三）兴

"兴"是先言他物而引起所咏之词，以唤起读者的联想，起着烘托渲染气氛的作用。此法在闽南歌谣中随处可见，例如，《漳台童谣》第063篇《燕仔飞过墩》、第087篇《红港鸡，绣红鞋》、第318篇《咪咪咪》、092篇《一枞树仔滑溜溜》等，以燕子、龙眼鸡、小猫等动物和"树仔""竹仔"等动物、植物见物起兴，引起下文，展开叙述，使歌谣的抒情写意较为含蓄，不至于太突兀。

三 重章叠句

重章叠句。章，指诗篇的各章各段的句子之句法结构大体相同，仅更

---

[1] 台湾版《阮是排骨仔队》作：阮就是排骨仔队，你嘛是排骨仔队；胸坎若楼梯，腹肚若水胜，双手金攃锤，两肢脚，草蜢仔腿；人人拢叫阮是排骨仔队。

换其中的几个词类相同的字词，叠句则指上下句采用相同相近的句式结构和字词，循环往复地咏唱，起着突出主题、强化感情、渲染气氛、深化意境的表达效果，可增加诗歌的节奏感、音韵美、意境美、含蓄美是诗歌常用的一种文学表现手法。

（一）常式重章叠句

闽南有些歌谣为常式联章歌体，例如，《漳台童谣》第 051 篇《阿公要食韭菜汤》：

> 阿公要食韭菜汤，
> 后园韭菜犹未长；
> 下愿阿公食百岁，
> 牵团牵孙入祠堂。

> 阿公要食韭菜羹，
> 后园韭菜犹未生；
> 下愿阿公食百岁，
> 牵团牵孙入书斋。

此歌为七言四句二章体，上下两章呈现"重章叠句"的样子，每章四句 28 字的语言成分基本一致，比如，上下两章的第三句完全一样，仅第一、二、四句句末的韵脚字词有别，其中第一章为"汤、长、祠堂"，第二章改作"羹、生、书斋"，读起来节奏整齐一律，便于抒发歌谣的思想感情。值得一提的是，这首遗留在漳、潮结合部的诏安县歌谣，同时又流传于潮汕地区、海陆丰地区和新加坡，据说原为"畲歌"，也写成"畲歌""邪歌"等。再如：

> 蜜蜂飞来归大拖，
> 阿姊教我四句歌，
> 教我客来着接搭要接待，
> 教我煮饭着淘沙。

蜜蜂飞来归大群，

阿姊教我两句文，

教我客来着客气，

教我煮饭着敆裙扎围裙。

这首《阿姊教我》也是七言四句二章体，前后章各 28 个字，仅每句句末的"拖—群""歌—文""接搭—客气""淘沙—敆裙"字面不一，其余字词完全一样。由此可见，常式重章叠句一般都有两个及两个以上章节的词句结构是完全一致的，后面的章句仅稍作个别字词的改动，重叠性的成分比例大。

(二) 变式重章叠句

闽南方言歌谣的非常规形式的重章叠句，还有闽南方言游戏歌《鹈鹕，乌鸦》《刣动物》《牵猴牵玲珑》等变式篇章。先看《鹈鹕，乌鸦》：

鹈鹕，鹈鹕老鹰，

你要嫁，无舒席没铺席子；

乌鸦，乌鸦，

你要嫁，无缚脚没裹小脚。

《鹈鹕，乌鸦》属于二二三三句型的重章形式，其二言句和三言句各为一行，每两行组成一个联句，联句的开头都用孩子呼告动物的形式引起下文。从章句特点看，两个联句的首行为呼告语"鹈鹕"—"乌鸦"的对偶式，联句的第二行是严格的叠句"你要嫁，无……"，表达孩子对该飞禽的想象语，整齐的句式与内容的变化表明其为"重章"的变体。

下面杂言联章形式的《刣动物》歌，是分角色表演的游戏童谣，采用拟人的手法和诗剧的形式，展开人与动物的对话，一般由一个较年长者扮演人，其余小朋友演小动物，在游戏之前要先背熟台词。从童谣的内容组织看，龙、虎、猴、蛇、鸡、兔、牛、马、羊、狗、猪、鼠各生肖动物自为一章，每一诗章中，重叠出现的句子与不重复的新创句比重大体相当，形式上不拘泥于复沓外形的一致，而是追求内容与形式的双重复叠、灵动和变化：

人：龙啊龙，人要给你刣宰杀。

龙：刣我做啥乜什么？

人：刣你无神威。

龙：我上天是天神，落地是地祖，要刣去刣虎。

人：虎啊虎，人要给你刣。

虎：刣我做啥乜？

人：刣你出来猎猎走像巡猎一样四处跑。

虎：深山是阮兜我家，百兽我做头，要刣去刣猴。

人：猴啊猴，人要给你刣。

猴：刣我做啥乜？

人：刣你者势食指食量大。

猴：我食你几粒仔豆，挽摘你几枞棵仔麻，要刣去刣蛇。

人：蛇啊蛇，人要给你刣。

蛇：刣我做啥乜？

人：刣你身躯长拖拖。

蛇：阮无翼翅膀无毛嗬成体不成样，无脚无爪嗬成剂不成样，要刣去刣鸡。

人：鸡啊鸡，人要给你刣。

鸡：刣我做啥乜？

人：刣你嗬咕哽不打鸣。

鸡：我三更叫煮糜粥，五更叫织布，要刣去刣兔。

人：兔啊兔，人要给你刣。

兔：刣我做啥乜？

人：刣你无半政无作为。

兔：月娘是阮阿姑，吴刚是阮阿舅，要刣去刣牛。

人：牛啊牛，人要给你刣。

牛：刣我做啥乜？

人：刣你嗨犁田。

牛：我顶丘畦犁，下丘耙，要刣去刣马。

人：马啊马，人要给你刣。

马：刣我做啥乜？

人：刣你嗨做穑农活。

马：阮马头载官人男主人，马尾载小娘女主人，要刣去刣羊。

人：羊啊羊，人要给你刣。

羊：刣我做啥乜？

人：刣你嗨食草。

羊：阮一日食一样草，两日食百号草，要刣去刣狗。

人：狗啊狗，人要给你刣。

狗：刣我做啥乜？

人：刣你嗨顾家。

狗：我顶厅睏睡，下厅巡巡视，要刣去刣猪母豚半大的母猪。

人：猪啊猪，人要给你刣。

猪：刣我做啥乜？

人：刣你睏偕食睡了吃、吃了睡。

猪：我潘底淘米水食，潘水摸，要刣去刣老鼠公。

人：鼠啊鼠，人要给你刣。

鼠：刣我做啥乜？

人：刣你偷食物偷吃东西。

鼠：我食你一粒粟，互人缉追；食你一粒米，互人扯；
　　食你一点仔油，互人烧甲脚虬虬烧得腿脚变形。命者歹这么不
　　　好，要刣就来刣！

《刣动物》的重章叠句生动地表现了"人"可以任意宰割动物的主题，形式上每一章约七个句子，前三句和第四句的开头属于重叠复沓的"重章"，第四句下半句和第五句以下，则是生肖动物的所做贡献的个性化自我表白，一般都符合其动物属性和性格。童谣的表达特点是每一章的第一句和第二句都由"人"说的"×啊×"来呼告一个动物，蛮横地告知以"人要给你刣"；第三句统一为小动物询问"人"要杀我的理由，第四句以重章叠句的形式回环往复地表现"人"编造"刣"动物的莫须有的理由，表现蓄意杀动物的丑恶嘴脸；第五句以下是非重章叠句的个性化部分，用动物们的自我表白来剖明自己对人类所做的贡献。从游戏童谣可以明显地看到作者不厌其烦地表现小动物们面对强敌和横飞而来的杀身之祸的害怕心理，弱势的它们不但不团结，反而避之唯恐不及地将灾难转嫁给同伴，只有小老鼠敢于用自己索取不多为理由，来顶撞代表邪恶的"人"，直面弱势者任人宰割的不幸命运，而最终被杀，从而讲述了一个社会上的普遍规律。从童谣形式看，《刣动物》的"重章"终而复始、百转千折，回肠荡气，连贯如注，用法已相当成熟，使作品产生强烈的艺术魅力。

第二节　闽南童谣的修辞特色

修辞的字面义指修饰文辞，作为语言学术语，则指在语言的使用过程中，运用一切调整语句和修饰文辞等语言表达手段，以提高语言表达能力和文学表现力的修辞活动，两者又简称消极修辞和积极修辞。这里的重点在于积极修辞。

积极修辞具有特定的构成方式和表达手法，也称为辞格或辞式，在文学创作中运用广泛，闽南方言歌谣也不例外，积极修辞手法运用灵活。

一　多种多样的修辞方式

（一）比喻

用甲物比作乙物的修辞方法叫比喻，闽台歌谣屡见不鲜，其喻词主要用"像"和"亲像"，比喻形式既有明喻，也有暗喻；有的比喻通过词语词组来表达，也有的用句子、句群来表现。例如，《漳台童谣》第 67 篇

《月光光》的结尾"鸡母鸡仔啄碎米，碎米花，白葱葱，羊角花，满山红"中，"鸡母鸡仔啄碎米"说鸡群在吃碎米，此"碎米"是实写，到下一句，却变成了喻词来比喻野花花朵的形状，是词语的比喻；相同的是"羊角花"，也用来比喻花朵的形状，"白葱葱"则用葱白的莹光来比喻碎米花白得晃眼。第15篇《婴仔婴仔你缓吼》中的熟语"褪裤掠虼蚤"之比喻又有不同，因抓跳蚤基本不需要脱裤子，便用这个短语来比喻白费工夫。相类的情况如第2篇摇篮曲《摇啊摇》句群中的喻词"外公嗳亲吻，外嬷惜爱抚，亲像水珠瞓芋叶。婴啼婴哭婴唱歌，无啼无哭赡长大"，第一个比喻说外祖父和外祖母对小外孙的疼爱"亲像水珠瞓芋叶"，其中的"水珠瞓睡芋叶"以词组为喻体，"亲像"是喻词，是明喻，下句则把婴孩的啼哭比喻为动听的"唱歌"，是没有喻词的暗喻，都表现了祖父母对于小生命的疼爱备至、体贴入微。用句群来作为比喻载体的则有闽台民间童谣《婴仔婴仔唔睏吼》：

　　婴仔婴仔唔睏吼哭，虎猫凶狠的猫守在门脚口。唔唔嘤睡觉，紧紧瞓睡觉，阿母去担粪。担真久，担赡来，虎猫咬肚脐，咬去又咬来。唔唔唔，阿母惜，一暝一个晚上大一尺；婴仔唔唔瞓睡，一暝大一寸。

　　从《婴仔婴仔唔睏吼》描写的情形看，婴儿正哭闹得厉害，歌谣的抒情主人公——母亲便有点儿心急，因而一开篇便"搬出"一只凶狠的大猫来。母亲说，这只恶狠狠的"虎猫"就守在家门口，而母亲没空儿要去干活儿；你如果还哭闹不睡觉，"虎猫"就会跑过来咬你的肚脐，甩来又甩去的很疼……在这里，猫之凶狠和可怕，是通过"虎"这一喻词来表现的，而用来震慑婴儿的"虎猫"之近在眼前和可怕，则用了"虎猫凶狠的猫守在门脚口；虎猫咬肚脐，咬去又咬来"三个句子来表现。

　　闽南歌谣也有排喻的例子，一如前文"赋比兴"部分所举《鸦片鬼》例；二如《漳台童谣》第101篇《食果子》：

　　一二三，三二一，
　　食果子，上欢喜最喜欢：

食篮仔菝番石榴，放生理排泄铳子枪子儿，子弹，

食卵仔柚子，放虾米，

食龙眼，放木耳，

百项水果满尽是满是，

戆狗仔食侪无代志傻孩子多吃也不会影响肠胃和健康。

过去的闽南人大多认为多吃水果不利健康，这种错误观念从歌谣"食桃仔肥，食李仔偕瘦，食草莓，大肚桶指消化不良"或"食草莓，睏杉板睡"也可见一斑。可是，《食果子》却极尽抒写儿童爱吃水果的天性和吃了各种水果之后排泄物的种种形状，不会影响健康，且以之为乐事从容道来，读来令人喷饭，尤其对于不同果肉的特点及其排泄物形状之描写，最具形象性：番石榴多籽，形状为小圆粒，形似土铳的枪子儿，因闽南人认为番石榴性生涩，吃多了会引起秘结、粪便形如羊粪蛋，因而有了"食篮仔菝，放铳子"形象的"戏说"；柚子果肉透明，细长呈钩状，其排泄物便形似虾米；龙眼果肉是透明的朵状，吃下肚不消化，排泄出来形似于木耳……。诗歌不避脏、丑、鄙、俗字眼，对孩子消化不良的排泄物的描写直观、具象、风趣，表明在孩童世界那特殊的语境里，几乎任何事物均可入诗，其童稚的笨拙和丑样也是美。

（二）借代

用与本体事物有关的某些特征来代表本体事物的辞格，叫作借代，它一般不直言本体事物，而是利用本体事物之某一部分或其内在的特点等，来借指该事物，既突出本体事物的特征，又节省笔墨，让语言富于变化。借代修辞格的运用在闽台歌谣里俯拾皆是。比如，闽南方言"玲珑"指"玲珑鼓"，即拨浪鼓，是货郎叫卖的工具，台湾叫"珑珑仔"，而"摇玲珑"、"摇珑"便用摇玲珑鼓的动作来指代叫卖。又如，人一生气就会嘟起嘴巴，歌谣便根据这一特点来表义，例如，《漳台童谣》第127篇《一岁手哩抱》"二姑嘴凸凸"和第335篇《木虱欲嫁虼蚤翁》"虼蚤听去嘴翘翘"，"嘴凸凸"和"嘴翘翘"便指代生气。稀粥是闽南人的家庭主食，咸萝卜干则是贫苦百姓的家常菜，歌谣的常见"话头"就以"食饮糜，配菜脯"来指代一般人家的清贫生活。"火熏"指炊烟，第242篇《挨呣挨》"后壁无火熏"，第325、331篇《吼欲嫁》的"树顶无火熏"的

"无火熏"都指代没有人烟。"孝"原指孝敬，方言常指代"吃"，第 322 篇《天乌乌》"水蛙肉，孝佛祖"便用了借代法，意思是用田鸡肉做祭品来供奉敬献给神佛。

（三）映衬

这是用相似、相对、相反的事物来烘托主体事物的方法，有着烘云托月、相得益彰的修辞效果。例如，《漳台童谣》第 247 篇《挨咾挨石臼》说父母热情款待舅舅的情形："央舅一下来，鸡仔赶紧刣宰杀：大人食大块，团仔食细块；大人捧去食，团仔哭灶额灶头；大人连骨吮，团仔一直舐；大人捧去收，团仔面忧忧"，用大人的大快朵颐连骨髓都吮吸干净的吃相，来反衬"团仔"在哭闹后才得到"舐"舔骨头的不平等待遇，突出了孩子极想吃而没吃到鸡肉的可怜相。第 179 篇《猴啊猴》中的"猴"应是孩子，他跟抒情主人公上山捡柴火，下文"阮拈捡一担，你拈一头；阮转来食早起回家吃早饭，你在遐在那儿动脚步哩捻草在扯草玩；阮转来食下昼吃午饭，你在遐嘛嘛哭；阮转来食下昏吃晚餐，你在遐草仔捻哙光"，描写那个"猴"光顾着贪玩，耽误了干活儿的时间，烘托出主人公对农家活儿之能干。第 127 篇《一岁手哩抱》中懒惰而又挑三拣四的大姑姐们同任劳任怨的童养媳之间也形成了鲜明的对比，反衬出童养媳的辛劳与不幸的遭遇。

（四）镶嵌

为了把话说得舒缓纡徐而拉长节奏，故意在现有词语里镶入一两个无关紧要的字词的修辞格叫作镶嵌，闽台歌谣里最常见的是镶入意义虚化的单音节反义词组"长、短"。例如，《漳台童谣》第 212 篇生活歌《田蟆飞》"田蟆蜻蜓飞，团仔缀跟随，有人仔，拈你尾。田中央，弄嘉礼耍木偶。嘉礼长，嘉礼短，人点灯，你揌火，人缚粽，你炊粿。"歌谣中的镶嵌型词组"××长，××短"对句群意义的表达乃可有可无，然而作为歌行，却利用其延宕的节拍而凑成"嘉礼长，嘉礼短"上三下三的句式，以便与下面七言句节奏相谐。相似的是第 059 篇亲情歌《阿舅长，阿妗短》之开篇"阿舅长，阿妗短，看人唔免使目尾"，也由嵌词"长、短"组成镶嵌型三言词组，嵌入的"长、短"无非为了把两个二言分句凑成三个音节，用来协调节奏。第 361 篇童幻歌《鸟鼠佫》之片段也是如此，歌中"阿嫂水珰珰，阿哥拍铿哐。铿哐长，铿哐短，嘀嘀嗒嗒弄嘉礼"

为五、五、三、三、七句式，居中的"铿咚长，铿咚短"两个短句节奏紧凑，既可承接上面的五言句式节奏，又和下句七言音步相谐，起着徐缓舒放的慢节奏和启用新韵的调节作用。

（五）双关

言此而实彼，同时关联两种事物或涉及事物的两个方面的表达方法，叫作双关。例如，《漳台童谣》祈福禳灾童谣第 036 篇《阉目针》之"目睭无尖，衫仔角尖"中，"尖"与"针"同音而关"目针"眼疾"麦粒肿"，是谐音的双关；第 187 篇《鸦》开篇"鸦，鸦，石头分你咬"，"鸦"既呼唤乌鸦，又谐象声词"呀"，是对乌鸦叫声的摹拟，也是语音双关。第 143 篇《歌啊歌》"三姑拍阿娘，师公拍和尚"中的"拍"是"打"的意思，下文"白鹅拍鸭母"的"拍"却指禽鸟交媾，是上下句义的双关。第 138 篇《猫仔猫吪吧》的第一个"猫"指小猫，而第二个"猫"却用比喻义，指斑脸的人，是借助词语的多义性而转义为双关的用法，使语义蕴涵丰富，表达上有着曲折变化的美。

（六）比拟

这是把人当作物，或把物当作人，把此物当作他物来描写的辞格，在童谣里多见。例如，《漳台童谣》之童幻歌谣第 361 篇《鸟鼠倌》："嘉礼有几身木偶有几尊？有三身：一身食菜，一身拜佛，一身阿弥陀佛。""嘉礼"木偶原本无生命，童谣却把它想象成具有人类秉性而"食菜"，而拜佛念佛，是拟人；第 184 篇《哈哈哈哈哽》把母鸡生蛋比拟为"生后生"，也是拟人；第 300 篇《展雨伞》把老鼠比附为"鼠贼"而人格化；表演游戏歌《刣动物》的动物全用拟人法。拟物的方法则有生活谣第 098 篇《龙眼干》之（五）"苦瓜嘀嘟嗒"，把苦瓜开的花比拟为可以吹奏的唢呐；第 274 篇《点咤点王公》之（二）"啥人放臭屁，家己拔去舐"自己拾去舐，将臭气比拟为可以拾取的有形物；第 197 篇《算脚谣》则掺和了拟人与拟物两种辞格，"一脚雨伞"将雨伞的手柄当作脚，是拟物修辞法，而"十脚阿蟹舅"把蟹类称作"舅"，却是拟人写法。

（七）呼告

呼告语是诗句开头的独立成分，表示对人对物的呼唤，以引起下文，一如，《漳台童谣》第 022 篇《喊鹞鹞》起句作："鹞鹞啊，鹞鹞啊——"，此即老祖母在为孙子做弥月，将小孙孙抱到门外唤老鹰时用的呼告语，下行"鸺鹠呼，鸺鹠喝"正是对呼唤老鹰情形的真实写照。第187篇《鸦》首句"鸦"，既摹拟了鸟叫声"啊"，又用"鸦"的双关义来呼告乌鸦。第189篇《鸺鹠》先呼唤"鸺鹠，鸺鹠""乌鸦，乌鸦"，再与之交谈；第191篇《马呀马》先唤之再奚落之。集中运用呼告格的是游戏歌《刣动物》，每一章的开头都呼唤一种动物"×呀×"，让儿童如闻其声、如临其境，增加歌谣的声势感，有利于启发想象。

（八）夸张

运用丰富的想象，在客观现实的基础上有意识地极力扩大或缩小事物的某些特征的修辞手法，叫作夸张，也称夸饰。例如，《漳台童谣》生活歌第074篇《天乌乌》之台湾版异文后半段："婆仔要煮饎，相拍险险弄破鼎……公仔挃饭匙煽嘴边，煽到冬至暝，呣记嗵搓圆。""险险弄破"的意思就是差一点儿打破，而差一点儿本身就带有夸饰的意味，最后两句更夸张，说老奶奶只是想再吃一碗，就把爷爷气坏了，扇她的嘴巴直到冬至夜，连一年一度冬至搓汤圆的重要事儿都给忘记了，这种把现实中不存在的事说得正儿八经的夸张，增强了文学的表现力，让人忍不住好笑。贼，一般都胆大包天，可是第054篇《厝虾厝蚅蚤》中的贼却被"胡狮狗，戆戆吠"吓得"呣食饭"，也是夸张的说法。连珠歌第398篇《鸟鼠仔倌》说"讨海人是食酒鬼，三酒矸，做两嘴"，也把现实中不可能发生的三瓶酒只用两口就喝光说得有鼻子有眼的，抽象的酒量之大和喝酒速度之快，都因夸张而具象化，加强了童谣内涵的荒诞性。

（九）设问

设问，顾名思义，就是设置问题，以引起儿童的注意。比如，《漳台童谣》第009首《婴婴睏》："婴啊婴，啥人生？婴啊婴，阿母生。"婴，怀里的孩子，自然是母亲自己生的，而童谣却故意向孩子发问，此"问"便是特意言之。有的疑问是为了下文的铺开而设置，例如，第060首《一枞白菜开白花》写姑嫂矛盾，其异文之一是这样的："姑仔初一十五就要嫁，嫁佗位？嫁顶姑知，下姑知，三年两年则转来。"小姑和嫂嫂生活在同一个屋檐下，而小姑要出嫁这样的大事已然"顶姑知，下姑知"，左邻右舍都知道了，唯有嫂嫂被蒙在鼓里，可见这姑嫂矛盾相当激烈，若没有"嫁佗位"问题的提出，便难以突出这一矛盾。好的设问还可以营造气氛。比如，第083篇《燕仔飞》，讲的是乡间龙船迎亲的一个小故事，故事的开头连发两问："燕仔飞，龙船到抑未？到嗒落？"问句一个追一个，把迎新人的急切心情摹画了出来，从下面两句"到岭兜，岭兜一支柴梳好梳头"看，那"岭兜"便是新娘的家，新娘正在梳妆打扮，而新郎的家人已经等不及了；如果此歌不设问，其等待的急切氛围便不易表达。

（十）反问

所谓反问，是用明知故问或者疑问的形式来表达确定、肯定的内容。比如，《漳台童谣》第 065 首《一只鸟仔肥囵囵》第三句以下："啥人田墩无歇鸟？啥人烟筒赡出熏？啥人爸母赡痛囝？啥人公嬷赡惜孙？"其反诘句的句意都是肯定的，讲的是外祖父母疼爱外孙乃如田墩歇鸟、烟筒冒烟、父母疼爱孩子一般属于天理天性的简单道理，歌谣连续的排诘句式和表达方法，为下文反衬舅妗防甥如防贼做了极好的铺垫。再如，第 307 篇《创动物》："阮干若食你一滴滴仔潘"而反问"安怎要创阮？"意为我享用得这么少，我不该杀，你为何还要杀我？突出了事件的不合理，从而映衬"人"对动物之生、杀、予、夺是不需要讲道理的，杀众动物的借口也是莫须有的。第 319 篇《安怎伊甲会唱歌》也运用了一长串的反诘，老爷爷接连说着各种事物会唱歌和不会唱歌之缘由，却被小孙子马上看出破绽来，反问其"伊敢会唱歌？"和"伊甲赡唱歌？"这些反诘，突出表现了爷爷所列两种物体之会"唱歌"和不会"唱歌"的原因似是而非，和孙子的反应灵敏，从而彰显老爷爷穷于应对的尴尬，增添了童谣的知识性和趣味感，也间接培养儿童读者细致观察事物的习惯和能力。

（十一）虚诳

虚诳，是把不实的、虚拟的事说得有鼻子有眼的表达手法，在漳台连珠歌体尤多。比如，第 391 篇连珠歌《白鸽鸶》的结尾说"昨暝扮杨令"，是实写，以下"杨令公，杨令婆，抔狗屎，食倜佗吃着玩"却承续戏文人物而乱说一气，是为虚诳。第 394 篇《龙眼鸡》："木屐一双给我穿"是孩子提出要木屐的实事，以下"载鸡鸰；鸡鸰公，鸡鸰婆，搴椅跍上桌"却转为虚诳语。有的虚诳语属于谐音趁韵的文学现象，诗句只取韵律谐和而不论意义关联与否。例如连珠歌第 380 篇《月光光》的末尾"蕉犹未黄，要食老婆仔尻川门（肛门）"便属此类。这些虚诳语的主要功能是增加童谣的虚幻性、生动性、趣味性，不能死抠字眼而以真事对待之。

（十二）摹绘

摹绘是利用语音、字形等语言文字材料的直观性、形象性特点来描摹、比拟人们对客观事物的主观感觉，根据描摹的不同角度，可分为描摹声音、形态性状和色彩等。

摹绘格的第一式是摹声。闽南方言童谣常见利用不同的声母、韵母的不同音质和叠音、双声叠韵等语音形态，来摹拟多种多样的音响世界。比如重叠型象声词在汉语表达中，通常表示连续不断的声音，闽南童谣便以叠音词模仿人类多种多样不间断的哭声"吼"。例如，"咪咪"［mi1 mi1］以重叠的开口小的韵母［i］，来传递并模仿情绪较平稳的嘤嘤的哭声；"咕咕"［kɔh8 kɔh8］和"涸涸"［khɔk8 khɔk8］用重叠的喉音声母［k］、［kh］和舌根入声韵母［ɔh］，来表现声量大且喋喋不停、令人生厌的哭声；"嘛嘛"［ma6 ma6］以开口最大的韵母［a］来摹拟并显示响亮的哭声。双声叠韵大多用来摹拟变化着的声响，比如，"哩啦"［li6 la6］两个音节的声母都是［l］，韵母便利用开口小的［i］表示小声、开口大的［a］暗示大声，组成"哩啦"后，很方便地模仿连续性的声音有大有小；"嘀嘟"［tih7 tu6］两字的声母同为［t］，也利用韵母［i］和［u］开口度的大小、口形的齐平或缩圆，来模仿、表示声音的变化。［k］声母在闽南方言里则暗含嘈杂的语义，构成双音节象声词"吱咕"［ki1 ku6］"咯哽"［kɔk8 k ĩ 1］、"墘啥"［k ĩ 6 kã6］和 AABB 叠音式词组"吱吱咯咯"［ki1 ki1 keh8 ke8］后，共同摹拟了音质差异大的声响，极言场面的喧闹沸腾和嘈乱；"咯咯咯咯哽"［kɔh8 kɔh8 kɔh8 kɔh8 k ĩ 1］则用重叠、喧闹的声音，来拟仿、渲染母鸡生蛋的喜悦。四音节的双声叠韵象声词"咦、啘、嘶、□"［ih7 uãih8 sih7 suãi8］，首先是前两个音节［ih7］和［uãih8］同属于零声母，是双声；继而是第三音节和第四音节［sih7 suãi8］声母同为［s］，也是双声；第一音节［ih7］又与第三音节［sih7］呈间隔叠韵，第二音节［uãi8］也与第四音节［suãi8］为叠韵关系，共同模仿了木制家具同中有异的吱吱嘎嘎摇晃声。

摹绘格的第二式是摹态，可运用拟形状态词来突出客观事物的质感和静态描写，比如，闽南歌谣中的"溜溜走"形容走得快，用具有滑顺感的叠音词缀"溜溜"来修饰、摹拟快步行走的"走"，给人以直观的动态感；"硬梏梏"形容硬邦邦的样子，象声词缀"梏梏"有助于核心词"硬"的质感表达；"澹糊糊"描摹湿黏的样子，用"糊"的叠音形式来修饰词干"澹"（湿），其湿其黏具体可感。闽南语歌谣更多的是利用某种声态来助推状物作用。比如，用叠音形式来摹绘禽类高飞状，有"蓬蓬飞""哱哱飞""抠抠飞""颃颃飞"，以表达蓬勃而起、噗噗作飞、分离而飞、引颈而飞的细小差异，可见民间歌谣语言很注意细小意义差异的区别。再如，形容物体的弹跳及其声态，有"卟卟跳""噗噗弹"等，描写行、走、跳、跌的有"咙咙来""砰砰走""哐哐跋"等，其叠音象声词起着暗示物体的动作状态为同质性的持续貌。同时，闽南歌谣又具有描绘动态意蕴的词语，例如，"嘎啦欹"是歪歪斜斜将倒未倒的样子，"嘭嘭大"比喻像吹风鼓气那样容易长大，"软摇摇"描绘颤颤巍巍、绵软无力，"蛲蛲趖"比喻像许多虫子蠕动的样子、又喻坐立不安貌，"噪噪滴"指淋漓不止，俗语特指吃不了兜着走，遇上大麻烦。这些叠音和双声叠韵词语都以特定的语音形态而赋诗句以动态感。

　　摹绘的第三式是绘色格，闽南方言童谣很注意同一色彩的不同色质、色感的表达，摹写的颜色词既有一般的乌（黑）、红、白，也有表示色度稍次的双音节叠音形式的"乌乌""红红""白白"，还有强调颜色无以复加的极黑、极红、极白之"乌乌乌""红红红""白白白"。至如颜色的具体质感，白色可比喻像葱白那样白得发亮的"白葱葱"，有比喻纯白有如流水般顺畅的"白溜溜"；红色如色彩让人舒服的"红丢丢"，带有膨胀感的"红嘭嘭"，逼人眼的"红绛绛"，刺激性强的"红记记"，形容脸色红润润的"红牙牙"，色泽很纯的"朱朱红"，以及像荧光那样鲜艳耀眼的"红荧荧"。黑色则比喻像烧焦了那样黑不溜秋的"乌烙烙"，黑得深不可测的"乌咙咙"，整片的黑色为"乌影影"，令人舒服的黑色是"乌吟吟"，等等。这些摹声绘色词语形象鲜明，逼真如现，有助于童谣对客观物象的生动表现，给人留下深刻的印象。

　　（十三）对偶

　　这是把内容相近、相关或相对，句子结构相同或相近的两个句子并列起来的修辞方法，句式整齐，节奏匀称，朗朗上口，悦耳动听，便于记忆和传诵。不过，闽台歌谣属于民间作品，其对偶便不像文人作品那样格律谨严，而是"对"其大略，上下句之间往往带有重复或者冗加的成分。比如，《漳台童谣》第082篇《鹧鸪讨食面向山》：

> 要去草鞋共和雨伞，
> 要来白马挂连带、和金鞍，
> 乌乌 门楼缚马牯雄马，
> 白白 灰埕庭院树旗杆 旧时家族为表彰有突出贡献的族人所竖立的石制旗。

　　这首《鹧鸪讨食面向山》片段的首联上下句单音动词"共"对"挂"，都是"和"的意思，名词"草鞋"对"白马""雨伞"对"金鞍"，都是严对；其宽对是动词性词组"要来"与"要去"，"要"同字为对，在民间歌诗中常见。第二联上下句为颜色词"乌乌"对"白白"，分别修饰名词性偏正合成词"门楼"和"灰埕"，"门楼"和"灰埕"也两两相对；第二联的第五音节是动词"缚、树"互对，再以名词性偏正合成词"马牯、旗杆"互对，对偶句式齐整谨严，富于形式美。再如，第087篇《红港鸡》的片段：

> 衔着馈送贼查甫儿子，
> 衔着贼查某女儿，
> 坐阮船，拍敲、打阮鼓，
> 食阮尖仔米晚季粳米饭，
> 配阮江鱼仔脯小鱼干。

　　此歌的名词性词组"贼查甫""贼查某"比喻常到父母家吃、喝、拿的儿女，歌谣用"查甫"对"查某"，"贼"字上下句叠用不"避复"，下面的动宾结构"坐船"对"拍鼓"，单音动词"食"对"配"，而"尖仔米饭"与"江鱼仔脯"是"尖米饭"与"江鱼脯"偏正式名词词组互对，上下句的虚字"仔"参差镶嵌为对，是较为罕见的同字镶嵌参差对。
　　闽南方言童谣也有工整的对偶，比如，《漳台童谣》第281篇《点点滴滴》：

……红的红，赤浅红的赤，开花红，结果赤。

此谣四个三言分句，前两句以结构助词"的"串连起间隔出现的色彩叠词"红的红"对"赤的赤"，是工整的对子，后两句为双音节动宾词组"开花"对"结果"、颜色词"红"又与"赤"相对，也是严对。

（十四）排比

把内容相近、相关或相对，结构相同、相近或相类的三个及三个以上的句子并列起来的修辞方法，叫作排比，可周密、全面地反映事物各个方面的特征，也有着鲜明的整齐形式美。例如，《漳台童谣》第134篇《篮仔花》片段：

一箸叶青，送先生；

一箸潲浅色，送官府；

一箸红，送丈人；

一箸赤浅红，送隔壁；

一箸乌黑色，送大姑。

《篮仔花》句式整齐，统一为两个三言分句组成一个诗行，每行诗统一为"一箸×，送××"的格式，变化的词语统一出现在每个分句的结尾，既有依次出现在上一分句句末的单音节颜色词"青，潲，红，赤，乌"，也有排列于下一分句结尾的双音节偏正式名词"先生，官府，丈人，隔壁，大姑"，工整的句子成列地鱼贯而出，整齐均衡，节奏性强。相似的有第217篇《坐偕看》的五个排比句：

坐飞机，看天顶天上；

坐大船，看海涌潮汐、海浪；

坐火车，看风景；

坐汽车，钱较省；

坐牛车，顺续挽龙眼顺便摘龙眼。

此谣先采用"坐××，看××"三言动宾结构构成句中对，再组成"五联排"排比句，仅末联的下半句多出"顺续"两字，在句群中既匀齐，又不失灵动自如。排比形式相同的如《漳台童谣》第010篇《瞈啊瞈》的第一章和第三章：

> 瞈啊瞈，一日大拄天；
>
> 眠啊眠，一暝大一寸；
>
> 惜啊惜，一暝大一尺。
>
> （第二章略）
>
> 摇啊摇，一暝眠烧烧；
>
> 瞈啊瞈，一暝眠到光；
>
> 唔啊唔，一暝眠到齁齁齁。

这是母亲哄孩子睡觉时唱的童谣，首章采用三联体的三五言排比式，句式整齐，三言句"瞈啊瞈、眠啊眠、惜啊惜"由动词"瞈、眠、惜"重叠镶嵌语气词"啊"构成排比句，五言句为"一日大拄天"等"一日大××"和"一暝大一×"的层叠状，虚词"啊"的复沓运用使语气纡徐延缓，适合劝哄孩子入睡的情境，从多角度表露长辈期望孩子快快长大的愿望，属于句串规整的排比。第三章仍以动词的间隔重叠形式嵌入"啊"之"摇啊摇""瞈啊瞈""唔啊唔"为开头，引领下面的五七言句"一暝眠……"，是对第一章排比句式的有机回应，两章之间也呈现着重章叠句的样式。

闽南方言歌谣也有语气连贯、句群结构不甚整齐的排比形式。例如，《漳台童谣》第092篇《一枞树仔滑溜溜》的后半段：

> 下着王公要刣猪，　　（王公：也称王爹，即开漳圣王陈元光。刣猪：杀猪）
>
> 下着王嬷要看戏，（王嬷：指陈元光的夫人）
>
> 下着土地公伯仔要食软红柿，（食，吃）
>
> 下着祖公爷要食甜番薯，（祖公爷，指陈元光神庙里附祀的小神）
>
> 下着青厐无主意……（青厐，陈元光的部将许天正；无主意，想不定要什么谢礼好）

此歌各句的开头统一为"下着",指许愿后,神明想要得到的回报,句子的差别集中在每句下半句的各位神明及其想要得到的酬报,依次是想要"刣猪""看戏""食软红柿""食甜番薯"和最后一句的"无主意",内容和句式繁简错落有致,体现了排比句总体求"整"而"整中有变"的辩证统一。再看第 164 篇《人插花》:

> 人别人插花,你插草;
>
> 人抱婴孩子,你抱狗;
>
> 人哩在笑,你哩吼;
>
> 人未嫁,你先缀人走指私奔;
>
> 人坐红轿,你坐破奋斗人力车;
>
> 人睏红眠床,你睏屎礐口厕所门口。

《人插花》采用六组"人"和"你"——闽南人与和追求日本文化的摩登姑娘成对出现的联句形式,来描写闽南传统女孩的言行和摩登女郎相类行为的等而下之之动作行为:闽南女孩插花,摩登女郎却模仿日本人插草;闽南姑娘抱孩子,摩登女郎却赶时髦抱叭儿狗;闽南女孩爱笑,摩登女郎却爱哭;闽南姑娘还没论嫁,摩登女郎却跟人私奔了;闽南新娘结婚坐红轿,摩登女郎却坐着破人力车;闽南新娘睡的是红色婚床,摩登女郎却睡在厕所旁边的榻榻米……童谣就这样用诸多不适宜和违反常理的言谈举止,来嘲讽追求日本时尚文化的年轻姑娘。

第三节 闽南方言连珠歌

连珠又名联珠,其散体文辞如"道生一,一生二,二生三,三生万物"(《老子·道德经》),"名不正则言不顺,言不顺则事不成,事不成则礼乐不兴,礼乐不兴则刑罚不中,刑罚不中则民无所措手足"(《论语·子路》)和"匪我求童蒙,童蒙求我"(易·上经·蒙卦四·坎下艮上),韵文则有"窈窕淑女,寤寐求之。求之不得,寤寐思服"(《诗经·国风·周南》)和"彼其之子,美如玉;美如玉,殊异乎公族"(《诗经·魏风·汾沮洳》)等,语言特点是相邻的两个句子首尾相同,复沓勾连。

"连珠"曾经作为一种独立的文体，开源于汉扬雄《连珠》。《后汉书·贾逵传》载："逵……又作诗、颂、诔、书、连珠、酒令凡九篇，学者宗之"。对该文体的认识，可分二端，一主讽喻功能：［晋］傅玄《连珠序》称"必假喻以达其旨"，［明］徐师曾《文体辨说》称"借物陈义以通讽喻"；一主形式特质，例如，［晋］傅玄《连珠序》云其"历历如贯珠"，［梁］沈约《注制旨连珠表》称它"辞句连续，……若珠之结排也。"这种被当作讲究对仗骈偶的骈文之分支，赋之别体的连珠文，至隋唐期间赋衰诗兴而消亡。然而，民间歌谣自有其"连珠体"，朱自清先生称它是"意义联贯而并无定式的重叠"①。

笔者认为，连珠体民歌不同于文人作品之譬喻说理，但形式上确实是"辞句连续，若珠之结排"。目前学界对连珠歌的"如贯珠""珠之结排"的艺术特质剖析未透，实际上，它又名联珠歌、连锁歌，语言特点是把前一句的末一字词做为后一句子的开头，以便使相邻的两个句子形成首尾蝉联、上勾下连的复沓形式之顶真句群，用来铺张和叙述，语言生动活泼，富有音乐性，其中顶真是造句手段，连珠则是谋篇造句的结果。

一 连珠歌的语言特点

连珠歌谣又称连锁体，是运用顶真修辞法创造的歌谣，它用上一句结尾的词语做下一句的起头，而呈现着上递下接的样子，所组成的句子 A 句的句尾是 B 句的开头，B 句的句尾为 C 句的开头，D 句的开头承接了 C 的句尾，整个语段相邻的两个句子都头尾叠合，蝉联勾串而顶真，从而勾连成篇。因此我们说，在连珠歌里，顶真是用来联句的手段，连珠则是联句谋篇的效果，而将歌联穿缀成珠串玉连的歌体，符合古人有关"历历如贯珠"、"辞句连续、若珠之结排"的论述。由于歌谣各句的内容原是零散的，仅借助上下句的头尾部分的重叠形式，便能串连成铺陈排比的叙事体，因而增加了歌谣内容的连贯性和新鲜感、趣味感和可读性。

连珠歌的题材大多来自底层人民的生活，其内容鲜丽奇巧，富有情趣，深受老百姓喜爱。因连珠和顶真本身就是重叠反复手法的体现，因而有必要辨析一下连珠、顶真与一般的重叠、反复之异同。先看重叠式童谣

---

① 朱自清：《中国歌谣》，北京：金城出版社 2005 年版，第 261 页。

《食果子》，歌谣中加着重号的字代表重叠反复辞格：

> 一二三，三二一，
> 食果子，上最欢喜：
> 食篮仔菝，放铳子，
> 食卵仔，放虾米，
> 食龙眼，放木耳……

《食果子》以数字起兴，语言不避鄙俗，写孩子爱吃水果的天性和吃水果没有充分消化吸收的种种表现，主旨在于列举闽台名优特产水果，向孩子普及自然科学知识。可以看出，童谣第二行至第四行的动词"食"和"放"都在上下分句的首字反复重叠出现，构成三言"食+宾语，放+宾语"的排比"句中对"，是单纯的重叠修辞法。再比较一下《猪八戒》：

> 猪八戒，爱食吃菜。菜脯脯干巴巴，爱娶某老婆。某水水漂亮，爱担水。水醪醪浑浊，爱食蚵牡蛎。蚵㑷煮不煮，猪八戒气到半小死。

《猪八戒》采用拟人写法，讽刺猪八戒贪吃又好色，这里仍用字下加着重号代表重叠项，菜某水蚵表示顶真项。如上所示，此谣的连珠格式从第一行句末和第二行句首的"菜"开始，以下接连出现在第二行与第三行、第三行与第四行、第四行与第五行首尾接合部的"菜，菜""某，某""水，水""蚵，蚵"，重复格则始见于第二、三、四行第二分句句首的"爱"字，只固定地重叠出现在这些诗行的第二分句句首，而不像"菜、某、水、蚵"出现在上一句的句末又作为下一句的开头，因此说，"爱"的用法属重复格，而"菜、某、水、蚵"是上下句勾连复现的连珠式。由于《猪八戒》各句的内容采用"猪八戒、吃菜，娶老婆、老婆漂亮，挑水、水混浊，吃海蛎"的句意没有明显关联的跳跃式表达，这些起着首尾勾连作用的字词既是韵脚字，又用来充当下一句开头的"连珠项"之"菜、某、水、蚵"，都因后一句的开头叠现前一句的结尾而上勾下连，而将原本文气不畅的零散句子穿缀成流畅贯通的篇什，整篇歌谣便显得一气呵成，诙谐风趣。而这一特点正是连珠歌区别于一般重复形式之所在。因此说，《食果子》是一般的重复修辞法，而《猪八戒》却是严格意义上的连珠歌谣，并在歌诗中套用了重复和排比修辞法。

二 连珠歌举隅

从章句结构特点看，连珠歌可分为联句的连珠体和联章的连珠体。

（一）联句连珠体

联句，一般指旧文人宴饮、交往时的一种两人或多人作诗的方式，有一人一句或一韵的，也有一人两句一韵或一人起韵，其余人顺次续诗等形式。在本书，联句特指两个或多个语言结构相同的对偶句、排比句联缀成串的诗歌体。联句连珠体则指顶真项所连接的多个意义上有联系而又相对独立的复句组成的句串，是闽南连珠歌的主流形式，歌谣的篇数较多。为了便于分析，我们称两个句子为一联。先看连珠歌《龙海县歌谣分卷》的《叛徒仔》：

叛徒仔叛车车无信义，出门坐**汽车**。**汽车**无电油汽油，叛徒仔颔
脖子**生瘤**。**生瘤**痛痛痛极痛，叛徒仔挂**目镜**戴眼镜。**目境**挂歪歪，叛徒
仔生**蛤乖**淋巴结发炎。**蛤乖**饲昧活蝌蚪养不活，叛徒仔掠**虼蛇**抓蟑螂。**虼蛇**
僻扑跳，叛徒仔死跷跷死得硬挺挺！

此歌十二句六联，起先是闽南人借助语言灵物崇拜的诅咒功能来发泄民族的愤恨的，极尽挖苦、嘲讽、诅咒、詈骂叛变者，意欲置其死地尔后快，后来"叛徒仔叛车车"积淀为方言俗语，而比喻反复无常，讽刺不讲信用、朝秦暮楚的人。歌谣第二句以下是句式相同的五言排比句，从第一联句句末的"汽车"开始，每联句末的双音节词都在下一联开头重叠出现而勾连成顶真状，形成整齐匀称的"汽车，汽车……生瘤，生瘤……目镜，目镜……蛤乖，蛤乖……虼蛇，虼蛇"句句顶真的形式，这就是联句连珠体。因"连珠"成分在五言十字的联句中占着四个音节，是总音节长度的2/5，而给人以体积感，其语言结构便如一节一节交互扣连的小火车车厢横贯而出，总体上表现为富于体积感的整齐而又延绵不断的质感。与之相类

的是传播很广的《台湾真出名》，歌谣中的"出"是出产的意思：

> 喂！喂！喂！台湾出**甜粿**。**甜粿**真好食，台湾出**柴屐**。**柴屐**真好
> 穿，台湾出**鸡鸰**。**鸡鸰**抠抠飞，台湾出**鼓吹**。**鼓吹**真好口盆，台湾出
> 新闻。新闻真好看，台湾出火炭。火炭真好燃，台湾真出名。

这篇五言台湾歌谣越过海峡，流播闽南，被收录到《东山县歌谣分卷》等歌谣集里。歌谣总共十四句七联，开篇用"呼告格"招呼人们听他讲述台湾的名优特产，名物词群"甜粿，柴屐，鸡鸰，鼓吹，新闻，火炭"都既出现在联句的末尾，又作为下一联句的开头，从而构成六个排比连珠复句，用来表现抒情主人公对家乡的自豪之情，结构紧密联结，语意贯通，同样富于体积感。再看《诏安县歌谣分卷》的《抽龟藤》：

> 一只水牛叫吗吗，抽龟藤，缚**犁担**牛脖子绑牛轭。**犁担**好驶田耙田，
> 抽龟藤，缚**烟筒**。**烟筒**好燃饮烧米汤，抽龟藤，缚**鼎鬻**锅盖。**鼎鬻**好盖
> 饭，抽龟藤，缚**篮仔饭**。**篮仔饭**好吊钩，抽龟藤，缚**桄苞**薜荔。**桄苞**
> 辗落白掉到石白里，抽龟藤，缚**新妇**儿媳妇。**新妇**气到面乌乌脸色发青，
> 抽龟藤，缚**轿夫**。**轿夫**势擅长扛轿，抽龟藤，缚**厄庙**寺庙。**厄庙**哩
> 正念经，抽龟藤，缚**学生**。**学生**势写字，抽龟藤，缚家己绑自己。

（二）联章连珠体

联章连珠体也是民间歌谣中的稀见形式，顾名思义，是利用联章歌中前一章诗句的结尾做下一章歌谣的开头的形式。请看《诏安县歌谣分卷》收录的《无骨歌》：

> 龟无腰，鳖无腰，
> 虱母虱子无骨涂脚趖地上走，屹蚤跳蚤无骨穿钻人腰。

笼担筐和扁担，指担子双双双无骨，双双无骨是**弓蕉**香蕉。

弓蕉无骨居箸下在叶下，菜头无骨白咧吵白花花，
　笼担双双双无骨，双双无骨是**沙虾**。

沙虾欲食着捻鬏去掉虾须，小蜷仔小鱿鱼欲食着炒油，
　笼担双双双无骨，双双无骨是**石榴**。

石榴好食肚底指果飘红，鸭卵无骨中央中间，指蛋黄芳香。
　笼担双双双无骨，双双无骨是是**风葱**大葱。

风葱无骨透天长，甜粿炊到一笼床甜糕蒸了一笼屉，
　笼担双双双无骨，双双无骨是**大肠**。

大肠无骨真正荏香辣味，咸菜焄煮笋无人嫌，
　笼担双双双无骨，双双无骨唱硲完。

　　《无骨歌》除了开篇以闽南沿海常见的水生物龟、鳖"龟无腰，鳖无腰"作为"引子"起兴外，其余句子采用整齐的七言联章体随物赋歌，引出下面六种闽南人爱吃的软体"无骨"的食品，每一物品，自为一章，其中每一章的结尾物名词弓蕉、沙虾、石榴、风葱、大肠都作为后一章的开头，串联出下一个物体，而属于宽式顶真修辞格，可以看出通篇连用、套用了多种修辞法，比如，歌谣每一章的第三句和第四句都重叠出现"笼担双双双无骨，双双无骨是××"的句子，此为复沓的回环格，再与前举每章结尾的物名词弓蕉、沙虾、石榴、风葱、大肠重复作为下一章的开头之宽式顶真修辞法，共同营造出既整齐划一，又繁复回环叠现的复合式连珠体，具有很高的艺术性，读起来乐感特别强。

　　由此可见，连珠歌是一种表现手法极其丰富的歌谣体，它讲究语言形式和表达技巧，娴熟地运用了各种积极修辞的手法，使之达到登峰造极的地步，因而其歌篇高妙无比，读起来有一种整中有变、回旋反复的韵律美。而上引《抽龟藤》之连珠格、句中对偶、反复、排比形式和《无骨歌》联

章连珠体，在民间歌谣中极为少见，表明漳州地区的区域文化积淀之丰厚，同时也彰显了闽南语言文化的魅力，吸引着一代代闽南人歌咏之流传之。

第四节　论闽南方言歌谣的音乐性

音乐性也是诗歌文学性的一个重要组成部分，它指诗体语言所表现的与音乐形式相同、相近的节奏与韵律。从音乐角度看，语言是由一连串的声音符号构成的，其音乐性既存在于一个个字音当中，也存在于语言有机组合的一连串声音符号里。而有机组合的一连串声音符号，就是诗律。

德国美学家黑格尔指出，"诗的音律也是一种音乐"，由有节奏的"诗的音律"和"双声、叠韵、半谐音和韵脚"之"音质体系"构成①。原始华夏歌谣的音乐性也相仿，诗与乐的相互依赖性是原始的、永生的，在秦汉时期分化为"合乐"的"歌"和"徒歌"的"谣"（《毛传故训传》）；"歌谣"同称，表明即便已是不入乐了的"徒歌"文本，仍保留着相当程度的"诗乐同体"状态，具备节奏和谐、回环流婉、铿锵雄健等审美特质②。不过，我国传统诗学的音乐性研究主要集中在古典诗词的平仄和韵辙上，现代诗学则从西方借入有关"音顿""音步"的概念，来分析和观照白话诗，从而形成现代诗律音乐性美学理论。朱光潜先生曾指出：

> 诗歌的生命在音乐，在具有便于大家参与的能起'传染'作用的那种音乐；必须有一些公同的明确的节奏，一些可以引起多数人心弦共鸣的音乐形式。这种节奏和音乐的形式正是一般民歌的特色。③

在朱光潜看来，民歌亦即歌谣的音乐性是有"公同（共同）的节奏"

---

① 黑格尔著、朱光潜译：《美学》第三卷，北京：商务印书馆1981年版，第71页。

② "诗乐同体"的观念最早见于《尚书·虞书》"诗言志，歌咏言，声依咏，律和声"之说，是我国传统文学艺术观和音乐观，认为诗歌的起源期是诗、乐合一的，《诗》本身就是有着音乐旋律之美的"乐"，既能配乐歌诵，又能以歌舞、器乐的形式表演，连没有歌词的乐曲也曾作为"笙诗"载入《诗经》。参见马宇清：《孔子乐教思想的革新性》（哲学人文版），《北京行政学院学报》2008年第5期。

③ 朱光潜：《一个幼稚的愿望》，收入《朱光潜全集》第10卷，合肥：安徽教育出版社1993年版，第86页。

"便于大家参与""有感染力"的能"引起多数人'心弦共鸣'的音乐形式"。然而对于这种"音乐形式"是什么样？朱先生语焉未详。这个问题本来应该在 20 世纪二三十年代就应引起北京大学歌谣研究会的乡土文学改革者们注意，然而却因为"参与者音乐修养的欠缺"而忽略其"音乐性诉求"①，并影响至今。在这样的歌谣学研究环境下，闽南语歌谣音乐性讨论之阙如便可想而知了。目前仅见台湾李壬癸讨论押韵与方言音韵的关系②；施炳华也以明刊闽南方言戏文《荔镜记》为研究对象，讨论地方戏的剧本所表现出来的音乐性同语言的关系等问题③；臧汀生介绍台湾闽南语"七字仔"（七言）歌谣的句式、节奏现象和押韵、换韵规律④，萧宇超也从闽南语民歌的衬字探讨闽南话歌诗的韵律和节奏⑤，洪宏元则缩小研究范围，集中于探索台湾闽南语流行歌谣语言韵律风格⑥。

笔者认为，歌谣的音乐性以方言语音的音高、音长、音强特质为基础，其句式长短与节拍、节奏等节律及平仄、韵辙的规律，以及语音修辞、语词和章句的复沓、回环现象等诸多修辞形式等内容，这些方面对于文学艺术，尤其对于韵文来说，都是很重要的。由于目前语言文学界对诗歌音乐性的研究绝大多数都采用纯文字性的分析，难免与音乐主题产生疏离。为此，本书尝试借鉴音乐学范畴的某些方式方法，如运用部分音乐术语和符号来表达某些音乐概念，将歌谣文本作适当的"乐谱化"处理，一是将乐谱的音符代之以文字；二是用●、○、⊙分别表示重音、轻音、次重音，借用乐段分节线"｜"表示小节的分隔，在汉字下面加单下划线，表示八分音符、半拍，两字为一拍，汉字下面加双划线为十六分音符，每两个字占半拍、四字一拍，"·"为符点音符，"□"为休止符，

①　傅宗洪：《"音乐的"还是"文学的"？——歌谣运动与现代诗学传统而当再认识》，《中国现代文学丛刊》2011 年第 9 期。

②　李壬癸：《闽南语的押韵与音韵对比》，《中央研究院历史语言研究所集刊》，1986 年第 57 本 3 分。

③　施炳华：《〈荔镜记〉音乐与语言之研究》，台北：文史哲出版社 2000 年版。

④　臧汀生：《台湾闽南语歌谣研究〈论结构〉》，台湾：商务印书馆 1980 年版。

⑤　萧宇超：《台湾福佬民谣的衬字功能：音律与节奏》，《台湾本土文化研究论文集》，出版机构不详，1994 年版。

⑥　洪宏元：《台湾闽南语流行歌谣语言韵律风格初探》，台湾：《语文学报》1999 年第 12 期。

"一"表示连音,等等,以此来较为直观地凸显歌诗的音乐性。因笔者近二十年来较集中地调查了流传在闽南地区和台湾地区的闽南方言童谣,下面主要以《漳州童谣》和《漳台童谣》的作品为例展开讨论。

一 闽南方言的音乐性潜质

汉语是富于音乐特质的语言,用具有声调特征的汉语作为汉诗的构造材料,其"调子"(tone)比无声调语言具有更鲜明的音乐特质,音乐形象也比其他语言更突出。汉语方言歌谣的音乐性也是如此。以汉语闽南话的音乐性为例,它首先表现在语音中的乐音发达;其次才表现在歌句的音长律、轻重律、高低律、押韵等方面。

闽南方言有着发达的韵母系统,连同地方口音在内,共有9个发音响亮、富于乐感的元音 [a]、[ɛ](漳)、[e]、[ə](泉)、[ɔ]、[o]、[i]、[u]、[ɯ](泉),且韵母形式丰富多样,有由元音组成的阴声韵类,有收鼻音韵尾 [−m]、[−n]、[−ŋ] 的阳声韵及其弱化形式鼻化韵类 [ũ]、[uã]、[iɔ̃] 等,还有收 [−p]、[−t]、[−k]、[−h] 的入声韵等类型,有阴平、阳平、阴上、阳上、阴去、阳去、阴入、阳入八个调类,这在别的现代汉语方言语种中实属罕见,是闽南歌谣表现音乐美的优质素材,也是方言展示歌韵音乐美独具的先天优势。

二 闽台歌谣的句子结构与节拍、节奏

节奏是音乐最基本的要素之一,是音乐的原动力,在音乐学中,通常把旋律与节奏相提并论。然而卫世诚先生指出,没有旋律的节奏可以独立存在,没有节奏的旋律则将成为杂乱无章的一堆音符,而认为节奏在音乐中的地位应该超过旋律[①]。吕骥先生在论述民歌的节拍形式时也指出,"节奏问题是民间音乐研究的中心问题之一,而节拍形式问题又是节奏研究中的中心问题之一",都强调了节奏和节奏形式的重要性。作为诗歌语体的歌谣,其节奏不完全等同于音乐的节奏,而主要表现为高低律、轻重律、长短律的有机组合,也就是疏与密、长与短、疾与徐、扬与抑、顿与

---

① 卫世诚编著:《板胡入门》,北京:中国社会出版社1999年版,第36页。

挫、散与整、断与连等问题，这些都属节奏的范畴①。

（一）节奏

诗体的轻重节奏，大体是重音在前、轻音在后，次重音与重音交替出现。同时，歌谣的节奏与诗行字数的奇偶、句子的长短有直接联系，凡三言和七言的节奏较固定，前几个音节一般为两字一音步、占一拍，基本呈一重一轻、末音节为重音一拍的节律；九言以上的奇数句则在七言的基础上增加两个音节一节拍。二言四言偶数句，多夹入杂言歌，节奏较复杂、且多变；八言以上偶数句一般是两个奇数句节奏的相加，都轻重节律交替有序。需要提醒的是，二四言和五言句的节奏，有时要参照上下句的字数才能确定（详见下文相关分析）。

歌谣的节奏在韵文的韵律方面发挥着重要的作用，这只要以民间曲艺【三句半】和【天津快板】为例即一目了然：【三句半】每段四句，七七七三言，若末句改为五言或七言，其曲艺形式便不能成立。【天津快板】以七言句为主，兼含杂言，运用拖长或缩短音长、加快或放慢速度的手法来强化内容情感的表达，最具地方性、代表性的句式节拍是●○○○●呀□⊙｜●○○○●—｜●●●●｜●●—·○●｜，若没有第三小节●●●●｜四个连续的重音长音和第四小节的切分节奏，其天津味便不复存在。由此可见节奏之于歌体韵律地位之一斑。

（二）句式

作为诗的语言节奏，是依托在不同的句式之上的，同句式的关系有规律可循。以闽南童谣的节奏为例，其句式以三五言句为多，次之为七言、四言、二言、杂言，单言、六言和八九言以上长句少见，但也不排斥长至十几字的，其节奏以二拍子、三拍子和四拍子为多，也有节奏两可、多节奏交杂运用等情况。

1. 单言句

有节奏感的单言韵句多见于童谣首行，它不具有独立的节奏，而须看它在歌篇中重复的次数来确定节拍。比如，《鸦》开篇是双叠式"鸦，鸦"，相当于二言节拍，是一字一拍的二拍子，却都念重音；而《漳台童谣》第188篇《飞飞飞》、第192篇《马马马》、第318篇《咪咪咪》，首

---

① 唐诃：《歌曲创作札记》，北京：解放军文艺出版社1983年版，第40页。

句"飞，飞，飞""马，马，马""咪，咪，咪"是单音字三叠字，也是每个音节都读重音，其节拍则为前两字一拍、末字一拍，也是二拍。这就是说，单言二叠式因是一字一拍的二拍子，其节拍长度便与单言三叠式和三言句的二一节奏二拍子相当。

2. 二言句

二言句大多出现在篇头，例如，《漳台童谣》第 223 篇《风来》句首叠章形式"风来，风来；风去，风去；风无，风无；风晴，风晴"，与下面的七言构成二二七式三叠句，第 353 篇《鹧鸪老鹰，乌鸦》则是二二三三句：

●○｜⊙○｜●○●｜⊙○●｜

鹧鸪｜鹧鸪｜你要嫁｜无趁席｜

此歌首行是两个二言分句，字字长音，一字一拍，大致呈一重一轻的节律；第二行是两个三言分句，上二下一结构，前两字各占半拍、末字自成一拍，也是二拍子，故二言与三言的节奏长度相等。

3. 三言句

纯三言诗谣如《漳台童谣》首篇《摇金团》，三行六个三言分句：

摇啊摇｜摇金团｜
摇猪脚｜摇大饼｜
摇蜜桃｜来相请｜

《摇金团》的三言节奏是上二下一结构，前两字各占半拍、末字自成一拍、二拍子。《漳台童谣》第 218 篇《油炸粿》、292 篇《掩孤鸡》也是纯三言歌，分别为四行八个三三句；第 313 篇《食子仔歌》则五行同用三三排比句，第 212 篇咏物歌《田蟆飞》为首行三言单句，余五行并列了十个三三言。不过，数量更多的是三言句织入杂言歌，例如，第 39 篇《团仔栽》"团仔栽，你着乖，膨膨大，大汉会是状元才"，呈现着三三三七的样子。参差不齐的杂言歌谣中的三言句很多，可参见下面杂言例的分析。

4. 四言句

四言歌谣用的是舒缓的四拍子节奏，每字一拍，轻重音总体为交替式，其第三音节为次重音，请看《漳州童谣》第 136 首《姑婆坐瓮》和第 173 篇《月娘刀钝》：

●○○⊙│●○●○│

姑婆坐瓮│放屎坚冻│（拉屎的形状像胶状物）

姑婆坐椅│放屎坚庀│（拉屎　干结痂）

●○○⊙│●○●○│

月娘刀钝│婴仔刀利│

拜你三拜│婴仔无代│

四言也有罕用的三拍子节奏，一般出现在杂言诗歌中，例如第 281 篇《点点滴滴》之点点滴滴│桃花流利│即是。四五言歌谣中的四言节奏则有两种，参见下面《算脚歌》分析。

5. 五言句

五言的节奏是上二下三，念法有紧致的三拍子和舒缓的四拍子。例如《收澜歌》，可读作节奏较紧凑的三拍子│收澜收离离│明年招小弟│；五言若夹用于七言或杂言，就必须协调节律，用与七言相谐的纤徐的四拍子节奏，在三拍子的基础上，于末字增加一拍连音（连线下面用着重号标示），即：收澜收离离—│明年招小弟—│。更紧密的五言节奏则见于四五言杂陈的《漳台童谣》第 197 篇《算脚歌》，可以有两种节奏的念法：

节奏一

○●○●│

一脚雨　伞│

二脚鸡　母│

三脚蟮　蜍│（蟾蜍）

四脚水　牛│

五脚大　蜎│（一种蝉类）

六脚田　蟆│（蜻蜓）

○●○○●│

七脚马龙骑｜（一种大蜘蛛）

八脚马鬼爷｜（一种蜘蛛）

九脚无人有｜

十脚阿蟹舅｜（泛指蟹类）

节奏二

●○●○｜（四言，下同）

一脚雨伞｜

二脚鸡母｜

三脚蟑蜍｜

四脚水牛｜

五脚大蜘｜

六脚田蝗｜

○●○○●｜（五言，下同）

七脚马龙骑｜

八脚马鬼爷｜

九脚无人有｜

十脚阿蟹舅｜

　　此歌前六句四言，后四句五言，节奏一的四言为上二下一一、三拍，五言为上二下三、也是三拍。然而民间表达有时为了求变化，往往将四五言杂歌念为一律二拍子的紧凑的变式节奏二，其四言句是两字一音步、二拍，五言为上两字一音步、一拍，下三字的第三四音节合占半拍、末字也半拍，合起来仍是二拍。

　　6. 七言句

　　纯七言童谣如《漳台童谣》第 199 篇《肚脐深深》、《漳州童谣》第 32 首《探外公》、第 21 篇《育囝成囝歌》、第 26 篇《一枝竹仔水内浮》等七言歌一般为上四下三结构，常式念法是前六言每两字占一个拍子、末字自为一拍，总共四拍子，请看节奏一：

●○○⊙○●○● |

肚脐深深会贮金 |

肚脐凸凸会贮鼓 |

七言的变式念法则第一字与第二字、第五字和第六字各占半拍、合为一拍，其余第三字和第四字、第七字各为一拍，组成两个三拍子，请看节奏二：

●○○● | ●○●— |

肚脐深深 | 会贮金— |

肚脐凸凸 | 会贮鼓— |

七言句常用的节奏一，节律单一，节奏紧凑，构成一个四拍子节奏。节奏二较少用，其"肚脐"、"会贮"各自合成一拍，而"深深"、"凸凸"却展延为一字一拍，其"上四" ●○○● | 共三拍，"下三"的 ●○●— | 也是三拍，语感便比节奏一来得和缓舒张，是为变式。

7. 杂言

杂言歌谣中的三七言奇数句，一般节奏较固定。复杂的是二四五言，比如，《漳台童谣》第 25 首《教轿》：

●○ | ⊙○ | ●○○⊙ | ●— | ●○ | ●○⊙ | ●— |

教轿 | 坐轿 | 婴仔吻吻 | 笑— | 看灶 | 坐到日 | 昼— |

此谣二字句的"教轿、坐轿、看灶、看光"，每字一个音步一节拍，各一小节；而五言句"婴仔吻吻笑"的前四个字是两字一音步合为两拍、一小节，末字加上连音合为二拍一小节，总共是两小节四拍；四言句"坐到日心昼"的节奏较个样，是前三字两拍合为一小节，加起来，四言也是两个小节四节拍，同五言句的节奏长度一致。

再看《漳州童谣》第 304 篇杂言歌《抽龟藤》：

●○⊙●○●● | ●○● | ●○● |

一只水牛叫吗吗，抽龟藤，缚犁担。

●○●○● | ●○● | ●○● |

犁担好驶田，抽龟藤，缚烟筒。

烟筒好燃饮，抽龟藤，缚鼎鞒。

鼎鞒好炊饭，抽龟藤，缚<u>篮仔饭</u>。

<u>篮仔饭</u>好吊钩，抽龟藤，缚梌苞。

梌苞辗落白，抽龟藤，缚新妇。

●○●○●● | ●○● | ●○● |

新妇气到面乌乌，抽龟藤，缚轿夫。

●○●○● | ●○● | ●○● |

轿夫势扛轿，抽龟藤，缚尪庙。

尪庙哩念经，抽龟藤，缚学生。

学生势写字，抽龟藤，缚家己。

《抽龟藤》是以五三三杂言为主的句式较为整齐的歌谣，仅首句"一只水牛叫吗吗"和第七行第一分句"新妇气到面乌乌"是七言。第五行第一分句"篮仔饭好吊钩"为六言。三言分句统一为上二下一的二拍，五言句为二二一节奏的三拍，七言则是上四下三的常式二二二一节奏的四拍。较特殊的是六言的第五行第一分句"篮仔饭好吊钩"，因"篮仔饭"的"仔"中缀与后一音节"饭"合为半拍，因而三言"篮仔饭"的音长仍是一拍，此句便等同于五言的三拍，由于整个歌篇的句子为七三三和五三三的交替式，其节奏也随之为七三三句的四二二拍与三二二拍的交替，整齐一律又有变化。

8. 长句

童谣语言以短句为多，七言以上长句极少见，却不排除长至十几字的杂言韵句，无论是九言还是十多言超长句，都可划分为前后两个节奏段。判断其句子节奏，须先将句子划段定节拍，掌握了长句节拍的这一规律，念唱超长句式便无往而不能。例如，《漳台童谣》第 319 篇童谣《安怎伊甲会唱歌》，口语风、长句多，其中八言节奏"铁彩尾敢无篾哩编""铜大锣伊是人来扛"是句首三言"铁彩尾""铜大锣"与后面五言节奏的组合，其三言类似乐谱的"三连音"、占一拍，全句的节拍便是三连音一拍加五言三拍，八言的节拍便相当于七言的四拍；九言节奏有两式，一如二七合成的"田蛉伊是六脚偕四翼"，是在七言四拍的基础上增加句首一音步一拍的"田蛉"构成的，总共五拍；二如"做篾仔筛敢无十指翕"，句头"做篾仔筛"实为"三连音"的三言"做篾筛"一拍与五言三拍的组合，同是四拍子；十言如"竹火管敢无两空相弄通""铜花针敢无嘴尖偕舌利"，其中的"竹火管""铜花针"也是三言的一拍子"三连音"与七言四拍子组合，同样五拍。十一言"毛蟹仔敢无腹肚下一个嘴"，其句首"毛蟹仔"的音长等于二言的"毛蟹"一拍，句中三言的"腹肚下"为"三连音"一拍，"一个嘴"则为上二下一结构、两拍，因而尽管句子结构是"三言＋二言＋三言＋二一言"，节奏却相当于"二言＋二言＋五言"的九言句。再看《漳台童谣》第 127 篇《一岁手哩抱》中更长的句子：

请恁大姑二姑三姑四姑五姑｜来食饭｜（十五言）
○●●○●○○⊙●○⊙｜○●●｜

此为十五言句，其重音多在奇数字，偶数音节大多为轻音，节奏上可以"五姑"为中轴截为前后两段，前半段是两字一拍的有似乐曲中紧拉慢唱、徐徐展开的节奏自由的"散板"，而衬出了后半段常式三言二拍的"来食饭"，节奏灵动有变。相似的是另一句十八言：

五姑讲阮细细九岁团仔归日｜涂的拖｜沙的磨｜（十八言）
○●●○⊙○○●⊙○○●｜●○●｜⊙○○●｜

此句"五姑、讲阮、细细、九岁、团仔、归日"的字词节拍也是"散板"，除了"数名结构"之"五姑、九岁"表现为○●的前轻后重节律外，其余大致每两个音步各有一个重音、次重音与轻音的交替，而三言句"涂的拖，沙的磨"却是有板有眼的二拍子，节奏上呈现了散与整的有机结合和轻重节拍大体一致、细部有着波澜起伏的韵律。

三　闽南童谣的押韵规律

押韵是中外诗歌音乐性的最基本表现。作为诗歌的王国，汉语的歌诗，以"无韵不成诗"和以"句末韵"为艺术表征，其押韵的韵字处在句段节奏之末的关节点——句子末端之"脚"上，故称"韵脚"；因而，韵脚所负载的节奏性，明显比押句头韵和句中韵的韵式更强。闽台传统歌谣属于汉诗，也是绝大多数押句末韵，讲究节奏性和韵脚的"凑句"[tau5 ku5]，其句末押韵方式有句句押、隔句押等形式，韵字的变换有一韵押到底、两韵、多韵和交替相押等方式，换韵方法则有流水韵、交错韵、鼎足韵、多韵连用回环韵等，构成多种多样的韵律复现回环美。因闽台歌谣多句句押韵"凑句"，以下主要以句句押尾韵为例，考释其用韵规律。

（一）"韵""散"与韵脚疏密

1. 韵散相间

韵，指韵句和有节奏的诗文，歌谣中通常用于唱诵；散，指不韵和没有节奏的句子，有似唱曲中的散板，节奏自由，大多用于说白和对话。

众所周知，童谣多数是唱诵的，押韵而又带节奏。然而俗歌民谣也有唱中兼说、白以补唱的情况，其说白和对话部分是没有节奏不押韵的散文，这便构成韵散相间的形式。例如，《漳台童谣》第302篇《开雨伞》：

> 男：龙眼干，开雨伞，
>
> 女：你点灯，阮俺来看。
>
> 男：看啥乜什么？
>
> 女：看新娘，
>
> 　　看你新娘矮抑大矮还是高。
>
> 男：你来看，
>
> 　　无高无下不高不矮算一般。
>
> 女：看你新娘敢有水是否漂亮？
>
> 男：真正水，
>
> 　　看着人面仔笑微微见人微微笑。
>
> 女：看你新娘敢有健是否健康？
>
> 男：有喔，（散句）
>
> 　　上山落下海真拍拼肯卖力气。
>
> 女：问你新娘敢有巧？
>
> 男：有喔，（散句）

挑花刺绣都会晓。

女：问你新娘敢会是否会识字？

男：会喔，<u>（散句）</u>

　　会写文章会作诗。

女：新娘性情敢会好？

男：真正好，

　　厝边头尾拢呵咾邻居都夸奖。

　　《开雨伞》主要由三七言句式构造诗篇，三七言搭配既合节奏又押韵，都属于韵文的范式；男子的二言答话"有喔、有喔、会喔"则是节奏自由、无板无眼的散句；韵文和散句两相配合，显现出匀齐中参杂变异成分的多样化诗歌韵律。《漳台童谣》第285篇台湾屏东本游戏童谣《排古井》为杂言歌谣，其韵句集中在上半段，中段第十二行以下则为纯口语的问答体："土地公伯眠醒未？眠醒咯咧；开大门未？开咯咧；点香点烛未？点咯咧；洗面未？洗咯咧；食饱未？食咯咧；食饭配啥货？（以下略）"，句式长短不一，是无板无眼的"散板"对话。下引第309篇《牵猴掠猴》则是两种韵散句群的有规律地交替反复，其韵句用黑体字、韵脚在字下标着重号来表示：

众儿：牵猴牵玲珑，

　　　牵去城内找司公道士：　　　　　（以上为领句，统领全篇）

　　　司公有在无在吗？　　　　　　　（第一章起）

司公：有在啦。

众儿：要买猴唔要买猴吗？

司公：要啦。猴偌大多大？

众儿：酒瓯仔大像酒杯那么大。

司公：犹佫细还小，

　　　饲大则来卖养大了才来卖。

众儿：饲饲饲喂呀养，

　　　鸡肉炒豆豉。　　　　　　　　　（第一章止）

众儿：师公有在无？　　　　　　　　（第二章起）

司公：有在啦。

众儿：要买猴唔?

司公：要啦。猴偌**大**?

众儿：茶罃仔**大**像茶壶那么大。

司公：犹佫细，佫去饲还是太小，再去养。

众儿：**饲饲饲**，
　　　鸭母母鸭炒豆**豉**。　　　　　（第二章止）

众儿：师公有在无?　　　　　　　　　（第三章起）

司公：有在啦在呢。

众儿：要买猴唔?

司公：要啦。猴偌大?

众儿：米缸仔大。

司公：犹佫细，再佫饲还是太小，再去养。

众儿：**饲饲饲**，
　　　猪佗仔半大的猪豚，炒豆**豉**。（第三章止）

众儿：司公有在无?　　　　　　　　　（第四章起）

司公：有在啦。

众儿：要买猴唔?

司公：要啦。猴偌**大**?

众儿：摔桶打谷桶**大**!

司公：有够**大**，来掠猴!　　　　　（第三章止，紧接尾声）

众儿：喔——!
　　　掠猴咯，掠猴咯!
　　　烧猴毛，浸猴尿，
　　　猴仔散散去。

此谣为语句重复的叠章体，开篇两行"牵猴牵玲珑［ɔŋ］，牵去城内找司公［ɔŋ］"为韵文领句，引出以下"司公有在无"至"……炒豆豉"五个韵散相间的重章叠句，其中第二、三、四章是"猴偌大［ua］（A）? 酒瓯仔大［ua］（A）。犹佫细［e］（B），饲大则来卖［e］（B）。饲饲饲［i］（C），鸡肉炒豆豉［ĩ］（C）"和"……鸭母炒豆豉（C）"、"……猪佗仔炒豆豉（C）"的流水韵句，下接不韵的无节奏散句，形成周而复始、时韵时散、散而复韵、反复咏叹的特殊节律，语言活泼可爱，朗朗然有着极强的律动感。

2. 密集韵

密集的韵脚叫密集韵，一般存在于三言句串的句中韵里。这是因为三言句在歌谣中往往是两句两句并列出现的，通常人们便将两个并峙的三言分句视为一个整句，而这两个三言句的韵脚相押便构成了句中韵。例如穿插在杂言连珠童谣中的常见三言套话"茶烧烧 [io]，来剥蕉 [io]。蕉未剥 [ɛh]，来读册 [ɛh]。册未读 [ak]，来磨墨 [ak]。墨未磨 [ua]，来担箩 [ua]。箩未担 [ã]，来穿衫 [ã]"，是整齐而又密集的本行三言分句句中韵。

3. 舒长韵

疏朗的韵脚叫舒长韵，通常出现在长句句群中，例如，前引诏安七言《无骨歌》："龟无腰，鳖无腰，虱母无骨涂脚趖，虼蚤无骨穿人腰。笼担双双双无骨，双双无骨是弓蕉/弓蕉无骨店箸下，菜头无骨白咧哞，笼担双双双无骨，双双无骨是沙虾……"，每一章的韵脚之间都隔着"笼担双双双无骨，双双无骨"11 个字，因前后韵脚之间的间隔较长，我们称之为舒长韵。

4. 分段换韵

分段换韵指歌谣按段落来分布韵脚，例如，《漳台童谣》第 314 篇《踢布球歌》十一句，上半段用"茶牙假把白嫁" [e] 韵，下半段换"央汤缸床肠" [ŋ] 韵。第 044《教囝歌》的第一章用抱趖好糕 [o] 韵，第二章押行惊正惊 [iã] 韵，第五章为理喜示治意易 [i] 韵，都分段置韵脚，前两章句句押韵，而第三四章却两句一换韵。

5. 一韵到底，句句押韵

比如，《漳台童谣》第 013 首《婴仔喴嗵啼》即句句押韵，用啼薯猪米你 [i] 一韵到底；《漳台童谣》之台湾童谣《马马马》四行诗，马礼底马押 [e] 韵；第 172 篇《嘀嘀嘀》五句，用嘀机猪字弟 [i] 为韵；第 054 篇《磨豆浆，做豆腐》、第 333 首《蜘蛛经布》、334 篇《木虱要嫁虼蚤翁》等篇，也都一韵到底句句押韵。

6. 两三句一换韵

两句一换韵的如《漳台童谣》第191篇《马呀马》，四行诗、三五五五句式，前两句马［e］井［ẽ］押韵，后两句换成尪葱［aŋ］韵。第165首《阿国》六行，用络国［ɔk］、输黸［u］、败害［ai］隔句换韵。多韵而两三句连续换韵的一般是长诗，比如，第078篇台湾《一阵鸟仔白苍苍》二十五行，除第三四五行球柳酒［iu］连韵外，其余是整齐的苍东［aŋ］、厚鲎［au］、个虾尾粿［e］、床糖［ŋ］、红童［aŋ］、拍鸭［ah］、乌孤［ɔ］、层残［an］、茹输［u］、赢埕［iã］，隔句换韵。

（二）换韵方式

凡两韵、多韵的歌谣都涉及换韵方式问题，在闽台歌谣中大致有以下形式：

1. 流水韵

流水韵也叫随意韵、自由韵，从歌篇的内容组织看，实为顶真修辞连珠歌在韵脚方面的具体表现。比如，《漳台童谣》第371篇《天顶一坻铜》，韵脚铜人—走狗—吠碓—舂筐—起椅—坐被—盖鸭—刣牌，顺次为韵，《天顶一坻云》云船—旗姨—花瓜—汤糠—火粿—缺鳖戏—衫花—红人—裤路—口蚤—跳翘，韵脚次第相押，都以顶真续麻修辞格为载体来组织韵辙。

2. 交错韵

交错韵又称交韵，为ABAB式隔押，在闽南童谣里多是三言歌的精构，即前后分句各起一个韵脚、上下诗行的前一分句和后一分句韵脚分押的形式，例如，《漳台童谣》第268篇《拍糕拍饼》歌“拍一糕［o］，拍一饼［iã］，我分桃［o］，你分饼［iã］”，包含两套韵脚，其上下两行的前一分句韵脚“糕桃”同押［o］韵，后一分句“饼”同字为韵，因上下两行的两个韵脚交错扣押，是为交错韵。再如，第033篇《收吐噎歌》“吐噎公［ɔŋ］，吐噎婆［o］，无人摸［ɔŋ］，家己无［o］”，上下两行的第一分句韵脚与第二分句韵脚也是分别各押，同样是前后两韵脚交错相押韵式。

3. 抱韵

这是首韵的韵脚间隔开，而把第二个韵的韵脚包“抱”起来的ABBA

型韵式，诗律学称为"抱韵"①。例如，《漳台童谣》第034篇祈福《收揤歌》："目瞤皮，一直揤 [uah]，揤乜代 [ai]？好事来 [ai]，歹事煞 [uah]，观音佛祖来收煞 [uah]"，首行用"揤" [uah] 起韵、末尾回押"煞" [uah] 韵，中间包蕴了"代来" [ai] 韵。相似的是第044首《教囝歌》第三章，韵脚颜 [ian] —松放 [aŋ] —涟 [ian] 相押，也是首尾 [ian] 韵"抱"着中间的松放 [aŋ] 韵，是一种罕见的韵法，也称回环韵。

4. 句中韵

句中韵是一句当中带有两个韵脚的用韵现象，一如前述三言分句的"密韵"，比方《漳台童谣》第031篇《收刺歌》"镊着刺，无代志"，即分句韵脚"刺志" [i] 自扣。二如第029篇《收惊歌》末句的七言句"无禁无忌食百二"，其第四字与末字"忌二" [i] 自谐韵脚，都构成句中韵。

5. 双轨韵

双轨韵是以诗行的排列方式命名的韵式，指字面的上下两行有两个纵列的韵脚整齐相押，仍以前引两首童谣为例：

《吐噎歌》　　　　　　**《拍糕拍饼》歌**

吐噎公 [ɔŋ]，吐噎婆 [o]，　　拍一糕 [o]，拍一饼 [iã]，

无人摸 [ɔŋ]，家己无 [o]。　　我分桃 [o]，你分饼 [iã]。

这两首童谣在听觉上属交错韵，而在视觉上，显然呈现着纵列双轨韵式。

6. 鼎足韵

鼎足，比喻三方面事物势均力敌，这里指甲乙丙三韵交错相押的罕见韵式。下面是《漳台童谣》第315篇游戏童谣《跳一支风》，凡甲韵字加黑框，乙韵在字下划横线，丙韵在字下加圆点表示：

跳你一支到鬓 边 [i]，甲韵

跳你两支头毛 丝 [i]，甲韵

---

① 王力：《汉语诗律学》，上海：上海教育出版社1964年版，第572—575页。

跳你三支半中节 [at]，乙韵

跳你四支尽手尾 [ue/e]，丙韵

跳你鸟鼠咧演 戏 [i]，甲韵

跳你牛曲角 [ak]，乙韵

跳你虎偕狮〇，（非韵句）

跳你兔满月 [ueh/eh]。丙韵

童谣前两句用"边丝" [i] 起甲韵，间隔两行与第五句"戏" [i] 合押；乙韵起于第三句"节" [at]，也间隔两行同第六句"角" [ak] 宽韵通押；丙韵在第四句"尾" [ue] 设韵，间隔三行同第八行韵脚"月" [ueh] 相扣，三个韵辙在童谣中都跳过二三行而与下面的韵脚顺次互押，是为鼎足韵。

7. 不避复韵

避复，指避免同一语言单位的重复、反复。本来，文人歌韵是力戒重复的，然而在民间，同一字词语句为韵不避复，却屡见。比如，《漳台童谣》第29篇《收惊歌》"无惊！无惊！互猫仔惊，互狗仔惊，哞嗵互阮××（小孩的名字）惊！"连用"惊" [iã] 字为韵。儿童游戏歌《围唅哽》"围唅哽，走白卵，呼鸡仔囝，来孵卵"，第288篇《掩呼鸡》"掩呼鸡，生白卵，……放鸡仔囝，找鸡卵"，第290篇《掩唅鸡》"吱吱唰唰来找母，掠若着，金鸡母"，第306篇《刣动物》"刣你哞食草。阮一日食一样草，两日食百号草"，等等，都因事用字，重复、反复运用"卵、母、草"作韵脚，自由设韵，而不似文人诗作那样谨守音韵戒律。风趣的第319篇《安怎伊甲会唱歌》甚至反复使用"安怎伊甲会唱歌、安怎伊甲赡唱歌""伊敢会唱歌"整句为韵，那连用的、缠绕而有兴味的三十六个韵脚词"唱歌"，也产生了回环往复异中有同的韵律美。

第五节　论闽南方言歌谣的自然韵类

韵目是韵书对同一韵母字的汇集，也是诗歌韵辙的韵母聚合，每个韵用一两个汉字来标目，因而称为韵目，又称韵部。韵类即韵母的归类，是韵目的总和。和文人诗歌韵母的聚合不同的是，民间歌谣的韵辙是自然生成的，而不像文人那样依照《切韵》《平水韵》《中原音韵》等韵书的韵母归类来写诗。因此，我们称由民间歌谣所反映的纯自然的韵母聚类为自然韵类，有时也简称歌韵。

　　根据笔者的初步调查，闽南方言韵母归类和歌韵问题已有学者梳理归纳过。开山之作是黄典诚教授〈方言词语检韵音序表〉①，用来排检以厦门话为代表的通行腔韵母（简称黄〈表〉）；二是董峰政《"台语"在押韵使用上之探讨》②归纳台湾闽南话歌谣韵部（简称董〈表〉）；三是周长楫、周清海〈新加坡闽南话韵部表〉③与周长楫〈闽南话的韵部表〉④（分别简称〈新表〉〈纵横表〉）；四是笔者试图反映闽南歌韵自然聚类全貌的论文《闽南方言歌谣的自然韵类与韵目⑤》（简称拙〈表〉或张〈表〉）。由于闽南话地方语音差异和学者们的研究对象、研究目的各有不同，其韵目归类便有同有异。相同处是对通行腔的阴声韵和与之韵腹相同相近的鼻化韵、塞尾入声韵（即下文"大阴声韵类"）的韵部归类完全一致，而在阳声韵与入声韵的分合与个别韵目内容，以及是否要反映和如何反映地方性韵母与通行腔的关系诸方面，则有一定的出入。为此，我们采用歌谣文献调查法，集中审视黄、董、周、张诸〈表〉韵目设置不一致的地方，考察哪些方面是科学合理的，又有哪些方面与闽南歌韵的自然聚合规律不相符合等问题作一检讨。受资料所限，本书闽南方言地方腔主要取材于中心城市的老派口音。

---

　　①　参见黄典诚：《普通话闽南方言词典〈方言词语检韵音序表〉》，福州：福建人民出版社1982年版。通行腔，或称优势腔，指闽南语区普遍通行的口音，通常是方言内部对老漳腔、老泉腔的某种调适，如声调用漳式7个调，声调向厦门话靠拢，元音［e］替代漳腔ε系列韵母和泉腔［ə］系列韵母，元音［i］替代泉腔［ɯ］韵母等。

　　②　董峰政：《"台语"在押韵使用上之探讨》，台湾：《高雄餐旅学报》1998年第1期。

　　③　周长楫、周清海：《新加坡闽南话俗语歌谣选〈新加坡闽南话韵部表〉》，厦门：厦门大学出版社2003年版。

　　④　周长楫：《闽南童谣纵横谈·闽南话的韵部表〉》，福州：鹭江出版社2008年，因其〈跋〉称此表为周教授执笔，故径署周长楫。

　　⑤　拙作：《闽南方言歌谣的自然韵类与韵目》，泉州师范学院主办：第十三届闽方言国际研讨会会议论文，2013年11月。

一 闽南歌韵研究回顾

闽南原乡地方口音主要是漳州腔和泉州腔两种，厦门腔、台湾腔、新加坡腔等明清以后新建的闽南移民地区口音，都属于漳州话和泉州话混合型的"漳泉滥"（滥，掺杂）。尽管闽南语区的歌谣从此地流传到彼地，会有一定的地方音差，然而大多不会因为不同的地方腔而影响歌诗的表达和理解。然而民间歌韵毕竟存在着口音差异，以至于少数歌谣的韵脚在此地押韵，到了彼地却不相谐。闽南歌韵系统为了适应不同地方的韵母差异，便产生了对韵类的某些调适，使其韵辙宽泛些，韵母聚合也更加多样化。这就是歌谣自然韵辙所显示的自然韵类，而不是人为分类的结果。

如前所言，闽南话每个地方口音都有韵母80多个，若以中心城市计算，便有韵母90个以上[①]。对于这些韵母究竟应该归纳为多少个韵目，专家们的看法有一定出入，且主要集中在对地方腔的处理上和部分阳声韵目与入声韵目的分合及个别韵目的分并上。请看下表：

类别	黄〈表〉			董〈表〉		
	序号	韵目	韵母	序号	韵目	韵母
大阴声韵	1	飞机	i/ih/ui/uih/ĩ/ĩ h/u ĩ h	1	飞机	i/ui/ĩ/u ĩ/ih/uih/ĩ h
	2	宇宙	u/uh/iu/iuh/i ũ/i ũ h	2	需求	u/iu/i ũ/uh/iuh
	3	歌声	a/ia/ua/ã/iã/uã/ah/iah/uah/iãh	3	嘉华	a/ia/ua/ã/iã/uã/ah/iah/uah/ãh/iãh
	4	互助	ɔ/ɔh	5	姑苏	ɔ/ɔ̃/ɔ̃h
	5	保惜	o/oh	4	菠萝	o/io/oh/ioh
	6	茶花	e/ue/eh/ueh	6	西提	e/ue/eh/ueh/ẽ/ẽh/uẽh
	7	淮海	ai/uai/a ĩ/ua ĩ/a ĩ h	7	开怀	ai/uai/a ĩ/ua ĩ/uaih – a ĩ h
	8	照耀	au/iau/ãu/iãu/auh/iauh/ãuh/iãuh	8	逍遥	au/iau/auh – ãu/iãu/iauh/ãuh/iãuh

① 见周长楫：《闽南方言大词典·引论》，福建人民出版社 2006 年版，第 15—17 页。

类别	黄〈表〉			董〈表〉		
	序号	韵目	韵母	序号	韵目	韵母
阳声韵·入声韵	9	森林	m/im	9	森林	m/im
			mp/ip	16	吸入	ip－mp
	10	甘蓝	am/iam	10	甘蓝	am/iam
			ap/iap	17	接洽	ap/iap
	11	新春	in/un	11	新春	in/un
			it/ut	18	出日	it/ut
	12	延安	an/ian/uan	12	安全	an/ian/uan
			at/iat/uat	19	发达	at/iat/uat
	13	灯光	ŋ/iŋ	13	精英	ŋ/eŋ
			ik	20	积极	ek
	14	江东	aŋ/iaŋ	14	巷江	aŋ/iaŋ
			ak/iak	21	角学	ak/iak
	15	昂扬	ɔŋ/iɔŋ	15	昂扬	ɔŋ/iɔŋ
			ɔk/iɔk	22	目录	ɔk/iɔk

　　黄〈表〉是闽南话韵类划分的基础工程和前期歌韵研究的最重要成果，韵母采自厦门音，采用"二分法"而划出两大韵类板块，其中"大阴声韵"包含了阳声韵和入声韵的弱化形式之鼻化韵与塞尾韵，符合闽南民间歌谣的押韵规律，因其飞机、宇宙、歌声、互助、保惜、茶花、淮海、照耀 8 个韵目都是以阴声韵类为主干而囊括以该主要元音为韵腹的鼻化韵、喉塞入声韵类，而具有综合韵类的性质。黄〈表〉的第二板块是将入声韵纳入阳声韵类，这一韵目分类法源自汉语传统韵书。这表明黄〈表〉的韵母分类思想和依据是二元的，是在因循传统韵书韵母分类的基础上兼顾自然韵类实际的。由于黄〈表〉只反映闽南方言代表语厦门话的韵母系统，基本不涉及漳泉地方音。

　　董〈表〉反映台湾腔，采用"大阴声韵类"和阳、入分立的韵类"三分法"，将入声韵从黄〈表〉7 个阳声韵中独立出来，其 22 个韵目便与黄

〈表〉"二分法"15 韵目整齐地相对应①。然其韵目内容和黄〈表〉仍有一些差异，如台湾腔与厦门腔对漳泉双方的语音取舍就不很一致，并且董〈表〉反映的韵母似乎要精细一些，韵母的数量便比黄〈表〉多，两者的异同主要有三种情况，一是董〈表〉的韵目所蕴含的韵母与黄〈表〉完全相同，有飞机、森林、甘蓝、接洽、新春、出日、延安、发达、灯光（[iŋ] ≈ [eŋ]）、积极（[ik] ≈ [ek]）、江东、角学、昂扬、目录光 14 个韵目；二是因为台湾腔比厦门腔包容了更多的漳泉地方腔特征，董〈表〉又将韵母细化，因而便有 5 个韵目的韵母比黄〈表〉多，如歌声韵多出 [āh]，姑苏韵多了漳腔 [ɔ̃]，保惜韵增加了 [io]、[ioh]，西提韵增加了 [ẽ]、[ẽh]、[uẽh]，茶花韵也多了 [uaih]；三是董〈表〉疏漏了黄〈表〉的一些非常用韵母，例如，宇宙韵少了 [iũh]，淮海韵少了 [aĩh]，照耀韵缺少 [āu]、[iāu]、[iauh]、[āuh]、[iāuh] 等鼻化韵和塞尾韵。不过总体上说，董〈表〉与黄〈表〉韵部的结构体系与大面貌仍是一致的。

类别	序号	韵目	周〈纵横表〉	新〈表〉泉腔	类别	序号	韵目	周〈纵横表〉	新〈表〉泉腔
大阴声韵	1	天气	i/ih/ĩ/ĩh/ui/uih/uĩ/uĩh		阳声韵	13	灯光	ŋ/iŋ	eŋ
	2	牛油	u/uh/iu/iuh/iũ	3. 居士 ɯ		14	江东	aŋ/iaŋ/uaŋ	
	3	歌声	a/ah/ā/āh/ia/iah/iā/iāh/ua/uah/uā			15	栋梁	ɔŋ/iɔŋ	
	4	互助	ɔ/ɔ̃/ɔ̃h/iɔ̃		入声韵	16	吸入	ip	
	5	刀石	o/oh/io/ioh			17	接纳	ap/iap	
	6	西堤	ε/εh/ẽ/ẽh/e/eh/ě/ěh/ue/ueh/uh	8. 月尾 ə/əh		18	出日	it/ut	ət
	7	开怀	ai/āi/uai/uaih/uāi			19	发达	at/iat/uat	
	8	逍遥	iau/iauh/iāu/iāuh			20	北角	ak/iak	
阳声韵	9	心音	m/im	əm		21	积极	ik/ek	
	10	甘蓝	am/iam			22	目录	ɔk/iɔk	
	11	新春	in/un	ən	备注：第 6 项西堤，〈新表〉作西提				
	12	安全	an/ian/uan						

---

① 为方便对照，董〈表〉西提韵原作 oe、oeh、oeh、oŋ、ioŋ、ok、iok，现改为 ue、ueh、uẽh、ɔŋ、iɔŋ、ɔk、iɔk。

　　周长楫教授是闽南歌韵研究最重要的学者，曾多次论及闽南歌谣的韵类问题，其〈新表〉发表于 2003 年，〈纵横表〉更新于 2008 年，记录了作者对歌韵该如何反映闽南韵辙实际和地方腔如何处置的阶段性探索和思考的心历路程。〈纵横表〉和〈新表〉的大部分内容是一致的，不同的地方都和地方腔韵母的取、舍、增、删有关。比如，上表第 5 项刀石韵和第 6 项西堤韵，〈新表〉原未掺入漳腔韵类，〈纵横表〉（2008）却依次补出漳腔韵母 [iɔ̃] 和 [ɛ]、[ɛh]、[ɛ̃]、[ɛ̃h]，从著述发表的时间看，这显然是从拙（2006）全面收录漳腔韵母的影响所致，仅遗漏漳腔 [ɔm]，这就突破了黄、董二〈表〉只反映通行腔的局限，值得赞赏和借鉴。然而，〈新表〉曾列反映泉腔居士韵 [ɯ] 和月尾韵 [ə]、[əh] 的两个韵目，心音韵、新春韵也依次补入泉腔 [əm] 与 [ən]，都是对全面反映闽南歌谣自然韵类的有益尝试。然而不知为何，这些泉腔韵母和韵目却不见于后来的〈纵横表〉，出日韵也漏收泉腔 [ət] 韵母。对读〈纵横表〉和〈新表〉的地方性韵母之取舍，呈现了明显的"漳长泉消"的倾向。由此可以推断，周教授对于闽南歌韵系统应该如何合理地反映地方腔的思考尚未成熟和定型。

　　拙〈表〉的韵目多至 26 个，有近 1/4 个韵目的内容与黄、董、周不一致，其主要原因除了充分反映漳州腔特有韵母与兼收部分泉州腔、厦台腔的特有韵母外，还因对有些韵母、韵目的处置不同于黄、董、周有关。然而，尽管笔者赞同周〈表〉合理吸收地方性韵母的学术主张，却不认为地方性韵母一定具有自立韵目的资格。比如，拙〈表〉西提韵的韵母构成最复杂，除了常规的 [e]、[ue] 韵系外，也包括了泉腔特有韵母 [ə]、漳腔特有韵母 [ɛ] 及其所构成的鼻化韵母 [ẽ]、[ɛ̃] 和塞尾入声韵母 [eh]、[ueh]、[ɛh]、鼻化塞尾入声韵母 [ẽh]、[ɛ̃h] 等。同时，拙〈表〉增加了黄、董、周诸〈表〉所遗漏的 [ɔm]、[əm] 捂蓼韵，并且大胆拆分诸〈表〉森林韵 [m]、[im] 与灯光韵 [ŋ]、[iŋ] 和出日韵 [it]、[ut]，另行组合成 [m] 与 [ŋ] 之唔秧韵和 [it] 日积韵、[ut] 郁卒韵等韵目。

　　合观周〈纵横表〉和拙〈表〉把漳腔韵母群 [ɛ]、[ɛh]、[ɛ̃]、[ɛ̃h] 加入西提韵，〈纵横表〉将漳腔 [iɔ̃] 插补于互助韵等，都符合闽南歌韵的押韵规律。也有新韵目的设置存在一些问题，比如，周〈新表〉把泉腔居士韵［ɯ］和［ə］、［əh］辟为独立韵目就与自然聚合规律不相符；再如，拙〈表〉既然增设了［m］、［ŋ］唔秧韵，便没必要再立［ŋ］韵母的糖霜韵。同时，黄、董、周诸〈表〉错误地把［m］与［im］置于森林韵，［ŋ］与［iŋ］同归灯光韵，［it］与［ut］合署出日韵，并且遗漏了泉腔韵母［əm］和漳腔韵母［ɔm］的归属。然而这些情况，无论是方言学界还是乡土文坛和剧坛，都知之者甚少，这就有必要重新审视、订正旧韵目。而从某种角度来说，歌韵的韵目之确立相当于为方言诗韵"立法"。而学界向有"例不十，法不立；例外不十，法不破"①的基本原则。要在学术实践中贯彻这一基本原则，就必须通过大量的闽南歌谣韵辙实例②来审视、验证上举诸专家有差异、有问题的韵目分类情况。这类韵目集中在：（一）泉腔［ɯ］的韵目归属；（二）泉腔［əm］与漳腔［ɔm］的韵辙关系及其韵目归属；（三）黄、董、周〈表〉与闽南歌韵不相符的森林韵、灯光韵、出日韵之立、撤、分、并问题，（四）拙〈表〉［m］、［ŋ］唔秧韵与［ŋ］糖霜韵的关系及其韵目设置问题，以订正旧韵目，增设新韵目。

笔者的基本思路是：

第一，支持把地方腔韵母反映到闽南歌韵系统的观点，凡地方性韵母不与别的韵母互押的，单独立目，反之则加入与之合辙的相应韵目；

第二，析出旧韵目中并不通押的韵母，插入与之相押的韵目，或创立相应的新韵目；

第三，对于［mp］、［mh］等稀用入声韵母，因从未出现在歌谣韵脚中，暂不列入歌韵表。

---

① "例不十，法不立；例外不十，法不破"是当代语言学家黎锦熙于率先倡导大（见黎著：《新著国语文法》〈原序〉，1924 年），后为王力所推崇，改为"例不十，法不立；例外不十，法不破"，成为语言学界探索语言规律所长期遵循的基本准则，后来广泛普及到学界。参见《汉语史稿·绪论》，北京：中华书局1980 年版。

② 笔者调查的歌谣文献资料主要有：彭永叔、陈丽贞、林桂卿《厦门歌谣》391 篇，《新加坡闽南话俗语歌谣》177 篇和韵谜18 首，《漳州方言童谣选释》305 篇，《漳台闽南方言童谣》400 篇（另有异文，总月 700 篇），《泉州童谣》166 篇，臧汀生，简上仁，洪惟仁；在必要的时候，补充王建设等《泉州谚语》（2006）之韵例。

二　订正旧韵目，增设新韵目

（一）泉腔 ［ɯ］ 应属飞机韵

闽南方音 ［ɯ］ 韵母只分布在泉州原乡和台湾少数地方，且本乡年轻人有着明显的以 ［i］、［u］ 通行腔代替 ［ɯ］ 韵母的发展趋势。这表明当人们用漳腔、厦腔和通行腔来念泉州 ［ɯ］ 韵字歌谣时，是可以将大多数 ［ɯ］ 韵脚读为 ［i］ 韵而不会改变字义的，这是在我们确定 ［ɯ］ 韵字的韵目归属时应予以充分考虑的。

再看笔者对 ［ɯ］ 韵脚歌谣文献调查的结果，在林华东《泉州歌谣》166 首歌谣中的韵例中，共有 ［ɯ］ 韵歌谣共有 10 首，可分为 ［ɯ］ 韵自押及 ［ɯ］ 与 ［i］ 韵合押两种情况。

1. ［ɯ］ 单韵自押

1.1 未来是去赤土屿 ［ɯ］。赤土屿 ［ɯ］，乌狗咬肥猪 ［ɯ］。（《泉州歌谣》第 39 页《雨仔微微来》片段）

1.2 火船行到槟榔屿 ［ɯ］，看到番人心就茹心乱如麻 ［ɯ］。不比唐山的言语 ［ɯ］，叫作"肉微"说是猪 ［ɯ］。呣做在家清心仔，挑工故意来遮这儿做锐鱼活受罪 ［ɯ］。要带头路工作呣敢去 ［ɯ］，恨咱自幼无读书 ［ɯ］。（《泉州歌谣》第 125 页《往别州府》片段）

上面例 1.1 和例 1.2 两例依次是"屿、猪"和"屿、茹、语、猪、鱼、去、书" ［ɯ］ 韵自押、一韵押到底，看不出 ［ɯ］ 同哪些个韵母发生聚合关系。而余下的 8 例，如果将其置于在歌谣的海洋里，是不容易发现 ［ɯ］ 与 ［i］ 韵母互为韵辙的情况，一旦将它们集中起来，便可见其中的端倪和奥妙。为了方便分析，下面把 ［i］ 韵母设为 A 韵，［ɯ］ 韵母称为 B 韵来分析。

2. ［i］、［ɯ］ 双韵脚相押

1.3 一对水鸭游水 ［i］（A），两只尾蝶蝴蝶歇花枝 ［i］（A），哥你此去天涯处 ［ɯ］（B），该着记得妹念你 ［ɯ］（B）。（《泉州歌谣》第 214 页《送哥》片段）

1.4 要刣杀猪［ɯ］（B），着无闲就会忙到鸡角公鸡啼［i］（A）；想要去卖鱼［ɯ］（B），攕秤仔，称㧎平［ĩ］（A），逐个每个顾客要讨添［ĩ］（A），骂我无天理［i］（A）。不如去卖番薯［ɯ］（B），省本又便宜［i］（A）。臭番薯［ɯ］（B），无人持没人要［i］（A），年兜否过年年关不好过［ĩ］（A）。（《泉州歌谣》第80页《做生理，想趁钱》片段）

1.5 今日好日子［ɯ］（B），添灯来恭喜［i］（A）。新人入门喜［i］（A），明年添贵子［ɯ］（B）。（《泉州歌谣》第194页《添灯》之三）

1.6 往旧时过去［i］（A），囝仔痞小孩子［i］（A），烰番薯烤地瓜［ɯ］（B），嘴水口水滴［i］（A），你抢来，我抢去［ɯ］（B），香贡贡香喷喷，烆烫嘴舌［i］（A）。（《泉州歌谣》第54页《烰番薯》片段）

这4个［i］、［ɯ］双韵脚韵式的［ɯ］韵脚都出现2韵次或2韵次以上，比如，例1.3是"池［i］枝［i］处［ɯ］你［ɯ］"，一般会认为它是AABB式双韵脚流水韵，而例1.4的11个韵脚依次呈现"猪［ɯ］啼［i］鱼［ɯ］平［ĩ］添［ĩ］理［i］薯［ɯ］宜［i］薯［ɯ］持［i］年［ĩ］"排列，通常也会被看作AB两韵不规则交错的BABAAABABAA随意自由换韵式。以下两例仍是双韵脚交押，其中例1.5为"子［ɯ］喜［i］喜［i］子［ɯ］的BAAB式抱韵①，例1.6则是"时［i］痞［i］薯［ɯ］滴［i］去［ɯ］舌［i］"的AABABA的四A抱二B形式，都是［ɯ］韵脚少于［i］韵脚。由此可见，凡是［ɯ］、［i］相押的交错韵例，大多会被当成一般的两韵脚换押。那么，泉州歌谣［ɯ］韵字何以同［i］韵字有这么密集的交汇？实际上，它们在漳厦通行腔里都归于［i］韵，因而改用漳厦通行腔来读这些歌谣的话，则变成［i］韵押到底而不换韵。

《泉州歌谣》其余4篇［ɯ］韵例则是另一种情况，如果不与例1.4~1.6一起看，［ɯ］韵属字大多会被当作不押韵的非韵字，只有同上

---

① A、B双韵脚中，A韵把B韵"抱"起来的ABBA型韵式，法律学称为"抱韵"。参见王力：《汉语诗律学》第572—575页，上海：上海教育出版社，1964年。

面4例联系起来，才能清楚地看到［ɯ］韵字是与［i］通押的：

1.7 芒种胝指稻谷灌浆［ui］（A），夏至穗［ui］（A），小暑割来煮［ɯ］（B）。（《泉州歌谣》第145页《节季谣》）

1.8 四月算来是夏至［i］（A），娘子思君无了时［i］（A）。劝君莫恋路边草，家中娘子在等汝［ɯ］（B）。（《泉州歌谣》第216页《六劝君》片段）

1.9 一奇一只竹篮四个耳［i］（A），四个少年去落圩赶集［ɯ］（B）。头前一个真标致［i］（A），小妹愈看愈甲意合意［i］（A）。（《泉州歌谣》第218页《一枝烟吹三葩绥》第二段）

1.10 旧婚俗，否坏习气［i］（A），大家坚决来废除［ɯ］（B）。党的政策心中记［i］（A），人民政府有指示［i］（A）：男女双方若同意［i］（A），相合一起去登记［i］（A）。（《泉州歌谣》第97页《阿五娶新妇》片段）

例1.7是［i］元音的拓宽式［ui］韵字与［ɯ］合押成"胝［ui］穗［ui］煮［ɯ］"的AAB型流水宽韵韵式，由于［ɯ］处在"七句联"末句的重点韵脚位置上（非重点韵脚位置如五绝、七绝的第二句句末可以不押韵），通常会被当成末韵脚的"煮［ɯ］"与前面的"胝［ui］穗［ui］"韵辙不相谐而失韵，然而只要和例1.3、1.4、1.5、1.6的韵脚合读，就会理解此乃通行腔［i］与［ui］宽韵通押的例子，只不过是通行腔韵例读为泉州腔，而改变了"煮"的韵母罢了。再看例1.8，韵脚"至［i］时［i］汝［ɯ］"同呈AAB排列，也是通行腔韵例"至［i］时［i］汝［i］"一韵押到底，只是读为泉州腔才变成末一韵脚"汝［ɯ］"失韵。例1.9也有些相似，只不过"耳［i］圩［ɯ］致［i］意［i］"韵式的"圩［ɯ］"韵字插在三个A韵脚中间，看似"汝［ɯ］"字失韵，实则三A抱一B的ABAA式。例1.10的韵脚比较多，"气［i］除［ɯ］记［i］示［i］意［i］记［i］"韵式中的"除［ɯ］"字也看似失韵，其实这段诗句的底子也是通行腔，因而"除"［ti］和其他韵脚押的是窄韵。因此说，在歌谣诗韵的海洋里，是不容易发现泉腔［ɯ］韵母在自然韵类中的表现和韵目归属的；一旦把它独立出来，就会发现在《泉州歌谣》的 10 个韵例中，[ɯ] 韵脚有 2 个韵次为本韵自押，其余 8 例都是与 [i] 韵母合押，是 [ɯ] 与 [i] 双韵脚同押的显例；并且无论这些 [ɯ] 韵字是否和 [i] 韵字互为韵辙，在韵句中呈现什么韵式，其属字在通行腔都读为 [i]，是通行腔歌韵系统在泉腔歌谣中的遗存。因此说，一方面，[ɯ] 与 [i] 的韵类聚合属于闽南歌韵内部的自然规律；另一方面也可以看出泉腔 [ɯ] 韵母并不具有独立为韵目的韵辙功能，而是依附于 [i]、[ui] 韵类。

衡量以"例不十，法不立"的韵目"立法"原则，可以发现并解决两方面问题：第一，《泉州歌谣》仅有的 10 条 [ɯ] 韵例中，只有 2 条是 [ɯ] 韵母自押的，其余都与 [i] 韵字同押。况且泉腔 [ɯ] 韵母在漳、厦通行腔绝大多数为 [i] 韵，两者对应整齐，因而凡是 [i]、[ɯ] 合押的泉州歌谣，在通行腔全部变成 [i] 韵脚，可见周〈新表〉为泉腔 [ɯ] 单立一个居士韵是缺乏闽南歌韵依据的，应予撤销；第二，根据泉腔 [ɯ] 韵脚诗绝大多数是与 [i] 韵母聚合的韵辙实际，虽然尚达不到"例外不十，法不破"原则的数量要求，但是这主要是因为 [ɯ] 韵字大多为词义抽象的词语①，很少入诗，并且这 8 条韵例已经表明 80% 的 [ɯ] 韵例是与 [i] 合辙的，这一韵辙聚合规律显示 [ɯ] 韵母字应该归入 [i] 韵母所在的飞机韵，是其中的地方性正式"成员"。

（二）[əm] 与 [ɔm] 应属森林韵

泉腔 [əm] 与漳腔 [ɔm]，同为属字很少的韵母，与合口韵母 [im] 有一定的聚合关系，因而有必要先了解闽南话 [im] 韵母字的分布情况。从《闽南方言大词典·方言特有词》所收 [im] 36 个字头看，在漳、泉、厦三地读音基本相同，仅见"欣"在泉州读 [əm]；而在该词典方言特有词的 [ɔŋ] 韵母所收 105 个字头中，只见"淞"字漳州异读为 [ɔm]，泉州音目前不详。然而据笔者的调查，森林韵目约有十多个属字大多没有收进《闽南方言大词典·方言特有词》（见下表），目前难以了

___

① 据林连通、陈章太调查 60 岁以上泉州人老泉腔 [ɯ] 韵字分布结果，总共有 120 多字，其中韵母有 [ɯ]／[i] 文白两读的"在苎贮女薯子籽仔梓自字紫纸叔鼠私司师狮螄辞史使驶死序柿似姒四泗驷肆伺事叙许盂与"和 [ɯ] 韵字"又音"[i]"踌思处"等，约占该韵字的1/3，仅少数是 [ɯ]"又音"[u]。见林连通、陈章太：《泉州市方言志》，北京：社会科学文献社 1993 年版，第 99—103 页的内容。

例字	森	蓁	箴	忪	揞训	淞	丼	畣	氄	叩	欣	怎文	斟
词义				土气	掩	随大流	石落水	烂泥田	长貌	虎啸声			
泉腔	əm	əm	əm	ɔŋ	暂缺	暂缺	暂缺	暂缺	暂缺	暂缺	əm	əm	əm
漳腔	ɔm	ɔm	ɔm	ɔm	ɔm	ɔm	ɔm	ɔm	ɔm	ɔm	im	im	im
厦腔	im	ɔŋ	im	ɔŋ	同义词代替	ɔŋ	ɔŋ	ɔŋ	ɔŋ		im	im	im

解它们在地方音系中的具体表现。比如上表 13 个例字①，大多是中古合口鼻韵母字，漳腔读 ［ɔm］，泉腔读 ［əm］，厦门腔则分流为"森箴欣怎斟"［im］韵，"蓁忪淞丼畣氄叩"则窜至后鼻音昂扬韵 ［ɔŋ］。这些字在歌韵自然韵类中是怎样聚合的？此前无人论及，笔者经过约 2000 首歌谣韵辙的调查，也未发现作韵脚者，仅见下列由"蓁"字构成的韵谚之韵辙情况：

	民谚	漳州腔韵脚	台湾腔韵脚	泉州腔韵脚	厦门腔韵脚
3.1	鳗头治头风，鳗尾小人蓁	风 ɔŋ 蓁 ɔm	风 ɔŋ 蓁 ɔm	风 huaŋ 蓁 əm	风 ɔŋ 蓁 im
3.2	海蓁，来装戆	蓁 ɔm 戆 ɔŋ	蓁 ɔm 戆 ɔŋ	蓁 əm 戆 ɔŋ	蓁 im 戆 ɔŋ
3.3	米酒少少斟，胜过食人蓁	斟 im 蓁 ɔm	斟 im 蓁 ɔm	斟 im 蓁 əm	斟 im 蓁 im

这 3 条押韵之谚语韵脚"蓁"在漳台、泉、厦依次属于 ［ɔm］、［əm］、［im］韵母，用方音来读这些韵谚，有的可宽韵相押，有的则失韵。比如例 3.1 和例 3.2 两例韵脚"风、蓁"和"蓁、戆"，漳州和台湾的韵腹同为 ［ɔ］，因而"风 ［ɔŋ］ 蓁 ［ɔm］"与"蓁 ［ɔm］ 戆 ［ɔŋ］"属于韵腹相同的宽韵通押，可是泉州腔韵脚却参差为"风 ［ɔŋ］ 蓁 ［əm］"和"蓁 ［əm］ 戆 ［ɔŋ］"，厦门腔则作"风 ［ɔŋ］ 蓁 ［im］"和"蓁 ［im］ 戆 ［ɔŋ］"，都失韵。例 3.3 在厦腔为"斟 ［im］ 蓁 ［im］"窄韵合押，然而在漳、台和泉州，分别为 ［im］、 ［ɔm］ 和 ［im］、［əm］，也因韵腹不同而失韵。那么，像这样一批韵字，在漳州、台湾、泉州、厦门的读音各不相同、交杂不一，韵类聚合也有即有离，要归类于

---

① 漳腔森林韵属字，来自笔者的母语自我调查；表中厦腔例字为笔者向林宝卿老师调查所得，泉腔例字则引自林连通、陈章太：《泉州市方言志》，北京：社会科学文献社 1993 年版，第 99—103 页；王建设等《泉州谚语》，福州：福建人民出版社 2006 年版。

哪个韵目合理些？笔者曾撰文增设一个捂蓡韵目（2013），现在考虑到这些字字数不多，在泉州和厦门各有其音，且不是方言歌谣常用字，显然不宜设立一个专目。鉴于这类字有近半在厦门通行腔属于［im］森林韵，而"森"字恰好又是漳泉［mɔ］、［əm］两韵的代表字，因而订正为归于森林韵为好（详细论释，俟另文讨论）。至于漳［mɔ］泉［əm］两读的韵字"蓡忪淞丼畬觫"在厦门读为［ɔŋ］，又要怎么处置？笔者认为可视其为地方腔多音字，当这些厦腔［ɔŋ］韵字出现在韵文的韵脚位置时，自然归入［ɔŋ］韵母昂扬韵。

（三）增辟姆秧韵，改进森林韵、灯光韵

黄、董、周〈表〉森林韵和灯光韵的共同特点是将无韵腹的声化韵母［m̩］与［ŋ̍］分别同［i］韵腹合口鼻音韵母［im］和后鼻音韵母［iŋ］归在一起，这便意味着［m̩］与［im］、［ŋ̍］与［iŋ］具有韵类聚合的关系。然而从笔者对约2000首闽、台、南洋闽南语歌谣的韵辙调查结果看，［m̩］和［ŋ̍］并不与［im］和［iŋ］聚合，而是另有韵辙规律。由于这几个韵母的聚合规律与所在旧韵目或离或合，交织在一起，下面依次辨析。

1. 增辟姆秧韵

闽南话［m̩］韵母属字极少，在谣、谚中绝少用为韵脚，笔者穷尽搜索，在闽南歌韵中未见自押为韵者，也未见与［im］互押，只有3条［m̩］韵例，全部与［ŋ̍］合押，请看：

2.1 白潘白色淘米水遴遴转团团转［ŋ̍］，放轿扛亲姆派骄子把亲家母抬过来［m̩］。（《漳台童谣》第085篇《鸡角仔》片段）

2.2 四月思想日头长［ŋ̍］，阮身病囝妊娠反应面青黄［ŋ̍］。君来问娘爱食乜爱吃什么？爱食树顶红杨梅［m̩］。（《新加坡歌谣》第328页《病囝歌》片段）

2.3 十六入王门［ŋ̍］，梳头抹粉天未光［ŋ̍］，起身泡茶共和温汤［ŋ̍］。井水路头路程远［ŋ̍］，无人相共扛帮忙抬［ŋ̍］。贯甲提水手骨胳膊酸［ŋ̍］。入灶脚进厨房，又洗缸［ŋ̍］，小姑卜要去洗，大家婆婆讲声唔说一声不，指阻止［m̩］。（《厦门歌谣》第17页《十粒荔枝九粒红》片段）

通常情况下，诗歌每个韵母都可以自押成韵辙，是所谓严韵。可是属字极少的［m］韵母却未见这种情况，而是罕有韵字进入闽南歌韵系统；一旦进入韵文充当韵脚，则全部与同为声化韵的韵母［ŋ］合押。因此说，黄、董、周〈表〉[m] 将 [im] 一起划为森林韵是不符合闽南歌韵实际的。［ŋ］韵母的聚合规律问题也相同，在闽南歌韵里，［ŋ］韵母也只和同属声化韵母的［m］相押，而未见与［iŋ］为伍者。以此衡量"例不十，法不立"的原则，则［m］与［im］、［ŋ］与［iŋ］合押"例不一"——连一个谣、谚韵例也没有，可见黄、董、周〈表〉的森林韵和灯光韵都不能成立。由于［m］的属字少、韵例也仅有 3 例，却 100% 与［ŋ］同押，因此我们主张在歌韵系统中给它们一个合法的韵目，这就是拙〈表〉从森林韵和灯光韵中剥离出［m］、［ŋ］而创立姆秧韵的客观依据和根本原因，符合闽南歌韵重韵头韵腹、相对脚步重视韵尾的规律。

需要辨明的是，拙〈表〉曾经为［m］与［ŋ］补立姆秧韵是合理的，但这并不等于说，拙〈表〉为［ŋ］韵母自立糖霜韵也合理，因为［m］与［ŋ］的韵类聚合是相融的宽韵关系，而不是互相排斥的不同韵类。也就是说，当［ŋ］自押时，属严韵；和［m］互为韵脚时，是宽韵；无论是与［m］通押的宽韵还是严韵自押，都可以包容在姆秧韵目里。因此说，拙〈表〉的糖霜韵为冗目，应予以删除。

2. 重组森林韵

那么，应如何改进黄、董、周〈表〉原有的森林韵？关于这个问题，实际上上文已见端倪，因为厦门腔的一小部分［im］韵字在漳台和泉州分别读为［ɔm］和［əm］，如果从漳泉［əm］、［ɔm］韵字来反观厦门腔，则近半属于［im］森林韵属字，而"森"字恰好又是漳泉［ɔm］、［əm］两韵的代表字，可见在闽南歌谣的自然韵类聚合中，森林韵是兼容了［əm］和［ɔm］的，因而只要把森林韵的所属韵母增订为［im］、［əm］、［ɔm］就能符合歌韵实际了。

3. 改灯光韵为明灯韵

如前所论，闽南歌韵的聚合中，从来未见［ŋ］与［iŋ］的聚合，而黄、董、周〈表〉"灯光"二字的韵母分别是［iŋ］和［ŋ］；既然［ŋ］与［iŋ］从不相押，也就失去了用"光"来作为［ŋ］韵母的韵目用字的依据。为此，我们建议该韵目改用［iŋ］韵母的叠韵词"明灯"来命名。

还有一个问题, 既然 [iŋ] 不与 [ŋ] 通押, 那么 [iŋ] 又与哪个韵母宽押呢? 其实是与韵腹同为 [i] 的鼻音韵母 [im]、[in] 合押为宽韵的, 一以贯之地符合闽南歌韵重韵头不重韵尾, 强调介音相同, 却相对不重视韵尾是否一致的韵辙规律。

（四）黄、董、周〈表〉出日韵

出日韵, 拙〈表〉曾经拆分为日积韵和郁卒韵, 根据是在笔者所调查的所有歌谣和民间谚语、谜语等韵例里, 几乎所有 [it]、[ut] 韵脚都自押成韵, 两者互不混押。请看:

1. [it] 韵自押, 应独立为日积韵目

4.1 七月七 [it], 桃苝乌桃金娘熟透, 龙眼必果壳裂开 [it]。（《漳州童谣》第 053 篇《月令歌》）

4.2 点啊点铅笔 [it], 啥人歹囝仔不肖, 白贼七骗子 [it]。（《漳州童谣》第 072 篇《点水缸》）

4.3 拜一周一 [it], 阿爸去做稽干活儿, 劳动 [it]。（《漳州童谣》第 126 篇《拜一到拜日》）

4.4 礼拜日 [it], 一家伙仔睏到直直直一家子睡得直挺挺 [it]。（《漳》126 篇《拜一到拜日》）

4.5 七月七 [it], 龙眼乌, 石榴必果肉裂开 [it]。（《漳台童谣》第 156 篇《月令歌》之二）

4.6 大路直 [it], 莺哥鸟鹦鹉, 拍飞翼扇翅膀 [it]。（《新加坡歌谣》第 374 页《排甲子》）

4.7 雷拍蛰惊蛰响雷 [it], 雨仔落狯直小雨不停 [it]。（民谚）

4.8 东掣一东方闪电雨来得快 [it], 西掣七雨落得慢 [it], 南掣即时到, 北掣无消息没雨 [it]。（民谚）

4.9 日暴一 [it], 暝夜晚暴七 [it], 黄昏暴三日 [it], 鸡啼暴十一 [it]。（民谚）

4.10 九月九燠日艳阳天 [it], 十月日生翼长翅膀 [it]。（民谚）

4.11 九月九燠日艳阳天 [it], 懒烂查某理狯直懒婆娘活计做不完 [it]。（民谚）

4.12 日头落山乌云积 [it], 明仔明天便是休息日 [it]。（民谚）

4.13 会行行晬——周岁一个月 [it]，赡行晬七—周岁七个月 [it]。（民谚，指婴儿学走路的时间）

4.14 无某较白直没老婆更清爽 [it]，做一摆忌食咧十外日做一次忌辰吃十几天 [it]。（民谚）

4.15 鸡曝翼晒翅膀 [it]，出炎日 [it]。（民谚）

4.16 六脚四翼翅膀 [it] 尾直直 [it]，□ [siã2] 囝仔去曝日引诱孩子去晒太阳 [it]。（谜语：蜻蜓）

4.17 半天两只咯咯鸟，落来地下报疑侥解答疑难，报无直 [it]，再去半天问消息 [it]。（谜语：圣杯，一种民俗用品）

4.18 尖嘴鸟，铁甲翼翅膀 [it]，大人猜一晡半天，囝仔约归日一日 [it]。（谜语：剪刀）

4.19 一个筒仔贮装黄蜜 [it]，困佇壁边放在墙边二十日 [it]，会生脚也会生翼翅膀 [it]。（谜语：鸡卵）

*4.20 一支竹仔直直直 [it]，有风来吹会唱曲 [ik]。（谜语：笛子）

*4.21 头圆尾直 [it]，含一边食饭，含一边洗浴 [ik]。（谜语：汤匙）

上面 19 例 43 个韵脚全部是 [it] 韵自押。而实际上，闽南话 [it] 韵字并不多，如上面 43 个韵脚便集中在 12 个字，韵字的平均字频在 3 个以上，从高到低依次是：日 10、翼 7、直 7（双叠词与三叠词计 1 个韵脚）、七 6、一 5、必 2、笔 1、积 1、蜜 1、稿 1、息 1、蛰 1。闽南话韵文的 [it] 韵字如此集中，很让人担心将会超出窄韵和本韵，而"出韵"与 [ut] 同押，然而事实上，却未见滥竽充数者，而是有如例 4.20 与例 4.21，有时与同韵腹的"竹 [ik]、驲 [ik]、曲 [ik]、浴 [ik]"合押。这当然与 [it] 与 [ik] 同为入声字，且韵腹相同，[it] 韵字又往往文读为 [ik]（如直稿息积翼）有关，符合闽南歌谣自然韵类的聚合"重韵头不重韵尾"的客观规律。由于 [it]、[ut] 互不为韵，而是 [it] 自押之例多至 19 条，另外两条则是与同韵腹的 [ik] 合押，可见黄、董、周〈表〉将 [it]、[ut] 同归于出日韵也是"例不一"而"法"不能立的。而笔者搜集的"例外"之例多达 19 条，特以这些韵例破析出日韵目之

"法"，另建一个［it］韵母日积韵。

2、［ut］韵自押，应独立为核佛韵目

4.22 挨尖挨秫磨粳磨粳米和糯米［ut］，做粿年糕奉佛［ut］。（《漳州童谣》第064篇《挨砻做粿》）

4.23 桃未出采摘［ut］，要食秫吃母糯米［ut］。（《漳台童谣》第238篇《挨咾挨》）

4.24 猪母奶未抒猪奶还没挤［ut］，嫁猪仔卵核睾丸［ut］。（《漳台童谣》第328篇《吼要嫁》）

4.25 破庙光秃秃［ut］，阿弥陀佛［ut］。（《漳台童谣》第330篇《吼要嫁》）

4.26 一身一尊食菜，一身拜佛［ut］，一身阿弥陀佛［ut］。（《漳台童谣》第361篇《鸟鼠官》）

4.27 那有拙甜哪会这么甜啊？乌糖核［ut］。那有拙□［khiu6］韧啊？大冬秫冬季的糯米［ut］。（《泉州歌谣》第41页《滴滴鸡》）

4.28（男）吕宋金山，实呐新加坡银窟［ut］，要嫁番客，我猜得出［ut］。（女）锄头勤掘［ut］，狗屎勤拂拾粪［ut］，也是金山，也是银窟［ut］。（男）洋装献领西装翻领，洞葛手杖朱律雪茄［ut］，要嫁少年，我猜得出［ut］。（女）要食唔做，大开大出大把花钱［ut］，叫我嫁伊他，阿弥陀佛意即别指望［ut］。（《泉州歌谣》第220页男女对歌：《园内花开》）

4.29 笈笠好曝秫筛子可以晒糯米［ut］，两个厄婆夫妻去拜佛［ut］。（《厦门歌谣》第214页《橄榄双头红》）

4.30 喇狸空穿山甲的洞穴，喇狸窟［ut］巢穴，会得入能进去，赡得出出不来［ut］。卜想要想掘金去过番，哪知死甲死得无身骨［ut］。（《厦门歌谣》第13页《过番歌》）

4.31 饲某饲甲肥术术老婆养得胖乎乎［ut］，饲爸母饲甲一支骨父母养得只剩骨架［ut］。（《民谚》）

4.32 蠓罩洗赡黜蚊帐洗不净［ut］，掠猫咪抓猫，来剥骨［ut］。（《新加坡歌谣》第380页《猫咪猫闭豹》）

4. 33 激骨个性强［ut］，食肉屑肉末，指获益少［ut］。（民谚）

4. 34 细汉若无熨小时候不教育［ut］，大汉熨𫒍屈长大难教导［ut］。（民谚）

4. 35 榴梿出［ut］，纱笼黜脱去卖［ut］。（南洋民谚）

4. 36 一只鸡仔乌黜黜黑乎乎［ut］，有皮无骨［ut］。（谜语：牛屎）

4. 37 一只乌鸡健仔肥朒朒胖乎乎［ut］，要食免剥骨［ut］。（谜语：牛屎）

4. 38 咙喉下一个窟窟窿［ut］，一尾一条红头鲤鱼跳毋出跳不出去［ut］。（谜语：头和五官）

4. 39 空对窟窟窿对窟窿［ut］，肉骨骨头对肉屑肉渣［ut］，一个喝好喊好了，一个毋放黜放不下［ut］。（谜语：喂奶）

4. 40 软骨揬戳硬骨［ut］，揬𫒍落戳不进，蘸涎佫再拂蘸唾液再来［ut］。（间谜语：饲奶：喂奶）

4. 41 树身滑滑［ut］，树叶黜黜将掉未掉［ut］，结果无核［ut］。（谜语：芎蕉）

4. 42 俏牛瘦大背骨［ut］，放尿拉撒尿出［ut］。（谜语：厝顶）

4. 43 一个盒仔贮肉骨装骨头［ut］，会当入，𫒍当出进得去，出不来［ut］。（谜语：锁）

4. 44 一支蜈蚣百六骨一百六十根骨头［ut］，尻川食入屁股吃进嘴吐出［ut］，无雨伊它出来，有雨伊去睏睡觉。（谜语：水车）

4. 45 睏遐仔食吃睡在那里，企遐仔放站在那里拉，放𫒍出拉不出［ut］，搥腰骨［ut］。（谜语：虾笼）

4. 46 相合肥律律合在一起胖乎乎［ut］，相撑长支骨撑开剩一支骨头［ut］。（谜语：雨伞）

这是笔者搜集到的所有歌谣、民谚与谜语的 25 个［ut］韵例，60 个韵脚，韵字只集中在“核秫窟出掘拂律出佛骨术黜屑熨屈朒（同黜）滑”17 个字，100%为［ut］自押，而不与［it］合押。这充分说明闽南歌韵系统中的［it］和［ut］是泾渭分明的，而没有韵类聚合的关系。根据

［it］和［ut］在约 2000 首歌谣中均未互为韵脚，相反，［it］、［ut］各自成韵的韵例分别高达 19 例、25 例，合计 44 例。我们根据［it］、［ut］各自成韵的韵例的"例外"高达 44 例，对照以学界"例外不十，法不破"的"立法"精神和原则，认为［it］、［ut］合韵之"法可破"，因此废除不合歌韵实际的出日韵，分别更名为日积韵和核佛韵。

总结一下增、删和修订的韵目及其内容，计有：

一、泉腔韵母［ɯ］韵母归入［i］韵母所在的飞机韵，是其中的地方性正式"成员"；

二、从原来的森林韵析出韵母［m］，另立韵目，而将漳腔［ɔm］和泉腔［əm］归于森林韵，所辖韵母增为［im］、［ɔm］、［əm］三个；

三、从原来的灯光韵中析出韵母［ŋ］另立韵目，韵母［iŋ］自为韵目；

四、将从森林韵、灯光韵析出的韵母［m］和［ŋ］另立唔秧新韵目，且删除张〈表〉冗设的糖霜韵；

五、撤除原来的出日韵，将其拆分为两个新韵目［it］日积韵和［ut］核佛韵。

以上这些韵目的修订与增删，都遵循了学界常规的"例不十，法不立；例外不十，法不破"的基本原则和精神。现整理为闽南歌谣综合腔韵目表如下：

类别	序号	韵目	韵母	备注
大阴声韵类	1	飞机	i/ih/ĩ/ĩ h/ui/uih/u ĩ /u ĩ h/	
	2	宇宙	u/uh/iu/iuh/i ũ /i ũ h	
	3	歌声	a/ã/ah/ãh/ia/iã/iah/iãh/ua/uã/uah	
	4	互助	ɔ/ɔh/ɔ̃/ɔ̃h	
	5	保惜	o/oh/io/ioh	
	6	茶花	e/eh/ẽ/ẽh/ue/ueh/uẽh/ə/əh/ɛ/ɛh/ɛ̃/ɛ̃h	
	7	淮海	ai/a ĩ /a ĩ h/uai/ua ĩ	
	8	照耀	au/ãu/auh/ãuh/iãu/iau/iauh/iãuh	

类别	序号	韵目	韵母	备注
阳声韵	9	嗨秧	m/ŋ	新增韵目
	10	森林	im/əm/ɔm	删 m；增 əm/ɔm
	11	新春	in/un/ən	
	12	明灯	iŋ	删 ŋ；韵目更名
	13	甘蓝	am/iam	
	14	延安	an/ian/uan	
	15	江东	aŋ/iaŋ	
	16	昂扬	ɔŋ/iɔŋ	
	17	吸入	ip	
	18	日积	it	析增
入声韵	19	积极	ik/ek/ɐt	
	20	接纳	ap/iap	
	21	发达	at/iat/uat	
	22	北角	ak/iak	
	23	核佛	ut	析增
	24	目录	ɔk/iɔk	

第六节　邵剧《李妙惠》的韵辙艺术：兼与闽南歌韵比较

戏曲是一种语言、文学、音乐、舞蹈、表演与服装艺术、舞台美术及现代舞台音响等要素融合而成的综合性艺术门类。在这些戏曲艺术要素中，哪个要素是作为区分地方剧种异同"灵魂"呢？或者说，地方剧种的最本质特征是什么？我们的回答是——方言，没有方言，地方戏曲便失了赖以生存的文化土壤；没有生动、风趣、诙谐、表现力强的方言艺术和高妙的编剧，地方戏曲便无以表现其生命力，无以展示其内容与艺术之精妙；地方剧种正因为使用了方言艺术，才吸引了一代代地方观众。

福建是地方戏曲发达的省份、仅闽南戏曲就有梨园戏、高甲戏、七子班、子弟班、掌中布袋戏等，漳南地区还有潮剧，都用闽南话演唱。这些地方戏无论唱和念，都用风趣诙谐的方言来表达，有的甚至曲、白（唱曲和科白）都用韵文来表达，绝大多数句句押韵。芗剧（台湾叫歌仔戏）就是其中由闽南和台湾共同培植而形成的最年轻的民间剧种，它产生于台湾宜兰地区，其语言和音乐却是以明末清初传入的闽南锦歌坐唱形式"歌仔"为基础，而逐渐发展成型的，因语言、歌调的大众化而风靡台岛，成为民间最兴盛的传统戏曲，并于二十世纪初回传闽南。

歌仔戏诞生至今仅百把年头，却经历过多次低谷，发展艰难，每一次灭顶的危机都因两岸艺术家的坚忍毅力和创新，而起死回生，将剧种艺术推向新的峰巅。邵江海（1914—1980）便是闽南地区二十世纪三十年代末日本全面侵华时期救歌仔戏于危厄的代表性艺术家之一，其时社会动荡，歌仔艺术被视为"亡国戏、亡国调"，艺人被诬为"汉奸"，戏班星散，歌仔戏陷入了禁演、禁传的绝境。为了自己的生计、出路和剧种的生存，以邵江海为首的闽南籍艺人毅然离开城市，走向农村，回归锦歌之乡漳州，呼吸原生态语言艺术的芬芳，于深层融合芗曲与台湾歌仔，"从而走出一条别具特色的路"①。

这是一条歌仔调由闽传台现初形、自台返闽再提高的"正反合"与"否定之否定"的艺术探索之路，从而诞生出一种句式可长可短，演唱速度可快可慢，如诵似唱，娓娓道来的口语风自由曲体"杂碎仔"新唱腔，后来由南靖县康建都马戏团带往台湾，之后又在东南亚华人社区得到广泛的流传与发展。也就是在这歌仔调、歌仔戏的发展定型过程中，邵江海成长为两岸戏曲界公认的"祖师爷"和"一代宗师"。那么，邵江海芗剧歌仔戏语言艺术有何独到之处？

因两岸自 1949 年分隔以后，闽台戏曲界的第一次芗剧歌仔戏合台共演的剧目是邵江海先生的代表剧作《李妙惠》（以下简称《李》剧），本文即以此作为研究其诗韵艺术独特性的语言材料。因大陆地区在二十世纪五十年代以后称歌仔戏为芗剧，本书两名并用，同指这一戏曲品种。

---

① 引自邵江海生前录音访谈，《歌仔戏史》，北京：光明日报出版社 1997 年版，第 140 页。

一　《李》剧①的语言

《李》剧和所有芗剧歌仔戏一样，带有一定的地方腔。诚如李如龙一语中的所指出：

> 台湾形成的歌仔戏是用漳腔唱的，不论是锦歌清唱或是歌仔戏，那轻松明快的旋律和通俗生动的唱词都使人联想起漳州一带的近代城市文明的氛围，和泉州一带方言文艺的古雅的语言和低沉缓慢的曲调形成了鲜明的对照。②

此论大体道明闽南语戏曲的受众向来有两大语言文化分野，一是"小众"文人雅士欣赏的以泉腔为标准音的"古雅"梨园戏；二是广大底层民众最欢迎的以漳腔为语言表征的"歌仔"和歌仔戏，后者在台湾雄居"省剧"的地位。因而，无论是九龙江流域还是台湾，凡表演艺术"嘉礼仔"、布袋戏和民间小戏等的说白和曲辞，大多采用以漳腔为基调的闽南语优势腔，音乐大多以锦歌歌仔曲调为基础，连红遍大江南北的闽南语歌曲也仍有芗腔歌仔的余韵在。

音乐学界孙从音教授指出，戏曲唱腔流派的形成同其创始人对该地区语言的爱好分不开③，这话用来概括芗剧语言艺术亦然。一代宗师邵江海深爱闽南方言文学，写剧编曲，讲究押韵，常说"韵脚组织是音乐的基础，必须学会音韵的组织"，且下苦功夫"啃"韵书，体悟到"民间用韵是非常宽的"④。

---

① 《李》剧剧本采用《漳州剧作家选》（下），中国戏剧出版社 2005 年版，剧中方言字多径用该剧本，少数生僻字改用规范的方言字，例如：碢土笼→挨土砻，亲成→亲情，干、枯→焦，说→讲，等等，不另注。因民间歌和芗剧歌仔戏的语言主要是漳腔，本书注音以漳州音为主，只在必要的时候兼注厦、台通行腔。

② 李如龙：《闽南方言·漳州话研究》之〈分序〉，北京：中国文联出版社 2001 年版。

③ 音乐理论家孙从音指出：戏曲唱腔流派的形成同其地方语言和流派创始人对该地区语言的爱好分不开，这一观点也适用于芗剧艺术语言的形成。参见孙著：《语言与音乐》，北京：人民音乐出版社 1983 年版，第 94 页。转引自李首明：《论方言与地方戏音乐的互动关系》，北京：《中国音乐性》2007 年第 4 期。

④ 邵江海口述、陈彬录音编辑、高然闽南语注解：《邵江海口述歌仔戏史》，厦门：厦门音像出版社 2013 年版，第 84 页。按：下引本书，咸注《口述》及页码。

中国戏曲的本质是诗剧，而诗剧的语言创作需要掌握韵母的聚合规律和韵部的划分。闽南方言韵母有 80 多个，难能可贵的是，江海师虽然认识到闽南方言"究竟有多少辙，很难澄清"，却也无师自通地根据"漳码（漳州和龙海县石头码镇）、厦门腔为主，适当参照其他地区口音"而"初步探索"总结出闽南方言"二十五辙"①，韵辙个数与当前语言学界的研究结果基本相合，例如，上节〈论闽南歌谣的自然韵类〉中，董〈表〉为 22 韵目，周〈新表〉和〈纵横表〉分别为 22、24 韵目，笔者重新整理的韵目也是 24 个。这表明江海师有着敏锐的语言感悟能力和理解能力。

戏曲语言分为唱曲和科白两大部分。本节《李》剧诗韵的研究集中于曲韵。为了方便统计分析，我们对曲韵语料进行了必要的加工与整理，首先，将连续演唱的唱曲视为一个唱段，被科白间隔开的唱词则分别计为不同的唱段，每个唱段以韵脚数划分韵段，唱词的"句"则大致以原文诗行作为计算标准；其次，将《李》剧的所有场次、唱段、韵脚及韵母、韵式等诗韵信息输入 Excel 表格。经过整理与归纳，初步得出《李》剧诗韵语言分布情况如下。

（一）诗韵语言概况

《李》剧共九场，总共有 99 个唱段，193 个唱段，其中单韵自押和中韵混押、一韵押到底的有 38 个唱段，押甲、乙两韵的有 40 个唱段，A、B、C 三韵转押的有 16 个唱段，四个韵脚转换的有 4 个唱段，五六个韵脚交替换押的各 1 个韵段。这些唱段和韵次由 657 个句子构成，从韵脚的疏密角度看，有三种句型，一种是规整的七言句"七字仔"；第二种是三、四、五、六言短句与八言及八言以上的长句杂合而成的常式长短句，这两类句型共组成 597 个韵脚密集和较密集的句子，其中韵句占了 542 个，是常规长短句的 90.8%，绝大多数句句押尾韵；第三种句型集中在第九场两个唱段，是 20 个诗行，60 个以三三五即十一字节奏为主的纡徐舒缓的长句，押 22 个韵脚，其余 38 句为不押韵的散句，韵句比例小。

① 笔者按：邵江海总结归纳出的"闽南方言二十五辙"中，有的韵辙不区分前后鼻音，比如英真韵—荆、兰冬韵—江，也有个别韵辙代表字重韵，比如燎烧—超和寮挑—娇，也有个别韵失收，和当前语言学家总结出的韵目有一定的差别。参见厦门市台湾艺术研究所编：《一代宗师邵江海》，北京：光明日报出版社 1997 年版，第 107 页。

（二）韵类的分布

从韵脚分布看，《李》剧99个唱段、193个韵段共使用33个韵母，平均韵频约20韵次。各韵母的韵频分布落差大，首先40韵次以上的韵母有6个，分别是［iŋ］84韵次，［ai］和［aŋ］各75韵次、［in］56韵次、［i］47韵次、［an］41韵次，其次便落至20韵次上下的［am］、［im］、［ian］，再落至10韵频左右的［ĩ］、［un］、［iu］、［ui］、［au］、［o］，其余［ŋ］、［ua］、［uan］、［a］、［e］、［uĩ］、［ɔŋ］、［iau］、［u］、［iaŋ］、［iũ］、［ɔ］、［uã］等的韵频在6—1韵次不等。高频韵类多为发音洪亮的［a］韵腹及其富于共鸣音色的鼻音韵母，如开怀韵［ai］、江东韵［aŋ］、韵柑店［am］三韵共占172韵次，是《李》剧韵母平均频次的近3倍；其次是4个声音清亮、穿透性强的［i］介音韵母［iŋ］、［in］、［im］、［ian］共183韵次，约为《李》剧韵母平均频次的2.3倍。不过，并非所有的［a］韵腹韵母和［i］介音韵母均高频，比如，［ian］仅20韵次左右，而且入声塞尾韵的韵频很低，比如，［ah］、［iah］、［uah］仅占1个韵次，可见《李》剧对韵类的选用具不平衡性的特点。

（三）韵辙与韵数

诗歌韵辙向有宽严之分。如前所述，闽南歌韵有着重视和强调韵头介音相同、较不要求韵尾一致的韵辙取舍倾向。这一押韵特点也贯穿在《李》剧诗律中，其99个唱段中，单韵独用的严韵占了33个韵段，为韵段总数的1/3，因韵母自押、一韵到底，韵脚句句音声相谐，联珠合璧，具有很强的乐感。其余多是韵腹相同的两三个韵母相押和"大阴声韵类"通押，以及不同韵目的阳声韵、入声韵之间宽韵交押，然而全部合乎韵辙规律，未见出韵、错韵者，展示了邵江海高超的韵辙艺术技巧，从中很容易体味到剧作家对闽南方言韵部聚类的准确理解和高妙运腔之能力。

二　《李》剧押韵方法与换韵方式

据台湾臧汀生介绍，台湾闽南语歌谣有顶真、联珠"连属"押韵法和句句押韵、某句不韵、两句换韵、隔句押韵、"不避同字"等用韵方式①。本书第473—479页则总结出闽南方言童谣的押韵特点有韵散相间、

---

① 臧汀生：《台湾闽南语歌谣研究》第五章，台湾：商务印书馆1980年版。

密集韵、舒长韵、分段换韵、一韵到底句句押韵、两三句一换韵等押韵法，有自由随性的流水韵、句中韵、甲韵"抱起"乙韵的 ABBA 型抱韵，还有 ABAB 式交错韵和 ABC 三韵轮换鼎足韵等用韵方式①。

与韵式多样化的民间歌韵相比，《李》剧同梨园戏一样，多为单韵一韵押到底和交错押韵，且句句押韵、个别句子不韵的押韵方法，韵式较为单一②，换韵方式集中在不同韵脚随意换押的流水韵，回环交押的交错韵和抱韵，以及承接上一韵段韵脚的承上韵式等。然而，《李》剧比民间歌韵讲究同一韵式的多种变化和语言美感的张力，在同一韵段内，时见同一韵字"不避复"和叠音、叠韵词语作韵脚等复沓现象穿插其间，韵格丰富多样，流光溢彩，在艺术手法上更胜一筹。

（一）一韵押到底

1.1 爹爹入城做生意［i］，我在家洗煮补衫衣［i］，可怜我母早过世［i］，父女艰苦度日子［i］。（第五场第一唱段白金花唱）

1.2 灯烛辉煌闹新婚［un］，梦仙满腹滚车轮［un］，哪怕是天上掉下玉仙女，我怀旧人伤心未消痕［un］。这姻缘非所愿，强结婚［un］，不可误人的青春［un］，锦绣罗帐给她眠［un］，天鹅与海鸟莫乱群［un］。金碗染污可以洗，玉环不可打裂痕［un］。对着孤鸾双栖闷［un］，愁肠百结乱纷纷［un］，烛泪与我目淬相轮滴，心肝放在那净香炉内长短焖［un］。（第六场第一唱段　卢梦仙唱）

1.3 无柴无米，怎样渡活［uah］？若是要她再去捧人饭碗［uā］，我世代的门风全然垮［ua］。（第二场第二唱　段卢南川唱）

1.4 谯楼更鼓三更陈（响）［an］，不见怜香状元郎［aŋ］。罩这条红绫黑暗暗［amam］，自己掀起来较轻松［aŋ］。绣枕香（芳）［aŋ］，烛影红［aŋ］，眠床前八卦金冬冬［aŋaŋ］，灯烛映出恩爱郎［aŋ］。看他英俊无比，貌胜潘安［uanan］，纱帽翘翘直直动［aŋ］，身穿锦袍绣金苍［aŋ］，威形大范［an］，自惭愧，蔷薇伴牡丹［an］。他少年得志，鹏程无限［an］，我暗欢喜这生交给意中人

① 参见本书第四节《论闽南方言歌谣的音乐性》之相关内容。
② 见朱媞媞：《泉州传统梨园戏用韵考》，福州：福建师范大学文学院博士论文，2012 年。

［aŋ］。洞房一刻值千金，为啥他长吁短叹［uanan］？凤凰不栖梧桐树，啊！想来是为他前妻情义重［aŋ］，该不是嫌我草花不配他玉瓶［an］，坐在窗前憨憨等［an］。天光我凤冠戴娲住，本该等藤来缠树，如今只好拿花来引蜂［aŋ］。君子厅，小人房［aŋ］，牵引紫藤上栏杆［anan］。看他坐在桌边温旧梦［aŋ］，泪流两颊迹未干［an］。想将香帕给他擦珠泪，未举手，我心惊面红［aŋ］。惊他将我当成是轻浮放荡［uaŋaŋ］，误认我是水性杨花人［aŋ］。轻轻把椅桌摇动［aŋ］（白：状元郎！接唱），为啥这时还在用功［aŋ］？请听更鼓响几下，花影过纱窗［aŋ］，喜烛剩半枞［aŋ］，状元你要早安歇，明天世俗礼节够你忙［aŋ］。（第六场第二唱段 白金花唱）

上面引例中，例 1.1 大体为"七字仔四句联"，仅第二句多出一个"我"字，4 个［i］韵字"意、衣、世、子"紧锣密鼓，顺次相押，是严韵一韵押到底。例 1.2 共有 15 个长短句，分布着 11 个［un］韵脚，另有 4 个非韵字（用#表示）夹杂其间，依次是"婚轮#痕#婚春睏群#痕闷纷#焖"，乃个别句不韵的严韵押到底。例 1.3 为 4 个长短句，韵字既有阴声韵类［ua］"垮"，也有鼻化韵类［uã］"碗"，还有喉塞韵尾［uah］"活"，是阴声韵类［ua］、鼻化韵［uã］、喉塞韵尾韵［uah］的韵类多样化之宽式一韵通押；例 1.4 则为长短句组成的长韵段，45 个韵脚中，［aŋ］为主韵，［an］为次韵，［am］为偶然一现的伴韵，开头陈［an］、郎［aŋ］、暗［am］宽式韵脚一一相随，紧接着主韵［aŋ］"松香红冬冬郎"独韵自押随其后，中间韵脚"安［an］＋动苍［aŋ］＋范丹限［an］＋人［aŋ］＋叹［an］＋重［aŋ］＋瓶等［an］＋蜂房［aŋ］＋杆［an］＋梦［aŋ］＋干［an］"为主次韵脚次第混押，最后以 8 个［aŋ］韵字"红荡人动功窗枞忙"一气连押来收尾，可谓气贯云虹，很好地表现了抒情主人公白金花新婚之夜久等新郎不至而自掀红盖头察看新房、观察新郎，进而细心揣摩郎君心境，既担心自己"草花不配他玉瓶"，明知"本该等藤来缠树"，却不得已而降低身份"拿花来引蜂"，主动与梦仙攀谈，以婉转地"牵引紫藤上栏杆"的办法力劝夫郎早安歇的心理发展历程。

（二）流水韵

流水韵又称随韵，本书指不拘于同韵字的多寡，自由随性地两三句一换韵。在民间韵文中，流水韵式大多为顺口溜似的歌谣和顶真体童谣所采用，比如：

摇啊摇〔io〕（A），舵公偷挽茄〔io〕（A），挽到归大捆〔uā〕（B），饿鬼囝仔无食流嘴澜〔uā〕（B）；舵公挽茄挽偌济〔e〕（C）？挽到一饭篚〔e〕（C），有嗵食，有嗵卖〔e〕（C），有嗵互婴仔做体艺〔e〕（C），有嗵互阿婴做度晬〔e〕（C）。阿婴哭〔au〕（D），阿母无闲嗵上灶〔au〕（D）；阿婴惊〔iā〕（E），阿母连拍胛脊胼〔iā〕（E）；阿婴哭哇哇〔ua〕（F），阿母嘴内就念歌〔ua〕（F）。（《漳州童谣》第4篇，《摇啊摇》）

天顶一块铜〔aŋ〕（A），辗落到地揾着人〔aŋ〕（A）。人哩走〔au〕（B），揾着狗〔au〕（B）；狗哩吠〔ui〕（C），揾着碓〔ui〕（C）；碓哩舂〔iŋ〕（D），揾着筐〔iŋ〕（D）；筐哩起〔i〕（E），揾着椅〔i〕（E）；椅哩坐〔e〕（F），揾着被〔ue〕（F）；被好甲〔ah〕（G），揾着鸭〔ah〕（G）；鸭好刣〔ai〕（H），揾着观音对屏牌〔ai〕（H）。（《漳州童谣》第296篇，《天顶一块铜》）

这两首童谣的韵脚行云流水，随意更换。比如，《摇啊摇》总共用了5个韵脚，呈现着"摇茄（A）→捆澜（B）→济篚卖艺晬（C）→哭灶（D）→惊（E）→哇歌（F）"之AABBCCCCDDEEFF式转换，换韵随性且自然，是为流水韵。《天顶一块铜》的韵脚也"铜人（A）→走狗（B）→吠碓（C）→舂筐（D）→起椅（E）→坐被（F）→甲鸭（G）→刣牌（H）"顺次为韵，整齐地两句一换韵，很自然地把客观事物的发展变化一气呵成地表现出来。

作为直接继承了闽南歌韵形式的芗剧艺术，《李》剧也有自由转换韵脚的流水韵，主要为严韵、宽韵的双韵脚、三韵脚流水韵式，同时也表现出一些不同于歌谣韵律的特色：

2.1 水泼落地难收留［iu］（A），事到如今难再留［iu］（A）。走到水尽我要怎样［iũ］（A）？百丈深坑万丈愁［iu］（A）。如今我只得上轿去，随时自尽万事休［iu］（B）。带孝衫，穿内面［in］（B），红裙红袄穿外层［iŋ］（B），花不插，粉不用［iŋ］（B），莫做侥心负义人［in］（B）。任他啥瘟疫魔、金钱神［in］（B），莲花插在污泥不染尘［in］（B），愿在那热炉里面炼成足赤真金［im］（B）。（第三场第十六唱段李妙惠唱）

2.2 谢启头家好性情［iŋ］（A），他的财产有几百千［iŋ］（A），他的人材是第一等［iŋ］（A），嫁给他胜过当一品夫人［in］（A）。聘金多少由你讲［ɔŋ］（B），一千八百都无妨［ɔŋ］（B），看他花钱人会憨［ɔŋ］（B），他白银一拿就整捆整封［ɔŋ］（B）。只要你一点头［au］（C），白银马上就可以送到你兜［au］（C），给你吃到老老老［au］（C），你媳妇在那里还会捭手头［au］（C）。（第二场第六唱段　蜜花蜂唱）

上面 3 则韵例中，前两例为双韵脚流水韵，例 2.3 为三韵脚流水韵。例 2.1 先以［iu］、［iũ］同押为 A 韵，其次以［in］为主的［im］、［iŋ］宽韵通押，韵脚自由相随，换韵自然。韵脚的转换转移了唱词的内容，比如 A 韵句主要表露女主人公李妙惠对自身处境的判断，和赴嫁以死报夫情的坚贞意志，B 韵句则转换话题，表现李找到用"带孝衫，穿内面，红裙红袄穿外层"的假意顺从出嫁和"花不插，粉不用"的办法，以及"任他啥瘟疫魔、金钱神，莲花插在污泥不染尘"，"莫做侥心负义人"的坚定决心，可见其韵脚的转换看似随意随性，实则与转换唱词话题如影随形、互为表里，两者是同步进行的。例 2.2 的流水换韵与内容铺排无明显联系，A 韵脚以［iŋ］为主宽韵通押，B、C 韵脚却［ɔŋ］、［au］依次严韵自押，成为 AAAABBBBBCCCCC 三韵自由转换鼎足式，是纯粹的自由韵体。

（三）交错韵

交错，交叉错落的意思。交错韵又称交韵。王力教授介绍云："西洋诗又有所谓交韵，它的形式是 ABAB、ABABB"①，其"转韵方式是甲，

---

① 王力：《汉语诗律学》，上海：上海教育出版社 1964 年版，第 576 页。下引本书，咸注和页码。

乙，甲，乙，这可以称为回环式"（同上，570 页），也就是 A 起 B 收的重复韵式，闽南歌谣不时运用：

拍一糕［o］（A），拍一饼［iã］（B），我分桃［o］（A），你分饼［iã］（B）。（《漳州童谣》第 85 篇，《拍糕拍饼》）

吐噎公［ɔŋ］（A），吐噎婆［o］（B），无人摸［ɔŋ］（A），家己无［o］（B）。（《漳台童谣》第 33 篇，《收吐噎歌》）

《拍糕拍饼》和《收吐噎歌》各包含两套韵脚，前者上下两行三言句的前一分句韵脚"糕桃"作 A 韵，后一分句"饼"同字为 B 韵，韵脚交错扣押为 ABAB 状，是为交错韵。后者是前一分句用 A 韵"公摸"作韵脚，后一分句用 B 韵"婆无"作韵脚，同呈 ABAB 顺次交押状，都是典型规范的交错韵。

《李》剧的交错韵则以严韵 ABAB 型基式为常见，也有变格交韵的存在：

3.1 两支手骨白葱葱［aŋ］（A），不胖不瘦刚好大汉［an］（B），看她肢骨真活动［aŋ］（A），面看不着真艰难［an］（B）。（第一场第三唱段片段　谢启唱）

3.2 雨水涟涟落不尽［in］（A），好似我目滓流无停［iŋ］（B），卢安回家报凶讯［in］（A），我只得为君你戴孝设灵［iŋ］（B）。（第三场第二唱段　李妙惠唱）

3.3 金榜题名，新婚洞房［aŋ］（A），月圆花好，春满人间［an］（B），旧瓶打破换新瓶［aŋ］（A），状元你何事心为难［an］（B）？（第六场第唱三段　白金花唱）

3.4 他认妙惠做兄妹［e］（A），我与你金花没近身［in］（B），就将金花配谢启［e］（A），妹夫妻舅亲加亲［in］（B）。（第九场第四唱段　卢梦仙唱）

这 4 个韵例都含 A、B 两个韵脚：例 3.1 和例 3.3 都以［aŋ］为 A

韵、[an] 为 B 韵，韵字"葱（A）→汉（B）→动（A）→难（B）"和
"房（A）→间（B）→瓶（A）→难（B）"押 ABAB 交错韵；例 3.2 以
[in] 为 A 韵，[iŋ] 为 B 韵，韵脚"尽（A）→停（B）→讯（A）→灵
（B）"也呈 ABAB 式均衡交错状，都显现出回环灵动、错落有致的律动
美，比整齐一律的单韵式一韵押到底多了些变化。例 3.4 的特殊处在于其
ABAB 式韵脚"妹（A）→身（B）→启（A）→亲（B）"的交错明韵中
还隐藏着句中暗韵的涌动（详见下文"句中韵"）。再看《李》剧多样化
A、B 两韵交错的严式韵例：

　　3.5（李唱）看起来，白金花，女德还端正 [iŋ]（A），遵父命
[iŋ]（A），拜喜堂，她也难违她爹亲 [in]（B）。（仙唱）卢梦仙，
若亏心，不敢这样做，是和非，去改嫁，黑白自分明 [iŋ]（A）。
（花唱）尊一声，状元郎，三思定省 [iŋ]（A），状元妻，再改家，
品德难服民 [in]（B）。（仙唱）我心坚，我意切，多言无用 [iŋ]
（A）。（花唱）我拼一死，灭口证 [iŋ]（A），给他好做人 [in]
（B）。（第九场第二唱段　李、卢、花轮唱）

　　3.6 你诗书礼义读透透 [aŋ]（A），我根本讲不过你这读书人
[aŋ]（A）。只能劝状元紧事宽办 [an]（B），妙惠转来，我愿做偏
房 [aŋ]（A）。新情在，旧情且放 [aŋ]（A），心头放松 [aŋ]
（A），更深天气寒 [an]（B）。不得意事千千万万 [an]（B），过度
愁苦损坏容颜 [an]（B）。（第六场第十一唱段　白金花唱）

　　例 3.5 为李妙惠与卢梦仙、白金花三人轮唱的形式，是有主次之分的
严式两韵交错相押，每两个 A 韵脚 [iŋ] 中间都插入一个 B 韵 [in]，从
而形成 A 起 B 收的 AABAABAAB 整齐交叉三联韵式，较罕见。例 3.6 的
严式 AB 两韵交错变化又有不同，乃是参差不齐的"透人（A）办（B）
房放松（A）寒万颜（B）"之 AABAAAABBB 交杂押韵的复合变化式。
　　《李》剧也有三韵鼎足交押的韵例，请看下面三例：

　　3.7 鸿雁单只不成阵 [in]（A），白鹤孤只宿孤棚 [iŋ]（B），
被迫答应尽孝心 [im]（C），来此要自尽报夫的情 [iŋ]（B）。（第

四场第二唱段　李妙惠唱）

3.8 海边井水盐水无相滥 ［am］（A），良心道理总有是非黑红 ［aŋ］（B）。关云长读《春秋》通宵达旦 ［an］（C），你若肯说良心 话，日后你我好做人 ［aŋ］（B）。（第六场第八唱段　卢梦仙唱）

3.9 双膝跪在公公面前 ［iŋ］　（A），媳妇我不能早晚尽孝心 ［im］（B）。大海茫茫风浪紧 ［in］（C），破船失舵任浮沉 ［im］ （B）。愿公公贵体自爱保重金身 ［in］（C），祈求苍天怜悯 ［in］ （C），你贵体永康宁 ［iŋ］（A）。山穷兮水尽 ［in］（C），玉碎珠沉 ［im］（B），寸心酬答梦里人 ［in］（C）。（第三场第十七唱段　李妙 惠唱）

例3.7和例3.8都是杂言"四句联"ABCB相押的三韵脚交错韵式，其中例3.7以 ［in］为A韵、［iŋ］为B韵、［im］为C韵，例3.8则 ［am］为A韵、［aŋ］为B韵、［an］为C韵，两例的韵脚"阵（A）棚 （B）心（C）情（B）"和"滥（A）红（B）旦（C）人（B）"共同呈 现出A起B联、C转B收的状态，是为三韵脚交错韵。例3.9的韵式较 复杂，依次以 ［iŋ］为A、［im］作B、［in］作C，韵脚"前（A）心 （B）紧（C）沉（B）身悯（C）宁（A）尽（C）沉（B）人（C）"一 路顺押，形成ABCBCCACBC的样子，总体上是A起B联C收起的三韵交 错相押式。需要提醒的是，邵剧这些宽严不等的两三韵交错变化韵式是对 民间歌谣交错韵基础上的发展和拓进，它突破了民间歌韵单一、呆板的 ABAB格式，开启出两韵整齐交叉的AABAABAAB三联韵式和三韵参差错 落交押的ABCBCCACBC韵式，为这一古老、均衡的旧韵式带来了繁复的 变化。

（四）抱韵

抱韵也是回环押韵的形式之一，是一种罕用的韵式。王力教授称："西洋诗有所谓抱韵，好像甲韵抱着乙韵似的"①，闽南童谣已见端倪：

---

① 笔者认为"抱韵"的区别性特征应是王力所说的"好像甲韵抱着乙韵似的"，而非后面 所言"第一句和第四句为韵，第二句和第三句为韵"那么具体化，不需机械套用"和抱韵很相 近的"ABBA，ACCA；ABBA，CCCA；ABBAA，CCAAA，AABBA，CCADDA；AAABCCBBBB； ABB，CCCA诸形式，这在《李》剧韵例尤为突出。参见《汉语诗律学》，第572—576页。

五岁六岁好容颜［an］（A），爸母看囝心头松［aŋ］（B），牵前牵后唔甘放［aŋ］（B），惊伊跋倒血流涟［ian］（A）。（《漳台童谣》第44篇，《教囝歌》第三章）

目睭皮，一直掣［uah］（A），掣乜代［ai］（B）？好事来［ai］（B），歹事煞［uah］（A），观音佛祖来收煞［uah］（A）。（《漳台童谣》第34篇，《收掣歌》）

一岁两岁手的抱［o］（A），三岁四岁涂脚趖［o］（A）；五岁六岁嘤嘤大［ua］（B），有时头烧偕额热［uah］（B）；七岁八岁四界行［iã］（B），归日劳碌两肢脚［a］（B）；九岁十岁学针黹［i］（C），惊伊四界去经丝［i］（C）；十一二岁着教示［i］（C），着学礼貌识事理［i］（C）；十三十四灶头学，一桌饭菜办会起［i］（C）；十五十六哩转大［ua］（B），唔嗵缀人去风哗［ua］（B）；十七十八亲来做，面的欢喜心头惊［iã］（B）。（《漳台童谣》第45篇，《育囝成囝歌》）

《教囝歌》以［an］为A韵、［aŋ］为B韵，严韵交押，韵脚"颜（A）松（B）放（B）涟（A）"呈A→BB←A式抱押状，是民间歌谣罕用的押韵法。《收掣歌》也相似，分别以首尾的"掣煞煞"为A韵，包蕴着中间的B韵"代来"，是为A→BB←AA抱韵变化式。比较前面的交错韵可以发现，抱韵也有两个和两个以上韵脚回环交押的特点，然而两者的差别在于交错韵的末韵脚必须是尚未用过的新韵，而抱韵无论有几个韵脚，都必须回押前面出现过的韵脚。闽歌里也有非典型交错韵例，比如，《育囝成囝歌》全诗16句、14个韵脚，分别以［o］为严韵A，［a］、［ua］、［uah］、［iã］合为宽韵B，［i］严韵作C，宽、严交错相押三个韵，成为AABBBBCCCCCBBB韵式。

《李》剧抱韵则少见规整的ABBA韵式，而多为严韵的AB双韵回押：

4.1 有一位谢启头家住在广东［aŋ］（A），这次载盐来咱河南［am］（B），他盐郊开有十三坎［am］（B），还没娶某红花人［aŋ］

（A）。（第二场　蜜花蜂唱）

4.2 不是抹粉胭脂面［in］（A），没红没白本生成［iŋ］（B），眼眶红红像露水喷在桃花面顶［iŋ］（B），白衫白裙像南海观音下凡尘［in］（A），为她我神魂全迷乱，想到头壳暗魔眩［in］（A）。（第一场第十四唱段　谢启唱）

4.3 当时我爹逼嫁严命重［aŋ］（A），全节全孝她进退两难［an］（B）。你当是洞房春光无限［an］（B），体谅我似监牢关犯人［aŋ］（A）。我只能和你认兄妹，不能娶你为妻房［aŋ］（A）。（第六场第六唱段　卢梦仙唱）

4.4 叫我回去我见笑［iau］（A），住在你家人会造谣［iau］（A）。诗词文章我会晓［iau］（A），内柜外账（［iau］）我敢挑［iau］（A）。你若和我结拜做兄妹［e］（B），我情愿给你掌账管家［e］（B）；你的家财守会朝（牢）［iau］（A），我妙惠的生路只有这一条［iau］（A）。（第四场第六唱段　李妙惠唱）

4.5 只因灶空断火星［ĩ］（A），她尽孝卖身我收钱［ĩ］（A），倘若是公公媳妇相看死［i］（B），囝你回来就看不到你爹的身尸［i］（B），差错尽归你自己［i］（B），放下你爹受苦三年［ĩ］（A）。（第三场第四唱段　卢南川唱）

例4.1［aŋ］作A韵、［am］为B韵，4个韵脚"东（A）南（B）坎（B）人（A）"，是规则的ABBA抱韵，在《李》剧仅此一见，其余都是不规则的抱韵变体。例4.2有6个长短句，5个严式韵脚，［in］为A韵、［iŋ］为B韵，呈"面（A）成（B）顶（B）尘（A）眩（A）"的ABBAA抱押式。例4.3有6句5韵脚，［aŋ］作A韵、［an］为B韵，韵字"重（A）难（B）限（B）人（A）房（A）"也是ABBAA回转型押韵。例4.4两个韵脚"笑（A）谣（A）晓（A）挑（A）妹（B）家（B）朝（A）条（A）"呈AAAABBAA回押式。例4.5是6句6韵脚押双韵，A、B两韵分别由［ĩ］、［i］充当，韵脚排列为"星（A）钱（A）死（B）尸（B）己（B）年（A）"的AABBBA式抱韵。

再看韵脚较多的抱韵例子：

4.6 梦仙不是采花蜂 [aŋ] (A)，莫将大事只等闲 [an] (B)。让你竹节虚心静，给你清白好做人 [aŋ] (A)。紧去睏，唔免等 [an] (B)，李氏妙惠还在人间 [an] (B)，我断无负心再娶妻房 [aŋ] (A)。(第六场第十二唱段　卢梦仙唱)

4.7 看他与前妻情义重 [aŋ] (A)，满炉火炭，水搅泼淡(湿) [am] (B)。弹棉被孤线怎弹会成？押鸡孵卵空费工 [aŋ] (A)。稀罕 [am] (B)，世间也有这款的人 [aŋ] (A)，不该羡他是状元郎 [aŋ] (A)。(第六场第十四唱段　白金花唱)

4.8 无情风雨落无停 [iŋ] (A)，灯火油干灯芯还未尽 [in] (B)，火花未坠结成层 [iŋ] (A)。昏昏暗暗冷静静 [iŋiŋ] (A)，我倒落眠床越冷清 [iŋiŋ] (A)。恨海茫茫无穷尽 [in] (B)，天边孤雁哭悲鸣 [iŋ] (A)。(第三场第九唱段片段　李妙惠唱)

如果说，例 4.1～4.5 是单纯的抱韵形式的话，那么例 4.6～4.8 的韵式便是抱韵之中有变化，比如例 4.6 为 8 个自然句押 6 个韵脚，A、B 两韵分别是 [aŋ] 与 [an]，韵脚呈"蜂 (A) 闲 (B) 人 (A) 等 (B) 间 (B) 房 (A)"状排列，即可当成是 ABA→BBA 的先用抱韵、再续流水韵，也可看作先用 AB 流水韵再续抱韵的 AB→ABBA 韵式。例 4.7 为 8 个自然句，[aŋ]、[am] 分别作 A、B 双韵，韵脚"重 (A) 淡 (湿) (B) 工 (A) 罕 (B) 人 (A) 郎 (A)"是 ABABA + A 形式的抱韵。例 4.8 增加了韵脚数，"停 (A) 尽 (B) 层 (A) 静 (A) 清 (A) 尽 (B) 鸣 (A)"顺次相押，排成 AB→AAA←BA 的"双抱"形式。

《李》剧的抱韵中也有 ABC 三韵鼎足相抱的样式及其变格，例如：

4.9 翻转身来见夫灵 [iŋ] (A)，双脚跪落泪淋淋 [imim] (B)，冤家呀！你的灵魂将为妻接引 [in] (C)，免得我在人间受苦刑 [iŋ] (A)。(第三场第十九唱段　李妙惠唱)

4.10 鞋子有人轮流穿，糖丸哪有人轮流含 [am] (A)。男人可娶三妻四妾，女人不准嫁双翁 [aŋ] (B)。假如妙惠再回转 [uan] (C)，你再承受，敢不会给人当笑谈 [am] (A)。(第六场第九唱段

白金花唱）

4.11 电光鸣［iŋ］（A），雷声震［in］（B），狂风吹，暴雨落淋淋［im］（C）。无情风雨太残忍［im］（C），一盆好花被推落飘零［iŋ］（A）。（第三场第一唱段　幕后伴唱）

4.12 一更过，二更陈［an］（A），祠堂室内冷空空［aŋaŋ］（B），灯火微微越惨淡［amam］（C），人（［aŋ］）对人（［aŋ］）影影对人［aŋ］（B）。我甘愿（［amuan］）拿盐（［iam］）来搅泔［am］（C），荣华富贵我无贪［am］（C），卢梦仙［ian］（A），卢官人［aŋ］（B），你哪知道你妻今日这（呢）惨［am］（C），九泉地下你魂何安［an］（A）！（第三场第五唱段　李妙惠唱）

4.13 回转你家庭［iŋ］（A），清净厝宅给我安身［in］（B），外面挂鼓［ɔ］（C），里面吊钟［iŋ］（A），你要跟我问话先打鼓［ɔ］（C），我要向你会账跟你对账先敲钟［iŋ］（A）。兄妹礼义要端正［iŋ］（A），男女内外要分清［iŋ］（A）。（第四场第八唱段　李妙惠唱）

4.14 你诗书读过几草笼［aŋ］（A），状元夫人岂可再嫁别人［aŋ］（A）。比如你妻已嫁了翁［aŋ］（A），照这样，你可相信别人［aŋ］（A）。水倒过碗会减少，话搬过嘴会加渗（掺）［am］（B）。已经拜堂进洞房［aŋ］（A），难掩背后蜚语笑谈［am］（B）。你一头担鸡双头啼，误了旧人还要误新人［aŋ］（A）！（第六场第七唱段　白金花唱）

例 4.9 押三韵，其［iŋ］是 A 韵，［im］是 B 韵，［in］充 C 韵，韵脚"灵（A）淋（B）引（C）刑（A）"是首尾 A 韵抱着中间 BC 韵的 A→BC←A 韵式。例 4.10 分别以［am］、［aŋ］、［uan］为 A、B、C 韵，韵脚"含（A）翁（B）转（C）谈（A）"呈首尾 A 韵抱着中间的 B、C 两韵。例 4.11 韵脚多些，其 A 韵为［iŋ］，B 韵为［in］，C 韵是［im］，是首尾韵脚"鸣、零"A 韵包裹着中间的 B 韵"震［in］"、C 韵"淋［im］忍［im］"的 ABCCA 韵式。例 4.12 以［an］、［ian］为宽式 A 韵，［aŋ］为 B 韵，［am］作 C 韵，从而构建"陈（A）空（B）淡（C）人（B）泔（C）贪（C）仙（A）人（B）惨（C）安（A）"的 AB→C→

BCCB←C←A 式四重抱韵式。例 4.13 也是三环式回抱韵，其 A、B、C 三韵分别为［iŋ］、［in］、［ɔ］，韵脚"庭（A）身（B）鼓（C）钟（A）鼓（C）钟（A）正（A）清（A）"，以首尾的 A 韵"环抱"着 BCAC，是为 A→BCAC←AAA 的复杂抱韵。例 4.14 以［aŋ］为主韵 A，［am］是次韵 B，韵脚"笼（A）人（A）翁（A）人（A）渗（掺）（B）房（A）谈（B）人（A）"呈现着 AAA→AB→A←BA 的样子，既顺次交押、又回旋相抱，是流水韵连用了抱韵。

（五）承上韵

《李》剧第二场有卢南川、李妙惠、蜜花蜂三个角色参差连唱、轮唱而同押一个韵的唱段，因后续韵段同前一韵段同押一个韵，我们便称后面的韵段为"承上韵"。这场戏的承上韵在卢南川所唱第九唱段，韵脚"鱼知米儿枝青去时"押［i］韵（含"青"字的鼻化音［ĩ］），第十唱段李妙惠唱，韵脚"义移死尸死儿"同用［i］韵，再续卢南川与蜜花蜂轮唱的第十一段的短段落韵脚"疑［i］"和第十二唱段韵脚"起［i］钱［ĩ］"，接下来跳过第十三唱段的"幸［iŋ］恩［in］"韵脚，第十四、十五唱段仍是卢、密的轮唱，接续了"死［i］呢［ĩ］"和"生［ĩ］"韵脚，构成六个同韵唱段，后面出现的五个唱段都属同韵承押。由于这些韵段是由不同的角色演唱的，容易造成内容上的区隔，却因这五个"承上韵"一韵押到底，密集的韵脚一气流注，带来音响上的整齐同一感，从而弥补了内容松散之不足，加强了剧情发展的连缀性。

（六）句中韵

所谓句中韵，指一个诗句当中押两三个韵的用韵现象，韵字在句子开头的叫头韵，在句子中间的称腰韵，韵字在句末的叫韵脚和脚韵，因此，凡头韵和脚韵相押的叫作"头脚韵"，腰韵和脚韵同押的叫腰脚韵，合称句中韵。比方闽南方言谚语"雄雄［ŋɔŋ］出武松［ŋɔi］"，句头的第一个"雄"字是头韵；第二个"雄"字为腰韵，两者与句末"松"合辙，是为头腰脚韵；相同的是"憨憨［ŋɔŋɔ］像三藏［ɔŋ］"，也是句头、句腰两个"憨"与韵脚"藏"同韵，同属句中韵的头腰脚韵；"无禁无忌［i］食百二［i］"因韵字"忌"在句子中间第四字，与"二"字同押腰脚韵。再如《漳台童谣》第 31 篇《收刺歌》："铰着刺［i］，无代志［i］，无禁无忌［i］食百二［i］"，第一行的两个三言分句都押［i］脚韵，第二行以民谚入诗，句中第四字"忌"同上一行的"志"及本行韵脚"二"相押，这个"忌"便先后与上句句末押脚腰韵，在本行则为腰脚韵。

句中韵在闽南语歌谣中数量不多，可是在《李》剧却分布丰富（下面用粗黑字加下划线表示）：

6.1 她若生时**肯**［an］来送［aŋ］，聘金三千五千无为难［an］，给她讲我**盐**［iam］郊开有十三坎［am］，还没娶某**红**［aŋ］花人［aŋ］。（第一场第十唱段片段　谢启唱）

6.2 为她我**神**［in］魂全迷乱，想到头壳暗魔眩［in］。（第一场第四唱段片段　谢启唱）

6.3 凭我花**言**［ian］巧语偕她骗［ian］，会成不成凭你的缘［ian］。（第一场第十一唱段片段　蜜花蜂唱）

6.4 有一位谢启头家住在广东［aŋ］，这次载**盐**［am］来咱河南［am］，他**盐**［am］郊开有十三坎［am］，还没娶某**红**［aŋ］花人［aŋ］。（第二场第五唱段　蜜花蜂唱）

6.5 潭底无**水**［ui］难养鱼［i］，媳妇**你**［i］有孝我**已**［i］知［i］。咱家无柴又无米［i］，老汉膝下无孙儿［i］。死树不会再发枝［i］，豆脯哪会再吐青［ĩ］？给媳妇**你**［i］的好路**你**［i］就去［i］，**你**［i］跟我受罪无了时［i］。（第二场第九唱段　卢南川唱）

6.6 为了我君好情义［i］，结发情**谊**［i］永不移［i］。虽然卢安来报**死**［i］，我并无亲眼**见**［ĩ］君的身**尸**［i］。若是［i］我君身未**死**［i］，日后要向**你**［i］讨妻儿［i］。（第二场第十唱段　李妙惠唱）

6.7 你心肝，着了**然**［ian］，梦**仙**［ian］恨他早归天［ian］。少**年**［ian］不会想转**变**［ian］，误你青春怨老年［ian］。无一个查甫人大小事情不好办，哪能比着一个夫婿在眼前［ian］。同甘共苦同享受，**甜**［ian］**言**［ian］密语共参详［iaŋ］。嫁着谢启快乐似神仙［ian］，三顿有奴才给你款便便［ian］［ian］，十三只**盐**［iam］船都载**盐**［iam］。世间笑穷无笑贱［ian］，何况你是旧**弦**［ian］断再续新弦［ian］。（第二场第十六唱段片段　蜜花蜂唱）

6.8 倘若是 [i] 公公媳妇相看死 [i]，囝你 [i] 回来就看不到你 [i] 爹的身尸 [i]。差错尽归你 [i] 自己 [i]，放下你 [i] 爹受苦三年 [i]。（第三场第四唱段　卢南川唱）

6.9 灯火微微越惨 [am] 淡 [am]，人 [aŋ] 对人 [aŋ] 影影对人 [aŋ]。我甘愿 [amuan] 拿盐 [iam] 来搅泔 [am]，荣华富贵我无贪 [am]。（第三场第五唱段　李妙惠唱）

6.10 无情 [iŋ] 风雨落无停 [iŋ]，灯 [iŋ] 火油干灯 [iŋ] 芯还未尽 [in]。（第三场第九唱段片段　李妙惠唱）

6.11 诗词文章我会晓 [iau]，内柜外账 [iau] 我敢挑 [iau]。（第四场第六唱段片段　李妙惠唱）

6.12 他认妙惠做 [ue]（A）兄妹 [e]（A），我与你金花 [ue]（A）没近 [in]（B）身 [in]，就将金花 [ue]（A）配 [ue]（A）谢启 [e]，妹 [e]（A）夫妻 [e]（A）舅亲 [in]（B）加 [e]（A）亲 [in]。（第九场第四唱段　卢梦仙唱）

例 6.1 截引 4 句以 [aŋ] 为主韵的宽式韵脚唱词，句中韵便占了第一句"肯" [an]、第三句"盐" [iam] 和第四句"红" [aŋ]，3 个句中"暗韵"的韵数仅略低于 4 个句末韵，如果用"－"代表一个韵次，用"#"代表不押韵的非韵字的话，便为腰脚—脚—腰脚—腰脚宽韵韵式。例 6.2 截引 2 句唱词，第一句的句中韵"神" [in] 与下句韵脚"眩" [in] 严韵腰脚合押。例 6.3 也截取 2 个韵句，首句"言" [ian] 与后续韵脚"骗、缘" [ian] 同韵共押，是腰脚—脚严韵。例 6.4 的 4 个韵脚以江东韵 [aŋ] 为主韵，东 [aŋ] —南 [am] 坎 [am] —红 [aŋ] 抱韵合押，其中第二第三句两个句中韵的"盐"am 及第四句的句中韵"红" [aŋ]，都与句末韵脚互为映衬，形成脚—腰脚—腰脚—腰脚宽韵密集式。例 6.5 有 8 句唱词，押宽式飞机韵 [i]，句中韵在第一句"水" [ui] 和第二、七、八句复沓再现的"你" [i]，是腰脚—腰腰脚—脚—脚—脚—腰腰脚—头脚韵式。例 6.6 同押宽式飞机韵 [i]，句中韵在第二句"谊" [i]、第四句"见" [ĩ]、第五句"是" [i] 和第六句"你" [i]，也形成密集的脚—腰脚—脚—腰脚—腰脚—腰脚韵。例 6.7 以 [ian] 为主韵，同押次韵 [iam] 与 [ian]，13 行唱词用了 6 个句中韵，依次是第二行"仙"［ian］、第三行"年"［ian］、第八行句首"甜言"［ian］和十一行"盐"［iam］与末行"弦"［ian］同押，成为脚—腰脚—腰脚—脚—脚—头腰脚—脚—腰脚—腰脚—脚—腰脚韵式。例6.8为4个长短句，统押严韵［i］，句句分布句中韵，也是密集的腰脚—腰腰脚—腰脚—腰脚严式韵例。例6.9为宽式柑店韵"七字仔四句联"，句中韵在二、三句的"人［aŋ］对人［aŋ］"和"甘愿［amuan］、盐［iam］"，是为腰脚—头腰脚—腰腰腰脚—脚韵例。例6.10首句第二字"情"［iŋ］和第二句的两个"灯"［iŋ］均为句中韵，与句末韵脚同押为腰脚—头腰脚韵。例6.11用［iau］韵，句中韵在末句的"账"，形成脚—腰脚韵。例6.12可称最密集的双韵脚句中韵例，［e］为A韵、［in］为B韵，韵段押ABAB式交错韵，在此基础上，又插入第一句的句中A韵"做"［ue］，第二、三句句中A韵两个"花"［ue］和"配"［ue］，第四句句头A韵"妹［e］"和句中A韵"妻"［e］与"加"［e］，以及第二句、第四句的句中B韵"身"［in］和"亲"［in］，从而构成超密集型的句中句末韵。

（七）叠音叠韵为韵脚

汉语韵文大都押单字韵脚，以双音节和三音节的叠音词、叠韵词入韵者不多。然而在邵作《李》剧中，叠音、叠韵词语作韵脚为数却不少，现略举数例以示说明：

7.1 两支手股白葱葱，不胖不瘦刚好大汉。（第一场第三唱段谢启唱）

7.2 谢启头家好性情，他的财产有几百千……白银马上就可以送到你兜，给你吃到老老老。（第二场第六唱段片段　蜜花蜂唱）

7.3 谢启气到嘴嘟嘟，奴才讲话全六牛。（第四场第五唱段　谢启唱）

7.4 嫁着谢启快乐似神仙，三顿有奴才给你款便便。（第二场第十六唱段片段　蜜花蜂唱）

7.5 翻转身来见夫灵，双脚跪落泪淋淋。（第三场第十九唱段李妙惠唱）

7.6 对着孤鸾双栖冈，愁肠百结乱纷纷。（第六场第一唱段　卢

梦仙唱）

7.7 妙惠孝义人<u>呵咾</u>，几次践踏媒人婆。（第五场第六唱段　卢南川唱）

7.8 罩这条红绫<u>黑暗暗</u>，自己掀起来较<u>轻松</u>。绣枕香，烛影红，眠床前八卦<u>金冬冬</u>……君子厅，小人房，牵引紫藤上<u>栏杆</u>。（第六场第二唱段　白金花唱）

7.9 祠堂室内冷<u>空空</u>，灯火微微越<u>惨淡</u>。（第三场第五唱段　李妙惠唱）

7.10 昏昏暗暗冷<u>静静</u>，我倒落眠床越<u>冷清</u>。（第三场第九唱段片段　李妙惠唱）

上面 12 例的"白葱葱""老老老""嘴嘟嘟""便便""泪淋淋""乱纷纷""空空""惨淡"_{叠韵}"冷静静"与"冷清"_{叠韵}等词语作韵脚，其中例 7.1～7.6 例都与上下句的单字韵脚相押，其作用有些类似于句中韵；然而例 7.8 以下各例，则有意识地用二三音节的叠音叠韵词语互对合押，比如，例 7.8 是用三音节 ABB 式叠音词"黑暗暗"和"金冬冬"与双音节叠音词"轻松"参差对偶押韵，例 7.9 是用叠音词"空空"与叠韵词"惨淡"互为韵脚，例 7.10 也是叠音词"静静"对押叠韵词"冷清"。这种由字音的同质性与相似性带来的嘤咛婉转的乐感，锻造出玲珑剔透的韵段，显示了剧作家驾驭方言的高妙能力。

（八）同字同音为韵脚

汉语韵文一般避讳同字、同音为韵。然而凡是大众化的民间文学，往往可以同字同音为韵脚，叫作"不避复"。地方戏曲属于大众文艺，因而邵作《李》剧常现同字同音互为韵脚。现略举数片段韵例以示说明：

8.1 只要你一点头，白银马上就可以送到你兜，给你吃到<u>老老老</u>，你媳妇在那里还会捍手头。（第二场第六唱段片段　蜜花蜂唱）

8.2 有钱守钱，无钱守儿。（第二场第八唱段片段　蜜花蜂唱）

8.3 灯烛辉煌闹新婚，梦仙满腹滚车轮，哪怕是天上掉下玉仙女，我怀旧人伤心未消痕。这姻缘非所愿，强结婚……金碗染污可以洗，玉环不可打裂痕。（第六场第一唱段片段　卢梦仙）

8.4 你暝哀日哀，原来老鼠哭猫假悲哀。（第八场第五唱段片段
谢启唱）

例8.1四句唱词的首尾两个韵脚都用"头"；例8.2两句唱词的前两
个"钱"字都是句中韵，"钱"又"不避复"地作首句韵脚，与下句
"儿"同押为韵；例8.3八个长短句，其中第一句和第六句韵脚同押"婚"
字，第四句与第七句韵脚合押"痕"字，"不避复"；例8.4也截取两句
唱词，第一句的两个"哀"字是哭诉的意思，一为句中韵、一为句末韵
脚，第二句的句末"哀"则为悲哀义、作韵脚，三个"哀"字复沓运用
"不避复"，在杂乱无序的语音中突然出现了相同的字和音，给人以回旋
往复的听觉和观感，在一定程度上，有助于语言的表达。

上文以闽南方言优势腔的歌韵韵部聚合规律，观照分析、归纳了邵江
海《李》剧诗韵的押韵情况，发现其韵脚都符合闽南方言韵辙，未见出
韵、错韵者，押韵方式大多一韵用到底、句句押韵，运用了不同韵脚随意
换押的流水韵，两三个韵交替相押的交错韵，和首尾A韵"抱"着B、C
韵的抱韵，以及相连的韵段承上用韵等换韵方式，偶尔可见三韵交押的鼎
足韵，后者往往与流水韵、交错韵、抱韵连用、套用。尽管《李》剧的
韵式比闽南歌韵单一，然其"强项"和最大的特色，在于讲究同一韵式
内部的多种变化和多韵式连用、套用、叠用，以及同韵字"不避复"和
叠音、叠韵词语作韵脚等语音复沓现象，韵格显得更加错综、饱满而繁
复，各类韵式改造了民间歌韵单一、呆板的格式，比如，歌谣的流水韵一
般是 AABBCCDD 一类整齐的两句一换韵，《李》剧却有 AAAABBBBC-
CCCC 三韵鼎立的韵型；歌谣交错韵大多为单纯的 ABAB 式交错，《李》
剧则既开启出两韵整齐交叉的 AAB – AAB – AAB 三联韵式和三韵参差错
落的交押法，也有三韵脚 ABC – BCC – ACBC 等不均衡交错式；歌谣有严
谨的 ABBA 式和少见的 AA – BBCCBBB 变式抱韵，到了《李》剧中，则
大多是不均衡的抱韵，比如，ABBAA 式和 ABAAABAB 三韵鼎足韵式等等
多重错综复杂的繁复韵式。尽管这些高难度韵辙技巧不一定来自江海师的
艺术自觉，然而给人印象良深，必将为两岸戏曲语言创作提供有益的借
鉴。

参考文献

朱自清：《中国歌谣》，北京：金城出版社 2005 年版。

彭永叔、陈丽贞、林桂卿：《厦门歌谣》，厦门：鹭江出版社 1994 年版。

周长楫：《厦门方言熟语歌谣》，福州：福建人民出版社 2001 年版。

周长楫、周清海：《新加坡闽南话俗语歌谣》，厦门：厦门大学出版社 2003 年版。

张嘉星：《漳州方言童谣选释》，北京：语文出版社 2006 年版。

张嘉星：《漳台闽南方言童谣》，厦门：厦门大学出版社 2011 年版。

王力：《汉语诗律学》，上海：上海教育出版社 1964 年版。

简上仁：《台湾民谣》，台北：台湾"省政府新闻处"1984 年版。

臧汀生：《台湾闽南语歌谣研究》，台湾：商务印书馆 1985 年版。

林华东：《泉州童谣》，福州：福建人民出版社 2006 年版。

王建设、蔡湘江、朱媞媞：《泉州谚语》，福州：福建人民出版社 2006 年版。

林宝卿：《闽南方言熟语集释》，厦门：厦门音像出版有限公司 2012 年版。

林兆明：《龙海民间谚语俗语》，北京：中国炎黄文化出版社 2010 年版。

林靖华：《闽南语·趣味喙口话》，北京：中国诗词楹联出版社 2014 年版。

中国歌谣集成福建卷·安溪县分卷，本县民间文学编委会，1989 年版。

中国歌谣集成福建卷·惠安县崇武镇分卷，本镇民间文学编委会，1990 年版。

中国歌谣集成福建卷·龙海县分卷，本县民间文学编委会，1991 年版。

中国歌谣集成福建卷·南安县分卷，本县民间文学编委会，1991 年版。

中国歌谣集成福建卷·同安县分卷，本县民间文学编委会，1991 年版。

中国歌谣集成福建卷·芗城区浦南镇分卷，本镇民间文学编委会，1991 年版。

中国歌谣集成福建卷·永春县分卷，本县民间文学编委会，1991 年版。

中国歌谣集成福建卷·云霄县分卷，本县民间文学编委会，1991 年版。

中国歌谣集成福建卷·漳州市分卷，本县民间文学编委会，1991 年版。

中国歌谣集成福建卷·平和县分卷，本县民间文学编委会，1991 年版。

中国歌谣集成福建卷·德化县分卷，本县民间文学编委会，1992 年版。

中国歌谣集成福建卷·惠安县分卷，本县民间文学编委会，1992 年版。

中国歌谣集成福建卷·南靖县分卷，本县民间文学编委会，1992 年版。

中国歌谣集成福建卷·厦门市分卷，本市民间文学编委会，1992 年版。

中国歌谣集成福建卷·漳州市分卷·东山县卷，本县民间文学编委会，1992 年版。

中国歌谣集成福建卷·漳州市芗城区分卷，本区民间文学编委会，1992 年版。

中国歌谣集成福建卷·诏安县分卷，本县民间文学编委会，1992 年版。

中国歌谣集成福建卷·石狮市分卷，本市民间文学编委会，1992 年版。

中国歌谣集成福建卷·长泰县分卷，本县民间文学编委会，1993 年版。

中国歌谣集成福建卷·华安县分卷，本县民间文学编委会，1993 年版。

厦门、泉州、漳州各市、县、乡、镇、区"中国民间文学集成·歌谣卷"。

邵江海口述、陈彬录音，高然闽南语注释：《邵江海口述歌仔戏历史》，厦门：厦门音像出版有限公司 2013 年版。

周作人：《歌谣与方言调查》，《歌谣》第 31 号，1923 年 1 月。

周长楫：《闽南方言大词典·引论》，福州：福建人民出版社 2006 年版。

傅宗洪：《"音乐的"还是"文学的"？——歌谣运动与现代诗学传统的再认识》，《中国现代文学研究丛刊》，2011 年第 9 期。

陈汝法：《试论"连珠体"的产生及其影响》，《北京图书馆馆刊》1994 年第 3—4 合期

农世新《浅谈民间歌谣的音乐美》，《广西民族学院学报》（哲社版）1992 年第 4 期。

王毅《试论中国自由诗的音乐性》，《西南师范大学学报》（哲社版）1996 年第 3 期。

董峰政：《"台语"在押韵使用上之探讨》，台湾：《高雄餐旅学报》1998 年第 1 期。

姚荣松：《从三百首漳州童谣分析闽南语音系之基本韵母》，台湾中研院主办：第十二届闽方言国际学术研讨会论文，2011 年 11 月。

张嘉星：《闽南方言歌谣的自然韵类与韵目》，泉州师范学院主办：第十三届闽方言国际研讨会会议论文，2013 年 11 月。

李壬癸：《闽南语的押韵与音韵对比》，《中研院历史语言研究所集刊》，1986 年第 57 本 3 分。

洪宏元：《台湾闽南语流行歌谣语言韵律风格初探》，台湾：《语文学报》1999 年第 12 期。

结束语

从本书的内容可以看出，闽南方言文学如果不用方言语种来作为闽南民系民间文学的限定性、区别性定语，是很难准确地表达这一特定的跨越省界与国界的语言文学现象的。

自改革开放以来，一方面，港资、台资、侨资大力支持着我国的经济建设、文化建设和人才队伍的培养与建设；另一方面，"港独""台独"势力的存在和"蓝色国土"之南海问题，都使国人更加关注其历史与现状的形成。这些问题日益凸显了台湾语言文化和东南亚华人华侨语言文化与大陆闽南地区的同一性，从而将台湾文化、华人华侨文化和闽南历史文化推为文史界"显学"之中的"显学"，即便是普通民众，也普遍有了较深入地了解闽南民系语言·文学·文化的期待。也正是由于这个原因，笔者以《文化诗学视域下的闽南方言文学研究》为"自选题"，试图改变旧有的民间文学单一学科研究法，或者与另一学科门类相结合的双学科研究法，转而运用文化诗学的社会学、历史学、语言学、文学学之间互动、互构的关系与视角，来剖析、阐释其要义，以及它在原乡与新居住地，也就是闽南与台湾、东南亚华人华侨社区之间的遗存情况和三地之间的源流关系与相互影响。用文化诗学的原理来考察南方民间文学，就会发现所涉内容呈多元化交错状，其熟语、歌谣、故事传说大多和社会性、历史性、语言学话语交织在一起，而使表述带有一定的交叉特点。

为了展示闽南方言文学这一中国语言文学之区域性民间文学分支之所由来，本书力图展示它在当今闽南语区的遗存面貌，大体采用了闽南区域史→方言→语言文化接触→闽南语区文学大貌→闽南语韵文专论的写法渐次展开。通过本民系的形成简史，闽南历史人口的分布与发展和开漳拓闽"陈家军"及其后裔的"圣王"陈元光信仰圈的当代地理分布，来分析、辩驳一些地方史学界似是而非的旧观点。也为了读者能够了解闽南话，我们对其语音、词汇、词法特点和方言字的使用情况作了较为全面的介绍，同时阐释明清以来外国传教士研习闽南方言的动机、起因及其堪称辉煌的学术著述，以及他们所发明的闽南话罗马字在我国语文现代化历史进程中所起到的重大作用。

在方言俗语、熟语与文化方面，本书重视先秦时期"百越"故地的汉越语言文化接触的阐述，尤其聚焦于闽方言性别/夫妇俗称的来源之释解与思辨。闽南方言的另一个突出的重要特色，是与马来语之间所形成的双向借词现象，从汉语闽南话的输出多，而借入的马来语词汇较少，同时有相当一部分欧洲外来词是借由马来语的渠道而输入的现象，在这两种语言的输送数量上，闽→马借词是马→闽借词的数倍，表明汉语闽南话对马来语的影响要大于马来语对闽南话的影响。虽然说，"大闽南金三角"地区的方言熟语一致性高，且由以闽、台之间的相似性为显著，然而内中的差别还是存在的。本书便以三个系列的方言熟语作为反映两岸文化差别的"代表物"，即涉北熟语、涉"番"熟语和与"番薯"有关的谚语，集中展现闽南和台湾的不同文化心理现象，或许可以为读者提供一扇考释闽台民俗文化差异的小窗。

对于方言散文作品之故事传说源头，本书一方面发掘了闽南民系的老根——闽越图腾传说"蛇故事"及其文化演变样本；另一方面直接切入闽南方言散文文学的在地源头，将同为开闽拓疆军事集团的陈元光开漳传说"圣王古"与"三王"开闽历史传说作了横向比较，以揭示"圣王古"之发达与"三王古"稀少的内在原因，同时介绍了故事传说在"闽南大三角"地区的不同分布与共同处。值得注意的是，过去的福建故事与传说鲜少介绍南洋地区华人用马来语译介中国古代文学作品，本书特辟专章，讨论其来龙去脉及其语言学、文学、文化学的意义。

探求开闽歌谣第一篇之漳州《排甲子》"圣王歌"及对漳泉《排甲子》歌系的解读与阐发，可将其产生年代确定为仪凤二年唐廷遣陈政的两兄及元光赴闽协助"平啸乱"至陈元光686年建漳前后的十来年间，从而填补了闽南歌源研究的空白，同时推翻了福建文学界先前以常衮仿作《月光光》闽歌首篇的定论，将闽省第一篇歌谣由原来的诗人仿作代之以纯民间的《排甲子》，将首篇歌谣的创作地点由文化较为发达的福州更新为文化相对后进的闽南地区，首篇歌谣的创作时间由袁衮仿写的《月光光》之唐建中元年间（780—783）向前推进到一百多年前的崇武《排甲子》（677—686），同时修正顾颉刚老先生对福建歌谣的不良印象，所谓"闽蛮歌谣不载于诗三百篇、汉乐府、宋人所编乐府诗集"，因而"福建人唱了三四千年的歌只同没有唱一样"①。至此我们可以自豪地说：漳泉地区现存的九首唐代《排甲子》组歌足以证明，尽管"福建歌谣几千年来大多都已经随着古人的埋葬而埋葬了"（同上引），然而仍有一小部分唐代歌谣至今还存活在民众的口中，甚至漂洋过海，流播至台湾和新加坡。

如果说，闽南方言谚语和故事传说较多地受到共同语的影响，故事传说更直接地记录了本方言区的历史面貌——无论故事文本的记录是否保真、是否走样，那么，以闽南方言歌谣为代表的韵文体则较少受到北方歌谣的影响，在"大闽南金三角"地区的内部一致性比较高。因此，本书除了从闽南语"歌谣的海洋"之中钩沉了漳泉《排甲子》歌系，介绍闽南歌谣的种类以外，特别用越境歌谣专节，分别介绍南洋闽南语歌谣、台湾闽南语歌谣与内地闽南语歌谣的异同，并且在第六章专门探讨闽南歌谣的文学性、音乐性及其押韵方法与特点等内容。

我国民间文学遗存浩如烟海，即便是其中的闽南方言民间文学作品之丰盛，也堪称浩瀚。本书仅撷取了其中一小部分作为探究探索的"样品"——中国文学三大干流之第三层即"第三干流"，余者尚来不及一一审视、解读、阐说。诚如民间文艺学泰斗钟敬文教授所指出，民间口传文学属于"中国文学之'三层'"，学术界一向将绝大多数研究精力投放在了"占压倒地位的正统的古典文学"，而处于"末流"的民间文学一向少有关涉足，便也是"意料之外情理之中"的事了。也正因为学术界对民间文学鲜少涉足，这一片广阔领域便处处是待开发的"处女地"。

从本书下编有关内容可以看到，自从大陆地区于二十世纪八九十年代在各级文化部门的组织下，台湾地区于跨世纪前后在以高校专家学者带领的学术团队的努力下，两岸双方都采用了"拉网式"大面积的民间文学搜集整理工作，为当代学人的研究工作打下了良好的集成工作，其成果即

---

① 谢云声：《闽歌甲集·序》，厦门：厦门市闽南文化研究所，1999年再印本。

资料积累相当可观。这些科学研究的富矿，有待于人们的进一步挖掘。本书正是这方面工作的一个小开端。

实际上，本书的每一个门类都足以自为系统而成书。然而笔者虽自知才疏学浅，却又不由自主、不自量力地以之为"自选题"展开讨论。由于内容的涉及范围比较广，难以驾驭，无论是祖地的闽南语口传文学和移民输出地的南洋群岛与台湾的闽南语口传文学，都既需要大量的口头方言文学语料和参考资料，也需要形成文字的史料、语料来支撑，使得研究工作每走一步、每挪一窝，都有如搜寻、挖掘古文物一般，匍匐于地，一一撷取不断地充实。而本人又是一个"完美主义"者，即便书稿接近尾声，一旦发现了新史料，仍不由自主自讨苦吃、自得其乐地一再补充，使得书稿有如补丁"叠罗汉"的"百衲衣"。然而这不仅仅是一件"百衲衣"，而是一件"百宝衫"，它不仅仅出自笔者的一支笔，而是汇集了前人的无数成果，其辛苦劳动为笔者一一利用，这里特致深深的谢意。